Buch

»Was war das Schrecklichste, das du je getan hast? Das werde ich dir nicht sagen, aber ich werde dir vom Schrecklichsten erzählen, das mir je widerfahren ist, ... vom Allerschrecklichsten ...«
Diese Frage erhebt Peter Straub, ein Meistererzähler des Übernatürlichen, ein Artist des Unheimlichen, zum Leitmotiv seines Romans »Geisterstunde«. Der Leser darf sich einfangen lassen vom Gruselgefühl, das leere dunkle Häuser, knarrende Treppen und unwirkliche Musik vermittelt. Eine Geisterstunde par excellence erwartet ihn ...

Autor

Peter Straub, 1943 in Milwaukee/USA geboren, von Beruf Lehrer, trat bereits früh mit der Publikation von Gedichten in amerikanischen und englischen Literaturzeitschriften an die Öffentlichkeit. Sein erster Roman »Marriages« erschien 1973. Ihm folgten zwei Erzählungen, die sich beide mit dem Übernatürlichen befassen. Der Erfolg, den er damit erzielte, veranlaßte ihn zum Schreiben der »Geisterstunde« (Ghost Story), die sich zu einem internationalen Bestseller entwickelte.

PETER STRAUB

GEISTERSTUNDE

Roman

GOLDMANN VERLAG

Aus dem Englischen übertragen von Hanna Molden
Titel der englischen Originalausgabe: Ghost Story
Originalverlag: Jonathan Cape, London

Made in Germany · 5/87 · 2. Auflage dieser Ausgabe
Genehmigte Taschenbuchausgabe

Umschlaggestaltung: Design Team München
Umschlagillustration: Boris Sokolow, Hamburg
Druck: Elsnerdruck, Berlin
Verlagsnummer: 8541
GR · Herstellung: Klaus D. Voigt
ISBN 3-442-08541-1

INHALT

PROLOG

Fahrt in südliche Richtung

1

Was war das Schrecklichste, das du je getan hast? Das werde ich dir nicht sagen, aber ich werde dir vom Schrecklichsten erzählen, das mir je widerfahren ist, ... vom Allerschrecklichsten...

2

Weil er dachte, daß er Schwierigkeiten haben würde, das Kind über die kanadische Grenze zu bringen, fuhr er in südliche Richtung, mied die Städte auf seinem Weg und hielt sich an wenig befahrene Autobahnen, die wie ein Land für sich waren. Ihre Gleichförmigkeit beruhigte ihn und regte ihn gleichzeitig an, so daß es ihm am ersten Tag gelang, vierundzwanzig Stunden durchzufahren. Sie aßen bei „McDonald's" und in Imbißstuben: Wenn er Hunger verspürte, verließ er die Autobahn und bog auf eine der parallel verlaufenden Bundesstraßen ein, denn er wußte, daß die nächste Raststation höchstens zehn, zwanzig Meilen entfernt sein konnte. Dann weckte er das Kind, und beide kauten sie an ihren Hamburgers oder Chili Dogs, und das Kind sprach kein Wort, außer wenn es nach irgend etwas verlangte. Meistens schlief es. In der ersten Nacht fielen dem Mann die Lämpchen ein, die sein Nummernschild beleuchteten. Er fuhr — obwohl es sich später als unnötig erweisen sollte — von der Autobahn ab, hielt auf einer dunklen Landstraße an, schraubte die Glühbirnen aus und warf sie in ein Feld. Dann nahm er einige Handvoll feuchte Erde aus dem Straßengraben und verschmierte damit die Nummerntafel. Während er sich die Hände an der Hose abwischte, ging er zum

Fahrersitz zurück und öffnete die Wagentür. Das Kind schlief, den Rücken kerzengerade an den Sitz gelehnt, den Mund geschlossen. Es machte einen sehr gefaßten Eindruck. Er wußte immer noch nicht, was er ihm würde antun müssen.

In West-Virginia erwachte er mit einem Ruck und merkte, daß er für einige Sekunden beim Fahren eingeschlafen war. „Wir werden anhalten und etwas schlafen", sagte er. Das Kind nickte. Außerhalb von Clarksburg verließ er die Autobahn und fuhr auf einer Bundesstraße solange dahin, bis er eine große rote Leuchtreklame mit der Aufschrift „Pioneer-Village" gegen den Himmel sah. Er hielt seine Augen nur noch mit bloßer Willenskraft offen. In seinem Kopf stimmte etwas nicht: Es schien ihm, als hingen hinter seinen Lidern Tränen und als würde er jeden Augenblick hilflos zu weinen beginnen. Als er am Parkplatz des Einkaufszentrums angekommen war, fuhr er zur äußersten, vom Eingang am weitesten entfernten Reihe und parkte den Wagen mit dem Heck gegen einen Stacheldraht. Dahinter lag der vierkantige Block einer aus Ziegeln erbauten Fabrik, in der Plastiknachbildungen von Tieren zu Ausstellungszwecken für Golden-Chicken-Lastwagen hergestellt wurden. Der asphaltierte Hof der Fabrik war halb voll mit riesigen Plastikhühnern und -kühen. In ihrer Mitte stand ein blauer Riesenochse. Die Hühner waren unfertig, größer als die Kühe und von fadem Weiß.

Vor ihm lagen ein nahezu leerer Teil des Parkplatzes, dann einige Reihen dichtgeparkter Autos und dahinter etliche niedrige sandsteinfarbene Gebäude — das Einkaufszentrum.

„Können wir uns die großen Hühner ansehen?" fragte das Mädchen.

Er schüttelte den Kopf. „Wir steigen nicht aus, wir werden nur schlafen." Er versperrte die Wagentüren von innen und kurbelte die Fenster hinauf. Unter dem ruhigen, erwartungslosen Blick des Kindes beugte er sich vor, langte unter den Sitz und holte ein Stück Seil hervor. „Strecke deine Hände aus", sagte er.

Fast lächelnd hielt sie ihm die kleinen, zu Fäusten geballten Hände entgegen. Er schnürte sie an den Gelenken zusammen, wand das Seil noch zweimal herum und verknotete es, und dann band er auch ihre Fußknöchel zusammen. Als er sah, daß von dem Seil noch ein ganzes Stück übrig war, hielt er den Rest mit einem Arm von sich, mit dem anderen zog er das Kind unsanft an sich. Dann wand er das Seil um sie beide, band ihre zwei Körper aneinander und verknüpfte das Seilende ein letztes Mal, nachdem er sich auf dem Vordersitz ausgestreckt hatte.

Sie lag auf ihm, die geballten Hände in seinen Magen gebohrt, ihren Kopf auf seiner Brust. Sie atmete regelmäßig und leicht, als hätte sie erwartet, was er getan hatte. Die Uhr am Armaturenbrett zeigte fünf Uhr dreißig, und die Luft begann gerade abzukühlen. Er zog die Beine an, legte seinen Kopf auf die Armlehne und schlief unter den Geräuschen des Verkehrs ein.

Und er erwachte scheinbar gleich wieder, sein Gesicht von Schweiß überzogen, den leicht säuerlichen, fettigen Geruch vom Haar des Kindes in seiner Nase. Es war jetzt völlig dunkel; er mußte in Wirklichkeit Stunden geschlafen haben. Sie waren unentdeckt geblieben — nicht auszudenken, wenn man ihn auf dem Parkplatz eines Einkaufszentrums in Clarksburg, West-Virginia, gefunden hätte, ein kleines Mädchen an seinen schlafenden Körper gebunden! Er stöhnte, wälzte sich auf die Seite und weckte das Kind. Sie war, genau wie er, augenblicklich hellwach. Sie lehnte den Kopf zurück und betrachtete ihn. In ihrem Blick lag keine Angst, nur Eindringlichkeit. Hastig löste er die Knoten und befreite sie beide vom Seil; sein Nacken schmerzte, als er sich aufrichtete. „Mußt du mal?" fragte er.

Sie nickte. „Wo?"

„Neben dem Auto."

„Hier? Auf dem Parkplatz?"

„Du hast mich doch gehört."

Wieder kam es ihm vor, als ob sie beinahe lächelte. Er sah auf das angespannte kleine Gesicht hinunter, das von schwarzem Haar umrahmt war. „Wirst du mich loslassen?"

„Ich werde dich an der Hand halten."

„Aber du wirst nicht schauen?" Zum ersten Mal zeigte sie sich besorgt.

Er schüttelte den Kopf.

Sie faßte nach dem Türschloß, aber er schüttelte wieder den Kopf und hielt ihr Handgelenk fest. „Auf meiner Seite", sagte er und stieg aus, während er immer noch das dünne Handgelenk umklammert hielt. Sie begann seitlich auf die Tür zuzurutschen, ein Mädchen von sieben oder acht Jahren, mit kurzem schwarzem Haar und einem Kleidchen aus dünnem rosafarbenem Material. An den bloßen Füßen trug sie verschossene blaue Leinenschuhe, die an den Fersen leicht ausgefranst waren. Nach Kinderart streckte sie zunächst eines ihrer nackten Beine aus dem Wagen, um sich dann herumzurollen und das andere auf den Boden zu setzen.

Er zog sie um den Wagen herum auf die Seite des Fabrikzaunes.

Das Mädchen drehte sich um und sah zu ihm auf. „Du hast es versprochen. Du wirst nicht schauen."

„Ich werde nicht schauen", sagte er.

Und einen Augenblick sah er nicht hin, sondern legte seinen Kopf zurück, während sie sich bückte und ihn dadurch zwang, sich seitwärts zu lehnen. Sein Blick glitt über die grotesken Plastiktiere jenseits des Zaunes. Dann hörte er das Geräusch von Stoff — Baumwolle —, der über Haut glitt, und sah nieder. Ihr linker Arm war gestreckt, um möglichst weit von ihm entfernt zu sein. Das billige rosa Kleid hatte sie über die Taille hochgeschoben. Auch sie sah zu den Plastiktieren hinüber. Als sie fertig war, wandte er die Augen von ihr ab, da er wußte, daß sie zu ihm hinschauen würde. Sie stand auf und wartete darauf, daß er ihr sagen würde, was sie als nächstes tun solle. Er zog sie zum Wagen zurück.

„Was hast du für einen Beruf?" fragte sie.

Er lachte laut auf vor Überraschung: Was für eine Cocktailparty-Frage!

„Keinen."

„Wohin fahren wir? Bringst du mich irgendwohin?"

Er öffnete die Wagentüre und trat beiseite, während sie

wieder in das Auto kletterte. „Irgendwohin", sagte er. „Sicher, ich bringe dich irgendwohin." Er setzte sich neben sie, und sie rückte von ihm fort, bis sie ganz dicht an der Tür war.

„Wohin?"

„Das werden wir sehen, wenn wir dort sind."

Wieder fuhr er die ganze Nacht, und wieder schlief sie die meiste Zeit. Wenn sie erwachte, starrte sie durch die Windschutzscheibe (sie schlief immer sitzend, wie eine Puppe in ihren Tennisschuhen und dem rosa Kleidchen) und stellte ihm viele seltsame Fragen. „Bist du ein Polizist?" fragte sie einmal und dann, nachdem sie einen Wegweiser gesehen hatte: „Was ist Columbia?"

„Das ist eine Stadt."

„Wie New York?"

„Ja."

„Wie Clarksburg?"

Er nickte.

„Werden wir immer nur im Auto schlafen?"

„Nicht immer."

„Kann ich das Radio anstellen?" Er nickte, und sie beugte sich vor und drehte am Knopf. Der Wagen dröhnte von Störgeräuschen, zwei, drei Stimmen ertönten gleichzeitig. Sie drückte einen anderen Knopf, und das gleiche lärmende Pfeifen ertönte aus dem Lautsprecher. „Dreh an der Skala", sagte er. Mit gefurchter Stirn und konzentrierter Miene begann sie langsam den Sucher zu drehen. Im Nu hatte sie einen klaren Empfang — Dolly Parton. „Das liebe ich", teilte sie ihm mit.

So fuhren sie stundenlang zu Liedern und Weisen der Country-music nach Süden. Sender wurden undeutlich, lösten einander ab. Namen und Akzente der Discjockeys wechselten, in endloser Reihe folgten Werbespots mit ihrer ewig sich wiederholenden Litanei über Versicherungsgesellschaften, Zahnpasta, Seife und Pepsi Cola, Arzneimittel, Bestattungsinstitute, Vaseline, Okkasionsarmbanduhren, Aluminiumverkleidungen, Mittel gegen Schnupfen: Aber die Musik blieb immer die gleiche, eine gewaltige, unklare Geschichte, eine Art nahtlos sich wiederholendes Epos, in dem Frauen Fernlastfahrer und nichtsnutzige Spieler heirateten und zu ihnen hielten, bis sie sich von ihnen scheiden ließen, in dem Männer in Bars saßen, wo sie über Verführungsmöglichkeiten brüteten und darüber nachdachten, wie sie wieder nach Hause kämen, wo man sich begegnete, zunächst heiß wie zwei Pistolen, und in Abscheu wieder voneinander schied und sich wegen der Kinder Sorgen machte. Manchmal wollte der Wagen nicht, manchmal war der Fernseher kaputtgegangen; manchmal machten die Bars dicht und warfen einen auf die Straße, mit leeren Taschen. Es gab nichts, was nicht banal gewesen wäre, nicht einen Satz, der kein Klischee war, aber das Kind saß in passiver Zufriedenheit da, döste bei Willie Nelson ein und erwachte bei Loretta Lynn, und der Mann fuhr einfach dahin, abgelenkt von dieser endlosen Berieselung mit amerikanischen Alltäglichkeiten.

Einmal fragte er sie: „Hast du schon mal von einem Mann namens Edward Wanderley gehört?"

Sie gab keine Antwort und sah ihn nur an.

„Nun?"

„Wer ist das?"

„Er war mein Onkel", sagte er, und das Mädchen lächelte ihn an.

„Wie ist es mit einem Mann namens Sears James?"

Sie schüttelte den Kopf, immer noch lächelnd.

„Einem Mann namens Ricky Hawthorne?"

Wieder schüttelte sie den Kopf. Es war zwecklos, fortzufahren. Er wußte nicht, warum er überhaupt gefragt hatte. Es war durchaus möglich, daß sie die Namen nie gehört hatte. Natürlich hatte sie sie nie gehört.

Als sie noch in South-Carolina waren, glaubte er sich einmal von der Autobahnpolizei verfolgt: Der Streifenwagen fuhr in einem Abstand von etwa zwanzig Metern hinter ihm und behielt stets die gleiche Entfernung bei, was immer er auch tat. Er bildete sich ein zu sehen, wie der Polizist in sein Funkgerät sprach; sofort drosselte er seine Geschwindigkeit um zehn

Stundenkilometer und wechselte die Fahrbahn, aber der Streifenwagen machte keine Anstalten, ihn zu überholen. Er begann ein heftiges Zittern in Brust und Unterleib zu verspüren. Schon sah er den Streifenwagen Kurs auf sich nehmen, die Sirene anstellen und ihn zwingen, an die Seite zu fahren. Dann würde das Verhör beginnen. Es war ungefähr sechs Uhr abends, und die Autobahn war sehr befahren. Er fühlte sich dazu verurteilt, hilflos im Sog des Verkehrs mitzutreiben, demjenigen völlig ausgeliefert, der im Polizeiwagen saß —hilflos, in der Falle. Er mußte *überlegen.* Es zog ihn einfach weiter, vom Verkehr Meile um Meile durch flaches, von struppigem Gebüsch bewachsenes Land getrieben, in Richtung Charleston. In der Ferne tauchten immer wieder schäbige Vororte auf, armselige Ansammlungen kleiner Häuser mit gerüstartigen Garagen. Er konnte sich nicht mehr entsinnen, auf wie vielen Autobahnen er bereits gefahren war. Im Rückspiegel sah er eine lange Schlange von Autos, dahinter den Streifenwagen, dahinter einen alten Lastwagen, der durch ein neben dem Motor sich befindendes kaminähnliches Auspuffrohr eine hohe schwarze Rauchsäule in die Luft stieß. Er fürchtete sich davor, daß der Polizist neben ihm aufkreuzen und ihn anbrüllen würde: „Fahren Sie an die Seite!" Und er stellte sich vor, wie das Mädchen schreien würde, mit hoher, schriller Stimme schreien würde: „Ich wollte nicht mitkommen, aber er hat mich gezwungen, er bindet mich an sich fest, wenn er schläft!" Die südliche Sonne schien sein Gesicht zu überfallen, seine Poren zu zermalmen. Der Streifenwagen scherte in die nächste Spur aus und begann aufzuholen.

„Arschloch, das Kind gehört nicht dir, wer ist das Mädel?"

Dann würden sie ihn in eine Zelle sperren und ihn zu schlagen beginnen, ihn methodisch mit Gummiknüppeln bearbeiten, und seine Haut würde sich dunkelrot färben...

Aber nichts von all dem geschah.

3

Kurz nach acht Uhr fuhr er langsam an den Straßenrand. Er war nicht mehr sicher, in welchem Staat er sich befand, South-Carolina oder Georgia: Ihm war, als seien diese Staaten flüssig, als könnten sie — und all die anderen — ineinandersickern, sich ausbreiten, wie die Autobahnen. Es sah alles falsch aus. Er war auf dem falschen Parkplatz: Kein Mensch konnte in dieser brutalen Landschaft leben, denken. Seltsam fremd anmutende Schlingpflanzen mühten sich, grün und seilähnlich, die niedrige Böschung neben seinem Wagen empor. Seit einer halben Stunde zeigte die Benzinuhr auf Null. Alles war falsch, einfach alles. Er sah auf das Mädchen, dieses Mädchen, das er entführt hatte. Sie schlief auf die ihr eigene Puppenart, den Rücken kerzengerade gegen den Sitz gelehnt, die Füße in den ausgefransten Leinenschuhen über dem Boden baumelnd. Sie schlief zu viel. Am Ende war sie krank; am Ende würde sie sterben.

Während er sie beobachtete, erwachte sie. „Ich muß mal wieder", sagte sie.

„Ist alles in Ordnung? Dir ist doch nicht schlecht, oder?"

„Ich muß mal."

„Okay", brummte er und drehte sich herum, um die Wagentür auf seiner Seite zu öffnen.

„Laß mich alleine gehen. Ich werde nicht fortlaufen. Ich werde nichts tun. Ich verspreche es."

Er sah in ihr ernsthaftes Gesicht, in ihre schwarzen Augen, die ihn aus olivfarbener Haut anblickten.

„Wo könnte ich denn schon hingehen? Ich weiß ja nicht einmal, wo ich bin."

„Ich auch nicht."

„Also?"

Einmal mußte es sein. Er konnte sie ja nicht ständig festhalten. „Versprichst du?" fragte er und wußte, wie töricht die Frage war.

Sie nickte. Er sagte: „Also gut."

„Und du versprichst, daß du nicht davonfahren wirst?"

„Ja."

Sie öffnete die Tür und verließ das Auto. Er tat sein Bestes, sie nicht zu beobachten. Es war ein Versuch, eine Probe. Er verspürte den überwältigenden Wunsch, ihre Hand in seiner Faust gefangenzuhalten. Sie könnte die Böschung hinaufklettern, schreiend fortlaufen ... aber sie schrie nicht.

Es geschah oft, daß die schrecklichsten Dinge, die er sich ausmalte – die allerschrecklichsten Dinge –, nicht eintrafen; die Welt machte einen Ruck, und alles kehrte in die alte Ordnung zurück. Als das Mädchen in den Wagen zurückkletterte, war er von unendlicher Erleichterung erfüllt. Wieder war es gut ausgegangen, das schwarze Loch vor ihm hatte sich nicht geöffnet.

Er schloß die Augen und sah eine leere, von weißen Linien unterteilte Autobahn vor sich abrollen.

„Ich muß ein Motel finden", sagte er.

Sie lehnte sich in den Sitz zurück und wartete darauf, daß er tat, was immer er auch wollte. Das Radio spielte leise, eine liebliche, fröhliche Gitarrenmusik kam von einem Sender in Augusta, Georgia. Sekundenlang stand ein Bild vor seinen Augen - das Mädchen tot, mit herausgestreckter Zunge und hervorquellenden Augen. Sie leistete ihm keinen Widerstand! Dann stand er einen Augenblick lang — ihm schien es, als stünde er — auf einer Straße in New York, irgendeiner jener Straßen in den East Fifties, wo gutangezogene Frauen Schäferhunde spazierenführen. Denn es war eine jener Frauen, die dort entlangging. Sie kam auf ihn zu — hochgewachsen und tiefgebräunt, in prachtvoll verblichenen Jeans und einem kostspieligen Hemd kam sie auf ihn zu, und ihre Sonnenbrille hatte sie über die Stirn hinaufgeschoben. Neben ihr trottete ein riesiger Schäferhund, der mit seinem Rumpf wedelte. Fast war er nahe genug, um die Sommersprossen auf der Haut der Frau zu bemerken, die durch die obersten, geöffneten Hemdknöpfe zu sehen waren.

Ah.

Dann war er wieder in Ordnung, hörte die leise Gitarrenmusik, und bevor er die Zündung anstellte, streichelte er über den Scheitel des Mädchens.

„Ich muß ein Motel für uns finden", sagte er.

Etwa eine Stunde lang fuhr er dahin, und ein Kokon von Erstarrung und die mechanischen Bewegungen des Autofahrens beschützten ihn. Er war nahezu allein auf der dunklen Straße.

„Wirst du mir weh tun?" fragte das Mädchen.

„Wie soll ich das wissen?"

„Ich glaube nicht, daß du es tun wirst. Du bist mein Freund."

Dann war es nicht, „als ob" er auf der Straße in New York stünde, er *war* auf dieser Straße und beobachtete, wie die Frau mit dem Hund und dem sonnengebräunten Gesicht auf ihn zukam. Wieder sah er die kleinen, wie zufällig hingestreuten Sommersprossen unterhalb ihres Schlüsselbeins — er wußte, wie es schmecken würde, wenn er mit seiner Zunge darüberführe. Wie so oft in New York konnte er die Sonne nicht sehen, aber er spürte sie — eine brütende, aggressive Sonne. Die Frau war eine Fremde, unwichtig ... vermutlich kannte er sie gar nicht, sie war nur ein Typ ... ein Taxi fuhr vorbei, er bemerkte an seiner rechten Seite Eisengitter und auf der anderen Straßenseite am Fenster eines französischen Restaurants eine Aufschrift. Die Hitze des Gehsteigs drang durch die Sohlen seiner Stiefel. Irgendwo über ihm schrie ein Mann immer wieder ein und dasselbe Wort. Er *war* da, er war es wirklich. Etwas von seiner Gemütsbewegung mußte sich in seinem Gesicht widergespiegelt haben, denn die Frau mit dem Hund sah ihn neugierig an, dann wurden ihre Züge hart, und sie ging an den äußersten Rand des Gehsteigs.

Konnte sie sprechen? Konnte jemand in einem derartigen Erlebniszustand — um welche Art auch immer es sich dabei handeln mochte — Sätze hervorbringen, verständliche, hörbare, gewöhnliche menschliche Sätze? Konnte man mit Menschen sprechen, die man in Halluzinationen traf, und würden sie einem antworten? Er öffnete den Mund. „Ich muß *heraus*", wollte er sagen, aber schon war er wieder in seinem Auto.

Ein nasser Klumpen lag auf seiner Zunge, Reste von etwas, das früher einmal zwei Kartoffelchips gewesen sein mußten. *Was war das Schrecklichste, das du je getan hast?* Die Karte zeigte an, daß er nur wenige Meilen von Valdosta entfernt war. Mit leerem Hirn fuhr er dahin, wagte nicht, das Kind anzusehen, und wußte daher nicht, ob es wach war oder schlief — und fühlte dennoch seine Augen auf sich gerichtet. Schließlich kam er an einem Schild vorbei, welches ankündigte, daß er zehn Meilen von der „Freundlichsten Stadt des Südens" entfernt war. Sie sah nicht anders aus als alle anderen Städte des Südens: ein bißchen Industrie an der Peripherie, Geschäfte für Werkzeuge und Maschinen, unwirklich aussehende Gruppen von Wellblechhütten unter Bogenlampen, Höfe voll mit ausgeschlachteten Lastwagen; etwas weiter stadteinwärts Holzhäuser, die dringend eines neuen Anstrichs bedurften; Schwarze, die an Straßenecken herumlungerten und deren Gesichter im Dunkeln alle gleich waren.

Er kam an einem auffallend neuen Gebäude vorbei — auch das ein Symbol des Neuen Südens —, das sich als „Palmetto Motor-In" empfahl. Im Rückwärtsgang fuhr er die Straße hinunter und zu dem Gebäude zurück.

Ein Mädchen mit hochgestecktem gefärbtem Haar und bonbonrosa Lippenstift schenkte ihm ein ausdrucksloses, leeres Lächeln und gab ihm ein Zimmer mit Doppelbett für „mich und meine Tochter". Er trug sich unter dem Namen Lamar Burgess, 155 Ridge Road, Stonington, Conn., ein. Nachdem er für eine Übernachtung bezahlt hatte, händigte sie ihm den Schlüssel aus.

Ihr Schlafraum enthielt zwei Betten, einen harten braunen Teppich, lichtgrüne Wände, zwei Bilder — ein Kätzchen mit schräggeneigtem Kopf, ein Indianer, der von einer Felsklippe in eine grünbewachsene Schlucht blickte —, einen Fernsehapparat und eine Tür, die in ein blaugekacheltes Bad führte. Er saß auf dem Toilettendeckel, während das Mädchen sich auszog und zu Bett ging.

Als er hinausspähte, um nach ihr zu sehen, lag sie bereits zugedeckt in ihrem Bett und hatte das Gesicht zur Wand gedreht. Ihre Kleider waren am Boden verstreut, neben ihr lag eine halbleere Tüte mit Kartoffelchips. Er ging ins Badezimmer zurück, zog sich aus und stellte sich unter die Dusche. Ein Gefühl wunschlosen Glücks durchströmte ihn. Für einen Augenblick fühlte er sich in sein altes Leben zurückversetzt, er war nicht mehr „Lamar Burgess“, sondern Don Wanderley, einstmals Einwohner von Bolinas, Californien, und Autor zweier Romane (von denen einer sogar etwas Geld eingebracht hatte), eine Zeitlang Liebhaber von Alma Mobley und Bruder des verstorbenen David Wanderley. Und da war es wieder. Es half nichts, er konnte nicht entkommen. Das Gehirn war eine Falle — es war ein Käfig, der über einen stürzte. Wie er auch hierhergekommen sein mochte, er war da. Saß fest im „Palmetto Motor-In“. Er drehte die Dusche ab. Jegliches Glücksgefühl war erstorben.

In dem kleinen Raum, in dem nur das schwache Licht über seinem Bett brannte und die geisterhafte Umgebung beleuchtete, zog er seine Jeans an und öffnete seinen Koffer. Das Jagdmesser war in ein Hemd eingewickelt, er entrollte es, und das Messer fiel auf das Bett.

Er hielt es an dem schweren, beinernen Griff und ging zum Bett des Mädchens. Sie schlief mit geöffnetem Mund; auf ihrer Stirn glänzte Schweiß.

Lange saß er neben ihr, hielt das Messer in seiner rechten Hand, war bereit, es zu gebrauchen.

Aber nicht diese Nacht. In dieser Nacht konnte er es nicht tun. Er gab auf, gab nach, nahm sie beim Arm und schüttelte sie so lange, bis ihre Augenlider flatterten.

„Wer bist du?“ fragte er.

„Ich möchte schlafen.“

„Wer bist du?“

„Geh fort. Bitte.“

„Wer bist du? Ich frage, wer du bist!“

„Das weißt du.“

„Weiß ich es?“

„Du weißt es. Ich habe es dir gesagt.“

„Wie ist dein Name?“

„Angie.“

„Angie — was noch?“

„Angie Maule. Das habe ich dir schon früher gesagt.“

Er hielt das Messer hinter seinem Rücken verborgen, damit sie es nicht sehen konnte.

„Ich möchte schlafen“, sagte sie. „Du hast mich geweckt.“ Sie drehte ihm wieder den Rücken zu. Gebannt sah er, wie der Schlaf sich über sie senkte: Ihre Fingerspitzen zuckten, ihre Augenlider zogen sich zusammen, ihr Atemrhythmus veränderte sich. Es war, als hätte sie sich, um ihn auszuschließen, in den Schlaf zurückgezwungen. Angie - Angela? Angela Maule. Das klang anders als der Name, den sie ihm nannte, als er sie zum ersten Mal in seinen Wagen genommen hatte. Minoso? Minnorsi? So ähnlich, es war ein italienisch klingender Name gewesen — jedenfalls nicht Maule.

Er hielt das Messer in beiden Händen, den schwarzen, beinernen Griff an seinen Bauch gedrückt, die Ellbogen nach außen gedreht: Alles, was er tun mußte, war zuzustoßen, mit aller Kraft ...

Schließlich, es mußte etwa drei Uhr morgens sein, ging er zu seinem Bett hinüber.

4

Ehe sie am nächsten Morgen das Motel verließen, sagte sie zu ihm, während er die Landkarte studierte: „Du solltest mir solche Fragen nicht stellen.“

„Was für Fragen?“ Er hatte ihr auf ihre Bitte hin den Rücken zugewandt, als sie in das rosa Kleidchen schlüpfte, und hatte plötzlich das Gefühl, daß er sich auf der Stelle umdrehen müsse, jetzt, augenblicklich, um sie anzusehen. Er sah sein Messer in ihren Händen (obwohl er es wieder in das zusammengerollte Hemd getan hatte), er spürte, wie die Spitze bereits seine Haut berührte. „Kann ich mich jetzt umdrehen?“

„Ja, klar."

Er begann sich langsam zur Seite zu drehen, während er das Messer, sein eigenes Messer, immer noch in seine Haut eindringen spürte. Das Mädchen saß auf dem ungemachten Bett und beobachtete ihn. Dieses eindringliche, unschöne Gesicht.

„Was für Fragen?"

„Du weißt schon."

„Sag es mir."

Sie schüttelte den Kopf und war nicht bereit, mehr zu sagen.

„Möchtest du sehen, wohin wir fahren?"

Sie kam auf ihn zu, nicht langsam, aber doch bedachten Schritts, als wolle sie ihr Mißtrauen nicht zeigen. „Da", sagte er und deutete auf einen Punkt auf der Karte. „Panama City in Florida."

„Werden wir das Meer sehen?"

„Vielleicht."

„Und wir werden nicht im Auto schlafen?"

„Nein."

„Ist es noch weit?"

„Heute abend können wir dort sein. Wir werden auf dieser Straße fahren — dieser hier — siehst du?"

„Mhm." Es interessierte sie nicht; sie neigte sich etwas zur Seite, gelangweilt und wachsam.

Sie sagte: „Findest du mich hübsch?"

Was ist das Schrecklichste, das dir je widerfahren ist? Daß du dich nachts neben dem Bett eines neunjährigen Mädchens ausgezogen hast? Daß du ein Messer in der Hand hieltest? Daß dieses Messer sie töten wollte?

Nein. Es gab noch Schlimmeres.

Nahe der Grenze, nicht auf der Autobahn, die er Angie auf der Karte gezeigt hatte, sondern auf einer zweispurigen Landstraße, hielt er vor einer weißen Bretterbude. *Buddys Warenlager.*

„Magst du mit mir kommen, Angie?"

Sie öffnete die Tür auf ihrer Seite und stieg auf Kleinkinderart aus, als würde sie eine Leiter hinunterklettern. Er hielt ihr die Tür auf und ließ sie zuerst eintreten. Ein dicker Mann saß auf dem Ladentisch, wie Humpty Dumpty. „Sie schummeln bei Ihrer Einkommensteuer", sagte er. „Und Sie sind heute der erste Kunde. Ist es zu glauben? Zwölf Uhr dreißig, und Sie sind der erste, der durch diese Tür tritt." „Nein", sagte er, indem er sich vorbeugte und sie musterte. „Zum Teufel, nein. Du bescheißt nicht Vater Staat, du tust Schlimmeres. Du bist der Kerl, der neulich oben in Tallahassee vier, fünf Leute umgelegt hat."

„Was ...?" sagte er. „Ich bin ... ich wollte nur etwas zu essen kaufen... meine Tochter ..."

„Jetzt habe ich dich", sagte der Mann. „Ich war nämlich Polizist. Allentown, Pennsylvania. Zwanzig Jahre lang. Habe diese Bude hier gekauft, weil der Kerl mir weismachte, ich könnte mehr als hundert Dollar die Woche herausholen. Es gibt einen Haufen Gauner auf der Welt. Hier kann hereinkommen wer will, ich sage ihm auf den Kopf zu, welche Art Gauner er ist. Und bei dir habe ich es jetzt auch heraus. Du bist kein Mörder. Du bist ein Kidnapper."

„Nein, ich..." Er fühlte, wie der Schweiß an ihm herunterlief. „Meine Kleine..."

„Mich bescheißt du nicht. Zwanzig Jahre Polizist."

Völlig außer Fassung gebracht, suchten seine Augen nach dem Mädchen. Schließlich entdeckte er sie, in ernsthafte Betrachtung eines mit Erdnußbutter gefüllten Regals vertieft. „Angie ...", sagte er. „Angie, komm jetzt ..."

„So warten Sie doch", sagte der dicke Mann. „Ich wollte Sie nur ein wenig auf die Palme bringen. Sie werden doch nicht gleich fortlaufen. Magst du Erdnußbutter, Kleine?"

Angie sah ihn an und nickte.

„Dann nimm ein Glas aus dem Regal und bring es her. Sonst noch etwas, mein Herr? Wären Sie Bruno Hauptmann, müßte ich Sie natürlich einlochen. Ich habe hier immer noch meinen alten Dienstrevolver irgendwo herumliegen. Das haut Sie um, was?"

Er sah wohl, daß dies alles nur ein dummer Scherz war. Und doch konnte er sein Zittern kaum verbergen. Der Ex-Polizist mußte das doch merken. Er wandte sich den Regalen zu.

„Hören Sie“, sagte der Mann hinter seinem Rücken, „wenn Sie dermaßen in Schwierigkeiten sind, warum hauen Sie dann nicht einfach ab?“

„Nein, nein“, sagte er, „ich brauche verschiedenes ...“

„Sie sehen dem Kind nicht sehr ähnlich.“ Blindlings nahm er aus den Regalen, was ihm in die Hände fiel: ein Glas mit Gurken, eine Schachtel Apfeltörtchen, Dosenschinken, zwei, drei andere Konserven, die er nicht einmal ansah. Er trug alles zum Ladentisch.

Der dicke Mann namens Buddy schaute ihn mißtrauisch an. „Sie haben mich vorhin etwas durcheinandergebracht“, sagte er zu ihm. „Ich habe nicht sehr viel geschlafen, bin schon einige Tage unterwegs ...“ Dann kam ihm ein segensreicher Einfall. „Ich muß meine kleine Tochter zu ihrer Großmutter nach Tampa bringen“ — Angie, zwei Gläser mit Erdnußbutter an sich gedrückt, wirbelte herum und starrte ihn an, als er das sagte — „mhm, Tampa, weil ihre Mutter und ich uns getrennt haben und ich einen Job suchen muß, damit die Dinge wieder in Ordnung kommen, nicht wahr, Angie?“ Das Mädchen stand mit offenem Mund da. „Heißt du Angie?“ fragte sie der dicke Mann. Sie nickte. „Ist dieser Mann dein Papi?“ Er dachte, er würde umfallen. „Jetzt ist er es“, sagte sie.

Der dicke Mann lachte. „Jetzt ist er es! Typisch Kind. Verdammt, komme einmal einer drauf, was im Hirn eines Kindes vorgeht, der muß schon eine Art Genie sein. Ist schon recht, Sie Nervenbündel. Ich denke, ich werde Ihr Geld nehmen.“ Immer noch saß er auf dem Ladentisch, als er, sich zur Seite neigend, die Einkäufe in die Registrierkasse einzutippen begann. „Sie sollten sich etwas ausruhen. Sie erinnern mich an ungefähr eine Million Kerle, die ich früher in meinem Revier einlochte.“

Draußen sagte Wanderley zu ihr: „Danke, daß du das gesagt hast.“

„Was gesagt?“ kam es schnippisch, selbstbewußt zurück. Dann wieder, fast mechanisch, unheimlich, den Kopf von einer Seite auf die andere pendelnd: „Was gesagt? Was gesagt? Was gesagt?“

5

In Panama City hielt er im „Gulf Glimpse Motor Lodge", einer Reihe schäbiger Ziegelbauten rund um einen Parkplatz. Der Bungalow des Verwalters stand etwas abseits am Eingang und unterschied sich von den anderen Häuschen lediglich durch eine große Wand aus Spiegelglas, hinter der — offensichtlich in brütender Hitze — ein sehniger alter Mann mit goldgeränderter Brille und Netzleibchen saß. Er sah aus wie Adolf Eichmann. Der strenge, unbewegliche Gesichtsausdruck des Mannes erinnerte Wanderley an die Bemerkung des Ex-Polizisten über ihn und das Kind: daß er mit seinem blonden Haar und seiner hellen Haut so gar nicht aussähe wie der Vater des Mädchens. Er fuhr vor dem Bungalow des Verwalters vor und stieg aus dem Wagen — seine Handflächen waren naß von Schweiß.

Als er nach einem Zimmer für sich und seine Tochter verlangte, warf der Alte lediglich einen gleichgültigen Blick auf das dunkelhaarige Kind im Auto und sagte: „Zehn Dollar fünfzig pro Tag. Tragen Sie sich hier ein. Wenn Sie essen wollen, versuchen Sie es im ‚Eat-Mor', ein Stück die Straße runter. In den Bungalows gibt es keine Kochgelegenheit. Haben Sie vor, länger als eine Nacht zu bleiben, Mr.-", er sah kurz auf den Meldezettel, „Boswell?"

Vielleicht eine Woche."

„Dann zahlen Sie die beiden ersten Nächte im voraus."

Er zählte einundzwanzig Dollar auf den Tisch und der Verwalter gab ihm einen Schlüssel. „Nummer elf. Glückszahl, die Elf."

Das Zimmer hatte weißgetünchte Wände und roch nach Toilettenputzmitteln. Mechanisch sah er sich um: der gleiche harte Teppich, zwei schmale Betten mit sauberem, aber verschlissenem Bettzeug, ein Fernsehapparat mit kleinem Bildschirm, zwei grauenhafte Blumenbilder. Der Raum schien mehr Schatten zu bergen, als er von Rechts wegen haben konnte. Das Mädchen inspizierte das Bett an der Seitenwand. „Was sind ‚Magische Finger'? Ich will es ausprobieren. Darf ich? Bitte!"

„Es funktioniert sicher nicht."

„Darf ich? Ich will es ausprobieren. Bitte!"

„Von mir aus. Leg' dich drauf. Ich muß nur etwas Geld holen. Geh nicht fort, ehe ich nicht zurück bin. Ich muß einen Vierteldollar in den Schlitz hier stecken, siehst du? So. Wenn ich zurück bin, können wir essen." Das Mädchen lag auf dem Bett, nickte ungeduldig und sah nicht auf ihn, sondern nur auf die Münze in seiner Hand. „Wir werden essen, wenn ich zurück bin. Ich werde versuchen, neue Kleider für dich zu kaufen. Du kannst nicht immer in diesem Zeug herumlaufen."

„Wirf die Münze ein."

Er zuckte die Achseln, steckte die Münze in den Schlitz und hörte augenblicklich ein summendes Geräusch. Das Kind ließ sich aufs Bett fallen, lag mit ausgebreiteten Armen und gespanntem Gesicht da. „Oh, das ist fein."

„Ich bin bald wieder zurück", sagte er, und als er hinausging in das grelle Sonnenlicht, roch er zum ersten Mal das Meer.

Der Golf war weit entfernt, aber sichtbar. Auf der anderen Seite der Straße, auf der er stadteinwärts gefahren war, wurde der Boden sofort zu Ödland, unkrautbewachsen, mit steinigem Grund, von Eisenbahnschienen zerschnitten. Hinter den Schienen lag wieder ein Stück unbebautes Land voll Unkraut, das von einer zweiten Straße begrenzt wurde, die auf eine Ansammlung von Lagerhäusern und Verladerampen zuführte. Jenseits dieser zweiten Straße lag der Golf von Mexiko — graues, schaumiges Wasser.

Er wanderte die Straße in Richtung Stadt hinunter.

Am Stadtrand von Panama City ging er in einen Diskontladen und kaufte Jeans und zwei T-Shirts für das Mädchen, Unterwäsche, Socken, zwei Shorts, ein Paar Khakihosen und Wildlederschuhe für sich.

Mit zwei großen Tragtaschen verließ er den Laden und wandte sich in Richtung Innenstadt. Dieselgeruch schlug ihm entgegen, Autos mit Aufklebeschildern — „Keep the Southland Great" — auf den Stoßstangen rollten an ihm vorüber. Männer in kurzärmeligen Hemden und mit grauem Borstenschnitt gingen die Gehsteige entlang. Als er einen Polizisten sah, der versuchte, Eis aus einer Tüte zu essen und gleichzeitig einen Parkzettel auszustellen, schlüpfte er zwischen zwei Lastwagen und überquerte die Straße. Ein Schweißbächlein tropfte von seiner linken Augenbraue und lief ihm ins Auge. Er beruhigte sich. Wieder einmal war das Unheil an ihm vorübergegangen.

Er entdeckte die Busstation rein zufällig. Sie nahm einen halben Block ein und war ein riesiges, neu wirkendes Gebäude mit schwarzen Glasschlitzen als Fenster. Er dachte: *Alma Mobley,* ihr *Zeichen.* Als er durch die Drehtür kam, sah er in dem großen, leeren Raum einige Menschen ohne eine bestimmte Absicht oder ein Ziel auf Bänken herumsitzen, Menschen, denen man immer wieder an Haltestellen begegnet — einige jung-alte Männer mit zerfurchten Gesichtern und komplizierten Frisuren, ein paar lärmende Kinder, ein schlafender Pennbruder, drei, vier Halbwüchsige in Cowboystiefeln und mit schulterlangem Haar. Und wieder ein Polizist, der an der Wand neben dem Zeitungsstand lehnte. Suchte er ihn? Panik erfaßte ihn, aber der Polizist sah ihn gar nicht an. Er tat, als ob er die Ankunfts- und Abfahrtszeiten auf der großen Tafel studieren würde, ehe er mit übertriebener Lässigkeit langsam auf die Herrentoilette zusteuerte.

Er sperrte sich in einer der Toiletten ein und zog sich völlig aus. Nachdem er seine untere Körperhälfte neu eingekleidet hatte, verließ er das WC und wusch sich an einem der Waschbecken. Es kam derart viel Schmutz herunter, daß er sich ein zweites Mal wusch. Während er Wasser auf den Boden verspritzte, bearbeitete er mit der grünen, flüssigen Seife seine Achseln und seinen Nacken. Dann trocknete er sich an der Handtuchrolle ab und zog eines von den neuen kurzärmeligen Hemden an — ein hellblaues mit zarten roten Streifen. Alle seine alten Kleider wanderten in die Tragtasche aus dem Diskontladen.

Wieder im Freien, fiel ihm der seltsam gemaserte graublaue

Himmel auf. Diese Art Himmel hing wohl ewig über den Inselchen und Sümpfen weiter südlich in Florida, ein Himmel, der die Hitze hielt, sie verdoppelte, vervielfachte, der Unkraut und Pflanzen zu unglaublichem Wachstum anregte und die Ursache für jene grotesken, geschwollenen Ranken war, die sie aussandten ... eine Art von Himmel und von heißer Sonnenscheibe, die, wenn er es recht bedachte, immer über Alma Mobley hätte hängen sollen. Er stopfte die Tasche mit den alten Kleidern in einen halbvollen Abfallkübel vor einer Waffenhandlung.

In den neuen Kleidern fühlte er sich jung und tüchtig, gesünder als den ganzen schrecklichen Winter über. Wanderley ging die schäbige südländische Straße hinunter, ein großer, gutgebauter Mann in den Dreißigern, der nicht mehr ganz gewahr wurde, was er tat. Er rieb seine Wange und spürte die flaumigen Stoppel des Blondhaarigen — manchmal hielt er zwei, drei Tage durch, ohne so auszusehen, als benötige er dringend eine Rasur. Ein Transporter mit einem Matrosen am Steuer fuhr vorbei, hinten standen fünf oder sechs Matrosen in ihren weißen Sommeruniformen und schrien irgend etwas Fröhliches, Anzügliches, Spöttisches.

„Die meinen's nicht böse", sagte ein Mann, der neben Wanderley aufgetaucht war. Sein Kopf mit einer riesigen behaarten Warze, die eine Augenbraue teilte, reichte Wanderley nur bis zum Brustbein. „Sind alles ordentliche Jungs."

Er lächelte, murmelte eine nichtssagende Zustimmung und entfernte sich — er war außerstande, zu dem Motel zurückzukehren, hatte nicht die Kraft, sich mit dem Mädchen auseinanderzusetzen. Er fühlte sich einer Ohnmacht nahe. Seine Füße in den Wildlederschuhen schienen ihm fremd — viel zu weit unten, viel zu weit von seinen Augen entfernt. Er bemerkte, daß er ganz rasch eine abschüssige Straße hinunterging und in eine Gegend mit Neonreklamen und Kinos kam. Die Sonne hing hoch und reglos am gemaserten Himmel. Parkuhren warfen ihre tiefschwarzen Schatten auf den Gehsteig; einen Augenblick lang war er überzeugt, daß mehr Schatten als Parkuhren da waren. Alle Schatten, die über der Straße hingen, waren tiefschwarz. Er passierte einen Hoteleingang und gewahrte jenseits des gläsernen Portals einen riesigen, braunen, leeren Raum, eine kühle, braune Höhle.

Fast widerwillig ging er in der furchtbaren Hitze weiter und verspürte ein vertrautes, schreckenerregendes Bündel von Empfindungen: Er zwang sich dazu, nicht über die Schatten der Parkuhren zu steigen. Zwei Jahre zuvor hatte sich die Welt auf die gleiche bedrohliche Weise verdichtet, war schlüpfrig und voll heimlicher Bedeutung gewesen — nach der Episode mit Alma Mobley, nach dem Tod seines Bruders. Sie hatte David Wanderley auf irgendeine Art, direkt oder indirekt, getötet: Er wußte, daß er nur knapp dem — was es auch sein mochte — entkommen war, das David aus dem Fenster eines Amsterdamer Hotels stürzen ließ. Das Schreiben hatte ihn der Welt wiedergegeben; nur das Schreiben über *es*, jenes grauenerfüllte, verworrene Durcheinander um ihn und Alma und David; es niederzuschreiben war eine Geistergeschichte, hatte ihn davon befreit. So hatte er gedacht.

Panama City? Panama City, Florida? Was suchte er hier? Was wollte er mit jenem seltsamen, teilnahmslosen Mädchen, das er mit sich führte? Mit dem er hier durch den Süden geisterte?

Er war immer der Sonderling gewesen, das Sorgenkind, der Gegensatz zu Davids Stärke, in der Ökonomie des Familienlebens war seine eigene Armut der Gegensatz zu Davids Erfolg; seine Vorstellungen und Wünsche („Glaubst du tatsächlich, daß dich die Schriftstellerei ernähren könnte? Nicht einmal dein Onkel war so einfältig, das zu glauben“, so sein Vater) bildeten den Kontrast zu Davids hartarbeitender Vernunft, zu Davids stetigem Aufstieg über das Studium der Rechte in eine erste Anwaltskanzlei. Und als David mit den Alltäglichkeiten seines Lebens in Berührung gekommen war, hatte es ihn das Leben gekostet.

Das war das Ärgste, das ihm je zugestoßen war. Bis zum letzten Winter: bis Milburn.

Die schäbige Straße schien sich zu öffnen, wie ein Grab. Er hatte das Gefühl, die schlüpfrigen Kinos würden ihn in die Tiefe reißen, abwärts, in endlosem Fall, machte er noch einen einzigen Schritt auf den Fuß des Hügels zu.

Etwas, das vorher nicht dagewesen war, schob sich in sein Blickfeld, und er kniff die Augen zusammen, um deutlicher zu sehen.

Atemlos, im stechenden Sonnenlicht stehend, wandte er sich um. Sein Ellenbogen streifte jemandes Brust, und er hörte sich einer verstörten Dame in einem weißen Sonnenhut zumurmeln: „*Verzeihen Sie, verzeihen Sie.*" Planlos begann er die Straße bergan zu hetzen. Er hatte da unten, auf der Kreuzung am Fuße des Hügels, einen Augenblick lang den Grabstein seines Bruders gesehen: klein, aus dunkelrotem Marmor, die Worte „*David Webster Wanderley, 1939 — 1975*" eingraviert, so war er in der Mitte der Kreuzung gestanden. Er floh.

Ja, er hatte Davids Grabstein gesehen. Aber David hatte keinen Grabstein. Er war in Holland eingeäschert worden, seine Urne hatte man in die Staaten geflogen und zu ihrer Mutter gebracht. Davids Grabstein. Ja. Mit Davids Namen. Aber was ihn den Hügel hinaufjagte, war das Gefühl, daß der Grabstein für ihn selber bestimmt war. Und daß er, würde er in der Mitte der Kreuzung hinknien und den Sarg ausgraben, seinen eigenen verwesenden Körper darin finden würde.

Er suchte an dem einzigen kühlen, einladenden Ort Zuflucht, an dem er vorübergekommen war — der Hotelhalle. Er mußte sich setzen, um seine Fassung wiederzufinden. Unter den desinteressierten Blicken des Mannes an der Rezeption und des Mädchens am Zeitungsstand ließ er sich auf ein Sofa sinken. Sein Gesicht klebte von kaltem Schweiß. Der Stoff des Sofaüberzugs rieb unangenehm an seinem Rücken; er beugte sich vor, fuhr mit den Fingern durch sein Haar, sah auf seine Uhr. Er mußte normal wirken, so, als warte er auf jemanden; er mußte aufhören zu zittern. Topfpalmen standen verstreut in der Halle. Über seinem Kopf drehte sich ein Ventilator. Ein dünner alter Mann in dunkelroter Uniform stand an der geöffneten Aufzugstür und starrte ihn an. Er fühlte sich ertappt und sah weg.

Erst als Geräusche an sein Ohr drangen, wurde ihm bewußt,

daß er von dem Augenblick an, da er den Grabstein in der Mitte der Kreuzung gesehen hatte, nichts mehr gehört hatte. Sein eigener Pulsschlag hatte jeden anderen Laut verschluckt. Nun füllte der geschäftige Lärm des Hotelbetriebs den Raum. Auf einer unsichtbaren Stiege summte ein Staubsauger, in einiger Entfernung läutete ein Telefon, die Aufzugstüren schlossen sich mit sanftem Rauschen. In der Halle saßen Gruppen von Menschen und waren in Gespräche vertieft. Langsam hatte er wieder das Gefühl, auf die Straße treten zu können.

6

„Ich habe Hunger", sagte sie.

„Ich habe dir neue Kleider mitgebracht."

„Ich will keine neuen Kleider, ich will etwas essen."

Er durchquerte das Zimmer und setzte sich auf den leeren Stuhl.

„Ich dachte, du hättest es satt, immer dasselbe Kleid anzuziehen."

„Es ist mir egal, was ich anhabe."

„Okay." Er warf die Tasche auf ihr Bett. „Ich dachte, sie würden dir gefallen."

Sie gab keine Antwort.

„Du bekommst zu essen, wenn du ein paar Fragen beantwortest."

Sie drehte sich von ihm weg und begann an den Bettüchern zu zerren, sie zu zerknüllen und wieder glattzustreichen.

„Wie heißt du?"

„Habe ich dir schon gesagt. Angie."

„Angie Maule?"

„Nein. Angie Mitchell."

Er ließ es dabei bewenden. „Warum haben deine Eltern

nicht die Polizei alarmiert, um dich zu finden? Wieso hat man uns noch nicht gefunden?"

„Ich habe keine Eltern."

„Jeder Mensch hat Eltern."

„Waisen haben keine."

„Wer kümmert sich um dich?"

„Du."

„Und vor mir?"

„Sei still, sei still!" Ihr Gesicht wurde glatt und verschlossen.

„Bist du wirklich eine Waise?"

„Schweig still! Schweig! Schweig!" Um sie vom Schreien abzuhalten, nahm er eine Dose Schinken aus der Lebensmitteltüte. „Also gut", sagte er. „Ich gebe dir etwas zu essen."

„Okay." Es war, als hätte sie nie geschrien. „Ich will auch von der Erdnußbutter."

Während er den Schinken aufschnitt, sagte sie: „Hast du genügend Geld, um für uns zu sorgen?"

Sie aß mit der ihr eigenen Hingabe: Zuerst nahm sie einen Bissen Schinken, dann tauchte sie ihre Finger in die Erdnußbutter, steckte einen Klumpen in den Mund und kaute beides zusammen. „Wunderbar", erklärte sie, mit vollem Mund kauend.

„Du wirst nicht weglaufen, wenn ich mich etwas schlafen lege?"

Sie schüttelte den Kopf. „Aber ich kann einen Spaziergang machen?"

„Ich denke schon."

Er trank eine Dose Bier aus einer Sechserpackung, die er auf dem Rückweg in einem kleinen Laden mitgenommen hatte. Das Bier und das Essen machten ihn schläfrig, und er wußte, daß er auf dem Sessel einschlafen würde, wenn er nicht ins Bett ging.

Sie sagte: „Du mußt mich nicht an dir festbinden. Ich komme zurück. Du glaubst mir doch, oder?"

Er nickte.

„Denn wohin sollte ich gehen? Ich kann ja nirgendwo hingehen."

„Okay", sagte er. Wieder einmal war das Gespräch nicht so gelaufen, wie er gewollt hatte. Sie hatte die Sache in der Hand. „Du kannst spazierengehen, aber bleib nicht zu lange aus." Er benahm sich wie ein Vater. Er wußte, daß sie ihn in diese Rolle gezwungen hatte. Es war absurd.

Er sah sie den armseligen kleinen Raum verlassen. Später, als er sich im Bett herumdrehte, hörte er undeutlich, wie die Tür ins Schloß fiel, und wußte, daß sie zurückgekommen war. Also war sie sein.

In dieser Nacht lag er völlig angekleidet auf seinem Bett und beobachtete sie im Schlaf. Wenn seine Muskeln sich zu verkrampfen begannen, weil er zu lange in der gleichen Stellung verharrt hatte, veränderte er seine Lage auf dem Bett. Auf diese Weise bewegte er sich während einer Zeitspanne von zwei Stunden aus der Seitenlage — mit in die Hand gestütztem Kopf — in eine sitzende Stellung — mit angezogenen Knien und im Nacken verschränkten Händen —, dann beugte er sich vornüber — mit den Ellbogen auf den Knien — und kehrte schließlich in die Seitenlage zurück — auf einen Ellbogen gestützt: Dies alles tat er, als wäre jede dieser Stellungen Teil eines feierlichen Rituals. Er ließ das Mädchen kaum aus den Augen. Sie lag vollkommen still — der Schlaf hatte sie entführt und nur ihren Körper zurückgelassen. Während sie einfach so dalag, sie beide dalagen, hatte sie sich ihm entzogen.

Er stand auf, ging zu seinem Koffer, entnahm ihm das zusammengerollte Hemd und kehrte zu seinem Bett zurück. Er hielt das Hemd am Kragen, und durch sein Gewicht fiel das Jagdmesser, das Hemd dabei entrollend, aufs Bett. Es war so schwer, daß es nicht federte, als es dort aufschlug. Wanderley nahm es und wog es in seiner Hand.

Wieder stand er, das Messer hinter seinem Rücken verbergend, neben dem Mädchen und rüttelte es an der Schulter. Ihre Züge schienen zu verschwimmen, ehe sie sich umdrehte und das Gesicht ins Kissen drückte. Wieder packte er sie an der Schulter und fühlte den langen, dünnen Knochen, das magere, aus dem Rücken ragende Schulterblatt.

„Geh weg", murmelte sie in ihr Kissen.

„Nein, wir werden uns unterhalten."

„Es ist zu spät."

Er schüttelte sie, und als sie nicht reagierte, versuchte er sie gewaltsam herumzudrehen. Klein und dünn, wie sie war, hatte sie doch genügend Kraft, ihm Widerstand zu leisten. Es gelang ihm nicht, in ihr Gesicht zu sehen.

Dann drehte sie sich, wie um ihre Verachtung zu zeigen, selber herum. Man sah ihr den Mangel an Schlaf sehr deutlich an, aber trotz ihres verschwollenen Gesichtes wirkte sie erwachsen.

„Wie heißt du?"

„Angie." Sie lächelte gleichgültig. „Angie Maule."

„Woher kommst du?"

„Du weißt es."

Er nickte.

„Wie heißen deine Eltern?"

„Weiß ich nicht."

„Wer sorgte für dich, ehe ich dich mitnahm?"

„Das ist doch egal."

„Wieso?"

„Es ist ohne Bedeutung. Es waren irgendwelche Leute."

„Hießen sie Maule?"

Ihr Lächeln wurde unverschämter. „Ist das wichtig? Du glaubst doch ohnehin alles zu wissen."

„Was meinst du damit, es waren irgendwelche Leute?"

„Es waren irgendwelche Leute, die Mitchell hießen. Das ist alles."

„Und du hast deinen Namen selber geändert?"

„Na und?"

„Ich weiß nicht." Und das stimmte.

Sie sahen einander an; er saß auf der Bettkante, das Messer hinter dem Rücken haltend, und wußte genau, daß er — was immer auch geschehen würde — nicht imstande sein würde, es zu benützen. Er nahm an, daß auch David nicht fähig gewesen war, ein Leben, irgendein Leben zu vernichten, außer das eigene — falls er das getan hatte. Wahrscheinlich wußte das Mädchen, daß er ein Messer in der Hand hielt, und sah darin nichts als eine Drohung. Es war nicht einmal eine Drohung. Er selbst war keine Bedrohung. Sie hatte sich nicht im geringsten vor ihm gefürchtet.

„Okay, versuchen wir es noch einmal", sagte er. „Wer bist du?"

Seit dem Augenblick, da er sie in seinen Wagen genommen hatte, lächelte sie zum ersten Mal richtig. Es ging eine Verwandlung mit ihr vor, die aber nicht von der Art war, daß es ihm leichter ums Herz wurde: Sie sah um nichts weniger erwachsen aus. „Du weißt es", sagte sie.

Er blieb hartnäckig. „Was bist du?"

Sie lächelte, während sie ihm die erstaunliche Antwort gab: „Ich bin du."

„Nein. Ich bin ich. Du bist du."

„Ich bin du."

„*Was* bist du?" Verzweifelt brach die Frage von neuem aus ihm heraus, und sie hatte jetzt einen völlig anderen Sinn bekommen.

Dann war er für den Bruchteil einer Sekunde wieder auf der Straße in New York, und die Person vor ihm war nicht die schicke, sonnengebräunte, unbekannte Frau, sondern sein Bruder David. Sein Gesicht war zerfallen, und sein Körper steckte in den zerrissenen, modernden Kleidern aus dem Grab.

... das Schrecklichste von allem ...

ERSTER TEIL

Nach Jaffreys Party

Scheint der Mond nicht einsam durch die Bäume?
Scheint der Mond nicht einsam durch die Bäume?

Blues

1.
Die Altherrengesellschaft: Oktobergeschichten

Die ersten Romanhelden Amerikas waren alte Männer.

Robert Ferguson

Milburn – nostalgisch gesehen

Eines frühen Oktobertages verließ Frederick Hawthorne sein Haus in der Melrose Avenue, Milburn, New York, um quer durch die Stadt zu seinem Büro in der Wheat Row, gleich neben dem Hauptplatz, zu gehen. Ricky war Rechtsanwalt, siebzig Jahre alt, und die Zeit hatte es gut mit ihm gemeint, man sah ihm sein Alter nicht an. Es war erstaunlich kühl, für gewöhnlich waren in Milburn die Temperaturen so früh im Herbst milder; doch Ricky trug bereits seine Winterausrüstung — Tweedmantel, Cashmereschal und einen sachlichen grauen Hut. Um seinen Kreislauf in Schwung zu bringen, schritt er auf der Melrose Avenue kräftig aus. Der Marsch unter den riesigen Eichen und den kleineren Ahornbäumen, die in herzerweichenden Rot- und Orangetönen prangten — letzteres ebenfalls untypisch früh für die Jahreszeit –, würde ihn aufwärmen. Er war anfällig für Erkältungen; falls die Temperatur um weitere fünf Grad sank, würde er mit dem Wagen fahren müssen.

Aber noch genoß er seinen täglichen Spaziergang, wenn es ihm nur gelang, den Wind von seinem empfindlichen Hals fernzuhalten. Er hatte die Melrose Avenue verlassen, war in

Richtung Hauptplatz abgebogen und fühlte sich genügend durchwärmt, um eine gemächlichere Gangart anzuschlagen. Ricky hatte keinen Grund zur Eile: Es geschah höchst selten, daß ein Klient vor Mittag in seinem Büro erschien. Auch Sears James, sein Freund und Partner, würde sicher erst nach einer weiteren Dreiviertelstunde auftauchen. Ricky hatte also Muße, durch die Stadt zu schlendern, Leute zu begrüßen und zu betrachten, was er an Milburn liebte. Milburn, die Stadt, in der er mit Ausnahme seiner Studienzeit und seines Militärdienstes ein ganzes Leben zugebracht hatte. Nie war ihm der Wunsch gekommen, anderswo zu leben, obwohl seine schöne und unternehmungslustige Frau in den ersten Jahren ihrer Ehe oft behauptete, die Stadt sei langweilig. Stella wollte nach New York — sie wollte es nachdrücklich —, aber das war einer jener Kämpfe gewesen, die er gewonnen hatte. Ricky war es unbegreiflich, daß man Milburn langweilig finden konnte: Wenn man wie er die Stadt siebzig Jahre hindurch aus der Nähe beobachtet hatte, sah man ein Jahrhundert am Werk. Ricky war der Überzeugung, daß man bei der Betrachtung New Yorks über den gleichen Zeitraum hinweg hauptsächlich New York am Werk sehen würde. Dort wurde für seinen Geschmack zu rasch gebaut und wieder abgerissen, alles bewegte sich zu rasch, war in einem ausschließlich auf sich selbst konzentrierten Kokon von Energie versponnen, der sich zu rasch drehte, als daß man westlich des Hudson außer den Lichtern von Jersey auch nur das Geringste hätte wahrnehmen können. Überdies gab es in New York einige hunderttausend Rechtsanwälte; Milburn hatte nicht mehr als fünf oder sechs, die zählten. Und von diesen waren Sears und er die letzten 40 Jahre hindurch die prominentesten gewesen. (Nicht daß Stella den Milburnschen Vorstellungen von Prominenz jemals die geringste Bedeutung beigemessen hätte.)

Er war im Geschäftsviertel angelangt, das sich westlich des Hauptplatzes über zwei Blocks erstreckte, ging weitere zwei Blocks bis zu Clark Mulligans Rialto Kino und blieb stehen, um die Anzeigen zu betrachten. Was er sah, ließ ihn die Nase rümpfen. Die Plakate vor dem Rialto zeigten das blutüberströmte Gesicht eines Mädchens. Jene Art Filme, die Ricky liebte, wurde heutzutage nur noch im Fernsehen gezeigt. Für ihn war es mit der Filmindustrie etwa seit der Zeit, da William Powell sich zurückgezogen hatte, bergab gegangen (und er nahm mit einiger Berechtigung an, daß Clark Mulligan diese Meinung teilte).

Zu viele der modernen Filme ähnelten seinen Träumen, die im Verlauf des letzten Jahres ausnehmend lebhaft geworden waren.

Ricky wandte sich mißbilligend vom Kino ab und einem wesentlich erfreulicheren Anblick zu. Die alten hohen Fachwerkhäuser von Milburn waren erhalten geblieben, wenn auch in den meisten von ihnen heute nur noch Büros untergebracht waren. Die Bäume in der Umgebung waren zum Großteil jünger als die Häuser. Rickys schwarze, auf Hochglanz polierte Schuhe raschelten durch das Laub, als er die Straße entlangspazierte und die Fassaden musterte, während Erinnerungen an seine Bubenzeit in ihm wach wurden.

Als er den Hauptplatz erreichte, erwartete ihn ein weiterer unerfreulicher Anblick. Einige der Bäume, die den großen Rasenfleck in der Mitte des Platzes säumten, waren über Nacht völlig kahl geworden, andere hatten zumindest einige kahle Äste. Wohl waren die prächtigen Farben noch vorhanden, die er erwartet hatte, aber seit dem gestrigen Tag hatte sich das Gleichgewicht zu ihren Ungunsten verschoben. Schwarze Äste hoben sich wie knöcherne Arme und Finger eines Skelettes von den bunten Blättern ab und wiesen den Weg in den Winter. Tote Blätter bedeckten den Platz.

„Hallo, Mister Hawthorne", sagte jemand neben ihm.

Er wandte sich um und sah Peter Barnes vor sich, dessen Vater, etwa zwanzig Jahre jünger als Ricky selber, zu seinem äußeren Freundeskreis zählte. Dem inneren Kreis gehörten vier Männer in seinem Alter an; es waren fünf gewesen, aber Edward Wanderley war vor einem Jahr gestorben. Wieder trübsinnige Gedanken, obwohl er doch entschlossen war, keine solchen aufkommen zu lassen.

„Hallo, Peter", sagte er. „Bist du auf dem Weg zur Schule?"

„Die fängt heute eine Stunde später an, die Heizung ist schon wieder kaputt."

Peter Barnes stand neben ihm, ein nett aussehender Oberschüler in Skipullover und Jeans. Ricky fand das schwarze Haar des Jungen mädchenhaft lang; aber sein Schulterbau war vielversprechend und deutete darauf hin, daß er, sobald er etwas Gewicht zulegte, den eigenen Vater an Stattlichkeit übertreffen würde. Im übrigen war anzunehmen, daß Peters Haar auf Mädchen keineswegs besonders mädchenhaft wirkte. „Gehst du spazieren?"

„Ja", sagte Peter. „Es ist schön, einfach durch die Stadt zu laufen und die Dinge zu betrachten."

Ricky strahlte: „Ja wahrhaftig! Mir geht es genauso. Ich genieße meine Spaziergänge durch die Stadt. Die komischsten Dinge schießen mir dabei durch den Kopf."

„Oh", sagte Peter und betrachtete ihn neugierig.

„Ich weiß, ich weiß. Himmel! Wie geht es Walter?"

„Gut. Er ist in der Bank."

„Und Christina, geht es ihr auch gut?"

„Aber sicher", sagte Peter, und in seiner Antwort lag ein kühler Unterton. Gab es Probleme? Es fiel ihm ein, wie Walter vor einigen Monaten darüber geklagt hatte, daß Christina neuerdings launischen Stimmungen unterworfen sei. Aber Ricky, der die Generation von Peters Eltern noch als Teenager in Erinnerung hatte, schienen ihre Probleme immer etwas eingebildet — vor diesen Menschen lag die Zukunft, welche wahrhaft ernsten Probleme konnten sie da bedrücken?

„Weißt du", sagte er, „daß wir seit einer Ewigkeit nicht mehr miteinander geredet haben? Hat sich dein Vater schon damit abgefunden, daß du nach Cornell gehst?"

Peter lächelte matt. „Ich denke schon. Er hat ja keine Ahnung, wie schwer es ist, in Yale reinzukommen. Zu seiner Zeit war das wesentlich leichter."

„Ohne Zweifel war es das", sagte Ricky, dem eben einfiel, unter welchen Umständen seine letzte Unterhaltung mit Peter Barnes stattgefunden hatte: John Jaffreys Party; der Abend, an dem Edward Wanderley gestorben war.

„Also ich werde jetzt ins Kaufhaus gehen und mich ein wenig umsehen", sagte Peter.

„Tu das", antwortete Ricky, der gegen seinen Willen an sämtliche Einzelheiten jenes Abends denken mußte. Manchmal schien es ihm, als sei das Leben seit jener Nacht dunkler geworden, als habe sich ein Rad gedreht.

„Ich werde jetzt gehen", sagte Peter und trat zurück.

„Bitte, laß dich nicht aufhalten", sagte Ricky.

Peter verabschiedete sich lächelnd, drehte sich um und überquerte gemächlich den Platz.

Ricky erspähte hinter dem Archer Hotel den Lincoln von Sears James, der sich mit der Geschwindigkeit von circa zwanzig Stundenkilometern näherte, und beschleunigte seine Schritte in Richtung Wheat Row.

Es war ihm nicht gelungen, seine Schwermut abzuschütteln. Wieder sah er zwischen den leuchtenden Blättern die skelettähnlichen Äste bedrohlich hervorragen, sah das unversöhnliche, blutüberströmte Gesicht des Mädchens auf der Filmanzeige, und es fiel ihm ein, daß beim heutigen Treffen der Altherrengesellschaft die Reihe an ihm war, eine Geschichte zu erzählen. Er hastete vorwärts und fragte sich, wo seine hochgemute Stimmung geblieben war. In seinem Innersten wußte er: Edward Wanderley. Nicht einmal Sears blieben die Anwandlungen von Trübsinn erspart, unter denen die übrigen drei Mitglieder der Altherrengesellschaft häufig litten. Er hatte zwölf Stunden Zeit zu überlegen, worüber er sprechen wollte.

„Oh, Sears", sagte er, auf den Stufen zum Büro stehend, während sein Partner sich aus dem Lincoln zwängte. „Guten Morgen. Wir tagen heute abend bei dir, nicht wahr?"

„Ricky", sagte Sears, „es ist strikt verboten, so früh am Morgen zu zirpen."

Schwerfällig schritt Sears an ihm vorbei, und Ricky folgte ihm, Milburn hinter sich lassend, durch die Tür.

Frederick Hawthorne

1

Von allen Räumen, in denen sie sich zu treffen pflegten, mochte Ricky am liebsten die Bibliothek im Hause von Sears James, mit ihren abgenützten Lederfauteuils, den nur undeutlich wahrzunehmenden Bücherregalen hinter hohen Glastüren, den Drinks auf kleinen runden Seitentischen, den Stichen an den Wänden, dem weichen alten Schirasteppich unter den Füßen und der vom kräftigen Aroma alter Zigarren erfüllten Atmosphäre. Da Sears Junggeselle geblieben war, gab es in seinem Leben niemanden, der seine anspruchsvollen Vorstellungen von Behaglichkeit hätte gefährden können. Nach den vielen Jahren ihrer Zusammenkünfte wurde den Freunden gar nicht mehr bewußt, daß sie in Sears' Bibliothek automatisch ein Gefühl von Behagen, Entspannung und leisem Neid empfanden; gleichfalls unbewußt war ihnen, daß sie in John Jaffreys Haus, in dem die Wirtschafterin Milly Sheehan durch ständiges Umstellen der Möbel immerwährende Unruhe erzeugte, ebenso automatisch Unbehagen verspürten. Sie wußten einfach: Jeder von ihnen, Ricky Hawthorne vielleicht am meisten, hätte gewünscht, einen solchen Raum zu besitzen. Aber Sears war immer schon vermögender gewesen als die anderen, wie auch sein Vater mehr Geld besessen hatte als die Väter der anderen. So war es fünf Generationen lang gewesen bis hin zu jenem Gemischtwarenhändler auf dem Lande, der kaltblütig ein Vermögen zusammengerafft und die Familie James in den Patrizierstand katapultiert hatte. Zur Zeit von Sears' Großvater waren die Frauen der Familie bereits durchsichtig wirkende Geschöpfe, zerbrechlich, dekorativ und unnütz, die Männer gingen auf die Jagd und nach Harvard, und im Sommer zog man gemeinsam nach Saratoga Springs. Sears' Vater war Altphilologe in Harvard gewesen, wo die Familie ein drittes Haus besaß. Sears selber war Rechtsanwalt geworden, weil er es als junger Mann für ausgesprochen unmoralisch gehalten hätte, keinen Beruf zu haben, und weil sein einjähriges Dasein als Schullehrer ihm gezeigt hatte, daß Unterrichten nicht seine Sache war. Während seine Brüder und Cousins sich dem Wohlleben, Jagdunfällen, Zirrhosen und Nervenzusammenbrüchen verschrieben hatten, war Rickys alter Freund unbeirrt seinen Weg gegangen, bis er sich wenn nicht zum schönsten alten Herrn Milburns — denn das war fraglos Lewis Benedikt —, so doch sicher zum vornehmsten Bewohner der Stadt gemausert hatte. Bis auf den Bart war er das Ebenbild seines Vaters: hochgewachsen, kahlköpfig und gewaltig, mit einem feinen, runden Gesicht über den eleganten Westen seiner Anzüge. Seine blauen Augen waren jung geblieben.

Manchmal überlegte Ricky, daß er Sears wohl auch um seine gebieterische Erscheinung beneiden müsse. Sein eigenes Äußeres war nie besonders auffallend gewesen. Dazu war er zu klein gewachsen. Einzig sein Schnurrbart hatte sich mit den Jahren herausgemacht, war mit zunehmendem Grau üppiger geworden. Als seine Kinnpartie etwas fülliger wurde, sah er damit nicht etwa eindrucksvoller aus, es verlieh ihm lediglich eine liebenswürdige Note. Er hielt sich nicht für besonders gescheit. Wäre er es gewesen, so hätte er wohl jene Abmachung vermieden, die ihn praktisch auf ewige Zeiten zum zweiten Teilhaber in seiner eigenen Firma machte. Aber es war Harold Hawthorne, Rickys Vater, gewesen, der Sears in die Firma hereinnahm. Damals, vor vielen Jahren, hatte ihn die Aussicht auf eine Zusammenarbeit mit seinem alten Freund freudig erregt. Und er freute sich auch heute noch darüber, überlegte er, während er sich in dem unleugbar bequemen Sessel zurücklehnte. Die Jahre hatten ihn und Sears genauso untrennbar miteinander verbunden wie er mit Stella fest verheiratet war. Und die geschäftliche Ehe war wesentlich unproblematischer verlaufen als seine häusliche. Das mußte er sich eingestehen, auch wenn Klienten, die mit beiden Partnern in einem Raum saßen, unweigerlich auf Sears blickten, wenn sie sprachen, und nicht auf ihn. Derlei wäre mit Stella undenkbar gewesen. In all den Jahren ihrer Ehe konnte er sich keines einzigen vernünftigen Menschen entsinnen, der es vorgezogen hätte, ihn und nicht Stella anzusehen.

Ja, bestätigte er sich zum tausendsten Male, er liebte diesen Raum, auch wenn dies seinen Grundsätzen, seiner politischen Einstellung und letztlich dem Puritanismus seiner längst verschütteten religiösen Überzeugung widersprach. Aber Sears' Bibliothek, Sears' ganzes großes Haus, war ein Ort, an dem ein Mann sich wohlfühlte. Im übrigen hatte Stella nie ein Hehl aus ihrer Meinung gemacht, daß sich hier auch eine Frau durchaus wohlfühlen könnte, vorausgesetzt, einige grundlegende Änderungen würden vorgenommen. Manchmal benahm sie sich in Sears' Haus, als wäre es das ihre. Und Sears ließ sie, gottlob, gewähren. Stella verdankten sie übrigens auch ihren Namen. „Meine Güte, da ist sie ja, die Altherrengesellschaft. Wirst du meinen Mann die ganze Nacht hier festhalten, Sears? Oder seid ihr Jungs mit euren Lügengeschichten bald fertig?"

Und doch, überlegte Ricky, hatten ihn wohl Stellas nie erlahmende Energie und ständige Sticheleien davor bewahrt, so plötzlich zu altern wie der gute John Jaffrey. Denn ihr Freund Jaffrey war „alt", obwohl er sechs Monate jünger war als Hawthorne selber, ein Jahr jünger als Sears und nur fünf Jahre älter als Lewis, das jüngste ihrer Mitglieder.

Lewis Benedikt, der seine Frau umgebracht haben sollte, saß Ricky genau gegenüber, ein Urbild an Kraft und Gesundheit. Die Zeit, die allen nahm, schien Lewis zu schenken. Er besaß jetzt eine unleugbare Ähnlichkeit mit Cary Grant, der er in jungen Jahren nicht gehabt hatte. Sein Kinn war fest geblieben, sein Haar wurde nicht dünner, er sah geradezu lächerlich gut aus. Heute abend trug Lewis' gelassenes, humorvolles Gesicht den Ausdruck gespannter Erwartung, der auch in den Mienen der anderen zu finden war; er selber bildete die einzige Ausnahme. Im allgemeinen wurden hier, in Sears' Haus, die besten Geschichten erzählt.

„Wer ist heute abend dran?" fragte Lewis. Es war eine reine

Formfrage. Sie wußten es alle. Die Gruppe, die sich die Altherrengesellschaft nannte, hatte nicht viele Regeln: Man trug Abendanzug (weil Sears diese Idee vor dreißig Jahren gut gefunden hatte), man betrank sich nie (heute waren sie sowieso nicht mehr jung genug dafür), man fragte nicht danach, ob eine Geschichte sich tatsächlich zugetragen hatte (da ja auch das Unvorstellbarste auf irgendeine Weise wahr sein konnte), und man nötigte nie ein Mitglied, dessen Phantasie vorübergehend unfruchtbar geworden war, eine Geschichte zu erzählen (obwohl man im allgemeinen an der Regel festhielt, daß die Reihe rundum ging).

Hawthorne war eben dabei, seine Indisposition einzugestehen, als John Jaffrey ihn unterbrach. „Ich denke", sagte er und wehrte rasch ab, als er die fragenden Blicke der anderen gewahrte, „nein, die Reihe ist nicht an mir, ich weiß. Aber ich habe eben daran gedacht, daß Edwards Todestag sich in zwei Wochen jährt. Wenn ich damals nicht auf diese verdammte Party bestanden hätte, wäre er heute abend hier."

„John, ich bitte dich", sagte Ricky und vermied es, Jaffrey direkt ins Gesicht zu sehen, weil dessen Gemütsbewegung allzudeutlich an seinen Zügen abzulesen war. Seine Haut sah aus, als könne man sie mit einem Bleistift durchstoßen, ohne daß auch nur ein einziger Blutstropfen austreten würde. „Wir alle wissen, daß dich keinerlei Schuld trifft."

„Aber es geschah in meinem Haus", beharrte Jaffrey.

„Beruhige dich, Doktor", sagte Lewis, „du schadest dir doch nur selber."

„Das ist meine Sache."

„Also gut, dann schadest du uns", sagte Lewis in gleichbleibend sanftem Ton. „Wir erinnern uns alle an diesen Tag. Keiner von uns wird ihn je vergessen."

„Dann müßt ihr doch etwas unternehmen, verdammt noch mal! Oder werdet ihr so tun, als sei nichts geschehen? Als sei das alles ganz normal gewesen? Irgendein alter Trottel hat eben ins Gras gebissen. Ich sage euch, so wird nicht gespielt!"

Erschrocken schwiegen alle still. Sogar Ricky wußte nicht, was er sagen sollte. Jaffreys Gesicht war grau. „Nein", sagte er.

„So wird nicht gespielt. Ihr wißt alle, was mit uns geschieht. Wir sitzen hier herum und reden wie ein Haufen Leichenfledderer. Milly erträgt uns kaum mehr im Haus. Wir waren doch früher nicht so — wir haben über so vieles geredet. Wir hatten Spaß, wir hatten wirklich Spaß! Das ist vorbei. Wir haben alle Angst. Und doch weiß ich nicht, ob es sich auch nur einer von euch eingesteht. Gut, heute ist es ein Jahr her, und ich scheue mich nicht, es zuzugeben: Ich habe Angst!"

„Ich bin keineswegs sicher, daß ich mich fürchte", sagte Lewis. Er nahm einen Schluck von seinem Whisky und lächelte Jaffrey an.

„Aber du bist auch keineswegs sicher, daß du dich nicht fürchtest", biß der Doktor zurück.

Sears hüstelte hinter vorgehaltener Hand, und augenblicklich sahen ihn alle an. Mein Gott, dachte Ricky, wie mühelos es ihm gelingt, die allgemeine Aufmerksamkeit auf sich zu ziehen, wann immer er will. Wie kam er wohl auf die Idee, daß er kein guter Lehrer sein würde? Wie konnte ich je annehmen, daß ich ihm standhalten würde? „John", sagte Sears in sanftem Ton, „die Tatsachen sind uns allen bekannt. Ihr hattet die Liebenswürdigkeit, trotz der herrschenden Kälte heute abend zu mir zu kommen, und wir alle sind keine jungen Männer mehr. Laßt uns also fortfahren."

„Aber Edward ist nicht in *deinem* Haus gestorben. Und diese Moore, diese sogenannte Schauspielerin, hat nicht..."

„Genug davon", befahl Sears.

„Nun, ich denke, du erinnerst dich sehr wohl daran, wie wir auf diesen Dampfer geraten sind", sagte Jaffrey.

Sears nickte, Ricky Hawthorne ebenfalls. Es war das erste Treffen nach Edward Wanderleys seltsamem Tode gewesen. Den vier Männern war das Wort im Munde erstorben, Edwards Abwesenheit war ihnen so bewußt, als hätte man seinen leeren Stuhl in die Mitte des Raumes gestellt. Nach einem halben Dutzend Fehlstarts holperte und stolperte die Unterhaltung mühsam dahin. Ricky hatte bemerkt, daß alle sich fragten, ob man unter diesen Umständen weitere Zusammenkünfte überhaupt ertragen könnte. Doch er hatte gewußt, daß keiner es ohne sie aushalten würde. Und dann hatte er seinen Einfall. Er wandte sich John Jaffrey zu und fragte: „Was war das Schrecklichste, das du je getan hast?"

Es hatte ihn überrascht, den Doktor erröten zu sehen, und dieser schuf dann eine Regel, die bei allen weiteren Treffen der Altherrengesellschaft angewendet wurde, indem er sagte: „Das werde ich euch nicht sagen, aber ich werde euch vom Schrecklichsten erzählen, das mir jemals zugestoßen ist, vom Allerschrecklichsten..." Darauf hatte er mit einer Erzählung begonnen, die nichts anderes war als eine reine Geistergeschichte, fesselnd, überraschend, furchterregend... und die sie von Edward abgelenkt hatte. Seither waren sie bei den Geistergeschichten geblieben. „Glaubst du wirklich, daß es Zufall ist?" fragte Jaffrey.

„Hör auf damit", brummte Sears.

„Du bist nicht aufrichtig, und das ist deiner nicht würdig. Ich finde, wir haben diesen Kurs eingeschlagen, ich zuerst, nachdem Edward...", er stockte, und Ricky wußte, daß er sich nicht entscheiden konnte, ob er seinen Satz mit *starb* oder *umgebracht wurde* beenden sollte.

„Abtrat", warf er ein in der Hoffnung, einen leichteren Ton anzuschlagen. Ein kalter Blick traf ihn aus Jaffreys Eidechsenaugen, und er wußte, daß ihm sein Vorhaben mißlungen war. Ricky lehnte sich in seinem Lehnstuhl zurück und wünschte, in den weichen Polstern versinken zu können, um ebensowenig aufzufallen wie ein Stockfleck auf einer von Sears' alten Landkarten.

„Woher hast du denn das?" fragte Sears, und Ricky fiel ein, daß sein Vater diesen Ausdruck gebraucht hatte, wenn einer seiner Klienten gestorben war. „Der alte Toby Pfaff ist abgetreten... Mrs. Wintergreen trat heute morgen ab. Und der Teufel wird ihre Erbschaft antreten." Er schüttelte den Kopf. „Richtig", sagte Sears, „aber ich weiß nicht..."

„Genau", sagte Jaffrey. „Ich habe das Gefühl, daß etwas verdammt Komisches im Gange ist."

„Was rätst du uns also? Ich darf doch annehmen, daß du uns keineswegs nur unterbrachst, um uns am Fortfahren zu hindern."

Ricky schenkte ihm ein Lächeln über die aneinandergelegten Fingerspitzen hinweg, um zu zeigen, daß er nicht gekränkt war. „Ich habe in der Tat einen Vorschlag zu machen." Ricky merkte, wie John sich Mühe gab, Sears mit größtmöglicher Vorsicht zu behandeln. „Ich meine, wir sollten Edwards Neffen einladen, hierherzukommen."

„Und was soll das für einen Sinn haben?"

„Ist er nicht im Begriff, ein Fachmann in ...in derlei Dingen zu werden?"

„Was bedeutet ‚derlei Dinge'?"

So in die Enge getrieben, wich Jaffrey nicht weiter aus. „Vielleicht alles, was unter den Begriff ‚unerklärlich' fällt. Ich glaube — ja, ich glaube, er könnte uns helfen." Sears wurde ungeduldig, aber der Doktor ließ sich nicht unterbrechen. „Ich finde, wir brauchen Hilfe. Oder sollte ich am Ende der einzige von uns sein, der keine Nacht mehr Ruhe findet? Bin ich der einzige, den jede Nacht Alpträume quälen?" Der Reihe nach wandte er sein eingefallenes Gesicht jedem der Freunde zu und sah sie prüfend an. „Ricky? Du bist ein ehrlicher Mann."

„Du bist nicht der einzige, John", sagte Ricky.

„Nein, ich denke nicht", sagte Sears, und Ricky sah erstaunt zu ihm hinüber. Noch nie hatte Sears angedeutet, daß auch er unter schrecklichen Nächten litt, und niemals war davon etwas in seinem großen, ruhigen, nachdenklichen Gesicht zu sehen gewesen. „Ich nehme an, du denkst an sein Buch?"

„Nun ja, natürlich. Er muß Forschungen in dieser Richtung betrieben haben, und er hat sicher einige Erfahrung gesammelt."

„Ich dachte, seine Erfahrung ginge in Richtung geistige Labilität?"

„Genau wie bei uns", antwortete Jaffrey mutig. „Edward hat sicher einen Grund gehabt, seinem Neffen sein Haus zu vermachen. Ich glaube, er wollte Donald hierhaben für den Fall, daß ihm etwas zustoßen sollte. Ich denke, er wußte, daß etwas geschehen würde. Und ich werde euch noch etwas sagen. Ich bin der Meinung, wir sollten ihm von Eva Galli erzählen."

„Eine Geschichte erzählen, die vor fünfzig Jahren passierte und die ohne jede Beweiskraft ist? Lächerlich!"

„Gerade weil sie ohne Beweiskraft ist, ist sie nicht lächerlich", sagte der Doktor.

Ricky bemerkte, daß Lewis ebenso überrascht, ja erschüttert war wie er selber, als Jaffrey die Geschichte mit Eva Galli zur Sprache brachte. Die Episode lag, wie Sears eben gesagt hatte, fünfzig Jahre zurück; und seither hatte sie keiner von ihnen jemals erwähnt.

„Glaubt ihr wirklich zu wissen, was mit ihr geschah?" fragte der Doktor herausfordernd.

„Hör auf jetzt", schaltete sich Lewis ein. „Muß das sein? Was soll denn das für einen Sinn haben?"

„Der Sinn liegt darin, herauszufinden, was Edward wirklich zustieß. Es tut mir leid, wenn ich mich nicht klar genug ausgedrückt habe."

Sears nickte, und Ricky glaubte im Gesicht seines langjährigen Partners einen Ausdruck von — ja, wovon eigentlich? — zu entdecken. Erleichterung? Natürlich würde er es nie eingestehen, aber für Ricky kam es einer Offenbarung gleich, überhaupt eine derartige Gefühlsregung an Sears wahrzunehmen. „Ich zweifle zwar ein wenig an der Richtigkeit der Beweisführung", sagte Sears, „aber wenn es euch erleichtert, können wir an Edwards Neffen schreiben. Seine Adresse haben wir wohl in unseren Akten, Ricky?" Hawthorne nickte. „Aber laßt uns im Sinne eines demokratischen Vorgehens über unseren Entschluß abstimmen. Sollen wir einfach mündlich zustimmen oder ablehnen? Was meint ihr?" Er nippte an seinem Glas und sah sie der Reihe nach an. Sie waren alle einverstanden. „Wir beginnen mit John."

„Natürlich sage ich ja. Laßt ihn kommen."

„Lewis?" Lewis zuckte die Achseln. „Mir ist es gleich. Wenn ihr wollt, so schickt nach ihm."

„Heißt das soviel wie ‚ja'?"

„Okay. Es heißt ja. Aber ich sage euch, zerrt die Galli-Geschichte nicht wieder ans Tageslicht."

„Ricky?"

Ricky sah es Sears an, daß dieser im voraus wußte, wie er sich entscheiden würde. „Nein, entschieden nein. Ich glaube, wir machen einen Fehler."

„Würdest du es lieber haben, wenn wir noch ein Jahr so weitermachten?"

„Änderungen sind immer Änderungen zum Schlechteren."

Sears war belustigt. „Jede Silbe ein Rechtsanwalt, obwohl ich finde, daß eine derartige Ansicht einem ehemaligen Yale-Absolventen der Jurisprudenz schlecht ansteht. Ich hingegen stimme mit Ja, daher steht es drei zu eins. Der Antrag ist angenommen. Da meine Stimme entschieden hat, werde ich die Angelegenheit in die Hand nehmen."

„Eben fiel mir etwas ein", sagte Ricky. „Ein Jahr ist vergangen. Nehmt einmal an, er will das Haus verkaufen? Seit Edwards Tod steht es leer."

„Nun erfindest du Probleme. Wenn er tatsächlich verkaufen will, wird er um so rascher hier sein."

„Wo nehmt ihr die Gewißheit her, daß die Dinge sich nicht zum Schlimmeren wenden?" Ricky saß in seinem heißgeliebten Lehnstuhl, im schönsten Raum, den er kannte — wie er das die letzten zwanzig Jahre hindurch mindestens einmal monatlich getan hatte –, und wollte nur eines: daß alles beim alten bliebe, daß es ihnen vergönnt sein möge, so fortzufahren wie bisher, und daß alle ihre Ängste sich in schlechten Träumen und Geistergeschichten erschöpfen würden. Er sah die drei Männer in dem gedämpften Licht sitzen, während ein kalter Wind die Bäume vor Sears' Fenster peitschte, und wünschte nichts sehnlicher, als daß nichts sich ändern sollte. Sie waren seine Freunde, auf eine gewisse Weise empfand er für sie die gleiche Art Verbundenheit, wie er sie einige Augenblicke zuvor Sears gegenüber gefühlt hatte. Und es wurde ihm allmählich klar, daß er Angst um sie hatte. Sie schienen so schrecklich verwundbar, wie sie da saßen und ihn fragend ansahen und taten, als gäbe es nichts Ärgeres als ein paar schlechte Träume und zweimal monatlich eine Spukgeschichte. Sie glaubten an die Wirksamkeit von Erkenntnissen. Aber als der Schatten des Lampenschirms über John Jaffreys Stirn huschte, dachte er: John stirbt bereits. Es gibt eine Art Erkenntnis, die sie nicht wahrhaben wollen, trotz all der Geschichten, die sie einander erzählen. Als ihm dieser Gedanke durch seinen gepflegten Kopf schoß, war es ihm, als warte jene Erkenntnis — was sie auch beinhalten mochte — irgendwo da draußen und käme unerbittlich auf sie zu.

Sears sagte: „Ricky, es ist beschlossene Sache. Und es ist besser so. Wir können nicht länger im eigenen Saft schmoren." Er sah sich im Kreis um und sagte aufgeräumt: „Das wäre erledigt. Nun also, wer ist, um mit Lewis zu sprechen, heute dran?" Mit einem Mal, völlig unerwartet, überkam Ricky eine Erinnerung in solch umfassender Klarheit, daß er wußte, er hatte seine Geschichte gefunden, obwohl er für diesen Abend nichts geplant und eigentlich gefürchtet hatte, passen zu müssen. Nun aber standen achtzehn Stunden aus dem Jahre 1945 deutlich vor seinen Augen, und er sagte: „Ich glaube, die Reihe ist an mir."

2

Nachdem die beiden anderen sich verabschiedet hatten, war Ricky unter dem Vorwand, er habe es keineswegs eilig, in diese Kälte hinauszukommen, geblieben. Lewis hatte gemeint, gerade die Kälte würde etwas Farbe auf seine Wangen bringen, aber Dr. Jaffrey hatte nur genickt. Es war tatsächlich ungemein kalt für Oktober, und Schnee schien in der Luft zu liegen. Ricky saß allein in der Bibliothek, während Sears hinausgegangen war, um ihre Drinks aufzufrischen, und er hörte die Zündung von Lewis' Wagen auf der Straße jammern. Lewis besaß einen Morgan, den er vor fünf Jahren aus England mitgebracht hatte — es war der einzige Sportwagen, der Ricky gefiel. Das Stoffdach würde in einer Nacht wie dieser nicht viel Schutz bieten; und Lewis schien gewaltige Schwierigkeiten zu haben, den Wagen zu starten. Aha. Beinahe wäre es ihm gelungen. In den New Yorker Wintern brauchte man schon etwas Widerstandsfähigeres als Lewis' kleinen Morgan. Der arme John war sicher zu Eis erstarrt, ehe Lewis ihn bei Milly Sheehan und dem großen Haus in der Montgomerystraße, etwa sieben Blocks weiter um die Ecke, abgesetzt haben würde. Milly würde im halbdunklen Warteraum des Doktors sitzen und sich wachhalten, um beim ersten Geräusch des Schlüssels aufzuspringen, ihm aus dem Mantel zu helfen und ihm dann etwas heiße Schokolade einzuflößen. Während Ricky saß und lauschte, hatte der Motor des Morgan sich endlich aus seiner Erstarrung zum Leben gehustet. Er hörte sie davonfahren und stellte sich vor, wie Lewis seinen Hut aufsetzen, John zugrinsen und sagen würde: „Hatte ich nicht recht? Meine kleine Schönheit von einem Auto läßt mich nicht im Stich.“ Dann würde er John absetzen, die Stadt verlassen und auf der 17. Straße dahinsausen, bis er den Wald erreichte und zu dem Haus abbog, das er nach seiner Rückkehr erworben hatte. Was Lewis in Spanien auch getan haben mochte, mit Sicherheit hatte er dort einen Haufen Geld verdient.

Rickys eigenes Haus lag buchstäblich um die Ecke, keine fünf Gehminuten entfernt. Früher waren er und Sears jeden Tag zu Fuß in ihr Büro in der Stadt gegangen. Wenn das Wetter angenehm warm war, kam das auch jetzt noch vor. „Pat und Patachon“, pflegte Stella zu sagen. Das war mehr auf Sears gemünzt als auf ihn — Stella hatte Sears nie wirklich gemocht. Freilich hatte diese unterschwellige Abneigung sie nie an ihren Versuchen gehindert, ihn ein klein wenig beherrschen zu wollen. Die Frage, ob Stella mit heißer Schokolade auf ihn warten würde, erhob sich erst gar nicht; sie war sicher längst zu Bett gegangen und hatte ein einziges Licht im Gang des ersten Stockes brennen lassen. Es war Stellas Überzeugung, daß er, wenn er sich schon in den Häusern seiner Freunde herumtrieb und sie zu Hause ließ, bei seiner Heimkehr ruhig im Dunkeln umhertappen solle und daß es ihm nicht schaden würde, wenn er seine Knie an den modernen Möbeln aus Glas und Chrom stieß, die zu kaufen sie ihn genötigt hatte.

Sears kam mit zwei Drinks in den Händen in die Bibliothek zurück, in seinem Mund steckte eine frisch angezündete Zigarre. Ricky sagte: „Du bist wahrscheinlich der einzige Mensch, Sears, dem ich eingestehen könnte, daß ich es manchmal bedaure, geheiratet zu haben."

„Verschwende deinen Neid nicht an mich", sagte Sears, „ich bin zu alt, zu fett und zu müde."

„Das bist du alles nicht", gab er zur Antwort und nahm seinen Drink von Sears entgegen. „Du kannst es dir nur leisten, so zu tun, als ob."

„Und du? Du hast doch das große Los gezogen", sagte Sears. „Der einzige Grund, warum du niemandem sagen könntest, was du mir eben mitgeteilt hast, ist der, daß jeder außer mir fassungslos wäre. Stella ist eine gefeierte Schönheit. Und wenn du ihr das sagen würdest, schlüge sie dir auf der Stelle den Schädel ein." Er lehnte sich in seinem Stuhl zurück, streckte die Beine aus und schlug sie an den Knöcheln übereinander. „Sie würde eilig eine Kiste zusammennageln, dich hineinschmeißen, und keine fünf Sekunden später hätte sie dich verscharrt, um daraufhin mit einem athletisch gebauten Vierziger durchzubrennen, der wahrscheinlich nach Salzwasser und Rum riechen würde. Der Grund, warum du es mir sagen kannst ..." — Sears machte eine Pause, und Ricky befürchtete, er würde sagen *‚Weil auch ich manchmal wünsche, daß du nie geheiratet hättest.'* „Ist es vielleicht deshalb, weil ich *aus dem Spiel* oder sollten wir lieber sagen *aus dem Geschäft* bin?"

Während er der Stimme seines Partners lauschte, dachte Ricky wieder an John Jaffrey und Lewis Benedikt, die auf dem Weg zu ihren Häusern waren, er dachte an sein eigenes, neu eingerichtetes Haus, und es kam ihm zum Bewußtsein, in welch geordneten Bahnen ihrer aller Leben verlief, wie sehr doch jeder seine eigene, bequeme Routine gefunden hatte. „Nun, welches von beiden trifft auf mich zu?" fragte Sears, und Ricky antwortete: „In deinem Fall einwandfrei *aus dem Spiel.*" Er lächelte, während er sich ihrer Vertrautheit mit fast schmerzhafter Deutlichkeit bewußt war. Dann erinnerte er sich der Worte, die er wenig früher gebraucht hatte, *daß Änderungen immer*

Änderungen zum Schlechteren seien, und dachte: Wie wahr! Gott steh uns bei! Ricky sah sie plötzlich alle, die alten Freunde und sich selber, wie in einem zerbrechlichen, unsichtbaren Flugzeug sitzend, das hoch oben in der Dunkelheit schwebte.

„Weiß Stella von deinen Alpträumen?“ fragte Sears.

„Nun, ich hatte zum Beispiel keine Ahnung von deinen“, antwortete Ricky, als handle es sich um einen Scherz.

„Ich sah keine Veranlassung, darüber zu sprechen.“

„Und du hast deine Alpträume seit —?“

Sears versank noch tiefer in seinem Sessel. „Du hast deine seit —?“

„Einem Jahr.“

„Ich auch. Seit einem Jahr. Und die beiden anderen offensichtlich auch.“

„Lewis scheint nicht besonders beunruhigt.“

„Lewis bringt nichts aus der Ruhe. Als der Schöpfer Lewis schuf, hat er wohl gesagt: ‚Ich schenke dir ein schönes Gesicht, einen gesunden Körper und ein ausgeglichenes Wesen. Aber weil die Welt nun einmal unvollkommen ist, werde ich mich beim Geist etwas zurückhalten.‘ Er wurde reich, weil er spanische Fischerdörfer liebte, und nicht etwa, weil er wußte, wie sie sich entwickeln würden.“

Ricky ging darüber hinweg — dies war nun einmal die Art und Weise, wie Sears den guten Lewis zu charakterisieren beliebte. „Und es begann nach Edwards Tod?“

Sears nickte zustimmend mit seinem mächtigen Kopf.

„Was glaubst du, was mit Edward geschah?“

Sears zuckte die Achseln. Diese Frage hatten sie einander zu oft gestellt. „Wie du wohl gemerkt haben wirst, weiß ich es ebensowenig wie du.“

„Glaubst du, daß es uns glücklicher machen würde, wenn wir es herausfänden?“

„Du liebe Güte, was für eine Frage! Auch darauf weiß ich keine Antwort, Ricky.“

„Nun, ich glaube nicht! Ich denke, es wird uns etwas Grauenhaftes zustoßen. Ich glaube, es wird unser Verderben sein, wenn ihr diesen jungen Wanderley einladet.“

„Aberglaube“, brummte Sears. „Unsinn. Ich denke, es ist uns bereits genug Grauenhaftes zugestoßen, und dieser junge Wanderley könnte der Mann sein, es aufzuklären.“

„Hast du sein Buch gelesen?“

„Das zweite? Ich sah hinein.“

Dies kam einem Eingeständnis gleich; er hatte es gelesen.

„Was hältst du davon?“

„Eine nette Genre-Arbeit. Literarischer als die meisten. Ein paar hübsche Sätze, eine einigermaßen gut aufgebaute Handlung.“

„Aber seine Erkenntnisse ...“

„Wir können annehmen, daß er uns nicht von vornherein als einen Haufen alter Narren abtun wird. Das ist die Hauptsache.“

„Oh, ich wünschte, er würde es tun“, jammerte Ricky. „Ich will nicht, daß irgend jemand in unserem Leben herumschnüffelt. Ich möchte, daß die Dinge so weitergehen wie bisher.“

„Aber mit seinem ‚Schnüffeln‘, wie du es nennst, könnte es ihm zu guter Letzt gelingen, uns davon zu überzeugen, daß niemand anderer geistert als wir selber. Vielleicht wird Jaffrey dann aufhören, sich mit Selbstvorwürfen wegen dieser verdammten Party zu geißeln. Er hat doch nur darauf bestanden, weil er diese nichtsnutzige kleine Schauspielerin kennenlernen wollte. Diese Moore.“

„Ich denke viel über diese Party nach“, sagte Ricky, „und versuche mich zu erinnern, wann ich das Mädchen in dieser Nacht gesehen habe.“

„Ich sah sie“, sagte Sears, „sie unterhielt sich mit Stella.“

„Das sagen alle. Jeder sah sie im Gespräch mit meiner Frau. Aber wohin ging sie dann?“

„Du bist schon schlimm wie John. Warten wir doch auf den jungen Wanderley. Was wir brauchen, ist Unvoreingenommenheit.“

„Ich glaube, es wird uns noch leid tun“, versuchte es Ricky ein letztes Mal. „Ich fürchte, es wird unser Untergang sein. Wir werden enden wie ein Tier, das seinen eigenen Schwanz frißt. Wir sollten uns davon lösen.“

„Es ist beschlossene Sache. Werde bitte nicht melodramatisch.“

Nichts zu machen, Sears war nicht umzustimmen. So fragte Ricky ihn in einer anderen Sache, die ihm im Kopf herumging. „An unseren Abenden, weißt du eigentlich immer im voraus, was du sagen wirst, wenn die Reihe an dir ist?"

Sears' klare eisblaue Augen begegneten den seinen.

„Warum?"

„Weil ich es nämlich nicht immer weiß. Ich sitze einfach da und warte, und dann fliegt es mir zu, so wie heute. Ist es bei dir ebenso?"

„Des öfteren, ja. Nicht, daß man daraus irgend etwas schließen könnte."

„Geht es den anderen ebenso?"

„Ich sehe keinen Grund, warum es ihnen anders ergehen sollte. Wirklich, Ricky, ich brauche meinen Schlaf, und du solltest nach Hause gehen. Stella wird auf dich warten."

Er war nicht sicher, ob Sears das ironisch gemeint hatte oder nicht. Er griff an seine Fliege. Fliegen gehörten ebenso wie die Altherrengesellschaft zu den Dingen in seinem Leben, die Stella tolerierte. „Woher kommen diese Geschichten?"

„Aus unserer Erinnerung", sagte Sears. „Oder, wenn du das vorziehst, aus unserem zweifellos Freudschen Unterbewußtsein. Also komm, ich möchte jetzt allein sein. Ich muß noch die Gläser abwaschen, ehe ich zu Bett gehe."

„Darf ich dich noch einmal bitten —"

„Was ist es jetzt schon wieder?"

„— nicht an Edwards Neffen zu schreiben." Ricky erhob sich und hatte Herzklopfen ob seiner Kühnheit.

„Du kannst ganz schön hartnäckig sein. Sicher kannst du mich bitten, aber wenn wir das nächste Mal zuammentreffen, wird er meinen Brief bereits erhalten haben. Ich glaube, es ist das Beste."

Ricky zog ein schiefes Gesicht, und Sears sagte: „Hartnäkkig, aber nicht aggressiv." Das hätte Stella sagen können. Dann setzte Sears ihn in Erstaunen, als er hinzufügte: „Es ist eine liebenswerte Eigenschaft, Ricky."

An der Tür hielt Sears seinen Mantel. „Ich finde, John sah heute abend schlechter aus denn je", sagte Ricky, während er in die Ärmel schlüpfte. Sears öffnete die Eingangstür in die dunkle, nur durch die Laterne vor dem Haus erhellte Nacht. Das orangefarbene Licht fiel auf den mit Laub bedeckten, toten Rasen und den schmalen Gehsteig. Über den schwarzen Himmel zogen schwere dunkle Wolken; man spürte den Winter.

„John stirbt", sagte Sears in sachlichem Ton und rief damit Ricky seine eigenen Überlegungen ins Gedächtnis zurück. „Seh' dich morgen in der Wheat Row. Grüße Stella."

Dann schloß sich die Tür hinter ihm, einem adretten kleinen Mann, der in der kalten Nachtluft zu zittern begann.

Sears James

1

Sie verbrachten die meisten Tage gemeinsam in ihrem Büro, aber Ricky respektierte die Tradition und wartete bis zum Treffen in Dr. Jaffreys Haus, um Sears die Frage zu stellen, die ihn seit zwei Wochen beschäftigte: „Hast du den Brief abgeschickt?"

„Selbstverständlich. Ich sagte dir doch, ich würde es tun."

„Und was hast du ihm geschrieben?"

„Was wir ausgemacht haben. Ich erwähnte auch das Haus und gab meiner Hoffnung Ausdruck, daß er es nicht verkaufen würde, ehe er es sich angesehen hätte. Edwards Sachen sind ja noch alle da, die Tonbänder eingeschlossen. Wenn wir schon nicht den Mut hatten, sie durchzugehen, vielleicht hat er ihn."

Sie standen etwas abseits von den anderen in der Tür zu John

Jaffreys Wohnzimmer. John und Lewis hatten in einer Ecke des angrenzenden Zimmers auf zwei viktorianischen Lehnstühlen Platz genommen und unterhielten sich mit Milly Sheehan, der Haushälterin des Doktors, die auf einem Hocker vor ihnen saß und ein geblümtes Tablett hin- und herbaumeln ließ, auf dem sie Drinks serviert hatte. Milly ärgerte sich genauso wie Rickys Frau über die Tatsache, daß sie von den Treffen der Altherrengesellschaft ausgeschlossen war; aber im Gegensatz zu Stella Hawthorne pflegte sie bei den Treffen ständig um die Herren herumzuscharwenzeln und immer wieder mit Eis, Sandwiches und Kaffee aufzuwarten. Sie ging Sears ebenso auf die Nerven wie eine Sommerfliege, die andauernd gegen ein Fenster fliegt. In vieler Hinsicht zog er Milly Stella Hawthorne vor, sie war weniger anspruchsvoll, weniger zielbewußt. Und fraglos sorgte sie gut für John. Sears schätzte Frauen, die seine Freunde betreuten. Es gehörte für ihn zum Komplex der ungelösten Fragen, inwieweit Stella für Ricky sorgte.

Nun blickte er auf jenen Menschen hinunter, den das Schicksal enger mit ihm verbunden hatte als irgendeinen anderen Menschen auf der Welt, und er wußte genau, daß Ricky dachte, er habe sich um die Beantwortung seiner zuletzt gestellten Frage gedrückt. Rickys energischer kleiner Unterkiefer war vor Ungeduld gespannt. „Also gut", sagte Sears, „ich schrieb ihm, daß mancherlei Umstände beim Tode seines Onkels einer Klärung bedürfen. Ich habe Miss Galli nicht erwähnt."

„Gott sei Dank", sagte Ricky und durchquerte das Zimmer, um sich zu den anderen zu gesellen.

Sears wandte seinen Blick von Ricky ab und sah sich in dem vertrauten Salon des Obergeschosses um. John Jaffrey hatte das gesamte Erdgeschoß seines Hauses in Arbeitsräume verwandelt: Wartezimmer, Sprechzimmer, Medikamentenkammer. Die übrigen beiden Räume zu ebener Erde dienten Milly als Wohnung. Privat lebte John hier oben, wo sich in früheren Zeiten ausschließlich Schlafräume befunden hatten. Sears kannte das Innere von Jaffreys Haus seit gut sechzig Jahren; in seiner Kindheit hatte auf der gegenüberliegenden Straßenseite gewohnt. Es war das Gebäude, das für ihn immer „zu Hause“ bedeutet hatte, in das man vom Internat oder später von Cambridge heimgekehrt war. Zu jener Zeit war Jaffreys Haus im Besitz einer gewissen Familie Frederickson gewesen, die zwei wesentlich jüngere Kinder hatte, als Sears es war.

Mr. Frederickson war Getreidehändler gewesen, ein schlauer, riesenhafter Mann mit einer ungeheuren Biertrinkerkapazität, rotem Haar und noch röterem Gesicht, das dann und wann einen geheimnisvollen Blauschimmer annahm. Mrs. Frederickson war die begehrenswerteste Frau gewesen, die der junge Sears je gesehen hatte. Sie war hochgewachsen, hatte langes, aufgestecktes Haar, dessen Farbton zwischen Braun und Kastanienrot lag, ein katzenhaftes, exotisches Gesicht und einen stark gewölbten Busen. Es war dieser Busen, der den jungen Sears faszinierte: Während er sich mit Viola Frederickson unterhielt, mußte er heroisch mit sich kämpfen, um seine Augen nicht von ihrem Gesicht abschweifen zu lassen.

Wenn er sich in den Sommermonaten, zwischen seiner Heimkehr aus dem Internat und der Abreise aufs Land, zu Hause aufhielt, pflegte er auf ihre Kinder aufzupassen. Die Fredericksons konnten sich ein ständiges Kindermädchen nicht leisten; sie hatten nur ein Mädchen in ihrem Hause, das Köchin und Hausmädchen in einem war. Wahrscheinlich amüsierte es Frederickson, daß Professor James' Sohn auf seine Kinder aufpaßte. Sears' Vergnügen hingegen war von anderer Art. Er mochte die Buben und ließ sich ihre Heldenverehrung gerne gefallen, die ihn an die der jüngeren Knaben an der Hill-Schule erinnerte. Sobald die Kinder eingeschlafen waren, begann er seine Streifzüge durch das Haus. Er sah zum ersten Mal ein Präservativ in einer von Abel Fredericksons Schubladen. Als er die Schlafräume, in denen er jetzt gelassen stand, erstmals betrat, empfand er ein starkes Gefühl von Unrecht; aber er konnte es nicht lassen. Eines Nachts hatte er Viola Fredericksons Schreibtisch geöffnet und eine Photographie von ihr gefunden — sie sah unglaublich einladend, fremdartig und sinnlich darauf aus, eine Ikone der anderen, unerforschlichen Hälfte des Menschengeschlechts. Er sah, wie ihre Brüste den Stoff ihrer

Bluse modellierten, und glaubte ihre Schwere und Elastizität unter seinen Händen zu fühlen. Er war so erregt, daß sein Penis sich wie ein Baumstamm anfühlte: Zum ersten Mal war ihm die eigene Geschlechtlichkeit mit einer derartigen Heftigkeit zum Bewußtsein gekommen. Stöhnend, die Hände in seine Hose verkrampft, hatte er sich von dem Bild abgewendet und dabei, auf der Kommode zusammengefaltet, eine ihrer Blusen liegen sehen. Er konnte nicht anders; er nahm sie an sich und liebkoste sie. Deutlich sah er, wie sich die Bluse um ihren Körper wölben würde, ihr Fleisch schien er direkt unter seinen Händen zu fühlen, und er knöpfte seine Hose auf und nahm sein Glied heraus. Er legte es auf die Bluse und dachte mit jenem Teil seines Gehirns, das noch zu denken imstande war, daß *es* ihn einfach dazu zwinge, *es* ihn dazu veranlasse, die angeschwollene Spitze seines Gliedes dahin zu stoßen, wo ihre Brüste sich betten würden. Er stöhnte, krümmte sich über der Bluse zusammen, eine Konvulsion schüttelte ihn, und er entlud.

Das Gefühl der Scham, das er unmittelbar danach empfand, traf ihn mit der Plötzlichkeit und Gewalt eines Faustschlages. Er rollte die Bluse zusammen und steckte sie in seine Büchermappe, und während er auf Umwegen nach Hause ging, wickelte er das einstmals makellose Stoffgebilde um einen Stein und warf es in den Fluß. Niemals wurde ihm gegenüber das Fehlen der Bluse erwähnt, aber es war das letzte Mal gewesen, daß man ihn aufforderte, auf die Kinder aufzupassen.

Sears konnte hinter Ricky Hawthornes Kopf sehen, wie sich eine Straßenlaterne in den Fenstern des gegenüberliegenden Hauses spiegelte, jenes Hauses, das Eva Galli gekauft hatte, als sie — aus welcher Laune oder Regung heraus auch immer — nach Milburn gekommen war. Meistens gelang es ihm recht gut, die Gedanken an Eva Galli zu verdrängen; er nahm an, daß sie ihm jetzt, weil ihr Haus durch die Fenster zu ihnen herüberschimmerte, wieder eingefallen war. Sein Unterbewußtsein mochte einen Zusammenhang zwischen ihr und jener lächerlichen Szene hergestellt haben, die ihn eben beschäftigt hatte.

Vielleicht hätte ich aus Milburn verschwinden sollen, als ich die Gelegenheit dazu hatte, dachte er. Das Schlafzimmer, in dem Edward Wanderley vor genau einem Jahr gestorben war, lag genau über ihnen. In stillschweigendem Einverständnis hatte keiner von ihnen auf den zufälligen Umstand hingewiesen, daß sie hier genau am Todestag ihres Freundes zusammentrafen. Einen Augenblick lang hatte er, wie Ricky Hawthorne, die Vorahnung eines bevorstehenden Verhängnisses, und dann dachte er: *Du alter Narr, du hast immer noch Schuldgefühle wegen der Bluse. Ha!*

2

„Heute abend bin ich an der Reihe", sagte Sears, indem er es sich in Jaffreys breitestem Lehnstuhl möglichst bequem machte und darauf achtete, daß er nicht in die Richtung des alten Galli-Hauses sah. „Ich möchte euch von gewissen Vorkommnissen erzählen, die weit zurückliegen und mir zustießen, als ich ein junger Mann war und mich als Lehrer im Gebiet von Elmyra versuchte.

Ich sage ‚versuchte', denn schon damals, zu Beginn meines ersten Unterrichtsjahres, war ich keineswegs sicher, ob der Lehrberuf meine Bestimmung sein würde. Zwar hatte ich einen Zweijahresvertrag unterschrieben, aber ich nahm nicht an, daß man mich halten würde, falls ich zu gehen wünschte. Nun, eines der schrecklichsten Erlebnisse meines Daseins ist mir dort widerfahren — vielleicht ist es auch gar nicht wirklich geschehen, und ich habe mir nur alles eingebildet – aber wie es auch gewesen sein mag, ich verlor vor Angst fast den Verstand und sah mich schließlich außerstande, auf meinem Posten auszuharren. Es ist die schlimmste Geschichte, die ich kenne, und fünfzig Jahre lang hielt ich sie in meinem Herzen verschlossen.

Ihr wißt, worin die Pflichten eines Schullehrers zu jener Zeit bestanden. Diese Schule war keine normale Stadtschule, und sie war auch keine Hill-Schule — weiß Gott, daß ich mich besser dort beworben hätte; aber mein Kopf war damals voll der kompliziertesten Ideen. Ich sah mich als eine Art ländlichen Sokrates, der das Licht der Vernunft in die Wildnis tragen würde. Wildnis! Zu jener Zeit war das Gebiet um Elmyra nicht allzuweit davon entfernt, wenn ich mich recht erinnere; heute ist da, wo einst die kleine Stadt lag, nicht einmal mehr ein Vorort. Genau dort, wo einst die Schule lag, ist heute eine Autobahnkreuzung. Alles ist zubetoniert. Früher hieß der Ort Four Forks, heute ist er verschwunden. Aber zum Zeitpunkt meines Lehr- und Wanderjahres fern von Milburn war es ein typisches kleines Dorf, das aus zehn, zwölf Häusern, einem Einkaufsladen, einem Postamt, einer Schmiede und dem Schulhaus bestand. Alle diese Gebäude ähnelten einander — sie waren aus Holz, seit Jahren waren sie nicht mehr gestrichen worden und sahen deshalb grau und trostlos aus. Es versteht sich von selbst, daß die Schule aus einem Raum für alle acht Klassen bestand. Am Tag meiner Anstellung hatte man mir mitgeteilt, daß ich bei den Mathers wohnen würde — sie hatten das niedrigste Angebot für mein Logis gemacht, den Grund hierfür fand ich nur allzubald heraus — und daß mein Tagwerk um sechs Uhr früh beginne. Ich mußte Holz für den Schulofen hacken, ein ordentliches Feuer zustande bringen, das Schulzimmer kehren und die Bücher vorbereiten, Wasser holen, die Dielen scheuern, notfalls auch die Fenster putzen.

Um sieben Uhr dreißig hatten meine Schüler zu erscheinen. Meine Aufgabe war es, in allen acht Schulstufen Lesen, Schreiben, Rechnen, Musik, Geographie, Schönschreiben, Geschichte — mit einem Wort, den ganzen Krempel zu unterrichten. Heute würde ich meilenweit rennen, um einem derartigen Schicksal zu entgehen. Aber damals war mein Kopf voll von Abraham Lincoln und Mark Hopkins, und ich brannte darauf, endlich anzufangen. Ich war von der ganzen Sache einfach hingerissen, sie berauschte mich. Wahrscheinlich lag die Stadt schon damals in Agonie, aber ich sah es nicht. Ich sah nur

Glanz — Freiheit und Glanz. Vielleicht ein wenig matt geworden, aber immerhin Glanz.

Ihr seht, ich wußte nichts! Ich konnte nicht ahnen, wie meine Schüler sein würden. Ich wußte nicht, daß die meisten Dorfschullehrer in diesen kleinen Ortschaften neunzehnjährige Knaben waren, die keinen Deut mehr Bildung besaßen, als sie vermittelten. Ich wußte nicht, wie schmutzig und unfreundlich ein Ort wie Four Forks den größten Teil des Jahres sein konnte, noch wußte ich, daß ich meistens grausamen Hunger leiden würde. Ich wußte auch nicht, daß es zu meinem Job gehören würde, an meinen freien Sonntagen der Messe im Nachbarort, der einen ordentlichen Achtmeilenmarsch entfernt lag, beizuwohnen. Ich wußte nicht, wie hart es sein würde.

Eine Ahnung davon bekam ich allerdings bereits am ersten Abend, als ich nach der Ankunft mit meinem Koffer bei den Mathers eintraf. Charlie Mather war der Postmeister des Ortes gewesen, aber als die Republikaner ans Ruder gekommen waren, hatten sie Howard Hummell zum Postmeister bestellt, und Charlie Mather hat seinen Groll nie überwunden. Er war ständig schlechter Laune. Er führte mich zu dem für mich bestimmten Raum hinauf, und als er die Tür öffnete, sah ich, daß meine Unterkunft sich offensichtlich noch in Bau befand. Der Boden war aus rohem Holz gezimmert, eine Decke gab es nicht, direkt über mir befand sich die Dachkonstruktion aus Balken und Ziegeln. ‚War für meine Tochter gedacht', teilte mir Mather mit. ‚Sie ist gestorben. Ein Mund weniger zu stopfen.' Als Bett diente eine auf dem Boden liegende alte Matratze, über die eine alte Armeedecke gebreitet war. Im Winter wäre der Raum selbst einem Eskimo zu kalt gewesen. Aber ich sah einen Tisch dastehen mit einer Kerosinlampe darauf, und ich sah damals noch die Sterne, und ich sagte ‚fein' und ‚Ich werde mich hier wohl fühlen' oder so etwas in der Art. Mather grunzte ungläubig, und er hatte allen Grund dazu.

Am ersten Abend bestand das Nachtmahl aus Kartoffeln und Mais. ‚Sie werden hier kein Fleisch zwischen die Zähne kriegen', sagte Mather, ‚außer Sie sparen sich was und kaufen sich selber eines. Ich bekomme meinen Zuschuß dafür, daß ich

Sie am Leben erhalte, und nicht dafür, daß ich Sie mäste.' Ich glaube, ich habe insgesamt etwa sechsmal Fleisch an Mathers Tisch gegessen, und das hintereinander: Es hatte ihm nämlich jemand eine Gans geschenkt, und wir aßen täglich Gans, bis nichts mehr davon übrig war. Später brachten meine Schüler mir gelegentlich Schinken- und Rindfleischbrote — ihre Eltern wußten, daß Mather ein elender Geizkragen war. Mather selbst nahm seine Hauptmahlzeit mittags ein und ließ keinen Zweifel daran, daß er es für meine Pflicht hielt, die Mittagsstunde im Schulhaus zu verbringen, ‚um Nachhilfe zu geben und Strafen auszuteilen'.

Hier hielt man nämlich noch viel vom Gebrauch der Rute. Ich hatte eben meinen ersten Unterrichtstag hinter mich gebracht, als ich das herausfand. Ich sage *Unterricht,* aber in Wahrheit war es mir lediglich gelungen, meine Schüler für einige Stunden ruhig zu halten, ihre Namen aufzuschreiben und einige Fragen zu stellen. Es war unglaublich: Nur zwei der älteren Mädchen konnten lesen. Die Rechenkünste reichten nicht über die einfachsten Additionen und Subtraktionen hinaus, und nicht nur hatten einige nie etwas von fremden Ländern gehört, einer von ihnen glaubte mir nicht einmal, daß solche existierten. ‚Pah, sowas gibt's nicht', erklärte mir ein dürrer Zehnjähriger. ‚Ein Platz, wo die Leute nicht einmal Amerikaner sind? Wo sie nicht einmal amerikanisch reden?' Weiter kam er nicht, denn er mußte über eine derart absurde Vorstellung unbändig lachen, und dabei bleckte mich eine Reihe abstoßender angeschwärzter Zähne an. ‚Und was ist dann mit dem Krieg, Blödmann?' sagte ein anderer Junge. ‚Nie was von den Deutschen gehört?'

Ehe ich eingreifen konnte, warf sich der erste Junge quer über die Bank auf den zweiten und begann auf ihn einzuschlagen. Es sah aus, als sei er finster entschlossen, seinen Gegner umzubringen. Ich versuchte die Knaben zu trennen — die Mädchen hatten wild zu kreischen begonnen — und erwischte den Angreifer am Arm. ‚Er hat recht', sagte ich, ‚er hätte dich nicht beschimpfen dürfen, aber er hat recht, die Deutschen sind ein Volk und leben in Deutschland, und der Weltkrieg ...' Ich hielt inne, denn der Junge knurrte mich an. Er war wie ein reißender Hund, und jetzt erst wurde mir klar, daß er geistesgestört oder möglicherweise zurückgeblieben war. Er war drauf und dran, mich zu beißen. ‚Entschuldige dich bei deinem Freund', sagte ich.

‚Ist kein Freund von mir.'

‚Entschuldige dich.'

‚Er hat einen Vogel, Herr Lehrer', sagte der andere Knabe. Sein Gesicht war blaß, in seinen Augen, deren eines eine blaue Färbung anzunehmen begann, stand Furcht. ‚Ich hätte das nie zu ihm sagen sollen.'

Ich fragte den ersten Jungen nach seinem Namen. ‚Fenny Bate', gelang es ihm hervorzusabbern. Langsam beruhigte er sich. Ich schickte den zweiten Knaben in die Bank zurück. ‚Fenny', sagte ich, ‚der Jammer ist, daß du unrecht hattest. Amerika ist nicht die ganze Welt, wie auch New York nicht ganz Amerika ist.' Das war bereits zu kompliziert für ihn, und er entglitt mir wieder. Also nahm ich ihn mit nach vorn und setzte ihn in meine Nähe, während ich eine Landkarte an die Tafel zeichnete.

‚Das hier sind die Vereinigten Staaten von Amerika, das ist Mexiko, das hier der Atlantische Ozean...'

Fenny schüttelte düster den Kopf. ‚Lügen', sagte er. ‚Lauter Lügen. Das Zeug gibt es nicht. *Gibt es nicht!*' Er schrie die letzten Worte heraus, und dabei gab er der Bank einen Stoß, daß sie krachend umfiel.

Ich befahl ihm, sie wieder aufzustellen, und als er nur geifernd den Kopf schüttelte, hob ich sie selber auf. Einige der Kinder schnappten nach Luft. ‚Du hast also bereits von Landkarten oder fremden Ländern gehört oder sie gesehen?' fragte ich.

Er nickte. ‚Sind aber Lügen.'

‚Wer hat dir das gesagt?'

Wieder schüttelte er den Kopf und gab keine Antwort. Hätte ich auch nur das geringste Anzeichen von Verlegenheit an ihm bemerkt, so hätte ich wohl angenommen, daß seine Fehlinformationen von seinen Eltern stammten; aber dem war nicht so — er war nur wütend und verstockt.

Mittags gingen die Kinder mit ihren Tüten nach draußen, um ihre Sandwiches zu essen. Es wäre eine krasse Übertreibung, würde ich den Platz um das Schulgebäude einen Spielplatz nennen, obwohl hinter dem Haus einige wacklige Schaukeln standen. Ich behielt Fenny Bate im Auge. Die meisten Kinder mieden ihn. Wenn er sich aus seiner Stumpfheit aufraffte und versuchte, sich einer Gruppe anzuschließen, gingen die anderen demonstrativ in die entgegengesetzte Richtung und ließen ihn stehen. Ab und zu näherte sich ihm ein dürres Mädchen mit strähnigem blondem Haar und sprach mit ihm. Sie sah ihm ähnlich, woraus ich schloß, daß es sich um seine Schwester handelte. Ich sah meine Liste durch: Constance Bate aus der fünften Klasse. Sie gehörte zu den Ruhigen.

Dann sah ich, gerade als ich mich nach Fenny umdrehte, einen eigenartig aussehenden Mann auf der anderen Straßenseite stehen, der Fenny über den Schulhof hinweg beobachtete. Fenny, der zwischen uns stand, merkte nichts. Irgendwie versetzte mir das Aussehen des Mannes einen Schock. Es war nicht nur seine seltsame Erscheinung: Er trug alte, schäbige Arbeitskleider, hatte wildes schwarzes Haar, seine Wangen waren elfenbeinfarben, sein Gesicht gutaussehend, seine Schultern und Arme außergewöhnlich mächtig. Es war die Art, wie er Fenny Bate ansah. In seinen Augen las ich schrankenlose Wildheit, und in dieser Wildheit lag auch eine eigentümliche Freiheit, die aus wesentlich tieferen Schichten kam als bloße Selbstsicherheit. Er machte mir einen außerordentlich gefährlichen Eindruck. Plötzlich hatte ich das Gefühl, als habe es mich in eine Gegend verschlagen, wo Knaben und Männer verkleidete wilde Tiere waren. Ich empfand so etwas wie Angst ob der wilden Grausamkeit im Gesicht des Mannes und wandte mich ab. Als ich wieder in seine Richtung sah, war er verschwunden.

Meine Ahnungen in bezug auf den Ort wurden an diesem Abend noch bestätigt. Ich hatte den Mann von der Straße längst vergessen und war zu meinem zugigen Zimmer hinaufgestiegen, um mich auf den Unterricht des folgenden Tages vorzubereiten. Den älteren Kindern würde ich das

Einmaleins beibringen müssen, keinem von ihnen konnte ein wenig Grundwissen in Geographie schaden ... Derlei Gedanken beschäftigten mich, als Sophronia Mather mein Zimmer betrat. Das erste, was sie tat, war, meine Kerosinlampe niederzuschrauben. ‚Das Licht ist für die Nacht, nicht für den Abend bestimmt' ‚sagte sie. ‚Wir können es uns nicht leisten, daß Sie unser ganzes Kerosin verbrennen. Sie werden sich daran gewöhnen müssen, Ihre Bücher bei jenem Licht zu lesen, das der Herrgott Ihnen gibt.'

Ich war erstaunt, sie in meinem Zimmer zu sehen. Während des Abendessens am Vortag war sie sehr still gewesen, und ihrem Gesicht nach zu urteilen, das abgezehrt und fahl und verkniffen aussah wie ein altes Trommelfell, hätte ich sie eher den schweigsamen Naturen zugerechnet. Ich kann euch sagen, nun wurde ich eines Besseren belehrt, denn kaum war ihr Mann nicht zugegen, verfügte sie über einen beachtlichen Redefluß.

‚Ich will Sie etwas fragen, Schulmeister', sagte sie. ‚Man redet so allerlei über Sie.'

‚Schon?' fragte ich.

‚Wie man sich bettet, so liegt man. Und wie man sich's einführt, so hat man's. Ich habe von Mariana Birdwood gehört, daß Sie in Ihrer Klasse schlechtes Benehmen dulden.'

‚Ich glaube nicht, daß ich das tue', gab ich zur Antwort.

‚Marianas Ethel behauptet aber, daß Sie es taten.'

Es gelang mir nicht, dem Namen Ethel Birdwood ein Gesicht zuzuordnen, aber ich erinnerte mich, ihn aufgerufen zu haben — es war eines von den älteren, etwa fünfzehnjährigen Mädchen, überlegte ich. ‚Und was habe ich laut Ethel Birdwood geduldet?'

‚Es handelt sich um diesen Fenny Bate. Hat er nicht vor Ihren Augen mit Fäusten auf einen anderen Jungen eingeschlagen?'

‚Ich habe ihm Vorhaltungen gemacht.'

‚*Vorhaltungen!* Reden nützt nichts. Warum haben Sie nicht den Stock genommen?'

‚Ich besitze keinen', sagte ich.

Nun war sie ehrlich entsetzt. ‚Aber Sie *müssen* sie verprügeln', brachte sie schließlich hervor. ‚Es ist die einzige Möglichkeit. Sie müssen jeden Tag einen oder zwei mit dem Stock verprügeln. Und Fenny Bate etwas öfter als die anderen.‘

‚Warum gerade ihn?‘

‚Weil er schlecht ist.‘

‚Ich habe bemerkt, daß er verwirrt, langsam, gestört ist‘, sagte ich. ‚Aber ich glaube nicht bemerkt zu haben, daß er schlecht ist.‘

‚Ist er aber. Er ist schlecht. Und die anderen Kinder erwarten, daß er verprügelt wird. Wenn Ihre Ideen zu obenhinaus für uns sind, werden Sie unsere Schule bald verlassen müssen. Es sind nicht nur die Kinder, die von Ihnen erwarten, daß Sie den Stock gebrauchen.‘ Sie wandte sich um, als wollte sie das Zimmer verlassen. ‚Ich möchte Ihnen nur diesen guten Rat geben, bevor es meinem Mann zu Ohren kommt, daß Sie Ihre Pflichten vernachlässigen. Glauben Sie mir, es ist besser so. Kein Unterricht ohne Schläge.‘

‚Aber warum ist Fenny Bate so verschrien?‘ fragte ich und versuchte, ihre grauenhafte letzte Bemerkung zu überhören.‘ Es ist ungerecht, einen Jungen zu verfolgen, der Hilfe benötigt.‘

‚Der Stock ist die einzige Hilfe, die er braucht. Er ist nicht schlecht, er ist die Schlechtigkeit in Person. Schlagen Sie ihn blutig und halten Sie ihn nieder! Ich will Ihnen nur helfen, Schulmeister. Wir haben das bißchen Geld, das wir durch Sie verdienen, bitter nötig.‘ Damit verließ sie mich. Mir blieb nicht einmal mehr die Zeit, sie nach jenem seltsamen Mann zu fragen, den ich am Nachmittag gesehen hatte.

Nun, ich hatte nicht die Absicht, dem schwarzen Schaf des Ortes mehr als nötig zu schaden.“

Milly Sheehan setzte mit einem vor Abscheu verzogenen Gesicht den Aschenbecher nieder, den zu polieren sie vorgegeben hatte, sah nach den Fenstern, ob die Vorhänge zugezogen waren, und schob sich zur Tür hinaus. Sears hielt in seiner Geschichte inne und bemerkte, daß sie die Türe einen Spalt offengelassen hatte.

3

Sears James, der eben seine Erzählung unterbrochen hatte und verärgert dachte, daß Millys Horcherei von Mal zu Mal unverfrorener wurde, hatte von jenem Ereignis, das sich am nämlichen Nachmittag in der Stadt zutrug und ihrer aller Leben verändern sollte, keine Kenntnis.

Der Vorgang an sich war gar nicht so bemerkenswert gewesen — eine auffallende junge Frau war dem Linienbus an der Ecke zwischen Bank und Bücherei entstiegen, hatte sich mit einem Ausdruck selbstsicherer Befriedigung umgesehen, wie es etwa eine erfolgreiche Frau tut, die zurückkehrt, um ihrer Heimat einen nostalgischen Besuch abzustatten. Ja, diesen Eindruck machte sie, wie sie so dastand, ihr kleines Köfferchen in der Hand, ein leichtes Lächeln auf den Lippen, während die leuchtenden Blätter von den Bäumen auf sie niederschwebten. Fast schien es, als nähme sie ihren Erfolg zum Maßstab ihrer Rache. Da stand sie in ihrem langen, schicken Mantel und ihrem üppigen dunklen Haar, und es sah aus, als sei sie zurückgekehrt, um sich daran zu freuen, wie weit sie es gebracht hatte — als wäre dies ihr größtes Vergnügen.

Milly Sheehan, die gerade für den Doktor Einkäufe machte, sah sie an der Bushaltestelle stehen, während der Bus sich in Richtung Binghamton in Bewegung setzte. Einen Augenblick lang hatte sie den Eindruck, der Frau schon einmal begegnet zu sein. Auch Stella Hawthorne, die eben am Fenster des „Village Pump Restaurants“ saß und Kaffee trank, erging es ähnlich. Immer noch lächelnd schritt das dunkelhaarige Mädchen am Fenster des Restaurants vorüber, und Stella sah ihr nach, wie sie den Stadtplatz überquerte und die Stufen zum Archer Hotel hinaufging. Stellas Begleiter Harold Sims, ein Gastprofessor für Anthropologie am nahegelegenen Suny-College, sagte: „Wie eingehend doch eine schöne Frau eine andere mustert. An dir beobachte ich dieses Phänomen allerdings zum ersten Mal, Stel.“

Stella, die es haßte, „Stel“ genannt zu werden, sagte nachdenklich: „Hast du sie schön gefunden?“

„Ich würde lügen, wenn ich nein sagte.“

„Nun, wenn du auch mich für schön hältst, soll es mir recht sein.“ Automatisch lächelte sie dem um zwanzig Jahre jüngeren, ihr völlig verfallenen Sims zu und schaute zum Archer Hotel hinüber, das die hochgewachsene junge Frau eben betrat.

„Warum starrst du ihr so nach, wenn es dir recht ist?“

„Ach, es ist nur —“, Stella verstummte. „Es ist nichts. Sie ist genau der Typ Frau, den du zum Essen ausführen solltest, nicht eine alte Schachtel wie mich.“

„Himmel, wenn du das glaubst“, sagte Sims und haschte unter dem Tisch nach ihrer Hand. Mit einer kaum wahrnehmbaren Berührung ihrer Finger wischte sie seine Hand beiseite. Stella Hawthorne hatte den Austausch von Zärtlichkeiten in der Öffentlichkeit nie besonders geschätzt. Nur zu gerne hätte sie seiner Pfote einen ordentlichen Hieb versetzt.

„Stella, gib mir eine Chance.“

Sie sah geradewegs in seine weichen braunen Augen und sagte: „Solltest du nicht lieber zu deinen netten kleinen Studentinnen zurückkehren?“

Inzwischen war die junge Frau in das Hotel hineingegangen. Mrs. Hardie, die seit dem Tode ihres Mannes das Archer Hotel zusammen mit ihrem Sohn führte, kam aus ihrem Büro und trat auf die hübsche junge Person auf der anderen Seite des Empfangspultes zu.

„Womit kann ich dienen?“ fragte sie und dachte im stillen: *Wie werde ich Jim von der fernhalten?*

„Ich möchte ein Zimmer mit Bad“, sagte das Mädchen. „Ich werde voraussichtlich so lange bleiben, bis ich eine geeignete Wohnung in der Stadt gefunden habe, die ich mieten kann.“

„Oh, wie nett“, sagte Mrs. Hardie. „Sie wollen nach Milburn ziehen? Das finde ich süß. Die meisten unserer jungen Leute können es kaum erwarten, von hier fortzukommen. Wie mein Jim – er wird Ihr Gepäck hinauftragen –, für ihn ist jeder weitere Tag hier wie ein zusätzlicher Tag im Gefängnis. Er will nach New York. Kommen Sie etwa von dort?“

„Ich lebte dort. Aber jemand aus meiner Familie hat einmal hier gelebt.“

„Also hier finden Sie unsere Preise, und hier ist das Gästebuch“, sagte Mrs. Hardie und schob ihr ein hektographiertes Blatt Papier und das große ledergebundene Hotelregister zu. „Sie werden sehen, wir sind ein ruhiges, angenehmes Hotel, die meisten Leute im Haus sind Dauergäste, es ist fast wie eine Pension, aber natürlich mit Hotelservice, und abends keine lauten Feste.“ Die junge Frau hatte zu den Preisen nur genickt und trug sich dann in das Buch ein. „Keine Discos — und das muß ich Ihnen gleich sagen, nach elf Uhr abends keine Herrenbesuche auf dem Zimmer.“

„Gut“, sagte das Mädchen und gab Mrs. Hardie das Buch zurück, welche sofort versuchte, den Namen zu lesen. In eleganter, klarer Handschrift stand dort „Anna Mostyn“ und eine New Yorker Adresse in den West Eighties.

„Wie angenehm“, sagte Mrs. Hardie. „Heutzutage weiß man nie, wie junge Mädchen reagieren, aber ...“ Sie sah zu dem neuen Gast auf und erschrak über die Teilnahmslosigkeit in den langgeschnittenen blauen Augen. Ihr erster, fast unbewußter Gedanke war – *die ist eiskalt* –, und ihm folgte sofort die sehr bewußte Überlegung, daß dieses Mädchen nicht die geringsten Schwierigkeiten haben würde, mit Jim fertig zu werden. „Anna ist ein hübscher altmodischer Name.“

„Ja.“

Mrs. Hardie geriet etwas aus der Fassung und läutete nach ihrem Sohn.

„Im Grunde bin ich eine sehr altmodische Person“, sagte das Mädchen.

„Sagten Sie nicht, Sie hätten jemanden aus Ihrer Familie in der Stadt?“

„Ja, aber es ist schon lange her.“

„Ihr Name kommt mir nämlich gar nicht bekannt vor.“

„Kann er auch nicht. Eine Tante von mir hat einmal hier gelebt. Sie hieß Eva Galli. Wahrscheinlich haben Sie sie nicht gekannt.“

(Rickys Frau, die mittlerweile allein im Restaurant saß,

schnippte plötzlich mit den Fingern und rief: „Ich werde alt.“ Es war ihr plötzlich eingefallen, an wen das Mädchen sie erinnert hatte. Der Kellner – seinem Aussehen nach ein von der Schule vorzeitig abgegangener Oberschüler – wußte nicht recht, wie er Stella die Rechnung präsentieren sollte, nachdem ihr Begleiter unvermittelt davongeeilt war. Er stieß lediglich ein „Huh?“ aus. „Laß mich in Frieden, Dummchen“, sagte Stella und fragte sich, warum wohl eine Hälfte aller vorzeitigen Schulabgänger aussehen mußte wie Raubmörder und die andere wie Physiker. „Ach was, gib mir lieber die Rechnung, bevor du in Ohnmacht fällst.“)

Jim Hardie verschlang sie verstohlen mit Blicken, während sie die Treppe hinaufgingen, und sobald er das Zimmer aufgeschlossen und ihren Koffer abgestellt hatte, sagte er einladend: „Hoffentlich werden Sie eine lange Zeit in der Gegend bleiben.“

„Hat mir Ihre Mutter nicht erzählt, daß Sie Milburn hassen?“

„Jetzt hasse ich es wesentlich weniger“, sagte er und warf ihr jenen Blick zu, der Penny Draeger die Nacht davor auf dem Rücksitz seines Wagens schwach gemacht hatte.

Warum?“

„Ah“, sagte er nur und wußte nicht, wie er angesichts ihrer völlig fehlenden Bereitschaft, schwach zu werden, fortfahren sollte. „Ah, das wissen Sie doch!“

„Ja?“

„Hören Sie, was ich meine, ist, daß Sie einfach eine verdammt gutaussehende Frau sind, das ist alles. Sie wissen schon, was ich meine. Sie sind einfach Klasse.“ Er beschloß, noch mehr zu wagen, obwohl ihm nicht ganz danach zumute war. „Klassefrauen erregen mich.“

„Wirklich?“

„Tatsache.“ Er nickte. Er wurde nicht klug aus ihr. Wenn mit ihr nichts zu machen wäre, hätte sie ihn wohl gleich hinausgeworfen. Aber obwohl sie weder interessiert noch geschmeichelt schien, ließ sie es zu, daß er in ihrem Zimmer herumstand. Sie sah nicht einmal belustigt aus. Dann überraschte sie ihn damit, daß sie — was er halb gehofft hatte — ihren Mantel ablegte. Obenherum war nicht viel los; aber ihre Beine waren gut. Dann überkam ihn, völlig übergangslos, das Bewußtsein ihrer Körperlichkeit, ein Hauch reinster Sinnlichkeit, nicht zu vergleichen mit den schwülen Posen einer Penny Draeger oder anderer Schulmädchen, die er vernascht hatte — eine Wolke reinster, kalter Sinnlichkeit, die ihn verschlang.

„Ah", sagte er und hoffte verzweifelt, daß sie ihn nicht fortschicken würde. „Ich wette, Sie hatten einen tollen Job in der Stadt. Was machen Sie, Fernsehen oder so etwas?"

„Nein."

Nervös trat er von einem Fuß auf den anderen. „Nun, ich weiß ja, wo ich Sie finden kann. Darf ich einmal hereinschauen und mit Ihnen plaudern?"

„Vielleicht. Unterhalten Sie sich denn gerne?"

„Na klar. Also, ich glaube, ich werde jetzt wieder hinuntergehen. Habe noch einen Haufen Fensterläden einzuhängen. Bei dem kalten Wetter und dem Sturm..."

Sie setzte sich aufs Bett und hielt ihm die Hand entgegen. Zögernd ging er auf sie zu. Als er ihre Hand berührte, legte sie eine ordentlich gefaltete Dollarnote in die seine. „Ich werde Ihnen sagen, was ich denke", sagte sie. „Ich denke, Hoteldiener sollten keine Jeans tragen, das sieht schlampig aus."

Er behielt den Dollar, zu verwirrt, um zu danken, und nahm Reißaus.

(Ann-Veronica Moore, dachte Stella, diese Schauspielerin, die in Johns Haus war, als Edward starb. Stella gestattete dem eingeschüchterten Kellnerknaben, ihr in den Pelzmantel zu helfen. Ann-Veronica Moore, warum um alles in der Welt fällt sie mir ein? Ich habe sie doch nur ein paar Minuten lang gesehen, und eigentlich sah dieses Mädchen ihr überhaupt nicht ähnlich.)

4

„Nein“, fuhr Sears fort, „ich war entschlossen, dieser armen Kreatur, diesem Fenny Bate zu helfen. Ich war nicht der Ansicht, daß es von Natur aus schlechte Jungen gab, sondern daß mangelndes Verständnis und Grausamkeit sie erst dazu machten. Diese Schlechtigkeit wiederum hielt ich für heilbar. Ich begann also mit einem kleinen ‚Wiedergutmachungsprogramm‘. Als Fenny am nächsten Tag seinen Tisch umwarf, stellte ich ihn zum Abscheu der älteren Kinder selber wieder auf. Und in der Mittagspause bat ich ihn, mit mir im Schulhaus zu bleiben.

Die anderen Kinder marschierten im Gänsemarsch hinaus, wilde Spekulationen schwirrten durch die Luft. Ich war sicher, daß sie annahmen, Fenny würde Prügel beziehen, sobald sie außer Sicht waren. Und dann sah ich in einer dunklen Ecke seine Schwester lauern. ‚Ich tue ihm nichts, Constance‘, sagte ich. ‚Wenn du willst, kannst du hierbleiben.‘ Die armen Kinder! Ich sehe sie noch vor mir mit ihren schlechten Zähnen und den zerlumpten Kleidern. Er voll von Mißtrauen und Haß und Furcht, und sie einfach angsterfüllt — seinetwegen. Sie kauerte sich auf einen Stuhl, und ich ging daran, einige von Fennys falschen Auffassungen zu korrigieren. Ich erzählte ihm die Geschichten von sämtlichen Entdeckern, welche mir einfielen. Ich erzählte ihm von Lewis und Clarke und Cortez und Nansen und Ponce de Leon, Stoff, den ich später im Unterricht zu verwenden gedachte. Aber dies alles machte keinen Eindruck auf Fenny. Er *wußte* ganz einfach, daß die Welt nicht weiter reichte als vierzig oder fünfzig Meilen im Umkreis von Four Forks und daß die Menschen innerhalb dieses Radius' die gesamte Weltbevölkerung darstellten. Er hielt an seinen Ansichten mit dem verbohrten Eigensinn der Dummen fest. ‚Wer um alles in der Welt hat dir das erzählt, Fenny?‘ fragte ich. Er schüttelte den Kopf. ‚Hast du es dir selber ausgedacht?‘

Erneutes Kopfschütteln. ‚Waren es deine Eltern?' Constance kicherte in ihrer dunklen Ecke, kicherte ohne jeden Humor. Ihr Lachen verursachte mir Gänsehaut. Es beschwor Bilder von einem geradezu tierischen Leben in mir herauf. Sicher führten die Kinder ein solches, und alle andern Kinder wußten es. Und wie ich später herausfand, war es noch wesentlich schlimmer, als ich damals gedacht hatte. Weitaus mehr wider die Natur als alles, was bis dahin in meiner Vorstellungskraft gelegen hatte.

Wie auch immer, aus einem Gefühl der Ungeduld oder Verzweiflung hob ich die Hände, und das unselige Mädchen hatte wohl gedacht, daß ich ihren Bruder schlagen wollte, denn sie rief aus: ‚Es war Gregory!' Fenny sah sich nach ihr um. Nie zuvor hatte ich einen so angsterfüllten Blick im Auge eines Menschen gesehen. Im nächsten Moment war er von seinem Stuhl aufgesprungen und aus dem Klassenzimmer geflitzt. Ich versuchte ihn zurückzurufen, aber es war umsonst. Er lief, als gelte es sein Leben, und verschwand, wilde Haken schlagend, im Wald. Das Mädchen war zögernd in der Tür stehengeblieben und sah ihm nach. Nun machte auch sie einen angsterfüllten und verzagten Eindruck — sie war kreidebleich geworden. ‚Wer ist Gregory, Constance?' fragte ich. In ihrem Gesicht zuckte es. ‚Geht er manchmal am Schulhaus vorbei? Hat er solche Haare?' Und ich spreizte meine Finger über meinem Kopf. Da war auch sie weg und lief ebenso schnell fort wie er.

Nun, an diesem Nachmittag wurde ich von den anderen Schülern akzeptiert. Sie nahmen wohl an, daß ich die beiden Bate-Kinder verprügelt und auf diese Art die natürliche Ordnung wieder hergestellt hatte. Und am selben Abend schenkte mir Sophronia Mather wenn auch keine zusätzliche Kartoffel, so wenigstens eine Art eingefrorenes Lächeln. Offensichtlich hatte Ethel Birdwood ihrer Mutter berichtet, daß der neue Lehrer Vernunft angenommen hatte.

Fenny und Constance kamen am nächsten und übernächsten Tag nicht zur Schule. Das gab mir zu denken, und ich fürchtete, mich so ungeschickt benommen zu haben, daß sie gar nicht mehr zurückkehren würden. Am zweiten Tag war ich so unruhig, daß ich während der Mittagspause im Schulhof auf und ab ging. Die Kinder sahen mich an wie einen gefährlichen Irren. Es war klar: Sie erwarteten vom Lehrer, daß er im Schulhaus bliebe, um nach Möglichkeit vom Stock Gebrauch zu machen. Dann hörte ich etwas, das mich zunächst erstarren und dann auf eine Gruppe von Mädchen zuschießen ließ, die geziert im Gras saß. Es waren die größeren Mädchen, und eine davon war Ethel Birdwood. Ich war sicher, daß sie eben den Namen Gregory erwähnt hatte. ‚Erzähl mir von Gregory, Ethel', sagte ich. ‚Was heißt Gregory?' fragte sie, einfältig lächelnd. ‚Es gibt hier niemanden, der so heißt.' Sie schenkte mir einen tiefen Blick aus ihren Kuhaugen, und ich war gewiß, daß sie an jene ländliche Gepflogenheit dachte, derzufolge der Schullehrer seine älteste Schülerin zur Frau nimmt. Sie war ein dreistes Mädchen, diese Ethel Birdwood, und ihr Vater galt als reicher Mann. Ich ging nicht darauf ein. ‚Ich hörte eben, wie du seinen Namen erwähntest.' ‚Sie müssen sich geirrt haben, Mr. James', sagte sie honigsüß. ‚Für Lügner habe ich nichts übrig', sagte ich. ‚Erzähle mir von diesem Gregory!' Natürlich dachten alle, daß ich ihr mit Prügeln drohte. Eines der Mädchen kam ihr zu Hilfe. ‚Wir sprachen darüber, daß Gregory diese Dachrinne repariert hat', sagte sie und deutete auf eine Seitenwand des Schulhauses. Eine der Dachrinnen war offensichtlich erneuert worden. ‚Nun, wenn ich es verhindern kann, wird er nie wieder auch nur in die Nähe dieser Schule kommen!' sagte ich und überließ sie ihrem Kichern, das mich rasend machte.

Nach der Schule gedachte ich in die Höhle des Löwen vorzudringen und dem Heim der Bates einen Besuch abzustatten. Ich wußte, daß es etwa so weit außerhalb des Ortes lag, wie Lewis' Haus von Milburn entfernt ist. Ich marschierte jene Straße entlang, die mich am ehesten an mein Ziel zu bringen versprach, und hatte bereits drei, vier Meilen zurückgelegt, als mir klar wurde, daß ich zu weit gegangen war. Ich war an keinem einzigen Haus vorbeigekommen, also mußte das Bate-Haus tatsächlich mitten im Wald liegen und nicht am Waldrand, wie ich angenommen hatte. Ich schlug einen Seitenpfad ein, den ich so lange in Richtung Stadt zurückverfolgen wollte, bis ich das Haus gefunden hätte.

Unglücklicherweise verirrte ich mich. Ich geriet in Schluchten, kletterte auf Hügel und kämpfte mich durch Gestrüpp, bis ich nicht einmal mehr hätte sagen können, in welcher Richtung die Straße lag. Alles sah erschreckend gleich aus. Es wurde bereits dämmrig, als ich mich plötzlich beobachtet fühlte. Es war ein außerordentlich unheimliches Gefühl, etwa so, als wüßte ich, daß hinter mir ein sprungbereiter Tiger lauerte. Ich drehte mich um und lehnte mich mit dem Rücken an den Stamm einer großen Ulme — und dann sah ich etwas. Keine fünfundzwanzig Meter von mir entfernt betrat ein Mann eine kleine Lichtung, ein Mann, den ich schon einmal gesehen hatte. Das ist Gregory! dachte ich. Weder er noch ich sprachen ein Wort. Er stand da mit seinem elfenbeinfarbigen Gesicht und dem wilden Haar und starrte mich schweigend an. Ich fühlte den Haß — einen absoluten Haß —, der von ihm ausging. Es umgab ihn eine Aura von maßloser Gewalttätigkeit und von jener sonderbaren Freiheit, die ich schon früher empfunden hatte; er war wie ein Wahnsinniger. Er hätte mich umbringen können in diesem Wald, und niemand hätte etwas erfahren. Ihr könnt mir glauben: Was ich in seinem Gesicht las, war reine Mordlust. Ich war schon auf seinen Angriff gefaßt, als er unvermittelt hinter einen Baum trat. Ganz langsam bewegte ich mich vorwärts. ‚Was wollen Sie?‘ rief ich und mimte Tapferkeit. Keine Antwort. Ich wagte mich noch etwas weiter vor. Schließlich gelangte ich zu jenem Baum, hinter den er verschwunden war, aber von ihm war keine Spur mehr zu finden. Es schien, als habe er sich plötzlich in Luft aufgelöst.

Ich irrte immer noch umher, und immer noch fühlte ich mich bedroht. Es war mir klar, daß sein Erscheinen den Zweck hatte, mir zu drohen. Aufs Geratewohl wandte ich mich in eine Richtung und durchquerte erneut ein dichtes Gehölz, aber nach wenigen Schritten blieb ich wie angewurzelt stehen. Einen Augenblick lang fürchtete ich mich. Genau vor mir, wesentlich näher als jene andere Erscheinung, stand ein kleines, schäbig gekleidetes Mädchen mit strähnigem blondem Haar: Constance Bate. ‚Wo ist Fenny?' fragte ich. Sie hob ihren dünnen Arm und deutete zur Seite. Da erschien auch er vor meinen Augen, erhob sich wie — ‚eine Schlange aus einem Korb'; ich gebe zu, daß mir genau diese Metapher in den Sinn kam. Als er aus dem hohen Unkraut auftauchte, trug sein Gesicht den typischen Fenny-Bate-Ausdruck von störrischem Schuldbewußtsein.

‚Ich war auf der Suche nach eurem Heim', sagte ich, und beide wiesen augenblicklich und wortlos in die gleiche Richtung. Ich sah zwischen den Bäumen hindurch und erblickte eine Bruchbude aus Teerpappe mit einem einzigen, windschiefen Fenster und einem kläglichen Rohr von einem Rauchfang. Es gab damals eine Menge solcher Teerpappenhütten — heute sind sie gottlob verschwunden —, aber diese hier war wohl die scheußlichste, die ich je gesehen hatte. Man sagt mir nach, ich sei konservativ; aber niemals habe ich Tugend mit Geld und Armut mit Laster gleichgesetzt. Diese elende kleine Bude jedoch, bei deren Anblick man wußte, daß sie stank, schien mir Verderbtheit auszuströmen. Nein, es war ärger. Nicht nur schien es mir, als seien ihre Bewohner durch Armut verroht, sie schienen auch entstellt, verzerrt und verunstaltet... Mein Herz sank, ich schaute weg und sah einen abgezehrten schwarzen Hund an einem toten Federbündel schnuppern, das wahrscheinlich einmal ein Huhn gewesen war. Dies hier mußte wohl der Grund für Fennys schlechten Ruf sein. Ein Blick auf dieses Zuhause hatte den ordentlichen Leutchen von Four Forks genügt, um ihn lebenslang zu verurteilen.

Aber auch ich wollte das Haus nicht betreten. Ich glaubte nicht an das Böse, und doch spürte ich es.

Ich wandte mich wieder den Kindern zu, in deren Augen ein seltsam starrer Ausdruck lag. ‚Ich möchte euch morgen wieder in der Schule sehen', sagte ich.

Fenny schüttelte den Kopf.

‚Aber ich will euch doch *helfen!*' sagte ich. Ich war nahe daran, eine Rede zu halten, ihm zu sagen, daß ich plante, sein Leben zu ändern, ihn zu retten, im Grunde wohl, ihn menschlich zu machen... aber seine eigensinnige, starre Fratze hinderte mich daran. Noch etwas anderes lag in seinem Gesicht, und plötzlich merkte ich voller Entsetzen, daß etwas in Fenny mich an den geheimnisvollen Gregory erinnerte. ‚Ihr müßt morgen zur Schule kommen!' sagte ich.

Constance sagte: ‚Gregory erlaubt es nicht. Gregory sagt, daß wir hierbleiben müssen.'

‚Nun, und ich sage, Fenny kommt, und du kommst auch.'

‚Ich werde Gregory fragen.'

‚Ach zum Teufel mit Gregory!' schrie ich. ‚Ihr habt zu kommen!' Und ich ging. Ein seltsames Gefühl begleitete mich, bis ich die Straße wiedergefunden hatte. Es war, als entfernte ich mich von der Verdammnis.

Dreimal dürft ihr raten, wie die Angelegenheit ausging: Sie kamen nicht. Einige Tage lang nahmen die Dinge ihren normalen Lauf. Ethel Birdwood und ein paar andere Mädchen schenkten mir feuchte Blicke, wenn immer ich sie aufrief. Ich quälte mich in meinem Eiskasten von Zimmer mit dem Pensum für den nächsten Tag und erhob mich, Phöbus nicht im geringsten ähnelnd, in der Morgendämmerung, um das Schulhaus für den Unterricht vorzubereiten. Schließlich fing Ethel damit an, mir Sandwiches zu bringen, und bald darauf brachten auch meine anderen Verehrerinnen welche mit. Ich sparte immer eines in meiner Rocktasche auf, um es nach dem Abendessen bei den Mathers auf meinem Zimmer zu verzehren. An den Sonntagen machte ich meine üblichen langen Pflichtmärsche nach Footville, um die Kirche zu besuchen. Es war nicht ganz so grauenhaft, wie ich befürchtet hatte. Der Geistliche war ein alter Deutscher namens Franz Gruber, der sich Dr. Gruber nannte. Der Doktortitel war echt. Der Mann war feinsinniger, als man aus seinem derben Äußeren und seinem Wohnsitz in Footville, New York, hätte schließen können. Ich fand seine Predigten interessant und beschloß, mit ihm ins Gespräch zu kommen.

Als die Bate-Kinder endlich wieder erschienen, machten sie einen erschöpften und müden Eindruck, wie Trinker nach einer anstrengenden Nacht. Dies wurde zur Gewohnheit: Sie fehlten zwei Tage, tauchten auf, fehlten drei Tage, erschienen zwei.

Und jedesmal, wenn ich sie wiedersah, machten sie einen noch elenderen Eindruck. Besonders Fenny schien zu verfallen. Es war, als würde er vorzeitig altern; er wurde immer dünner, seine Haut schien an der Stirn und um die Augen Falten zu werfen, und ich hätte schwören können, daß er grinste, wenn ich ihn ansah. Fenny Bate und grinsen — ich hätte einen Eid darauf geleistet, daß ihm das geistige Rüstzeug hierzu fehlte. An ihm schien es verderbt. Mir machte es angst.

Eines Sonntags sprach ich Dr. Gruber nach der Messe an der Kirchentüre an. Ich war der letzte in der Reihe, um seine Hand zu schütteln, und als alle anderen bereits die Straße hinuntergingen, erbat ich seinen Rat.

Er dachte wohl zunächst, daß ich ihm einen Ehebruch oder ein ähnliches Vergehen beichten wollte. Aber er war sehr freundlich und lud mich in sein Haus ein, das der Kirche gegenüberlag.

Mit ausgesuchter Höflichkeit geleitete er mich in seine Bibliothek, einen großen, bis zur Decke mit Büchern angefüllten Raum, wie ich ihn seit meiner Rückkehr aus Harvard nicht mehr zu Gesicht bekommen hatte. Dieses Zimmer gehörte offensichtlich einem Gelehrten: Es war ein Bereich, in dem ein Mann mit seinen Gedanken lebte und arbeitete. Die meisten Bücher waren in deutscher Sprache, aber es gab auch viele lateinische und griechische. Mit Erstaunen sah ich eine kleine Sammlung von Lully, Fludd, Bruno — etwa das, was man als die okkulten Wissenschaften der Renaissance bezeichnen würde — auf einem Bord hinter seinem Schreibtisch stehen. Des weiteren, und das erstaunte mich noch mehr, einige antiquarische Bücher über Zauberei und Satanismus.

Dr. Gruber, der hinausgegangen war, um Bier zu holen, sah mich bei seiner Rückkehr ins Zimmer diese Bücher betrachten.

‚Was Sie hier sehen', sagte er mit seinem gutturalen Akzent, ‚ist der Grund, warum Sie mich in Footville antreffen, Mr. James. Ich hoffe, daß Sie mich auf Grund dieser Bücher nicht für einen verdrehten alten Spinner halten.' Er erzählte mir seine Geschichte, ohne daß ich ihn dazu drängen mußte, und sie war genauso, wie ihr sie erwarten würdet: Er war brillant gewesen, seine Vorgesetzten hatten ihn geschätzt, er hatte etliche Bücher geschrieben, aber als er ein zu großes Interesse für das, was er als die ‚magischen Dinge' bezeichnete, an den Tag legte, befahl man ihm, die Studien in dieser Richtung einzustellen. Er veröffentlichte eine letzte Arbeit und wurde in die entlegenste Kirchengemeinde verbannt, welche die Lutheraner finden konnten. ‚Nun', sagte er, ‚habe ich die Karten auf den Tisch gelegt, wie meine Landsleute zu sagen pflegen. Ich spreche niemals in meinen Predigten über Magie, aber ich setze meine Studien auf diesem Gebiet fort. Nun können Sie gehen oder sprechen, wie es Ihnen beliebt.' Seine letzte Bemerkung erschien mir hochtrabend und störte mich ein wenig, aber ich sah keinen Grund, das Gespräch zu beenden.

Ich erzählte ihm die ganze Geschichte, ohne auf Details zu verzichten. Er lauschte mit gespannter Aufmerksamkeit, und es war klar, daß er bereits von Gregory und den Bate-Kindern gehört hatte.

Die Angelegenheit schien ihn aufs höchste zu erregen. Als ich geendet hatte, sagte er: ‚Und all das verlief genauso, wie Sie es mir berichtet haben?'

‚Selbstverständlich!'

‚Und Sie haben niemandem davon erzählt?'

‚Nein.'

‚Ich bin sehr froh, daß Sie zu mir gekommen sind!' sagte er. ‚Ihre Wirtin hat Ihnen nie eine Erklärung gegeben, warum sie Fenny Bate für die personifizierte Schlechtigkeit hält?'

Ich schüttelte den Kopf und versuchte den negativen Eindruck zu verwischen, den ich eben von ihm gehabt hatte.

‚Haben Sie eine Ahnung, warum?'

‚Es ist eine bekannte Geschichte', gab er zur Antwort. ‚In der Tat ist es in diesen beiden kleinen Städtchen eine berüchtigte Geschichte.'

‚Ist Fenny schlecht?' fragte ich.

‚Er ist nicht schlecht, er ist verdorben', sagte Dr. Gruber. ‚Allerdings — nach dem, was ich von Ihnen hörte ...'

‚Könnte es schlimmer sein?' fragte ich. ‚Ich muß zugeben, es ist mir ein völliges Rätsel.'

‚Mehr als Sie denken', sagte er ruhig. ‚Wenn ich Ihnen erzähle, was ich weiß, werden Sie mich im Hinblick auf meine Vorgeschichte für wahnsinnig halten.' Seine Augen schienen noch stärker hervorzuquellen.

‚Wenn Fenny verdorben ist', fragte ich, ‚wer hat ihn verdorben?'

‚Oh, Gregory', antwortete er. ‚Ohne Zweifel Gregory. Hinter allem steht Gregory.'

‚Aber wer ist Gregory?' fragte ich ratlos.

‚Der Mann, den Sie gesehen haben. Ich bin sicher, daß er es war. Sie haben ihn treffend beschrieben.' Er streckte seine dicken Finger über seinen Kopf und imitierte jene Geste, mit der ich mich Constance Bate verständlich gemacht hatte.

‚Treffend, ich versichere Ihnen. Und doch werden Sie an meinen Worten zweifeln, wenn ich weiterspreche.'

‚Warum, um Himmels willen?'

Er schüttelte den Kopf, und ich sah, wie seine Hände zitterten. Einen Augenblick fragte ich mich, ob ich nicht doch in ein Gespräch mit einem Irren verwickelt war.

‚Fennys Eltern hatten drei Kinder', sagte er und blies eine Rauchwolke von sich. ‚Gregory Bate war das erste.'

‚Er ist sein Bruder!' rief ich aus. ‚Ich dachte einmal eine Ähnlichkeit entdeckt zu haben... ja, ich verstehe. Aber daran ist noch nichts Unnatürliches.'

‚Das, denke ich, hängt davon ab, was sich zwischen den beiden abspielte.'

Ich versuchte zu begreifen.

‚Sie wollen damit sagen, daß zwischen den Brüdern etwas Unnatürliches vorging?'

‚Und zwischen der Schwester und dem Bruder.'

Grauen erfaßte mich. Ich sah wieder das kalte, hübsche Gesicht vor mir, die hassenswerte, liederliche Art, Gregorys Aura von totaler Hemmungslosigkeit.

‚Gregory und seine Schwester!'

‚Und, wie ich schon sagte, Gregory und Fenny.'

‚Er hat also beide verdorben. Warum verdammt man Constance in Four Forks nicht ebenso wie Fenny?'

‚Bedenken Sie, Schulmeister, dies hier ist Hinterland. Ein Hauch von Widernatürlichem zwischen Bruder und Schwester ist in diesen verlotterten, in elenden Hütten hausenden Familien am Ende nicht so selten.‘

‚Aber zwischen Brüdern —‘, es kam mir plötzlich so vor, als sei ich wieder in Harvard und diskutierte mit einem Professor für Anthropologie über einen Stamm von Wilden, — zwischen Brüdern gilt es als verwerflich!‘

‚Bei Gott, ja!‘ rief ich aus und sah im Geiste den verschlagenen, vorzeitig alten Ausdruck in Fennys Gesicht.

‚Und nun versucht er, mich aus dem Felde zu schlagen. Er fürchtet, ich würde mich einmischen.‘

‚Offensichtlich. Ich hoffe, Sie verstehen, warum.‘

‚Weil ich es nicht dulden werde‘, sagte ich. ‚Er will mich loswerden.‘

‚Ah‘, sagte er, ‚Gregory will alles.‘

‚Sie meinen, er will die Kinder für immer?‘

‚Ja, er will beide für immer. Aber nach dem, was ich von Ihnen hörte, geht es ihm vor allem um Fenny.‘

‚Können die Eltern nicht Einhalt gebieten?‘

‚Die Mutter ist tot, und der Vater verschwand, als Gregory alt genug war, ihn zu schlagen.‘

‚Sie leben also ganz allein an diesem fürchterlichen Ort?‘

Er nickte. Die Vorstellung war entsetzlich: Von den Kindern selber kam der Gifthauch des Bösen, sie selber und das, was sie mit Gregory trieben, vergifteten den Ort.

‚Gibt es nichts, was die Kinder tun könnten, um sich zu schützen?‘ lehnte ich mich auf.

‚Sie haben es versucht.‘

‚Was haben sie unternommen?‘ Ich dachte an Gebete, da ich gerade mit einem Priester sprach, oder an Kost und Quartier bei einer anderen Familie, obwohl ich aus eigener Erfahrung sehr gut wußte, wie schlecht es mit der Mildtätigkeit in Four Forks bestellt war.

‚Da Sie meinen Worten keinen Glauben schenken werden‘, sagte er, ‚will ich es Ihnen zeigen.‘ Abrupt stand er auf und winkte mir, mich ebenfalls zu erheben. ‚Wir gehen nach draußen', befahl er. Ich spürte, daß er hinter seiner Betriebsamkeit zutiefst verstört war, und überlegte, ob er mich möglicherweise genauso unangenehm fand wie ich ihn. Er warf die Tür hinter uns zu und schlug die Richtung zur Kirche ein. Als er die Straße überquert hatte, rief er mir, ohne sich umzuwenden, zu: ‚Ist Ihnen bekannt, daß Gregory eine Art Schulfaktotum war, das sämtliche anfallenden Arbeiten erledigte?'

‚Eines der Mädchen erwähnte etwas Ähnliches', antwortete ich, während ich ihm auf seinem Weg rund um die Kirche folgte. Ich fragte mich, ob mir wohl ein Ausflug in die Felder bevorstehe und was er mir erst zeigen müsse, ehe ich es glauben würde. Hinter der Kirche lag ein kleiner Friedhof, und ich hatte Muße, die Namen auf den schweren, aus dem neunzehnten Jahrhundert stammenden Grabsteinen zu lesen, während ich dem langsam dahinwatschelnden Dr. Gruber folgte — Josiah Foote, Sarah Foote, alle aus dem Clan, der das Dorf gegründet hatte, und andere Namen, die mir nichts sagten. Endlich stand Dr. Gruber, deutliche Anzeichen von Ungeduld zeigend, neben einer kleinen Pforte an der Rückseite des Friedhofes.

‚Hier', sagte er.

Auch gut, dachte ich, wenn du zu faul bist, die Pforte zu öffnen, werde ich es tun, und ich beugte mich nieder...

‚Nicht!' sagte er in scharfem Ton. ‚Schauen Sie hinunter, sehen Sie sich das Kreuz an!'

Dann sah ich, worauf er zeigte. Am Kopfende eines Grabes stand anstelle des üblichen Grabsteines ein rohgezimmertes Holzkreuz. Jemand hatte auf den Querbalken des Kreuzes den Namen Gregory Bate gemalt. Ich sah mich nach Dr. Gruber um. Und diesmal irrte ich mich nicht. Auf seinen Zügen war deutliche Abneigung zu lesen.

‚Das kann nicht sein', sagte ich, ‚das ist ungeheuerlich! Ich habe ihn gesehen!'

‚Glauben Sie mir, Schulmeister, hier und sonst nirgendwo liegt Ihr Rivale begraben', sagte er, und es dauerte eine ganze Weile, ehe mir die eigenartige Wahl seiner Worte zum Bewußtsein kam.

‚Zumindest das, was sterblich an ihm war.'

Ich war wie betäubt. Ich wiederholte meine Worte: ‚Es kann nicht sein!'

Er überging meine Bemerkung. ‚Vor etwa einem Jahr verrichtete Gregory Bate eines Abends irgendeine Arbeit im Schulhof. Dabei entdeckte er — ich denke, so wird es wohl gewesen sein —, daß die Dachrinne reparaturbedürftig war. Er holte eine Leiter und stieg hinauf. Fenny und Constance witterten ihre Chance, seiner Tyrannei ein für allemal zu entrinnen, und warfen die Leiter um. Er stürzte, stieß mit dem Kopf an die Hausecke und starb.'

‚Was hatten die Kinder abends bei der Schule zu suchen?'

Er zuckte die Achseln. ‚Er nahm sie überallhin mit. Sie hatten am Spielplatz gesessen.'

‚Ich kann nicht glauben, daß sie ihn vorsätzlich töteten!' sagte ich.

‚Howard Hummell, der Postmeister, sah sie davonlaufen. Er war es auch, der Gregorys Leiche fand.'

‚Also hat niemand gesehen, wie es sich wirklich zutrug?'

‚Das war nicht nötig, Mr. James. Es war auch so allen klar, was geschehen war.'

‚Mir ist es nicht klar. Was taten die Kinder danach?'

‚Sie rannten davon. Es war eindeutig, daß ihr Vorhaben geglückt war. Gregorys Hinterkopf war zerschmettert. Fenny und seine Schwester blieben für drei Wochen verschwunden, sie hielten sich im Wald versteckt. Als ihnen schließlich klar wurde, daß sie keine andere Möglichkeit hatten als heimzukehren, war Gregory längst bestattet. Howard Hummell erzählte, was er gesehen hatte, und die Leute nahmen an, was sie eben annehmen wollten. Seither gilt Fenny als schlecht.'

‚Aber jetzt', sagte ich und sah auf das grobe Kreuz hinunter. Es fiel mir ein, daß wohl die Kinder selbst es gezimmert und beschriftet haben mußten, und das erschien mir plötzlich als das Schauerlichste von allem.

‚Jetzt — oh ja — jetzt will Gregory ihn wiederhaben. Nach allem, was Sie mir erzählten, *hat* er ihn bereits zurück. Er hat sie beide wieder. Aber ich könnte mir denken, daß er Fenny Ihrem Einfluß entziehen will.' Er sprach den letzten Satz mit peinlicher Genauigkeit aus.

‚Um von ihm Besitz ergreifen zu können.‘

‚Um von ihm Besitz zu ergreifen.‘

‚Kann ich ihn nicht retten?‘ sagte ich fast flehentlich.

‚Sagen wir so: Ich vermute, daß es niemandem sonst gelingen kann‘, gab er zur Antwort, und seine Augen sahen mich wie von weither an.

‚Und Sie? Um Gottes willen, können Sie denn gar nichts tun?‘

‚Nicht einmal um seinetwillen. Nach allem, was ich von Ihnen hörte, hat sich die Sache schon zu weit von ihm entfernt. In meiner Kirche glaubt man nicht an Exorzismus.‘

‚Sie glauben einfach —‘, ich war wütend und voll Verachtung.

‚An das Böse? Ja, wir glauben an das Böse.‘

Ich wandte mich von ihm ab. Vielleicht dachte er, daß ich umkehren und ihn nochmals um Hilfe bitten würde. Aber als ich mich immer weiter entfernte, rief er mir nach: ‚Nehmen Sie sich in acht, Schulmeister!‘

In einer Art Betäubung wanderte ich heimwärts. Ich konnte nicht fassen, konnte nicht glauben, was mir während meines Gesprächs mit dem Pfarrer unwiderlegbar erschienen war. Und doch: Er hatte mir das Grab gezeigt, ich hatte die Verwandlung Fennys mit eigenen Augen gesehen — und ich hatte Gregory gesehen; ja, es wäre nicht übertrieben zu behaupten, daß ich ihn gespürt hatte, derart stark war sein Eindruck auf mich gewesen.

Und dann hielt ich, etwa eine Meile von Four Forks entfernt, auf meinem Weg inne, denn ich bekam nun den Beweis, daß Gregory Bate wußte, was ich entdeckt, und daß er genau wußte, was ich vorgehabt hatte. Eines der Felder, die vor mir lagen, bildete einen von der Landstraße aus sichtbaren, sanften, kahlen Hügel; auf diesem Hügel stand Gregory und starrte auf mich herab. Er rührte keinen Muskel, als ich ihn erblickte, und doch zitterte eine Heftigkeit um ihn, als stünde er in einem elektrischen Spannungsfeld. Ich mußte einen Meter vom Boden hochgesprungen sein. Er sah mich an, als könnte er jeden meiner Gedanken lesen. Hoch über ihm kreiste ein Falke ziellos am Himmel. Ich hatte nicht mehr die Spur eines Zweifels. Nun wußte ich, daß Dr. Gruber mir die Wahrheit gesagt hatte.

Alles, was ich tun konnte, war, nicht augenblicklich davonzurennen. Ich wollte keine Feigheit vor ihm zeigen, auch wenn mir noch so bange war. Ich stellte mir vor, wie er da oben stand, mit hängenden Armen und blassem, zu einem weißen Fleck verschwimmendem Gesicht, und wie er mit all seinen Gefühlen nach mir zielte, nur darauf wartend, daß ich davonlaufen würde. Ich zwang mich dazu, meinen Heimweg in gemessenem Tempo fortzusetzen.

Beim Abendessen gelang es mir trotz äußerster Mühe nicht, mehr als einige Bissen hinunterzuwürgen. Mather sagte: ‚Wenn Sie verhungern wollen, bleibt mehr für uns. Mir soll es recht sein.'

Ich sah ihm ins Gesicht. ‚Hatte Fenny Bate neben seiner Schwester auch einen Bruder?'

Er blickte mich mit unverhohlener Neugier an.

‚Nun?'

‚Ja, er hatte einen.'

‚Wie hieß dieser Bruder?'

‚Gregory. Aber ich wäre Ihnen dankbar, wenn Sie seinen Namen nicht erwähnten.'

‚Hatten Sie Angst vor ihm?' fragte ich, denn ich sah die Furcht in seinem Gesicht und in dem seiner Frau.

‚Bitte, Mr. James', sagte Sophronia Mather, ‚das bringt nichts Gutes.'

‚Niemand spricht über Gregory Bate', sagte ihr Mann.

‚Was ist mit ihm geschehen?' fragte ich.

Er hörte zu kauen auf und legte seine Gabel nieder. ‚Ich weiß nicht, was Sie hörten oder von wem Sie etwas hörten, aber so viel will ich Ihnen sagen: Wenn es je einen Mann gab, der verflucht war, so war es Gregory Bate, und was auch ihm zustieß, er hat es verdient, und hiermit beenden wir das Gespräch über Gregory Bate.' Dann fuhr er fort, das Essen in sich hineinzuschaufeln, und die Diskussion war vorbei. Mrs. Mathers Augen blieben bis zum Ende der Mahlzeit fromm auf ihren Teller geheftet.

Ich war in äußerster Sorge. Zwei, drei Tage lang erschien

keines der beiden Bate-Kinder in der Schule, und fast schien es, als hätte ich die ganze Geschichte nur geträumt. Routinemäßig erledigte ich den Unterricht, aber meine Gedanken kreisten um sie. Vor allem um den armen Fenny und um die Gefahr, in der er schwebte.

Was mein Gefühl von Entsetzen wachhielt, war die Tatsache, daß ich Gregory eines Tages in der Stadt sah.

Es war an einem Samstag, und daher wimmelte es in Four Forks von Bauersleuten, die an diesem Tag wie gewöhnlich in die Stadt kamen, um ihre Einkäufe zu erledigen. Dutzende von Pferden zogen durch die Straßen, und überall sah man die faszinierten Gesichter von Kindern, die dichtgedrängt auf den Rücksitzen der Wagen saßen und mit weit offenen Augen das Treiben in der Stadt bestaunten. Ich erkannte etliche meiner Schüler unter ihnen und winkte ihnen zu.

Dann tippte mich ein dicker Bauer, dem ich nie zuvor begegnet war, auf die Schulter und teilte mir mit, er wisse, daß ich der Lehrer seines Sohnes sei, und er wolle mir guten Tag sagen. Ich dankte und hörte noch eine Weile seinem Geschwatze zu. Dann sah ich Gregory hinter ihm stehen. Er lehnte an der Mauer des Postgebäudes; teilnahmslos gegen alles, was um ihn herum vorging, stand er da und starrte eindringlich zu mir herüber — genau wie damals, als ich ihn auf dem Hügel hatte stehen sehen. Sein Gesicht war nahezu ausdruckslos. Mein Mund wurde trocken, und mein Gesichtsausdruck mußte sich verändert haben, denn der Vater meines Schülers unterbrach seinen Redefluß und fragte mich, ob mir nicht wohl sei.

‚Oh doch', sagte ich, aber es mußte so aussehen, als wollte ich absichtlich unhöflich sein, denn ich fuhr fort, über seine Schulter zu starren. Niemand außer mir konnte Gregory sehen. Die Leute gingen an ihm vorbei und zeigten keine besondere Reaktion; sie sahen einfach durch ihn hindurch.

Diesmal sah ich anstelle der zügellosen Freiheit nur noch unverhohlene Lasterhaftigkeit.

Ich entschuldigte mich bei dem Bauern mit Kopfweh und einem schmerzenden Zahn und wandte mich nach Gregory um. Er war weg. Während der wenigen Augenblicke, in denen ich mich von dem Mann verabschiedet hatte, war er verschwunden.

Nun wußte ich, daß die letzte Runde bevorstand und er dafür Ort und Zeit bestimmen würde.

Als Fenny und Constance das nächste Mal zur Schule kamen, war ich entschlossen, sie zu beschützen. Beide waren blaß und still, und der Hauch von Fremdheit, der sie umgab, genügte, daß die anderen Kinder sie in Ruhe ließen. Es waren etwa vier Tage vergangen, seit ich ihren Bruder beim Postamt von Four Forks gesehen hatte. Ich konnte mir nicht vorstellen, was mit den Kindern seit unserem letzten Beisammensein alles geschehen war, aber es schien mir, als seien sie von einer verzehrenden Krankheit befallen. Sie wirkten so verloren und isoliert, diese zerlumpten, zurückgebliebenen Kinder, daß meine Entschlossenheit wuchs, sie zu beschützen.

Als der Unterricht beendet war und die anderen Kinder nach Hause rannten, hielt ich sie zurück. Sie blieben widerstandslos in ihren Bänken sitzen, niedergeschlagen und stumm.

,Warum ließ er euch zur Schule kommen?', fragte ich.

Fenny sah mich verständnislos an und sagte: ,Wer?'

Ich war sprachlos. ,Gregory natürlich.'

Fenny schüttelte den Kopf, als wollte er einen Nebel vertreiben. ,Gregory? Es ist schon eine ganze Weile her, seit wir Gregory zuletzt gesehen haben. Ja, eine ganze Weile ist das schon her.' Ich war bestürzt — sie litten unter seiner Abwesenheit!

,Nun, und was fangt ihr jetzt mit euch an?'

,Wir gehen hinüber', sagte Fenny.

,Hinüber?'

Constance nickte zustimmend.

,Wir gehen hinüber.'

,Wohin geht ihr hinüber? Zu was? Zu wem?'

Nun sahen mich beide mit offenen Mündern an, als sei ich hoffnungslos beschränkt.

,Geht ihr hinüber, um Gregory zu treffen?' Die Vorstellung war grauenhaft, aber es fiel mir nichts anderes ein.

Fenny schüttelte den Kopf. ,Wir sehen Gregory nie.'

,Nein', sagte Constance, und der bedauernde Unterton in

ihrer Stimme entsetzte mich. ‚Wir gehen einfach hinüber.‘

Für einen Augenblick kam Leben in Fenny. Er sagte: ‚Aber einmal habe ich ihn gehört. Er hat gesagt ‚Das ist alles, mehr gibt's nicht. Nur das, sonst nichts!‘ Was Sie gesagt haben — die Landkarten und so — das ist alles gar nicht da.‘

‚Was ist sonst dann da draußen?‘ fragte ich.

‚Das ist so wie das, was wir sehen‘, sagte Fenny.

‚Sehen?‘

‚Wenn wir hinübergehen‘, antwortete er.

‚Was seht ihr da?‘ fragte ich.

‚Es ist schön‘, sagte Constance und legte ihren Kopf auf die Bank. ‚Echt schön.‘

Ich hatte nicht die geringste Idee, wovon sie sprachen. Das Ganze gefiel mir nicht, doch dachte ich, es würde mir Zeit bleiben, es später zu ergründen. ‚Nun, heute abend geht niemand mehr irgendwohin‘, sagte ich. ‚Ich wünsche, daß ihr beide heute nacht hier bei mir bleibt. Ich möchte euch in Sicherheit wissen.‘ Fenny nickte dümmlich und verzagt, als wäre es ihm gleichgültig, wo er seine Nächte zubrachte, und als ich mich nach Constance umwandte, um zu sehen, was sie dazu sagte, war sie bereits eingeschlafen.

‚Also gut‘, sagte ich, ‚später werden wir Schlafstellen für euch herrichten, und morgen werde ich versuchen, im Dorf Betten für euch aufzutreiben. Ich lasse es nicht zu, daß zwei Kinder ganz alleine im Wald leben.‘

Wieder nickte Fenny matt, und ich merkte, daß auch er nahe daran war, einzuschlafen. ‚Leg ruhig deinen Kopf auf den Arm‘, sagte ich. Sekunden später schliefen beide fest, die Köpfe auf die Bank gelegt. In diesem Augenblick war ich nahe daran, Gregorys schrecklicher Feststellung beizupflichten — es schien, als gäbe es nichts außer diesem hier, mich selbst und zwei erschöpfte Kinder in einem kalten Schulhaus. Mein Gefühl für Wirklichkeit hatte in letzter Zeit allzu viele Schläge abgekriegt. Während wir da so zu dritt im Schulhaus saßen, begann der Tag zur Neige zu gehen, und der große Raum, auch sonst bestenfalls nur dämmrig, wurde dunkel und voller Schatten. Ich hatte nicht das Herz, Licht zu machen, so daß wir wie am

Grunde eines Brunnens saßen. Ich hatte ihnen versprochen, im Dorf Betten aufzutreiben, aber von der schäbigen, keine fünfzig Schritt entfernt liegenden kleinen Siedlung schienen mich Meilen zu trennen, und selbst wenn ich die Energie und den Mut gefunden hätte, die Kinder alleine zu lassen, so konnte ich mir doch niemanden vorstellen, der sie aufgenommen hätte. Wenn wir uns in einem Brunnen befanden, so war es in der Tat ein Brunnen der Hoffnungslosigkeit, und ich kam mir nicht weniger verlassen vor als die Kinder.

Schließlich ertrug ich es nicht länger; ich ging zu Fenny hinüber und rüttelte ihn am Arm. Er schreckte empor wie ein verängstigtes Tier, und es gelang mir nur mit äußerster Kraftanstrengung, ihn auf seinem Stuhl festzuhalten. Ich sagte: ‚Ich muß die Wahrheit wissen, Fenny. Was geschah mit Gregory?'

‚Er ging hinüber', sagte er, wieder störrisch geworden.

‚Willst du damit sagen, daß er starb?'

Fenny nickte. Sein Mund klaffte weit auf, und wieder sah ich diese schrecklichen verfaulten Zähne.

‚Aber er kommt zurück?'

Wieder nickte er.

‚Und du siehst ihn?'

‚Er sieht uns', sagte Fenny mit großer Bestimmtheit. ‚Er schaut und schaut, er will uns berühren.'

‚Berühren?'

‚Ja, wie früher.'

Ich legte die Hand auf meine Stirn. Sie glühte. Mit jedem Wort, das Fenny sprach, öffnete sich ein neuer Abgrund.

‚Hast du die Leiter umgestoßen?'

Fenny starrte nur blöde auf die Bank, und ich wiederholte meine Frage. ‚Hast du die Leiter umgestoßen, Fenny?'

‚Er schaut und schaut', sagte Fenny, als erfüllte nichts sonst sein Bewußtsein.

Ich legte meine Hände um seinen Kopf, um ihn dazu zu bringen, mich anzusehen, und in diesem Augenblick erschien das Gesicht seines Peinigers am Fenster. Dieses weiße, schreckliche Gesicht — es war, als wollte es Fenny zwingen, auf meine

Fragen nicht mehr zu antworten. Mir wurde übel. Ich hatte das Gefühl, in einen Abgrund zu stürzen, aber gleichzeitig wußte ich, daß endlich die Zeit für den Kampf gekommen war, und ich zog Fenny zu mir herüber, um ihn physisch zu schützen.

‚Ist er da?' kreischte Fenny, und beim Klang seiner Stimme fiel Constance zu Boden und begann zu wimmern.

‚Was macht das schon!' schrie ich. ‚Er wird dich nicht bekommen — ich habe dich. Er weiß, daß er dich verloren hat. Er hat dich für immer verloren!'

‚Wo ist er?' kreischte Fenny wiederum und stieß nach mir. ‚Wo ist Gregory?'

‚Da!' sagte ich und drehte ihn herum, so daß er auf das Fenster schauen konnte. Schon hatte er sich herumgerissen, und wir starrten beide auf ein leeres Fenster — nichts war zu sehen als der leere dunkle Himmel. Ich fühlte Triumph in mir aufsteigen — ich hatte gewonnen. Ich ergriff Fennys Arm mit der ganzen Kraft meines Siegesrausches, und er stieß einen Schrei tiefster Verzweiflung aus. Er kippte vornüber, und ich fing ihn auf, als wollte ich ihn davor bewahren, in den Schlund der Hölle zu stürzen. Einige Sekunden später wurde mir bewußt, was ich in meinen Armen hielt: Sein Herz war stehengeblieben, ich umfing einen leblosen Körper. Er war für immer hinübergegangen."

„Das war's, sagte Sears und sah die Freunde der Reihe nach an. „Auch Gregory war für immer gegangen. Ich erkrankte an einem fast tödlichen Fieber — das war es wohl gewesen, was ich auf meiner Stirn gefühlt hatte — und lag drei Wochen in der Matherschen Dachstube. Als ich mich so weit erholt hatte, daß ich umhergehen konnte, hatte man Fenny bereits begraben.

Nun war er tatsächlich für immer hinübergegangen. Ich wollte kündigen und das Dorf verlassen, aber man zwang mich, meinen Vertrag einzuhalten, und ich begann wieder zu unterrichten. Ich war ein gebrochener Mann, aber es gelang mir, meine Pflichten mechanisch zu erledigen. Schließlich machte ich sogar vom Stock Gebrauch. Ich hatte alle meine liberalen Ideen und Vorstellungen verloren, und als ich abreiste, hielt man mich für einen feinen und guten Lehrer.

Eines muß ich noch erwähnen. Am Tag, als ich Four Forks für immer verließ, ging ich zum ersten Mal an Fennys Grab. Es lag hinter der Kirche neben dem seines Bruders. Ich sah auf die beiden Gräber nieder, und wißt ihr, was ich empfand? Nichts. Ich empfand nichts als Leere, als hätte ich nicht das Geringste mit all den Vorfällen zu tun gehabt."

„Was geschah mit der Schwester?" fragte Lewis.

„Oh, da gab es keine Schwierigkeiten. Sie war ein stilles Mädchen, und die Leute hatten Mitleid mit ihr. Ich hatte den Geiz im Ort überschätzt. Eine der Familien nahm sie auf. Soviel ich weiß, wurde sie behandelt wie eine eigene Tochter. Ich glaube, sie wurde schwanger, heiratete den Knaben und verließ die Stadt. Aber das muß wohl Jahre später gewesen sein."

Frederick Hawthorne

1

Als Ricky nach Hause ging, sah er mit Erstaunen, daß es schneite. *Das wird ein teuflischer Winter werden,* dachte er. *Die Jahreszeiten spielen verrückt.* Am Ende der Montgomerystraße sah er im milden Schein der Straßenlaterne die Schneeflocken tanzen, zu Boden fallen und kurze Zeit liegen bleiben, ehe sie schmolzen. Die Kälte drang durch seinen Tweedmantel. Er hatte einen halbstündigen Fußmarsch vor sich und bedauerte, daß er seinen Wagen nicht genommen hatte, den alten Buick, den Stella glücklicherweise nicht anrührte. An kalten Abenden fuhr er für gewöhnlich mit dem Auto, aber heute abend hatte er Zeit zum Nachdenken gebraucht: Er hatte vorgehabt, Sears hinsichtlich des Inhaltes seines Briefes an Donald Wanderley einem Verhör zu unterziehen, und wollte sich eine Vorgangsweise zurechtlegen. Er wußte, daß es ihm mißlungen war. Sears hatte ihm nicht mehr und nicht weniger mitgeteilt, als er wollte. Von Rickys Gesichtspunkt aus war der Schaden bereits geschehen. Was hatte es noch für einen Sinn zu wissen, was in dem Brief stand. Er erschrak selbst über einen tiefen Seufzer, den er ausgestoßen hatte, und sah dann, wie sein Atem einige große, träge Flocken in einen wirbelnden Tanz versetzte, bevor sie schmolzen.

In letzter Zeit hatten ihn all diese Geschichten, seine eigenen inbegriffen, in einen Spannungszustand versetzt, der erst nach Stunden nachzulassen pflegte. Heute war es mehr als bloße Spannung. Heute abend hatte er Angst. Rickys Nächte waren jetzt ausnahmslos grauenhaft. Die Träume, von denen er zu Sears gesprochen hatte, verfolgten ihn ohne Unterlaß bis in den Morgen, und er zweifelte nicht daran, daß die Geschichten, die er und seine Freunde sich erzählten, den Träumen Nahrung gaben. Und doch glaubte er zu wissen, daß die Angst nicht allein von den Träumen herrührte oder auf die Geschichten zurückzuführen war, wenn auch die von Sears heute furchterregender gewesen war als die meisten. Alle Geschichten wurden zunehmend unheimlicher. Sie versetzten einander bei jedem ihrer Treffen in Angst, aber dennoch stellten sie sie nicht ein, denn es wäre noch beängstigender gewesen, einander nicht mehr zu treffen. Es war tröstlich, zusammenzurücken und zu sehen, wie jeder von ihnen versuchte, mit seinen Ängsten fertigzuwerden. Sogar Lewis hatte Angst. Warum wäre er sonst dafür gewesen, Donald Wanderley zu schreiben? Zu wissen, daß der Brief abgeschickt war und wie eine Zeitbombe in irgendeinem Postkasten tickte, das war es, was Ricky noch ängstlicher als gewöhnlich machte.

Vielleicht hätte ich diese Stadt schon vor Jahren verlassen sollen, überlegte er, während er die Fassaden der Häuser betrachtete, an denen er vorüberging. Kaum eines, in dem er nicht wenigstens einmal aus beruflichen oder privaten Gründen zu Gast gewesen wäre, entweder um einen Klienten zu sehen oder um zu Abend zu essen. *Vielleicht hätte ich damals, als ich heiratete, nach New York ziehen sollen, wie Stella es wollte.* Dies war ein für Ricky bemerkenswert unloyaler Gedanke. Nur schrittweise und nie zur Gänze war es ihm gelungen, Stella davon zu überzeugen, daß sein Leben zu Milburn, Sears James und der Kanzlei gehörte. Ein eisiger Wind blies in seinen Nacken und zerrte an seinem Hut. An der Ecke hatte Sears seinen langen schwarzen Lincoln geparkt; in seiner Bibliothek brannte noch Licht. Sears würde nicht schlafen können; nicht, nachdem er eine solche Geschichte erzählt hatte.

Inzwischen war allen von ihnen nur zu gut bekannt, welche Wirkung das Aufrühren längst vergangener Ereignisse hatte.

Aber es liegt nicht nur an den Geschichten, dachte er. *Nein, und am Brief allein liegt es auch nicht. Irgend etwas wird geschehen.* Das war auch der Grund, warum sie die Geschichten erzählten. Ricky hielt nichts von Vorahnungen, aber das Grauen vor der Zukunft, das er vor zwei Wochen während eines Gesprächs mit Sears so stark empfunden hatte, war plötzlich wieder da. Darum hatte er auch daran gedacht, aus der Stadt fortzuziehen. Er bog in die Melrose Avenue ein. Avenue wohl deshalb, weil die Straße auf beiden Seiten von dichten Bäumen gesäumt war, deren Zweige, orangefarben durch das Licht der Straßenlampen, in den Himmel ragten. Im Laufe des Tages waren die letzten Blätter abgefallen. Irgend etwas wird der ganzen Stadt zustoßen! Ein Zweig ächzte über Rickys Kopf. In der Ferne hörte man, wie ein Lastwagen den Gang wechselte, draußen auf der 17. Straße. Wie weit Geräusche trugen in diesen kalten Nächten von Milburn! Als Ricky weiterging, konnte er die erleuchteten Schlafzimmerfenster im dritten Stock seines Hauses sehen. Seine Ohren und seine Nase schmerzten vor Kälte. Nach einem langen und vernünftigen Leben, sagte er zu sich, wirst du mir doch nicht auf die mystische Tour kommen, alter Knabe. Wir werden alle Vernunft brauchen, die wir aufbringen können.

In diesem Augenblick, als er sich nahezu sicher fühlte, als es ihm fast gelungen war, sich zu beruhigen, schien es Ricky, als folge ihm jemand, als verberge sich jemand an der Ecke und durchbohre ihn mit seinen Blicken. Er fühlte zwei kalte Augen auf sich gerichtet, und es war ihm, als ob diese Augen völlig selbständig dahinschwebten und ihm einfach folgten. Er wußte, wie sie aussahen: blasse, helle Augen, die auf der Höhe seiner eigenen schwebten. Das Fehlen jeglichen Gefühls in diesen Augen erschreckte ihn. Es waren die Augen einer Maske. Er drehte sich um und erwartete, sie zu sehen, so stark spürte er ihre Anwesenheit. Voller Beschämung gewahrte er, daß er zitterte. Selbstverständlich war die Straße leer. Es war einfach eine leere Straße, sonst nichts; sogar in einer dunklen Nacht wie dieser war die Straße so gewöhnlich wie ein junger Köter.

Das hast du davon, mein Lieber, dachte er. Du und deine verrückten Gedanken und die Schauergeschichten, die Sears erzählte. Augen! Das war ja wie aus einem alten Peter-Lorre-Film. *Die Augen von ... von Gregory Bate?* Zum Teufel! *Die Hände des Dr. Orlac.* Völlig klar! sagte sich Ricky. Gar nichts wird passieren. Wir sind nichts als vier alte Tölpel, die den Verstand verlieren. Man stelle sich vor, daß ich dachte ...

Aber er hatte die Augen nicht erdacht, er hatte gewußt, daß sie hinter ihm waren. Es war Gewißheit gewesen.

Unsinn! hätte er um ein Haar laut gesagt. Aber er schlüpfte etwas eiliger in sein Haus als sonst.

Hier war es dunkel, wie immer an den Abenden, an denen die Altherrengesellschaft zusammenkam. Ricky fuhr mit seinen Fingern die Kanten der Couch entlang, um dem niedrigen Tisch auszuweichen, dem er im Zuge nächtlicher Heimkehr schon so manchen blauen Fleck verdankte. Nachdem er das Hindernis erfolgreich umschifft hatte, tastete er sich um die Ecke in das Eßzimmer und weiter in die Küche. Hier durfte er das Licht andrehen, ohne Gefahr zu laufen, Stellas Schlaf zu stören; dann konnte er dies erst wieder im obersten Stock tun, im Ankleidezimmer, das neben dem gräßlichen, glänzenden italienischen Kaffeetisch zu den letzten Errungenschaften seiner Frau zählte. Die Kästen seien allzu vollgestopft, hatte sie argumentiert. Es sei nicht genügend Platz, um die Winter- beziehungsweise Sommerkleider aufzubewahren, und das kleine Schlafzimmer neben dem ihren würde höchst wahrscheinlich nie mehr benützt, nun, da Robert und Jane aus dem Hause seien. Also war es mit einem Kostenaufwand von achthundert Dollar in ein Ankleidezimmer mit Kleiderstangen und Spiegeln und einem dicken neuen Teppich umgewandelt worden. Eines hatte der Ankleideraum Ricky bewiesen: Er besaß tatsächlich genausoviel zum Anziehen wie Stella, die das immer schon behauptet hatte. Dies hatte Ricky, der so wenig eitel war, daß ihm seine gelegentliche Stutzerhaftigkeit nicht zum Bewußtsein kam, ziemlich überrascht.

Eine unmittelbare Überraschung bereitete ihm die Tatsache, daß seine Hände zitterten. Er hatte vorgehabt, eine Tasse Kamillentee zu trinken, aber als er sah, wie seine Hände bebten, nahm er eine Flasche Whisky aus der Bar und schenkte sich ein kleines Glas davon ein. Tattergreis! Seine Selbstbeschimpfung nützte nichts, denn als er das Glas an die Lippen hob, zitterte seine Hand noch immer. Es war dieser verflixte Jahrestag. Der Whisky schmeckte wie Dieselöl, und er spuckte ihn in den Ausguß. Armer Edward! Ricky spülte das Glas, drehte das Licht aus und stieg im Dunkeln die Treppe hinauf. Als er im Pyjama war, verließ er den Ankleideraum und schlich über den Gang zum Schlafzimmer. Leise öffnete er die Tür. Stella lag auf ihrer Seite des Bettes und atmete ruhig und gleichmäßig. Falls er auf seine Seite gelangte, ohne an einen Stuhl zu stoßen, über ihre Schuhe zu stolpern oder den Spiegel zu streifen, so daß er klapperte, würde er zu Bett gehen können, ohne sie zu stören. Es gelang ihm auch. Er erreichte seine Bettseite und schlüpfte vorsichtig unter die Decke. Ganz sanft streichelte er die nackte Schulter seiner Frau. Es war durchaus anzunehmen, daß sie gerade eine Affäre oder zumindest einen ihrer ernsthaften Flirts hatte. Wahrscheinlich war sie wieder mit diesem Professor, den sie vor einem Jahr kennengelernt hatte, zusammen, überlegte Ricky — die atemreiche Stille am Telefon war typisch für ihn. Schon vor langem war Ricky zu der Erkenntnis gekommen, daß es viel Schlimmeres gab, als daß die eigene Frau von Zeit zu Zeit mit einem anderen ins Bett ging. Stella führte ihr

Leben, und er war ein großer Teil davon. Was immer er manchmal fühlen und was er vor zwei Wochen zu Sears gesagt haben mochte, er wäre sich wesentlich ärmer vorgekommen, wenn er nicht geheiratet hätte.

Er streckte sich aus und wartete auf das, was — wie er wußte — kommen würde. Er erinnerte sich des Gefühls, das er verspürt hatte, als die Augen seinen Rücken durchbohrten. Er wünschte, daß Stella ihm helfen, sie ihn irgendwie trösten könnte, aber da er seine Frau nicht beunruhigen wollte, da er jeden Tag von neuem hoffte, daß die Alpträume enden würden, und da er sie für etwas Ureigenes hielt, erzählte er nichts. Und so wartete Ricky Hawthorne auf den Schlaf: auf dem Rücken liegend, das gescheite Gesicht keines seiner Gefühle verratend, die Hände hinter dem Kopf verschränkt, mit weit geöffneten Augen; müde, voll Unbehagen, eifersüchtig; und voll Angst.

2

Anna Mostyn stand am Fenster ihres Zimmers im Archer Hotel und sah den einzelnen Schneeflocken nach, die auf die Straße schwebten. Obwohl es bereits nach Mitternacht war und die Lichter verlöschten, war sie vollkommen angezogen. Ihr langer Mantel lag auf dem Bett, als wäre sie eben zurückgekehrt oder im Begriff, auszugehen.

Sie stand am Fenster und rauchte. Eine hochgewachsene, attraktive Frau mit dunklem Haar und langgeschnittenen blauen Augen. Sie überblickte nahezu die gesamte Länge der Hauptstraße: auf der gegenüberliegenden Seite den menschenleeren Platz mit seinen Bänken und kahlen Bäumen, den dunklen Geschäftsportalen, dem „Village Pump Restaurant" und einem Warenhaus. Zwei Blocks weiter schaltete eine Ampel in einer ausgestorbenen Straße auf Grün, jenseits des Platzes konnte sie die dunklen Umrisse zweier Kirchen über den Wipfeln der kahlen Bäume aufragen sehen. Auf dem Platz machte ein bronzener General aus dem Unabhängigkeitskrieg eine großartige Geste mit einer Muskete.

Heute nacht oder morgen? fragte sie sich, während sie ihre Zigarette rauchte und über die kleine Stadt blickte.

Heute nacht.

3

Als Ricky Hawthorne endlich einschlief, war ihm nicht so, als ob er träume; er fühlte sich körperlich in einen anderen Raum, in ein anderes Haus versetzt und durchaus wach. Er lag in diesem fremden Raum im Bett und wartete auf etwas, das geschehen würde. Der Raum machte einen verlassenen Eindruck, er schien Teil eines leerstehenden Hauses zu sein. Die Wände und der Boden bestanden aus nackten Brettern, das Fenster war nichts als ein leerer Rahmen. Sonnenlicht fiel durch etliche Ritzen, in den starken Lichtstrahlen tanzten Staubkörner. Er wußte nicht, wieso er es wußte, aber er wußte, daß etwas geschehen würde und daß er sich davor fürchtete. Er war unfähig, das Bett zu verlassen, aber selbst wenn ihn seine Muskeln nicht im Stich gelassen hätten, so wüßte er immer noch mit der gleichen Bestimmtheit, daß er dem nicht entrinnen würde, was auf ihn zukam. Der Raum befand sich in einem der oberen Stockwerke des Hauses. Durch das Fenster sah er nichts als graue Wolken in einem blaßblauen Himmel. Aber was immer auf ihn zukam, es würde nicht von da draußen, sondern aus dem Inneren des Hauses kommen.

Sein Körper war mit einer alten Steppdecke bedeckt, die so

fadenscheinig war, daß sie stellenweise weiß schimmerte. Darunter lagen seine gelähmten Beine wie zwei aufragende Nähte im Stoff. Als Ricky aufblickte, merkte er, daß er die Einzelheiten an den hölzernen Wandbrettern mit mehr als gewohnter Deutlichkeit wahrzunehmen vermochte: Er sah die Maserung in jedem Brett, die Form der Astlöcher, die Art, wie die Köpfe der Nägel am Ende einzelner Bretter hervorstanden. Riesige Fliegen wirbelten da und dort Staub auf.

Aus der Tiefe des Hauses hörte er ein Krachen — das Geräusch einer Tür, die aufgerissen wurde, einer schweren Kellertür, die gegen eine Wand schlug. Sogar sein Zimmer hier oben wurde erschüttert. Er lauschte und hörte, wie sich irgendeine aus mehreren Teilen bestehende Masse aus dem Keller schob: Das Ding mußte schwer, tierähnlich sein, und es mußte sich durch den Türrahmen zwängen. Holz zersplitterte, und Ricky hörte das Wesen dumpf gegen eine Wand schlagen. Was es auch war, es begann, sich langsam und schwerfällig fortbewegend, das Erdgeschoß zu untersuchen. Ricky malte sich aus, was es sehen würde — eine Reihe kahler Räume, genau wie der seine. Im Erdgeschoß würden hohe Gräser und Unkraut durch die Dielenbretter wachsen. Das Sonnenlicht würde Seite und Rücken dessen bescheinen, was sich so schwer und zielbewußt auf seinem Weg durch die verlassenen Räume befand. Das Ding da unten ließ ein saugendes Geräusch hören, dann stieß es einen hohen, schrillen Schrei aus. Es suchte ihn. Es schnüffelte durch das Haus. Es wußte: Er war da.

Ricky versuchte aufs neue seinen Beinen eine Bewegung abzuzwingen, aber die beiden Stoffklumpen zuckten nicht einmal. Das Ding da unten streifte die Wände auf seinem Weg durch die Räume und verursachte ein kratzendes Geräusch. Das Holz knarrte. Er dachte, er habe es durch ein morsches Brett im Boden brechen hören.

Dann hörte er den Laut, vor dem ihm längst gegraut hatte: Es bahnte sich seinen Weg durch einen anderen Eingang. Die Geräusche von unten wurden plötzlich lauter — er konnte das Ding atmen hören. Es war am unteren Ende der Treppe angelangt.

Er hörte, wie es auf die Treppe zustürzte.

Es polterte etwa ein halbes Dutzend Stufen aufwärts und rutschte wieder zurück. Dann begann es von vorne, diesmal langsamer und vor Ungeduld winselnd, und nahm zwei, drei Stufen auf einmal.

Rickys Gesicht war naß vor Schweiß. Am meisten ängstigte ihn, daß er nicht wußte, ob er träumte oder wach war. Wenn er doch nur die Gewißheit hätte, daß es ein Traum war, dann müßte er ihn nur bis zum Ende erleiden, müßte nur darauf warten, daß das Unbekannte da unten endlich die Stufen schaffen und in den Raum stürzen würde — und der Schreck würde ihn dann wecken. Aber dies hier mutete nicht im geringsten an wie ein Traum. Seine Sinne waren wach, sein Denken klar, der ganzen Erfahrung fehlte die körperlose, freischwebende Atmosphäre des Träumens. In keinem seiner Träume hatte er jemals geschwitzt, und wenn er hellwach war, dann würde das Ding, das die Treppe emporkrachte und -donnerte, ihn schließlich kriegen, denn er konnte sich nicht rühren.

Die Geräusche veränderten sich, und Ricky wußte nun, daß er sich wirklich im dritten Stock des verlassenen Hauses befand, denn das Wesen, das ihn suchte, hielt sich im zweiten Stock auf. Seine Laute waren viel deutlicher geworden: das Winseln, das gleitende Geräusch, wenn sein Körper sich an Türen und Wänden rieb. Es bewegte sich schneller, als könnte es ihn riechen.

Immer noch tanzte der Staub auf den hereinfallenden Sonnenstrahlen. Immer noch zogen ein paar Wolken am Himmel, der wie ein Frühlingshimmel aussah, dahin. Der Boden bebte, als das Wesen ungeduldig auf einen Treppenabsatz zurückstürzte. Nun konnte Ricky sein Schnaufen sehr deutlich hören. Er warf sich auf die letzte Treppe und verursachte ein Geräusch, als würde eine Bleikugel in die Wand eines Gebäudes einschlagen.

Rickys Magen schien zu vereisen. Er fürchtete, sich erbrechen zu müssen — Eiswürfel zu erbrechen. Sein Hals war wie zugeschnürt. Er wollte schreien, aber dann dachte er — und wußte gleichzeitig, es würde ihm nichts helfen —, daß das Ding ihn vielleicht nicht finden würde, wenn er keinen Laut von sich gab. Es schrie und winselte, während es die Treppe heraufpolterte. Eine Läuferstange brach.

Als es den Treppenabsatz vor seiner Tür erreicht hatte, wußte er, was es war: eine Spinne, es war eine Riesenspinne. Es schlug dumpf gegen die Tür seines Zimmers. Er hörte es wieder winseln. Falls Spinnen winseln konnten, dann mußte es sich so anhören. Eine große Anzahl von Füßen krabbelte an der Tür, gleichzeitig wurde das Winseln lauter. Ricky spürte nacktes Entsetzen, eine heiße, elementare Angst, schrecklicher, als er sie je zuvor verspürt hatte.

Aber die Tür barst nicht, sie wurde ruhig geöffnet. Eine große schwarze Masse stand vor der Schwelle. Was es auch sein mochte, es war keine Spinne, und unbewußt ließ Rickys Entsetzen nach. Für einen Augenblick rührte sich die schwarze Masse am Eingang nicht, sondern stand da, als sehe sie ihn an. Ricky versuchte zu schlucken. Es gelang ihm, sich mit Hilfe seiner Arme aufzurichten. Die rauhen Bretter rieben gegen seinen Rücken, und wiederum dachte er: *Das ist kein Traum!*

Die schwarze Masse glitt durch die Tür.

Ricky sah, daß es kein Tier war, sondern ein Mensch. Ein schwarzer Teil trennte sich von der Form, ein zweiter folgte, und er sah, daß es drei Menschen waren. Um die leblosen Gesichter hatten sie Kapuzen drapiert, unter denen Ricky die vertrauten Züge erkannte: Sears James und John Jaffrey und Lewis Benedikt standen vor ihm, und er wußte, daß sie tot waren.

Er erwachte schreiend. Der gewohnte Anblick eines Morgens in der Melrose Avenue bot sich ihm dar: das cremefarbene Schlafzimmer mit den Graphiken, die Stella bei ihrem letzten Aufenthalt in London gekauft hatte; das Fenster, das auf den großen Hinterhof sah; ein Hemd, das über einen Stuhl hing. Stellas feste Hand hielt ihn an der Schulter gepackt. Der Raum schien seltsam lichtlos. Einem starken Impuls folgend, den Ricky sich nicht erklären konnte, sprang er aus dem Bett — das heißt, er versuchte es, soweit es seine siebzigjährigen Knie zuließen — und ging zum Fenster. Stella, hinter ihm, fragte: „Was ist?" Er wußte nicht, wonach er Ausschau hielt, aber was er sah, kam unerwartet: Der ganze Hof und alle Dächer der Nachbarhäuser waren mit Schnee überzuckert. Auch der Himmel schien eigenartig lichtlos. Er hatte keine Ahnung, was er sagen würde, aber als er den Mund öffnete, brachte er nur heraus: „Es hat die ganze Nacht geschneit, Stella. Ich wünschte, John Jaffrey hätte diese gottverdammte Party nicht gegeben!"

4

Stella saß aufrecht im Bett und sprach mit ihm, als habe er etwas durchaus Vernünftiges gesagt. „Liegt Johns Party nicht mehr als ein Jahr zurück, Ricky? Ich sehe nicht ganz, was sie mit dem Schneefall von gestern nacht zu tun haben soll."

Er rieb seine Augen und seine trockenen Wangen und glättete seinen Schnurrbart. „Vergangene Nacht war es ein Jahr her." Dann kam ihm zum Bewußtsein, was er eben gesagt hatte. „Nein, natürlich gibt es keinen Zusammenhang."

„Komm ins Bett zurück und erzähle mir, was los ist, Lieber."

„Oh, alles ist in Ordnung", sagte er, ging aber zum Bett zurück. Als er unter die Decke kroch, sagte Stella: „Nein, mein Lieber, mit dir stimmt etwas nicht. Du mußt einen schrecklichen Traum gehabt haben. Willst du mir nicht davon erzählen?"

„Es ist so verworren."

„Erzähl' mir's trotzdem." Sie begann seine Schultern und seinen Rücken zu streicheln, und er drehte sich herum und sah auf ihren Kopf herab, der auf dem dunkelblauen Kissen lag. Es war schon so, wie Sears gesagt hatte: Stella war eine Schönheit.

Sie war eine Schönheit gewesen, als er ihr begegnet war, und sie würde noch eine Schönheit sein, wenn sie starb. Dies war keine rundliche Zuckergußschönheit, sondern hier handelte es sich um starke Backenknochen, ebenmäßige Gesichtszüge und ausgesprochen schwarze Augenbrauen. Stellas Haar war unaufhaltsam grau geworden, als die Anfang Dreißig war. Sie hatte sich geweigert, es zu färben, da sie längst vor allen anderen erkannt hatte, welchen sexuellen Reiz ein grauer Wuschelkopf in Verbindung mit einem jugendlichen Gesicht auszuüben vermochte. Nun hatte sie immer noch ihren grauen Wuschelkopf, und ihr Gesicht hatte kaum von seiner Jugendlichkeit eingebüßt. Um genau zu sein — ihr Gesicht war nie ausgesprochen jung gewesen, aber es würde auch niemals wirklich alt sein. Eigentlich war sie mit jedem Jahr, das sie den Fünfzig näher gebracht hatte, schöner geworden, und von da an verharrte ihre Schönheit auf dem Höhepunkt. Sie war zehn Jahre jünger als Ricky, aber an guten Tagen sah sie immer noch aus, als wäre sie nur eine Spur über Vierzig.

„Sag mal, Ricky", fragte sie, „was geht eigentlich vor?"

So begann er, ihr von seinen Träumen zu erzählen, und er sah, wie Sorge, Entsetzen, Liebe und Angst sich in ihrem eleganten Gesicht widerspiegelten. Sie fuhr fort, seinen Rücken zu reiben, und dann glitt ihre Hand auf seine Brust. „Lieber", sagte sie, als er geendet hatte, „hast du wirklich jede Nacht solche Träume?"

„Nein", sagte er, während er sie ansah und in ihrem Gesicht hinter den flüchtigen Regungen des Augenblicks jenes Zurückziehen in sich selbst entdeckte, das in Verbindung mit einer gewissen Ironie für Stella so typisch war. „Dieser war der schlimmste." Dann sagte er und lächelte ein wenig, weil er wußte, was sie mit all dem Streicheln bezweckte: „Dieser war der Sieger."

„Du bist in letzter Zeit so verkrampft." Sie hob seine Hand und berührte sie mit den Lippen.

„Ich weiß."

„Habt ihr alle diese schlimmen Träume?"

„Wer alle?"

„Die Altherrengesellschaft." Sie legte seine Hand an ihre Wange.

„Ich denke schon."

„Nun", sagte sie und setzte sich auf, um sich das Nachthemd auszuziehen, „denkt ihr alten Narren nicht daran, etwas dagegen zu unternehmen?" Das Nachthemd flog zur Seite, und sie warf den Kopf zurück, um ihr Haar in Ordnung zu bringen. Durch die Geburt ihrer beiden Kinder waren ihre Brüste schlaff und die Brustwarzen groß und braun geworden. Sonst jedoch war Stellas Körper kaum mehr gealtert als ihr Gesicht.

„Wir wissen nicht, was wir tun sollen", bekannte er.

„Nun, ich weiß, was zu tun ist", sagte sie, sank aufs Bett zurück und öffnete ihre Arme. Falls Ricky jemals gewünscht hatte, wie Sears Junggeselle geblieben zu sein, so tat er es sicher nicht an diesem Morgen.

„Du alter Sexprotz!" sagte Stella danach. „Du hättest es längst aufgegeben, wenn ich nicht wäre. Es wäre jammerschade gewesen. Ohne mich wärst du sogar zu würdevoll, um dich auszuziehen."

„Das ist nicht wahr."

„Oh, was würdest du sonst machen? Kleinen Mädchen nachrennen wie Lewis Benedikt?"

„Lewis rennt nicht kleinen Mädchen nach."

„Also gut, Mädchen um die Zwanzig."

„Nein, würde ich nicht."

„Na bitte, ich habe recht. Du hättest überhaupt kein Sexleben, wie dein kostbarer Kompagnon Sears." Sie schlug die Decke auf ihrer Seite des Bettes zurück und stand auf. „Ich gehe zuerst unter die Dusche", sagte sie. Stella beanspruchte das Badezimmer jeden Morgen lange Zeit für sich. Sie schlüpfte in ihren langen weißgrauen Bademantel und sah aus, als würde sie eben jemandem den Befehl geben, Troja zu plündern. „Aber ich werde dir sagen, was du tun solltest. Du solltest Sears sofort anrufen und ihm von dem schauerlichen Traum erzählen. Es führt zu nichts, wenn ihr euch nicht wenigstens darüber aussprecht. Wie ich dich und Sears kenne, wechselt ihr wochenlang kein persönliches Wort. Schrecklich ist das. Was in aller Welt beredet ihr beide eigentlich?"

„Bereden?" fragte Ricky etwas verblüfft. „Wir reden über das Recht."

„Ach, das Recht", sagte Stella und verschwand im Badezimmer.

Als sie eine halbe Stunde später zurückkehrte, saß er im Bett und machte einen bestürzten Eindruck. Seine Tränensäcke waren ungewöhnlich stark angeschwollen. „Die Zeitung ist noch nicht da", sagte er. „Ich war unten, um nachzusehen."

„Natürlich ist sie nicht da", sagte Stella und ließ ihr Handtuch und eine Packung Kosmetiktücher auf das Bett fallen. Dann wandte sie sich wieder dem Ankleidezimmer zu. „Hast du eine Ahnung, wie spät es ist?"

„Wie spät? Nein, wie spät ist es denn? Meine Uhr liegt auf dem Tisch."

„Es ist kurz nach sieben."

„Sieben?" Sie standen nie vor acht Uhr auf, und Ricky trödelte für gewöhnlich bis neun Uhr dreißig zu Hause herum, ehe er sich auf den Weg ins Büro machte. Weder er noch Sears gestanden sich ein, daß es nicht sehr viel für sie zu tun gab. Von Zeit zu Zeit sahen alte Klienten vorbei, und es liefen einige komplizierte Fälle, deren Erledigung sich wohl bis in das nächste Jahrzehnt hinziehen würde; dann gab es immer ein, zwei Testamentsvollstreckungen oder ein kniffliges Steuerproblem — aber sie hätten ruhig zwei, drei Tage in der Woche der Kanzlei fernbleiben können, ohne daß es jemandem aufgefallen wäre. Vor kurzem hatte Ricky damit begonnen, Donald Wanderleys zweites Buch wieder zu lesen, wenn er allein in seinem Büro saß, und er hatte erfolglos versucht, sich davon zu überzeugen, daß er den Autor in Milburn zu sehen wünschte. „Warum sind wir denn schon aufgestanden?"

„Dein Schrei hat uns geweckt, wenn ich dich schon daran erinnern muß!" rief Stella aus dem Ankleidezimmer. „Du hattest Schwierigkeiten mit einem Ungeheuer, das dich auffressen wollte, weißt du noch?"

„Mhm", sagte Ricky. „Draußen muß es noch dunkel sein."

„Du weichst mir aus!" rief Stella, und zwei Minuten später

stand sie völlig angekleidet neben dem Bett. „Sobald du anfängst, im Schlaf zu schreien, finde ich es an der Zeit, daß wir uns ernsthaft darüber unterhalten, was zu geschehen hat. Ich weiß, daß du nicht zu einem Arzt gehen willst — "

„Sicher gehe ich nicht zu einem Kopfspezialisten", sagte Ricky. „Mein Hirn funktioniert ausgezeichnet."

„Sagte ich doch! Aber wenn du diese Möglichkeit nicht in Erwägung ziehst, solltest du wenigstens mit Sears darüber sprechen. Ich habe keine Lust zuzusehen, wie du dich zerfleischst." Damit verließ sie das Zimmer.

Ricky lehnte sich nachdenklich zurück. Dies war, wie er zu Stella gesagt hatte, der ärgste seiner Alpträume gewesen. Der bloße Gedanke daran war beunruhigend; daß Stella eben hinunterging, war auf gewisse Weise auch beunruhigend. Der Traum war außerordentlich lebhaft und seiner ganzen Art nach, bis in Einzelheiten hinein, dem Zustand des Wachseins gleich gewesen. Er sah die Gesichter seiner Freunde vor sich, jener hilflos zurückgelassenen leblosen Schatten. Es war grauenhaft, ja auf gewisse Weise unanständig gewesen, und er hatte weniger vor Grauen aufgeschrien, als vor einem Anblick, der sein moralisches Empfinden verletzte. Vielleicht hatte Stella recht. Ohne zu wissen, wie er das Thema anschneiden sollte, nahm er den Telefonhörer und wählte Sears' Nummer. Kaum ertönte das Signal, als es Ricky klar wurde, daß er ganz gegen seine sonstige Art handelte und daß er nicht die geringste Ahnung hatte, warum Stella der Meinung war, Sears James hätte ihm Entscheidendes zu seinem Problem zu sagen. Aber es war zu spät, Sears hatte den Hörer abgenommen und sich gemeldet.

„Hier ist Ricky, Sears."

Offenbar war heute der Tag, an dem charakterliche Widersprüche zum Vorschein kamen. Eine für Sears ungewöhnlichere Antwort war kaum vorstellbar.

„Ricky, Gott sei Dank!" sagte er. „Du mußt den sechsten Sinn haben, ich wollte dich eben anrufen. Kannst du in fünf Minuten hier sein und mich abholen?"

„Gib mir fünfzehn", sagte Ricky. „Was ist geschehen?"

Und dann dachte er an seinen Traum und fragte: „Ist jemand gestorben?"

„Wie kommst du darauf?" sagte Sears, und seine Stimme hatte sich verändert, war schärfer geworden.

„Nur so, ich werde es dir später erzählen. Gehe ich recht in der Annahme, daß wir nicht in die Wheat Row fahren?"

„Richtig. Ich hatte eben einen Anruf von unserem Vergil. Er möchte, daß wir zu ihm hinauskommen. Er will jeden verklagen, der ihm in die Quere kommt."

„Elmer will, daß wir beide auf die Farm kommen? Was ist geschehen?"

Sears wurde ungeduldig. „Etwas Weltbewegendes offensichtlich. Leg auf, Ricky."

5

Während Ricky unter die heiße Dusche eilte, joggte Lewis Benedikt auf einem Pfad durch seinen Wald. Das tat er jeden Morgen. Er joggte regelmäßig seine zwei Meilen, ehe er für sich und gegebenenfalls für irgendeine junge Dame, die die Nacht bei ihm zugebracht hatte, das Frühstück bereitete. Wie stets nach einem Abend mit der Altherrengesellschaft und weit öfter, als seine Freunde sich das vorstellten, gab es auch heute keine junge Dame, und Lewis forderte sich mehr als gewöhnlich. In der vergangenen Nacht hatte er den ärgsten Alptraum seines Lebens gehabt. Er spürte immer noch dessen Wirkung und hoffte, daß ein ordentlicher Dauerlauf sie vertreiben würde — ein anderer Mann mochte sich seinem Tagebuch oder seiner Geliebten anvertrauen oder sich einen Drink gönnen — Lewis verschaffte sich Bewegung. Daher prustete er jetzt, in einem blauen Laufanzug und Adidas-Schuhen, seinen Waldpfad entlang.

Zu Lewis' Besitz hatte ursprünglich Wald und Weideland gehört sowie ein altes, aus Stein erbautes Landhaus, in das er sich auf den ersten Blick verliebte. Es sah aus wie eine Festung mit hölzernen Läden, ein mächtiges Gebäude, das zu Beginn des Jahrhunderts von einem reichen Grundbesitzer erbaut worden war, der sich offensichtlich von den Burgen in illustrierten Romanen des von der Frau des Farmers bewunderten Sir Walter Scott hatte inspirieren lassen. Lewis pfiff auf Sir Walter, aber jahrelanges Leben in einem Hotel hatte ihn geprägt. Er brauchte Platz und viele Räume um sich, in einem kleinen Haus hätte er eine Klaustrophobie entwickelt. Als er sich entschlossen hatte, sein Hotel an eine Kette zu verkaufen, die ihm sechs Jahre lang laufend größere Summen dafür geboten hatte, war ihm nach Abzug der Steuern genug Geld geblieben, um das einzige Haus in der Gegend von Milburn zu erwerben, das seinen Bedürfnissen wirklich entsprach, und es so einzurichten, wie es ihm vorschwebte. Die Täfelung, Gewehre und Piken, die als Innendekoration dienten, gefielen nicht unbedingt allen seinen weiblichen Gästen (Stella Hawthorne, die kurz nach Lewis' Rückkehr drei ereignisreiche Nachmittage in seinem Haus verbracht hatte, behauptete, sie sei noch nie zuvor in einem Offizierscasino geliebt worden). Das Weideland verkaufte er so bald wie möglich, den Wald aber hatte er behalten, weil ihm der Gedanke gefiel, ihn zu besitzen.

Auf seinem täglichen Morgenlauf entdeckte Lewis immer etwas Neues, das sein Lebensgefühl steigerte. Aber heute sah er nichts. Er lief einfach den verschneiten Pfad entlang und wünschte nur, daß jenes Geheimnisvolle, das im Gange war, endlich aufhören möge. Vielleicht konnte dieser junge Wanderley alles wieder in Ordnung bringen. Seinem Buch nach zu urteilen war er selber durch ähnlich dunkle Phasen gegangen. Vielleicht behielt John recht, und Edwards Neffe würde zu guter Letzt herauskriegen, was eigentlich mit ihnen geschah. Schließlich konnten es nicht nur Schuldgefühle sein, nach so langer Zeit. Seit der Eva-Galli-Geschichte waren so viele Jahre vergangen, daß es fast schien, als sei sie fünf anderen Männern in einem anderen Land passiert. Wenn man sich heute hier umsah und einen Vergleich mit den zwanziger Jahren zog, würde man niemals auf die Idee kommen, daß es sich um denselben Ort handeln könnte. Sogar seine Wälder waren nicht mehr dieselben, obwohl er gerne so tat, als seien sie es doch.

Wenn Lewis lief, pflegte er sich den riesigen Urwald vorzustellen, der einstmals nahezu ganz Nordamerika bedeckt hatte: ein gewaltiger Ring von Bäumen und Vegetation, von schweigendem Reichtum, durch den sich nur er und Indianer bewegten — und Geister. Ja, in solch einem endlosen Waldesdom konnte man wohl an Geister glauben — sie paßten zur Landschaft. Die indianische Mythologie war voll von ihnen. Heute aber, in einer Welt der Würstelbuden, der Supermärkte und der Minigolfplätze, waren die alten tyrannischen Geister wohl verdrängt worden.

Sie sind noch nicht verdrängt, Lewis. Noch nicht!

Es war, als spräche eine fremde Stimme in ihm. Zum Teufel, sie sind es, sagte er zu sich und fuhr sich mit der Hand über das Gesicht.

Nicht von hier! Noch nicht!

Scheiße! Er geisterte sich selber etwas vor. Der verdammte Traum saß ihm noch in den Knochen. Vielleicht war es auch an der Zeit, daß sie über diese Träume miteinander sprachen, sie beschrieben. Am Ende träumten sie alle das gleiche. Was hätte das zu bedeuten? Lewis' Vorstellungskraft wagte sich so weit nicht vor. Nun, irgend etwas hatte es zu bedeuten, und darüber zu reden, würde helfen. Er dachte daran, wie ihn heute morgen die Angst geweckt hatte. Sein Fuß geriet in den Schneematsch, und er sah deutlich das letzte Bild seines Traumes vor sich: Die zwei Männer schlugen ihre Kapuzen zurück und zeigten ihre verwüsteten Gesichter.

Noch nicht!

Verdammt! Er war bis jetzt genau die Hälfte seiner üblichen Strecke gelaufen und blieb stehen, um sich die Stirn mit dem Ärmel seiner Jacke abzuwischen. Er wünschte, er hätte seinen Lauf bereits hinter sich und wäre wieder in seiner Küche, um sich Kaffee zu brauen und den Duft des brutzelnden Frühstücksspecks zu genießen. Du bist doch zäher, als du glaubst, alter Narr, ging er mit sich ins Gericht. Blieb dir auch nichts anderes übrig, seit Linda sich umgebracht hat. Einen Augenblick lehnte er sich an den Zaun am Ende des Pfades, dort, wo dieser sich wieder in den Wald schlängelte, und sah über das Feld, das er verkauft hatte. Jetzt war es ein wenig mit Schnee bedeckt und lag als unebene Fläche vor ihm, die das harte Licht reflektierte. Auch das hätte noch Wald sein können, *wo das Dunkle sich verbarg.*

Ach zum Teufel! Wenn sich hier tatsächlich Geister versteckten, waren sie jedenfalls im Augenblick nicht zu sehen. Der Himmel wirkte bleiern und leergefegt. Man konnte über die Talsenke hinweg bis zur 17. Straße sehen, auf der die großen Fernlaster nach Binghamton und Elmyra einerseits oder Newburgh und Poughkeepsie andererseits dahinbrausten. Einen Moment lang verursachte ihm der Wald in seinem Rücken Unbehagen. Er drehte sich um; doch er sah nichts außer dem Pfad, der zwischen den Bäumen verschwand, und hörte nichts außer einem ärgerlichen Eichhörnchen, dem der bevorstehende lange Winter nicht zu behagen schien.

Wir haben alle unsere harten Winter hinter uns, Freundchen! Er dachte an die Zeit nach Lindas Tod. Nichts vertreibt Gäste eher als ein stadtbekannter Selbstmord. Gibt es auch eine Frau Benedikt? Aber natürlich, sie liegt blutüberströmt im Patio, Sie wissen schon, die mit dem seltsam gebogenen Nacken. Einer nach dem andern war ausgeblieben. Sie ließen ihn mit einem rasch im Wert sinkenden Zwei-Millionen-Dollar-Besitz und ohne Bargeldeingänge zurück. Er mußte drei Viertel des Personals entlassen und bezahlte den Rest aus der eigenen Tasche. Es hatte drei Jahre gedauert, bis das Geschäft wieder besserging, und sechs Jahre, bis er seine Schulden abbezahlt hatte.

Mit einem Male hatte er keine Lust mehr auf Kaffee und Speck, sondern auf ein Bier. Einen ganzen Eimer voll Bier! Sein Hals war trocken, seine Brust schmerzte.

Ja, wir haben alle unsere harten Winter hinter uns, Freundchen! Einen Eimer voll Bier? Er hätte ein Faß leeren mögen. Der Gedanke an Lindas sinnlosen, unerklärbaren Tod ließ ihn nach Berauschtheit lechzen.

Es war an der Zeit zurückzukehren. Die Erinnerung an Lindas Gesicht, das er vollkommen klar vor sich gesehen hatte und das ihn, seit jenem schrecklichen Augenblick vor neun Jahren, zu etwas aufzufordern schien, hatte ihn erschüttert. Er wandte sich vom Zaun weg und atmete tief die Luft ein. Seine Therapie hieß laufen, nicht ein Eimer Bier. Der Weg, der eineinhalb Meilen durch den Wald verlief, schien enger, dunkler als sonst.

Du bist feige, Lewis, das ist der Jammer mit dir!

Der Alptraum war schuld daran, daß die Erinnerungen zurückkehrten. Sears und John in diesen Totenhemden, mit diesen leblosen Gesichtern. Warum nicht Ricky? Wenn schon zwei der noch lebenden Mitglieder der Altherrengesellschaft, warum nicht auch der dritte?

Er schwitzte bereits, bevor er den Rückweg angetreten hatte.

Der Pfad verlief zunächst in einem weiten Bogen nach links, ehe er auf das Haus zuhielt. Normalerweise war dieser müßige Umweg für Lewis der schönste Teil seines morgendlichen Laufs. Der Wald schloß sich sofort, und nach fünfzehn Schritten vergaß man bereits, daß man im Rücken offenes Feld hatte.

Dieses Stück des Weges mochte wohl am ehesten dem Urwald von einst gleichen. Dicke Eichen und mädchenhafte Birken fochten um Raum für ihre Wurzeln, hohe Farne drohten den Pfad zu überwuchern. Heute durchlief er ihn, verglichen mit den Empfindungen, die ihn sonst hier erfüllten, nur mit einem Minimum an Vergnügen. All die Bäume, ihre Vielzahl, ihre Dichte, ängstigten ihn auf geheimnisvolle Weise. Es schien, als liefe er der eigenen Sicherheit davon, solange er seinem Haus den Rücken kehrte. Er lief durch die aufgewirbelte Schneeluft und zwang sich auf den Waldabschnitt zu, um nach Hause zu gelangen.

Als das Gefühl ihn zum ersten Mal überkam, versuchte er es zu ignorieren und schwor, sich nicht noch mehr zu ängstigen, als es ohnehin bereits der Fall war. Es schien ihm plötzlich, als stünde jemand am Anfang seines Heimweges, genau da, wo die Bäume dichter wurden. Er wußte, daß es nicht möglich sein konnte: Niemand wäre imstande gewesen, das Feld zu überqueren, ohne daß er es bemerkt hätte. Und doch wollte das Gefühl nicht weichen, allen Vernunftgründen zum Trotz. Die Augen dessen, der ihn beobachtete, schienen sich an ihm festzusaugen, je tiefer er in den Wald eindrang. Gerade vor ihm flog ein Schwarm Krähen von einer Eiche auf. Der Anblick hätte Lewis normalerweise entzückt. Heute erschreckte ihn der Lärm derart, daß er fast hingefallen wäre.

Dann veränderte sich das Gefühl, wurde intensiver. Das Wesen folgte ihm, starrte ihn mit riesigen Augen an. Wie wahnsinnig und gleichzeitig voll Verachtung für sich selber raste Lewis auf sein Haus zu und wagte nicht, sich umzudrehen. Er spürte, wie die Augen ihn nicht losließen, bis er den Weg erreichte, der vom Waldrand durch den Hintergarten zu seiner Küchentüre führte.

Mit pfeifendem Atem schaffte er die letzten Meter, drehte den Türknauf und stürzte ins Haus. Er warf die Tür hinter sich ins Schloß und wandte sich augenblicklich dem nächsten Fenster zu. Der Weg war leer, die einzigen sichtbaren Fußspuren waren seine eigenen. Und doch hatte Lewis immer noch Angst, während er zum nahegelegenen Waldrand hinübersah. Eine verräterische Schaltstelle seines Gehirns flüsterte ihm zu: Verkaufe! Zieh in die Stadt! Aber es gab keine Fußspuren! Es war unmöglich, daß da draußen jemand im Schutz der Bäume auf ihn lauerte — er würde sich nicht aus dem Haus, das er liebte, vertreiben lassen, er würde der eigenen Schwäche nicht nachgeben und seine bequeme „splendid isolation“ gegen beengtes Unbehagen tauschen. An dieser in seiner kalten Küche am Tage des ersten Schneefalls getroffenen Entscheidung würde er festhalten.

Lewis setzte den Wasserkessel auf, nahm seine Tasse vom Regal, füllte die elektrische Kaffeemühle und mahlte die Bohnen zu Pulver. *Zum Teufel!* Er öffnete den Eisschrank, nahm ein Bier heraus und stürzte es, ohne abzusetzen und ohne seinen Geschmack wirken zu lassen, hinunter. Als er es in seinem Magen spürte, kamen ihm zwei unerwartete Gedanken in den Sinn. *Ich wollte, Edward wäre noch am Leben! Ich wollte, John hätte nicht so sehr auf dieser vermaledeiten Party bestanden.*

6

„Sprich schon", sagte Ricky, „worum geht es diesmal? Wieder Besitzstörung? Wir haben unseren Standpunkt dazu klargelegt. Er weiß, daß bei einer Besitzstörungsklage, sogar wenn er den Fall gewinnt, nicht genug herausschaut, um damit die Gerichtskosten zu decken."

Sie fuhren eben in das Hügelland von Cayuga Valley ein, und Ricky chauffierte den alten Buick mit großer Sorgfalt. Die Straße war glatt. Normalerweise hätte er auch nur für die kurze Strecke von acht Meilen bis zu Elmer Scales' Farm Schneereifen montiert, aber heute morgen hatte Sears ihm dazu keine Zeit gelassen. Auch Sears schien sich dieses Umstandes bewußt zu sein. Er saß da, riesig, mit schwarzem Hut und schwarzem Wintermantel mit Pelzkragen, und sagte: „Paß auf, es soll eisig sein auf der Straße nach Damascus."

„Wir fahren aber nicht nach Damascus", erlaubte sich Ricky zu bemerken.

„Trotzdem!"

„Warum wolltest du denn eigentlich dein Auto nicht benutzen?"

„Weil ich heute morgen Schneereifen montieren lasse."

Ricky grunzte belustigt. Sears schien in störrischer Gemütsverfassung zu sein, ein Zustand, der nach Unterhaltungen mit Elmer Scales häufig bei ihm eintrat. Elmer war einer ihrer ältesten und schwierigsten Klienten. Im Alter von fünfzehn Jahren war er erstmals bei ihnen aufgetaucht und hatte eine lange Liste von Leuten mitgebracht, die er zu verklagen beabsichtigte. Weder war es ihnen gelungen, ihn loszuwerden, noch hatte Elmer jemals seine Auffassung geändert, daß Konflikte ausschließlich mit Prozessen zu lösen seien. Der knochige, leicht erregbare Scales mit seinen abstehenden Ohren und seiner hohen Stimme war von Sears „unser Vergil" getauft worden, weil er in regelmäßigen Abständen seine Verse an katholische Zeitschriften und Lokalzeitungen einsandte. Ricky wußte, daß die Zeitschriften Elmers poetische Ergüsse mit gleicher Regelmäßigkeit zurückschickten — Scales hatte ihm einmal einen ganzen Ordner mit Ablehnungsschreiben gezeigt. Die Lokalzeitung allerdings hatte zwei oder drei Gedichte abgedruckt. Es handelte sich um Inspirationsverse, wobei die Bilder fraglos aus Elmers bäuerlichem Leben bezogen waren. *„Es blökt das Schaf, es muht die Kuh, Gott tritt ein mit donnerndem Schuh."* Soweit Elmer Scales. Er hatte acht Kinder und eine uferlose Leidenschaft für Prozesse.

Ein bis zweimal jährlich wurde einer der Partner auf die Farm von Scales gerufen, und Elmer führte ihn zu einem Loch im Zaun, wo ein Jäger oder ein Jugendlicher sich Zugang zu seinen Feldern verschafft hatten. Oftmals hatte Elmer den Missetäter mit Hilfe seines Fernglases erkannt und wollte ihn verklagen. Meistens gelang es, ihn von seinem Vorhaben abzubringen, da er mit Sicherheit mindestens einen Rechtsstreit bereits anhängig hatte. Diesmal schien es Ricky jedoch, als handle es sich um etwas Ernsteres als Scales' übliche Ärgernisse. Nie zuvor hatte er beide Partner gleichzeitig zu sich gebeten — oder besser: befohlen.

„Wie du weißt, Sears", sagte Ricky, „bin ich imstande, ein Auto zu lenken und gleichzeitig zu denken. Ich fahre nur bescheidene dreißig Meilen pro Stunde, so daß ich glaube, du kannst es durchaus wagen, mir den Grund für Elmers Aufregung anzuvertrauen."

„Einige seiner Tiere sind verendet", sagte Sears mit verkniffenen Lippen, als hätte er Angst, daß ihre Unterhaltung jeden Augenblick einen Unfall verursachen würde.

„Warum fahren wir dann hinaus? Wir können sie doch nicht wieder zum Leben erwecken."

„Er will, daß wir sie sehen. Er hat auch Walter Hardesty angerufen."

„Also sind sie nicht einfach gestorben."

„Was weiß man schon bei Elmer? Bitte konzentriere dich jetzt darauf, uns sicher hinauszufahren. Es wird uns sowieso Schauerliches bevorstehen, wie die Dinge liegen."

Ricky sah zu seinem Partner hinüber und merkte erst jetzt, wie blaß er heute morgen aussah. Durch die glatte Haut schimmerten da und dort bläuliche Adern. Unter den jungen Augen war die Haut grau und zerknittert.

„Schau auf die Straße", sagte Sears.

„Du siehst schrecklich aus!"

„Ich glaube nicht, daß Elmer es bemerken wird."

Ricky führte seine Augen zurück auf die enge Landstraße, und so durfte er das Gespräch wieder aufnehmen. „Hattest du eine schlechte Nacht?"

Sears sagte: „Ich glaube, es beginnt wieder zu tauen."

Dies war eine glatte Lüge, und Ricky ging nicht darauf ein. „Also?"

„Aufmerksamer Ricky! Ja, ich hatte in der Tat eine schlechte Nacht."

„Ich auch. Stella meint, wir sollten darüber sprechen."

„Warum? Leidet auch sie unter schlimmen Nächten?"

„Sie glaubt, daß es uns helfen würde, wenn wir darüber reden."

„Typisch Frau. Sprechen öffnet Wunden, schweigen hilft sie heilen."

„Wenn das so ist, war es ein Fehler, Donald Wanderley hierherzubitten."

Sears stieß einen verzweifelten Seufzer aus.

„Das war nicht fair von mir", sagte Ricky. „Es tut mir leid, daß ich es gesagt habe. Aber aus demselben Grund, aus dem wir den Jungen eingeladen haben, sollten wir uns, glaube ich, über unsere Träume unterhalten."

„Er ist kein Junge; er muß fünfunddreißig sein, vielleicht auch vierzig."

„Du weißt, was ich meine." Ricky holte tief Luft. „Nun bitte ich dich im voraus um Vergebung, denn ich werde dir jetzt den Traum erzählen, den ich letzte Nacht hatte. Stella behauptet, ich sei schreiend aufgewacht. Jedenfalls war es bis jetzt der ärgste Traum." Irgendwie veränderte sich die Stimmung im Wagen, und Ricky schloß daraus, daß Sears plötzlich aufmerksam geworden war. „Ich befand mich in einem unbewohnten Haus in einem der oberen Stockwerke, und ein geheimnisvolles Ungeheuer versuchte meiner habhaft zu werden. Ich werde die Details weglassen. Aber das Gefühl der Bedrohung war überwältigend. Am Ende des Traumes kam das Wesen in den Raum, in dem ich mich aufhielt. Aber es war kein Ungeheuer mehr, du warst es und Lewis und John. Und ihr wart alle tot." Er warf einen raschen Blick auf seinen Beifahrer und sah die Rundung von Sears' fleckiger Wange sowie die Krempe seines Hutes.

„Du sahst uns alle drei?"

Ricky nickte.

Sears räusperte sich und kurbelte das Fenster etwas herunter. Eisige Luft strömte in den Wagen. Sears' Brust dehnte sich unter dem schwarzen Mantel. Einzelne spitze Härchen seines Pelzkragens glätteten sich im starken Luftzug.

„Erstaunlich. Du sagtest, wir waren drei?"

„Ja, warum?"

„Erstaunlich. Weil ich haargenau den gleichen Traum hatte. Aber als das schreckliche Ding in mein Zimmer stürzte, sah ich nur zwei Männer: Lewis und John. Du warst nicht dabei."

Ricky hörte einen Unterton in der Stimme des anderen und brauchte eine ganze Weile, um ihn sich zu erklären. Als er schließlich wußte, was es war, erstaunte ihn die Erkenntnis dermaßen, daß er schwieg, bis sie in Elmers lange Auffahrt einbogen. Es war Neid gewesen.

„Unser Vergil", sagte Sears vor sich hin. Als Ricky langsam auf das einsam gelegene zweistöckige Haus zufuhr, sah er einen offensichtlich ungeduldigen Scales, bekleidet mit einer karierten Jacke und einer Kappe auf dem Kopf, der sie auf der Veranda erwartete. Ricky fand, daß das Haus wie aus einem Gemälde von Andrew Wyeth aussah. Scales selber sah aus wie ein

Wyeth-Porträt. Seine roten Ohren schauten unter den aufgebundenen Ohrenklappen seiner Kappe hervor. Eine graue Dodge-Limousine stand auf dem freien Platz neben der Veranda, und als Ricky seinen Wagen daneben parkte, sah er das Zeichen des Sheriffs an der Autotür. „Walter ist da", sagte er, und Sears nickte.

Die beiden Männer stiegen aus und schlugen die Kragen ihrer Mäntel hoch. Scales, den jetzt zwei fröstelnde Kinder flankierten, rührte sich nicht weg von der Veranda. Seine Augen waren hart vor Erregung. Er schien in jener Hochstimmung zu sein, die er nur bei seinen aufwühlendsten Prozessen zeigte. Seine schrille Stimme scholl ihnen entgegen. „Wird aber Zeit, daß die Herren Rechtsanwälte auftauchen! Walt Hardesty ist schon seit zehn Minuten hier!"

„Er hat auch keinen so weiten Weg", brummelte Sears. Die Krempe seines Hutes bog sich unter dem heftigen Wind, der ungebremst über die Felder fegte.

„Sears James, ich glaube, der Mann ist noch nicht geboren, der das letzte Wort nach Ihnen hat! He, Kinder! Hinein mit euch. Ihr werdet euch die Hintern abfrieren." Er versetzte den beiden mit der Hand einen scherzhaften Schlag, und die zwei Knaben rannten ins Haus zurück. Scales stand über den beiden alten Herren und lächelte grimmig auf sie herab.

„Was ist los, Elmer?" fragte Ricky und hielt seinen Mantel fest am Hals zusammen. Seine Füße in den blankpolierten schwarzen Schuhen waren bereits eisig.

„Sie werden es sich ansehen müssen! Ihr Knaben aus der Stadt seid nicht für einen Marsch über die Felder gerüstet. Das ist euer Pech. Wartet einen Augenblick, ich hole Hardesty."

Er verschwand im Haus und kehrte mit Walter Hardesty, dem Sheriff, zurück, der einen weiten, mit Schafspelz gefütterten Drillichmantel und einen Stetson-Hut trug. Auf Scales' Bemerkung hin sah Ricky auf die Füße des Sheriffs. Er trug schwere Lederstiefel. „Mr. James, Mr. Hawthorne." Er nickte ihnen zu, und über seinem Schnurrbart, der größer und struppiger war als der von Ricky, dampfte sein Atem. In diesem Hirtenaufzug sah Hardesty fünfzehn Jahre jünger aus, als er tatsächlich war. „Wo Sie nun hier sind, wird Elmer vielleicht das Geheimnis lüften!"

„Und ob ich das werde!" sagte der Bauer. Er stapfte die Verandastufen hinunter und führte sie in die Richtung einer vom Schnee bedeckten Scheune. „Kommen Sie nur her, meine Herren, und schauen Sie, was ich Ihnen zu zeigen habe."

Hardesty hielt sich neben Ricky, Sears schritt mit unendlicher Würde allein hinter ihnen drein. „Saukalt!" sagte der Sheriff, „schaut nach einem verdammt langen Winter aus."

Ricky sagte: „Ich hoffe nicht, ich bin schon zu alt dafür."

Mit übertriebenen Gesten und einem nahezu schadenfrohen Ausdruck auf seinem hageren Gesicht öffnete Elmer Scales ein langes eisernes Gatter, welches auf eine seitlich gelegene Weide führte. „Nun passen Sie gut auf, Walt!" rief er zurück. „Schauen Sie genau, ob Sie irgendwelche Spuren sehen können!" Er zeigte auf eine Reihe auswärts gedrehter Fußspuren. „Das hier sind meine von heute früh, als ich kam und ging." Die Spuren, die zurückführten, lagen weit auseinander, als wäre Scales gelaufen. „Wo haben Sie Ihr Notizbuch? Werden Sie sich keine Aufzeichnungen machen?"

„Beruhige dich, Elmer", sagte der Sheriff. „Erst möchte ich einmal sehen, was überhaupt los ist."

„Als mein Ältester seinen Wagen kaputtfuhr, warst du mit den Aufzeichnungen schneller bei der Hand."

„Komm schon, Elmer, zeig uns, was du uns zu zeigen hast!"

„Ihr Jungs aus der Stadt werdet eure Schuhe ruinieren", sagte Elmer. „Ich kann euch nicht helfen, kommt!" Hardesty ging jetzt neben Elmer. Sein breiter Rücken in dem unförmigen Mantel ließ den Bauer neben ihm wie einen hüpfenden Knaben erscheinen. Ricky wandte sich nach Sears um, der sich dem Gatter näherte und mit einem Ausdruck von Abscheu das beschneite Feld musterte.

„Er hätte uns sagen können, daß wir Schneestiefel benötigen würden."

„Er scheint es zu genießen", sagte Ricky leicht verwundert.

„Er wird es erst genießen, wenn ich eine Lungenentzündung bekomme und ihm einen Prozeß anhänge", murmelte Sears.

„Nachdem es keine andere Möglichkeit gibt, gehen wir."

Beherzt setzte Sears seinen elegant beschuhten Fuß auf die Weide, wo er augenblicklich bis zu den Schuhriemen im Schnee versank. „Uff." Er zog den Fuß zurück und schüttelte ihn. Die anderen hatten bereits das halbe Feld überquert. „Ich gehe nicht", sagte Sears und bohrte seine Hände in die Taschen seines Mantels. „Verdammt, er kann ins Büro kommen."

Ricky sagte: „Nun, dann werde wenigstens ich gehen." Er folgte den beiden. Walter Hardesty hatte sich umgedreht, um nach ihnen zu sehen, während er über seinen zottigen Schnurrbart strich. Er schien zu schmunzeln. Elmer Scales trottete in Gedanken versunken dahin. Ricky suchte sich vorsichtig einen Weg von einem Fußstapfen zum anderen. Er hörte, wie Sears hinter ihm so viel Luft ausstieß, daß man einen Ballon damit hätte füllen können, und sich ebenfalls auf den Weg machte.

Im Gänsemarsch gingen sie über das Feld, allen voran der gestikulierende, schnatternde Elmer. Mit triumphierender Freude, die seltsam anmutete, hielt Elmer auf dem Kamm einer Bodenwelle an. Neben ihm lagen, halb vom Schnee verdeckt, einige Haufen schmutziger Wäsche. Als Hardesty die flachen grauen Hügel erreichte, kniete er nieder und begann darin zu stochern. Dann ächzte und zerrte er, und Ricky sah vier saubere schwarze Füßchen steif in die Luft ragen.

Mit durchweichten Schuhen und nassen Füßen stellte er sich neben sie. Sears, der seine Arme von sich streckte, um das Gleichgewicht zu halten, kämpfte sich zu ihnen durch, und seine Hutkrempe wurde vom Wind flachgedrückt.

„Ich wußte nicht, daß du noch Schafe hältst", hörte Ricky Hardesty sagen.

„Tue ich auch nicht. Jetzt nicht mehr", schrie Scales. „Ich hatte nur diese vier, und nun sind sie alle dahin. Jemand hat sie getötet. Ich hielt sie aus sentimentalen Gründen. Mein Vater hatte einige hundert, aber heutzutage steckt in den blöden Dingern kein Geld mehr. Die Kinder mochten sie, das ist alles."

Ricky sah auf die vier toten Tiere hinunter. Sie lagen mit verglasten Augen flach auf der Seite, die verfilzte Wolle war mit

Schnee bedeckt. Arglos fragte er: „Woran sind sie gestorben?"

„Jawohl, genau. Darum geht es doch?" Elmer redete sich in Wut. „Woran sie eingegangen sind? Ihr seid die Vertreter von Recht und Ordnung, ihr werdet es mir jetzt sagen!"

Hardesty, der neben dem schmutziggrauen Kadaver des Schafes kniete, das er umgedreht hatte, sah voller Widerwillen zu Scales auf. „Willst du behaupten, Elmer, daß du nicht einmal weißt, ob diese Tiere auf natürliche Art krepiert sind?"

„Ich weiß es, ich weiß es!" Scales warf seine Arme mit einer dramatischen Geste in die Höhe und sah aus wie eine Fledermaus auf der Flucht.

„Wieso weißt du es?"

„Weil so ein verdammtes Schaf durch nichts umzubringen ist. Darum weiß ich's! Und was zum Teufel könnte vier auf einmal schaffen? Herzinfarkt etwa? Junge, Junge!"

Sears erreichte sie nun, und seine massige Silhouette ließ den knienden Hardesty klein erscheinen. „Vier tote Schafe", sagte er, auf sie herabblickend. „Ich nehme an, Sie wollen klagen."

„Was? Sie werden den Irren finden, der das hier tat, und den werde ich verklagen, bis er schwarz wird."

„Und wer könnte es wohl sein?"

„Keine Ahnung, aber..."

„Ja?"

Hardesty sah von den Schafen auf, die zu seinen Knien lagen.

„Sag' ich, wenn wir drinnen sind. Inzwischen, Sheriff, werden Sie sie genau ansehen und Notizen machen und herausfinden, was er mit ihnen getan hat."

„Er?"

„Wenn wir drinnen sind."

Hardesty untersuchte, düster blickend, den Kadaver. „Dazu brauchst du einen Tierarzt, Elmer, nicht mich." Seine Hand fuhr über den Hals des Tieres. „Oh Gott!"

„Was ist?" fragte Scales und machte vor gespannter Erwartung fast einen Luftsprung. Statt zu antworten rutschte Hardesty auf den Knien zum nächsten Schaf und fuhr ihm mit beiden Händen tief in die Wolle am Hals.

„Du hättest selber draufkommen können", sagte er, und den

Kopf des Schafes an Maul und Nase haltend, zog er ihn nach hinten.

„Jesus!" sagte Scales. Die beiden Rechtsanwälte schwiegen. Ricky sah auf die sichtbar gewordene Wunde — am Hals des Tieres klaffte wie ein weit geöffneter Mund ein langer Schnitt.

„Saubere Arbeit", sagte Hardesty, „sehr saubere Arbeit! Okay, Elmer, du hattest recht, laß uns hineingehen." Er wischte seine Finger im Schnee ab.

„Jesus!" wiederholte Elmer. „Man hat ihnen die Hälse durchgeschnitten. Allen?"

Müde zog Hardesty auch die Köpfe der restlichen Tiere in die Höhe. „Allen."

Ricky hörte eine vertraute Stimme in seinem Inneren sprechen. Er und Sears sahen einander an, dann schauten sie wieder weg.

„Den werde ich bis zum letzten Atemzug verklagen, wer es auch war!" kreischte Elmer.

„Scheißdreck! Ich wußte, daß etwas faul war! Ich wußte es! Scheißdreck!"

Hardesty sah sich auf dem leeren Feld um. „Bist du sicher, daß du nur einmal hierher und gleich wieder zurückgegangen bist?"

„Mhm, mhm."

„Wieso wußtest du, daß etwas nicht stimmte?"

„Weil ich sie heute morgen vom Fenster aus hier oben sah. Das erste, was ich von meinem Fenster aus sehe, wenn ich mir das Gesicht wasche, sind die blöden Viecher. Seht ihr?" Er zeigte über das Feld zu seinem Haus; sie sahen die Scheibe des Küchenfensters herüberglänzen. „Hier drunter ist Gras. Sie ziehen den ganzen Tag einfach umher und fressen sich voll. Wenn der Schnee wirklich arg wird, sperre ich sie in die Scheune. Ich sah eben heraus, und da lagen sie, so, wie ihr sie jetzt seht. Da konnte etwas nicht stimmen. Also zog ich mir Stiefel und Mantel an und rannte herauf. Dann rief ich dich an und meine Anwälte. Ich werde klagen und will, daß man den einsperrt, der das getan hat."

„Es gibt keine Spuren außer den unseren", sagte Hardesty

und strich über seinen Schnurrbart.

„Ich weiß", sagte Scales, „er hat sie verwischt."

„Könnte sein. Aber für gewöhnlich kann man das im frischen Schnee erkennen."

Jesus, sie hat sich bewegt! Sie kann nicht, sie ist tot!

„Und da ist noch etwas", sagte Ricky. Er unterbrach so die argwöhnische Stille, die zwischen den beiden Männern eingetreten war, und versuchte dadurch auch die wahnsinnige Stimme in seinem Inneren zu übertönen. „Es gibt kein Blut."

Einen Augenblick lang starrten die vier Männer auf die Schafe und den frischen Schnee. Es war so.

„Können wir diese Stätte jetzt verlassen?" fragte Sears.

Elmer schaute immer noch auf den Schnee und schluckte. Sears machte sich auf den Rückweg über das Feld. Die anderen folgten ihm.

„Also Kinder, raus aus der Küche! Geht nach oben", brüllte Scales, als sie das Haus betraten und ihre Mäntel ablegten. „Wir haben etwas zu besprechen. Raus hier! Los!" Mit den Händen verscheuchte er einige der Kinder, die sich im Gang drängten und Walter Hardestys Pistole anstarrten. „Sarah! Mitchell! Hinauf mit euch!" Er ging voran in die Küche. Als sie eintraten, schoß eine Frau, die ebenso dürr wie Elmer war, von ihrem Stuhl in die Höhe und faltete die Hände. „Mr. James, Mr. Hawthorne", sagte sie, „darf ich Ihnen Kaffee machen?"

„Ein Küchentuch, wenn ich bitten dürfte, Mrs. Scales", sagte Sears, „danach Kaffee."

„Ein Küchen..."

„Um meine Schuhe abzuwischen. Auch Mr. Hawthorne wird ein solches benötigen."

Die Frau sah verzagt auf die Schuhe des Anwalts nieder. „Oh gütiger Himmel! Bitte lassen Sie mich helfen..." Sie nahm eine Rolle Papierküchentücher aus einem Kasten, riß ein langes Stück davon ab und machte Anstalten, sich zu Sears' Füßen niederzuknien. „Das wird nicht nötig sein", sagte Sears und nahm ihr das zusammengeknüllte Papier aus der Hand. Nur Ricky wußte, daß Sears verstört und nicht etwa nur unhöflich war.

„Mr. Hawthorne", durch Sears' schroffe Art verunsichert, wandte sich die Frau an Ricky.

„Oh danke, Mrs. Scales, das ist freundlich von Ihnen."

Auch er erhielt etwas Küchenpapier.

„Man hat ihnen die Hälse durchgeschnitten", sagte Elmer zu seiner Frau. „Was habe ich dir gesagt, ein Verrückter war da draußen. Und", seine Stimme erhob sich, „ein Verrückter, der fliegen kann, weil er nämlich keine Spuren hinterließ."

„Sag's ihnen", drängte seine Frau.

Elmer sah sie scharf an, und sie wandte sich rasch ab, um den Kaffeezuzubereiten.

Hardesty fragte: „Sag' uns *was?*" Ohne seine Wyatt-Earp-Kleidung sah man dem Sheriff seine fünfzig Jahre wieder an. *Er greift öfter zur Flasche denn je,* dachte Ricky, als er die violetten Äderchen und die Zeichen immer deutlicher werdender Unentschlossenheit in Hardestys Gesicht sah. Denn in Wahrheit war Walter Hardesty trotz des Aussehens eines Texas-Rangers, seiner Adlernase, seiner gefurchten Wangen und seiner waghalsigen blauen Augen zu faul, um ein guter Sheriff zu sein. Es war typisch für ihn gewesen, daß man ihn erst dazu auffordern mußte, sich die anderen Schafe anzusehen, und Elmer Scales hatte recht, er hätte sich unbedingt Notizen machen sollen.

Nun bereitete sich der Bauer darauf vor, die Bombe platzen zu lassen. An seinem Hals traten die Adern hervor, seine Fledermausohren wurden noch um eine Nuance röter. „Also, zum Teufel, ich sah ihn, oder?" Sein Mund verzog sich zu einer Grimasse, und er sah sie der Reihe nach an. „Ihn", setzte seine Frau hinter ihm einen ironischen Kontrapunkt. „Verdammt, Frau, was sonst?" Scales schlug auf den Tisch. „Mach endlich den Kaffee fertig und unterbrich mich nicht." Er wandte sich wieder den drei Männern zu. „So groß wie ich! Größer! Starrte mich an! Das schrecklichste Ding, das ich je sah." Er genoß seinen Auftritt, breitete die Arme aus. „Genau vor der Tür, nicht weiter von mir entfernt als so. Was sagt ihr nun?"

„Hast du ihn erkannt?" fragte Hardesty.

„Hab' ihn nicht so deutlich gesehen. Ich werde euch sagen,

wie es war.“ Er ging in der Küche auf und ab, unfähig, sich zu beherrschen, und Ricky erinnerte sich ihrer alten Mutmaßung, daß „unser Vergil“ nur deshalb Gedichte schrieb, weil er viel zu flatterhaft war, um zu begreifen, daß er gar nicht dichten konnte. „Ich war letzte Nacht hier unten, konnte nicht schlafen, hab' ich noch nie gekonnt.“

„Hat er nie gekonnt“, echote seine Frau.

Von oben hörte man Kreischen und Krachen. „Laß' den Kaffee, geh' hinauf und treib' sie auseinander“, sagte Scales. Er schwieg, während sie den Raum verließ. Oben hörte man die neue Stimme in dem Lärm, dann wurde es ruhig.

„Wie ich sagte, ich war hier herinnen und blätterte ein paar Saatgutkataloge durch. Da höre ich plötzlich ein Geräusch aus der Nähe der Scheune. Ein Strauchdieb! Verdammt! Ich springe auf und schaue aus dem Fenster, sehe es schneien. ‚Ach, das wird Arbeit geben morgen‘, sage ich zu mir selber. Da sehe ich ihn, zwischen der Scheune und dem Haus.“

„Wie sah er aus?“ fragte Hardesty, der sich immer noch keine Notizen machte.

„Konnte ich nicht sehen, es war zu dunkel.“ Seine Stimme hatte sich von Alt auf Sopran emporgeschraubt. „Ich sah ihn einfach dastehen und starren.“

„Sie sahen ihn trotz der Dunkelheit?“ fragte Sears mit gelangweilter Stimme. „Waren die Lichter im Hof an?“

„Herr Anwalt, Sie spaßen. Bei den Stromkosten! Nein! Aber ich sah ihn und wußte, daß er groß war.“

„Komm, Elmer, woher wußtest du das?“ fragte Hardesty. Mrs. Scales kam die Treppe herunter. Man hörte ihre schweren Schuhe auf die nackten hölzernen Bretter poltern. Ricky nieste. Ein Kind begann zu pfeifen und hörte wieder auf, als die Schritte auf der Stiege unvermittelt abbrachen.

„Weil ich seine Augen sah, oder? Sie starrten mich einfach an, ungefähr sechs Fuß vom Boden weg.“

„Du sahst nur seine Augen?“ fragte Hardesty ungläubig. „Was zum Teufel hatten die Augen von dem Kerl an sich, Elmer? Leuchteten sie im Dunkeln?“

„Du sagst es“, antwortete Scales.

Ricky wandte Elmer, der sie alle mit offensichtlicher Genugtuung betrachtete, ruckartig seinen Kopf zu, dann blickte er ohne eine bestimmte Absicht zu Sears hinüber. Seit Hardestys letzter Frage saß er angespannt und unbeweglich da und versuchte keine Gefühlsregung zu zeigen, und auf Sears' rundem Gesicht las er die gleiche Absicht.

Also auch Sears! Auch für ihn hatte es eine Bedeutung.

„Und jetzt erwarte ich von dir, Walter, daß du ihn erwischst, und von meinen beiden Anwälten, daß sie ihm den Prozeß machen, bis ihm der Arsch auf Grundeis geht", sagte Elmer abschließend. „Verzeih den Ausdruck, Schatz."

Seine Frau war wieder in die kleine Küche getreten und nickte zu seiner Entschuldigung.

„Haben Sie letzte Nacht etwas gesehen, Mrs. Scales?" fragte Hardesty.

Ricky las in Sears' Augen eine ähnliche Erkenntnis und wußte, daß er sich verraten hatte.

„Alles was ich gesehen habe, war ein Ehemann, der Angst hatte", sagte sie. „Ich nehme an, daß er diesen Teil ausgelassen hat."

Elmer räusperte sich. Sein Adamsapfel hüpfte auf und ab. „Nun, es war alles so seltsam."

„Ja", sagte Sears. „Ich glaube, wir wissen alles, was wir wissen müssen. Wollen Sie uns jetzt bitte entschuldigen? Mr. Hawthorne und ich müssen in die Stadt zurück."

„Erst werden Sie Ihren Kaffee trinken, Mr. James", sagte Mrs. Scales und setzte eine dampfende Plastiktasse vor ihn auf den Tisch. „Wenn Sie dem Ungeheuer den Prozeß machen wollen, bis ihm der Arsch auf Grundeis geht, werden Sie all Ihre Kraft brauchen."

Ricky zwang sich zu einem Lächeln, aber Walt Hardesty wieherte vor Lachen.

Draußen beugte sich Hardesty, der wieder in seiner tarnfarbenen Texasrangeruniform steckte, zu dem im Wagen sitzenden Sears hinunter und sagte leise durch den schmalen Fensterspalt: „Fahren Sie beide in die Stadt zurück? Könnten wir uns noch irgendwo treffen? Ich hätte gerne ein paar Worte mit Ihnen gesprochen."

„Ist es wichtig?“

„Möglich. Ich möchte jedenfalls mit Ihnen sprechen.“

„Gut. Wir fahren direkt in Ihr Büro.“

Hardesty fuhr sich nachdenklich mit der behandschuhten Hand übers Kinn. „Ich würde lieber nicht vor den anderen Jungs darüber reden.“

Ricky saß da, die Hände am Lenkrad. Sein aufmerksames Gesicht war Hardesty zugewandt, aber in seinem Hirn kreiste ein einziger Gedanke: *Es geht los, und wir wissen nicht einmal, was es ist.*

„Was schlagen Sie vor, Walt?“ fragte Sears.

„Ich schlage vor, daß wir irgendwo unterwegs haltmachen, wo wir uns in Ruhe unterhalten können. Kennen Sie das Lokal von Humphrey, gleich wenn Sie in die Stadt kommen, auf der Seven Mile Road?“

„Ich glaube, ich habe es schon gesehen.“

„Das Hinterzimmer dort ist so eine Art Privatbüro für mich, wenn ich Vertrauliches zu besprechen habe. Würde Ihnen das passen?“

„Wenn Sie darauf bestehen“, sagte Sears, ohne Ricky um seine Meinung zu fragen.

Sie folgten Hardestys Wagen zur Stadt zurück, und diesmal ging es wesentlich rascher als auf dem Hinweg. Das Wissen um die Tatsache, daß sie beide das furchterregende Wesen kannten, das Elmer Scales gesehen hatte, machte eine Unterhaltung unmöglich. Als Sears schließlich das Wort ergriff, war es zu einem betont neutralen Thema. „Hardesty ist ein unfähiger Narr. ‚Vertrauliches‘! Das einzig Vertrauliche für ihn ist die Whiskyflasche.“

„Nun, wenigstens wissen wir, was er an den Nachmittagen treibt.“ Ricky verließ die Autobahn in Richtung Seven Mile Road. Das Gasthaus, ein graues Winkelwerk, war das einzige Gebäude weit und breit, etwa hundertfünfzig Meter weiter an der rechten Straßenseite.

„In der Tat. Er säuft Whisky umsonst in Humphrey Stalladges Hinterzimmer. In einer Schuhfabrik in Endicott wäre er besser aufgehoben.“

„Was glaubst du, worum es sich bei dieser Unterhaltung handelnwird?"

„Das werden wir nur allzubald wissen. Da ist auch schon unser Rendez-vous."

Hardesty stand neben seinem Wagen auf dem großen, nahezu leeren Parkplatz. Humphreys Lokal war nichts anderes als eine gewöhnliche Straßenkneipe. Ricky hielt neben dem Wagen des Sheriffs. Die beiden Anwälte stiegen aus und standen frierend im kalten Wind.

„Wenn Sie mir folgen wollen", sagte Hardesty, und seine Stimme steigerte sich zu Bedeutsamkeit und einem Ton falscher Bonhomie. Sie sahen einander voll Unbehagen an und folgten ihm die Betonstufen hinauf. Ricky nieste zweimal heftig, sobald er das Lokal betreten hatte.

Omar Norris, einer der wenigen hauptberuflichen Trinker der Stadt, saß auf einem Barhocker und sah ihnen erstaunt entgegen; der dicke Humphrey Stalladge ging von einer Nische zur anderen und säuberte die Aschenbecher. „Walt!" rief er und nickte dann Ricky und Sears zu. Hardestys Auftreten hatte sich verändert. Hier in der Bar schien er größer, weltmännischer, und seine Körperhaltung den beiden älteren Männern gegenüber schien auszudrücken, daß sie hierhergekommen waren, um ihn um Rat zu fragen. Dann sah Stalladge Ricky genauer an und sagte: „Das ist doch Mr. Hawthorne, nicht wahr?" Er lächelte und fügte hinzu: „Aha." Und Ricky wußte, daß Stella einige Male hiergewesen war.

„Ist das Hinterzimmer frei?" fragte Hardesty.

„Für Sie immer." Stalladge machte eine einladende Handbewegung in die Richtung einer Tür, die ein Schild mit der Aufschrift „Privat" trug. Dann drückte er sich in eine Ecke neben der langen Bar und sah den Männern zu, wie sie über den staubigen Boden gingen. Omar Norris beobachtete sie immer noch verwundert: Hardesty ging dahin wie ein FBI-Agent, Ricky fiel einzig durch seine nüchterne Ordentlichkeit auf, Sears war eine eindrucksvolle Erscheinung, er erinnerte — das fiel Ricky plötzlich auf — an Orson Welles. „Du bist aber heute in feiner Begleitung, Walt", rief Stalladge, und Sears gab daraufhin einen seiner verachtungsvollen, tief aus der Kehle kommenden Laute von sich und ließ noch einen zweiten folgen, als Hardesty diese Bemerkung mit einen lässigen Wedeln seiner behandschuhten Hand quittierte und mit königlicher Geste die Türe öffnete.

Kaum hatte er sie geschlossen, da sackten seine Schultern wieder nach vorne, und sein Gesicht entspannte sich. Er deutete auf das Zimmer am Ende des dunklen Ganges. „Wollen Sie etwas zu sich nehmen?" fragte er. Die beiden Männer schüttelten die Köpfe. „Ich bin etwas durstig", sagte Hardesty, zog eine Grimasse und verließ den Raum.

Schweigend betraten die beiden Anwälte das schmuddelige Hinterzimmer. In der Mitte stand ein Tisch, dem Generationen von Zigarettenrauchern seine Narben zugefügt hatten, darum herum sechs Stühle. Ricky fand den Lichtschalter und drehte ihn an. Zwischen der unsichtbaren Glühbirne und dem Tisch waren Bierkisten bis fast an die Decke aufgestapelt. Der Raum roch nach Rauch und schalem Bier. Sogar jetzt, wo das Licht brannte, war er nicht viel heller als vorher.

„Was suchen wir hier eigentlich?" fragte Ricky.

Sears hatte sich schwerfällig auf einen der Klappsessel niedergelassen, seufzte, nahm seinen Hut ab und legte ihn vorsichtig auf den Tisch.

„Wenn du wissen willst, was bei diesem abenteuerlichen Ausflug herausschauen wird — nichts, Ricky, absolut gar nichts!"

„Sears", begann Ricky, „ich glaube, wir sollten uns darüber unterhalten, was Elmer da draußen gesehen hat."

„Nicht vor Hardesty."

„Ich bin deiner Meinung. Also jetzt."

„Nicht jetzt, bitte."

„Ich habe noch immer kalte Füße", sagte Ricky, und Sears schenkte ihm eines seiner seltenen Lächeln.

Sie hörten, wie die Türe am Ende des Ganges geöffnet wurde. Hardesty, in einer Hand ein volles Bierglas, in der anderen eine halbleere Whiskyflasche und seinen Stetson-Hut, trat ein. Sein Gesicht hatte sich etwas gerötet, als wäre er im kalten Steppenwind gewesen. „Bier ist das Beste für eine trokkene Kehle“, sagte er. Unter dem Bierdunst, der die Männer bei seinen Worten anwehte, war deutlich das schärfere, dunklere Aroma des Whiskys zu riechen. „Befeuchtet ordentlich die Röhre.“ Ricky rechnete sich aus, daß es Hardesty gelungen war, in den Augenblicken, die er an der Bar gewesen war, einen langen Zug Whisky zu nehmen und eine halbe Flasche Bier zu leeren. „Seid ihr beide schon einmal hiergewesen?“

„Nein“, sagte Sears.

„Nun, es ist ein angenehmer Ort. Man bleibt wirklich ungestört, dafür sorgt Humphrey, wenn man etwas Privates zu reden hat. Liegt auch abseits, daher ist es unwahrscheinlich, daß jemand den Sheriff und die beiden angesehensten Rechtsanwälte der Stadt ins Wirtshaus schleichen sah.“

„Niemand außer Omar Norris.“

„Richtig. Und der wird sich nicht daran erinnern.“ Hardesty schwang ein Bein über den Stuhl, als handle es sich um einen großen Hund, den er reiten wollte. Er setzte sich darauf, und gleichzeitig warf er seinen Hut auf den Tisch, wo er an den von Sears stieß. Dann stellte er die Whiskyflasche hin. Sears rückte seinen Hut etliche Zentimeter näher an seinen Bauch heran, während der Sheriff einen tiefen Zug aus seinem Glas tat.

„Wenn ich die Frage wiederholen darf, die mein Partner eben stellte — was sollen wir hier?“

„Mr. James, ich möchte Ihnen etwas sagen.“ In Hardestys wäßrigen Augen stand die Aufrichtigkeit des Trinkers. „Sie werden verstehen, warum wir von Elmer fortmußten. Wir werden niemals herausfinden, wer oder was diese Schafe tötete.“ Noch ein Schluck. Er unterdrückte einen Rülpser mit seinem Handrücken.

„Nein?“ Hardestys unmögliches Benehmen hatte wenigstens den einen Vorteil, daß es Sears von seinen eigenen Sorgen ablenkte. Er tat, als sei er überrascht und interessiert.

„Nein. Ausgeschlossen. Ist auch nicht zum ersten Mal, daß so ein Ding passiert.“

„Nicht?“ stieß Ricky hervor. Auch er nahm Platz und fragte sich, wieviel Vieh wohl in der Umgebung von Milburn abgeschlachtet worden war, ohne daß er davon gehört hatte.

„Nein, keineswegs. Nicht hier, wissen Sie. Aber in anderen Teilen des Landes."

„Oh", Ricky lehnte sich in dem wackeligen Stuhl zurück.

„Wenn Sie sich erinnern, vor einigen Jahren war ich auf einem Kongreß der Bundespolizei in Kansas City. Flog hin, blieb eine Woche dort. War wirklich eine tolle Sache." Ricky erinnerte sich daran, weil Hardesty nach seiner Rückkehr im Lion's Club, vor den Kiwanis, den Rotariern, den Freimaurern, kurz, vor allen Organisationen, welche die Reise bezahlt hatten, Vorträge gehalten hatte. Einem guten Drittel dieser Vereine gehörte auch Ricky notgedrungen an. Das Thema des Sheriffs war „Die Notwendigkeit einer modernen, voll ausgerüsteten Truppe zur Aufrechterhaltung von Recht und Ordnung in den amerikanischen Kleingemeinden" gewesen.

„Also", sagte Hardesty und nahm die Bierflasche wie ein heißes Würstchen in die Hand, „eines Abends kam ich da im Motel mit einem Haufen lokaler Sheriffs ins Gespräch. Das waren Kerle aus Kansas und Missouri und Minnesota, Sie wissen schon. Und sie sprachen über genau solche Sachen — komische Fälle und ungeklärte Verbrechen. Jetzt komme ich zum Kern der Sache. Mindestens zwei oder drei von den Knaben sind auf genau das gleiche gestoßen, was wir heute sahen. Ein Haufen Tiere liegt tot auf der Weide — einfach so — wum, bum — tot, über Nacht. Keine Ursache zu finden — bis sie genau hinsehen und herausfinden — na, Sie wissen schon. Sauber geschnittene Wunden, als hätte es ein Chirurg gemacht. Und kein Blut, als hätte man ihnen das Blut entzogen. Einer von den Kerlen erzählte, in den sechziger Jahren hätte eine ganze Welle solcher Vorfälle das Ohio-Tal überschwemmt, Pferde, Hunde, Kühe, — wir sind wahrscheinlich die ersten mit Schafen. Mr. Hawthorne, als sie sagten, daß kein Blut da sei, ist mir alles wieder eingefallen. Ja, genau das erinnerte mich daran. Man möchte doch glauben, daß diese Schafe bluten wie verrückt. Und in Kansas City passierte genau das gleiche, ungefähr ein Jahr vor dem Kongreß, um Weihnachten herum.

„Unsinn", sagte Sears, „ich höre mir dieses dumme Zeug nicht länger an."

„Verzeihung, Mr. James, es ist kein Unsinn. All das hat sich wirklich zugetragen. Sie können es in der ‚Kansas City Times' nachlesen. Dezember 1973. Ein Haufen totes Vieh, keine Fußspuren, kein Blut — und auch im Neuschnee, genau wie heute."

„Man hat niemals jemanden verhaftet?" fragte Ricky.

„Nie. In all diesen Orten hat man den Täter niemals gefunden. Es war so, als wäre ein Bösewicht in die Stadt gekommen, um seine Show abzuziehen und wieder zu verschwinden. Ich für mein Teil glaube, daß irgend jemand solche Dinge für einen Witz hält."

„Was?" explodierte Sears, „Vampire? Dämonen? — Verrückt!"

„Nein. Das habe ich auch nicht gesagt. Zum Teufel, ich weiß, daß es keine Vampire gibt, ebenso wie ich weiß, daß dieses verflixte Ungeheuer im schottischen See nicht existiert." Hardesty lehnte sich in seinem Stuhl nach hinten und verschränkte die Hände im Nacken. „Aber man hat niemals etwas gefunden. Es hat gar keinen Sinn, Nachforschungen anzustellen. Es sei denn, um Elmer zufriedenzustellen und ihm zu erzählen, wie sehr mich dieser Fall beschäftigt und wie hart ich an ihm arbeite."

„Ist das wirklich alles, was Sie zu tun gedenken?" fragte der fassungslose Ricky.

„Ich könnte natürlich einen Mann zu den umliegenden Höfen schicken und nachfragen lassen, ob irgend jemand letzte Nacht etwas Ungewöhnliches bemerkt hat. Das ist aber auch schon alles."

„Und Sie haben uns tatsächlich hierhergebracht, um uns das zu sagen?" fragte Sears.

„In der Tat."

„Gehen wir, Ricky." Sears schob seinen Stuhl zurück und griff nach seinem Hut.

„Ich dachte auch wirklich, daß die beiden angesehensten Rechtsanwälte unserer Stadt mir etwas zu sagen hätten."

„Das hätte ich wohl, aber ich bezweifle, ob Sie es gerne hören würden."

„Etwas weniger von oben herab, Mr. James. Sitzen wir nicht beide im selben Boot?"

Ricky sagte, indem er Sears' unvermeidliches „fftt" übertönte: „Was glauben Sie denn, was wir Ihnen zu sagen hätten?"

„Nun, Sie wissen irgend etwas über das, was Elmer letzte Nacht gesehen hat." Er fuhr mit den Fingerspitzen über eine Furche auf seiner Stirn und lächelte. „Ihr beiden alten Knaben wart doch wie tiefgefroren, als ihr hörtet, was Elmer sagte. Also wißt ihr etwas oder habt etwas gehört oder gesehen, was ihr Elmer Scales nicht sagen wolltet. Wie wäre es, wenn Sie statt dessen Ihren Sheriff unterstützten und ihm sagten, was Sie zu sagen haben?"

Sears stand abrupt auf. „Ich sah vier tote Schafe. Ich weiß nichts. Und das, Walter, ist alles." Er riß seinen Hut vom Tisch. „Ricky, laß uns gehen und endlich etwas Sinnvolles tun."

„Er hatte recht, nicht wahr?" Sie bogen eben in die Wheat Row ein. Zu ihrer Rechten erhob sich die mächtige graue Silhouette der St. Michaels Kathedrale; die Heiligen und grotesken Figuren über dem Eingang und seitlich der Fenster trugen Kappen und Hemdchen aus frischem Schnee und sahen aus, als wären sie festgefroren.

„Womit?" Sears wies in die Richtung ihres Büros. „Wunder über Wunder, ein Parkplatz direkt vor der Tür."

„Mit dem, was Elmer sah."

„Wenn es sogar Walter Hardesty bemerkt hat, muß es wohl offensichtlich gewesen sein. Ja."

„Hast du wirklich etwas gesehen?"

„Ich sah etwas, das gar nicht da war. Ich hatte eine Halluzination. Ich kann nur annehmen, daß ich übermüdet war und daß mich die Geschichte, die ich erzählte, emotionell aufgewühlt hat."

Ricky manövrierte den Wagen vorsichtig in die Parklücke vor der hohen hölzernen Fassade ihres Bürogebäudes.

Sears hustete, legte die Hand auf den Türöffner und rührte sich nicht. Ricky hatte den Eindruck, als bereue er bereits jetzt, was er im Begriff stand zu sagen. „Ich nehme an, du sahst mehr oder weniger das gleiche wie unser Vergil?“

„Ich sah es“, er machte eine Pause. „Oder vielmehr, ich spürte es, und ich wußte, was es war.“

„Also“, wieder hustete er, und Ricky wartete in gespannter Aufmerksamkeit. „Ich habe Fenny Bate gesehen.“

„Den Jungen aus deiner Geschichte?“ Ricky war erstaunt.

„Den Jungen, den ich zu unterrichten versuchte. Den Jungen, den ich möglicherweise getötet habe — oder zu töten half.“ Sears nahm seine Hand vom Türgriff und ließ sich mit seinem ganzen Gewicht in den Autositz zurückfallen. Endlich wollte er reden.

Ricky versuchte das Gehörte zu verdauen. „Ich war nicht sicher, ob —“ Mitten im Satz hielt er inne, weil er merkte, daß er im Begriff war, eine der Regeln der Altherrengesellschaft zu verletzen.

„Ob es sich um eine wahre Geschichte handelte? Oh ja, Ricky, sehr wahr. Zu wahr. Fenny Bate hat es wirklich gegeben, und er starb.“

Ricky erinnerte sich an das Licht in Sears' Fenster. „Sahst du ihn vom Fenster der Bibliothek aus?“

Sears schüttelte den Kopf. „Ich ging gerade nach oben. Es war schon sehr spät, vielleicht zwei Uhr morgens. Ich war im Stuhl eingeschlafen, nachdem ich das Geschirr weggeräumt hatte. Ich fühlte mich nicht sehr gut und hätte mich noch schlechter gefühlt, wenn ich gewußt hätte, daß Elmer Scales mich um sieben Uhr früh wecken würde. Also, ich löschte die Lichter in der Bibliothek, schloß die Tür und begann die Treppe hinaufzugehen. Und da sah ich ihn sitzen, er saß auf der Treppe. Er schien zu schlafen. Er trug die Lumpen, in denen ich ihn in Erinnerung hatte, und seine Füße waren nackt.“

„Was tatest du?“

„Ich hatte zu viel Angst, um irgend etwas zu tun. Ich bin nicht mehr der starke junge Mann von zwanzig, Ricky. Ich stand einfach da — ich habe keine Ahnung wie lange. Ich dachte, ich würde zusammenbrechen. Ich suchte Halt am Geländer — und da erwachte er.“ Sears faltete die Hände vor seiner Brust, und Ricky sah, wie er sie ineinander verkrampfte. „Er hatte keine Augen, er hatte nur Höhlen. Was von seinem Gesicht vorhanden war, lächelte.“ Sears hob die Hände und legte sie unter der breiten Hutkrempe vor sein Gesicht. „Oh Gott, Ricky! Er wollte spielen.“

„Er wollte *spielen?*“

„Das war es, was mir durch den Sinn ging. Ich stand derart unter Schockeinwirkung, daß ich keinen klaren Gedanken fassen konnte. Als die — Halluzination — sich erhob, rannte ich die Stufen hinunter und schloß mich in der Bibliothek ein. Dort legte ich mich auf die Couch. Ich hatte das Gefühl, als sei er verschwunden, doch konnte ich mich nicht dazu zwingen, wieder zum Treppenhaus zurückzugehen. Schließlich schlief ich ein und hatte den Traum, über den wir bereits sprachen. Am Morgen erkannte ich natürlich, was mit mir geschehen war. Ich hatte ‚eine Erscheinung‘, wie man so etwas gemeinhin zu nennen pflegt. Und ich war nicht der Ansicht, noch bin ich es jetzt, daß derlei Dinge in die Zuständigkeit Walt Hardestys fallen oder in die unseres Vergil.“

„Mein Gott, Sears“, sagte Ricky.

„Vergiß es wieder, Ricky. Vergiß, daß ich es dir erzählt habe, zumindest bis zum Eintreffen des jungen Wanderley.“

Jesus, sie hat sich bewegt! Sie kann nicht, sie ist tot, tönte es wieder in seinem Innern. Er wandte seine Augen weg von dem Armaturenbrett, auf das er gestarrt hatte, während Sears ihn aufforderte, Unmögliches zu versuchen, und sah seinem Partner geradewegs ins blasse Gesicht.

„Schluß jetzt“, sagte Sears. „Was immer es ist, Schluß damit. Ich habe genug, ich kann nicht mehr.“

... nein, zuerst ihre Füße...

„Sears.“

„Ich kann nicht mehr, Ricky“, sagte Sears und stemmte sich aus dem Wagen.

Hawthorne stieg ebenfalls aus und sah über das Dach des Wagens auf den imposanten, in Schwarz gekleideten Sears, und einen Augenblick lang glaubte er, im Gesicht seines alten Freundes die wachsbleichen Züge wiederzufinden, die sein

Traum ihm verliehen hatte. Hinter ihm, um ihn schwebte die Stadt in der Winterluft, als wäre auch sie in aller Stille gestorben. „Eines will ich dir noch sagen", kam es von Sears, „ich wünschte, Edward wäre noch am Leben. Ich wünsche mir das oft."

„Ich auch", flüsterte Ricky, aber Sears hatte sich bereits von ihm abgewandt und stieg die Treppe zum Eingangstor hinauf. Der Wind fuhr kalt über Rickys Gesicht und Hände, und er beeilte sich, seinem Freund zu folgen, während er wieder niesen mußte.

John Jaffrey

1

Der Doktor, der die Party gegeben hatte, erwachte just zu dem Zeitpunkt aus seinem unruhigen Schlummer, als Ricky Hawthorne und Sears James ihren Marsch über das verschneite Feld antraten. Stöhnend sah Jaffrey sich in seinem Schlafzimmer um. Alles schien auf kaum merkliche Weise verändert, nicht in Ordnung zu sein, sogar mit der nackten Schulter der neben ihm schlafenden Milly Sheehan stimmte etwas nicht — Millys runde Schulter sah unwirklich aus, wirkte wie schwebender rosa Rauch. Das ganze Schlafzimmer wirkte so: die verschossene Tapete (blaue Streifen und dunkelblaue Rosen); der Tisch, auf dem sich ein Haufen ordentlich gestapelter Münzen, ein Buch aus der Bibliothek („Der Werdegang eines Chirurgen") und eine Lampe befanden; die Türen und Griffe des hohen weißen Kastens an der gegenüberliegenden Wand; der graugestreifte

Anzug und der Smoking von gestern abend, die achtlos über einen Sessel geworfen waren — all das schien farblos, dünn, wie das Innere einer Wolke. Er hielt es in diesem vertrauten und gleichzeitig unwirklichen Raum nicht mehr aus.

Jesus, sie hat sich bewegt — es waren seine eigenen Worte, die sich in der grauen Luft wie Rauch formten und erstarben, als hätte er sie gerade gesagt. Sie verfolgten ihn noch, als er rasch aus dem Bett stieg.

Jesus, sie hat sich bewegt — und diesmal hörte er, wie die Worte ausgesprochen wurden. Die Stimme war monoton, ohne Höhen und Tiefen, und es war nicht seine eigene. Er mußte aus dem Haus. Von seinen Träumen hatte er nur noch das letzte erschreckende Bild im Gedächtnis. Zunächst war der übliche Film abgerollt: Er lag gelähmt in einem kahlen Raum, einem Schlafzimmer, das er im Leben sicher nie gesehen hatte, dann näherte sich das furchterregende Ungeheuer, das sich schließlich in den toten Sears und den toten Lewis verwandelte. Er war sicher, daß sie alle unter diesem Traum litten. Aber das Bild, das ihn aus dem Zimmer trieb, war ein anderes: das blutüberströmte, von blauen Flecken entstellte Gesicht einer jungen Frau — einer Frau, die ebenso tot war wie Sears und Lewis in dem vertrauten Traum und die ihn mit glühenden Augen grinsend anstarrte. Dieses Gesicht war wirklicher als alles um ihn herum, wirklicher als er selbst. *Jesus, sie hat sich bewegt! Sie kann nicht, sie ist tot.*

Und doch hatte sie sich bewegt. Sie setzte sich auf und grinste.

Das Ende nahte, wie es sich Edward genähert hatte, und ein Teil seines Hirns nahm das zur Kenntnis. War dankbar. Es erstaunte ihn, daß seine Hände nicht durch den Messinggriff an der Kommodenschublade schmolzen, als er sich Socken und Unterwäsche herausnahm. Unwirkliches rosa Licht durchdrang das Schlafzimmer. Rasch zog er sich an, nahm blindlings irgendwelche Kleidungsstücke, die ihm gerade in die Hände fielen. Er verließ das Schlafzimmer und ging die Treppe hinunter. Im Erdgeschoß gehorchte er einem durch zehnjährige Gewohnheit tiefverwurzelten Impuls und betrat das kleine

Hinterzimmer seiner Ordination. Er öffnete einen Wandschrank und entnahm ihm zwei Ampullen und zwei Wegwerfspritzen. Dann setzte er sich auf den drehbaren Schreibtischsessel, rollte seinen linken Ärmel hoch, öffnete die Verpackung der Spritzen und legte eine davon auf die Metalloberfläche des neben ihm stehenden Tischchens.

Das Mädchen richtete sich in dem blutverschmierten Autositz auf und grinste ihn durch das Fenster an. Sie sagte: *Beeil dich, John.* Er stieß die erste Nadel durch die Gummikappe des Insulinpräparates, zog die Spritze auf und stieß die Nadel in seinen Arm. Als die Spritze leer war, zog er sie heraus und warf sie in den Papierkorb unter dem Tisch; dann zog er die zweite Injektion an der nächsten Ampulle auf, die ein Morphiumpräparat enthielt. Sie wanderte in dieselbe Vene.

Beeil dich, John.

Keiner seiner Freunde wußte, daß er Anfang der Sechzig Diabetes bekommen hatte, noch hatten sie eine Ahnung, daß er etwa zur gleichen Zeit morphiumsüchtig geworden war und sich die Drogen selber spritzte. Sie hatten nur die Wirkung dieses morgendlichen Rituals, das ihn langsam kaputtmachte, wahrgenommen.

Nachdem die beiden Spritzen im Papierkorb gelandet waren, betrat Dr. Jaffrey die Eingangshalle, welche zugleich Wartezimmer war. An den Wänden standen leere Stühle aufgereiht; auf einem von ihnen sah er ein Mädchen in zerrissenen Kleidern sitzen, mit roten Spuren im Gesicht, und aus ihrem Mund rann es rot, als sie sagte: *Beeil dich, John.*

Er griff in den Garderobenschrank, um seinen Mantel zu nehmen, und war erstaunt, daß seine Hand, die sich am Ende seines Armes bewegte, so ein ganzes, funktionierendes Ding war. Irgend jemand schien hinter ihm zu stehen und ihm behilflich zu sein, in den Mantel zu schlüpfen. Blindlings nahm er sich einen Hut von der Ablage und stolperte durch die Tür ins Freie.

2

Das Gesicht lächelte aus einem Fenster im Oberstock des alten Eva-Galli-Hauses auf ihn herab. *Mach schnell!* Er bewegte sich etwas seltsam, so, als sei er betrunken. Er ging den Weg entlang, und seine Füße, die in Hausschuhen steckten, spürten die Kälte nicht. Dann wandte er sich in Richtung Stadt. Auf seinem Gang zur Straßenecke spürte er die Gegenwart des Hauses hinter ihm. Als er, mit wehendem Mantel über der grauen Hose und der Smokingjacke, die Straße schließlich erreichte, sah er im Geiste das Haus in Flammen stehen. Es war in eine durchsichtige Flamme gehüllt, deren Wärme er sogar im Rücken spürte. Als er sich umwandte, brannte jedoch nichts.

Es gab keine durchsichtige Flamme, nichts war geschehen.

So kam es, daß Ricky Hawthorne und Sears James mit Walt Hardesty in der Küche eines Bauernhauses saßen und Kaffee tranken, während die magere Gestalt Dr. Jaffreys, bekleidet mit einem Fischerhut, offenem Mantel, grauer Hose, einer Smokingjacke und mit Hausschuhen an den Füßen, am Archer Hotel vorüberging. Er war sich seiner Aufmachung nicht bewußt, wie er auch den Wind nicht bemerkte, der seinen Mantel nach hinten peitschte und in seinem Rücken blähte.

Eleanor Hardie war eben dabei, den Teppich in der Hotelhalle zu saugen, als sie ihn, während er seinen Fischerhut festhielt, vorübergehen sah. Armer Doktor, dachte sie, bei dem Wetter auf Krankenbesuch. Das Fenstersims versperrte ihr die Sicht auf des Doktors Hausschuhe. Sie wäre verwirrt gewesen, hätte sie gesehen, wie er an der Ecke zögernd stehenblieb, auf dem Platz nach links bog und damit den Weg zurückging, den er eben gekommen war.

Als er an den breiten Fenstern des „Village Pump Restaurants" vorbeikam, war William Webb, jener junge Kellner, den Stella Hawthorne eingeschüchtert hatte, eben dabei, Servietten und Besteck aufzulegen. Da die Entfernung zwischen ihm und John Jaffrey kleiner war, als sie bei Eleanor Hardie gewesen war, nahm er mehr Einzelheiten an der seltsamen Erscheinung des Doktors wahr: das blasse, verstörte Gesicht unter dem Fischerhut, den offenen Mantel, der den nackten Hals des alten Herrn enthüllte, das Smokingjackett über dem Pyjamahemd. *Der alte Narr leidet an Gedächtnisschwund,* dachte er. Bill Webb kannte den Doktor von dessen wenigen Besuchen im Restaurant, wo er während der gesamten Mahlzeit ein Buch zu lesen pflegte und ein äußerst knapp bemessenes Trinkgeld zurückließ.

Als Jaffrey zu laufen begann, obwohl seinem Gesichtsausdruck zu entnehmen war, daß er keine Vorstellung hatte, wohin er lief, ließ Webb das Besteck aus der Hand fallen und stürzte aus dem Restaurant.

Dr. Jaffrey flatterte den Gehsteig entlang. Webb rannte hinter ihm drein und erwischte ihn einen Block weiter bei einer Verkehrsampel. Der laufende Doktor sah aus wie ein linkischer Vogel. Webb berührte den Ärmel des schwarzen Mantels. „Dr. Jaffrey, kann ich Ihnen helfen?"

Doktor Jaffrey.

Er war eben dabei, von Webb weg über die Straße zu rennen, ohne auf den Verkehr zu achten (es fuhren allerdings um diese Zeit auch keine Autos), als er sich auf das lautlose Kommando hin umwandte. Und Bill Webb machte eine der erschütterndsten Erfahrungen seines Lebens. Ein Mann, den er kannte, ein Mann, der niemals zuvor auch nur mit höflicher Neugier nach ihm geschaut hatte, sah ihn an, und auf seinem Gesicht stand das blanke Grauen. Webb, der seine Hand zurückzog, konnte nicht ahnen, daß der Doktor anstelle seines froschähnlichen Durchschnittsgesichtes das Antlitz eines toten Mädchens vor sich sah, das ihn wie eine rote Fratze angrinste.

„Ich gehe", sagte der Doktor, und sein Gesicht drückte immer noch Entsetzen aus, „ich gehe jetzt".

„Ja, — klar", sagte Webb.

Der Doktor wandte sich um und floh. Ohne Zwischenfall erreichte er die andere Straßenseite. Er setzte seinen vogelgleichen Lauf mit hochgezogenen Ellenbogen und hinter ihm herwehendem Mantel auf der linken Seite der Hauptstraße fort. Webb hatte der Blick des Doktors derart verwirrt, daß er einfach stehenblieb und ihm so lange offenen Mundes nachsah, bis er merkte, daß er sich ohne Mantel einen Block vom Restaurant entfernt hatte.

3

In Dr. Jaffreys Vorstellung hatte sich ein Bild geformt, das wesentlich klarer vor ihm stand als das der Häuser, an denen er vorüberfloh. Es war das einer zweibahnigen Stahlbrücke; sie führte über jenen kleinen Fluß, in den Sears James einst eine um einen großen Stein gewickelte Bluse geworfen hatte. Ein jäher Windstoß lüftete den Fischerhut von seinem Kopf, und einen Augenblick sah er auch ihn klar vor sich, wie er elegant durch die graue Luft segelte.

„Ich gehe jetzt", sagte er.

An jedem gewöhnlichen Tag wäre John Jaffrey geradewegs zur Brücke gegangen, ohne lange überlegen zu müssen, welche Straßen zu ihr hinführten. Aber an diesem Morgen wanderte er in wachsender Panik durch Milburn und konnte den Weg nicht finden. Er sah die Brücke bis in die kleinsten Einzelheiten vor sich, sah sogar die Nieten mit ihren abgerundeten Köpfen aus mattem Metall; aber sowie er versuchte, sie zu orten, löste sich das Bild auf wie lockeres Gewebe. Er bog in die Marktstraße ein und erwartete fast, daß die Brücke sich zwischen dem „Burger King" und dem „A & P-Supermarkt" befände. Nur die Brücke sah er vor sich, den Fluß hatte er vergessen.

Bäume? Ein Park? Die Worte riefen so starke Bilder wach, daß es ihn erstaunte, beim Verlassen der Marktstraße nichts als leere Straßen und am Randstein aufgehäuften Schnee zu sehen. *Weiter, Doktor!* Er taumelte vorwärts, fing sich etwas, indem er sich an den Türpfosten eines Friseurladens lehnte, ging weiter.

Bäume? Einige in der Landschaft verstreute Bäume? Nein. Und auch nicht diese schwebenden Häuser.

Der Doktor irrte blindlings durch bekannte Straßen, ohne sie zu erkennen, gelangte im Zickzackkurs vom Hauptplatz zur südlich gelegenen Washingtonstraße und wechselte dann zur Milgrim Lane. Als er über diesen abschüssigen Weg, vorbei an Häusern mit nur drei Zimmern, die zwischen Autowaschanlagen und Drugstores lagen, in die Hollow und zu echter Armut hinabwanderte, sahen ihn verschiedene Leute. Hier war er, immer noch in Milburn, dem Unbekannten so nahe wie nur möglich gerückt (dabei hätte er in Schwierigkeiten kommen können, wenn Schwierigkeiten für ihn noch von irgendeiner Bedeutung gewesen wären). Die Leute aus der Hollow, die ihn vorübergehen sahen, dachten, er sei einfach einer von vielen Verlorenen und seltsam gekleideten Verrückten. Als er sich rein zufällig in die richtige Richtung wandte und wieder in ruhige Straßen fand, in denen kahle Bäume große Rasenflächen säumten, nahmen jene, die ihn sahen, an, daß der Doktor seinen Wagen in der Nähe geparkt haben mußte, da er in einen langsamen Laufschritt verfallen war und keinen Hut trug. Ein Postbote, der ihn am Arm faßte und fragte: „Mann, brauchen Sie Hilfe?“, verstummte ebenso erschrocken und hilflos vor den weit aufgerissenen Augen, in denen das Grauen stand, wie Bill Webb. Schließlich gelangte Dr. Jaffrey in das Geschäftsviertel zurück.

Zweimal hatte er den Benjamin-Harrison-Platz umkreist, wobei er beide Male direkt an der zur Brücke führenden Straße vorbeigegangen war, als die geduldige Stimme in seinem Inneren sagte: *Geh noch einmal den Kreis aus, Doktor, und dann biege an der zweiten Ecke rechts ab.*

„Danke“, flüsterte er; er hörte aus der Stimme, die früher auf unmenschliche Weise tonlos geklungen hatte, Geduld und einen nahezu belustigten Unterton heraus.

Seine Knie nur noch wie ein ausgemergeltes Lasttier hebend, quälte sich der erschöpfte und halb erfrorene John Jaffrey noch einmal an den Reifenreparaturwerkstätten des Benjamin-Harrison-Platzes vorüber. Endlich bog er in die Brückenstraße ein.

„Aber natürlich“, schluchzte er, als er den grauen Brückenbogen über dem trüben Fluß gewahrte. Er konnte nicht mehr weiter; er war so fertig, daß er kaum mehr einen Fuß vor den anderen zu setzen vermochte. Einer seiner Hausschuhe war verlorengegangen, und der Fuß, an dem er fehlte, war völlig gefühllos. An seiner linken Seite quälten ihn glühende Stiche, sein Herz pochte, seine Lungen waren ein einziger riesiger Schmerz. Die Brücke war die Antwort auf ein Gebet. Er schleppte sich auf sie zu. *Hierher* gehörte die Brücke, hierher in diese windige Gegend, wo die alten Ziegelbauten dem von Unkraut überwucherten Sumpfland wichen, hierher, wo der Wind sich anfühlte wie eine Hand, die ihn zurückhalten wollte.

Jetzt, Doktor.

Er nickte. Als er näherkam, sah er, wo er einen Stand finden konnte. Vier große, bogenförmige Verzierungen aus Metall, die jeweils durch einen Träger verbunden waren, bildeten an beiden Seiten der Brücke eine Wellenlinie. In der Mitte der Brücke, zwischen dem zweiten und dritten metallenen Bogen, ragte ein starker, aufwärtsgerichteter Stahlträger heraus.

Jaffrey spürte nicht, daß statt des Straßenbetons nun Brückenstahl unter seinen Füßen war, aber er fühlte, daß die Brücke sich unter ihm bewegte, daß sie sich unter besonders heftigen Windböen etwas hob. Als er den Überbau erreicht hatte, schwang er sich am Geländer entlang. Schließlich war er bis zum mittleren Träger gelangt, umklammerte eine der Quersprossen, stemmte seine erfrorenen Füße auf die unterste Sprosse und versuchte zu dem flachen Querstück hinaufzuklettern. Es gelang ihm nicht.

Einen Augenblick stand er da, die Hände auf einer Sprosse, die Füße auf einer anderen, wie ein alter Mann, der an einem Seil hing. Er atmete so schwer, daß es wie ein Schluchzen klang. Schließlich schaffte er es, den Fuß, der im Hausschuh steckte, zu heben und auf die nächste Sprosse zu setzen. Dann mobilisierte er seine letzte Kraft und zog seinen Körper in die Höhe. An der untersten Sprosse klebte Fleisch von seinem nackten Fuß. Keuchend stand er auf der zweiten Sprosse und sah, daß noch zwei weitere zu erklimmen waren, ehe er hoch genug sein würde, um auf dem Querstück zu stehen.

Nacheinander legte er seine Hände auf die nächsthöhere Sprosse. Dann hob er den Fuß, der im Hausschuh steckte, und mit einer gewaltigen Kraftanstrengung konnte er den zweiten nachziehen. Schmerz brannte in seinem Bein, und er suchte verzweifelt einen Halt, während er den nackten Fuß in den kalten Wind streckte. Sein Fuß brannte, und einen Augenblick fürchtete er, daß die Heftigkeit des Schmerzes ihn stürzen lassen und er auf die Brücke fallen würde. Nie würde er die Kraft aufbringen, noch einmal hinaufzuklettern.

Vorsichtig setzte er die Zehen des schmerzenden Fußes auf die Sprosse. Als er merkte, daß er es ertragen konnte, versuchte er die gefühllosen Arme zu bewegen. Der beschuhte Fuß kletterte wie von selbst eine weitere Sprosse nach oben. Er wollte sich emporziehen, aber seine Arme zitterten zu stark. Es war ein Gefühl, als würde seine Schultermuskulatur zerbersten. Schließlich warf er sich mit ganzer Kraft einfach in die Höhe, und es war ihm, als unterstütze ihn eine Hand dabei, indem sie ihn am unteren Rückenende nach oben schob. Seine Finger fanden die Sprossen, und er war fast angelangt.

Zum ersten Mal kam ihm zum Bewußtsein, daß sein Fuß blutete und das Metall befleckte. Der Schmerz war ärger geworden; sein ganzes linkes Bein schien in Flammen zu stehen. Er stellte es auf den Querbalken und klammerte sich mit seinen müden Armen fest, während er den rechten Fuß nachzog.

Ganz schwach sah er das Wasser in der Tiefe schimmern. Der Wind fuhr ihm ins Haar und bauschte seinen Mantel auf.

Vor ihm stand Ricky Hawthorne in einer Tweedjacke und einer Fliege. Seine Hände hielt er in der für ihn typischen Geste vor seiner Gürtelschnalle verschränkt.

„Gut gemacht, John", sagte seine freundliche, trockene Stimme. Der Beste von allen, der liebe, gehörnte kleine Ricky Hawthorne!

„Du läßt dir zuviel von Sears gefallen", sagte John Jaffrey, und seine Stimme klang heiser und schwach. „Hast du immer getan."

„Ich weiß", lächelte Ricky. „Ich bin der geborene Untergebene. Sears war immer schon der geborene General."

„Falsch", versuchte John zu sagen, „das ist er nicht, er ist..." Der Gedanke war wie weggewischt.

„Es ist auch nicht wichtig", hörte er wieder die leichte, trockene Stimme. „Tritt nur einen Schritt vorwärts, John."

Dr. Jaffrey sah auf das graue Wasser hinunter. „Nein. Ich kann nicht. Ich wollte etwas anderes, ich wollte..." Er war verwirrt und erinnerte sich nicht mehr.

Als er wieder aufsah, hielt er den Atem an. Vor sich sah er anstelle von Ricky Hawthorne Edward Wanderley, der ihm nähergestanden hatte als alle anderen. Er trug schwarze Schuhe, einen grauen Flanellanzug und ein geblümtes Hemd, genau wie am Abend der Party. Die schwarzumrandete Brille war an den Bügeln durch eine Silberschnur zusammengehalten. Er stand da in seinen teuren Sachen, mit seinem theatralischen grauen Haarschopf, und lächelte John voll Mitgefühl und Wärme zu.

„Es ist lange her", sagte er.

Dr. Jaffrey begann zu weinen.

„Trödle jetzt nicht mehr herum", sagte Edward. „Du mußt nur einen einzigen Schritt machen, John, es ist ein Kinderspiel."

Dr. Jaffrey nickte.

„Also tu' den Schritt, John. Für alles andere bist du zu müde."

Dr. Jaffrey sprang von der Brücke.

Tief unter ihm saß Omar Norris, der hinter einer dicken Stahlplatte Schutz vor dem Wind gesucht hatte. Er sah, wie der Doktor auf dem Wasser aufschlug. Sein Körper verschwand, kam gleich darauf wieder an die Oberfläche und drehte sich mit dem Gesicht nach unten halb im Kreise, ehe die Strömung ihn flußabwärts zu treiben begann. „Scheiße", sagte Omar. Er war an den einzigen Ort gekommen, an dem er hoffen konnte, einer Flasche Bourbon den Garaus zu machen, ohne daß Rechtsanwälte, ein Sheriff, die Ehefrau oder sonst jemand ihn erwischen und zwingen würden, endlich auf seinen Schneepflug zu klettern und die Straßen zu räumen. Er goß sich noch etwas Bourbon in die Kehle und schloß die Augen. Als er sie wieder öffnete, war der Körper zwar noch da, aber er war etwas tiefer gesunken, weil der vollgesogene Mantel anfing, ihn in die Tiefe zu ziehen. „Scheiße". Er verschloß die Flasche, stand auf und ging wieder in den Wind hinaus, um zu sehen, ob er jemanden finden konnte, der wußte, was zu tun sei.

2.
Jaffreys Party

Macht Platz, ihr Damen, fort mit euch!
Hier wird nicht mehr geprahlt!
Denn nun kommt eine, deren Schönheit
euch alle überstrahlt.

A Praise of His Lady, Tottel's Miscellany, 1557

1

Die folgenden Ereignisse trugen sich genau ein Jahr und einen Tag früher zu, an jenem Abend nämlich, als ihr goldenes Zeitalter zu Ende ging. Keiner von ihnen wußte, daß es ihr goldenes Zeitalter gewesen war und daß es im Begriff stand, zu Ende zu gehen. Wahrscheinlich würden sie ihr Leben als einen Prozeß kaum wahrnehmbaren aber stetigen Fortschritts gesehen haben, wie das Menschen in angenehmen Lebensumständen, mit einer ausreichenden Anzahl von Freunden und ohne die geringste Sorge um das tägliche Brot tun. Die Krisen der Jugend und der Lebensmitte lagen hinter ihnen, und sie glaubten über genügend Weisheit zu verfügen, um auch die Krisen des nahen Alters zu meistern. Krieg, Ehebruch, Kompromiß und Veränderung waren ihnen bekannt, so daß sie dachten, nahezu alles gesehen zu haben, was das Leben für die Menschen in Bereitschaft hält — sie hatten auch kein Verlangen, noch mehr zu sehen.

Und doch gab es Dinge, die sie nicht kannten und die ihnen nicht erspart bleiben würden.

Die Charakteristika eines goldenen Zeitalters — ob nun in persönlicher oder historischer Sicht — bestehen in Alltäglichkeiten, der Aneinanderreihung von kleinen Annehmlichkeiten des täglichen Lebens. Mochte Ricky Hawthorne auch der einzige aus dem Kreis der Altherrengesellschaft sein, der diese Annehmlichkeiten ehrlichen Herzens schätzte, die Zeit würde auch in den anderen das Bewußtsein dafür wecken.

2

„Ich fürchte, wir müssen gehen."

„Ich höre wohl nicht recht! Du gehst doch sonst gerne auf Partys."

„Bei dieser habe ich ein komisches Gefühl."

„Willst du die Schauspielerin nicht kennenlernen?"

„Mein Interesse an der Bekanntschaft kleiner neunzehnjähriger Schönheiten hielt sich immer in Grenzen."

„Edward scheint sehr von ihr eingenommen zu sein."

„Oh, Edward." Stella, die vor dem Spiegel saß und ihr Haar bürstete, lächelte Rickys Spiegelbild zu. „Wahrscheinlich sollte man einzig und allein hingehen, um Lewis Benedikts Reaktion auf Edwards Entdeckung zu sehen." Dann bewegten sich die feinen Muskeln um ihren Mund, und ihr Lächeln wurde um eine Nuance gefährlicher. „Immerhin ist es ein Ereignis, zu einem Abend der Altherrengesellschaft gebeten zu werden."

„Ist es ja gar nicht. Es handelt sich um eine Party", versuchte Ricky ihr erfolglos klarzumachen.

„Ich war schon immer der Ansicht, daß bei euren berühmten Abenden Damen zugelassen sein sollten."

„Das ist mir klar", antwortete Ricky.

„Und darum will ich hingehen."

„Es ist keine Herrengesellschaft, es ist nur eine Party."

„Wen hat denn John, neben dir und Edwards kleiner Schauspielerin, noch eingeladen?"

„Alle, glaube ich", gab Ricky wahrheitsgetreu zur Antwort. „Wie war doch das Gefühl, das du vorhin hattest?" Stella legte den Kopf schief, tupfte mit dem kleinen Finger auf ihr Lippenrouge und sah in das Spiegelbild ihrer Sommeraugen, während sie sagte: „Als stiege mir jemand übers Grab."

3

Stella saß neben Ricky im Wagen, während sie die kurze Strecke zur Montgomerystraße fuhren. Sie war seit dem Verlassen ihres Hauses ungewöhnlich schweigsam gewesen. Nun bemerkte sie: „Vielleicht wird man ein paar neue Gesichter sehen, wenn wirklich 'alles' da ist." Was sie beabsichtigt hatte, trat ein: Ricky verspürte einen eifersüchtigen Stich.

„Es ist doch ungewöhnlich, nicht?" Stellas Stimme war leicht, melodisch, zuversichtlich, als hätte sie nichts als oberflächlich Belangloses damit sagen wollen.

„Was?"

„Daß einer von euch eine Party gibt. Die einzigen Menschen in unserem Bekanntenkreis, die Partys geben, sind wir, und wir haben ungefähr zwei pro Jahr. Ich kann es nicht fassen — John Jaffrey! Es wundert mich, daß Milly Sheehan das zugelassen hat."

„Der Zauber der Theaterwelt, würde ich meinen", sagte Ricky.

„Für Milly besitzt auf dieser Welt nichts und niemand Zauber außer John Jaffrey", antwortete Stella und lachte über die Bewunderung, die ihrem Freund so offensichtlich durch seine Haushälterin zuteil wurde. Stella, die in bestimmten praktischen Dingen klüger war als die Männer um sie herum, fragte sich des öfteren, ob Dr. Jaffrey nicht drogensüchtig sei; und sie war überzeugt, daß Milly und ihr Arbeitgeber nicht in getrennten Betten schliefen.

Ricky hing seinen eigenen Gedanken nach und hatte so die letzte Erkenntnis seiner Frau überhört. Der Zauber des Theaters schien — so fern und unglaublich derlei in Milburn auch sein mochte — Jaffrey tatsächlich in seinen Bann gezogen zu haben. Er, dessen höchstes Glück es war, wenn die Forellen ordentlich bissen, war im Laufe der letzten drei Wochen zunehmend von Edward Wanderleys jungem Gast gefesselt worden. Edward selbst hatte mit dem Mädchen sehr geheimnisvoll getan. Sie war neu, sie war jung, sie war im Augenblick ein Star, was immer man darunter verstehen mochte, und solche Leute sorgten für Edwards Lebensunterhalt. So war es nicht ungewöhnlich, daß Edward sie dazu überredet hatte, als neuester Gegenstand einer jener Autobiographien zu fungieren, die er als Ghostwriter verfaßte. Das übliche Vorgehen bestand darin, daß Edward den präsumtiven Autor möglichst lange auf Band sprechen ließ, oft Wochen hindurch, und dann verarbeitete er diese Erinnerungen mit ungeheurem Geschick zu einem Buch. Was dann noch zu recherchieren blieb, geschah auf dem Postweg oder per Telefon, wobei möglichst viele Menschen aus dem Bekanntenkreis der beschriebenen Person befragt wurden — auch Ahnenforschung war ein Teil von Edwards Methode. Edward war stolz auf seine Stammbäume. Die Tonbandaufnahmen wurden, wenn das möglich war, in seinem Haus gemacht; die Schränke in seinem Arbeitszimmer waren vollgestopft mit Bändern — darunter etliche höchst pikanten und unveröffentlichten Inhalts, wie man hörte. Rickys Interesse an der Persönlichkeit und dem Geschlechtsleben von Schauspielern war peripherer Natur, und er nahm eigentlich an, daß es seinen Freunden damit ebenso ging. Aber als die Besetzung von *Everybody Saw The Sun Shine* für einen Monat ausgewechselt wurde und Ann-Veronica Moore eben diesen Monat in Milburn verbrachte, hatte John Jaffrey immer deutlicher ein einziges Ziel, nämlich dieses Mädchen einmal in seinem Hause zu haben. Noch geheimnisvoller schien die Tatsache, daß seine Bemühungen von Erfolg gekrönt waren, denn das Mädchen hatte tatsächlich zugestimmt, eine Party zu ihren Ehren zu besuchen.

„Du guter Gott", stöhnte Stella, als sie die Reihe geparkter Autos vor Jaffreys Haus sah.

„Es ist Johns Debüt", sagte Ricky. „Er will mit seiner Errungenschaft protzen."

Sie parkten den Wagen einen Häuserblock entfernt und gingen durch die kalte Nachtluft rasch auf den Eingang des Hauses zu.

Ein Gewirr von Stimmen und Musik schlug ihnen entgegen.

„Ich werde verrückt", sagte Ricky, „er benützt sogar seine Praxisräume."

Das entsprach der Wahrheit. Ein junger Mann drückte sich gegen die Tür, um ihnen den Eintritt in das Gedränge zu erleichtern. Ricky erkannte in ihm den neuesten Bewohner des Galli-Hauses. Er quittierte Rickys Dank mit einem ehrerbietigen Grinsen und lächelte Stella an. „Mrs. Hawthorne, nicht? Ich habe Sie schon öfter in der Stadt gesehen, aber ich bin Ihnen noch nie vorgestellt worden." Ehe Ricky der Name des Mannes einfiel, streckte dieser Stella die Hand entgegen und sagte: „Freddy Robinson, ich wohne gegenüber."

„Es freut mich, Mr. Robinson."

„Das ist vielleicht eine Party."

„Ohne Frage", sagte Stella, und ein kaum wahrnehmbares Lächeln stand in ihren Mundwinkeln.

„Mäntel legt man im Sprechzimmer ab, Drinks gibt es oben. Darf ich Ihnen einen besorgen, während Sie und Ihr Gatte ablegen?"

Stella sah auf seinen Blazer, die karierte Hose, die schlampige Samtfliege und sein übereifriges Gesicht.

„Ich denke, das wird nicht nötig sein, Mr. Robinson."

Ricky und sie flüchteten ins Sprechzimmer, wo überall Mäntel herumlagen.

„Du lieber Himmel", sagte Stella. „Wovon lebt dieser junge Mann?"

„Ich glaube, er ist Versicherungsagent."

„Das hätte ich wissen müssen. Führe mich hinauf, Ricky."

Ricky hielt ihre kühle Hand und führte sie durch das Gedränge der Party zum Treppenaufgang. Auf einem Tisch stand ein Plattenspieler, aus dem Discomusik dröhnte; davor spreizte und wand sich ein Haufen junger Leute. „John hatte einen Anfall von Sinnesverwirrung", murmelte Ricky. „Oder einen Sonnenstich", bemerkte Stella hinter ihm.

„Hallo, Mr. Hawthorne", sagte ein hochgeschossener Junge in den späten Teens. Er war der Sohn eines Klienten.

„Hallo, Peter! Uns ist es hier unten zu laut. Wir suchen eher nach Glenn Miller."

Peter Barnes' klare blaue Augen sahen ihn ausdruckslos an. War er jungen Leuten so fremd? „He, was wissen Sie über Cornell? Ich glaube, dort werde ich aufs College gehen. Da nehmen sie mich vielleicht vorzeitig auf. Tag, Mrs. Hawthorne."

„Eine gute Schule, ich hoffe, du schaffst es", sagte Ricky. Stella versetzte ihm einen heftigen Stoß in den Rücken.

„Mühelos. Ich weiß, daß ich hineinkomme! Ich hatte recht gute Noten bei meinen Versetzungsprüfungen. Vater ist oben. Wissen Sie was?"

„Nein." Stella stieß ihn wieder. „Was?"

„Wir wurden hier alle eingeladen, weil wir imselben Alter sind wie Ann-Veronica Moore, aber kaum waren Mr. Wanderley und sie hier angekommen, hat man sie sofort nach oben geführt. Wir haben gar nicht mit ihr reden können." Er wies auf die Paare, die sich in dem kleinen Raum im Parterre drängten. „Allerdings hat Jim Hardie ihr die Hand geküßt. Er macht immer solche Sachen. Er trickst wirklich jeden aus."

Ricky sah, wie Eleanor Hardies Sohn mit einem Mädchen, dessen schwarzes Haar den ganzen Rücken bedeckte, eine Reihe rituell anmutender Tanzschritte vollführte. Das Mädchen war Penny Draeger, die Tochter eines Drogisten und Klienten von Ricky. Ruckartig bewegte sie sich von ihrem Partner weg, wirbelte herum, hob einen Fuß und drückte ihr Hinterteil genau gegen Hardies Geschlechtsteil. „Klingt ja nach einem vielversprechenden Jüngling", schnurrte Stella. „Peter, würdest du mir einen Gefallen tun?"

„Na klar." Der Junge schluckte. „Was denn?"

„Verschaff uns etwas Platz, so daß mein Mann und ich die Treppe hinaufgehen können."

„Aber ja, sicher. Wissen Sie was? Wir wurden ja nur eingeladen, um Ann-Veronica Moore guten Tag zu sagen, dann sollten wir gleich wieder gehen. Mrs. Sheehan ließ uns erst gar nicht in den ersten Stock. Ich denke mir, sie fürchteten, daß sie vielleicht mit uns tanzen wollte oder so, aber sie gaben ihr ja gar keine Möglichkeit dazu. Und Mrs. Sheehan sagte, um zehn Uhr würde sie uns alle hinauswerfen, außer ihm, nehme ich an." Er deutete mit dem Kopf auf Freddy Robinson, der einen Arm um die Schulter einer kichernden Oberschülerin gelegt hatte.

„Grauenhaft ungerecht", sagte Stella. „Nun sei ein guter Junge und hacke uns einen Weg durchs Unterholz."

„Oh, klar." Er ging ihnen durch den überfüllten Raum zur Treppe voran, als würde er widerstrebend einen Ausflug des lokalen Irrenhauses anführen. Als sie die Treppe erreicht hatten und Stella bereits in königlicher Manier nach oben schritt, wagte er sich vor und flüsterte Ricky ins Ohr: „Würden Sie etwas für mich tun, Mr. Hawthorne?" Ricky nickte. „Sagen Sie ihr für mich guten Tag? Sie ist wirklich eine tolle Biene."

Ricky lachte laut auf, was Stella veranlaßte, sich umzudrehen und ihn fragend anzusehen. „Es ist nichts, Liebling", sagte er und stieg die Stufen hinauf in die ruhigeren Regionen des Hauses.

John Jaffrey stand in der Diele und rieb sich die Hände. Aus dem Wohnzimmer klang leise Klaviermusik. „Stella! Ricky! Ist es nicht wunderbar?" Mit einer ausladenden Geste deutete er auf die Räume hin. Sie waren ebenso überfüllt wie das Parterre, aber mit Damen und Herren mittleres Alters — den Eltern der Teenager sowie Jaffreys Nachbarn und Bekannten. Ricky sah zwei, drei reiche Landwirte von außerhalb der Stadt, Rollo Draeger, den Drogisten, Louis Price, einen Warenmakler, dem er die eine oder andere gute Idee verdankte, Harlan Bautz, seinen Zahnarzt, der bereits einen beschwipsten Eindruck machte, einige Männer, die er nicht kannte, aber von denen er annahm, daß sie zur Universität gehörten — er erinnerte sich, daß Milly Sheehan einen Neffen hatte, der dort unterrichtete —, Clark Mulligan, dem das Kino der Stadt gehörte, Walter Barnes und Edward Venuti von der Bank, beide in schneeweißen Rollkragenpullovern, Ned Rowles, den Herausgeber der Lokalzeitung. Eleanor Hardie, mit beiden Händen ein großes Glas in Brusthöhe haltend, neigte Lewis Benedikt ihr durchgeistigtes Gesicht zu. Sears lehnte an einem Bücherregal und sah aus, als wäre er krank. Als sich die Menge etwas teilte, erkannte Ricky den Grund. Irmengard Draeger, die Frau des Drogisten, schwätzte ihm ins Ohr, und Ricky wußte, was sie sagte. *Ich ging nach Skidmore, nun, ich hatte drei Jahre, ehe ich Rollo traf. Glauben Sie nicht, daß ich etwas Besseres verdienen würde als dieses Nest? Ehrlich, wenn es nicht um Penny ginge, würde ich augenblicklich meine Sachen packen und gehen.* Das war die Melodie, um nicht zu sagen das Versmaß, in welches Irmengard die letzten zehn Jahre ihres Lebens setzte.

„Ich weiß nicht, warum ich es noch nie gemacht habe", sagte John, und sein Gesicht glänzte, „ich fühle mich heute jünger als je zuvor in den letzten zehn Jahren."

„Wie wunderbar, John", sagte Stella und beugte sich vor, um ihn auf die Wange zu küssen. „Wie denkt Milly darüber?"

„Sie hält nicht viel davon." Er sah verwirrt aus. „Zunächst konnte sie gar nicht begreifen, warum ich eine Party geben und Miß Moore überhaupt einladen wollte."

In diesem Augenblick tauchte Milly auf. Sie hielt Barnes und Venuti, den beiden Bankleuten, ein Tablett mit Häppchen entgegen. Dem entschlossenen Ausdruck in ihrem runden Gesicht entnahm Ricky, daß sie von Anfang an gegen diese Idee gewesen war. „Und warum wolltest du?"

„Entschuldige mich, John, ich werde mich ein wenig umsehen", sagte Stella, „bemüh' dich nicht um meinen Drink, ich werde mir einen von jemandem nehmen, der den seinen nicht braucht." Sie ging durch die Tür auf Ned Rowles zu. Lou Price, der wie ein Gangster in seinem doppelreihigen Nadelstreifenanzug aussah, nahm ihre Hand und küßte sie auf die Wange.

„Sie ist ein wunderbares Mädchen“, sagte John Jaffrey, und die beiden Männer sahen Stella nach, wie sie Lou Price mit einem Satz abwimmelte und weiter auf Ned Rowles zuging. „Ich wollte, es gäbe eine Million von ihrer Art.“ Rowles hatte sich umgewandt, und sein Gesicht leuchtete vor Vergnügen auf, als er Stella auf sich zukommen sah. Ned Rowles in seiner Cordsamtjacke, dem hellen Haar und dem ernsthaften Gesicht ähnelte mehr einem Studenten der Publizistik als einem Herausgeber. Auch er küßte Stella, aber er küßte sie auf den Mund und hielt dabei ihre beiden Hände fest. „Warum ich es wollte?“ John neigte seinen Kopf, und vier tiefe Falten furchten die Seite seines Halses. „Ich weiß es nicht genau. Edward ist von ihr so hingerissen, daß ich sie kennenlernen wollte.“

„Ist er hingerissen?“

„Aber ja, völlig verzückt. Warte ab, du wirst es schon merken. Und dann, weißt du, ich sehe doch immer nur meine Patienten und Milly und die Altherrengesellschaft. Ich dachte, es wäre an der Zeit, ein bißchen auf die Pauke zu hauen — noch etwas Spaß zu haben, ehe man tot umfällt.“

Aus dem Munde John Jaffreys klang das sehr leichtfertig. Ricky sah von seiner Frau fort, die immer noch händchenhaltend bei Ned Rowles stand, und blickte auf den Freund.

„Weißt du, was ich immer noch nicht fassen kann? Daß eine von Amerikas berühmtesten Schauspielerinnen da oben in meinem Haus ist. In diesem Augenblick.“

„Ist Edward bei ihr?“

„Er sagte, sie benötige einige Minuten, ehe sie sich zu uns gesellen würde. Ich glaube, er hilft ihr den Mantel ablegen oder so etwas.“ Jaffreys zerfurchtes Gesicht glänzte nur so vor Stolz.

„Ich glaube, noch gehört sie nicht zu den berühmtesten Schauspielerinnen Amerikas, John.“ Stella war weitergegangen, und Ned Rowles sprach jetzt heftig auf Ed Venuti ein.

„Nun, aber sie wird dazugehören. Edward ist überzeugt davon, und in diesen Dingen behält er immer recht, Ricky.“ Jaffrey packte ihn an beiden Oberarmen. „Hast du die Kinder unten tanzen gesehen? Ist das nicht phantastisch? Kinder unterhalten sich in *meinem* Haus! Ich dachte, es würde ihnen

Spaß machen, sie zu treffen. Es ist eine riesige Ehre, weißt du. Sie kann nur mehr wenige Tage hierbleiben. Edward ist mit den Bandaufnahmen fast fertig, und sie muß nach New York zurück und wieder in ihrem Stück auftreten. Und nun ist sie hier, in meinem Haus! Bei Gott, Ricky."

Ricky hatte fast das Gefühl, als müsse er ein nasses Tuch auf Johns Stirn pressen.

„Wußtest du, daß sie aus dem Nichts kommt; daß sie die begabteste Schülerin in ihrer Schauspielklasse war und eine Woche nach Beendigung der Schauspielschule bereits die Rolle in *Everybody Saw The Sun Shine* in der Tasche hatte?"

„Nein, John."

„Eben hatte ich eine wunderbare Idee. Es war gerade, bevor sie ins Haus kam. Ich stand hier, hörte die Discomusik der Kinder von unten und einige Klänge der George-Shearing-Platte, die da drinnen gespielt wurde, und ich dachte: Unten ist das wilde, animalische Leben, Kinder hüpfen zum Beat; in diesem Stock entfaltet sich das intellektuelle Leben — Doktoren, Rechtsanwälte, würdevoller Mittelstand —, und oben ist die Anmut, das Talent, die Schönheit, der beseelte Geist. Verstehst du das? Es ist wie die Evolution. Sie ist das ätherischste Geschöpf, das du je gesehen hast, und sie ist erst achtzehn."

Nie zuvor hatte Ricky erlebt, daß John Jaffrey derart phantastische Gedankengänge entwickelte. Er begann sich ernsthafte Sorgen um des Doktors Blutdruck zu machen. Dann hörten die beiden Männer eine Tür auf dem nächsten Treppenabsatz gehen und vernahmen Edwards tiefe Stimme, die etwas im verschmitzten Tonfall eines Scherzes sagte.

„Ich dachte, sie sei neunzehn", meinte Ricky.

„Pst. . ."

Ein schönes junges Mädchen kam die Treppe herunter auf sie zu. Ihr grünes Kleid war einfach geschnitten, und ihr Haar war wie eine Wolke. In Sekundenschnelle sah Ricky, daß ihre Augen von der gleichen Farbe waren wie ihr Kleid. Sie bewegte sich in einer Art rhythmischer, gelassener Präzision und schenkte ihnen die Winzigkeit eines Lächelns, das immer noch strahlend genug war, während sie im Vorübergehen die Brust des Doktors mit ihren Fingerspitzen berührte. Ricky sah ihr erheitert und gerührt nach. Er hatte dergleichen seit Louise Brooks in „Die Büchse der Pandora“ nicht mehr gesehen.

Dann sah er Edward Wanderley an und wußte augenblicklich, daß John Jaffrey recht hatte. Edward strahlte. Offensichtlich hatte das Mädchen ihn so völlig verzaubert, daß es ihm schwerfiel, sie auch nur einen Moment lang zu verlassen, um seine Freunde zu begrüßen. Die drei Männer gingen auf das überfüllte Wohnzimmer zu.

„Ricky, du siehst großartig aus“, versicherte Edward und legte seinen Arm leicht auf Rickys Schulter. Edward war um einen halben Kopf größer, und als er begann, ihn in den Raum zu steuern, nahm Ricky den Duft eines teuren Eau de Cologne wahr. „Einfach fabelhaft. Aber du solltest einmal aufhören, Fliegen zu tragen. Die Arthur-Schlesinger-Ära ist aus und vorbei.“

„Das war genau die Ära nach der meinen“, gab Ricky zur Antwort.

„Also hör mal, man ist so alt, wie man sich fühlt. Ich habe überhaupt aufgehört, Krawatten zu tragen. In zehn Jahren werden achtzig Prozent der Männer in diesem Lande Krawatten nur mehr zu Hochzeiten und Begräbnissen tragen. Barnes und Venuti werden in diesem Aufzug in die Bank gehen.“ Er blickte sich suchend um. „Wohin zum Teufel ist sie gegangen?“ Ricky, in dem neue Krawatten unweigerlich den Wunsch hervorriefen, sie sogar im Bett zu tragen, sah auf Edwards bloßen Hals, als dieser mit seinen Blicken den Raum durchsuchte. Er sah dort noch mehr Falten als auf John Jaffreys Hals, und er beschloß, seinen Gewohnheiten treu zu bleiben. „Ich habe drei Wochen mit diesem Mädchen verbracht. Sie ist die tollste Person, über die ich je geschrieben habe. Selbst wenn sie das Zeug erfindet — und vielleicht tut sie das — , wird es das beste Buch, das ich jemals gemacht habe oder machen werde. Sie hatte ein grauenhaftes Leben, einfach *grauenhaft.* Es bringt dich zum Heulen — ich sitze da und weine. Ich sage dir, sie ist zu schade für diese Broadway-Rolle, viel zu schade. Sie wird mal eine ganz große Tragödin, sobald sie aus den Teens heraus ist". Ganz rot im Gesicht ließ Edward seinen eigenen Albernheiten ein schallendes Gelächter folgen. Er hatte, ebenso wie John, völlig durchgedreht.

„Euch beide hat dieses Mädchen ja erfaßt wie ein Virus", sagte Ricky.

John kicherte, und Edward sagte: „Der ganzen Welt wird es so ergehen, Ricky. Sie hat das Zeug dazu."

„Übrigens", sagte Ricky, dem etwas eingefallen war, „dein Neffe Donald scheint großen Erfolg mit seinem Buch zu haben. Meinen Glückwunsch!"

„Es ist gut zu wissen, daß man nicht die einzige Talentbestie in der Familie ist. Und es wird ihm über den Tod seines Bruders hinweghelfen. Das war eine seltsame Geschichte — sehr seltsam. Sie waren anscheinend beide mit ein und derselben Frau verlobt. Aber wir wollen heute abend nicht an makabre Dinge denken. Wir wollen unseren Spaß haben". John Jaffrey nickte in glücklicher Zustimmung.

4

„Ich habe deinen Sohn unten getroffen, Walt", sagte Ricky zu Walter Barnes, dem älteren der beiden Bankleute. „Er hat mir von seinem Entschluß erzählt. Ich wünsche ihm, daß er es schafft."

„Tja, Pete hat sich für Cornell entschieden. Ich hatte gehofft, er würde sich schließlich doch noch in Yale, meiner alten Schule, bewerben. Ich glaube immer noch, daß er es schaffen würde." Barnes, ein stämmiger Mann mit dem gleichen eigensinnigen Gesicht wie sein Sohn, war von Rickys Glückwünschen nicht angetan. „Aber der Junge hört ja nicht auf mich. Er sagt,

Cornell sei gut genug für ihn. Gut genug! Diese Generation ist ja noch konservativer als meine eigene. Cornell ist eines dieser unbedeutenden Nester, wo man sich noch heute Kämpfe um das Essen liefert. Vor neun, zehn Jahren hatte ich Angst, daß Pete sich zu einem Radikalen mit Bart und Bombe entwickeln würde — heute fürchte ich, daß er sich unter seinem Wert verkaufen wird."

Ricky gab einige vage Laute des Mitgefühls von sich.

„Wie geht es deinen Kindern? Sind sie beide immer noch an der Westküste?"

„Ja. Robert unterrichtet Englisch an einer Oberschule, und Janes Mann wurde gerade Vizepräsident."

„Vizepräsident wovon?"

„Sicherheit."

„Aha." Beide nippten an ihren Drinks und vermieden es, Kommentare darüber abzugeben, wie signifikant die Beförderung zum Sicherheitsvize in einer Versicherungsgesellschaft wohl sein mochte. „Wollen sie Weihnachten herüberkommen?"

„Ich glaube nicht. Sie sind beide sehr beschäftigt." In Wahrheit hatte seit mehreren Monaten keines der Kinder an Stella oder Ricky geschrieben. Sie waren glückliche Kinder und mürrische Halbwüchsige gewesen, und nun, da sie beide auf die Vierzig zugingen, waren sie unbefriedigte Erwachsene — und in gewisser Weise immer noch unreif. Roberts wenige Briefe enthielten nahezu ausschließlich kaum verhohlene flehentliche Bitten um Geld; die von Jane waren nach außen hin heiter, aber Ricky las Verzweiflung aus ihnen. („Ich fange endlich an, mich zu mögen", eine Feststellung, die in Rickys Augen das Gegenteil bedeutete und deren Oberflächlichkeit ihn erschreckte.) Rickys Kinder, einstmals die Lieblinge seines Herzens, erschienen ihm heute wie ferne Planeten. Ihre Briefe waren schmerzlich, sie zu sehen, war noch ärger. „Nein", sagte er, „ich glaube nicht, daß sie es heuer möglich machen können."

„Jane ist ein hübsches Mädchen", sagte Walter Barnes.

„Sie ist die Tochter ihrer Mutter." Automatisch begann Ricky sich nach Stella umzusehen und bemerkte, wie Milly

Sheehan seine Frau gerade mit einem hochgewachsenen Mann mit abfallenden Schultern und dicken Lippen bekannt machte. Das war wohl der akademische Neffe.

Barnes fragte: „Hast du Edwards Schauspielerin gesehen?“

„Sie muß hier irgendwo sein. Ich sah sie herunterkommen.“

„John Jaffrey scheint ihretwegen ganz aufgeregt.“

„Sie ist auch wirklich beunruhigend hübsch“, gab Ricky zur Antwort und lachte. „Auch Edward ist beunruhigt.“

„Pete las in einer Illustrierten, daß sie erst siebzehn sei.“

„Auf jeden Fall ist sie eine Gefährdung der Öffentlichkeit.“

Als Ricky Barnes verließ, um zu seiner Frau und Milly Sheehan hinüberzugehen, fiel sein Blick auf die kleine Schauspielerin. Sie tanzte mit Freddy Robinson zu einer Count-Basie-Platte und bewegte sich wie das zerbrechliche Stück einer Präzisionsmaschine; ihre Augen schimmerten grün. Freddy Robinson hatte seine Arme um sie gelegt und sah vor Glück dämlich aus. Ja, die Augen des Mädchens schimmerten, das sah Ricky deutlich, aber war es nun aus Vergnügen, oder machte sie sich über ihren Partner lustig? Das Mädchen wandte den Kopf, sah Ricky an und erweckte mit ihrem Blick eine Welle von Gefühlen in ihm. Ricky sah in ihr die Person vor sich, die seine Tochter Jane, übergewichtig und unzufrieden, wie sie jetzt war, immer gerne gewesen wäre. Als er sie mit dem dümmlichen Freddy Robinson tanzen sah, wurde ihm klar, daß das Wesen vor seinen Augen niemals Grund haben würde, etwas so Verheerendes von sich zu sagen wie Jane mit ihrem „Sich-langsam-selber-Mögen“. Diese Frau hier trug die Fahne des Selbstbewußtseins hoch vor sich her.

„Hallo, Milly“, sagte er, „Sie arbeiten zu schwer.“

„Ach was, wenn ich zu alt bin, um zu arbeiten, werde ich mich hinlegen und sterben. Haben Sie etwas zu essen bekommen?“

„Noch nicht. Dies ist wohl Ihr Neffe?“

„Oh bitte, verzeihen Sie mir. Sie kennen sich noch nicht.“ Sie berührte den Arm des hochgewachsenen Mannes an ihrer Seite. „Das ist die Intelligenzbestie unserer Familie, Harold Sims. Er ist Professor am College, und wir haben uns gerade sehr nett mit

Ihrer Frau unterhalten. Harold, das ist Frederick Hawthorne, einer der engsten Freunde des Doktors." Sims lächelte auf ihn herunter. „Mr. Hawthorne ist Mitglied der Altherrengesellschaft", schloß Milly.

„Ich habe eben davon gehört", sagte Harold Sims. Er hatte eine sehr tiefe Stimme. „Das klingt höchst interessant."

„Ich fürchte, es ist alles andere als das."

„Ich spreche vom Gesichtspunkt des Anthropologen. Ich studiere das Verhalten chronologisch aufeinander bezogener männlicher Interaktionsgruppen. Das rituelle Moment hierbei ist meist sehr stark. Tragen die Mitglieder der, äh, Gesellschaft tatsächlich Smoking bei ihren Zusammenkünften?"

„Ja, ich fürchte, wir tun es." Ricky sah hilfesuchend auf Stella, aber sie war in Gedanken versunken und betrachtete die beiden Männer kühl und abschätzend.

„Aus welchen Gründen tun Sie das?"

Ricky befürchtete, der Mann würde jeden Moment das Notizbuch aus der Tasche ziehen. „Ach, vor langer Zeit fanden wir die Idee einfach gut. Milly, warum hat John eigentlich die halbe Stadt eingeladen, wenn er zuläßt, daß Freddy Robinson Miss Moore ausschließlich mit Beschlag belegt?"

Ehe Milly antworten konnte, fragte Sims weiter: „Kennen Sie das Werk von Lionel Tiger?"

„Meine Unwissenheit ist leider grenzenlos", sagte Ricky.

„Es würde mich interessieren, einem Ihrer Treffen einmal beizuwohnen. Ich nehme an, es ließe sich machen?"

Stella lachte laut auf und warf ihm einen Blick zu, der soviel bedeutete wie *„Halte dich da raus"*.

„Ich bin zwar vom Gegenteil überzeugt", antwortete Ricky, „aber ich kann versuchen, Sie in das nächste Kiwanis-Treffen einzuschleusen."

Sims war von dieser letzten Bemerkung deutlich schockiert, und Ricky sah, daß er zu unsicher war, um einen Scherz auf seine Kosten zu vertragen. „Wir sind ja nur fünf alte Narren, die gerne zusammenkommen", sagte er rasch. „Vom Standpunkt des Anthropologen aus sind wir reine Nieten. Wir sind für niemanden interessant."

„Für mich seid ihr interessant“, sagte Stella. „Warum lädst du Mr. Sims und seine Frau nicht zum nächsten Treffen ein?“

„Fabelhaft!“ Sims Begeisterung nahm ein beängstigendes Ausmaß an. „Zunächst würde ich gerne Bandaufnahmen machen, und wenn das Videogerät ...“

„Sehen Sie den Mann da drüben?“ Ricky deutete mit dem Kopf auf Sears James, der mehr denn je einer menschgewordenen Gewitterwolke glich. Es sah so aus, als versuchte Freddy Robinson, den man endlich von Miss Moore getrennt hatte, ihm eine Versicherung anzudrehen. „Den großen Kerl. Er würde mir die Gurgel durchschneiden, wenn ich so etwas täte.“

Milly machte einen gekränkten Eindruck; Stella hob ihr Kinn in die Höhe und sagte: „Es war nett, Sie kennenzulernen, Mr. Sims“, und ging davon.

Harold Sims sagte: „Eine anthropologisch im höchsten Maße bemerkenswerte Behauptung.“ Er betrachtete Ricky mit wachsendem professionellen Interesse. „Die Altherrengesellschaft muß eine große Bedeutung für Sie haben.“

„Ja, das hat sie“, antwortete Ricky schlicht.

„Aus Ihrer letzten Bemerkung entnehme ich, daß der Mann, den Sie mir eben zeigten, die beherrschende Figur in der Gruppe ist — der Leithammel sozusagen.“

„Sehr scharfsinnig von Ihnen“, sagte Ricky. „Wenn Sie mich jetzt entschuldigen wollen. Ich sehe jemanden, dem ich etwas mitteilen muß.“

Als er sich abgewandt und einige Schritte entfernt hatte, hörte er, wie Sims Milly fragte: „Sind die beiden tatsächlich miteinander verheiratet?“

5

Ricky postierte sich in einer Ecke und war entschlossen, das Ende der Party hier abzuwarten. Er hatte eine gute und meist unbehinderte Sicht auf das Treiben und wäre sehr zufrieden gewesen, alles nur als Zuschauer zu beobachten, bis es an der Zeit sein würde, heimzufahren. Die Platte war zu Ende, und John Jaffrey erschien neben dem tragbaren Stereogerät, um eine neue aufzulegen. Lewis Benedikt, der auch auftauchte, schien amüsiert, und Ricky war der Grund dafür klar, sobald er hörte, welche Melodie aus dem Verstärker tönte. Es war eine Platte von Aretha Franklin, einer Sängerin, die Ricky vom Radio her kannte. Wo um alles in der Welt mochte John Jaffrey solch eine Platte herhaben, und wie lange hatte er sie schon? Er mußte sie extra für diesen Abend gekauft haben. Eine faszinierende Vorstellung! Rickys Überlegungen wurden jedoch durch eine Reihe von Leuten unterbrochen, die ihn nacheinander in seiner Ecke aufsuchten.

Der erste, der ihn entdeckte, war Clark Mulligan, der Besitzer des Rialto, Milburns einzigem Kino. Seine Schuhe waren ungewöhnlich sauber, seine Hose schien gebügelt, sein Bauch wurde mit einigem Erfolg von einer zugeknöpften Jacke zusammengehalten. Sichtlich hatte Clark sich für diesen Abend herausgeputzt. Es mußte ihm klarsein, daß man ihn nur wegen seiner Verbindung zum Show-Business eingeladen hatte. Ricky überlegte, daß John Clark Mulligan sicher zum ersten Mal in sein Haus gebeten hatte. Er war froh, ihn zu sehen; er war immer froh, ihn zu sehen. Mulligan war der einzige Mensch in der Stadt, der seine Vorliebe für alte Filme teilte. Der Klatsch von Hollywood langweilte Ricky, aber er liebte die Filme aus dem goldenen Zeitalter der Filmmetropole.

„An wen erinnert sie dich?" fragte er Mulligan.

Dieser blinzelte zum anderen Ende des Raumes, wo die Schauspielerin artig stand und Ed Venuti aufmerksam lauschte. „Mary Miles Minter?"

„Ich dachte an Louise Brooks. Obwohl ich nicht glaube, daß Louise Brooks grüne Augen hatte."

„Wer weiß? Sie soll übrigens eine verdammt begabte kleine Person sein. Tauchte aus dem Nichts auf. Niemand weiß etwas über sie."

„Außer Edward."

„Oh, er macht ein Buch mit ihr?"

„Die Interviews sind nahezu abgeschlossen. Es fällt Edward immer schwer, vom Gegenstand seiner Beschreibungen Abschied zu nehmen, aber diesmal wird es besonders traumatisch werden. Ich glaube, er hat sich in sie verliebt." Tatsächlich war Edward eifersüchtig herbeigeeilt, und es war ihm gelungen, die Schauspielerin von Ed Venuti zu trennen.

„Auch ich könnte mich in sie verlieben", meinte Mulligan. „Sobald ich ihre Gesichter auf der Leinwand sehe, verliebe ich mich in alle. Hast du Marthe Keller gesehen?" Er rollte die Augen.

„Noch nicht. Aber auf den Fotos sieht sie aus wie eine moderne Constance Talmadge."

„Du machst wohl Spaß! Wie wäre es mit Paulette Goddard?" Und von da an schwätzten sie vergnügt über Chaplin, über „Monsieur Verdoux", Norma Shearer und John Ford, Eugene Pallette und Harry Carey jr., „Stagecoach" und „The Thin Man", Veronica Lake und Alan Ladd, John Gilbert, „Nosferatu" und Mae West — Schauspieler und Filme, die Ricky in jüngeren Jahren gesehen hatte und für die er auf jugendliche Art immer noch schwärmte. Die lebhafte Erinnerung an das Kintopp seiner Jugend half ihm, den bitteren Nachgeschmack zu verwischen, den ein gewisser Satz eines gewissen jungen Mannes über ihn und seine Frau hinterlassen hatte.

„War das nicht Clark Mulligan?" Der zweite Besucher in Rickys Ecke war Sonny Venuti, Eds Frau. „Er sieht schrecklich aus." Sonny selber hatte sich in den letzten Jahren von einer hübschen Frau mit bezauberndem Lächeln in eine knochige Fremde verwandelt, in deren Augen ständig ein unsicherer, verstörter Ausdruck lag. Ein Opfer der Ehe. Vor drei Monaten war sie bei Ricky in der Kanzlei erschienen und hatte sich erkundigt, was sie unternehmen müßte, um sich scheiden lassen zu können. „Ich bin noch nicht ganz sicher, aber ich trage mich mit dem Gedanken. Ich muß mir erst klar darüber werden.“ Ja, es gäbe einen anderen Mann, aber sie wolle seinen Namen nicht nennen. „Aber so viel will ich Ihnen sagen — er sieht gut aus und ist intelligent und so weltmännisch, wie man in dieser Kleinstadt eben sein kann.“ Ohne Zweifel handelte es sich um Lewis Benedikt. Frauen wie Sonny erinnerten Ricky immer an seine Tochter, und sehr behutsam hatte er sie über ihre Rechte aufgeklärt, alle Schritte dargelegt, alles sorgfältig und prägnant erklärt, obwohl er wußte, daß sie nie wieder auftauchen würde.

„Sie ist schön, nicht wahr?“

„Oh ja, sehr.“

„Ich habe kurz mit ihr gesprochen.“

„Ja?“

„Sie hörte gar nicht zu. Sie interessiert sich nur für Männer. *Sie* würde sie lieben.“

Im Augenblick war die Schauspielerin keine drei Meter entfernt in ein Gespräch mit Stella vertieft, was den Wahrheitsgehalt von Sonny Venutis Behauptungen etwas in Frage stellte. Ricky beobachtete, wie die beiden Frauen sich unterhielten, ohne ihre Worte verstehen zu können. Sonny erklärte ihm immer noch, warum sie glaube, daß die Schauspielerin ihn lieben würde. Diese hörte gerade Stella zu und gab Antworten; beide Frauen wirkten schön, kühl, amüsiert. Dann sagte Miss Moore etwas, was Stella sichtlich aus der Fassung brachte: Rickys Frau blinzelte, öffnete den Mund, schloß ihn wieder, strich sich übers Haar — wäre sie ein Mann gewesen, sie hätte sich am Kopf gekratzt. Dann entfernte sich Ann-Veronica Moore mit Edward Wanderley im Schlepptau.

„Also ich würde mich in acht nehmen“, sagte Sonny Venuti. „Auch wenn sie aussieht wie ein kleiner Engel, diese Art Frau tut nichts lieber als Hackfleisch aus Männern machen.“

„Die Büchse der Pandora“, sagte Ricky, und wieder kam ihm sein erster Eindruck von der Schauspielerin in den Sinn.

„Was? Ach ja, ich weiß, sicher ein alter Film. Als ich damals zu Ihnen kam, sprachen Sie zweimal von Katharine Hepburn und Spencer Tracy."

„Wie steht es denn nun, Sonny?"

„Ich versuche es noch einmal. Mein Gott, wie ich es versuche. Wie kann man sich denn in Milburn scheiden lassen? Aber ich will immer noch herausfinden, wer ich eigentlich bin."

Ricky dachte an seine Tochter, und sein Herz krampfte sich zusammen.

Dann gesellte sich Sears James zu Ricky in die Ecke. „Endlich ist man unter sich", sagte er, stellte seinen Drink auf einen Tisch und lehnte sich schwer an das Bücherregal.

„Ich wäre nicht so sicher."

„Ein gräßlicher junger Mann versuchte mir eben eine Versicherung zu verkaufen. Er wohnt gegenüber."

„Ich kenne ihn."

Da in bezug auf Freddy Robinson völlige Übereinstimmung zwischen ihnen herrschte, gab es weiter nichts zu sagen. Einmal brach Sears das Schweigen. „Es könnte sein, daß Lewis Hilfe für seinen Heimweg braucht. Er scheint heute abend äußerst trinkfreudig zu sein."

„Nun, es ist schließlich keiner von unseren Abenden."

„Mhm. Ich nehme an, er wird ein Mädchen aufgabeln, das ihn nach Hause fährt."

Ricky warf ihm einen Blick zu, um festzustellen, ob das anzüglich gemeint war, aber Sears blickte nur milde und offensichtlich gelangweilt über das Treiben der Party hin.

„Hast du dich mit dem Ehrengast unterhalten?"

„Ich habe sie nicht gesehen."

„Sie ist aber kaum zu übersehen, ich glaube, sie ist da drüben —." Er hob seinen Drink in die Richtung, in der er sie gesehen hatte, aber die Schauspielerin war nicht mehr da. Edward unterhielt sich mit John, wahrscheinlich über sie, aber Ann-Veronica Moore war nicht mehr im Zimmer. „Beobachte nur Edward, er wird sie zu finden wissen."

„Ist das nicht der Sohn von Walter Barnes dort drüben an der Bar?"

Obwohl es lange nach zehn war, stand Peter Barnes tatsächlich noch mit einem Mädchen an der Bar, und der Kellner, der Milly ihrer Pflichten enthoben hatte, mixte gerade Drinks für sie. Dr. Jaffreys Wirtschafterin hatte sichtlich nicht das Herz gehabt, die Teenager nach Hause zu schicken, und die mutigeren unter ihnen hatten sogar gewagt, die Party im Oberstock zu unterwandern. Die Klaviermusik, die Aretha Franklin abgelöst hatte, brach plötzlich ab, und Ricky sah, wie Jim Hardie mit einigen Plattenalben hantierte und sich nicht entschließen konnte, welches das am wenigsten veraltete war. „Uh", sagte er zu Sears, „wir haben einen neuen Discjockey."

„Ich habe genug", sagte Sears. „Ich bin müde und gehe nach Hause. Laute Musik bringt mich immer in Versuchung, jemanden zu beißen." Seine massige Gestalt entfernte sich. Er wurde von Milly Sheehan aufgehalten, die erregt auf ihn einsprach. Ricky vermutete, daß das plötzliche Erscheinen der Teenager sie in Aufregung versetzt hatte. Sears zuckte die Achseln. Das war nicht sein Problem.

Ricky wollte nach Hause, aber Stella hatte eben mit Ned Rowles zu tanzen begonnen, und bald darauf war es auch einigen anderen Damen gelungen, ihre Männer in die Nähe des Plattenspielers zu locken. Die Teenager tanzten energisch, manchmal sogar elegant; die Erwachsenen wirkten wie lächerliche Nachahmungen neben ihnen. Ricky stöhnte. Es würde eine lange Nacht werden. Alle sprachen jetzt lauter. Der Mann hinter der Bar mixte ein halbes Dutzend Drinks gleichzeitig, indem er eine Flasche über einer Reihe eisgefüllter Gläser leerte. Sears hatte die Türe erreicht und verschwand.

Christina Barnes, eine hochgewachsene Blondine mit hungrigem Gesicht, tauchte neben Ricky auf. „Da es meinem Sohn gelungen ist, in diese Party einzudringen, wie wäre es mit einem Tanz, Ricky?"

Ricky lächelte. „Ich fürchte, ich bin kein Kavalier für dich, Christina. Ich habe seit vierzig Jahren nicht mehr getanzt."

„Dann mußt du was anderes glänzend können, um Stella all die Jahre an dich fesseln zu können."

Sie hatte etwa drei Drinks zuviel. „Ja", sagte er, „weißt du, was es ist? Ich habe mir meinen Sinn für Humor erhalten."

„Ricky, du bist wunderbar. Ich würde dir zu gern einmal den Rücken waschen, um herauszufinden, woraus du gemacht bist."

„Aus Bleistiftstummeln und überholten Gesetzbüchern."

Sie küßte ihn ungeschickt und stieß dabei gegen sein Kinn. „Hat dich Sonny Venuti vor einigen Monaten aufgesucht? Ich würde gerne mit dir darüber sprechen."

„Dann komm in mein Büro", sagte er und wußte, daß sie nicht kommen würde.

„Verzeihung, Ricky, Christina", sagte Edward Wanderley, der an Rickys anderer Seite auftauchte.

„Ich überlasse euch Männer euren Geschäften." Christina verschwand auf der Suche nach einem Tanzpartner.

„Hast du sie gesehen? Weißt du, wo sie ist?" Auf Edwards breitem Gesicht lag ein banger, bubenhafter Ausdruck.

„Miss Moore? Es ist schon eine Weile her, seit ich sie zuletzt sah. Ist sie dir abhanden gekommen?"

„*Verdammt.* Sie ist einfach verschwunden."

„Vielleicht ist sie im Badezimmer?"

„Seit fünfundzwanzig Minuten?" Edward rieb sich die Stirn.

„Mach dir keine Sorgen um sie, Edward."

„Ich mache mir keine Sorgen. Ich will sie nur finden." Er hob sich auf die Zehenspitzen und blickte über die Köpfe der Tanzenden hinweg, während er immer noch seine Stirn mit der Faust bearbeitete. „Du glaubst doch nicht etwa, daß sie mit einem dieser schrecklichen Kinder abgezogen ist?"

„Keine Ahnung." Edward schlug ihn auf die Schulter und entfernte sich rasch.

Christina Barnes und Ned Rowles erschienen nun in dem leeren Raum, den Edward am Teppichende hinterlassen hatte, und Ricky machte einen Bogen um sie und begab sich auf die Suche nach Stella. Einen Augenblich später entdeckte er sie mit Jim Hardie, dem sie offensichtlich gerade auseinandersetzte, daß sie kein Interesse daran habe, den Bump tanzen zu lernen. Mit deutlicher Erleichterung fiel ihr Blick auf Ricky, und sie trennte sich von dem Jungen.

Die Musik war so laut geworden, daß sie einander ins Ohr brüllen mußten. „Das ist wohl der frechste Knabe, dem ich je begegnet bin."

„Was hat er gesagt?"

„Er sagte, ich sähe aus wie Anne Bancroft!"

Die Musik riß plötzlich ab, und die ganze Gesellschaft vernahm deutlich Rickys Antwort. „Niemand unter dreißig sollte ein Kino betreten dürfen."

Jedermann außer Edward Wanderley, der eben dabei war, einen abweisenden Peter Barnes auszufragen, wandte sich nach Ricky und Stella um. Dann ergriff der ewig zuversichtliche Freddy Robinson die Hand von Jim Hardies Freundin, eine neue Platte begann sich zu drehen, und man gab sich wieder dem Treiben der Party hin. Edward hatte leise und eindringlich auf den Jungen eingesprochen, aber ehe die Musik begann, hörte man für einen Augenblick die verärgerte Stimme von Peter Barnes: „Mein Gott, Mann, vielleicht ist sie mal eben nach oben gegangen."

„Können wir gehen?" fragte Ricky Stella. „Sears ist schon vor einer ganzen Weile verschwunden."

„Laß uns noch etwas bleiben. So etwas haben wir seit einer Ewigkeit nicht mehr mitgemacht. Und ich unterhalte mich gut, Ricky." Als sie sah, wie müde er war, sagte sie: „Tanz mit mir, Ricky, nur dies eine Mal." „Ich tanze nicht", hörte man ihn über den Lärm der Musik hinweg sagen. „Amüsier dich gut. Aber in einer halben Stunde laß uns gehen."

Sie zwinkerte ihm zu, drehte sich um und wurde augenblicklich von Lou Price in Beschlag genommen, was sie diesmal zuließ.

Edward raste blindlings vorüber.

Ricky schlenderte eine Weile durch die Gesellschaft und lehnte das Angebot des Barkeepers, ihm einen Drink zu mixen, ab. Er sprach mit Milly Sheehan, die erschöpft auf einer Couch saß. „Ich hatte keine Ahnung, daß es so wild werden würde", sagte Milly, „es wird Stunden dauern, bis wieder alles sauber ist."

„John sollte Ihnen helfen."

„Er hilft *immer.*" Millys rundes Durchschnittsgesicht strahlte. „Darin ist er wunderbar."

Ricky wanderte weiter und erreichte schließlich den Treppenabsatz. Im zweiten Ober- und im Untergeschoß herrschte Stille. Ob Edwards kleine Schauspielerin mit einem der Knaben im zweiten Stock verschwunden war? Er schmunzelte und ging hinunter, um etwas Ruhe zu finden.

Das Sprechzimmer des Doktors war leer. Die Lichter brannten, auf dem Boden lagen Zigarettenstummel, überall standen halbleere Gläser. Ein Geruch von Schweiß, Bier und Rauch hing in der Luft. Der kleine tragbare Plattenspieler lief noch immer, und die Nadel verursachte ein kratzendes Geräusch auf den leeren Rillen. Ricky hob den Tonarm auf und stellte das Gerät ab. Hier unten würde es morgen für Milly eine Menge Arbeit geben. Er sah auf seine Uhr: 0,30 Uhr. Durch die Decke drang das Dröhnen eines Basses, ein blechernes Echo von Musik.

Ricky setzte sich auf einen der steifen Stühle im Wartezimmer, zündete sich eine Zigarette an, seufzte tief und entspannte sich. Er überlegte, ob er Milly helfen und anfangen sollte, hier unten etwas Ordnung zu machen, aber dafür würde er erst einmal einen Besen brauchen. Und er war zu müde, um sich auf die Suche danach zu begeben.

Er hatte wohl einige Minuten vor sich hingedöst, als ihn Schritte aus seinem Schlummer schreckten. Er richtete sich in seinem Stuhl auf und hörte, wie jemand am unteren Ende der Treppe eine Türe öffnete. „Hallo", machte er sich bemerkbar, um nicht etwa ein heimliches Pärchen in Verlegenheit zu bringen.

„Wer ist da? Ricky?" John Jaffrey betrat das vordere Wartezimmer. „Was machst du hier? Hast du Edward gesehen?"

„Ich kam auf der Suche nach einem stillen Plätzchen hier herunter. Edward sauste umher und versuchte Miss Moore zu finden. Vielleicht ging er nach oben?"

„Ich mache mir Sorgen um ihn", sagte Jaffrey, „er wirkte so angespannt. Ann-Veronica tanzt gerade mit Ned Rowles.

Hat er sie denn nicht gesehen?"

„Sie war für eine Weile verschwunden. Darum war er so verstört."

„Oh, armer Edward. Um dieses Mädel muß er sich keine Sorgen machen. Sie ist Gold wert. Du solltest sie sehen. Sie ist einfach hinreißend. Sie sieht besser aus als den ganzen Abend über."

„Nun", Ricky stand auf. „Soll ich dir Edward suchen helfen?"

„Nein, nein. Bleib nur. Ich finde ihn schon. Ich werde in den Schlafzimmern nachsehen. Obwohl — was sollte er dort?"

„Immer noch suchen, nehme ich an."

John machte kehrt, vor sich hinmurmelnd, daß er sich nicht helfen könne, daß er sich einfach Sorgen mache, und verschwand durch die Sprechzimmer. Ricky folgte langsam.

Harold Sims tanzte mit Stella. Er hielt sie eng an sich gedrückt und sprach ohne Unterlaß in ihr Ohr. Die Musik war so laut, daß Ricky hätte schreien mögen. Außer Sears war noch niemand gegangen, und die jungen Leute, etliche von ihnen bereits betrunken, wirbelten mit fliegenden Armen und Haaren durch den Raum. Die kleine Schauspielerin machte ihre Kapriolen mit dem Herausgeber, Lewis saß mit Christina Barnes auf der Couch und sprach auf sie ein. Beide nahmen keine Notiz von Milly Sheehan, die keine zwei Meter entfernt von ihnen schlief. Ricky wünschte inständig, daß er in seinem Bett wäre. Der Lärm verursachte ihm Kopfschmerzen. Seine alten Freunde, Sears ausgenommen, schienen alle übergeschnappt. Lewis' Hand lag auf Christina Barnes' Knie, und seine Augen waren verschwommen. Versuchte er tatsächlich, die Frau seines Bankiers in Anwesenheit ihres Mannes und ihres Sohnes zu verführen?

Oben fiel etwas Schweres zu Boden. Niemand außer Ricky hatte es gehört. Er ging zurück zum Treppenhaus und sah John Jaffrey am obersten Treppenabsatz stehen.

„Ricky."

„Was ist passiert, John?"

„Edward. Es ist Edward."

„Hat er etwas umgestoßen?"

„Komm herauf, Ricky."

Ricky ging nach oben, und mit jedem Schritt wuchs seine Besorgnis. John Jaffrey schien völlig verstört.

„Hat er etwas umgestoßen? Hat er sich verletzt?"

Jaffrey öffnete den Mund, und schließlich gelang es ihm, einige Laute hervorzubringen. „Ich habe einen Stuhl umgestoßen. Ich weiß nicht, was ich machen soll." Ricky erreichte den obersten Treppenabsatz und sah in Johns verfallenes Gesicht. „Wo ist er?"

„Im zweiten Schlafzimmer."

Da Jaffrey sich nicht rührte, ging Ricky über den Gang auf die zweite Türe zu. Er sah sich um; John nickte, schluckte und kam schließlich auf ihn zu. „Da drinnen."

Rickys Mund war trocken. Er drückte die Türklinke hinunter und wünschte sich weit fort von hier, wünschte, er würde irgend etwas tun, nur nicht das, was er augenblicklich tat. Die Tür ging auf.

Das Schlafzimmer war kalt und nahezu leer. Zwei Mäntel, Edwards und der des Mädchens, lagen über einer unbezogenen Matratze. Aber Ricky sah nur Edward Wanderley. Edward lag am Boden, beide Hände auf der Brust verkrampft, die Knie angezogen. Sein Gesicht sah schrecklich aus.

Ricky trat zurück und fiel fast über den Stuhl, den Jaffrey umgestoßen hatte. Ohne Zweifel war Edward nicht mehr am Leben — er wußte nicht, wieso er es wußte, er wußte es eben —, und dennoch fragte er: „Hast du seinen Puls gefühlt?"

„Er hat keinen Puls mehr. Er ist tot."

John stand zitternd in der Türe. Durch das Treppenhaus klangen Musik und Stimmengewirr zu ihnen herauf.

Ricky zwang sich dazu, an Edwards Seite niederzuknien. Er berührte eine von Edwards Händen, die in das grüne Hemd verkrampft waren. Seine Finger tasteten nach der Innenseite des Handgelenks. Er spürte nichts, aber er war kein Arzt. „Was, glaubst du, ist geschehen?" Noch war er außerstande, einen weiteren Blick auf Edwards entstelltes Gesicht zu werfen.

John kam einen Schritt weiter ins Zimmer. „Herzinfarkt?"

„Glaubst du, daß es das war?"

„Ich weiß nicht. Ja, wahrscheinlich. Er hat sich zu sehr aufgeregt. Aber —"

Ricky starrte Jaffrey an und nahm seine Hand von Edwards Hand, die noch warm war. „Aber was?"

„Ich weiß nicht. Ich kann es nicht sagen. Aber Ricky, sieh dir sein Gesicht an."

Er sah hin: verzerrte Muskeln, ein wie zum Schreien geöffneter Mund, starre Augen. Es war das Gesicht eines Mannes, der auf die Folter gespannt worden war, dem man bei lebendigem Leibe die Haut abgezogen hatte.

„Ricky", sagte John, „es mag eine total unmedizinische Feststellung sein, aber mir scheint es ganz so, als habe er sich zu Tode gefürchtet."

Ricky nickte und stand auf. Genauso sah Edward aus.

„Laß niemanden hier herein. Ich gehe hinunter und telefoniere um einen Krankenwagen."

6

Und so endete Jaffreys Party: Ricky Hawthorne telefonierte um einen Krankenwagen, stellte den Plattenspieler ab, teilte mit, daß Edward Wanderley „einem Unfall" zum Opfer gefallen und jede Hilfe zu spät gekommen sei, und schickte dreißig Leute nach Hause. Er gestattete niemandem, nach oben zu gehen. Er suchte Ann-Veronica Moore, aber sie war bereits gegangen.

Eine halbe Stunde später war Edwards Leiche auf dem Weg

ins Spital oder ins Leichenschauhaus, und Ricky brachte Stella nach Hause. „Du hast sie nicht gehen sehen?“ fragte er.

„Ich sah sie mit Ned Rowles tanzen, und im nächsten Augenblick war sie aus der Tür. Ich dachte, sie ginge ins Badezimmer. Oh Ricky, wie grauenhaft.“

„Ja, es ist grauenhaft.“

„Der arme Edward. Ich kann es noch gar nicht fassen.“

„Ich glaube, das kann ich auch nicht.“ Tränen stiegen ihm in die Augen. Sekundenlang fuhr er dahin und sah nichts als eine verschwommene Nebelwand. Um etwas zu sagen, um das Bild von Edwards Gesichtsausdruck in seiner Erinnerung zu verwischen, fragte er: „Was hat sie zu dir gesagt, das dich so erstaunte?“

„Was? Wann? Ich habe kaum mit ihr gesprochen.“

„In der Mitte des Abends etwa. Ich sah, wie sie mit dir sprach, und hatte den Eindruck, sie habe dir etwas gesagt, was dich überraschte.“

„Oh“, Stella hob die Stimme, „sie fragte mich, ob ich verheiratet sei. Ich sagte ihr, ich sei Mrs. Hawthorne. Und dann sagte sie, „Oh ja, ich habe Ihren Mann eben gesehen. Er sieht so aus, als würde er einen guten Feind abgeben.“

„Du hast sie sicher nicht richtig verstanden.“

„Oh doch.“

„Das ergibt doch keinen Sinn.“

„Genau das hat sie gesagt.“

Eine Woche später erfuhr Ricky, der im Theater anrief, um dem Mädchen ihren Mantel zukommen zu lassen, daß sie am Tag nach der Party nach New York zurückgekehrt war und ganz plötzlich ihre Rolle zurückgegeben und die Stadt verlassen hatte. Niemand wußte, wo sie sich aufhielt. Sie war einfach verschwunden. Sie war zu jung, zu neu gewesen, um auch nur genügend Spuren für eine Legende zu hinterlassen. An diesem Abend, als es fast so aussah, als wäre das letzte Treffen der Altherrengesellschaft gekommen, hatte Ricky sich, einer plötzlichen Eingebung folgend, an den trübsinnigen John Jaffrey gewandt und gefragt: „Was war das Schrecklichste, das du je getan hast?“ Und Johns Antwort rettete sie alle: „Das werde

ich dir nicht sagen, aber ich werde dir vom Schrecklichsten erzählen, das mir je zugestoßen ist."
Und er erzählte ihnen eine Geistergeschichte.

ZWEITER TEIL

Dr. Rabbitfoots Rache

Folg einem Schatten, er wird dir entfliehn.
Zieh vor ihm her, er wird nach dir ziehn.

Ben Jonson

1.

Nur ein anderes Feld, doch was sie dort pflanzten

Aus Don Wanderleys Tagebuch

1

Die alte Vorstellung von Dr. Rabbitfoot... die Idee zu einem neuen Buch über die Geschichte von der Vernichtung einer kleinen Stadt durch Dr. Rabbitfoot, einem wandernden Schausteller, der seine Zelte am Stadtrand aufschlägt, Tränklein, Pülverchen und Geheimmedizin verkauft (ein Schwarzer?) und der nebenbei eine kleine Show betreibt — Jazzmusik, Tanzmädchen, Posaunen, Fächer und Seifenblasen — wenn ich jemals einen geeigneten Rahmen für diese Geschichte sah, so ist es Milburn.

Zunächst zur Stadt, dann zum guten Doktor. Milburn, die Stadt meines Onkels, ist einer jener Orte, an denen man sich eine eigene Hölle zu schaffen scheint, um sich dann darin einzunisten. Nicht Stadt, nicht Land, zu klein für das eine, zu sehr zusammengepfercht für das andere und viel zu unsicher in bezug auf seinen Status. (Die Lokalzeitung heißt *The Urbanite.)* Milburn scheint sogar stolz auf seinen winzigen Slum zu sein, jene paar Straßen, welche die „Hollow“ heißen. Es scheint mit dem Finger darauf zu zeigen und zu sagen: Bitte sehr, wir haben Gegenden, in denen man nach Einbruch der Dunkelheit vorsichtig sein muß; auch an uns ist die Zeit nicht spurlos vorübergegangen. Welche Farce! Wenn Milburn jemals in Schwierigkeiten geraten sollte, dann werden diese sicher nicht von der Hollow ausgehen. Drei Viertel aller Männer arbeiten anderswo, hauptsächlich in Binghamton. Der Lebensnerv für die Stadt selbst ist die Autobahn. Ein eigenartiges Gefühl von Etabliertsein, von Erstarrtsein, von *Schwere,* und gleichzeitig liegt Unruhe in der Luft. (Ich wette, es wird endlos hier geklatscht.) Unruhe deshalb, weil sie das nicht zu unterdrükkende Gefühl haben, ständig etwas zu versäumen — daß die Zeit zu guter Letzt doch an ihnen vorübergeht. Wahrscheinlich spüre ich das, weil der Gegensatz zwischen hier und Kalifornien gewaltig ist — diese Art Sorge kannte man da drüben nicht. Es scheint eine für den *Nordosten* typische Angst zu sein, typisch vor allem für diese kleinen Städtchen. Ein guter Boden für Dr. Rabbitfoot.

Apropos Angst: Die drei alten Herren, die ich heute traf — die Freunde meines Onkels —, hat es arg erwischt. Was immer sie dazu veranlaßt haben mag, mir zu schreiben, muß mit dieser Angst zu tun haben. Sie konnten nicht ahnen, daß ich Kalifornien satt hatte und bereit gewesen wäre, überall hinzugehen, wo ich glaubte arbeiten zu können.

Der Ort hat einen gewissen natürlichen Charme — das haben diese Orte alle. Sogar die Hollow besitzt die eigenartige Schönheit einer Sepiazeichnung aus den dreißiger Jahren. Es gibt den vorschriftsmäßigen Hauptplatz, die vorschriftsmäßigen Bäume — Ahorne, Kiefern, Eichen, die Wälder voll bemooster Laubböden — ein Gefühl, als seien die Wälder rund um die Stadt stärker, *tiefer* als das winzige Netz von Straßen, das in ihrer Mitte von Menschen errichtet wurde.

Trotz allem...dies ist ein wunderbarer, vom Himmel geschickter Rahmen für die Dr.-Rabbitfoot-Geschichte.

Er ist eindeutig ein Schwarzer! Kleidet sich protzig, mit

altmodischem Pfiff: Gamaschen, große Ringe, Spazierstock, grelle Weste. Er ist fidel, marktschreierisch, ein Marathonredner, unheilschwanger — er ist ein Tausendsassa. Sei auf der Hut, sonst bist du sein eigen. Er wird dir die Sterne vom Himmel holen. Er hat ein Mörderlächeln.

Du siehst ihn nur bei Nacht, wenn du an einem einsamen Landstrich vorüberkommst. Da steht er auf einer Plattform vor seinem Zelt und wirbelt zu den Klängen einer Jazzband seinen Stock durch die Luft. Um ihn herum erklingt lebhafte Musik, es pfeift durch sein dichtes schwarzes Haar, er hält ein Saxophon an seinen Lippen. Geradewegs sieht er dich an und lädt dich ein, seine Darbietungen anzusehen, für einen Dollar eines seiner Tränklein zu erstehen. Er sei der gefeierte Dr. Rabbitfoot, sagt er, und er habe das, was deiner Seele fehlt.

Und wenn deine Seele eine Bombe bräuchte? Ein Messer? Einen langsamen Tod?

Dr. Rabbitfoot zwinkert dir zu. *Du bist dran,* Mann. Du brauchst nur einen Dollar aus der Hosentasche zu ziehen.

Der Ordnung halber möchte ich festhalten, was bereits ganz offensichtlich ist: Hinter dieser Figur, an der ich seit Jahren in meinem Kopf gebastelt habe, steht Alma Mobley. Auch zu ihr paßte es, dir zu geben, was du wolltest.

Immerzu dies Lächeln, die flatternden Hände, die Augen von bleichem, blendendem Weiß... seine unheilvolle Fröhlichkeit: *Und die kleine Alma Mobley, Junge? Stell dir vor, du siehst sie, wenn du die Augen schließt, was dann? Ist sie da, hihi? Hast du jemals einen Geist berührt? Hast du mit deinen Händen jemals die weiße Haut eines Geistes angefaßt? Und die friedfertigen Augen deines Bruders — sahen sie dich an?*

2

Sobald ich in der Stadt angekommen war, ging ich in das Büro von Sears James, dem Anwalt, der mir geschrieben hatte — ein strenges weißes Gebäude an der Wheat Row, direkt am Stadtplatz. Der Tag hatte mit einem grauen Morgen begonnen und war kalt und strahlend geworden, und bevor ich noch seine Büroangestellte gesehen hatte, dachte ich, dies könnte ein neuer Anfang für dich sein — aber die Angestellte teilte ihm mit, daß sowohl Mr. James als auch Mr. Hawthorne zu einem Begräbnis gegangen seien. Auch die neue Sekretärin, die man erst eingestellt habe, sei hingegangen, aber sie fände das etwas aufdringlich. Die Neue habe Dr. Jaffrey doch gar nicht gekannt, oder? Ja, jetzt würden sie wohl schon am Friedhof sein. Und Sie sind der Mr. Wanderley, den man schon erwarte? Ich nehme an, auch Sie haben Dr. Jaffrey nicht gekannt? Oh, er war ein lieber, lieber Mensch, er muß wohl an die vierzig Jahre hier in Milburn gewirkt haben. Er war der gütigste Mann, den Sie sich vorstellen können, wissen Sie, nicht zuckersüß, aber wenn seine Hände einen berührten, dann spürte man, wie die Güte auf einen überging. *Sie schnatterte weiter, während sie mich fixierte und herauszufinden versuchte, was zum Teufel ihr Chef wohl von mir wolle.* Und dann zog ihn die alte Frau in ihr böses Lächeln hinein und warf ihre Trümpfe auf den Tisch. *Sie sagte, natürlich wisse man nichts Genaues, aber vor fünf Tagen habe er sich umgebracht. Er sei von der Brücke gesprungen, könne man sich das vorstellen! Es sei einfach tragisch gewesen. Mr. James und Mr. Hawthorne seien völlig fassungslos und immer noch nicht darüber hinweg. Und nun bringe diese Anna sie dazu, doppelt soviel zu arbeiten, und der verrückte Elmer Scales rufe jeden Tag an und schreie sie wegen seiner vier Schafe an... Was könne einen netten Mann wie Dr. Jaffrey wohl dazu bringen, so etwas zu tun, können Sie sich das vorstellen? (Er hörte auf Dr. Rabbitfoot, meine Dame.)*

Oh, wollen Sie vielleicht zum Friedhof hinausfahren?

3

Er fuhr hinaus. Der Friedhof lag etwas außerhalb der Stadt an einer Straße namens Pleasant Hill (sie hatte ihm den Weg gut beschrieben). Lange Felder erstarben unter Schnee, der zu früh gefallen war, und immer wieder hob der Wind eine Schneewehe in die Höhe und ließ sie wie mit winkenden Armen dann zu Boden gleiten. *Wie seltsam verloren dieses Land aussieht, obwohl seit Hunderten von Jahren Menschen darüber hinweggegangen sind. Es sieht verletzt und verkümmert aus; seine Seele ging verloren oder verbirgt sich und wartet darauf, daß etwas geschieht, was sie wieder erweckt.* Auf der einen Seite des schwarzen schmiedeeisernen Tores war ein Schild mit grauen Metallbuchstaben angebracht: *Pleasant Hill Friedhof.* Wäre das große Tor nicht gewesen, das den vermeintlichen Eingang zu irgendeinem anderen hügeligen Feld kennzeichnete, so wäre Don daran vorbeigefahren. Als er näher kam, sah er sich das Tor genauer an und fragte sich, welcher Farmer wohl auf die großspurige Idee gekommen sein mochte, an einem Feldweg eine derart grandiose Eingangspforte zu errichten. Er verlangsamte seine Fahrt, blickte den ansteigenden schmalen Weg hinauf, der mehr war als ein Feldweg, und sah auf der Anhöhe ein halbes Dutzend Wagen stehen. *Nur ein anderes Feld, doch Himmel, was sie dort pflanzten.* Er lenkte seinen Wagen durch die Einfahrt.

Don parkte abseits von den anderen auf halber Höhe des Hügels und ging zu Fuß auf die Anhöhe. Ihm zunächst lag der älteste Teil des Friedhofs, umgekippte Grabsteine mit verwaschenen Inschriften und steinernen Engeln, die ihre schneebedeckten Arme zum Himmel hoben. Junge Frauen aus Granit hielten schützend ihre schleierbehangenen Unterarme vor die Augen. Dürres, skelettartiges Unkraut rankte sich an den schiefen Steinen empor. Die enge Straße führte mitten durch den alten Teil hindurch, bis man in das größere Areal mit ordentlichen kleinen Grabsteinen gelangte. Die purpurnen, grauen und weißen Steine erschienen winzig vor dem Hintergrund des weithin sich erstreckenden Landes. Dann sah Don einen Zaun, der in etwa hundert Meter Entfernung die Grenze des Friedhofs bildete. Am tiefsten Punkt des Geländes stand ein Leichenwagen. Der Fahrer trug einen schwarzen Hut und hielt eine Zigarette in seiner hohlen Hand; offenbar sollte niemand von der kleinen, um das frische Grab versammelten Menschenmenge sehen, daß er rauchte. Eine in einen formlosen blauen Mantel gehüllte Frau klammerte sich an eine zweite, größere. Die übrigen Trauergäste standen gerade und bewegungslos wie Zaunpfähle. *Als ich die beiden alten Männer nebeneinander am Grab stehen sah, wußte ich, daß es die beiden Anwälte sein mußten. Ich ging auf sie zu. Dann fragte ich mich, warum nicht mehr Leute da waren. Der Tote war doch Arzt gewesen — wo waren die Patienten?* Ein Mann mit silbernem Haar, der neben den beiden Anwälten stand, sah ihn zuerst; er stieß seinen Nachbarn, der einen schwarzen Mantel mit Pelzkragen trug, mit dem Ellbogen an. Der große Mann sah zu ihm hinauf, der kleine an seiner Seite, der erkältet wirkte, wandte gleichfalls seine Augen vom Pfarrer ab und sah Don neugierig entgegen. Sogar der Pfarrer hielt einen Augenblick in seiner Rede inne, bohrte eine seiner froststarren Hände in die Manteltasche und gaffte Don offenen Mundes und voll verwirrter Neugier an.

Dann, endlich, ein Willkommenszeichen, ein Gegensatz zu diesen vorsichtig prüfenden Blicken: Eine der Frauen, die jüngere (eine Tochter vielleicht?), schenkte ihm ein kleines, warmherziges Lächeln.

Der Mann mit dem Silberhaar, der aussah, als wäre er vom Film, verließ die beiden anderen und kam langsam auf Don zu. „Sind Sie ein Freund von John?“ fragte er leise.

„Ich heiße Don Wanderley“, flüsterte er zurück. „Ich habe einen Brief von einem Mann namens Sears James erhalten, und seine Büroangestellte sagte mir, daß ich ihn hier draußen finden würde.“

„Teufel, Sie sehen Edward sogar etwas ähnlich.“ Lewis preßte seinen Arm. „Schauen Sie, Junge, wir erleben gerade eine schwere Stunde, stellen Sie sich einfach dazu und sagen Sie nichts, bis alles vorüber ist. Wissen Sie schon, wo Sie heute nacht schlafen werden?"

So trat ich zu ihnen, sah sie halb an, halb mied ich ihre Blicke. Die Frau im blaßblauen Mantel lehnte sich an die herausfordernd blickende Frau, die sie stützte. In ihrem Gesicht arbeitete es, während sie immer wieder „Oh nein, oh nein" stammelte. Zu ihren Füßen lagen zusammengeballte bunte Papiertaschentücher, und der Wind, der in die Talsohle fegte, hob sie auf und wirbelte sie umher. Dann und wann stob eines davon wie ein kleiner, pastellfarbener Fasan und verfing sich im Gitter des Zaunes. Als wir den Friedhof schließlich verließen, hingen Dutzende von ihnen flachgedrückt im Draht.

Frederick Hawthorne

4

Ricky war mit Stella zufrieden gewesen. Während die drei verbleibenden Mitglieder der Gesellschaft versuchten, mit dem Schock über Johns Tod fertigzuwerden, hatte Stella als einzige an Milly Sheehans verzweifelte Lage gedacht. Er nahm an, daß Sears und Lewis so dachten wie er — daß Milly einfach in Johns Haus weiterleben oder aber, falls ihr das Haus zu leer war, so lange ins Archer Hotel ziehen würde, bis sie sich über ihre Zukunft klargeworden war. Sears und er wußten, daß sie keinerlei finanzielle Sorgen haben würde; sie hatten das Testament aufgesetzt, demzufolge Milly Johns Haus und seine Bankguthaben erbte. Die Hinterlassenschaft mochte sich, alles in allem gerechnet, auf etwa 200 000 Dollar belaufen. Falls sie sich entschloß, in Milburn zu bleiben, so war mehr als genug auf der Bank, um die Erbschaftssteuer zu zahlen und ihr ein angenehmes, sorgenfreies Leben zu sichern. Wir sind Rechtsanwälte, sagte er sich, so und nicht anders denken wir. Der Mensch kommt erst an zweiter Stelle.

Natürlich dachten sie an John Jaffrey. Am Tage, nachdem Rickys Vorahnungen ihren Höhepunkt erreicht hatten, kam gegen Mittag die Nachricht. Als er die verstörte Stimme am anderen Ende der Leitung als die Milly Sheehans erkannte, wußte er, daß sich etwas Schreckliches zugetragen haben mußte. „Sind Sie es, Mr. Hawthorne?“ fragte sie.

„Ja, Milly“, sagte er, „was ist geschehen?“ Er drückte auf den Summer, der sein Büro mit dem von Sears verband, und bat diesen, das Gespräch mitzuhören. „Was ist los, Milly?“ fragte er. „Können wir etwas für Sie tun?“

„*Oh, oh, oh*“, wimmerte sie, und es lief ihm kalt über den Rücken.

Die Verbindung wurde unterbrochen. „Milly? Sind Sie noch da, Milly?“

Ricky hörte, wie das Telefon auf irgendeiner harten Oberfläche krachend aufschlug.

Die nächste Stimme, die sie vernahmen, war die von Walt Hardesty: „Hallo, hier ist der Sheriff. Ist dort Mr. Hawthorne?“

„Jawohl. Mr. James ist an der anderen Leitung. Was geht eigentlich vor, Walt? Ist Milly in Ordnung?“

„Sie steht am Fenster und sieht hinaus. Wer ist sie eigentlich, seine Frau? Ich dachte, sie sei seine Frau.“

Sears unterbrach ihn ungeduldig: „Sie ist seine Haushälterin. Jetzt erzählen Sie uns endlich, was los ist.“

„Nun, sie ist so fertig, als wäre sie seine Frau. Sie beide sind Dr. Jaffreys Anwälte?“

„Ja“, sagte Ricky.

„Wissen Sie schon von ihm?“

Die beiden Partner schwiegen. Falls Sears dasselbe verspürte wie Ricky, dann war ihm der Hals zu eng geworden, um etwas zu sagen.

„Nun, er war ein Springer", hörten sie Hardesty sagen. „He, bleiben Sie am Damm, liebe Frau, setzen Sie sich hin oder so."

„Er war ein was?" brüllte Sears, und seine Stimme dröhnte durch Rickys Büro.

„Nun, er machte heute morgen einen Tauchversuch von der Brücke. Er war ein Springer. Beruhigen Sie sich, meine Dame, und lassen Sie mich aussprechen."

„Der Name der Dame ist Mrs. Sheehan", sagte Sears mit etwas normalerer Stimme. „Sie ist vielleicht besser ansprechbar, wenn Sie sie beim Namen nennen. Und nun, da Mrs. Sheehan offensichtlich Verbindung mit uns aufnehmen wollte und dazu nicht in der Lage zu sein scheint, sagen Sie uns bitte, was John Jaffrey zugestoßen ist."

„Er machte einen Tauch..."

„Nehmen Sie sich in acht. Er *fiel* von der Brücke. Welcher Brücke?"

„Zum Teufel, von der Brücke über dem Fluß. Was haben Sie gedacht?"

„In welchem Zustand befindet er sich?"

„Mausetot. Was glauben Sie denn? Also, wer wird sich um die Formalitäten kümmern und das ganze Zeug? Diese Dame ist nicht in der Verfassung..."

„Das machen wir", sagte Ricky.

„Und wir könnten uns noch um einiges mehr kümmern", zischte Sears wütend. „Ihre Vorgehensweise ist eine Schande. Ihre Ausdrucksweise ist eine Schande. Hardesty, Sie sind ein Schwachkopf."

„Jetzt warten Sie einmal..."

„Und! Falls Sie annehmen, daß Dr. Jaffrey Selbstmord beging, dann sind Sie auf dem Holzweg, mein Freund, und Sie täten gut daran, Ihre Annahme für sich zu behalten."

„Omar Norris hat doch die ganze Sache gesehen", sagte Hardesty. „Wir brauchen einen Totenschein, ehe wir die Autopsie angehen können. Warum kommen Sie nicht herüber, damit wir endlich aufhören zu telefonieren?"

Kaum hatte Ricky den Hörer aufgelegt, erschien Sears, der bereits in seinen Mantel schlüpfte, in der Tür. „Es ist nicht wahr", sagte er und knöpfte seinen Mantel zu, „es ist ein Irrtum, aber laß uns auf jeden Fall hinübergehen."

Wieder summte das Telefon. „Geh nicht hin", sagte Sears, aber Ricky nahm den Hörer ab. „Ja?"

„Eine junge Frau ist im Empfangsraum und will Sie und Mr. James sprechen", sagte die Angestellte.

„Sagen Sie ihr, sie soll morgen wiederkommen, Mrs. Quast. Dr. Jaffrey ist heute morgen gestorben, und Mr. James und ich gehen in sein Haus, um dort Walt Hardesty zu treffen."

„Wieso...?" Mrs. Quast, die nahe daran gewesen war, eine Indiskretion zu begehen, wechselte das Thema. „Es tut mir leid, Mr. Hawthorne, soll ich Mrs. Hawthorne verständigen?"

„Ja, und sagen Sie ihr, ich werde mich bei ihr melden, sobald ich kann." Sears, schon äußerst ungeduldig, stand bereits in der Halle und drehte seinen Hut in den Händen, als Ricky hinter seinem Schreibtisch hervorkam. Ricky riß seinen Mantel vom Haken und eilte ihm nach.

Sie gingen zusammen durch die getäfelte Halle. „Dieser unglaubliche Dummkopf", schimpfte Sears vor sich hin. „Als ob man Omar Norris in irgendeinem Punkt glauben könnte, außer in bezug auf Whisky und Schneepflüge."

Ricky blieb plötzlich stehen und legte seine Hand auf Sears' Arm. „Wir müssen das in Erwägung ziehen, Sears. John könnte sich tatsächlich umgebracht haben." Noch immer wollte er es nicht wahrhaben, und er sah, daß Sears seinerseits entschlossen war, es nicht wahrzuhaben. „Er hatte keinen Grund, auf der Brücke spazierenzugehen, und schon gar nicht bei diesem Wetter."

Sears war das Blut ins Gesicht geschossen. „Wenn du das glaubst, dann bist du auch ein Tropf. Ob John nun *Vögel beobachtete* oder sonst etwas — irgend etwas tat er." Seine Augen mieden Rickys Blick. „Ich weiß es nicht und kann mir nicht vorstellen was, aber irgend etwas tat er. Schien er dir gestern abend selbstmordverdächtig?"

„Nein, aber..."

„Dann laß uns nicht sinnlos diskutieren. Gehen wir zu seinem Haus hinüber." Er lief vor Ricky durch die Halle und stieß mit seiner Schulter die Tür zum Vorzimmer auf. Ricky eilte ihm nach und war gelinde erstaunt, als er sich dort einem großen Mädchen mit dunklem Haar, ovalem Gesicht und feingeschnittenen Zügen gegenübersah.

„Sears, wir haben jetzt keine Zeit. Ich bat die junge Dame, morgen vorbeizukommen."

„Sie sagt —" Sears nahm seinen Hut ab. Er sah aus, als habe man ihm eine Latte über den Kopf geschlagen. „Erzählen Sie ihm, was Sie mir erzählten", sagte er zu dem Mädchen.

„Eva Galli war meine Tante, und ich suche einen Job", sagte sie.

(Mrs. Quast wandte sich von dem Mädchen, das ihr lediglich zugelächelt hatte, ab und wählte errötend die Nummer der Hawthornes. Das Mädchen trat auf die Kitaj-Grafiken zu, die Stella vor zwei, drei Jahren anstelle von Rickys alten Audubon-Drucken aufgehängt hatte. Neu und unverständlich, war Mrs. Quasts Urteil hinsichtlich des Mädchens wie auch der Grafiken. *Nein,* stieß Stella Hawthorne hervor, als sie von Dr. Jaffreys Tod hörte, *oh, arme Milly. Schlimm für alle, sicherlich, aber mit Milly muß etwas geschehen.* Mein Gott, ist es *hell* hier, denkt Mrs. Quast, als sie den Stecker aus dem Schaltbrett zieht, und dann denkt sie, Menschenskind, es ist *finster* — finster wie die *Sünde.* Die Lichter müssen aufgeleuchtet haben und dann ausgegangen sein aber im nächsten Augenblick ist alles ganz normal, die Lampe auf ihrem Tisch sieht aus wie immer, und sie reibt sich die Augen und schüttelt den grauen Kopf — *Milly Sheehan hatte bisher ein recht angenehmes, beschauliches Leben, es ist an der Zeit, daß sie einmal ordentlich arbeiten muß* — und hört mit Erstaunen, wie Mr. James diesem jungen Ding sagt, daß man wohl irgendeine Büroarbeit für sie finden würde, sie solle morgen wiederkommen, man würde darüber reden. *Also wirklich, was zum Kuckuck geht hier eigentlich vor?)*

Und Ricky sah Sears an und wunderte sich ebenfalls. Büroarbeit? Mavis Hodge, die Halbtagssekretärin, erledigte einen Großteil der Schreibarbeit: Um genug Arbeit für eine zweite Kraft zu finden, würde man damit beginnen müssen, auch die Postwurfsendungen zu beantworten. Aber es war natürlich keineswegs der Mangel an Arbeitskräften, der Sears veranlaßt hatte, das Mädchen so zuvorkommend zu behandeln; es war dieser Name, *Eva Galli,* und sie hatte ihn mit einer Stimme ausgesprochen, die, könnte man sie trinken, wie Portwein schmecken würde... Plötzlich sah Sears unendlich müde aus; seine Schlaflosigkeit und die Alpträume, die Erscheinung von Fenny Bate, Elmer Scales und seine verdammten Schafe und die Art von Johns Tod *(Er war ein Springer),* all das zusammengenommen hatte eine augenblickliche Schwäche ausgelöst. Ricky sah die Angst und Erschöpfung seines Partners, und er sah, daß sogar Sears aus der Fassung geraten konnte. „Ja, kommen Sie morgen wieder", sagte er zu dem Mädchen, registrierte, daß das ovale Gesicht und die regelmäßigen Züge mehr als anziehend waren, und wußte, daß es eine Person gab, die man Sears in diesem Augenblick sicherlich nicht in Erinnerung zu rufen brauchte, und das war Eva Galli. Mrs. Quast starrte ihm ins Gesicht, und er wies sie an, alle eventuellen Anrufe entgegenzunehmen, nur um irgend etwas zu sagen.

„Wenn ich recht verstanden habe, ist gerade ein guter Freund von Ihnen gestorben", sagte das Mädchen zu Ricky. „Es tut mir leid, daß ich zu einem ungelegenen Zeitpunkt kam." Sie lächelte bedauernd mit einem Ausdruck ehrlichen Mitgefühls. „Bitte, lassen Sie sich von mir nicht aufhalten."

Noch einmal warf er einen Blick auf ihre fuchsähnlichen Züge, ehe er sich der Tür zuwandte und Sears folgte, der nachdenklich und mit blaßem Gesicht seinen Mantel zuknöpfte. Es schien ihm, als sei Sears' Instinkt doch richtig gewesen, und das Auftauchen dieses Mädchens war vielleicht Teil eines Puzzles. Er glaubte nicht mehr an Zufälle. Es mußte einen Plan geben, und wenn es ihnen gelänge, die Teile des Puzzles zusammenzutragen, würden sie den Plan durchschauen.

„Wahrscheinlich handelt es sich gar nicht um John“, sagte Sears, als sie im Wagen saßen. „Hardesty ist derart unfähig, daß es mich nicht wundern würde, wenn er nur auf Omar Norris' Wort hin...“ Seine Stimme erstarb; beide wußten, daß es sich um eine Wunschvorstellung handelte. „Es ist zu kalt“, sagte Sears und verzog die Lippen wie ein Kind. „Verflixt kalt“, stimmte Ricky ihm zu. Schließlich fiel ihm etwas anderes ein. „Wenigstens wird Milly nicht hungern müssen.“ Sears seufzte fast belustigt auf. „Das ist auch gut so. Sie würde nie wieder eine Stelle finden, in der sie so hemmungslos lauschen dürfte.“ Als sie bemerkten, daß sie doch beide stillschweigend annahmen, John Jaffrey sei von der Milburn-Brücke gesprungen und im eisigen Fluß ertrunken, herrschte wieder Stille.

Nachdem sie Hardesty abgeholt hatten und zu dem winzigen Gefängnis gefahren waren, wo man den Leichnam bis zum Eintreffen des Leichenwagens hingebracht hatte, sahen sie, daß Omar Norris sich nicht geirrt hatte. Der Tote war John, und er sah noch weit schlimmer aus als zu seinen Lebzeiten. Das schüttere Haar klebte an seinem Schädel, die verzerrten Lippen ließen das blaue Zahnfleisch sehen — er schien seines ganzen Wesens beraubt, wie in Rickys Alptraum. „Jesus“, sagte Ricky. Walt Hardesty grinste und sagte: „Das ist nicht der Name, der hier steht, Herr Rechtsanwalt.“

„Geben Sie uns die Formulare, Hardesty“, sagte Sears ruhig und fügte, typisch Sears, hinzu: „Wir nehmen auch alles andere, das er bei sich trug, mit, falls es Ihnen nicht gelungen ist, es zusammen mit seiner Zahnprothese zu verlieren.“

Sie dachten, sie könnten eine Erklärung für Jaffreys Tod unter den wenigen Gegenständen finden, die Hardesty ihnen überreichte. Aber die kleine Sammlung aus John Jaffreys Taschen gab kein Geheimnis preis: ein Kamm, Manschettenknöpfe, ein Exemplar von *Der Werdegang eines Chirurgen,* ein Kugelschreiber, ein Schlüsselbund, ein abgenützter Lederbeutel, etwas Kleingeld — Sears breitete, als sie wieder in Rickys altem Buick saßen, alles auf seinem Schoß aus. „Eine

Nachricht wäre mehr gewesen, als wir erhoffen durften", sagte Sears, lehnte sich schwer zurück und rieb seine Augen. „Ich fühle mich langsam wie ein Exemplar einer bedrohten Tierart." Er sah auf die stumme Ansammlung von Dingen hinab. „Willst du irgend etwas für dich behalten, oder sollen wir einfach alles Milly übergeben?"

„Vielleicht würde Lewis gerne die Manschettenknöpfe haben?"

„Also geben wir sie Lewis. Oh, Lewis! Wir werden es ihm sagen müssen. Möchtest du ins Büro zurückfahren?"

Sie saßen wie erstarrt. Sears nahm eine Zigarre aus seinem Etui, zwickte die Spitze ab und steckte sie einfach an, ohne das dabei übliche Ritual vorzunehmen. Ricky kurbelte das Fenster hinunter, ohne zu maulen. Er wußte, daß Sears aus einem Reflex heraus rauchte und daß er sich der Zigarre nicht einmal bewußt war.

„Weißt du, Ricky", sagte er, „John ist tot, und wir haben über seine Manschettenknöpfe gesprochen."

Ricky startete den Wagen. „Laß uns zurück in die Melrose Avenue fahren und einen Drink nehmen."

Sears steckte das armselige Häufchen von Gegenständen in seine Manteltasche. „Paß auf, wo du hinfährst! Ist es deiner Aufmerksamkeit entgangen, daß es wieder schneit?"

„Nein, ist es nicht", sagte Ricky, „wenn es so früh anfängt und noch ärger wird, kann es uns passieren, daß wir diesen Winter eingeschneit werden. Vielleicht sollten wir Konserven einlagern, nur um sicherzugehen." Ricky schaltete die Scheinwerfer ein, da er wußte, daß Sears in Kürze das Kommando dazu geben würde. Der graue Himmel, der seit Wochen über der Stadt hing, war fast schwarz geworden und mit Wolken bedeckt, die wie riesige Sturzwellen aussahen.

„Mhm", schnaubte Sears, „das letzte Mal, als so etwas geschah —"

„Ich war gerade aus Europa zurück. 1947. Ein schrecklicher Winter."

„Und davor schon einmal, in den zwanziger Jahren."

„1926. Der Schnee war so hoch, daß er fast die Häuser zudeckte."

„Menschen starben. Eine Nachbarin starb in diesem Schnee."

„Wer war das?" fragte Ricky.

„Sie hieß Viola Frederickson. Es erwischte sie in ihrem Wagen. Sie ist einfach erfroren. Die Fredericksons bewohnten übrigens Johns Haus."

Wieder seufzte Sears müde, als Ricky auf den Platz einbog und am Hotel vorbeifuhr. „Um Himmels willen, Ricky, dein Fenster ist offen. Willst du, daß wir beide erfrieren?" Er hob seine Hände, um den Pelzkragen enger um sein Kinn zu nesteln, und merkte erst jetzt, daß eine Zigarre zwischen seinen Lippen hing. „Oh, verzeih mir, eine Angewohnheit." Er öffnete das Fenster an seiner Seite und warf die Zigarre hinaus. „Was für eine Verschwendung."

Ricky dachte an John Jaffreys Leichnam, der auf einer Bahre in einer Gefängniszelle lag; er dachte daran, wie er wohl Lewis die Nachricht beibringen würde; und er dachte an die bläuliche Haut, die sich über Johns Schädel spannte.

Sears hustete. „Ich verstehe nicht, warum wir von Edwards Neffen nichts gehört haben."

„Wahrscheinlich wird er einfach auftauchen." Das Schneetreiben ließ nach. „So ist es besser." Und dann dachte er: *Nun, vielleicht auch nicht.* Es herrschte eine eigenartige mittägliche Finsternis, die von seinen Scheinwerfern völlig unberührt schien. Sie spendeten lediglich ein schwaches Licht, das man an der Vorderfront des Wagens kaum wahrnahm. Statt dessen schienen vereinzelte Gegenstände in der Stadt zu leuchten, nicht im gelben Licht der Scheinwerfer, sondern in jenem Weiß der Wolken, die sich immer noch über ihnen türmten — da ein Lattenzaun, dort eine Tür, vereinzelte Steine in einer Mauer, eine kahle Pappel auf einem Rasen. Die blutleeren Farben erinnerten Ricky auf gespenstische Weise an John Jaffreys Gesicht. Über diesen wie zufällig schimmernden Dingen war der Himmel hinter den Wolken noch schwärzer geworden.

„Also was, glaubst du, ist geschehen?" wollte Sears wissen.

Ricky bog in die Melrose Avenue ein. „Willst du erst in dein Haus gehen?"

„Nein. Hast du nun eine Meinung oder hast du keine?"

„Wenn ich nur wüßte, was Elmer Scales' Schafen zugestoßen ist."

Sie hielten gerade vor Rickys Haus, und Sears zeigte deutliche Anzeichen von Ungeduld. „Die Schafe unseres Vergil sind mir völlig einerlei." Er wollte aussteigen, wollte die Diskussion beenden, er hätte wohl gebrummt wie ein Bär, wenn Ricky die Erscheinung des bloßfüßigen Fenny Bate mit seinem knöchernen Schädel in Sears' Treppenhaus auch noch erwähnt hätte — Ricky wußte das alles, aber nachdem sie den Wagen verlassen hatten, sagte er doch: „Dieses Mädchen heute morgen."

„Was ist mit ihr?"

Ricky steckte den Schlüssel ins Schloß. „Wenn du so tun willst, als bräuchten wir eine Sekretärin, fein, aber..."

Stella sprach bereits, während sie die Tür von innen öffnete: „Ich bin so froh, daß ihr beide da seid. Ich hatte solche Angst, ihr würdet in eure stickige Wheat Row zurückkehren und so tun, als sei nichts geschehen, als würdet ihr arbeiten, und mich in Ungewißheit lassen! Sears, ich bitte dich, komm aus dieser Kälte weg, wir heizen nicht für draußen. Kommt herein!" Sie schleppten sich in die Halle wie zwei müde Zugpferde und legten ihre Mäntel ab. „Ihr seht beide einfach gräßlich aus. Ein Irrtum ist also ausgeschlossen, es war John?"

„Es war John", sagte Ricky. „Mehr können wir dir nicht sagen. Es sieht so aus, als sei er von der Brücke gesprungen."

„Meine Güte", sagte Stella, und all ihre gewohnte Lebhaftigkeit schien sie mit einem Mal verlassen zu haben. „Die arme Altherrengesellschaft."

„Amen", sagte Sears.

Nach dem Mittagessen meinte Stella, sie wolle ein Tablett für Milly zurechtmachen. „Vielleicht mag sie einen Bissen essen."

„Milly?" fragte Ricky verdutzt.

„Milly Sheehan, falls ich sie dir in Erinnerung rufen darf. Ich konnte sie nicht einfach in Johns riesigem Haus alleine lassen. So brachte ich sie hierher und steckte sie ins Bett. Sie ist völlig am Ende, die arme Seele. Sie war heute morgen aufgewacht, konnte John nirgends finden und machte sich stundenlang Sorgen, bis der schreckliche Walter Hardesty vorbeikam."

„Fein", sagte Ricky.

„Fein, sagt er. Falls ihr beide, du und Sears, nicht so völlig von euch in Anspruch genommen wärt, hättet ihr vielleicht auch an sie denken können."

Sears fühlte sich angegriffen, hob seinen Kopf und kniff die Augen zusammen. „Milly hat keine Sorgen. John hat ihr das Haus und eine unverhältnismäßig hohe Summe Geldes vermacht."

„Unverhältnismäßig, Sears? Warum trägst du ihr dann nicht das Tablett hinauf und erzählst ihr, wie dankbar sie sein sollte, daß John Jaffrey ihr einige tausend Dollar hinterließ?"

„Wohl kaum einige tausend, Stella", sagte Ricky. „John vererbte Milly nahezu alles, was er besaß."

„Nun, das ist auch wohl in Ordnung", erklärte Stella und stapfte in die Küche, während sie die beiden verblüfft zurückließ.

Sears fragte: „Hast du öfter Schwierigkeiten herauszufinden, worüber sie spricht?"

„Ab und zu", antwortete Ricky. „Sollen wir Lewis anrufen und es ihm sagen? Wir haben es schon zu lange hinausgeschoben."

„Gib mir das Telefon", sagte Sears.

Lewis Benedikt

5

Lewis war nicht hungrig, aber er bereitete sich sein Mittagessen aus Gewohnheit zu: Hüttenkäse, Bologneser Wurst mit Meerrettich und eine dicke Scheibe von Otto Gruebes Käse, den der alte Otto höchstpersönlich in seiner kleinen Käsefabrik etwas außerhalb von Afton zubereitete. Lewis, der durch die Ereignisse am Morgen immer noch verstört war, genoß es, an den alten Otto zu denken. Otto Gruebe war eine unkomplizierte Natur, er war ähnlich gebaut wie Sears James, aber ein lebenslanges Arbeiten über den Fässern hatte seine Schultern gebeugt. Er hatte ein gummiartiges Clowngesicht und riesige Schultern und Hände. Otto hatte den Tod von Lewis' Frau folgendermaßen kommentiert: „Hast wohl Schwierigkeiten gehabt da drüben in Spanien, was? Sie haben mir's in der Stadt erzählt. Es ist ein *Jammer,* Lewis." Nach all dem Takt, der von jedermann an den Tag gelegt worden war, taten diese Worte Lewis unvorstellbar wohl. Otto mit seinem Teint von der Farbe geronnener Milch, den er zehn Fabrikstunden täglich verdankte, Otto mit seiner Meute von Jagdhunden — ihm war noch nie im Leben ein Geist erschienen. Während er automatisch kaute, überlegte Lewis, daß er Otto bald einmal besuchen wolle. Er würde sein Gewehr mitnehmen und mit Otto und seinen Hunden auf Waschbärenjagd gehen, falls der Schnee es erlaubte. Ottos germanische Dickschädligkeit würde ihm guttun.

Aber es schneite von neuem; die Hunde würden in ihren Zwingern bellen, und der alte Otto würde Molke abschöpfen und den frühen Winter verfluchen.

Ein Jammer. Ja, ein Jammer war es und zugleich ein Rätsel. Wie Edwards Tod.

Abrupt stand er auf und ließ das Geschirr in den Ausguß fallen. Dann sah er auf die Uhr und stöhnte. Elf Uhr dreißig, und er hatte bereits zu Mittag gegessen. Der Rest des Tages lag drohend vor ihm wie ein Verhängnis. Er konnte sich nicht einmal auf einen Abend leichter Unterhaltung mit einem Mädchen freuen, noch erwartete ihn — da er die Dinge nun einmal zu Ende bringen wollte — ein leidenschaftlicheres Vergnügen mit Christina Barnes.

Lewis Benedikt war etwas gelungen, was in einer Stadt von der Größe Milburns gemeinhin für unmöglich gilt: Sofort nach seiner Rückkehr aus Spanien hatte er sich ein geheimes Leben eingerichtet, das auch immer geheim geblieben war. Er stieg Studentinnen und jungen Lehrerinnen nach, bändelte mit Kosmetikverkäuferinnen an und verfolgte einfach jedes Mädchen, das hübsch genug war, um ihm zur Ehre zu gereichen. Lewis führte seine Mädchen in der ihm eigenen jungenhaften und völlig ungehemmten Art in die besten Restaurants, bestellte ihnen ausgezeichnete Speisen und vorzügliche Weine und hielt sie mühelos am Bändel. Er schlief mit etwa einem Fünftel der Mädchen, manche schliefen mit ihm — nämlich jene, die ihm mit ihrem Lachen zeigten, daß sie ihn keinesfalls ernst nahmen. Betrat ein Ehepaar —zum Beispiel eines wie Walter und Christina Barnes — die „Alte Mühle von Kirkwood“ oder das „Christo“ zwischen Belden und Harpursville, so konnte es fast sicher sein, den eisgrauen Kopf von Lewis zu sehen, der sich dem leicht amüsierten Gesicht eines hübschen Mädchens zuwandte, das bestenfalls ein Drittel seines Alters haben mochte. „Schau dir den alten Schwerenöter an“, so oder ähnlich mochte Walter Barnes sagen, „immer feste dran.“ Seine Frau würde lächeln, und dieses Lächeln würde schwer zu deuten sein.

Denn Lewis verbarg hinter dem etwas lächerlichen Ruf eines Lebemannes die Ernsthaftigkeit seines Herzens, und er benützte die öffentlichen Romanzen mit jungen Mädchen als Tarnung für seine tieferen Beziehungen zu Frauen. Mit seinen Mädchen verbrachte er die Abende oder Nächte; Frauen, die er liebte, sah er ein- oder zweimal die Woche, und zwar am Nachmittag, wenn ihre Männer arbeiteten. Die erste dieser Frauen war Stella Hawthorne gewesen, und auf gewisse Weise war diese Liebe die am wenigsten befriedigende geblieben. Nach dem Muster dieser Beziehung aber hatte er alle anderen gestaltet. Stella war zu ungezwungen und beiläufig mit ihm umgegangen, sie genoß ihr Vergnügen auf die gleiche Art, wie seine jungen Lehrerinnen ihm nichts als Vergnügen verschafften. Er aber wollte Gefühl — brauchte es. Stella war die einzige der Frauen Milburns gewesen, die — als er es auf den Versuch ankommen ließ — diesem Verlangen nicht nachgekommen war. Sie hatte ihm ganz bewußt sein Playboy-Image belassen. Er liebte sie kurz und ausschließlich, aber ihrer beider Bedürfnisse stimmten überhaupt nicht überein. Stella wollte keinen *Sturm und Drang;* Lewis aber suchte im Grunde seines Herzens jenes Gefühl wiederzufinden, das ihn mit Linda verbunden hatte. Der frivole Lewis war er nur an der Oberfläche. Traurig ließ er Stella ziehen. Sie hatte auf keine seiner Anspielungen reagiert; er hatte ihr seine empfindsame Seele dargeboten, und sie hatte es nicht einmal bemerkt. Er wußte, was sie dachte: daß er sich einfach aufs neue in eine endlose Reihe von Affären mit jungen Mädchen gestürzt hatte.

Statt dessen hatte er sich vor acht Jahren stillschweigend Leota Mulligan, der Frau von Clark Mulligan, zugewandt. Nach Leota war Sonny Venuti gekommen und nach ihr Laura Bautz, die Frau des Dentisten, und schließlich, vor einem Jahr, Christina Barnes. Jede dieser Frauen hatte er zärtlich geliebt. Er liebte an ihnen ihre Festigkeit, ihr Zugehörigkeitsgefühl zu ihren Ehemännern, ihre Begierden, ihre Launen. Er liebte sie, weil sie keine Mädchen mehr waren, liebte ihre Wagen, ihre Häuser und die Gespräche mit ihnen. Sie hatten ihn verstanden, und jede dieser Frauen hatte genau gewußt, was er ihnen bot: mehr eine heimliche Pseudoehe als eine Affäre.

Sobald das Gefühl schal und alltäglich wurde, war es für Lewis vorbei. Zwar liebte er immer noch jede einzelne von ihnen, er liebte auch Christina Barnes immer noch, aber —

Das „aber“ hieß, daß die Wand sich vor ihm türmte. „Die

Wand" nannte Lewis jenen Moment, wenn ihm der Gedanke kam, daß seine tiefe Beziehung im Grunde genauso trivial war wie seine flüchtigen Abenteuer. Dann war es an der Zeit, sich zurückzuziehen. Anläßlich eines Rückzuges geschah es häufig, daß er an Stella Hawthorne dachte.

Nun, eines war sicher, auf einen Abend mit Stella Hawthorne durfte er sich nicht freuen. Daran auch nur einen Gedanken zu verschwenden, hieße die eigene Narretei unter Beweis zu stellen.

Was gab es Närrischeres als die lächerliche Szene von heute morgen? Lewis trat zum Fenster und sah zu dem Waldpfad hinüber; er erinnerte sich, wie er ihn keuchend entlanggelaufen war und sein Herz vor Schreck unsinnige Sprünge gemacht hatte — dies war eine echte Eselei gewesen. Weicher Schnee fiel zur Erde, die vertrauten Bäume hoben ihre weißen Arme, der Pfad wand sich harmlos und lieblich dahin, um im Nichts zu verschwinden.

Wenn man vom Pferd fällt, sollte man sofort wieder in den Sattel steigen, sagte sich Lewis. Gleich nochmal rauf auf den Klepper. Was war denn schon geschehen? Hatte er Stimmen vernommen? Nein, er hatte seinen eigenen Gedanken zugehört. Er hatte Geister beschworen, indem er sich zu genau an Lindas letzte Nacht erinnerte. Das und der Alptraum — Sears und John, die auf ihn zukamen — hatten ihn derart durcheinandergebracht, daß er sich benommen hatte wie eine Gestalt aus einer Altherrengesellschafts-Geschichte. Es war kein fremder Bösewicht hinter ihm gestanden, als er über den Waldpfad nach Hause gelaufen war; niemand hätte unbemerkt durch den Wald gehen können. Alles war erklärbar.

Lewis ging in sein Schlafzimmer hinauf, zog Pullover und Anorak an, ging dann wieder hinunter und trat aus der Küchentür.

Seine Fußspuren von heute morgen waren fast schon wieder zugeschneit. Die Luft war herrlich, und es schneite immer noch leicht. Lewis überquerte den gepflasterten Weg seines Hauses und betrat den Pfad. Der Himmel über ihm war dunkel und mit schimmernden Wolken übersät, aber klares graues Licht erhellte den Tag. Der Schnee auf den Zweigen der Föhren leuchtete eigenartig weiß, wie Mondlicht.

Mit voller Absicht wählte er den Pfad, den er normalerweise für seinen Heimweg benutzte. Er war erstaunt über seine Angst und eine gewisse Vorahnung, als erwarte er etwas Bestimmtes.

„Nun, hier bin ich, komm und hol mich", sagte er und lächelte.

Nichts nahm er wahr als den Tag, den Wald vor und sein Haus hinter sich; einen Augenblick später merkte er, daß sogar seine Angst verschwunden war.

Während er über den frischen Schnee ging, machte Lewis eine Entdeckung: Der Wald sah nicht aus wie ein wirklicher Wald, sondern wie eine Illustration aus einem Buch. Es war ein mit schwarzer Tinte gezeichneter Märchenwald — der zu perfekt wirkte, um echt zu sein. Sogar der Pfad, der sich in gefälliger Sinnlosigkeit dahinschlängelte, war der Pfad aus einem Märchenbuch.

Es war die Klarheit, die alles so geheimnisvoll machte. Jeder kahle Ast, jeder dürre Halm im Gestrüpp war in seinem schimmernden Eigenleben in aller Deutlichkeit zu sehen. Irgendein schiefer Zauber verbarg sich den Blicken. Als Lewis tiefer in den Wald eindrang, sah er da, wo der Neuschnee nicht so leicht hinkam, seine Fußspuren vom Morgen, und auch sie schienen ihm gespenstisch und Teil eines Märchens — diese Spuren im Schnee, die auf ihn zukamen.

Lewis war viel zu rastlos, um nach seinem Spaziergang im Haus zu bleiben. Die Leere dort sprach deutlich davon, daß es hier keine Frau gab; es würde in der nächsten Zeit auch keine geben, falls Christina Barnes nicht doch noch einmal erschien, um eine letzte Szene zu machen. Lewis, der immer noch in Pullover und Anorak steckte, durchkämmte sein Haus, ging von einem Stockwerk ins andere und hielt es in keinem Zimmer aus.

Er betrat das Speisezimmer. Der große Mahagonitisch stand vorwurfsvoll vor ihm: Die Platte war matt, hier und da waren Kratzer zu sehen, die entstanden waren, als er das spanische Tongeschirr ohne Untersatz abgestellt hatte. Der kleine Blumenstrauß in der Mitte des Tisches war verwelkt; einige

Blumenblätter lagen wie tote Bienen auf dem Holz. *Hattest du tatsächlich erwartet, da draußen jemanden zu sehen? fragte er sich. Wem wolltest du begegnen? Dir selbst?*

Plötzlich errötete Lewis. Er ging wieder vors Haus, überquerte den Hof und betrat den alten Stall, den der frühere Besitzer in eine Garage und einen Werkzeugschuppen umgebaut hatte. Der Morgan war neben einer mit Schraubenziehern, Zangen und Malerpinseln bedeckten Werkbank geparkt. Lewis sperrte den Wagen auf und zwängte sich hinter das Lenkrad.

Er fuhr im Rückwärtsgang aus der Garage, stieg aus und schloß das Tor, zog dann eine Kurve und fuhr die Allee zur Autobahn hinunter. Sofort fühlte er sich besser. Das Segeltuchdach des Morgan knatterte im Wind, eine kalte Brise fuhr ihm durchs Haar. Der Tank war fast voll.

Fünfzehn Minuten später fuhr er durch offenes, hügeliges Land, ab und zu passierte er eine Baumgruppe. Er suchte sich kleine Landstraßen, und wenn er eine gerade Strecke vor sich hatte, jagte er den Wagen auf siebzig, achtzig Meilen hinauf. Er fuhr das Chenago-Tal entlang, folgte dem Tioughnioga-Fluß bis Whitney Point und wandte sich dann westwärts in Richtung Richford und Caroline.

Er war etwa zwei Stunden unterwegs, wählte Straßen, die ihn an Bauernhöfen vorbei- und durch Naturparks hindurchführten, einfach um zu sehen, wohin er auf ihnen gelangte. Sein Gesicht war starr vor Kälte. Er befand sich nun in Tompkins County, in der Nähe von Ithaca. Hier war die Landschaft poetischer als in der Gegend um Binghamton. Als er den Hügelkamm erreichte, sah er, wie das schwarze Band der Straße sich pfeilgerade durch Täler und über baumgesäumte Höhen erstreckte. Der Himmel hatte sich verfinstert, obwohl es keineswegs spät am Nachmittag war. Lewis dachte, daß es wohl noch vor Einbruch der Nacht wieder zu schneien beginnen würde. Dann sah er eine breite Stelle in der Straße, die sich weit genug entfernt befand, um noch die notwendige Geschwindigkeit zu erreichen, mit der er den Morgan um die Achse wirbeln lassen konnte. Aber er rief sich in Erinnerung, daß er fünfundsechzig Jahre alt war, zu alt, um waghalsige

Autokunststücke auszuführen. So benützte er die breite Stelle in der Straße nur dazu, seinen Wagen zu wenden und wieder in Richtung Heimat zu fahren.

Er fuhr jetzt langsamer und wählte eine Abkürzung nach Osten, indem er das Tal in Richtung Harford überquerte. Auf den geraden Strecken brachte er den Wagen etwas auf Touren, aber er achtete darauf, daß er die Siebzig-Meilen-Grenze nie überschritt. Doch verschafften ihm nach wie vor die Geschwindigkeit, der kalte Wind in seinem Gesicht und die saubere Handhabung des kleinen Automobils Vergnügen. Die ganze Umgebung gab ihm das Gefühl, wieder ein junger Student zu sein, der über die Landstraßen nach Hause fegte. Einige schwere Schneeflocken schwebten zur Erde.

In der Nähe des Flughafens von Glen Aubrey fuhr er an einer Gruppe kahler Ahornbäume vorbei und sah, daß sie sich, wie sein eigener Wald, mit leuchtender Klarheit vom Himmel abhob. Sie war von einem Zauber umgeben, der, als Teil einer geheimnisvollen Geschichte, eine verborgene Bedeutung zu haben schien — ihre Helden waren Prinzen, die von Hexen in Füchse verwandelt worden waren. Er sah die Fußspuren auf sich zurasen.

...stell dir vor, du gingst spazieren und sähest dich selber mit fliegendem Haar und angstverzerrtem Gesicht auf dich zulaufen...

Seine Eingeweide wurden kalt wie sein Gesicht. Vor ihm, mitten auf der Straße, stand eine Frau. Er hatte gerade noch Zeit, um ihre erschrockene Haltung und das um ihre Schultern flatternde Haar wahrzunehmen. Er riß das Lenkrad herum und fragte sich, wo zum Teufel sie hergekommen sein mochte — *mein Gott, sie ist einfach auf mich zugesprungen* —, und gleichzeitig bemerkte er, daß er keine Chance hatte, an ihr vorbeizukommen. Der Wagen begann sich herumzudrehen.

Langsam bewegte sich das Heck des Wagens auf das Mädchen zu. Dann trieb der Wagen zur Gänze seitwärts, und er verlor das Mädchen aus den Augen. In wilder Panik drehte Lewis das Lenkrad in die entgegengesetzte Richtung. Die Zeit schrumpfte zu einer festen Kapsel zusammen, die ihn umhüllte, während er hilflos in einem fliegenden Automobil saß. Dann veränderte sich die Beschaffenheit des Augenblicks, die Zeit brach und begann zu fließen, und mit einem Gefühl völliger Ohnmacht, wie er es noch nie in seinem Leben empfunden hatte, wußte er, daß das Auto die Straße verlassen hatte: alles geschah wie im Zeitlupentempo, träge, und der Morgan schwebte dahin.

Plötzlich war das alles vorbei, und der Wagen schlug unter markerschütterndem Krachen in einem Feld auf. Die Frau, die er möglicherweise gestreift hatte, war nirgends zu sehen. Lewis schmeckte Blut in seinem Mund; seine Hände waren um das Lenkrad verkrampft und zitterten. Schließlich gelang es ihm, die Tür zu öffnen, und er kletterte mit wankenden Beinen hinaus. Er sah sofort, daß das Auto festsaß: Die Hinterräder waren vollkommen im frostharten Straßenkot versunken, es hatte sich eine Art Wall gebildet, der den Wagen auf dem Feld geradezu festnagelte. Er würde einen Abschleppwagen benötigen. „Hallo!" rief er. „Sind Sie in Ordnung?" Er zwang sich, ein Bein vor das andere zu setzen. „Ist Ihnen etwas geschehen?"

Unsicher bewegte sich Lewis auf die Straße zu. Er sah auf die verrückten Spuren, die sein Wagen hinterlassen hatte. Seine Hüften schmerzten. Er fühlte sich uralt. „Hallo, Fräulein!" Das Mädchen war nirgends zu sehen. Mit klopfendem Herzen stolperte er über die Straße und fürchtete sich vor dem Anblick, der ihn im Straßengraben erwarten würde: verrenkte Glieder, zurückgeworfener Kopf... aber der Graben barg nichts als unberührten Schnee. Er sah die Straße hinauf und hinunter: Nirgends war eine Frau zu sehen.

Schließlich gab Lewis auf. Die Frau war auf irgendeine Art ebenso schnell verschwunden, wie sie aufgetaucht war; oder er hatte sich lediglich eingebildet, sie zu sehen. Er rieb sich die Augen. Seine Hüften schmerzten noch immer, seine Knochen schienen sich aneinanderzureiben. Er ging die Straße hinunter und hoffte, bald ein Bauernhaus zu finden, von dem aus er den Abschleppdienst anrufen konnte. Als er schließlich eines fand, ließ ein Mann mit einem dichten schwarzen Bart und Augen wie ein Tier ihn zwar das Telefon benutzen, aber dann mußte er vor dem Hause so lange warten, bis der Lastwagen eintraf.

Er traf erst nach sieben Uhr wieder zu Hause ein, hungrig und immer noch verstört. Die Frau war nur einen Moment lang zu sehen gewesen, wie ein in sein Blickfeld gesprungenes Reh, und als er ins Schleudern geriet, hatte er sie aus den Augen verloren. Aber wohin konnte sie auf der langen, schnurgeraden Straße gelaufen sein, nachdem er im Feld gelandet war? Am Ende lag sie doch tot im Graben! Aber sogar der Körper eines Hundes würde eine ordentliche Beule in der Karosserie des Morgan hinterlassen haben, und der Wagen war unversehrt.

„Hol's der Teufel", sagte er laut. Das Auto stand noch in der Einfahrt; er war nur ins Haus gegangen, um sich aufzuwärmen. Seine Unrast von heute mittag, das Gefühl, daß etwas Arges geschehen würde, wenn er sich nicht vom Fleck rührte — daß etwas Schlimmeres auf ihn lauere als der Unfall —, dieses Gefühl war wieder da. Lewis ging in sein Schlafzimmer, zog ein frisches Hemd an, band eine Krawatte um und schlüpfte in einen doppelreihigen Blazer. Er würde zu „Humphrey" fahren, einen Hamburger essen und einige Flaschen Bier trinken. Das war die Lösung.

Der Parkplatz war beinahe voll, und Lewis fand gerade noch eine Lücke in der Nähe der Straße. Es schneite nicht mehr, aber die Luft war kalt und derart scharf, daß man meinte, sie mit bloßen Händen brechen zu können. Vor den Fenstern des langgestreckten grauen Gebäudes leuchteten Bierreklamen auf; Countrymusic, die eine Vier-Mann-Kapelle spielte, drang zu Lewis herüber. *Wabash Cannonball.*

Sowie er das Lokal betreten hatte, verursachte der schrille Ton der Geige einen stechenden Schmerz in seinem Hirn, und Lewis sah stirnrunzelnd auf den Musikanten, der mit schulterlangem Haar, die linke Hüfte und seine rechte Schulter im Rhythmus bewegend, auf dem Podium hin- und herschwankte. Die Augen des Jungen waren geschlossen, er bemerkte nichts. Einen Augenblick später war die Musik einfach wieder Musik, aber Lewis' Kopfschmerzen blieben. Die Bar war überfüllt und so überheizt, daß er fast augenblicklich zu schwitzen begann. Der große, unförmige Humphrey Stalladge arbeitete, eine Schürze über seinem weißen Hemd, hinter der Bar. Die Tische in der Nähe der Band schienen ausnahmslos von Jugendlichen besetzt, die Bier tranken. Lewis sah auf ihre Hinterköpfe und konnte beim besten Willen die Mädchen nicht von den Jungen unterscheiden.

Stell dir vor, du sähest dich auf dich selber zurennen, sähest dich mit fliegendem Haar und angstverzerrtem Gesicht auf die Scheinwerfer deines Wagens zurennen...

„Kann ich Ihnen was bringen, Lewis?" fragte Humphrey.

„Zwei Aspirin und ein Bier. Ich habe scheußliche Kopfschmerzen. Und einen Hamburger, Humphrey. Danke."

Am unteren Ende der Bar, in größtmöglicher Entfernung von der Band, unterhielt der schmuddelig aussehende Omar Norris eine Gruppe von Männern. Seine Augen quollen beim Sprechen hervor, er fuchtelte mit den Händen durch die Luft, und Lewis wußte, daß man, saß man in seiner Nähe, unweigerlich den Glanz von Omars Spucke auf den eigenen Rockaufschlägen zu sehen bekam. Vor etlichen Jahren waren Omars Geschichten ganz unterhaltsam gewesen, aber nun war Lewis gelinde erstaunt zu sehen, daß sich immer noch jemand fand, der ihm zuhörte. Es gab sogar Leute, die ihm einen Drink zahlten. Stalladge kam zurück und brachte ihm ein Glas Bier und Aspirintabletten. „Der Hamburger ist unterwegs", sagte er.

Lewis legte die Tabletten auf seine Zunge und spülte sie hinunter. Die Band hatte *Wabash Cannonball* beendet und spielte jetzt eine ihm unbekannte Melodie. Eine junge Frau, die an einem der Tische gleich neben der Band saß, hatte sich umgedreht und starrte ihn an. Lewis nickte ihr zu.

Er trank sein Bier aus und betrachtete die Leute. Einige wenige Nischen an der Vorderwand waren unbesetzt; Lewis stand auf und ging durch den Raum auf eine der Nischen zu. Wenn er nicht schnell genug war, würde er den ganzen Abend an der Bar kleben müssen. Auf halbem Weg nickte er Rollo Draeger zu — der Drogist war offenbar hier, um dem endlosen Gejammer seiner Frau Irmengard zu entkommen —, und erst jetzt erkannte er den Jungen neben dem Mädchen, das ihn fixiert hatte: Es war Jim Hardie, Eleanors Sohn, den man für gewöhnlich in Begleitung von Draegers Tochter sah. Er wandte sich nach dem Paar um und sah, daß sie ihn beide anstarrten. Jim Hardie ist ein verdächtiger Knabe, dachte Lewis. Er war breit gebaut, blond und stark und sah aus, als wäre er von einer ungezügelten Wildheit. Er grinste unentwegt. Walt Hardesty hatte Lewis erzählt, daß Jim höchstwahrscheinlich jener Übeltäter gewesen war, der die verlassene alte Pugh-Scheune angezündet und ein Feld in Brand gesteckt hatte. Das Mädchen, das heute neben ihm saß, war älter als Penny Draeger; sie sah auch besser aus.

Lewis dachte an jene Zeit, als alles so einfach gewesen war, als die Reihe an ihm war, neben einem Mädchen zu sitzen und einer Band zu lauschen — Noble Sissle oder Benny Goodman — ein Lewis mit entbranntem Herzen. Die Erinnerung ließ ihn automatisch nach Stella Hawthorne Ausschau halten, aber er wußte, daß er bereits beim Betreten des Raumes halb unbewußt ihre Abwesenheit registriert hatte.

Humphrey erschien mit dem Hamburger, warf einen Blick auf sein Glas und sagte: „Vielleicht soll ich gleich einen Krug bringen, wenn Sie so schnell trinken?"

Lewis hatte gar nicht bemerkt, daß er bereits so viel getrunken hatte. „Gute Idee."

„Sie sehen nicht aus, als ob Ihnen heiß wäre", sagte Humphrey.

Die Musiker, die etwas besprochen hatten, gingen wieder an ihre geräuschvolle Arbeit und enthoben Lewis einer Antwort. Anni und Annie, die beiden Mädchen, die Humphrey an der Bar aushalfen, betraten den Raum, und mit ihnen strömte eine Welle von Kälte herein. Sie waren ein guter Grund, hierzubleiben. Anni hatte etwas Zigeunerhaftes an sich mit ihrem lockigen schwarzen Haar, das ein sinnliches Gesicht einrahmte. Annie sah aus wie ein Wikingermädchen und hatte kräftige, wohlgeformte Beine und prachtvolle Zähne. Sie waren beide Mitte Dreißig und redeten wie College-Professoren. Sie lebten mit irgendwelchen Männern draußen auf dem Lande und waren kinderlos. Lewis mochte beide ausgesprochen gerne und führte die eine oder andere von Zeit zu Zeit zum Essen aus. Als Anni ihn sah, winkte sie ihm zu, und er winkte zurück, während der von einer Geige begleitete Gitarrist plärrte:

Wo blieb dein Feuer, wo das meine, und (feedback) der leere Garten, wo wir unsere Träume pflanzen?

Humphrey entfernte sich, um den beiden Frauen Anweisungen zu geben. Lewis biß in seinen Hamburger.

Als er aufsah, stand Ned Rowles neben ihm. Lewis zog erstaunt die Augenbrauen hoch, erhob sich, immer noch kauend, halb von seinem Sitz und bat Rowles mit einer Handbewegung, an seinem Tisch Platz zu nehmen. Er mochte Ned Rowles gut leiden. Ned hatte aus dem *Urbanite* eine interessante Zeitung gemacht, die mehr bot als die üblichen kleinstädtischen Berichte über Feuerwehrveranstaltungen und Annoncen von Gemischtwarenläden. „Helfen Sie mir bei meinem Bier", sagte er und füllte Neds nahezu leeres Glas aus seinem Krug.

„Und was ist mit mir?" sagte eine tiefe, spröde Stimme hinter ihm. Erstaunt wandte Lewis seinen Kopf und sah Walt Hardesty, der auf ihn herabschaute. Dies erklärte, wieso Lewis Ned zuerst nicht zu Gesicht bekommen hatte; er war mit Hardesty in dem Hinterzimmer gewesen, wo Humphrey seine Biervorräte lagerte. Lewis wußte, daß Hardesty, der wie Omar Norris von Jahr zu Jahr mehr dem Alkohol verfiel, ganze Nachmittage in jenem Hinterzimmer zubrachte — er trank nie in der Öffentlichkeit.

„Aber natürlich, Walt", sagte er, „ich habe Sie nicht gesehen. Nehmen Sie doch Platz." Ned Rowles sah ihn sonderbar an. Lewis war sicher, daß der Zeitungsherausgeber Hardesty ebenso ermüdend fand wie er selbst und nicht das geringste Bedürfnis nach seiner Gesellschaft verspürte, aber Ned konnte doch nicht erwarten, daß er den Sheriff fortschickte? Was sein Blick auch bedeuten mochte, Rowles rückte zur Seite, um Hardesty Platz zu machen. Der Sheriff stecke noch in seiner Überjacke; wahrscheinlich war es im Hinterzimmer kalt gewesen. Ned hatte, ähnlich wie jene Collegestudenten, denen er immer noch glich, die Angewohnheit, bis tief in den Winter nur mit einer Tweedjacke herumzulaufen.

Dann merkte Lewis, daß beide Männer ihn sonderbar ansahen, und sein Herz schlug schneller — hatte er das

Mädchen am Ende doch überfahren? Hatte jemand seine Autonummer notiert? Man würde ihn wegen Fahrerflucht anzeigen! „Nun, Walt", sagte er, „handelt es sich um etwas Bestimmtes, oder wollen Sie nur ein Bier mit uns trinken?" Er schenkte Hardesty ein, während er das sagte.

„Im Augenblick will ich mich auf das Bier beschränken, Mr. Benedikt", antwortete Hardesty. „Ganz ordentlicher Tag, was?"

„Ja", sagte Lewis einfach.

„Ein schrecklicher Tag", sagte Ned Rowles und strich sich das Haar aus der Stirn. Er verzog das Gesicht, während er Lewis ansah. „Sie sehen nicht gut aus, alter Freund, vielleicht sollten Sie nach Hause gehen und sich ausruhen."

Diese Bemerkung verwirrte Lewis noch mehr. Falls er das Mädchen tatsächlich gestreift haben sollte und die beiden es wußten, würde ihn der Sheriff nicht einfach nach Hause gehen lassen. „Oh", sagte er, „daheim bin ich zu ruhelos. Ich wünschte, die Leute würden mir nicht ständig sagen, wie fürchterlich ich aussehe."

„Nun, es ist eine schreckliche Geschichte", sagte Rowles. „Ich glaube, darüber sind wir uns alle einig."

„Teufel, ja", sagte Hardesty, leerte sein Glas und schenkte sich nochmal ein. Neds Gesicht war schmerzlich verzogen, es trug einen Ausdruck von — ja wovon? Es sah fast aus wie Mitleid. Die Musik war so laut geworden, daß die drei Männer ihre Köpfe zusammenstecken mußten, um einander hören zu können. Lewis vernahm einzelne Versfetzen, einzelne ins Mikrophon geplärrte Sätze: *Du bist am falschen Weg, Baby ... am falschen Weg ...*

„Ich dachte eben an die Zeit, als ich noch jung war und mir Benny Goodman anhörte", sagte er. Ned Rowles warf erstaunt den Kopf zurück.

„Benny *Goodman?*" schnaubte Hardesty. „Ich für mein Teil liebe Country-music, richtige Country-music. Hank Williams, nicht den Mist, den diese Jungen hier spielen. Das ist keine Country-music. Jim Reeves etwa, das mag ich." Lewis roch den Atem des Sheriffs, halb Bierdunst, halb grauenhafte Fäulnis, als hätte er Abfall gegessen.

„Nun, Sie sind jünger als ich“, machte er einen Rückzieher.

„Ich wollte nur sagen, wie leid es mir tut“, warf Ned ein. Lewis sah ihn scharf an und versuchte herauszufinden, wie groß die Schwierigkeiten waren, in denen er stecken mochte. Hardesty bedeutete Annie, der Wikingerin, ihm noch einen Krug Bier zu bringen. Eine Minute später kam sie und zwinkerte Lewis im Weggehen zu.

Irgendwann im Laufe des Morgens, erinnerte sich Lewis, und irgendwann während seiner Fahrt ... kahle Ahornbäume ... war ihm eine seltsame, traumartige Klarheit aufgefallen, es war ein Anblick, als betrachte man einen Kupferstich — ein Wald voll Gespenster, ein von dornigen Bäumen umgebenes Schloß —

Du bist am falschen Weg, Baby, am falschen Weg ...

— aber jetzt fühlte er sich benommen und verwirrt, alles war fremd, und Annies Zwinkern erschien ihm wie aus einem surrealen Film —

am falschen Weg ...

Hardesty beugte sich wieder vor und öffnete den Mund. Lewis sah ein rotes Äderchen in seinem linken Auge, das wie ein befruchtetes Ei unter der blauen Iris lag. „Ich werde Ihnen etwas sagen“, schrie Hardesty. „Da sind die vier toten Schafe, oder? Durchgeschnittene Hälse. Kein Blut und keine Fußspuren. Wie erklären Sie sich das?“

„Sie sind das Gesetz, wie erklären Sie es?“ antwortete Lewis mit erhobener Stimme, um sich trotz des Lärms verständlich zu machen.

„Ich sage, das ist eine verdammt komische Welt — wird eine verdammt komische Welt werden“, brüllte Hardesty und schenkte Lewis einen seiner berühmten Blicke eines harten Kerls aus Texas. „Wirklich verdammt komisch. Und ich könnte schwören, Ihre beiden alten Anwaltsfreunde wissen auch etwas darüber.“

„Das ist nicht sehr wahrscheinlich“, meinte Ned. „Aber ich sollte dafür sorgen, daß einer von beiden etwas über Dr. Jaffrey für die Zeitung schreibt. Es sei denn, Sie wollen es übernehmen, Lewis.“

„Über John im *Urbanite* schreiben?“ fragte Lewis.

„Nun, etwa hundert bis zweihundert Wörter, alles, was Sie über ihn zu sagen wissen.“

„Aber warum?“

„Jesus weinte, weil Omar Norris nicht der einzige sein soll“ — Hardesty unterbrach sich und sah völlig verdattert drein. Lewis verrenkte seinen Hals, um einen Blick auf Omar Norris werfen zu können, der immer noch gestikulierte und vor sich hinplapperte. Das Gefühl eines nahenden Unheils, das ihn schon den ganzen Tag über verfolgt hatte, wurde stärker. Ein falscher Ton auf der Geige ging ihm durch Mark und Bein: *Das ist es, das ist es* —

Ned Rowles griff über den Tisch nach Lewis' Hand. „Ach Lewis“, sagte er, „ich dachte, Sie wüßten es.“

„Ich war den ganzen Tag nicht zu Hause“, sagte er. „Ich war — was ist geschehen?“ *Einen Tag nach Edwards Todestag,* dachte er und wußte, daß John Jaffrey tot war. Dann fiel ihm ein, daß Edward seinen Herzanfall nach Mitternacht erlitten hatte und daß *heute* der Jahrestag seines Todes war.

„Er war ein Springer“, sagte Hardesty, und Lewis war klar, daß er den Ausdruck irgendwo gelesen haben mußte. Wie typisch für ihn, ein solches Wort zu gebrauchen, dachte er. Der Sheriff nahm einen Schluck Bier und zog eine Grimasse. „Heute, noch vor Mittag, sprang er von der Brücke. War sicher mausetot, bevor er auf dem Wasser aufschlug. Omar Norris hat alles gesehen.“

„Er sprang von der Brücke“, wiederholte Lewis leise. Plötzlich wünschte er, daß er das Mädchen mit seinem Wagen überfahren hätte — es war der Wunsch eines Augenblicks, aber es hätte bedeutet, daß John in Sicherheit wäre.

„Wir dachten, Sears oder Ricky hätten es Ihnen gesagt“, teilte Ned Rowles ihm mit. „Sie erklärten sich bereit, das Begräbnis vorzubereiten.“

„Gott im Himmel, man wird John begraben“, sagte Lewis, und Tränen stiegen ihm in die Augen. Er stand auf und schob sich unbeholfen aus der Nische.

„Ich nehme nicht an, daß Sie mir irgend etwas Aufschlußreiches sagen können", bemerkte Hardesty.

„Nein, nein. Ich muß hinüberfahren. Ich weiß gar nichts. Ich muß die anderen sprechen."

„Wenn ich Ihnen helfen kann, lassen Sie es mich wissen", überschrie Ned den Lärm.

Lewis sah nicht, wohin er ging, und stieß mit Jim Hardie zusammen, der sich unbemerkt neben der Nische aufgebaut hatte. „Verzeihung, Jim", sagte Lewis und wollte an Jim und dem Mädchen vorbei, aber Hardie hatte ihn am Arm gepackt und hielt ihn fest.

„Diese Dame möchte Sie kennenlernen", sagte der Junge und grinste unangenehm. „Also mache ich Sie bekannt. Sie wohnt in unserem Hotel."

„Ich habe aber gar keine Zeit, ich muß gehen", sagte Lewis, während Hardie immer noch krampfhaft seinen Arm umklammert hielt.

„Warten Sie. Ich tue nur, was sie von mir verlangt hat, Mr. Benedikt. Das ist Anna Mostyn." Zum ersten Mal, seit ihre Blicke sich an der Bar getroffen hatten, sah Lewis das Mädchen an. Er entdeckte, daß sie kein Mädchen war; sie mußte etwa dreißig sein, vielleicht ein Jahr darunter oder darüber. Sie war ganz und gar nicht der Typ Mädchen, mit dem Jim Hardie für gewöhnlich ausging. „Anna, das ist Mr. Lewis Benedikt. Ich glaube, er ist der bestaussehende alte Fuchs in den umliegenden Bezirken, vielleicht sogar im ganzen Staat, und obendrein weiß er es." Je länger Lewis das Mädchen ansah, desto verdutzter wurde er. Sie erinnerte ihn an jemanden, und er dachte, daß es wohl Stella sein mußte. Dann schoß ihm durch den Kopf, daß er vergessen hatte, wie Stella Hawthorne mit dreißig ausgesehen hatte.

Omar Norris, der wie eine Figur auf einem Elendsgemälde aussah, deutete von der Bar aus auf ihn. Der immer noch grinsende Jim Hardie ließ seinen Arm los. Der Jüngling mit der Geige schüttelte sein Haar auf Mädchenart und intonierte eine neue Nummer.

„Ich weiß, daß Sie gehen müssen", sagte die Frau. Ihre

Stimme war leise, aber sie glitt durch den Lärm an sein Ohr. „Jim erzählte mir von Ihrem Freund, und ich wollte Ihnen nur sagen, wie leid es mir tut."

„Ich habe es eben erst gehört", sagte Lewis, und der überwältigende Wunsch, die Bar zu verlassen, verursachte ihm Übelkeit. „Es war nett, Sie kennenzulernen, Miss —"

„Mostyn", sagte sie, und ihre Stimme war mühelos zu vernehmen. „Ich hoffe, wir werden einander wiedersehen. Ich werde für Ihre Freunde, die Anwälte, arbeiten."

„Oh? Nun ..." Es dämmerte ihm, was sie eben gesagt hatte. „Sears und Ricky haben Ihnen einen Job gegeben?"

„Ja, ich glaube, sie kannten meine Tante. Vielleicht kannten Sie sie ebenfalls? Sie hieß Eva Galli."

„Oh Gott", stöhnte Lewis, stürzte weiter in das Innere der Bar, änderte dann die Richtung und raste auf die Tür zu.

„Hat unser Glamour-Bubi den Dünnschiß gekriegt?" sagte Jim. „Oh, Verzeihung, meine Dame. Ich meine, Miss Mostyn."

6

Angeklagt: die Altherrengesellschaft.

Das Dach des Morgan knatterte im Fahrtwind, und es war eisig im Wagen, als Lewis so schnell wie möglich zu Johns Haus fuhr. Er hatte keine Ahnung, was er dort eigentlich erwartete. Möglicherweise ein letztes Zusammentreffen der Altherrengesellschaft, in dessen Verlauf Ricky und Sears eine unheimlich vernünftige Rede an einem offenen Sarg halten würden. Oder am Ende würden auch Ricky und Sears auf geheimnisvolle Weise verstorben sein und, in die schwarzen Gewänder aus seinem Traum gehüllt, in einem der oberen Schlafräume aufgebahrt liegen — drei Leichen.

Noch nicht, sagte eine Stimme in seinem Inneren. Er hielt

vor dem Haus in der Montgomerystraße und stieg aus dem Wagen. Der Wind fuhr in den Blazer und riß an seiner Krawatte. Er merkte, daß er ebenso wie Ned Rowles ohne Mantel unterwegs war. Verzweifelt sah Lewis zu den dunklen Fenstern hinauf und hoffte, daß wenigstens Milly Sheehan zu Hause sein würde. Er ging den Gartenweg entlang und läutete an der Wohnungstür. Das Geräusch der Glocke ertönte schwach, wie aus weiter Ferne. Lewis hatte das Gefühl, als stünde er nackt in der Kälte, und er begann zu zittern. Auf seinem Gesicht stand kaltes Wasser. Zunächst dachte er, es sei Schnee, dann merkte er, daß er weinte.

Lewis hämmerte umsonst an die Tür, die Tränen auf seinem Gesicht erstarrten zu Eis. Er blickte über die Straße zu Eva Gallis altem Haus.

Sein Atem stockte. Fast glaubte er sie zu sehen, die Zauberin ihrer Jugend, wie sie sich hinter einem Fenster zu ebener Erde bewegte.

Einen Moment lang herrschte wieder die harte Klarheit des Morgens, und auch sein Magen gefror, dann öffnete sich die Tür, und er sah, daß die heraustretende Gestalt ein Mann war. Lewis fuhr sich mit der Hand über die Stirn. Offensichtlich wollte der Mann mit ihm sprechen. Als er näher kam, erkannte Lewis Freddy Robinson, den Versicherungsagenten. Er gehörte zu den Stammgästen des „Humphrey".

„Lewis?" rief er. „Lewis Benedikt? He, Mann — schön, daß ich Sie sehe!"

Lewis verspürte das gleiche Gefühl wie vorhin in der Bar — er wollte fliehen. „Ja, ich bin es", sagte er.

„Mensch, ein Jammer, was mit dem guten alten Dr. Jaffrey geschah, was! Ich hörte es heute nachmittag. War ein guter Freund von Ihnen, nicht?" Inzwischen war Robinson nahe genug, um ihm die Hand zu schütteln. Lewis hatte keine Wahl mehr und ergriff die kalten Finger des Vertreters. „Teuflische Nachricht, was? Gottverdammte Tragödie, würde ich sagen. Menschenskind." Er schüttelte feierlich den Kopf. „Ich will Ihnen etwas sagen. Der Doktor lebte zwar sehr zurückgezogen, aber ich mochte den alten Knaben gern. Ehrlich. Als er mich damals zu der Party einlud, die er für die Schauspielerin gab, dachte ich, mich laust der Affe. Mann! Was für eine Party! Wirklich, ich amüsierte mich königlich. Riesige Party!" Er mußte wohl gemerkt haben, wie Lewis zusammenzuckte, und fügte hinzu: „Bis auf das Ende natürlich."

Lewis sah zu Boden und bemühte sich nicht, auf diese schrecklichen Bemerkungen zu antworten. Freddy Robinson benützte die Gesprächspause, um hinzuzufügen: „He, Sie schaun irgendwie ausgelaugt aus. Sie werden doch nicht hier in der Kälte bleiben. Warum kommen Sie nicht zu mir hinüber auf einen ordentlichen Drink? Ich würde gern etwas über Sie erfahren, ein bißchen die Oberfläche ankratzen, Ihre Versicherungslage überprüfen, nur so, der Ordnung halber, Sie verstehen. Hier ist sowieso niemand zu Hause —" Wie Jim Hardie griff er nach Lewis' Arm, und dieser spürte trotz seiner eigenen Müdigkeit und seines Elends, daß den Mann verzweifelt nach menschlicher Gesellschaft verlangte. Robinson hätte Lewis am liebsten Handschellen angelegt und ihn auf die andere Straßenseite gezerrt. Lewis wußte, daß Robinson sich an seine Fersen heften würde wie eine Klette, wenn er es zuließ.

„Ich fürchte, das wird nicht gehen", sagte er höflich. „Ich muß noch zu einigen Leuten."

„Sears James und Ricky Hawthorne, nehme ich an", gab sich Robinson geschlagen. Er ließ Lewis' Arm los. „Meine Güte, was ihr Jungs macht, ist einfach großartig. Ich meine, ich bewundere Sie, ehrlich, mit diesem Klub und allem."

„Himmel, bewundern Sie nicht *uns*", sagte Lewis, der bereits zu seinem Wagen ging. „Jemand schießt uns ab wie die Fliegen."

Das bemerkte er ganz beiläufig und abschließend, und fünf Minuten später hatte Lewis vergessen,daß er es überhaupt gesagthatte.

Er fuhr die acht Blöcke zu Rickys Haus, weil es undenkbar schien, daß Sears Milly Sheehan zu sich genommen hatte, und als er ankam, sah er, daß er recht gehabt hatte. Rickys alter Buick stand in der Einfahrt.

„Also hast du es gehört", sagte Ricky, als er die Tür öffnete. „Ich bin froh, daß du da bist." Seine Nase war gerötet. Vom Weinen, dachte Lewis erst, und dann sah er, daß Ricky einen bösen Schnupfen hatte.

„Ja, ich traf Hardesty und Ned Rowles, und sie sagten es mir. Wie habt ihr es erfahren?"

„Hardesty rief uns im Büro an." Die beiden Männer betraten den Wohnraum, und Lewis sah, wie Sears, der in einem Lehnstuhl saß, die Stirn runzelte, als der Name des Sheriffs fiel.

Stella kam aus dem Eßzimmer, lief auf ihn zu und umarmte ihn. „Es tut mir so leid, Lewis", sagte sie. „Es ist ein gräßlicher Jammer."

„Es ist unmöglich", sagte Lewis.

„Das mag sein, aber mit Sicherheit war es John, den man heute mittag ins Leichenschauhaus geschafft hat", sagte Sears mit belegter Stimme. „Wer vermag schon zu sagen, was unmöglich ist? Wir stehen alle unter einem Druck, vielleicht bin ich es morgen, der von der Brücke springt." Stella drückte Lewis noch einmal an sich und setzte sich dann neben Ricky auf die Couch. Der italienische Kaffeetisch vor ihnen hatte das Ausmaß eines Eislaufplatzes.

„Du brauchst einen Kaffee", sagte Stella, nachdem sie Lewis kritisch gemustert hatte, erhob sich und verschwand in der Küche.

„Man möchte meinen, es sei unmöglich", fuhr Sears, die Unterbrechung ignorierend, fort, „daß drei erwachsene Männer wie wir, sich genötigt sehen, auf der Suche nach etwas Wärme zusammenzukriechen. Und doch sitzen wir nun da."

Stella kehrte mit Kaffee für die ganze Gesellschaft zurück, und für einen Augenblick verstummte das Gespräch.

„Wir haben versucht, dich zu erreichen", sagte Ricky.

„Ich war unterwegs."

„Es war John, der darauf bestanden hat, an den jungen Wanderley zu schreiben", sagte Ricky nach einer kleinen Pause.

„An wen zu schreiben?" fragte Stella. Sears und Ricky

erklärten es ihr. „Also das ist die verrückteste Sache, die ich je gehört habe", sagte sie schließlich. „Erst regt ihr euch auf und dann bittet ihr einen anderen, die Probleme zu lösen. Das hätte ich nie von John gedacht."

„Er soll ein Experte sein, Stella", sagte Sears verzweifelt. „Was mich angeht, so bin ich der Ansicht, daß Johns Selbstmord uns einmal mehr beweist, wie sehr wir ihn brauchen."

„Nun, wann kommt er?"

„Weiß ich nicht", gab Sears zu. Er sah jämmerlich aus, wie ein fetter alter Truthahn am Ende des Winters.

„Wenn ihr mich fragt, so meine ich, ihr solltet mit diesen Treffen der Altherrengesellschaft Schluß machen", teilte Stella mit. „Sie wirken zerstörerisch. Ricky erwachte heute morgen schreiend — und alle drei seht ihr aus, als seien euch Geister erschienen."

Sears blieb kühl. „Zwei von uns haben Johns Leiche gesehen, Grund genug, um einen etwas verstörten Eindruck zu machen."

„Wie —", begann Lewis und unterbrach sich. *Wie sah er aus?* war eine ausnehmend dumme Frage.

„Was wolltest du fragen?" sagte Sears.

„Wie kam es, daß ihr Eva Gallis Nichte als Sekretärin eingestellt habt?"

„Sie suchte einen Job", antwortete Sears. „Und wir hatten zusätzliche Arbeit."

„Eva Galli?" fragte Stella. „War das nicht jene reiche Frau, die vor — oh, vor Jahren hierherkam? Ich habe sie nicht sehr gut gekannt, sie war viel älter als ich. Sie sollte sich mit irgend jemandem verheiraten, aber plötzlich war sie aus der Stadt verschwunden."

„Sie sollte Stringer Dedham heiraten", sagte Sears ungeduldig.

„Oh ja, Stringer Dedham", erinnerte sich Stella. „Meine Güte, er war ein gutaussehender Mann. Dann gab es einen furchtbaren Unfall ... irgend etwas auf einer Farm."

„Er verlor beide Arme in einer Dreschmaschine", sagte Ricky.

„Gott, was für ein Gesprächsthema. So geht es wohl bei euren Treffen zu!"

Die drei Männer hatten eben das gleiche gedacht.

„Wer hat dir von Miss Mostyn erzählt?" fragte Sears. „Mrs. Quast macht wohl Überstunden in Klatsch."

„Nein, ich traf sie. Sie war mit Jim Hardie bei Humphrey. Sie hat sich mir vorgestellt."

Die Unterhaltung versickerte aufs neue.

Sears fragte Stella, ob sie Kognak im Hause habe. Stella nickte und verschwand wieder in der Küche.

Sears zog wild an seinem Jackett und versuchte es sich in dem lederbezogenen Metallstuhl bequem zu machen. „Du hast John gestern nacht nach Hause gebracht. Erschien dir irgend etwas ungewöhnlich an ihm?"

Lewis schüttelte bedächtig den Kopf. „Wir haben nicht viel gesprochen. Er sagte, deine Geschichte sei sehr gut gewesen."

„Mehr sagte er nicht?"

„Er sagte, daß ihm kalt sei."

„Mhm."

Stella kehrte mit einem Tablett zurück, auf dem eine Flasche Kognak und drei Gläser standen. „Ihr solltet euch sehen. Ihr sitzt da wie drei Eulen."

Sie nickten nicht einmal dazu.

„Meine Herren, ich überlasse euch dem Kognak. Ich bin sicher, ihr wollt verschiedenes besprechen." Stella sah sie herablassend und huldvoll an, wie eine Volksschullehrerin ihre Klasse, und verließ rasch, ohne eine gute Nacht zu wünschen, das Zimmer. Ihre Mißbilligung hing im Raum.

„Sie ist durcheinander", sagte Ricky entschuldigend. „Nun, das sind wir alle. Aber die Geschichte ging Stella näher, als sie zeigen will." Als wolle er das Benehmen seiner Frau gutmachen, beugte Ricky sich über den Eislauftisch und schenkte die drei Gläser voll. „Ich brauche das jetzt auch. Lewis, ich verstehe einfach nicht, was ihn dazu bringen konnte. Warum sollte John Jaffrey sich umbringen wollen?"

„Ich weiß nicht, warum", sagte Lewis und nahm eines der

Gläser. „Vielleicht bin ich froh, daß ich es nicht weiß."

„Rede zur Abwechslung einmal vernünftig", schimpfte Sears. „Wir sind Menschen, Lewis, keine Tiere. Wir sind nicht dazu erschaffen, in Unwissenheit zu tappen." Auch er nahm ein Glas und nippte daran. „Die menschliche Spezies hungert nach Wissen, nach Aufklärung." Seine hellen Augen blitzten Lewis ärgerlich an. „Möglicherweise habe ich dich mißverstanden, und du hattest nicht die Absicht, der Unwissenheit das Wort zu reden."

„Gewonnen, Sears", sagte Ricky.

„Darf ich dich um eine etwas gewähltere Ausdrucksweise ersuchen, Ricky", gab Sears zurück. „Gewonnen in der Tat. Das mag auf Elmer Scales und seine Schafe Eindruck machen, aber nicht auf mich."

Da war irgend etwas mit Schafen gewesen — aber Lewis hatte es vergessen. Er sagte: „Ich habe nicht die Absicht, die Unwissenheit zu verteidigen, Sears. Ich meinte einfach — zum Teufel, ich weiß es nicht mehr. Wahrscheinlich wollte ich sagen, daß es zuviel sein könnte, um es zu ertragen." Er sprach nicht aus, was ihm halb bewußt war: daß er Angst davor hatte, die Natur eines Selbstmordes, sei es der eines Freundes oder der der eigenen Frau, zu erforschen.

„Ja", hauchte Ricky.

„Gewäsch", sagte Sears. „Ich wäre erleichtert zu erfahren, daß John einfach verzweifelt war. Andere Erklärungen sind es, die mir Angst machen."

Lewis sagte: „Ich habe den Eindruck, daß ich nicht ganz auf dem laufenden bin", und bewies Ricky zum tausendsten Mal, daß er nicht der Einfaltspinsel war, für den Sears ihn gewöhnlich hielt.

„Vergangene Nacht", sagte Ricky, der sein Glas mit beiden Händen festhielt und fatalistisch lächelte, „sah Sears, nachdem wir uns verabschiedet hatten, Fenny Bate in seinem Treppenhaus."

„Gott im Himmel."

„Genug jetzt", warnte Sears. „Ricky, ich verbiete dir, darüber zu reden. Was unser Freund sagen will, Lewis, ist, daß ich glaubte, ihn zu sehen. Ich erschrak sehr. Es handelte sich um eine Halluzination — eine Erscheinung, wie man in dieser Gegend früher dazu sagte."

„Da ist ein Widerspruch", bemerkte Ricky. „Ich für mein Teil wäre froh, wenn du recht hättest. Ich möchte nicht, daß der junge Wanderley zu uns kommt. Ich glaube, es würde uns allen noch leid tun, wenn es zu spät ist."

„Du verstehst mich falsch. Ich will, daß er kommt und sagt ‚gebt es auf. Mein Onkel Edward starb, weil er zu viel rauchte und an der Aufregung.' John Jaffrey war labil. Das ist der Grund, warum ich seinem Vorschlag zugestimmt habe. Ich meine, er soll nur kommen, je eher desto besser."

Lewis sagte: „Wenn du so denkst, pflichte ich dir bei."

„Ist das John gegenüber fair?" fragte Ricky.

„John ist jenseits aller Fairneß", sagte Sears. Er trank seinen Kognak aus und beugte sich vor, um sich nochmals einzuschenken.

Plötzlich vernahm man Schritte auf der Treppe. Die drei Männer rissen ihre Köpfe herum und sahen zur Türe.

Als Sears sich in seinem Sessel herumdrehte, fiel sein Blick auf das Fenster, und er sah mit Erstaunen, daß es wieder zu schneien begonnen hatte. Große Flocken peitschten gegen die schwarze Scheibe.

Milly Sheehan betrat den Raum, sie war in einen von Stellas alten Schlafröcken gezwängt. „Ich habe gehört, was Sie eben sagten, Sears James", ihre Stimme klang wie die Sirene eines Rettungswagens. „Sie unterdrücken John übers Grab hinaus."

„Milly, es lag nicht in meiner Absicht, respektlos zu reden", sagte Sears. „Sollten Sie nicht —"

„Nein. Diesmal werden Sie mich nicht so einfach los. Diesmal gibt's weder Kaffee noch Verbeugungen noch Kratzfüße. Ich habe Ihnen etwas zu sagen. John hat sich nicht umgebracht. Lewis Benedikt, auch Sie werden mir zuhören. Er tat es nicht und er hätte es niemals selber getan. John ist umgebracht worden."

„Milly", begann Ricky.

„Glauben Sie, ich bin taub? Glauben Sie, ich weiß nicht, was vorgeht? John wurde umgebracht, und wissen Sie, wer ihn umgebracht hat? Nun, ich weiß es." Man hörte eilige Schritte auf der Treppe, diesmal war es Stella. „Ich weiß, wer ihn umgebracht hat. Ihr wart es. Ihr — die Altherrengesellschaft. Ihr habt ihn umgebracht mit euren schrecklichen Geschichten. Ihr habt ihn krank gemacht — ihr und euer Fenny Bate!" Ihr Gesicht verzerrte sich; Stella stürzte herein, um Millys letzten Worten Einhalt zu gebieten, aber es war zu spät. „Man sollte euch die Mördergesellschaft nennen! Ihr seid eine Mörder AG!"

7

Da standen sie, unter einem lichten Oktoberhimmel — die Mörder AG. Sie fühlten Trauer, Wut, Verzweiflung und Schuld — wie unter einem Zwang hatten sie ein ganzes Jahr lang von Gräbern und Leichen gesprochen, und nun begruben sie einen der ihren. Das unerwartete Ergebnis der Autopsie hatte sie erstaunt und bedrückt. Sears, der es nicht glauben wollte, war explodiert.

Auch Ricky hatte es zunächst nicht für möglich gehalten, daß John drogensüchtig war. „Spuren massiver, über lange Zeiträume gewohnheitsmäßig verabreichter Dosen narkotischer Substanzen ..." und dann ein Haufen hochtrabender medizinischer Fachausdrücke. Aber der Kern der Sache war, daß der Leichenbeschauer John Jaffrey öffentlich diffamiert hatte. Sears' Toben hatte nichts genützt — der Mann war bei seiner Version geblieben. Das Resultat der Autopsie zirkulierte in ganz Milburn. Einige Bürger glaubten daran, andere nicht, aber niemand kam zum Begräbnis. Sogar Pfarrer Neil Wilkinson schien peinlich berührt. Das Begräbnis eines Selbstmörders und Drogensüchtigen — wirklich!

Anna, die neue Kraft, hatte sich großartig bewährt: Sie war mit Sears' Toben fertig geworden, und es war ihr gelungen, Mrs. Quast vor den ärgsten Auswirkungen des Wutanfalles abzuschirmen. Sie war ebenso wunderbar mit Milly Sheehan umgegangen wie Stella, und sie hatte das Büro verwandelt. Sie hatte Ricky zu der Erkenntnis gezwungen, daß Hawthorne und James mehr als genug Arbeit hätten, wenn Hawthorne und James gewillt wären, sie zu erledigen. Sogar während der schrecklichen Zeit, als Johns Begräbnis vorbereitet werden mußte, ja sogar am Tag, als er einen von Johns Anzügen aussuchte und einen Sarg kaufte, beantworteten er und Sears mehr Briefe und Telefonate als in den vergangenen Wochen. Sie hatten sich allmählich von ihren Geschäften zurückgezogen und ganz automatisch Klienten abgegeben, und plötzlich schien Anna Mostyn sie wieder ins Leben zurückzuführen. Ihre Tante hatte sie nur ein einziges Mal und eher beiläufig erwähnt — sie hatte gefragt, wie sie gewesen sei. „Fast so hübsch wie Sie, nur nicht ganz so energisch", hatte Sears errötend gemurmelt. Und in der Frage der Autopsie hatte sie sich unerschütterlich an Sears' Seite gestellt. Auch Leichenbeschauer begehen Fehler, hatte sie erklärt.

Ricky war da nicht so sicher; er war nicht einmal sicher, ob das überhaupt eine Rolle spielte. John war ein ausgezeichneter Arzt gewesen; sein eigener Körper mochte geschwächt gewesen sein, aber seine Kompetenz in bezug auf anderer Menschen Körper war bis zu seinem Ende außer Frage gestanden. Schon möglich, daß eine „massive gewohnheitsmäßige Drogenabhängigkeit" für Johns deutlichen physischen Verfall verantwortlich gewesen war. Die täglichen Insulininjektionen mochten ihn an den Gebrauch der Nadel gewöhnt haben. Aber die Möglichkeit, daß John Jaffrey süchtig gewesen war — fand Ricky —, hatte keinen Einfluß darauf, wie er über ihn dachte.

Und noch etwas: Dies war eine Erklärung für Johns Selbstmord. Weder ein hohläugiger, barfüßiger Fenny Bate, noch eine Mörder AG, noch bloße Geschichten hatten ihn getötet — die Droge hatte sein Gehirn und seinen Körper zerfressen. Oder er konnte die demütigende Süchtigkeit nicht mehr ertragen. Oder sonst etwas.

Manchmal war es überzeugend.

In der Zwischenzeit lief seine Nase, und es stach in seiner Brust. Er wollte sich setzen; er wünschte, daß ihm warm wäre. Milly Sheehan klammerte sich an Stella, als wären sie beide einem Hurrikan ausgesetzt. Ab und zu zupfte sie mit einer Hand ein Papiertaschentuch aus der Schachtel, wischte sich damit die Augen und ließ es dann zur Erde fallen.

Ricky entnahm seiner Manteltasche ein feuchtes Taschentuch, schneuzte sich diskret und steckte das Tuch wieder weg.

Alle hörten das Auto den Friedhofshügel herauffahren.

8

Aus Don Wanderleys Tagebuch

Es scheint ganz so, als sei ich Ehrenmitglied der Altherrengesellschaft. Alles ist sehr seltsam — und diese Seltsamkeit ist ein wenig beunruhigend. Am befremdendsten wirkt, daß die Freunde meines Onkels offenbar in der Furcht leben, in eine Horrorgeschichte des wirklichen Lebens verwickelt zu sein, in eine Geschichte wie etwa *Der Nachtwächter*. *Der Nachtwächter* war auch der Grund, weswegen sie mir schrieben. Sie sahen in mir so etwas wie einen stahlgepanzerten Experten des Übernatürlichen — einen Van Helsing! Mein erster Eindruck hat sich bestätigt; sie haben alle eine deutliche Vorahnung — man könnte sagen, sie sind soweit, daß sie sich vor ihrem eigenen Schatten fürchten. Meine Rolle besteht vor allem darin, *Untersuchungen* anzustellen. Und obwohl sie dergleichen nie direkt sagten, weiß ich doch um ihre Hoffnung, von mir zu hören: Macht euch keine Sorgen, Jungs. Es gibt für alles eine vernünftige, plausible Erklärung — aber das bezweifle ich.

Sie wollen auch, daß ich schreibe — es scheint ihnen unerläßlich. „Wir haben Sie nicht hergebeten, um Ihre Karriere zu stören!" sagte Sears James. Also stellen sie sich vor, daß ich die eine Hälfte meines Tages Dr. Rabbitfoot und die andere Hälfte ihnen widme. Es ist deutlich zu spüren, daß sie einen Gesprächspartner suchen. Sie haben zu lange mit sich selbst gesprochen.

Kurz nachdem Anna Mostyn, die Sekretärin, gegangen war, sagte die Haushälterin des Toten, daß sie sich hinlegen wolle, und Stella Hawthorne führte sie nach oben. Als sie wieder herunterkam, gab Mrs. Hawthorne jedem von uns einen großen Whisky. In Milburns gehobener Schicht — und ich nehme an, daß es sich hier um diese handelt — trinkt man Whisky auf englische Art, pur.

Wir führten eine peinigende, stockende Unterhaltung. Stella Hawthorne sagte: „Ich hoffe, Sie werden die Herrschaften zur Vernunft bringen", was mir rätselhaft schien. Noch hatten sie mir den wahren Grund, warum sie mich um mein Kommen gebeten hatten, nicht genannt. Ich nickte, und Lewis sagte: „Wir müssen darüber reden." Darauf schwiegen sie wieder. „Wir wollen uns auch über Ihr Buch unterhalten", sagte Lewis.

„Fein", sagte ich. Wieder Schweigen.

„Ich werde euch drei Käuzen etwas zu essen richten", sagte Stella Hawthorne. „Mr. Wanderley, würden Sie mir bitte helfen?"

Ich folgte ihr in die Küche in der Erwartung, sie würde mir Teller und Besteck in die Hand drücken. Aber ich hatte nicht erwartet, daß die elegante Mrs. Hawthorne herumwirbeln, die Türe hinter sich zuwerfen und sagen würde: „Haben die drei alten Idioten Ihnen denn nicht gesagt, warum sie wollten, daß Sie kämen?"

„Ich denke, sie schwindelten ein wenig", sagte ich.

„Nun, Sie werden sich anstrengen müssen, Mr. Wanderley", sagte sie, „weil Sie Freud sein müßten, um mit den dreien fertig zu werden. Sie sollen wissen, daß ich es nicht für gut finde, daß Sie überhaupt hierherkamen. Ich bin der

Ansicht, daß die Leute ihre Probleme selber lösen sollten."

„Sie gaben mir zu verstehen, daß sie mit mir über meinen Onkel sprechen wollen", sagte ich. Trotz ihrer grauen Haare kann sie nicht älter als sechsundvierzig oder siebenundvierzig sein, dachte ich. Sie sah schön und streng aus, wie eine Galionsfigur.

„Über Ihren Onkel! Nun, vielleicht werden sie das tun. Sie würden sich nie dazu herablassen, mit mir darüber zu sprechen." Als sie das sagte, begriff ich wenigstens teilweise den Grund ihres Zorns. „Wie gut haben Sie Ihren Onkel gekannt, Mr. Wanderley?"

Ich bat sie, mich beim Vornamen zu nennen. „Nicht sehr gut. Nachdem ich aufs College gegangen und nach Kalifornien gezogen war, habe ich ihn nur alle paar Jahre einmal gesehen. Und vor seinem Tod sah ich ihn einige Jahre gar nicht."

„Aber er vermachte Ihnen sein Haus. Erscheint es Ihnen nicht komisch, daß die drei Knaben da drinnen Ihnen nicht vorschlugen, sie sollten darin wohnen?"

Ehe ich antworten konnte, fuhr sie fort. „Nun, wenn es Ihnen nicht so scheint, ich finde es eigenartig. Nicht nur das, ich finde es erschütternd. Sie fürchten sich davor, Edwards Haus zu betreten. Es ist eine Art von stillschweigendem Einverständnis. Sie haben das Haus nie mehr betreten. Sie sind abergläubisch. Das ist der Grund."

„Ich glaubte zu fühlen — nun, als ich zum Begräbnis kam, glaubte ich zu sehen —", stotterte ich, weil ich nicht wußte, inwieweit ich offen mit ihr reden konnte.

„Bravo, vielleicht sind Sie nicht ganz so vernagelt wie die anderen. Aber eines will ich Ihnen sagen, Don Wanderley, wenn Sie die Dinge noch schlimmer machen, als sie bereits sind, bekommen Sie es mit mir zu tun." Sie warf mir ein winziges, gequältes Lächeln zu und sagte dann: „Wir machen uns besser an die Arbeit, damit Sie nicht ins Gerede kommen."

Sie öffnete den Kühlschrank und zog einen Braten von der Größe eines jungen Schweins heraus. „Paßt Ihnen kaltes Roastbeef? Das Besteck ist in der Schublade zu Ihrer Rechten. Fangen Sie zu schneiden an."

Erst als Stella das Haus verlassen hatte, um, wie sie sich ausdrückte, zu einer „Verabredung" zu gehen, deren Art ich mir nach der seltsamen Szene in der Küche vorstellen konnte — ein Eindruck, den Ricky Hawthornes verzweifeltes Gesicht noch verstärkte —, erst dann begannen die drei Männer sich mir anzuvertrauen. Das Wort ist schlecht gewählt: Es sollte noch lange dauern, ehe sie sich mir anvertrauten, aber nachdem Stella Hawthorne weggefahren war, ließen die drei alten Herren zumindest erkennen, warum sie mich gebeten hatten, nach Milburn zu kommen.

Es begann wie ein professionelles Interview.

„Nun sind Sie endlich da, Mr. Wanderley", sagte Sears James, schenkte sein Kognakglas voll und holte ein dickes Etui aus seiner inneren Rocktasche. „Zigarre? Ich verbürge mich für ihre Qualität."

„Nein, danke", sagte ich. „Und bitte, nennen Sie mich Don."

„Ausgezeichnet. Ich habe Sie noch nicht offiziell willkommen geheißen, was ich hiermit nachholen will. Wir alle waren enge Freunde Ihres Onkels. Ich bin Ihnen, und ich spreche hiermit auch im Namen meiner Freunde, äußerst dankbar, daß Sie die weite Reise unternommen haben, um uns aufzusuchen. Ich glaube, Sie können uns helfen."

„Steht dies im Zusammenhang mit dem Tod meines Onkels?"

„Zum Teil. Wir ersuchen Sie, für uns zu arbeiten." Dann fragte er mich, ob wir uns über den *Nachtwächter* unterhalten könnten.

„Selbstverständlich."

„Es ist ein Roman und daher zum größten Teil Fiktion, aber liegt dem Buch ein Fall aus der Wirklichkeit zugrunde? Wir nehmen an, daß Sie Untersuchungen durchgeführt haben. Aber mich interessiert, ob Sie im Verlauf Ihrer Recherchen irgendwelche erhärtende Beweise für die Idee zu Ihrem Buch entdeckt haben. Oder vielleicht wurden Ihre Recherchen durch irgendein unerklärbares Vorkommnis in Ihrem eigenen Leben ausgelöst."

Bei diesen Worten war eine starke Spannung im Raum

spürbar. Sie wußten nichts von Davids Tod, aber mit ihrer Frage hatten sie an das große Geheimnis in meinem Leben und im *Nachtwächter* gerührt.

„Die Fiktion, wie Sie sagten, beruht auf einem Fall, der sich tatsächlich ereignet hat", sagte ich, und die Spannung löste sich.

„Können Sie uns den Fall beschreiben?"

„Nein", sagte ich, „ich bin mir selbst nicht im klaren darüber. Im übrigen ist die Geschichte zu persönlich. Ich bedauere, aber ich möchte nicht darüber sprechen."

„Das respektieren wir", sagte Sears James. „Sie scheinen nervös zu sein."

„Das bin ich", gab ich zu und lachte.

„*Der Nachtwächter* basiert auf einer realen Situation, die Ihnen bekannt war?" fragte Ricky Hawthorne, als wäre er der Unterhaltung nicht gefolgt oder als könne er nicht glauben, was er gerade gehört hatte.

„Richtig."

„Und Sie kennen andere, ähnliche Fälle?"

„Nein."

„Aber Sie lehnen das Übernatürliche nicht rundweg ab", sagte Sears.

„Ich weiß es nicht genau", gab ich zur Antwort. „Es geht mir damit wie den meisten Menschen."

Lewis Benedikt richtete sich kerzengerade auf und starrte mich an. „Aber Sie haben eben gesagt ..."

„Nein, hat er nicht", unterbrach Ricky Hawthorne. „Er hat nur gesagt, daß sein Buch auf einem wirklichen Geschehen *beruht,* nicht, daß er das Geschehen selbst genau wiedererzählt. Ist das richtig, Don?"

„Mehr oder weniger."

„Aber was ist mit Ihren Recherchen?" fragte Lewis.

„Ich habe eigentlich nicht viele gemacht", sagte ich.

Hawthorne seufzte und sah mit einem ironisch anmutenden Blick zu Sears hinüber, der etwa bedeuten mochte: *Ich habe es dir gleich gesagt.*

„Ich glaube, Sie können uns in jedem Fall helfen", sagte Sears, als widerspräche er einer eben geäußerten Meinung.

„Ihre Skepsis wird uns guttun."

„Möglich", murmelte Hawthorne.

Ich hatte immer noch das Gefühl, daß sie in meine ureigenste private Sphäre eingedrungen waren. „Was hat das alles mit dem Herzinfarkt meines Onkels zu tun?" fragte ich. Es war eine Defensivfrage, aber sie mußte gestellt werden.

Dann kam es heraus — James hatte sich entschlossen, mir alles zu erzählen.

„Wir haben unvorstellbare Nächte. Ich weiß, daß auch John sie hatte. Es ist wohl keine Übertreibung zu sagen, daß wir um unseren Verstand fürchten. Würde das einer von euch bestreiten?"

Hawthorne und Lewis Benedikt sahen aus, als erinnerten sie sich gewisser Dinge, die sie lieber vergessen hätten, und schüttelten die Köpfe.

„Wir brauchen also Ihre Hilfe als Experte und so viel von Ihrer Zeit, wie Sie vernünftigerweise für uns erübrigen können", schloß Sears. „Johns offensichtlicher Selbstmord hat uns alle zutiefst erschüttert. Sogar wenn wir annehmen, daß er drogensüchtig war, was ich bestreite, glaube ich nicht, daß er ein potentieller Selbstmörder war."

„Wie war er bekleidet?" fragte ich. Es war nichts als ein verirrter Gedanke.

„Bekleidet? Ich entsinne mich nicht... Ricky, hast du seine Kleidung angesehen?"

Hawthorne nickte. „Ich warf sie weg. Es war eine erstaunliche Zusammenstellung von Kleidungsstücken: Abendjacke, Pyjamaoberteil, Hose zu einem anderen Anzug, keine Socken."

„So war John am Morgen seines Todes angezogen?" fragte Lewis verwundert. „Wieso hast du uns das nicht erzählt?"

„Zuerst hat es mich erschreckt, dann vergaß ich es. Es ist zu viel geschehen."

„Aber für gewöhnlich war er ein pedantischer Mann", sagte Lewis. „Verdammt, wenn John seine Kleider derart durcheinandergebracht hat, muß auch sein Geist ganz durcheinander gewesen sein."

„Genau", sagte Sears und lächelte mich an. „Don, das war eine scharfsinnige Frage. Keiner von uns hatte daran gedacht."

Ich sah, daß er im Begriff war, sich auf alle nur möglichen Vernunftsgründe zu stürzen. „Es macht die Dinge nicht einfacher, wenn wir feststellen, daß er sich in großer Verwirrung befand", führte ich deshalb an. „In dem Fall, den ich meinem Buch zugrunde legte, nahm sich ein Mann das Leben; ich bin verdammt sicher, daß sein Geist durcheinander war, und doch habe ich nie herausgefunden, was ihm tatsächlich zugestoßen ist."

„Sie sprechen von Ihrem Bruder, nicht wahr?" fragte Ricky Hawthorne schlau. Natürlich. Also wußten es doch alle. Mein Onkel hatte ihnen von David erzählt. „Und das war der ‚Fall', auf den Sie sich bezogen?"

Ich nickte und sagte dann: „Ich habe es einfach zu einer Geistergeschichte verarbeitet. Ich weiß nicht, was sich wirklich zugetragen hat."

Einen Augenblick lang waren alle peinlich berührt.

„Nun", sagte Sears James, „sogar wenn Sie nicht gewöhnt daran sind, Recherchen zu betreiben, so bin ich doch sicher, daß Sie dazu fähig sind."

Ricky Hawthorne lehnte sich in seine exzentrische Couch zurück; er wirkte klein und verloren darauf. „Es wird meine Freunde ohne Zweifel glücklicher machen, wenn Sie für eine Weile bleiben, Mr. Wanderley."

„Don."

„Also Don. Da Sie dazu bereit zu sein scheinen und da ich erschöpft bin, schlage ich vor, daß wir einander gute Nacht sagen. Sie werden die Nacht über bei Lewis bleiben?"

Lewis Benedikt sagte: „Das ist fein", und stand auf.

„Ich habe eine Frage", sagte ich. „Bitten Sie mich, über das Übernatürliche — oder wie immer Sie es nennen — nachzudenken, weil es Sie der Aufgabe enthebt, sich damit auseinanderzusetzen?"

„Scharfsinnig, aber unzutreffend", sagte Sears James, und seine blitzblauen Augen sahen mich an. „Wir denken unausgesetzt darüber nach."

„Da fällt mir ein", sagte Lewis, „werdet ihr mit den Treffen der Altherrengesellschaft Schluß machen? Glaubt jemand, wir sollten es tun?"

„Nein", sagte Ricky seltsam trotzig. „Um Himmels willen, nur das nicht. Um unsertwillen laßt uns weitermachen. Don wird mit von der Partie sein."

Hier bin ich also. Jeder der drei Männer erscheint mir in seiner Art bewunderswert. Aber verlieren sie den Verstand? Ich bin nicht einmal sicher, daß sie mir alles gesagt haben. Sie *haben* Angst, und zwei von ihnen *sind* umgekommen; und ich habe schon früher in diesem Tagebuch niedergeschrieben, daß Milburn mir als eine Stadt erscheint, in der Dr. Rabbitfoot sich ans Werk machen könnte. Ich kann spüren, wie mir die Wirklichkeit entgleitet, wenn ich anfange, mir vorzustellen, daß eines meiner eigenen Bücher um mich herum geschieht.

Die Sache ist nun, daß sich mir eine solche Vorstellung fast aufdrängt. Diese beiden Selbstmorde — der von David und der von Dr. Jaffrey —, diese simple Übereinstimmung, das ist das Problem! (Und die Altherrengesellschaft scheint nicht zu erkennen, daß diese Übereinstimmung der Hauptgrund für mein Interesse an ihrem Problem ist.) Wo bin ich da hineingeraten? In eine Geistergeschichte? Oder in Schlimmeres, das mehr ist als eine Geschichte? Die drei alten Herren haben nur eine äußerst vage Kenntnis von den Ereignissen vor zwei Jahren, und sie können unmöglich ahnen, daß sie mich darum baten, den seltsamsten Abschnitt meines Lebens nochmals aufzurollen, die schrecklichsten und destruktivsten Tage meiner Existenz noch einmal zu durchleben — oder die Seiten eines Buches wieder aufzuschlagen, das als Versuch geschrieben wurde, mit diesen Tagen ins reine zu kommen. Aber kann es denn überhaupt eine Verbindung geben, und sei es auch nur die Verbindung von einer Geistergeschichte zu einer anderen, wie bei der Altherrengesellschaft? Und kann es in Wahrheit eine *tatsächliche* Verbindung geben zwischen dem *Nachtwächter* und dem, was meinem Bruder geschah?

2.

Alma

Alles, was Schönheit besitzt, hat einen Körper, ist ein Körper;
jedes Wesen hat Wesen in seinem Fleisch:
und Träume stammen alle aus Körpern

Bodiless God, D. H. Lawrence

Aus Don Wanderleys Tagebuch

1

Es gibt nur einen einzigen Weg, um auf diese Frage eine Antwort zu finden. Ich muß mir ein bis zwei Wochen Zeit nehmen, um jene Geschehnisse, die David, Alma Mobley und mich betreffen, möglichst genau niederzuschreiben. Als ich sie zu meinem Roman verarbeitete, war eine Dramatisierung unvermeidlich, und damit Hand in Hand ging eine gewisse Verfälschung meiner eigenen Erinnerung. Wäre ich damit zufriedengestellt gewesen, hätte ich nie daran gedacht, einen Roman zu schreiben über Dr. Rabbitfoot — der niemand anderer ist als Alma, Alma mit schwarzem Gesicht, Hörnern und Schwanz. Wie auch die Rachel Varney aus dem *Nachtwächter* niemand anderer ist als eine verkleidete Alma. Alma war viel merkwürdiger als Rachel. Was ich jetzt vorhabe, ist keine Niederschrift einer erfundenen Romansituation, sondern eine Analyse der seltsamen Dinge, die wirklich geschahen. Im *Nachtwächter* fand alles eine Lösung, jede Rechnung ging auf; im Leben ging keine Rechnung auf, und nichts wurde gelöst.

Im Gegensatz zu Saul Malkin, der Rachel Varney in Paris traf, begegnete ich Alma in einer äußerst banalen Umgebung. Es war in Berkeley, wo mir einige gute Besprechungen meines ersten Buches einen Lehrstuhl eingetragen hatten. Die Stelle war ein Volltreffer für einen Erstlingsautor, und ich nahm sie ernst. Ich unterrichtete kreatives Schreiben und leitete einen Kursus für amerikanische Literatur. Letzterer beanspruchte den größten Teil meiner Arbeitszeit, da ich sehr viele Werke lesen mußte, die mir nicht gut bekannt waren. Ich verfiel in eine Routine: Unterricht, Korrigieren der Arbeiten, kurzes Abendessen in einer Bar, Bibliothek. Manchmal gelang es mir, an einer meiner eigenen Geschichten zu arbeiten, wenn ich in meine Wohnung zurückkehrte; meistens aber brannten mir die Augen, mein Magen war durch zuviel schlechten Kaffee in Aufruhr und mein Gefühl für Prosa durch das gelehrte Gequassel erstorben. Von Zeit zu Zeit ging ich mit einem Mädchen aus meinem Institut aus, einer Dozentin mit funkelnagelneuem Doktortitel von der Universität Wisconsin.

Sie hieß Helen Kayon, war streng in Fragen der Literatur, fürchtete sich vor dem Unterrichten, achtete nicht auf ihre Erscheinung, und mit Männern war sie hoffnungslos. Sie war dreiundzwanzig, und es umgab sie bereits die leicht blaustrümpfige Aura einer gelehrten alten Jungfrau. Helen war groß, trug eine riesige Brille; und ihr offenes Haar schien sich ständig im Übergangsstadium von einer Frisur zur anderen zu befinden; es war wie ein Haar mit unerfüllten Absichten. Die einzige ihrer Eigenschaften, der sie traute, war ihre Intelligenz. Ich hatte sie dreimal im Büro gesehen, als ich sie bat, mit mir zu Mittag zu essen. Sie korrigierte eben einen Artikel und sprang fast von ihrem Stuhl. Ich glaube, ich war der erste Mann in Berkeley, der sie zum Essen ausführte.

Einige Tage später traf ich sie nach meiner letzten Unterrichtsstunde im Büro. (Unser Mittagessen war etwas peinlich verlaufen. Sie hatte die Artikel, die sie zu schreiben versuchte, mit meiner Arbeit verglichen und dabei festgestellt: „Aber ich versuche, die Wirklichkeit darzustellen!“)

„Ich gehe“, sagte ich. „Warum kommen Sie nicht mit? Wir nehmen irgendwo einen Drink.“

„Ich kann nicht, ich hasse Bars und habe noch zu arbeiten“, sagte sie. „Oh, aber Sie könnten mich nach Hause bringen. Okay? Ich wohne oben am Hügel. Paßt Ihnen das?“

„Ich wohne auch da oben.“

„Ich habe das ohnehin satt. Was lesen Sie?“ Ich hielt das Buch hoch. „Oh, Nathaniel Hawthorne. Ihr Prüfungskurs.“

„Lieberman hat mir eben gesagt, daß ich in drei Wochen die Hauptvorlesung über Hawthorne halten muß. Ich habe *Das Haus der sieben Giebel* seit der Oberschule nicht mehr gelesen.“

„Lieberman ist ein faules — na, Sie wissen schon.“

Ich war ihrer Ansicht: Auch drei andere Assistenten hatten bereits Vorlesungen für ihn halten müssen. „Ich werde es schon schaffen“, sagte ich, „ich muß nur einen Aufhänger finden und mit dem Lesen zu Rande kommen.“

Als wir die Treppe hinuntergingen, Helen ihre riesige, abgenutzte, mit Büchern und Artikeln vollgestopfte Aktentasche schleppend, ich nur mit *Das Haus der sieben Giebel* unterm Arm, schlüpfte ein hochgewachsenes blondes Mädchen zwischen uns hindurch. Der erste Eindruck, den ich von Alma Mobley hatte, war der einer umfassenden Farblosigkeit und körperlosen Verschwommenheit, hervorgerufen durch ihr langes, ausdrucksloses Gesicht und ihr hängendes strohfarbenes Haar. Ihre Augen waren von einem sehr blassen Blau. Ich verspürte eine seltsame Regung von Anziehung und Abscheu; im gedämpften Licht des Treppenhauses sah sie aus wie ein attraktives Mädchen, das sein ganzes Leben in einer Höhle zugebracht hatte — sie schien von Kopf bis Fuß geisterhaft weiß zu sein.

„Mr. Wanderley?“ fragte sie.

Als ich nickte, murmelte sie ihren Namen, aber ich verstand ihn nicht.

„Ich bin Englisch-Studentin“, sagte sie, „und möchte fragen, ob ich wohl Ihre Vorlesung über Hawthorne hören dürfte. Ich sah Ihren Namen auf Prof. Liebermans Wochenplan im Fakultätsbüro.“

„Bitte, kommen Sie nur“, sagte ich. „Aber es ist ein allgemeiner Einführungskurs, wissen Sie. Wahrscheinlich verschwenden Sie damit Ihre Zeit.“

„Danke sehr“, sagte sie und ging schnell die Treppe hinauf.

„Wie konnte sie wissen, wer ich bin?“ flüsterte ich Helen zu und versuchte meine Freude über meinen Bekanntheitsgrad, der mir bisher verborgen geblieben war, nicht zu zeigen. Helen tippte auf das Buch in meiner Hand.

Sie wohnte nur drei Blöcke von mir entfernt; ihre Wohnung, die sie mit zwei anderen Mädchen teilte, bestand aus einer planlosen Anordnung von Räumen im obersten Stock eines alten Hauses. Auch die Zimmergenossinnen schien der Zufall bestimmt zu haben. Helen hatte sie mir auf unserem Weg hügelan beschrieben. Die eine von ihnen, Meredith Polk, kam ebenfalls aus Wisconsin und war Dozentin am Botanischen Institut. Helen und sie waren einander auf der Suche nach einer Wohnung begegnet, entdeckten, daß sie an derselben Universität promoviert hatten, und beschlossen, zusammenzuziehen. Das dritte Mädchen hatte Theaterwissenschaften studiert und hieß Hilary Lehardie. Helen erzählte: „Hilary verläßt ihr Zimmer so gut wie nie und ist den ganzen Tag high, glaube ich, und den größten Teil der Nacht spielt sie Rockmusik. Ich muß mir die Ohren zustopfen. Aber Meredith ist besser. Sie ist sehr heftig und ein wenig seltsam, aber ich glaube, ich bin mit ihr befreundet. Sie versucht mich zu beschützen.“

„Vor was zu beschützen?“

„Vor der Verderbtheit.“

Beide Mädchen waren zu Hause, als wir in Helens Wohnung ankamen. Kaum war ich hinter ihr eingetreten, als ein übergewichtiges schwarzhaariges Mädchen in Bluejeans aus der Küche schoß und mich durch dicke Brillengläser musterte: Meredith Polk. Helen stellte mich als Schriftsteller am Englisch-Institut vor, Meredith sagte „hallo“ und verschwand wieder in der Küche. Aus einem Nebenzimmer drang laute Musik.

Sowie Helen verschwunden war, um einen Drink für mich zu holen, schoß das bebrillte schwarzhaarige Mädchen wieder aus der Küche. Sie klemmte sich eine Zigarette zwischen die Lippen und starrte mich mit deutlichem Mißtrauen an.

„Sie sind kein Akademiker? Sie gehören nicht zur Fakultät?“ Dies kam aus dem Mund einer Dozentin im ersten Jahr, die noch Jahre von einer festen Anstellung trennten.

Ich sagte: „Ich habe einen Jahresvertrag. Ich bin Schriftsteller.“

„Oh“, sagte sie. Neuerliches Anstarren. Dann: „Sie sind also der, mit dem sie zum Essen ausging?“

„Ja.“

„Aha.“

Die Musik dröhnte durch die Wand. „Hilary“, sagte sie und deutete mit dem Kopf in die Richtung, aus der die Musik kam.

„Stört Sie das nicht?“

„Meistens höre ich es gar nicht. Konzentration.“

Helen kam mit einem Glas zurück, in dem zuviel Whisky war und ein einziger Eiswürfel wie ein toter Goldfisch schwamm.

„Tschuldigt“, sagte Meredith und flitzte in ihr Zimmer.

„Oh, es ist angenehm, einen Mann in diesem schrecklichen Raum zu sehen“, sagte Helen. Einen Augenblick lang war alle Befangenheit von ihrem Gesicht gewischt, und ich sah ihre wahre Klugheit, die unter ihrer akademischen Politur versteckt lag. Sie sah verwundbar aus, aber nicht in dem Maße, wie ich gedacht hatte.

Eine Woche später schlief ich mit ihr in meiner Wohnung. Sie war keine Jungfrau mehr und bestand darauf, nicht verliebt zu sein. „Du wirst dich nie in mich verlieben“, sagte sie, „und ich erwarte es auch gar nicht. Mir ist das recht.“

Sie verbrachte zwei Nächte hintereinander in meiner Wohnung. Abends gingen wir zusammen in die Bibliothek, und jeder von uns verschwand in seiner Lesenische, als gäbe es keinerlei Gefühl zwischen uns. Den einzigen Fingerzeig, daß dem nicht so war, erhielt ich eine Woche später von Meredith Polk, die vor meiner Wohnungstür stand, als ich abends nach Hause kam. „Dreckskerl", zischte sie mich an, und ich öffnete rasch die Tür und schob sie hinein.

„Du kaltherziger Hundesohn", sagte sie. „Du wirst ihre Universitätslaufbahn zerstören. Und du brichst ihr das Herz. Du behandelst sie wie eine Hure. Sie ist viel zu gut für dich. Ihr habt nicht einmal die gleichen Wertvorstellungen. Helen hat sich der Wissenschaft verschrieben — es ist das Wichtigste in ihrem Leben. Ich verstehe das, aber ich glaube nicht, daß du es verstehst. Wahrscheinlich ist dir nur dein Sexleben wichtig, sonst nichts."

„Eins nach dem andern", sagte ich. „Wieso zerstöre ich denn ihre Karriere? Zunächst erkläre mir das einmal."

„Es ist ihr erstes Semester hier. Man beobachtet uns, weißt du das nicht? Was meinst du, wie es aussieht, wenn eine neue Dozentin gleich mit dem erstbesten Kerl ins Bett geht?"

„Wir sind in Berkeley. Ich glaube nicht, daß irgend jemand Notiz davon nimmt oder sich etwas daraus macht."

„Du Schwein. Du bemerkst nichts, dir ist alles gleich — das ist die Wahrheit — liebst du sie?"

„Raus", sagte ich. Ich verlor die Geduld. Sie sah aus wie ein böser Frosch, der mich anquakte, um sein Territorium zu verteidigen.

Helen selbst traf drei Stunden später ein. Sie sah müde und zerschlagen aus und wollte nicht über Meredith Polks erstaunliche Anklage sprechen. Aber sie sagte, sie hätten in der vergangenen Nacht eine Unterredung gehabt. „Meredith will mich nur beschützen", meinte sie. „Das muß der Grund gewesen sein, warum sie dich besuchte. Es tut mir leid, Don." Dann begann sie zu weinen. „Nein, hör auf, mir den Rücken zu streicheln. Nicht. Es ist zu dumm. Es ist ja nur, weil ich an den letzten Abenden nicht arbeiten konnte. Ich glaube, ich war immerzu unglücklich, wenn ich nicht bei dir sein konnte." Sie sah betroffen zu mir auf. „Das hätte ich nicht sagen dürfen. Aber du liebst mich nicht, oder? Das könntest du gar nicht, oder?"

„Darauf kann ich keine Antwort geben. Ich werde dir eine Tasse Tee machen."

Sie lag zusammengerollt auf meinem Bett wie ein Fötus. „Ich fühle mich so schuldig. Ich hätte nie nach Kalifornien kommen dürfen."

„Du gehörst mehr hierher als ich."

„Nein", sagte sie, „du kannst gehen, wohin du willst, du wirst überall hinpassen. Ich war nie etwas anderes als ein Roboter aus der Arbeiterklasse."

„Was war das letzte wirklich gute Buch, das du gelesen hast?" fragte ich.

Sie sah mich an. Einen Moment blinzelte sie nachdenklich. „*Die Rhetorik der Ironie* von Wayne Booth. Ich habe es eben ausgelesen."

„Du gehörst nach Berkeley", sagte ich.

„Ich gehöre in einen Zoo."

Es war eine Entschuldigung für alles, für Meredith Polk wie für ihre eigenen Gefühle, aber ich wußte, daß ich sie durch weitere Erklärungen nur noch mehr verletzen würde. Sie hatte recht: Es war ausgeschlossen, daß ich sie jemals lieben würde.

Danach dachte ich, daß das Schema, nach dem mein Leben in Berkeley verlief, sich für den Rest meiner Tage nicht mehr verändern würde. Es war, von meiner Arbeit abgesehen, im Grunde inhaltslos. Aber war es nicht besser, Helen weiterhin zu sehen, als auf einem Bruch zu bestehen und sie damit zu verletzen? In der arbeitsorientierten Welt, die ich als die meine betrachtete, war Tüchtigkeit gleichbedeutend mit Freundlichkeit. Als wir uns trennten, stand für uns fest, daß wir uns einige Tage nicht sehen würden, daß aber im Grunde alles weitergehen würde wie zuvor.

Doch eine Woche später fand der konventionelle Abschnitt meines Lebens ein Ende; danach sah ich Helen Kayon nur noch zweimal.

2

Ich hatte einen Aufhänger für die Hawthorne-Vorlesung gefunden, er stand in einem Aufsatz von R. P. Blackmure: „Wenn keine Möglichkeit mehr bleibt, *dann* haben wir gesündigt." Dieser Gedanke schien mir aus dem gesamten Werk Hawthornes entgegenzuleuchten, und ich konnte eine Verbindung herstellen zwischen den Romanen und den Geschichten mit dieser sinistren Christlichkeit, mit diesem in ihnen deutlich spürbaren Drang nach Alpträumen, der geradezu einem Verlangen nach Alpträumen gleichkam. Denn um sich einen Alptraum auszudenken, muß man ihn auf Distanz halten. Und ich fand einen Satz bei Hawthorne, der mir seine Methode verständlich machte: „Manchmal gelang es mir, einen für meinen Geschmack einzigartigen und keineswegs unangenehmen Effekt zu erzielen, indem ich mir eine Kette von Ereignissen ausdachte, bei denen sich der unkörperliche Mechanismus der Feenlegende mit Charakteren und Verhaltensweisen aus dem Alltag verband." Als ich die Grundgedanken für meine Vorlesung beisammen hatte, kamen die Details ganz von selbst.

Diese Arbeit und meine schreibenden Studenten beschäftigten mich die folgenden fünf Tage bis zu meinem Vortrag vollauf. Helen und ich trafen einander flüchtig, und ich versprach ihr, ein Wochenende mit ihr zu verreisen, sobald meine augenblickliche Arbeit getan war. Mein Bruder David besaß ein Landhaus in Still Valley, außerhalb von Mendesino, und er hatte mir angeboten, es zu benützen, wann immer ich von Berkeley wegwollte. Das war typisch für Davids aufmerksame Art; aber irgendeine pervertierte Ader in mir ließ nicht zu, von dem Angebot Gebrauch zu machen. Ich wollte David nicht zu Dank verpflichtet sein. Aber nach der Vorlesung würde ich mit Helen nach Still Valley gehen und so zwei Skrupel auf einmal aus der Welt schaffen.

Am Morgen meines Vortrags las ich noch einmal D. H. Lawrences Kapitel über Hawthorne durch und stieß auf folgende Zeilen:

> Und das erste, was sie tut, ist, ihn zu verführen.
> Und das erste, was er tut, ist, sich verführen zu lassen.
> Und das nächste, was sie tun, ist, ihre Sünde heimlich zu umarmen und sich an ihr zu weiden und zu versuchen, zu verstehen.
> Und das ist das Märchen Neu-Englands.

Das war es, wonach ich die ganze Zeit gesucht hatte. Ich setzte meine Kaffeetasse ab und begann meine Gedanken neu zu ordnen. Lawrences Erkenntnis erweiterte meine eigene, und ich sah die Werke in einem neuen Licht. Ich verwarf ganze Abschnitte und schrieb neue über die ausgestrichenen Zeilen... und ich vergaß Helen anzurufen, obwohl ich es versprochen hatte.

Zu guter Letzt machte ich von meinen Notizen überhaupt wenig Gebrauch. Als ich, an das Vortragspult gelehnt, krampfhaft nach einer Metapher suchte, sah ich Helen und Meredith Polk ganz oben in einer der letzten Reihen sitzen. Meredith Polk runzelte die Stirn wie ein mißtrauischer Berkeley-Polizist. Es geschieht recht häufig, daß Naturwissenschaftler ihre Mienen derart verziehen, wenn sie in eine Literaturvorlesung geraten. Helen wirkte einfach interessiert, und ich war dankbar, daß sie gekommen war.

Als alles vorüber war, kam Prof. Lieberman zu mir herauf, um mir zu sagen, wie sehr ihm mein Vortrag gefallen hatte und ob ich wohl in Erwägung ziehen könnte, in zwei Monaten seinen Stephen-Crane-Vortrag zu übernehmen. Er müsse ausgerechnet in dieser Woche zu einer Konferenz nach Iowa, und nachdem ich „mustergültige" Arbeit geleistet hätte, besonders wenn man bedenke, daß ich ja gar kein Akademiker sei... kurz, er hielte es nicht für ausgeschlossen, daß mein Lehrvertrag um ein weiteres Jahr verlängert würde.

Ich war über diese Bestechung ebenso fassungslos wie über

seinen Hochmut. Lieberman war, obwohl noch jung, berühmt, und zwar nicht so sehr als Gelehrter in Helens Sinn, als vielmehr als Kritiker. Ich hielt nicht sehr viel von seinen Büchern, aber ich erwartete Besseres von ihm. Die Studenten drängten zu den Ausgängen, eine feste Masse aus T-Shirts und Bluejeans. Dann sah ich ein Gesicht, das erwartungsvoll zu mir emporsah, einen schmalen Körper, der nicht in Bluejeans steckte, sondern in einem weißen Kleid. Plötzlich empfand ich Lieberman als Störung, als Hindernis, und ich stimmte seinem Vorschlag bezüglich des Crane-Vortrages zu, um ihn loszuwerden. „*Ausgezeichnet,* Donald", sagte er und verschwand. Es geschah im Handumdrehen: Eben noch hatte der Professor vor mir gestanden, und im nächsten Augenblick sah ich in das Gesicht des Mädchens im weißen Kleid. Es war die Studentin, die Helen und mich im Treppenhaus angehalten hatte.

Sie sah völlig anders aus: gesünder, mit einem Goldton auf dem gebräunten Gesicht und den Armen. Das glatte blonde Haar leuchtete ebenso wie ihre hellen Augen; in letzteren sah ich ein Kaleidoskop von gebrochenem Licht und Farben. In ihren Mundwinkeln standen zwei feine ironische Fältchen. Sie war hinreißend — eines der schönsten Mädchen, das ich je gesehen hatte —, und das wollte in Berkeley etwas heißen, denn hier gab es Schönheiten zuhauf. Aber das Mädchen vor mir besaß weder die reizvolle Unerfahrenheit, noch die raffinierte, prüfende Laszivität, die für gewöhnlich den studentischen Erfolg ausmachten: Sie sah einfach *richtig* aus, sie ruhte in sich selbst. Helen Kayon hatte keine Chance.

„Das war gut", sagte sie, und die feinen Linien um ihre Mundwinkel zuckten, als hätte sie einen heimlichen Scherz gemacht. „Ich bin froh, daß ich doch gekommen bin." Zum ersten Mal hörte ich ihren südlichen Akzent — diese sonnige, gedehnte Sprechweise, den rhythmischen Tonfall.

„Ich auch", sagte ich. „Danke für das Kompliment."

„Wollen Sie sich alleine darüber freuen?"

„Ist das eine Einladung?" Dann merkte ich, daß ich zu forsch gewesen war, aus Befangenheit zu geschmeichelt geklungen hatte.

„Eine was? Nein, es war mir nicht bewußt, daß Sie es so verstehen könnten." Ihr Mund formte lautlos: *Was für eine Idee.*

Ich sah zur letzten Reihe des Auditoriums hinauf; Helen und Meredith Polk gingen bereits auf den Ausgang zu. Helen mußte sich augenblicklich auf den Weg gemacht haben, als sie sah, daß ich das blonde Mädchen anblickte. Falls sie mich tatsächlich so genau kannte, wie sie behauptete, dann erriet sie auch meine Gedanken. Helen verschwand durch die Tür, ohne sich umzudrehen, aber Meredith Polk durchbohrte mich mit einem Blick.

„Warten Sie auf jemanden?" fragte das Mädchen.

„Nein, es ist nichts von Bedeutung", sagte ich. „Würden Sie mit mir essen gehen? Ich habe nicht zu Mittag gegessen und bin nahe am Verhungern."

Ich wußte, daß mein Verhalten beispiellos egoistisch war; aber ich wußte auch bereits, daß das Mädchen vor mir schon wichtiger für mich war als Helen Kayon — und wenn ich Helen jetzt gehen ließ — Schweinehund, der ich in den Augen von Meredith Polk nun einmal war —, ersparte ich uns Wochen, ja vielleicht Monate peinlicher Szenen. Ich hatte Helen nicht belogen; sie hatte immer gewußt, daß unsere Beziehung nicht sehr stark war.

Das Mädchen, das neben mir über das Universitätsgelände ging, lebte in völligem Einklang mit ihrer Weiblichkeit: Ich sah sie zum ersten Mal bei Tageslicht, und auch hier wirkte sie alterslos, ja zeitlos und war von einer geradezu hieratischen, märchenhaften Schönheit. Helens Trennung von ihrem Ego hatte den Verlust jeglicher Grazie mit sich gebracht, sie war auf himmelschreiende Art ein Kind unserer Zeit. Mein erster Eindruck von Alma Mobley war, daß sie mit der ihr eigenen Anmut genausogut im sechzehnten Jahrhundert über eine italienische Piazza hätte schreiten können oder daß ihr in den zwanziger Jahren ein bewundernder Blick von Scott Fitzgerald gefolgt wäre, während sie auf ihren aufregend schönen Beinen am Plaza Hotel vorüberschwebte. Das klingt absurd, wenn man es so niederschreibt. Offenbar waren mir ihre Beine aufgefallen, nahm ich ihren Körper wahr; und doch war weder das Bild einer italienischen Piazza noch das eines Fitzgerald im Plaza Hotel eine einigermaßen passende Metapher für ihre Sinnlichkeit. Es war, als besäße jede ihrer Zellen Leichtigkeit, eine Eigenschaft, die völlig atypisch für den Durchschnittsstudenten der englischen Sprache in Berkeley war. Ihre Grazie war in einem solchen Ausmaß Teil ihrer selbst, daß sie schon wieder als Ausdruck einer starken Passivität erschien.

Natürlich verdichte ich hier die Eindrücke von sechs Monaten zu einem Augenblick, aber zu meiner Rechtfertigung muß gesagt sein, daß diese ersten Impressionen bereits Spuren hinterlassen hatten, als wir das Gelände verließen und uns auf dem Weg zum Restaurant befanden. Ihre Bereitschaft, mit mir zu gehen, ihre Unbekümmertheit, der ich ein stillschweigend getroffenes Urteil entnahm, enthielten einen Hauch von Passivität — der ironischen, taktvollen Passivität der schönen Frau, die in ihrer Schönheit eingeschlossen lebt wie die Prinzessin im Turm.

Ich führte sie in ein Restaurant, das Lieberman einmal erwähnt hatte. Es war für die meisten Studenten zu teuer, und es war auch für mich zu teuer. Aber die Zeremonie eines luxuriösen Abendessens schien ihrem wie meinem Sinn nach Feiern angemessen.

Ich wußte sofort, daß sie es war, die ich in Davids Haus in Still Valley mitnehmen wollte.

Ich erfuhr, daß sie Alma Mobley hieß und in New Orleans geboren war. Und ich entnahm mehr ihrem Auftreten als einer bestimmten Äußerung, daß ihre Eltern wohlhabend waren; ihr Vater war Maler gewesen, und sie hatte in ihrer Kindheit lange in Europa gelebt. Sie sprach von ihren Eltern in der Vergangenheit, woraus ich schloß, daß beide vor längerer Zeit gestorben waren. Auch das paßte zu ihrer Art, dieser Losgelöstheit von allem, außer von sich selbst.

Sie hatte wie Helen im Mittelwesten studiert, die Universität von Chicago besucht — Alma in einer rauhen Ellenbogenstadt wie Chicago schien nahezu unvorstellbar — und wollte nun in Berkeley ihren Doktor machen. Und sie war nach Kalifornien gekommen, weil sie das Klima in Chicago nicht mochte.

Wiederum hatte ich das überwältigende Gefühl, daß ihr die meisten Gegebenheiten ihres Lebens völlig gleichgültig waren, daß sie von passiver Selbstgenügsamkeit war. Ich bezweifelte keinen Moment, daß sie intelligent genug war, um ihre Doktorarbeit (Virginia Woolf) zu beenden, und mit Glück eine Lehrstelle an irgendeinem der vielen kleinen Colleges an der Küste erhalten würde. Dann hatte ich, als sie einen Löffel pfefferminzgrüner Avocados an den Mund hob, unvermittelt eine andere, erschreckende Vision von ihr. Ich sah sie als Hure, als Prostituierte um die Jahrhundertwende, ihr Haar war exotisch gekämmt, ihre Tänzerinnenbeine hatte sie hochgezogen — für einen Augenblick stand ihr nackter Körper deutlich vor meinen Augen, was mich sexuell stark erregte. Sie sprach gerade über Bücher — nicht wie Helen, sondern auf die Art des normalen Lesers —, und ich schaute sie an und wußte, daß ich der Mann sein wollte, der ihr etwas bedeutete; ich wollte diese Passivität packen und so lange schütteln, bis sie mich wirklich sehen würde.

„Haben Sie keinen Freund?" fragte ich.

Sie schüttelte den Kopf.

„Also sind Sie nicht verliebt?"

„Nein." Um ihren Mund stand ein winziges, wissendes Lächeln bei meiner durchsichtigen Frage. „Es gab einen Mann in Chicago, aber das ist zu Ende."

„Einer Ihrer Professoren?"

„Einer meiner Dozenten." Wiederum Lächeln.

„Sie waren verliebt in ihn? War er verheiratet?"

Sie sah mich einen Augenblick lang ernst an. „Nein. Es war nicht so, wie Sie denken. Er war nicht verheiratet, und ich war nicht verliebt in ihn."

Schon damals kam mir zum Bewußtsein, daß es ihr leicht fallen würde zu lügen. Das stieß mich nicht ab; ich hielt es für einen Beweis, daß ihr Leben sie kaum berührt hatte, und es war bereits Teil dessen, was ich an ihr zu ändern wünschte. „Er liebte Sie", sagte ich. „War das der Grund, warum Sie Chicago verließen?"

„Nein, zu diesem Zeitpunkt war es schon aus. Alan hatte nichts damit zu tun. Er machte sich lächerlich. Das ist alles."

„Alan?"

„Alan McKechnie. Er war sehr lieb."

„Lieb und lächerlich."

„Sind Sie entschlossen, alles darüber zu erfahren?" fragte sie und wandte den für sie charakteristischen Trick an, ihrer Frage einen Ton sanfter, kaum merklicher Ironie beizumischen, die ihr jede Bedeutung nahm.

„Nein. Ich bin nur ein wenig neugierig."

„Nun." Ihre Augen waren voll von gebrochenem Licht, als sie den meinen begegneten. „Es ist nichts Besonderes an meiner Geschichte. Er war... in mich vernarrt. Ich besuchte sein Seminar. Wir waren nur zu viert, drei Jungens und ich. Das Seminar fand zweimal in der Woche statt. Ich sah, daß er sich für mich zu interessieren begann, aber er war ein schüchterner Mann und hatte wenig Erfahrung mit Frauen." Wieder das sanfte, beharrliche Abschweifen in ihrer Stimme, ihren Augen. „Er ging einige Male mit mir aus, Hotelbars und ähnliche Orte. Ich glaube, es geschah zum ersten Mal, daß er mit einer Studentin unterwegs war, und das machte ihn nervös. Ich glaube nicht, daß er viel Freude in seinem Leben gehabt hatte. Allmählich ging ich über seine Kräfte. Ich erkannte, daß ich ihn nicht so mochte wie er mich. Ich weiß, was Sie als nächstes fragen werden, darum werde ich es gleich beantworten. Ja, wir schliefen miteinander. Es war nicht sehr befriedigend. Alan war nicht sehr — körperlich. Langsam dachte ich, daß er sich in Wahrheit danach sehnte, mit einem Jungen ins Bett zu gehen, aber dazu war er natürlich viel zu — was weiß ich. Er brachte es nicht über sich."

„Wie lange dauerte es?"

„Ein Jahr." Sie war mit dem Essen fertig und ließ ihre Serviette neben den Teller fallen. „Ich weiß gar nicht, wieso wir darüber sprechen."

„Was mögen Sie wirklich?"

Sie tat so, als überlege sie ernsthaft. „Warten Sie. Wirklich mögen? Sommer. Kino. Englische Romane. Um sechs Uhr aufwachen, aus dem Fenster sehen und den frühen Morgen betrachten — alles ist so leer und rein. Zitronentee. Was noch? Paris. Und Nizza. Nizza mag ich wirklich. Als ich ein kleines Mädchen war, verbrachten wir vier, fünf Sommer nacheinander in Nizza. Und ich mag gutes Essen. Wie dieses hier."

„Das klingt nicht so, als sei das akademische Leben für Sie geschaffen", sagte ich. Es war, als habe sie mir alles und nichts über sich erzählt.

„Nein, nicht wahr?" Sie lachte, als wäre das völlig bedeutungslos. „Ich nehme an, daß es die große Liebe ist, die ich brauche."

Und da war sie wieder, die im Turm ihrer Selbstbezogenheit gefangene Prinzessin. „Gehen wir morgen abend zusammen ins Kino?" fragte ich, und sie stimmte zu.

Am nächsten Tag überredete ich Rex Leslie, dessen Arbeitszimmer weit entfernt von meinem am unteren Ende des Ganges lag, seinen Schreibtisch mit dem meinen zu tauschen.

Im Art-Kino zeigte man *Là Grande Illusion* von Renoir, einen Film, den Alma noch nicht gesehen hatte. Danach gingen wir in ein Café, das voll von Studenten war, und von den Nachbartischen drangen Bruchstücke der Konversation in unsere Unterhaltung.

Ein bärtiger Knabe in unserer Nähe sagte mit tragender Stimme: „Wenner ist naiv und seine Zeitschrift ebenfalls. Ich werde sie erst wieder kaufen, wenn ich ein Bild von Jerry Brown auf der Titelseite sehe."

Sein Freund sagte: „Wenner *ist* Jerry Brown."

„Berkeley", sagte ich.

„Wer ist Wenner?"

„Es wundert mich, daß Sie das nicht wissen. Jann Wenner?"

„Wer ist das?"

„Er war Student in Berkeley und gründete *Rolling Stone*."

„Ist das eine Zeitschrift?"

„Sie stecken voller Überraschungen", sagte ich. „Wollen Sie damit sagen, daß Sie nie davon gehört haben?"

„Die meisten Zeitschriften interessieren mich nicht. Ich sehe sie mir nie an. Was für eine Art Zeitschrift ist das? Heißt sie nach der Band?"

Ich nickte. Wenigstens hatte sie davon gehört. „Welche Musik lieben Sie?"

„Ich interessiere mich nicht sehr für Musik."

„Versuchen wir es mit ein paar anderen Namen. Wissen Sie, wer Tom Seaver ist?"

„Nein."

„Haben Sie je von Willy Mays gehört?"

„War das nicht ein Athlet? Ich interessiere mich auch nicht sehr für Sport."

„Das merkt man." Sie kicherte. „Sie werden mir immer rätselhafter. Was ist mit Barbra Streisand?"

Sie zog eine entzückende selbstironische Fratze. „Selbstverständlich."

„John Ford?" „Nein." „Arthur Fonzarelli?" „Nein." „Grace Bumbry?" „Nein." „André Previn?" „Nein." „John Dean?" „Nein."

„Fragen Sie mich nichts mehr, sonst werde ich alles mit ja beantworten", sagte sie.

„Aber was *machen* Sie?" fragte ich. „Sind Sie überhaupt sicher, daß Sie in diesem Land leben?"

„Versuchen wir es einmal mit Ihnen. Haben Sie schon einmal von Anthony Powell oder Jean Rhys oder Ivy Compton-Burnett oder Elizabeth Jane Howard oder —"

„Das sind englische Romanschriftsteller, und ich habe von allen gehört", sagte ich. „Aber ich verstehe, was Sie sagen wollen. Sie sind wirklich nicht an Dingen interessiert, die Sie nicht wirklich interessieren."

„Genau."

„Sie lesen nicht einmal Zeitungen", sagte ich.

„Nein. Und ich sehe mir nie das Fernsehen an." Sie lächelte. „Finden Sie, daß man mich an die Wand stellen und erschießen sollte?"

„Es interessiert mich nur, wer Ihre Freunde sind."

„Aha. Wirklich? Nun, Sie zum Beispiel sind ein Freund von mir. Oder nicht?" Alles was sie sagte, unsere gesamte Unterhaltung hatte einen Anflug von desinteressierter Ironie. Einen Augenblick fragte ich mich, ob sie überhaupt menschliche

Züge an sich hatte. Ihre nahezu vollkommene Unwissenheit in Belangen des allgemeinen kulturellen Lebens zeigte deutlich, wie gleichgültig es ihr war, was man über sie dachte. Vielleicht mochte ein Sechstel aller Studenten in Kalifornien nie von einem Athleten Seaver erfahren haben; aber wer in Amerika hätte es vermeiden können, von Fonz gehört zu haben?

„Aber Sie haben sicher auch andere Freunde. Wir haben einander doch eben erst getroffen."

„Ja, habe ich."

„Am Englisch-Institut?" Es war nicht ganz auszuschließen: Nach allem, was ich von meinen Kollegen wußte, mochte es viele Virginia-Woolf-Anhänger geben, die nie einen Blick in eine Zeitung warfen. Bei ihnen hätte man diese Distanz zu ihrer Umgebung allerdings für Snobismus halten müssen; auf Alma hätte das Gegenteil zugetroffen.

„Nein, ich kenne dort nicht viele. Ich kenne einige Leute, die sich für Okkultismus interessieren."

„*Okkultismus?*" Ich konnte mir nicht vorstellen, was sie damit meinte. „Seancen? Alphabettafeln? Tischchenrücken?"

„Nein, ernsthafter. Sie gehören einem Orden an."

Ich war fassungslos; ich stürzte in einen Abgrund. Ich stellte mir Satanismus vor — ärgsten kalifornischen Wahnsinn.

Sie las in meinem Gesicht und sagte: „Ich selbst bin nicht dabei. Ich bin nur mit ihnen bekannt."

„Wie heißt der Orden?"

„O.T.O."

„Aber —" Ich beugte mich vor und konnte kaum fassen, was ich eben gehört hatte. „Doch nicht O.T.O.? Ordo..."

„Ordo Templi Orientis."

Ich konnte es nicht glauben; ich verspürte Staunen, Entsetzen und Furcht, als ich in ihr schönes Gesicht sah. O.T.O. war nicht bloß eine Gruppe kalifornischer Sonderlinge, die sich in lange Roben warfen; sie waren beängstigend. Es hieß, sie seien grausam, ja brutal. Sie standen in loser Verbindung mit der Manson-Gruppe, und das war auch der Grund, warum ich über sie gelesen hatte. Angeblich waren sie nach der Manson-Affäre verzogen — ich hatte gedacht, nach Mexiko. Waren sie immer noch in Kalifornien? Nach allem, was ich gehört hatte, wäre es besser gewesen, Alma hätte Mafia-Bosse gekannt. Der O.T.O. war Rohmaterial für Alpträume.

„Und diese Leute sind Ihre Freunde?" fragte ich.

„Sie wollten es wissen."

Ich schüttelte, immer noch entsetzt, den Kopf.

„Machen Sie sich keine Sorgen darüber. Oder über diese Leute. Sie werden sie nie zu Gesicht bekommen."

Ich hatte eine völlig neue Vorstellung von ihrem Leben. Wie sie da vor mir saß, mit einem kaum wahrnehmbaren Lächeln, erschien sie mir einen Augenblick lang schlecht. Es war, als ob ich einen sonnenbeschienenen Pfad verlassen hätte und in einen Dschungel geraten sei.

„Auch ich sehe sie gar nicht sehr häufig", sagte sie.

„Aber Sie waren schon bei ihren Zusammenkünften? Gehen Sie in ihre Wohnungen?"

Sie nickte. „Ich sagte ja, es sind meine Freunde. Aber zerbrechen Sie sich nicht den Kopf darüber."

Es hätte eine Lüge sein können — eine weitere Lüge, denn ich fühlte, daß sie mir nicht immer die Wahrheit gesagt hatte. Sie führte ihre Kaffeetasse an die Lippen, lächelte mich mit einem Schatten von Mitgefühl an, und ich sah sie vor einem Feuer stehen und ein blutiges Etwas in ihren Händen halten...

„Sie machen sich *doch* Sorgen. Ich bin kein Mitglied, ich kenne nur Leute aus der Gruppe. Sie fragten mich danach, und ich dachte, Sie sollten es wissen."

„Waren Sie schon bei Zusammenkünften? Was geschieht dort?"

„Das kann ich Ihnen nicht sagen. Es ist einfach ein anderer Bereich meines Lebens. Ein kleiner Bereich. Er wird Sie nicht berühren."

„Lassen Sie uns gehen", sagte ich.

Dachte ich bereits damals daran, daß sie mir Stoff für einen Roman liefern würde? Ich glaube nicht. Ich stellte mir vor, daß ihr Kontakt zur Gruppe loser sei, als sie mir zu verstehen gegeben hatte; erst viel später erhielt ich einen Hinweis, daß es sich möglicherweise anders verhielt. Sie phantasiert, übertreibt, sagte ich mir. Der O.T.O. und Virginia Woolf? Und *La Grande Illusion*? Das war zu weit hergeholt.

Sehr süß, fast scherzhaft, lud sie mich ein, mit in ihre Wohnung zu kommen. Als wir die belebte Straße verlassen hatten und in eine dunklere Gegend mit hohen Häusern gelangten, begann sie mir unzusammenhängend von Chicago und ihrem dortigen Leben zu erzählen. Diesmal mußte ich sie nicht ausfragen, um etwas über ihre Vergangenheit zu erfahren. Ich glaubte eine Spur von Erleichterung in ihrer Stimme zu entdecken. Weil sie mir ihre Bekanntschaft mit dem O.T.O. „gebeichtet" hatte? Oder war es, weil ich sie keinem Verhör darüber unterzogen hatte? Das letztere, dachte ich. Es war ein typischer Spätsommerabend in Berkeley, seltsam warm und kühl zugleich. Trotz der unangenehmen Überraschung, die sie mir bereitet hatte, belebte mich die junge Frau an meiner Seite, ihre unwirkliche Schönheit — ich war seit Monaten nicht so glücklich gewesen. Das Zusammensein mit ihr war, als hätte man den Winterschlaf hinter sich gelassen.

Wir kamen zu ihrem Haus. „Parterre", sagte sie und stieg die paar Stufen zu ihrer Haustür hinauf. Ich blieb ein wenig zurück und betrachtete sie voll Vergnügen.

Sie wandte sich nach mir um, und ihr Gesicht verschwand im Schatten des Eingangs zu einem blassen Schimmer. Wunderbarerweise konnte ich ihre Augen noch sehen, sie leuchteten wie die einer Katze. „Sind Sie im Leben ebenso vorsichtig wie in Ihrem Roman? Oder werden Sie mit mir hereinkommen?"

Ich registrierte sowohl die Tatsache, daß sie mein Buch gelesen hatte, als auch die federleichte Kritik daran und stieg die Stufen zur Tür hinauf.

Ich hatte mir keine Vorstellung von ihrer Wohnung gemacht, aber ich hätte wissen können, daß sie mit Helen Kayons unordentlicher Umgebung nichts gemein haben würde. Alma lebte allein, aber das hatte ich erwartet. Der große Raum, in den sie mich führte, war auf unaufdringliche Art eines der luxuriösesten Privatzimmer, das ich je gesehen hatte. Vor dem Erkerfenster stand ein riesiger Tisch; gestreifte Regency-Stühle; große Kissen; auf dem Tisch eine Tiffany-Lampe. Ich sah, daß meine Annahme, ihre Eltern seien vermögend gewesen, zutreffend war. „Sie sind keine typische Studentin, was?" sagte ich.

„Ich fand es vernünftiger, mit diesen Dingen zu leben, als sie in einem Speicher unterzustellen. Noch etwas Kaffee?"

Ich nickte. Sehr vieles an ihr schien nun verständlich, schien sich in ein Bild zu fügen, das mir vorher nicht klargewesen war. Wenn Alma fern schien, so deshalb, weil sie wirklich anders war. Sie war in einem Stil erzogen worden, den neunzig Prozent aller Amerikaner niemals zu Gesicht bekommen und den sie nur bedingt für möglich halten — der Stil der superreichen Bohemiens. Und wenn sie im Grunde passiv war, so deshalb, weil sie nie gezwungen worden war, selbst eine Entscheidung zu treffen. Augenblicklich erfand ich eine von Kindermädchen überwachte Kindheit, Schulzeit in der Schweiz, Ferien auf Yachten. Das, so dachte ich, erklärte ihre Aura von Zeitlosigkeit; das war der Grund, weshalb ich sie in den zwanziger Jahren eines Fitzgerald am Plaza Hotel vorüberschweben sah. Diese Art Reichtum schien zu einem anderen Zeitalter zu gehören.

Als sie mit dem Kaffee zurückkam, sagte ich: „Hätten Sie Lust, mit mir in ein paar Wochen einen Ausflug zu machen? Wir könnten in einem Haus in Still Valley wohnen."

Alma zog ihre Brauen hoch und legte den Kopf schief. Es fiel mir auf, daß ihre Passivität von zwitterhaftem Charakter war; genauso, wie wohl eine Prostituierte von zwitterhaftem Charakter sein mochte.

„Sie sind ein interessantes Mädchen", sagte ich.

„Eine *Reader's-Digest*-Figur?"

„Wohl kaum."

Sie saß mit angezogenen Knien auf einem Kissen vor mir, wirkte sexuell sehr anziehend und gleichzeitig ätherisch, und ich verwarf den Gedanken, daß sie zwitterhafte Eigenschaften besaß. Ich wußte, daß ich mit ihr schlafen mußte; ich wußte, ich würde es tun, und dieses Wissen machte den Akt unausweichlich.

Leg' dein Geld nur auf den Tisch, Junge...

Am nächsten Morgen wußte ich bereits, daß ich ihr leidenschaftlich verfallen war. Wir hatten uns ungefähr noch zwei Stunden unterhalten, als sie sagte: „Sie wollen doch nicht nach Hause gehen, oder?" „Nein." „Nun, dann bleibst du wohl besser über Nacht hier." Was folgte, war nicht die gewöhnliche Umarmung zweier Körper, die dreibeinige Raserei der Lust; eigentlich war sie im Bett ebenso passiv wie in allem anderen. Und doch erreichte sie mühelos ihre Orgasmen in allen Stadien und Varianten des Beischlafs. Sie klammerte sich an meinen Hals wie ein Kind, während ihre Hüften stießen und ihre Beine sich an meinen Rücken preßten. Aber selbst als sie sich ergab, war sie fern. „Oh, ich liebe dich", sagte sie nach dem zweiten Mal und verkrampfte ihre Fäuste in meinem Haar, aber der Druck ihrer Hände war ebenso leicht wie ihre Stimme. Ich hatte mit einem Dutzend Mädchen geschlafen, die besser im Bett waren als Alma Mobley. Aber bei keiner von ihnen hatte ich dieses Gefühl der Zartheit empfunden. Es war, als stünde man ständig am Rande einer neuen Erfahrung, als stünde man vor einer verschlossenen Tür.

Zum ersten Mal verstand ich, wieso Mädchen sich in Don Juans verliebten, warum sie sich selbst erniedrigten, indem sie sie verfolgten.

Und ich wußte, daß Alma mir nur Bruchstücke aus ihrer Vergangenheit erzählt hatte. Ich war sicher, daß sie so promiskuitiv gewesen war, wie eine Frau nur sein konnte. Dies paßte auch zum O.T.O., zu dem plötzlichen Verlassen von Chicago; Promiskuität schien mir das unausgesprochene Element in Almas Lebensweise.

Natürlich wünschte ich mir, alle anderen auszuschalten, die Tür aufzustoßen und ihre Geheimnisse zu ergründen, ihre Anmut und Zartheit ganz auf mich konzentriert zu wissen. In einer Fabel verliebt sich ein Elefant in ein Glühwürmchen. Er denkt, es leuchte für kein anderes Lebewesen als für ihn, und ist überzeugt, daß das Glühwürmchen, wenn es weit fortfliegt, im Inneren seines Lichtes das Bild eines Elefanten mit sich trägt.

3

Was nicht mehr und nicht weniger heißt, als daß die Liebe mich völlig blendete. Meine Absicht, einen neuen Roman zu schreiben, hatte sich in Luft aufgelöst. Ich konnte keine Gefühle erfinden, wenn ich selbst derart davon überwältigt war. Mit dem Rätsel Alma neben mir mußten alle Rätsel, die mir die Figuren meiner Phantasie aufgaben, gekünstelt erscheinen. Ich würde schon schreiben, aber erst mußte ich *dies* hier lösen.

Ich dachte ohne Unterlaß an Alma Mobley, ich mußte sie sehen, wann immer es mir möglich war. Zehn Tage lang verbrachte ich nahezu jede Minute, die ich nicht unterrichtete, mit ihr. Ungelesene Arbeiten von Studenten häuften sich auf meiner Couch, auf dem Schreibtisch türmten sich die Aufsätze über *The Scarlet Letter*. Während dieser Zeit waren unsere sexuellen Extratouren unerhört. Ich liebte Alma in kurzfristig leerstehenden Klassenzimmern und in dem unversperrten Büro, das ich mit einem Dutzend anderer teilte; einmal folgte ich ihr auf die Damentoilette und drang in sie ein, während sie auf einem Waschbecken balancierte. Einmal fragte ein Student in dem Kursus für kreatives Schreiben, nachdem ich außergewöhnlich schwülstig gewesen war: „Wie würden Sie überhaupt den Menschen definieren?“ „Geschlechtlich und unvollkommen“, gab ich zur Antwort.

Ich sagte, ich hätte nahezu jede freie Minute mit ihr verbracht. Die Ausnahmen waren zwei Abende, an denen sie sagte, sie müsse eine Tante in San Francisco besuchen. Sie nannte mir den Namen der Tante, Florence de Peyser, aber während sie fort war, trieben mir die Zweifel den Schweiß auf die Stirn. Doch am nächsten Tag kam sie unverändert zurück — ich konnte keine Spuren eines anderen Liebhabers entdecken, noch vom O.T.O., der mir die größeren Sorgen bereitete. Und sie schmückte Mrs. de Peyser mit so vielen umständlichen Details (ein Yorkshire-Terrier namens Chookie, ein Stubenmädchen namens Rosita) aus, daß mein Verdacht einschlief.

Es war unmöglich, von einem Abend mit den finsteren Irren des O.T.O. zurückzukehren und den Kopf voller Geschichten über ein Hündchen zu haben. Falls es andere Liebhaber gab, falls ihr die Promiskuität, die ich in der ersten Nacht gefühlt hatte, immer noch anhaftete, war es nicht zu merken.

Im Grunde war es nicht die Rivalität eines anderen Mannes, die mich bekümmerte, sondern eine an unserem ersten gemeinsamen Morgen gemachte Bemerkung. Dabei hätte es sich freilich auch um eine etwas bizarr formulierte Feststellung ihrer Zuneigung handeln können. „Man ist mit dir einverstanden“, sagte sie.

„Also bist du einverstanden?“

„Nicht ich. Nun, natürlich auch ich, aber nicht nur ich.“ Dann legte sie ihren Finger an meine Lippen.

Innerhalb weniger Tage hatte ich diesen beunruhigenden Vorfall vergessen.

Selbstverständlich hatte ich auch meine Arbeit vergessen, das meiste davon jedenfalls. Auch nach den ersten wilden, sinnlichen Wochen brachte ich wesentlich weniger Zeit mit dem Unterricht zu als früher. Ich liebte wie nie zuvor. Es war, als sei ich während meines ganzen bisherigen Lebens der Freude ausgewichen, als habe ich sie nur von Ferne gesehen und falsch verstanden; und erst durch Alma hatte ich sie kennengelernt. Was ich ihr auch an Mißtrauen und Zweifel entgegengebracht hatte, war nun im Feuer meiner Gefühle untergegangen. Wenn es Dinge um sie gab, von denen ich keine Kenntnis hatte, so pfiff ich darauf; mir genügte, was ich wußte.

Ich bin sicher, daß sie es war, die zuerst die Ehefrage aufwarf. Es war in einem Satz wie „Wenn wir verheiratet sind, sollten wir viel reisen“ oder „Was für eine Art Haus hättest du gerne, wenn wir verheiratet sind?“ Unsere Unterhaltung glitt völlig mühelos in derlei Debatten — ich empfand keinen Zwang, sondern eine Steigerung meines Glücks.

„Oh, man ist wirklich mit dir einverstanden“, sagte sie.

„Darf ich deine Tante einmal kennenlernen?“

„Damit werde ich dich verschonen", sagte sie und wich einer direkten Antwort auf meine Frage aus. „Wenn wir nächstes Jahr heiraten, wollen wir den Sommer auf den griechischen Inseln verbringen. Wir können bei Freunden wohnen — Freunde meines Vaters —, die in Poros leben."

„Werden die auch mit mir einverstanden sein?"

„Das ist mir egal", sagte sie und nahm meine Hand; mein Herz klopfte schneller.

Später erwähnte sie, daß sie nach unserem Aufenthalt in Poros gern einen Monat in Spanien verbringen würde.

„Und was ist mit Virginia Woolf? Und deinem Doktor?"

„Ach, in Wahrheit bin ich kein guter Student."

Als der Tag meines Stephen-Crane-Vortrages für Lieberman näher rückte, wurde mir klar, daß ich mich praktisch nicht vorbereitet hatte, und ich teilte Alma mit, daß ich zumindest einige Abende in der Bibliothek zubringen müsse. „Es wird ohnehin ein grauenvoller Vortrag werden. Es ist mir egal, ob Lieberman versuchen wird, ein weiteres Jahr für mich herauszuholen, weil ich denke, daß wir beide aus Berkeley wegwollen — aber ich muß wenigstens einige Gedanken sammeln." Sie sagte, es sei ihr recht, sie plane sowieso einen Besuch bei Mrs. de Peyser und werde die nächsten zwei, drei Nächte fort sein.

Als wir uns am nächsten Tag trennten, umarmten wir uns lange. Dann fuhr sie davon. Ich kehrte in meine Wohnung zurück, die mich während der letzten Wochen wenig gesehen hatte, machte Ordnung und ging in die Bibliothek.

Im Erdgeschoß des Bibliotheksgebäudes sah ich Helen Kayon zum ersten Mal wieder, seit sie mit Meredith Polk das Auditorium verlassen hatte. Sie wartete mit Rex Leslie, dem Assistenten, der seinen Arbeitsplatz mit meinem getauscht hatte, auf den Aufzug. Sie waren in ein Gespräch vertieft, und während ich verstohlen zu ihnen hinübersah, legte Helen ihre flache Hand auf Leslies Rücken. Ich lächelte, wünschte ihr im stillen alles Gute und stieg die Treppe hinauf.

Diesen und den nächsten Abend arbeitete ich ohne Erfolg an dem Vortrag. Ich hatte zu Stephen Crane nichts zu sagen;

Stephen Crane interessierte mich nicht. Immer wenn ich von den Seiten aufblickte, sah ich Alma Mobley, ihre Augen flimmerten, und ihr Mund öffnete sich.

Am zweiten Abend von Almas Abwesenheit verließ ich meine Wohnung, um eine Pizza zu essen und ein Bier zu trinken, und da sah ich sie im Dunkeln vor einer Bar stehen, die „The Last Reef" hieß. Es war ein Lokal, das ich nur zögernd betreten hätte, denn es stand in dem Ruf, Treffpunkt von Homosexuellen auf der Suche nach Kundschaft zu sein. Ich stand wie erstarrt: Eine Sekunde lang fühlte ich mich nicht hintergangen, sondern verspürte Angst. Sie war nicht allein, sondern stand neben einem Mann, der offensichtlich in der Bar gewesen war — er hielt ein Bierglas in der Hand —, aber er sah nicht aus wie ein Schwuler. Er war groß, sein Schädel war glatt rasiert, und er trug eine dunkle Brille. Er war sehr blaß. Und obgleich er unscheinbar gekleidet war — dunkle Hose, Golfjacke (über einer nackten Brust? Ich glaubte Ketten auf seiner Haut zu sehen) —, sah der Mann tierisch aus, ein Wolf in Menschengestalt. Ein kleiner, bloßfüßiger Junge kauerte erschöpft zu seinen Füßen. Die drei sahen seltsam aus, wie sie da im Dunkeln neben der Bar beisammenstanden. Alma fühlte sich in der Gesellschaft des Mannes sichtlich wohl; sie sprach lebhaft auf ihn ein, und er antwortete. Das Kind zu Füßen des Mannes sackte in sich zusammen, von Zeit zu Zeit schüttelte es sich, als habe es Angst, einen Fußtritt abzukriegen. Die drei sahen aus wie eine perverse, der Nacht entsprungene Familie — eine Charles-Addams-Familie. Almas Anmut wirkte neben dem werwolfähnlichen Mann und dem bedauernswerten Kind unwirklich, irgendwie verdorben. Ich dachte, der Mann würde, sobald er mich sah, augenblicklich zu rasen beginnen, und zog mich zurück.

So sieht ein Werwolf aus, dachte ich, und dann kam es mir in den Sinn: der O.T.O.

Der Mann riß den zitternden Knaben hoch, nickte Alma zu und stieg in einen am Randstein geparkten Wagen, während er immer noch sein Bierglas in der Hand hielt. Der Knabe kroch auf den Rücksitz. Kurz darauf jagte der Wagen davon.

Noch am selben Abend rief ich Alma an. „Ich habe dich vor ein paar Stunden gesehen", sagte ich. „Ich wollte dich nicht stören. Übrigens habe ich gedacht, du seist in San Francisco."

„Es war langweilig, ich kam früher zurück. Ich habe dich nicht angerufen, weil ich wollte, daß du mit deiner Arbeit fertig würdest. Ach, Don, arme Seele. Du mußt dir ja grauenhafte Dinge ausgemalt haben."

„Wer war der Mann, mit dem du sprachst? Rasierter Kopf, dunkle Brille, ein kleiner Junge war bei ihm."

„Oh, der. Mit *dem* hast du mich gesehen? Sein Name ist Greg. Wir kennen einander aus New Orleans. Er kam hierher, um zu studieren, und ist ausgeflippt. Der Junge ist sein kleiner Bruder – ihre Eltern sind tot, und Greg kümmert sich um ihn. Nicht sehr gut, muß ich zugeben. Der Junge ist zurückgeblieben.

„Er ist aus New Orleans?"

„Ja, natürlich."

„Wie heißt er noch?"

„Warum, bist du mißtrauisch? Sein Familienname ist Benton. Die Bentons lebten in derselben Straße wie wir."

Das klang plausibel, solange ich nicht an die Erscheinung des Mannes dachte, den sie Greg Benton nannte. „Ist er vom O.T.O.?" fragte ich.

Sie lachte. „Mein armer Liebling ist ganz aufgeregt, nicht wahr? Nein, ist er natürlich nicht. Denk nicht dran, Don, ich weiß nicht, warum ich es dir gesagt habe."

„Kennst du wirklich Leute vom O.T.O.?" fragte ich.

Sie zögerte. „Nun, nur wenige." Ich war erleichtert, dachte, daß sie sich damit nur etwas in Szene setzen wollte. Vielleicht war mein „Werwolf" tatsächlich nichts anderes als ein Nachbar aus New Orleans. Doch hatte mich sein Anblick an meinen ersten Eindruck von Alma erinnert, als sie farblos wie ein Geist auf der dämmrigen Treppe der Universität gestanden hatte.

„Was tut dieser... Benton?"

„Nun, ich glaube, er betreibt einen unkonventionellen Handel mit Pharmazeutika", sagte sie.

Das erklärte manches. Es paßte zu seiner Erscheinung und seiner Anwesenheit in einer Bar wie „The Last Reef". Alma schien verlegen, wie ich sie nie zuvor erlebt hatte.

„Wenn du mit deiner Arbeit fertig bist, komm bitte herüber und gib deiner Braut einen Kuß“, sagte sie. In weniger als einer Minute war ich aus der Tür.

In dieser Nacht geschahen seltsame Dinge. Wir lagen in Almas Bett, ich hatte die ganze Nacht mehr vor mich hingedöst als geschlafen. Vorsichtig griff ich zu Alma hinüber, um ihren Arm zu berühren; ich wollte sie nicht wecken. Aber es war, als versetze ihr Arm meinen Fingern einen Schlag: keinen elektrischen Schlag, sondern einen Schlag geballten Gefühls, eines Gefühls von Abscheu — es war, als hätte ich einen Wurm berührt. Meine Hand zuckte zurück, sie drehte sich herum und murmelte „Alles in Ordnung, Liebling?“, und ich murmelte eine Antwort. Alma tätschelte meine Hand und schlief wieder ein. Etwas später träumte ich von ihr. Ich sah nur ihr Gesicht, aber es war nicht das Gesicht, das ich kannte, und seine Fremdheit ließ mich vor Beklommenheit stöhnen. Wieder war ich völlig wach und wußte nicht, wo ich mich befand und an wessen Seite ich lag.

4

Möglicherweise war bereits damals ein Wandel eingetreten, aber an der Oberfläche blieb unsere Beziehung unverändert bis zu jenem langen Wochenende in Still Valley. Noch schliefen wir oft und glücklich miteinander, und Alma fuhr fort, auf bezaubernde Weise von unserem Leben nach unserer Verheiratung zu sprechen. Und ich fuhr fort, sie zu lieben, obwohl ich an ihrer Aufrichtigkeit zweifelte. Wir hatten beschlossen, am Ende des Sommersemesters in Berkeley zu heiraten, und die Heirat erschien uns als das feierliche Siegel unseres Glücks. Dennoch glaube ich, daß der Wandel sich bereits zu vollziehen begonnen hatte und daß mein Zurückweichen vor der Berührung ihrer Haut mitten in der Nacht ein Zeichen dafür war, daß dieser Prozeß schon Wochen vorher anfing, er war mir nur noch nicht bewußt geworden.

Sicherlich war auch die „Billigung", die ich auf geheimnisvolle Weise gefunden hatte, ein Faktor in diesem Wandel. Am Morgen des Crane-Vortrages — ich war nervös, da ich wußte, daß ich schlechte Arbeit leisten würde — fragte ich sie endlich geradeheraus: „Schau, wenn diese Billigung, von der du ständig sprichst, weder die deine noch die von Mrs. de Peyser ist, von wem kommt sie dann? Das muß ich mich einfach fragen. Ich nehme nicht an, daß es sich dabei um deinen Freund aus der Drogenbranche oder um seinen idiotischen Bruder handelt?"

Ein wenig irritiert sah sie auf. Dann lächelte sie. „Ich sollte es dir sagen. Wir sind einander nahe genug."

„Das sollten wir zumindest sein."

Sie lächelte noch immer. „Es wird etwas komisch klingen."

„Das ist mir egal. Ich habe es satt, im dunkeln zu tappen."

„Die Person, die dich billigt, ist ein ehemaliger Liebhaber von mir. Warte, Don, schau nicht so. Ich sehe ihn nicht mehr. Ich *kann* ihn nicht mehr sehen. Er ist tot."

„Tot?" Ich setzte mich nieder. Meine Frage klang erstaunt, und ich bin sicher, daß ich erstaunt aussah, aber ich glaube, daß ich etwas Unheimliches dieser Art erwartet hatte.

Sie nickte. Ihr Gesicht trug einen ernsten und zugleich schmerzhaften Ausdruck. „Ja, es stimmt. Sein Name ist Tasker Martin. Ich stehe mit ihm in Verbindung."

„Du stehst mit ihm in Verbindung?"

„Ständig."

„Ständig?"

„Ja. Ich spreche mit ihm. Tasker mag dich, Don. Er mag dich sehr."

„Ich habe sozusagen sein Okay?"

„Richtig. Ich bespreche alles mit ihm. Und er hat mir immer wieder versichert, daß wir zueinander passen. Außerdem *mag* er dich einfach, Don. Er wäre dir ein guter Freund, wenn er noch lebte."

Ich starrte sie nur an.

„Ich sagte ja, es würde sich etwas seltsam anhören."

„Das tut es."

Sie hob ihre Hände. „Also?"

„Mhm. Wie lange — ist Tasker schon tot?"

„Jahre. Fünf, sechs Jahre."

„Noch ein alter Freund aus New Orleans?"

„Ja."

„Und du standest ihm nahe?"

„Ich war seine Geliebte. Er war älter — sehr viel älter. Er starb an einem Herzinfarkt. Zwei Nächte danach begann er zu mir zu sprechen."

„Er brauchte zwei Tage, um eine neue Leitung zu bekommen." Sie gab keine Antwort. „Spricht er gerade zu dir?"

„Er hört zu. Er freut sich, daß du von ihm weißt."

„Ich bin nicht so sicher, ob ich mich darüber freue."

„Du mußt dich einfach an die Idee gewöhnen. Er mag dich wirklich, Don. Es wird alles gut werden — es wird alles so sein wie früher."

„Greift Tasker auch zu seinem Telefon, wenn wir miteinander im Bett sind?"

„Das weiß ich nicht. Wahrscheinlich. Diese Seite lag ihm immer."

„Und verdankst du Tasker auch einige deiner Ideen für die Zeit nach unserer Heirat?"

„Einige. Tasker erinnerte mich an den Freund meines Vaters auf Poros. Er glaubt, du wirst diese Insel lieben."

„Und was, glaubt Tasker, werde ich tun, nachdem du mir von ihm erzählt hast?"

„Er sagt, daß du eine Weile verstört sein wirst und daß du eine Zeitlang denken wirst, ich sei verrückt, aber daß du dich sicher allmählich an die Idee gewöhnst. Schließlich ist er hier, und er wird hier bleiben, und du bist hier, und wir werden heiraten. Don, stell dir einfach vor, Tasker sei ein Teil von mir."

„Das muß er wohl sein", sagte ich. „Ich kann kaum annehmen, daß du tatsächlich mit einem Mann in Verbindung stehst, der seit fünf Jahren tot ist."

Einesteils war ich von der ganzen Geschichte fasziniert. Diese 19.-Jahrhundert-Attitüde, Gespräche mit den Geistern Verstorbener zu führen, paßte haarscharf zu Alma, es stand sogar im Einklang mit ihrer Passivität. Aber es war auch gespenstisch. Der gesprächige Geist des Tasker Martin war offensichtlich eine Einbildung, die bei jedermann außer Alma als ein Zeichen von Geisteskrankheit hätte gelten müssen. Auch die Vorstellung, von einem ehemaligen Liebhaber gebilligt zu werden, war haarsträubend. Ich sah Alma, die mich mit einem freundlichen Ausdruck der Erwartung musterte, über den Tisch hinweg an und dachte: Sie sieht doch aus wie ein Zwitter. Sie hätte ein hübscher neunzehnjähriger Knabe mit Sommersprossen sein können. Ich wollte mit ihr schlafen, und gleichzeitig fühlte ich mich fern von ihr. Ihre langen, schöngeformten Finger lagen auf dem glänzenden Holz des Tisches, sie wuchsen aus ebenso schönen Händen und Gelenken. Aber auch sie waren gleichzeitig anziehend und abstoßend.

Auf dem Weg zum Vortragsaal fiel mir der Mann ein, mit dem ich sie gesehen hatte, der Mann namens Greg Benton mit seinem toten, wilden Gesicht, und mich schauderte.

Denn ein Zeichen für Almas Abnormität, ein Beweis dafür, daß sie anders war als alle Menschen, die ich kannte, war die Tatsache, daß sie in einer Welt lebte, in der es ratgebende Geister und verkleidete Wölfe gab. Ich kann es nicht anders ausdrücken. Damit will ich nicht sagen, daß sie mich an das ganze Drum und Dran des Übernatürlichen glauben machte; aber sie erweckte die Vorstellung in mir, daß derartige Dinge uns unsichtbar umgeben. Du betrittst ein Stück vermeintlich solider Erde, und sie verschwindet unter deinen Füßen; du schaust hinunter und siehst statt Gras, Erde und Festigkeit – was du erwartet hast – eine tiefe Höhle, in der kriechendes Gewürm das Licht zu fliehen sucht. Nun gut, eine Höhle, eine Art Abgrund, sagst du dir; wie weit reicht er? Befindet er sich unter allem Sichtbaren? Und ist die feste Erde nichts als eine Brücke, die sich darüberspannt? Nein, natürlich nicht, sehr wahrscheinlich nicht. Ich liebe Alma, sagte ich mir, wir werden im nächsten Sommer heiraten. Doch bei allem fühlte ich mich tief in ein Spiel verstrickt, das ich nur halb begriff.

Mein zweiter Vortrag war eine Katastrophe. Ich kaute Ideen wieder, versuchte sie in einen Zusammenhang zu bringen, verlor den Faden und verwickelte mich in Widersprüche. Es war unmöglich, meine ungenügende Vorbereitung und mein mangelndes Interesse an dem, was ich vortrug, zu verbergen. Als ich das Podium verließ, gab es einen schwachen, ironischen Applaus. Ich dankte Gott, daß Lieberman sich im fernen Iowa befand.

Nach meinem Vortrag ging ich in eine Bar und bestellte mir einen doppelten Whisky. Ehe ich das Lokal verließ, bat ich um das Telefonbuch von San Francisco. Ich sah zuerst unter „P" nach, fand nichts, und der Schweiß brach mir aus, aber als ich unter „D" nachsah, fand ich de Peyser, F. Die Adresse war im richtigen Stadtteil. Vielleicht stand ich doch auf festem Boden. Natürlich stand ich auf festem Boden.

Am nächsten Tag rief ich David an und teilte ihm mit, daß ich gerne sein Haus in Still Valley benützen würde. „Phantastisch", sagte er, „ich wollte ja schon immer, daß du hinfährst, Don."

„Ich war sehr beschäftigt", sagte ich.

„Wie sind die Frauen da drüben?"

„Seltsam und neu", sagte ich. „Übrigens glaube ich, daß ich verlobt bin."

„Das klingt nicht so, als wärst du sicher."

„Ich bin verlobt und werde im nächsten Sommer heiraten."

„Teufel! Wie heißt sie? Hast du es schon jemandem gesagt?"

Ich nannte ihm ihren Namen. „David, ich habe es der Familie noch nicht gesagt. Wenn du mit ihnen sprichst, sag ihnen, daß ich bald schreiben werde. Verlobt sein ist so zeitraubend."

David hatte den Besitz in Still Valley erworben, als er in einer Rechtsanwaltskanzlei in Kalifornien arbeitete. Mit dem ihm eigenen Weitblick hatte er den Platz sorgfältig ausgewählt und darauf geachtet, daß zu seinem Ferienhaus möglichst viel Land gehörte und es in der Nähe des Meeres lag, und dann hatte er sein restliches Geld darauf verwendet, das Gebäude instand zu setzen und neu einrichten zu lassen. Als er nach New York zog, hatte er den Besitz behalten, denn er wußte, daß die Grundstückspreise in Still Valley steigen würden. Der Wert des Hauses hatte sich wahrscheinlich bereits vervierfacht, was einmal mehr bewies, daß David nicht dumm war.

Ich war durch seine fortwährende Beschreibung des Hauses als „Häuschen" irregeführt worden und erwartete ein zwei, drei Zimmer großes Holzhaus, dessen sanitäre Anlagen möglicherweise außerhalb lagen, eine Hütte, wo Bier getrunken und Poker gespielt wurde. Statt dessen sah ich das teure Spielzeug eines reichen jungen Anwalts vor mir.

„Und dein Bruder läßt das Haus einfach leerstehen?" fragte Alma.

„Ich glaube, er verbringt ein paar Wochen im Jahr hier."

Ich hatte sie nie zuvor beeindruckt erlebt. „Was hält Tasker davon?"

„Er findet es unglaublich. Er sagt, es erinnert an New Orleans."

Ich hätte es wissen müssen.

Dennoch war die Bemerkung nicht ganz unzutreffend: Davids „Häuschen" war eine zweistöckige Holzkonstruktion im spanischen Stil. Hinter dem Haus erblickte man tief unten das endlose blaue Meer. Ich nahm unsere Koffer aus dem Wagen, stieg die Stufen hinauf und schloß auf. Alma folgte mir.

Nachdem man eine kleine Eingangshalle durchschritten hatte, gelangte man in einen riesigen Raum, der verschieden hohe Niveaus aufwies. Überall lag ein dicker weißer Teppich. Schwere Sofas und Tische mit Glasplatten standen in den diversen Teilen des Raumes.

Noch ehe wir das Haus besichtigt hatten, wußte ich, daß wir Dinge wie Sauna, Dampfbad, eine teure Stereoanlage und ein Regal mit hochgestochenem Porno im Schlafzimmer vorfinden würden — und all das entdeckten wir dann auf unserem Rundgang durch das Haus. Ich hatte keine Ahnung gehabt, daß David in seinen Jahren in Kalifornien so viel Geld verdient hatte; noch hatte ich gewußt, daß sein Geschmack auf dem

Niveau eines angepaßten jungen Aufsteigers stehengeblieben war.

„Du magst es nicht sonderlich, nicht wahr?" fragte Alma.

„Es erstaunt mich."

„Wie heißt dein Bruder?"

Ich sagte es ihr.

„Und wo arbeitet er?"

Als ich ihr die Firma nannte, nickte sie ironisch, als hake sie den Namen auf einer Liste ab.

Aber natürlich hatte sie recht: Davids Prunkpalast gefiel mir nicht.

Immerhin, hier waren wir. Vor uns lagen drei Nächte in diesem Haus. Und Alma benahm sich darin, als wäre es ihr eigenes. Aber als sie in der überladenen Küche kochte, als sie in Davids Sammlung teurer Spielzeuge schwelgte, verstimmte mich das zunehmend. Ich fand, daß sie sich dem Haus auf unheimliche Art anpaßte und sich unauffällig von einer Doktorandin über Virginia Woolf in eine Vororthausfrau verwandelt hatte. Plötzlich konnte ich mir vorstellen, wie sie im Supermarkt Einkäufe erledigte.

Wieder komprimiere ich meine Vorstellungen von Alma, aber in diesem Fall handelt es sich um die Eindrücke von zwei Tagen, nicht um dreimal so viele Monate; und ihre Veränderung war eine Sache von Nuancen. Doch ich hatte das unangenehme Gefühl, daß sie in Davids Haus Anzeichen einer Persönlichkeit zeigte, die zu teuren Stereoanlagen und Heimsaunas paßte, wie sie andererseits in ihrer Wohnung die perfekte Personifizierung des reichen Bohemienmädchens war. Sie wurde geschwätziger. Ihre Sätze über die Art und Weise, wie wir nach unserer Heirat leben würden, weiteten sich zu Aufsätzen.

Und was noch ärger war: Sie begann endlos über Tasker Martin zu sprechen.

„Tasker war ein großer Mann, Don, er hatte schönes weißes Haar und ein starkes Gesicht mit durchdringenden blauen Augen. Was Tasker mochte, war... Habe ich dir schon erzählt, was Tasker... Eines Tages gingen Tasker und ich..."

Das war es mehr als alles andere, was meiner Verliebtheit ein Ende setzte.

Aber sogar dann fiel es mir schwer zu akzeptieren, daß meine Gefühle sich geändert hatten. Während sie die Charaktere unserer Kinder beschrieb, merkte ich, wie ich fast schaudernd die Finger spreizte. Dann sagte ich mir „Aber du bist noch verliebt, oder? Du wirst doch sogar mit dem Trugbild eines Tasker Martin fertig? Oder? Um ihretwillen!"

Das Wetter machte alles noch schlimmer. Es herrschte dunkler, dichter Nebel, der die ganzen drei Tage hindurch anhielt. Wenn ich durch die Hinterfenster auf den Ozean sah, schien das Meer grau und dumpf. Manchmal konnte man bis zum Tal sehen, aber dann wiederum erkannte man die Hand nicht vor den Augen. In diesem feuchten Grau mußte sogar ein Blitzlicht den Mut verlieren.

So halten wir uns also von morgens bis abends in Davids Haus auf, während an den Fenstern graue Nebelschwaden vorbeiziehen und das Geräusch der ans Ufer schlagenden Wellen den Eindruck vermittelt, als käme das Wasser jeden Augenblick zur Tür herein. Alma räkelt sich elegant auf einem der Sofas und hält eine Tasse Tee oder einen Teller mit einer in gleich große Scheiben geteilten Orange in der Hand. „Tasker pflegte zu sagen, daß ich mit dreißig die schönste Frau Amerikas sein würde. Nun, ich bin jetzt fünfundzwanzig, und ich glaube, ich werde ihn enttäuschen. Tasker meinte..."

Was ich verspürte, war Grauen.

In der zweiten Nacht erwachte ich und sah, wie sie nackt aus dem Bett schlüpfte. Ich setzte mich auf und rieb mir in der Dunkelheit die Augen. Wir hatten die Vorhänge nicht zugezogen. Alma stand mit dem Rücken zu mir und starrte auf — gar nichts. Die Schlafzimmerfenster gingen zum Meer hinaus, aber obwohl wir die ganze Nacht hindurch das kalte Rauschen des Wassers hören konnten, war vom Fenster aus nichts zu sehen als wallendes Grau. Ich wartete darauf, daß sie sprechen würde. Ihr Rücken wirkte sehr lang und blaß in dem düsteren Zimmer.

„Was ist los, Alma?" fragte ich.

Sie rührte sich nicht und gab keine Antwort.

„Ist etwas nicht in Ordnung?“ Ihre Haut schien ohne Leben, wie weißer, kalter Marmor. „Was ist geschehen?“

Sie machte eine winzige Drehung in meine Richtung und sagte: „Ich habe einen Geist gesehen.“ Oder sagte sie: „Ich *bin* ein Geist“? Ich weiß es nicht; sie sprach sehr leise. Da ich mehr als genug hatte von Tasker Martin, war meine erste Reaktion ein Stöhnen. Aber hätte ich etwas anderes getan, wenn sie gesagt hätte *„Ich bin ein Geist“*?

„Oh Alma“, sagte ich. Die Kälte im Raum, das dunkle Fenster und der lange, weiße Körper des Mädchens, all das verlieh Tasker mehr Realität, als er bisher besessen hatte. Ich fürchtete mich ein wenig. „Sag ihm, er soll verschwinden“, sagte ich. „Komm ins Bett zurück.“

Aber sie reagierte nicht, sondern zog ihren Morgenmantel an und setzte sich auf einen Stuhl am Fenster. „Alma?“ Sie wandte sich nicht um. Ich legte mich wieder hin und schlief schließlich ein.

Nach dem langen Wochenende in Still Valley trieben die Dinge ihrem unausweichlichen Ende entgegen. Ich dachte oft, daß Alma halb verrückt sei. Sie gab nie eine Erklärung für ihr Verhalten in dieser Nacht, und nach dem, was David zustieß, fragte ich mich, ob sie nicht auf spielerische Art und ganz bewußt meine Gedanken und Gefühle manipuliert hatte. Das passive reiche Mädchen, die Terroristin des Okkulten, die Virginia-Woolf-Studentin, die halb Verrückte — dies alles ergab keinen logischen Zusammenhang.

Sie fuhr fort, unsere Zukunft auszumalen, aber nach Still Valley begann ich, Ausreden zu erfinden und ihr auszuweichen. Ich dachte, daß ich sie liebte, aber die Liebe war von Grauen überschattet. Tasker, Greg Benton, die Irren des O.T.O. — wie konnte ich all das heiraten?

Und dann empfand ich sowohl einen physischen wie moralischen Abscheu. In den zwei Monaten, die auf Still Valley folgten, hatten wir allmählich aufgehört, miteinander zu schlafen, obwohl ich manchmal eine Nacht in ihrem Bett verbrachte. Wenn ich sie küßte, wenn ich sie in den Armen hielt oder berührte, hörte ich meine eigenen Gedanken: *nicht mehr lange.*

Meine Lehrtätigkeit war, von seltenen Lichtblicken abgesehen, langweilig geworden; meine eigene schriftstellerische Arbeit hatte ich völlig abgebrochen. Eines Tages bat mich Lieberman, ihn in seinem Büro aufzusuchen. Als ich eingetreten war, sah er mich voll Abscheu an und sagte: „Einer Ihrer Kollegen hat mir Ihren Stephen-Crane-Vortrag beschrieben. Es ist eine Schande. Ich fand, daß Sie anfangs gut waren." Ich wußte, daß von einem weiteren Jahr in Berkeley nicht mehr die Rede sein konnte.

5

Dann verschwand Alma. Sie wollte sich mit mir in einem Restaurant in der Nähe des Universitätsgeländes zum Mittagessen treffen. Ich ging hin, ergatterte einen Tisch, wartete eine halbe Stunde, und schließlich wurde mir klar, daß sie nicht kommen würde. Ich hatte mich schon gewappnet, neue Geschichten darüber zu hören, was wir nach unserer Heirat alles anfangen würden. Voll Erleichterung aß ich einen Salat, obwohl ich nicht hungrig war, und ging dann nach Hause.

Sie rief auch abends nicht an. Am Morgen begann ich mir Sorgen zu machen. Ich rief mehrmals während des Tages bei ihr an, aber sie war entweder nicht zu Hause oder sie hob nicht ab. Am Abend begann ich mir vorzustellen, daß ich wirklich von ihr befreit wäre, und ich wußte, daß ich alles tun würde, um ein Wiedersehen zu vermeiden. Während der Nacht rief ich noch zweimal an und war beglückt, als niemand antwortete. Schließlich schrieb ich einen Abschiedsbrief.

Bevor mein erstes Seminar begann, ging ich zu ihrem Haus hinüber. Mein Herz schlug schnell. Ich hatte Angst, ihr zufällig zu begegnen und ihr erklären zu müssen, was auf dem Papier viel überzeugender klang. Ich ging die Stufen zur Haustür hinauf und sah, daß die Vorhänge an ihren Fenstern zugezogen waren. Ich steckte den Brief zwischen Fensterscheibe und Rahmen, wo sie ihn und die Aufschrift „Alma" sehen mußte. Dann — es gibt kein anderes Wort dafür — floh ich.

Selbstverständlich kannte sie meinen Stundenplan, und ich erwartete halb und halb, sie mit meinem Brief in der Hand und einem provozierenden Lächeln auf den Lippen vor einem der Klassenzimmer zu sehen. Aber mein Unterrichtstag ging zu Ende, ohne daß ich sie zu Gesicht bekommen hätte.

Am folgenden Tag geschah das gleiche. Ich fürchtete, daß sie sich etwas angetan haben könnte. Dann schob ich die Sorgen von mir und ging zum Unterricht. Am Abend trieb es mich zu ihrem Haus, und ich sah, daß das weiße Rechteck, das meinen Verrat barg, nach wie vor in ihrem Fenster steckte.

Am nächsten Tag hatte ich um zwei Uhr in amerikanischer Literatur zu unterrichten. Um zu dem Gebäude zu gelangen, in dem der Unterricht stattfand, mußte ich einen großen Hof überqueren. Dieser Hof war immer belebt. Es gab da von Studenten errichtete Stände, an denen man eine Petition für die Legalisierung von Marihuana unterzeichnen oder seine Sympathien für Homosexualität oder den Schutz von Walfischen erklären konnte. Studenten strömten scharenweise vorbei. In ihrer Mitte sah ich Helen Kayon. Neben ihr ging Rex Leslie und hielt ihre Hand. Sie sahen sehr glücklich aus — animalische Zufriedenheit umhüllte die beiden wie eine Seifenblase. Ich wandte mich ab und kam mir vor wie menschliches Strandgut.

Und als ich mich von Helen und Rex abwandte, fiel mein Blick auf einen großen blassen Mann mit rasiertem Schädel und dunkler Brille, der neben einem Brunnen stand und zu mir herüberstarrte. Der barfüßige, in zerrissener Kleidung steckende Junge mit dem leeren Gesichtsausdruck saß zu seinen Füßen. Greg Benton sah noch furchterregender aus als vor „The Last Reef". Wie sie da neben dem Brunnen im Sonnenlicht standen, boten er und sein Bruder einen außergewöhnlichen Anblick —

sie sahen aus wie zwei Wolfsspinnen. Sogar die Berkeley-Studenten, gewöhnt an viele menschliche Seltsamkeiten, gingen ihnen sichtlich aus dem Weg. Benton mußte sehen, daß ich ihn bemerkt hatte, aber er sprach mich nicht an, noch gab er mir ein Zeichen. Seine ganze Haltung aber, die Art, wie er den rasierten Kopf neigte und seinen Körper hielt, war Geste genug. Sie drückte Ärger aus — als hätte ich ihn damit in Wut versetzt, daß ich ihm irgendwie entkommen war. Er wirkte wie ein böser dunkler Fleck auf dem sonnigen Hof, wie ein Geschwür.

Dann wurde mir klar, daß er aus irgendeinem Grund hilflos war. Er starrte mich an, weil das alles war, was er tun *konnte*. Ich dankte Gott für die schützende Anwesenheit von Tausenden von Studenten. Und dann dachte ich, daß Alma in Schwierigkeiten war. In Gefahr. Oder tot.

Ich wandte Benton und seinem Bruder den Rücken zu und stürzte zum Tor am Ende des Hofes. Als ich die Straße überquerte, drehte ich mich um: Ich fühlte, daß er mich beobachtete, wie ich weglief — fühlte seine eiskalte Befriedigung darüber. Aber er und sein Bruder waren verschwunden. Der Brunnen plätscherte, die Studenten gingen hin und her, aber das Geschwür hatte sich in Luft aufgelöst.

Als ich später wieder in Almas Straße kam, erschien mir meine Angst absurd. Ich wußte, daß sie eine Reaktion auf mein eigenes Schuldgefühl war. Aber hatte nicht Alma selbst unsere endgültige Trennung herbeigeführt, als sie mich im Restaurant versetzte? Es schien ihre letzte Manipulation zu sein, daß ich nun voller Angst um ihre Sicherheit bangte. Ich hielt den Atem an. Die Vorhänge waren zurückgezogen, mein Brief war verschwunden. Ich lief auf das Haus zu und sprang die Stufen hinauf. Ich beugte mich zur Seite und konnte in das Innere der Wohnung sehen. Es war nichts mehr da, der Raum war völlig leer. Auf dem Boden, der früher von Almas Teppichen bedeckt war, lag mein Brief. Er war nicht geöffnet worden.

6

Voller Benommenheit ging ich nach Hause, und dieser Zustand sollte wochenlang anhalten. Ich konnte mir nicht erklären, was vorgefallen war. Gleichzeitig empfand ich eine ungeheure Erleichterung und einen ungeheuren Verlust. Sie mußte ihre Wohnung an jenem Tag verlassen haben, als wir im Restaurant verabredet waren. Aber was hatte sie vorgehabt? Einen letzten Scherz? Oder hatte sie gewußt, daß alles aus war — seit Still Valley ausgewesen war? War sie verzweifelt? Dies schien schwer vorstellbar.

Und wenn ich so darauf versessen gewesen war, sie loszuwerden, warum hatte ich jetzt das Gefühl, mich durch eine Welt zu schleppen, die an Bedeutung verloren hatte? Alma war fort, und ich war in einer kahlen Welt von Ursache und Wirkung zurückgeblieben, in einer arithmetischen Welt — zwar ohne das seltsame Gefühl von Grauen, das sie in mir entfacht hatte, aber auch ohne Geheimnis. Als einziges Geheimnis war mir die Frage geblieben, wohin sie verschwunden sein mochte; und ein noch größeres Geheimnis: wer war sie gewesen?

Nach einer Woche begann ich mich besser zu fühlen, und ich erinnerte mich, Benton auf dem Hof gesehen zu haben. Er war wütend gewesen, stellte ich mir vor, daß ich mit nichts weniger als meinem Leben davongekommen war.

Einmal sah ich nach einer Vorlesung Lieberman wieder. Er winkte mir zu und sagte: „Kommen Sie doch einen Sprung in mein Büro, Wanderley."

„Ich weiß, daß ich Sie enttäuscht habe", sagte ich. „Aber mein Leben ist außer Kontrolle geraten, ich bin krank geworden. Ich werde das Semester so anständig wie möglich zu Ende bringen."

„Enttäuscht? Das ist milde ausgedrückt." Er lehnte sich in seinem Ledersessel zurück, und seine Augen sprühten Funken.

„Ich glaube nicht, daß wir jemals von einem unserer Gastdozenten derart im Stich gelassen wurden. Ihr Verhalten war schandbar. Sie sollen nur einmal wissen, was ich von Ihnen halte."

„Ich verstehe Ihre Gefühle", sagte ich. „Es ist nur so, daß ich in eine seltsame Lage geraten bin — ich glaube, ich hatte eine Art Zusammenbruch."

„Ich frage mich, wann ihr sogenannten schöpferischen Menschen einmal realisieren werdet, daß auch ihr nicht ungeschoren davonkommen könnt." Sein Ausbruch verschaffte ihm Erleichterung. Er sah mich über seine zusammengelegten Fingerspitzen hinweg an. „Ich hoffe, Sie erwarten nicht von mir, daß ich Ihnen eine glühende Empfehlung mit auf den Weg gebe."

„Nein, natürlich nicht", sagte ich. Dann kam mir ein Gedanke.

„Dürfte ich Sie etwas fragen?"

Er nickte.

„Haben Sie je von einem Englisch-Professor namens Alan McKechnie in Chicago gehört?" Seine Augen weiteten sich. „Ich weiß nicht, warum ich frage. Es würde mich nur interessieren, ob Sie etwas über ihn wissen."

„Zum Teufel, wissen Sie, was Sie da sagen?"

„Es interessiert mich einfach. Das ist alles."

„Nun", sagte er und stand auf. „Wissen Sie, ich persönlich verabscheue Klatsch." Wie ich wußte, liebte er Klatsch wie die meisten Fakultätsmitglieder. „Ich kannte Alan flüchtig. Wir nahmen vor fünf Jahren gemeinsam an einem Robert-Frost-Symposium teil — ein vernünftiger Mann. Ein bißchen zu sehr Thomist, aber das ist Chicago, nicht wahr? Immerhin, ein guter Kopf. Er hatte auch eine reizende Familie, glaube ich."

„Er hatte Kinder? Eine Frau?"

Lieberman sah mich mißtrauisch an. „Ja, natürlich. Das machte es ja so tragisch. Ganz abgesehen von dem Verlust für die Wissenschaft natürlich."

„Natürlich. Ich vergaß."

„Was wissen Sie eigentlich? Ich habe nicht die Absicht, das

Andenken eines Kollegen zu beschmutzen, nur um —"

„Es gab ein Mädchen", sagte ich.

Er nickte, zufriedengestellt. „Ja. Offensichtlich. Einer aus seinem Institut erzählte es mir. Er wurde verfolgt. Dieses Mädchen ließ nicht locker. Sie hetzte ihn wie einen Hund. Mit einem Wort, La Belle Dame Sans Merci — ich nehme an, daß er ihr schließlich verfiel. Sie war eine seiner Studentinnen. Solche Dinge geschehen natürlich immer wieder. Ein Mädchen verliebt sich in seinen Professor, es gelingt ihr, ihn zu verführen, manchmal bringt sie ihn dazu, seine Frau zu verlassen, meistens jedoch nicht. Die meisten von uns sind zu vernünftig." Er hüstelte, und ich dachte: Du bist ein Scheißkerl. „Nun. Er war es nicht. Er zerbrach. Das Mädchen ruinierte ihn. Am Ende nahm er sich das Leben. Das Mädchen floh, glaube ich, bei Nacht und Nebel. Ich kann mir nur nicht vorstellen, was das alles mit Ihnen zu tun haben soll."

Sie hatte nahezu alles an der McKechnie-Geschichte verfälscht. Ich fragte mich, was sonst noch alles erlogen gewesen sein mochte. Als ich nach Hause kam, rief ich bei de Peyser, F. an. Eine Frau war am Telefon.

„Mrs. de Peyser?"

„Ja."

„Bitte entschuldigen Sie meinen Anruf, der möglicherweise an die falsche Adresse gerichtet ist. Hier spricht Richard Williams von der Nationalbank. Uns liegt das Kreditgesuch einer gewissen Miss Mobley vor, die Sie als Referenz angibt. Ich bin mit der üblichen Routineüberprüfung betraut. Sie werden als ihre Tante angegeben."

„Als ihre was? Wie ist ihr Name?"

„Alma Mobley. Die Schwierigkeit ist, daß sie vergaß, die Adresse und Telefonnummer anzugeben, und es gibt mehrere Mrs. de Peyser in der in Frage stehenden Gegend, und brauche aus diesem Grunde die genauen Angaben für unsere Unterlagen."

„Nun, ich bin es jedenfalls nicht, ich habe nie von einer Alma Mobley gehört. Das kann ich Ihnen versichern."

„Sie haben also keine Nichte namens Alma Mobley, die an

der Berkeley-Universität studiert?"

„Sicher nicht. Sie sollten diese Miss Mobley nach der Adresse ihrer Tante fragen, damit Sie Ihre Zeit nicht unnötig vergeuden."

„Das werde ich sofort tun, Mrs. de Peyser."

Das zweite Semester habe ich nur verschwommen in Erinnerung. Ich versuchte es mit einem neuen Buch, aber es ging mir nicht von der Hand. Ich konnte keine Klarheit über Almas Charakter gewinnen: War sie La Belle Dame Sans Merci, wie Lieberman gesagt hatte, oder war sie ein Mädchen an der Grenze zum Wahnsinn? Ich wußte nicht, wie ich sie darstellen sollte, und der erste Entwurf enthielt so viele falsche Schlüsse, daß er geradezu als Studie für die Verwendung des unzuverlässigen Erzählers hätte gelten können. Ich fühlte, daß dem Buch eine Komponente zu seinem Gelingen fehlte, die ich noch nicht sah.

Im April rief mich David an. Er klang so erregt glücklich und jugendlich wie seit Jahren nicht mehr. „Ich habe erstaunliche Neuigkeiten", sagte er. „Verblüffende Neuigkeiten. Ich weiß gar nicht, wie ich es dir sagen soll."

„Robert Redford hat deine Lebensgeschichte gekauft und will einen Film daraus machen."

„Was? Ach, komm. Nein, wirklich, es fällt mir schwer, es dir zu sagen."

„Warum fängst du nicht beim Anfang an?"

„Okay. Okay. Das mache ich, Klugscheißer. Vor zwei Monaten, am 3. Februar" — hier sprach der Anwalt — „war ich oben am Columbus-Circle, um einen Klienten zu besuchen. Es war schreckliches Wetter, und ich mußte das Taxi zurück in die Wall Street mit jemandem teilen. Schlechte Nachricht, was? Aber ich fand mich neben der schönsten Frau sitzen, die ich je in meinem Leben gesehen hatte. Ich meine, sie sah so gut aus, daß mein Mund trocken wurde. Ich weiß nicht, wo ich den Mumm hernahm, aber ich bat sie, mit mir essen zu gehen. Solche Dinge tue ich normalerweise nicht."

„Nein, wirklich nicht." David war zu sehr der Herr Rechtsanwalt, um fremde Mädchen zum Rendez-vous zu bitten. Er hatte nie im Leben allein eine Bar betreten.

„Nun, dieses Mädchen und mich hat es wirklich erwischt. Ich sehe sie jeden Abend. Also — wir werden heiraten. Das ist die eine Hälfte meiner Neuigkeiten."

„Meinen Glückwunsch", sagte ich. „Ich wünsche dir, daß du mehr Glück hast als ich."

„Nun kommen wir zum schwierigeren Teil. Der Name dieses erstaunlichen Mädchens ist Alma Mobley."

„Das kann nicht sein", sagte ich.

„Warte. Warte einen Moment. Don, ich weiß, es ist ein Schock für dich. Aber sie erzählte mir alles, was zwischen euch geschah, und ich glaube, es ist absolut notwendig, daß du weißt, wie leid ihr alles tut. Wir haben lange darüber gesprochen. Sie weiß, daß sie dich verletzt hat, aber sie wußte auch, daß sie nicht das richtige Mädchen für dich war. Und *du* warst nicht der richtige Mann für *sie.* Sie war auch in einer schlechten Phase in Kalifornien. Sie sei nicht sie selbst gewesen, sagt sie. Sie fürchtet, daß du eine völlig falsche Vorstellung von ihr hast."

„Genau das habe ich", sagte ich. „Alles an ihr ist falsch, sie ist eine Art Hexe. Sie ist destruktiv."

„Halt. Ich *werde* dieses Mädchen heiraten, Don. Sie ist nicht die Person, für die du sie hältst. Mein Gott, was haben wir über diese Dinge geredet. Offensichtlich müssen auch wir beide verdammt viel darüber sprechen. Ich dachte, vielleicht könntest du schnell ein Flugzeug nehmen und am Wochenende nach New York kommen, damit wir alles ausdiskutieren können. Ich würde mit Vergnügen deine Reisekosten übernehmen."

„Das ist lächerlich. Frage sie nach Alan McKechnie. Hör dir an, was sie dir zu sagen hat. Dann werde ich dir die Wahrheit sagen."

„Nein, warte, alter Freund. Das haben wir bereits alles hinter uns. Ich weiß, daß sie dir die McKechnie-Affäre falsch geschildert hat. Kannst du dir nicht vorstellen, wie fertig sie war? Bitte, komm her, Don. Wir drei haben eine lange Aussprache dringend nötig."

„Um nichts in der Welt", sagte ich. „Alma ist eine Art Circe."

„Schau, ich bin jetzt im Büro, aber ich werde dich diese Woche nochmals anrufen, okay? Wir müssen das klären. Ich will nicht, daß mein Bruder gemischte Gefühle wegen meiner Frau hat."

Gemischte Gefühle? Ich verspürte Grauen.

David rief mich am Abend nochmals an. Ich fragte ihn, ob er Tasker schon getroffen hätte. Oder ob er von Alma und dem O.T.O. wüßte.

„Du siehst das falsch. Sie hat das alles erfunden, Don. Sie war etwas labil da drüben an der Küste. Im übrigen, wer könnte denn den ganzen Käse ernst nehmen? Hier in New York hat kein Mensch je vom O.T.O. gehört. In Kalifornien regen sich die Leute über die geringsten Kleinigkeiten auf."

Und Mrs. de Peyser? Sie hatte ihm erzählt, daß ich schrecklich besitzergreifend war. Mrs. de Peyser sei ein Mittel gewesen, um sich etwas Luft zu verschaffen.

„Laß mich eines fragen, David", sagte ich. „Hast du sie niemals angesehen oder berührt und dabei — ein sonderbares Gefühl verspürt? Einfach so, egal, wie sehr du dich von ihr angezogen fühlst — hast du nicht ein komisches Empfinden, wenn du sie berührst?"

„Du machst wohl Witze."

David ließ nicht locker. Mehrere Male rief er mich aus New York an und wurde durch meine Weigerung, Vernunft anzunehmen, zunehmend verstörter.

„Don, wir müssen uns aussprechen. Ich habe ein schreckliches Gefühl dir gegenüber."

„Das mußt du nicht haben."

„Ich verstehe deine Haltung nicht. Ich weiß, daß du schrecklich verletzt sein mußt. Jesus, wenn die Dinge anders lägen und Alma wäre aus meinem Leben verschwunden und würde sich entschließen, dich zu heiraten, ich läge in Agonie. Aber solange du nicht zugibst, daß du verletzt bist, werden wir nie zu dem Punkt gelangen, wo wir etwas unternehmen können."

„Ich bin nicht böse oder verletzt, David."

Eine meiner Schwierigkeiten war, daß ich nicht wußte, in

welchem Ausmaß Davids Annahme zutraf. Richtig war, daß ich sowohl David als auch Alma gegenüber Ärger und ein gewisses Verletztsein empfand. Aber waren es nur mein Ärger und mein Verletztsein, was mich vor dem Gedanken an ihre Heirat zurückschrecken ließ?

Etwa einen Monat später teilte David mir mit, daß ich nun „für eine Weile von der Verfolgung durch deinen Bruder" befreit sein würde. „Ich habe einiges in Amsterdam zu erledigen und fliege morgen für fünf Tage hinüber. Alma war seit ihrer Kindheit nicht mehr dort und kommt mit mir. Ich schicke dir eine Ansichtskarte. Aber tu mir den Gefallen und denke über unsere Situation nach, ja?"

„Ich werde mein möglichstes tun", sagte ich. „Aber du machst dir zu viele Sorgen um meine Gedanken."

„Es ist für mich wichtig, was du denkst."

„Gut", sagte ich, „gib auf dich acht."

Was hatte ich wohl *damit* gemeint?

Manchmal dachte ich, daß sowohl David als auch ich ihre Berechnung unterschätzt hatten. Nehmen wir an, überlegte ich, daß Alma ihr Zusammentreffen mit David geplant hatte. Nehmen wir an, daß sie ihn mit voller Absicht ausgeforscht hatte. Dann erschienen mir Gregory Benton und die Geschichten von Tasker Martin noch düsterer — so, als würden sie sich, genau wie Alma, an David heranpirschen.

Vier Tage später erhielt ich einen Anruf aus New York, und man teilte mir mit, daß David tot sei. Es war Davids Teilhaber, Bruce Putnam; die holländische Polizei hatte ihm telegrafiert. „Wollen Sie hinüberfahren, Mr. Wanderley?" fragte Putnam. „Wir wollten es Ihnen überlassen, ihn zu holen. Halten Sie uns auf dem laufenden, ja? Ihr Bruder war sehr beliebt hier und genoß großes Ansehen. Keiner von uns kann sich vorstellen, was sich zugetragen hat. Es sieht so aus, als sei er aus dem Fenster gestürzt."

„Haben Sie etwas von seiner Verlobten gehört?"

„Oh, war er verlobt? Stellen Sie sich vor — wir hatten keine Ahnung. War sie bei ihm?"

„Ja, natürlich", sagte ich. „Sie muß alles mitangesehen haben. Sie muß wissen, was geschehen ist. Morgen nehme ich das erste Flugzeug."

Was ich von der Polizei erfuhr, war dürftig: David war durch ein Fenster und über ein brusthohes Balkongitter gestürzt. Der Hotelbesitzer hatte einen Schrei gehört — sonst nichts, keine Stimmen, keinen Streit. Man nahm an, daß Alma ihn verlassen hatte; als die Polizei ihr Zimmer betrat, war kein einziges ihrer Kleidungsstücke zu finden.

Ich ging in das Hotel, sah mir den hohen eisernen Balkon an und wandte mich dem offenen Schrank zu. Drei von Davids Anzügen hingen auf der Stange, darunter standen zwei Paar Schuhe. Wenn ich dazuzählte, was er zum Zeitpunkt seines Todes getragen haben mußte, hatte er für eine Fünf-Tage-Reise vier Anzüge und drei Paar Schuhe mitgebracht. Armer David.

7

Ich arrangierte die Verbrennung, und zwei Tage später stand ich in einem kalten Krematorium, während Davids Sarg sich langsam auf einen grünen Vorhang mit Fransen zubewegte.

Weitere zwei Tage später war ich wieder in Berkeley. Meine kleine Wohnung roch fremd und kam mir vor wie eine Zelle. Es schien, als hätte ich mich unwiderruflich in eine andere Person verwandelt. Ich begann, Ideen zum *Nachtwächter* zu skizzieren, obwohl meine Vorstellungen zu dem Buch noch recht nebulos waren, und ich bereitete mich wieder auf meine Seminare vor. Immer wieder geschah es, daß ich mitten am Tag einschlief und vor zehn Uhr abends zu Bett ging. Ich trank zuviel, aber es gelang mir nicht, mich zu betrinken. Ich nahm mir vor, falls ich das Jahr überstehen sollte, nach Mexiko zu fahren, um an meinem Buch zu arbeiten.

Und um meinen Halluzinationen zu entkommen. Einmal

war ich gegen Mitternacht aufgewacht und hörte jemanden in der Küche rumoren. Ich sah David neben dem Herd stehen. Er hielt eine Kaffeekanne in der Hand und sagte: „Du schläfst zuviel, Junge. Nimm doch eine Tasse Kaffee.“ Und ein andermal hatte ich, während ich in einem Kurs über einen Roman von Henry James sprach, auf einem der Stühle statt des rothaarigen Mädchens, von dem ich wußte, daß es da saß, wiederum David gesehen; sein Gesicht war blutverschmiert, sein Anzug zerrissen, und er nickte glücklich zu meinen klugen Ausführungen über „The Portrait of a Lady“.

Aber noch stand mir eine weitere Entdeckung bevor, ehe ich nach Mexiko reisen konnte. Eines Tages fand ich in der Bibliothek eine Ausgabe von *Who's Who* aus dem Jahre 1960. Ich hatte eher willkürlich nach diesem Jahrgang gegriffen; aber wenn Alma fünfundzwanzig war, als ich sie traf, dann mußte sie 1960 neun oder zehn Jahre alt gewesen sein.

Robert Mobleys Name stand in dem Buch. Ich las den Absatz über ihn immer wieder:

Mobley, Robert Osgood, Maler und Aquarellmaler, geboren in New Orleans, 23. Februar 1909; Sohn des Felix Morton und der Jessica (Osgood); Absolvent der Yale University 1927; verheiratet mit Alice Whitney, 27. August 1936; Kinder — Shelby Adam, Whitney Osgood. usw.

Der reiche Künstler hatte also zwei Söhne, aber keine Tochter. Alles, was Alma mir — und wahrscheinlich auch David — erzählt hatte, war erfunden gewesen. Sie trug einen falschen Namen und hatte keine Vergangenheit: Sie hätte ebensogut ein Geist sein können. Dann dachte ich an „Rachel Varney“, eine dunkeläugige Brünette mit allen Tributen des Reichtums und einer geheimnisvollen Vergangenheit, und es wurde mir klar, daß David das fehlende Element zu dem Buch war, das ich zu schreiben versuchte.

8

Ich habe nahezu drei Wochen damit zugebracht, das alles niederzuschreiben — und ich bin um nichts klüger geworden.

Aber ich bin zu einem — möglicherweise törichten — Schluß gekommen: Ich weise die Möglichkeit nicht mehr länger von der Hand, daß es eine Verbindung geben kann zwischen dem *Nachtwächter* und dem, was David und mir passiert ist. Ich befinde mich in der gleichen Lage wie die Altherrengesellschaft, nämlich der, nicht mehr ganz sicher zu sein, was ich glauben soll. Sollte ich jemals die Aufforderung erhalten, der Altherrengesellschaft eine Geschichte zu erzählen, so wird es die sein, welche ich hier niederschrieb. Vielleicht habe ich also meine Zeit doch nicht verschwendet.

In Milburn haben sich seltsame Dinge zugetragen. Es scheint, als sei eine Anzahl Kühe und Pferde von einer Art Untier getötet worden — ich hörte in der Drogerie einen Mann sagen, daß sie von Wesen getötet wurden, die auf fliegenden Untertassen erschienen seien. Und — was wesentlich ernster ist — ein Mann starb oder wurde getötet. Man fand seine Leiche neben einem alten Rangiergeleise. Es handelte sich um einen Versicherungsvertreter namens Freddy Robinson. Sein Tod schien besonders Lewis Benedikt zu treffen, obwohl es sich höchstwahrscheinlich um einen Unglücksfall handelte. Im übrigen scheint mit Lewis Benedikt etwas Sonderbares vorzugehen: Er wirkt zunehmend gedankenverloren und reizbar, als gäbe er sich die Schuld an Robinsons Tod.

Auch ich habe ein ungewöhnliches, ein vollkommen unbegründetes Gefühl: daß ich, wenn ich mir Milburn näher ansehe und tue, was die Altherrengesellschaft von mir verlangt, schließlich entdecken werde, was David dazu brachte, über eine Balkonbrüstung in Amsterdam zu springen.

Aber das seltsamste Gefühl, jenes, das meinen Puls beschleunigt, ist, daß ich dabei bin, in mein eigenes Unterbewußtsein vorzudringen, daß ich das Territorium meiner schriftstellerischen Phantasie erforschen werde. Aber diesmal ohne den bequemen Vorwand der Erfindung — diesmal nur ich.

3.

Die Stadt

Narziß sah auf sein Spiegelbild im Wasser und weinte. Ein Freund kam vorbei, sah ihn und fragte: „Narziß, warum weinst du?"

„Weil mein Antlitz sich verändert hat", sagte Narziß.

„Weinst du, weil du älter wirst?"

„Nein. Ich sehe, daß ich nicht länger unschuldig bin. Ich habe mich lange und lange betrachtet, und dabei habe ich meine Unschuld verloren."

1

Wie Don in seinem Tagebuch notiert hatte, war Freddy Robinson ums Leben gekommen, und drei Kühe, die einem Farmer namens Norbert Clyde gehörten, wurden getötet. Mr. Clyde hatte in der Nacht, als das geschah, auf dem Weg zur Scheune etwas gesehen, das ihn furchtbar erschreckte. Er rannte zu seinem Haus zurück und wagte sich bis zur Morgendämmerung nicht mehr daraus hervor. Seine Beschreibung der Gestalt, die er gesehen hatte, inspirierte einige der erregbareren Gemüter in Milburn zu jener Geschichte von den Wesen mit der fliegenden Untertasse, die Don in der Drogerie gehört hatte. Sowohl Walt Hardesty als auch der Tierbeschauer, der sich die

Kühe ansah, beide hatten die Geschichte gehört, aber keiner von ihnen war einfältig genug, sie zu glauben. Wie wir wissen, hatte Walt Hardesty seine eigenen Ideen; seiner Ansicht nach würden noch einige Tiere zu Tode kommen, und dann würde die Sache einschlafen. Die Erfahrung, die er mit Sears James und Ricky Hawthorne gemacht hatte, veranlaßte ihn zu schweigen. Der Tierbeschauer, der gewisse offensichtliche Fakten nicht sehen wollte, war zu dem Schluß gekommen, daß irgendein riesiger Hund in der Gegend sein Unwesen trieb. In diesem Sinne verfaßte er einen Bericht und betrachtete seine Arbeit als abgeschlossen. Elmer Scales, der von Norbert Clydes Kühen gehört hatte und der seiner ganzen Natur nach dazu neigte, an fliegende Untertassen zu glauben, wachte drei Nächte an seinem Wohnzimmerfenster, ein zwölfkalibriges Gewehr über seinen Knien (*... kann schon sein, Junge, daß du vom Mars kommst, aber wart' nur ab, wie du zu leuchten beginnst, wenn du eine Ladung Kugeln in dir hast).* Er hätte unmöglich voraussehen oder verstehen können, was er mit diesem Gewehr in zwei Monaten anstellen würde. Walt Hardesty, der die Spuren von Elmers Wahnsinnstat würde beseitigen müssen, war es zufrieden, die Dinge bis zum nächsten unerklärlichen Ereignis nicht zu tragisch zu nehmen und lediglich darüber nachzudenken, wie er die beiden alten Anwälte zum Sprechen bringen könnte — sie und ihren versnobten Freund Lewis Benedikt. Sie wußten etwas, das sie nicht sagten, und sie wußten auch etwas über ihren alten Kumpel Dr. John Jaffrey, den Drogennascher.

Aber Don weiß nicht und kann es daher auch nicht in sein Tagebuch schreiben, daß Milly Sheehan, nachdem sie das Haus der Hawthornes verläßt, um in das Haus in der Montgomerystraße zurückzukehren, wo sie mit John Jaffrey gelebt hat, sich eines Morgens daran erinnert, daß der Doktor nicht mehr dazu kam, die Fensterläden gegen den Sturm anzubringen. Sie wirft sich einen Mantel um und geht nach draußen, um zu sehen, ob sie es alleine fertigbringt. Während sie voll Verzweiflung zu den Fenstern hinaufsieht (weil sie weiß, daß sie die schweren Läden nie in die Höhe bringen wird), spaziert Dr. Jaffrey um die Ecke des Hauses und lächelt sie an. Er trägt den Anzug, den Ricky Hawthorne für das Begräbnis ausgewählt hat, aber weder Schuhe noch Socken, und der Schreck, ihn barfuß im Freien zu sehen, ist schlimmer als der andere Schock. „Milly", flüstert er, „sag ihnen allen, daß sie fortgehen sollen — sag ihnen allen, daß sie verschwinden sollen. Ich habe die andere Seite gesehen, Milly, und sie ist *schrecklich.*" Sein Mund bewegt sich, aber seine Worte klingen wie ein schlecht synchronisierter Film. „*Schrecklich,* sag es ihnen sofort", sagt er, und Milly fällt in Ohnmacht. Sie verliert nur für wenige Sekunden das Bewußtsein und kommt wimmernd zu sich, ihre Hüfte schmerzt von dem Fall, aber trotz ihrer Angst sieht sie, daß es keine Fußspuren im Schnee gibt, und sie weiß, daß sie einfach eine Erscheinung hatte — sie wird es niemals je mandem sagen. Solche Dinge bringen dich in die Klapsmühle. „Zu viele von diesen verdammten Geschichten und etwas zuviel Mr. Sears James", murmelt sie vor sich hin, ehe sie sich aufrappelt und ins Haus zurückhumpelt.

Und hier noch einige Ereignisse, die sich innerhalb der Zeit in Milburn zutrugen, in der Don Wanderley gewissenhaft, halsstarrig und ausführlich den Geist Alma Mobleys beschwor:

Walter Barnes saß in seinem Wagen und dachte über seine Frau nach, während er in Len Shaws Tankstelle Benzin nachfüllen ließ. Seit Monaten schon saß Christina Trübsal blasend zu Hause, starrte auf das Telefon, ließ das Essen anbrennen, und schließlich begann sich in ihm der Verdacht zu regen, daß sie ein Verhältnis haben mußte. Immer noch stand ihm in beunruhigender Deutlichkeit das Bild vor Augen, wie der betrunkene Lewis Benedikt auf Jaffreys tragischer Party Christinas Knie gestreichelt hatte und wie Christina ihn gewähren ließ. Ohne Zweifel war sie immer noch eine attraktive Frau, während aus ihm statt des Finanzmagnaten, von dem er einstmals geträumt hatte, ein übergewichtiger Kleinstadtbankier geworden war. Die meisten Männer in Milburn würden mit Vergnügen mit Christina schlafen, aber ihn hatte seit fünfzehn Jahren keine Frau mehr herausfordernd angesehen. All sein Elend kam über ihn. In einem Jahr würde sein Sohn aus dem Haus gehen, und dann würden er und Christina übrigbleiben und so tun, als wären sie glücklich. Len hüstelte und sagte: „Wie geht es Mrs. Hawthorne?" „Es geht ihr gut", gab Walter Barnes zur Antwort und überlegte, daß Len Stella begehrte, wie das neunzig Prozent aller Männer in der Stadt taten — er auch. Ich müßte mit Stella Hawthorne durchgehen, dachte er, irgendwohin, vielleicht nach Pago-Pago, und vergessen, daß ich einsam und in Milburn verheiratet bin. Er wußte nicht, daß die Einsamkeit, die ihn erwartete, schlimmer sein würde, als er sich das je hätte vorstellen können; und Peter Barnes, der Sohn des Bankiers, saß mit Jim Hardie in einem anderen Wagen, und Peter hörte Jim zu, der groß und muskulös war und zu jener Art von Jungen gehörte, die man vierzig Jahre früher als „geboren, um zu hängen" beschrieben hätte; Jim, der die alte Pugh-Scheune in Brand steckte, weil er gehört hatte, daß die Dedham-Mädchen ihre Pferde darin hielten; Jim, der Geschichten von seinen Sexbeziehungen zu der neuen Frau im Hotel, dieser Anna, erzählte, Geschichten, die niemals wahr werden würden — jedenfalls nicht auf die Art, wie Jim sie erhoffte;

und Clark Mulligan saß im Projektionsraum seines Kinos und sah sich zum sechzigsten Mal *Carrie* an und fragte sich, ob der viele Schnee sein Geschäft beeinträchtigen würde, ob Leota noch irgend etwas außer dem Hackbraten zum Abendessen vorbereitet haben würde und ob noch je in seinem Leben einmal etwas Aufregendes passieren würde;

und Lewis Benedikt wanderte durch die Räume seines großen Hauses und wurde von einem unmöglichen Gedanken geplagt: daß nämlich die Frau, die vor ihm auf der Landstraße aufgetaucht war und die er fast getötet hatte, seine verstorbene Frau gewesen war. Die Schultern, der Schwung der Haare... je länger er an diese Sekunden zurückdachte, desto mehr wurden sie auf peinigende Art vage und flüchtig;

und Stella Hawthorne lag mit Milly Sheehans Neffen auf einem Bett in einem Motel und fragte sich, ob dieser Harold Sims jemals zu reden aufhören würde: „Und dann, Stel, sehen sich einige Knaben aus dem Institut meine Arbeit über das

Überleben der Mythen bei den Amerinden an, und sie sagen, daß die ganze gruppendynamische Idee ein toter Hund sei, kannst du dir das vorstellen? Zum Teufel, ich habe erst vor vier Jahren meine Doktorarbeit beendet, und nun soll die ganze Sache aus der Mode sein. Da hält mich unlängst doch glatt ein Kerl auf dem Gang an und fragt mich, ob ich je das Zeug über den Manitu gelesen hätte — *Manitu,* mein Gott! Das Überleben der Mythen, um Himmels willen!"

„Was ist ein Manitu?" fragte sie ihn, schenkte aber seiner Antwort keine Aufmerksamkeit — irgendeine Geschichte von einem Indianer, der tagelang ein Reh auf einem Berg verfolgte, aber als er den Gipfel des Berges erreichte, wandte sich das Reh gegen ihn und war kein Reh mehr..;

und Ricky Hawthorne, der, als er eines Tages zur Wheat Row fuhr, sah, wie ein Mann in einer Seemannsjacke und einer blauen Schirmmütze auf der Nordseite des Platzes ein Kind verprügelte. Einen Augenblick lang war er so geschockt, daß er nicht wußte, was er machen sollte; aber dann parkte er den Wagen am Randstein und stieg aus. „Genug", schrie er, „jetzt ist es aber genug", aber der Mann und das Kind starrten ihn mit so eigenartiger Gewalttätigkeit an, daß er den Arm sinken ließ und wieder in seinen Wagen stieg;

und Peter Barnes und Jim Hardie kommen aus einer schäbigen Bar, und Jim, der nur halb so betrunken ist wie Peter, sagt: *„He Scheißer, ich habe eine Spitzenidee"*, und er lacht fast den ganzen Weg bis Milburn;

und eine dunkelhaarige Frau sitzt in einem dunklen Zimmer des Archer Hotels, sieht zum Fenster hinaus und beobachtet, wie der Schnee zur Erde fällt, und sie lächelt vor sich hin;

und um sechs Uhr dreißig abends verkriecht sich ein Versicherungsvertreter namens Freddy Robinson in seine Bude, ruft eine Büroangestellte namens Florence Quast an und sagt: „Nein, ich denke, es wird nicht nötig sein, die beiden Herren zu stören. Ich glaube, das neue Mädchen, das bei Ihnen arbeitet, wird meine Fragen beantworten können. Könnten Sie mir ihren Namen sagen? Und wo wohnt sie doch gleich?"

und die Frau im Hotel sitzt da und lächelt, und einige Tiere mehr werden zu Tode gemetzgert — Spaß muß sein: zwei junge Kühe in Elmer Scales' Stall (Elmer war mit seinem Gewehr auf dem Schoß eingeschlafen) und eines von den Pferden der Dedham-Mädchen.

2

Und so kam Freddy Robinson ins Spiel. Er hatte den Versicherungsschein für die beiden Dedham-Mädchen, Töchter des verstorbenen Oberst und Schwestern des längst dahingegangenen Stringer Dedham, ausgeschrieben. Niemand kümmerte sich mehr viel um die Dedham-Mädchen. Sie lebten zurückgezogen draußen in ihrem alten Haus an der Willow Mile Road, hielten ihre Pferde, und manchmal verkauften sie eines. Sie waren so alt wie die meisten Mitglieder der Altherrengesellschaft, doch hatten sie sich nicht so gut gehalten. Jahrelang hatten sie, geradezu zwanghaft, über Stringer gesprochen; er war nicht gleich tot gewesen, als die Dreschmaschine ihm beide Arme abriß, sondern hatte — trotz des schwülen Augusttages in Decken gewickelt — auf dem Küchentisch gelegen, vor sich hingelallt, das Bewußtsein verloren, dann wieder gelallt, bis sein Leben langsam versiegt war. Die Bewohner von Milburn wurden es langsam müde, immer wieder zu hören, was Stringer während seines Todeskampfes zu sagen versucht hatte, besonders, weil es nicht viel Sinn ergab. Auch damals waren die Dedham-Mädchen nicht in der Lage gewesen, eine ordentliche Erklärung abzugeben — was sie glauben machen wollten war, daß Stringer etwas *gesehen* hatte, daß er durcheinander gewesen war. Er wäre doch nicht so ein Narr gewesen, in die Dreschmaschine zu geraten, wenn er seine fünf Sinne beisammengehabt hätte, oder? Und die Mädchen schienen Stringers Braut, Miss Galli, die Schuld zu geben, und eine Weile sah man diese scheel an. Aber dann verließ Miss Galli plötzlich die Stadt, und nun interessierte es die Leute nicht mehr, was die Dedham-Mädchen über sie sagten. Dreißig Jahre später gab es nur mehr wenige Menschen in der Stadt, die sich noch an Stringer Dedham, der ein schöner Mann und ein feiner Herr gewesen war, erinnern konnten. Und die Dedham-Mädchen wurden des Themas müde — nach so vielen Jahren waren sie nicht mehr sicher, was Stringer über Miss Galli hatte sagen wollen —, und sie fanden, daß Pferde bessere Freunde waren als die Leute von Milburn. Seit einem Schlaganfall war die eine der Schwestern, Nettie, gelähmt, aber die meisten jungen Leute in Milburn hatten keine von beiden je zu Gesicht bekommen.

Freddy Robinson war eines Tages — er lebte damals erst seit kurzem in Milburn — an ihrer Farm vorbeigefahren, und der Name am Postkasten, Oberst T. Dedham, hatte ihn bewogen, umzukehren und die Auffahrt hinaufzufahren. Er wußte nicht, daß Rea Dedham den Namen ihres Vaters auf dem Postkasten alle zwei Jahre neu anmalte. Obwohl Oberst Thomas Dedham 1910 an Malaria gestorben war, war seine Tochter abergläubisch genug, den Namen stehenzulassen. Rea war so froh, einem netten jungen Mann gegenüberzusitzen, daß sie für ihre Pferde eine Versicherung im Wert von dreitausend Dollar abschloß. Sie dachte an Jim Hardie, aber das sagte sie Freddy Robinson nicht. Jim Hardie war ein schlechter Kerl, und er war auf die Mädchen böse, seit Rea ihn als kleinen Jungen vom Pferdestall verscheucht hatte. Und nach allem, was der junge Robinson ihr erklärt hatte, war eine kleine Versicherung genau das, was sie für den Fall brauchte, daß Jim Hardie je wieder mit einem Benzinkanister und einem Zündholz zurückkehren sollte.

Zu dieser Zeit war Freddy neu im Versicherungsgeschäft, und sein Ehrgeiz war es, in seinem Beruf zur Spitze vorzustoßen; acht Jahre später war er nahe am Ziel, aber nun machte er sich nichts mehr daraus. Er hatte genügend Konferenzen und Verkaufsbesprechungen beigewohnt, um alles zu wissen, was man über das Versicherungsgeschäft wissen mußte. Aber die acht Jahre in Milburn hatten Freddy Robinson verändert. Er war nicht länger stolz auf seine Fähigkeiten als Verkäufer, denn er hatte erfahren, wie sehr diese auf der Ausbeutung menschlicher Gier oder Furcht beruhten. Langsam begann er die meisten seiner Berufskollegen zu verachten.

Weder seine Ehe noch seine Kinder hatten Freddy Robinson verändert, sondern sein Leben gegenüber John Jaffreys Haus. Zunächst hielt er die alten Herren, die er einmal im Monat anmarschieren sah, für komische, unglaublich verstaubt aussehende Figuren. Smoking! Sie sahen so einmalig ernsthaft aus — fünf Methusalems, von der Zeit überholt.

Dann merkte er, daß er nach Vertreterkonferenzen in New York mit Erleichterung nach Hause zurückkehrte. Seine Ehe war nicht gut (er fühlte sich zunehmend zu Mittelschülerinnen hingezogen, die so aussahen wie seine Frau, bevor sie zwei Kinder geboren hatte), aber zu Hause war mehr als die Montgomerystraße — es war Milburn, und ein Großteil von Milburn war stiller und hübscher als alle die Orte, an denen er bis dahin gelebt hatte. Allmählich glaubte er, eine geheimnisvolle Beziehung zu Milburn zu haben; es wurde für ihn zu einer Ruhe spendenden Oase und war nicht länger das zurückgebliebene Provinznest, wofür er es zunächst gehalten hatte.

Zwei weitere Ereignisse trugen zu Freddys Sinnesänderung bei. Als er eines Nachts ziellos in irgendeiner Gegend Milburns umherwanderte, ging er an Edward Wanderleys Haus in der Haven Lane vorbei und sah die Altherrengesellschaft durch das Fenster. Da saßen sie, seine Methusalems, und unterhielten sich; einer hob die Hand, ein anderer lächelte. Freddy war einsam, und sie schienen einander sehr nahe zu sein. Er blieb stehen und starrte zu ihnen hinein. Er war nicht mehr sechsundzwanzig wie zum Zeitpunkt seiner Ankunft in Milburn, sondern einunddreißig, und die Männer erschienen ihm nicht mehr ganz so alt; sie waren die gleichen geblieben, während er sich ihrem Alter genähert hatte. Sie wirkten nicht mehr grotesk, sondern würdevoll. Und dann gab es noch etwas, das er nicht bedacht hatte — sie hatten Spaß miteinander. Er fragte sich, worüber sie reden mochten, und hatte das Gefühl, daß es sich um etwas *Geheimes* handelte, das weder Geschäft noch Sport noch Sex noch Politik betraf. Flüchtig schoß ihm der Gedanke durch den Kopf, daß ihr Gespräch sich um etwas drehen müsse, wovon er noch nie gehört hatte. Er begann die Altherrengesellschaft zu beneiden, und es dauerte nicht lange, da liebte er das, was sie seiner Meinung nach repräsentierte: kultiviertes Vergnügen.

Lewis war der Brennpunkt von Freddys Sehnsüchten. Er stand Freddy im Alter näher als die anderen, und er zeigte, was aus Freddy einmal werden könnte.

Er beobachtete sein Idol bei Humphrey, registrierte, wie Lewis seine Augenbrauen hochzog, ehe er eine Frage beantwortete, oder wie er des öfteren seinen Kopf zur Seite legte, wenn er lächelte. Freddy begann ihn zu kopieren. Er kopierte auch, was er für Lewis' sexuelle Verhaltensweise hielt, allerdings schraubte er das Alter der Mädchen, mit denen er sich abgab, von Lewis' Standard von fünfundzwanzig auf siebzehn bis achtzehn Jahre herunter, denn Mädchen dieses Alters interessierten ihn am meisten.

Als Dr. Jaffrey ihn zu seiner Party für Ann-Veronica Moore einlud, dachte Freddy, das Tor zum Himmel habe sich für ihn geöffnet. Er stellte sich einen ruhigen Abend mit der Altherrengesellschaft und der Schauspielerin vor und befahl seiner Frau, zu Hause zu bleiben. Als er die vielen Menschen sah, begann er sich wie ein Tölpel zu benehmen. Er blieb unten, da er zu scheu und zu enttäuscht war, sich den älteren Männern zu nähern, deren Freund er gern gewesen wäre. Schließlich nahm er seinen ganzen Mut zusammen und näherte sich Sears James, der ihm stets Furcht eingeflößt hatte. Aber es war wie ein Fluch: Er war außerstande, über anderes zu sprechen als über Versicherungen. Nachdem man Edward Wanderleys Leiche entdeckt hatte, schlich Freddy sich mit den anderen Gästen fort.

Nach Dr. Jaffreys Selbstmord war Freddy verzweifelt. Die Altherrengesellschaft zerfiel, noch ehe er eine Chance gehabt hatte, sich ihrer würdig zu erweisen. Am nämlichen Abend sah er Lewis' Morgan vor des Doktors Haus halten, und er lief hinaus, um Lewis zu trösten — um endlich Eindruck zu schinden. Aber wiederum war es danebengegangen. Er war zu nervös, er hatte Streit mit seiner Frau gehabt, und wie immer hatte er von Versicherungen gesprochen. Er hatte Lewis wiederum verloren.

Da Freddy Robinson keine Ahnung davon hatte, was Stringer Dedham seinen Schwestern mitzuteilen versuchte, als er, in Decken gehüllt, auf dem Küchentisch verblutete, konnte er auch nicht wissen, welches Schicksal ihm bevorstand, als Rea Dedham eines Morgens anrief und ihn bat, auf die Farm hinauszukommen. Statt dessen sah er in jenem Stückchen Seidenschal, das an einem Stacheldraht flatterte, eine elegante Eintrittskarte zu jenem Freundeskreis, nach dem er sich sehnte.

Zunächst schien es, als läge ein ganz normaler Arbeitsvormittag vor ihm — ein mühsamer Anspruch, mit dem man sich auseinanderzusetzen hatte. Rea Dedham ließ ihn zehn Minuten auf ihrer eisigen Türschwelle warten, bis sie schließlich erschien, verrunzelt, gebeugt. Sie hatte einen karierten Schal um die Schultern gewickelt und sagte, sie wisse, wer es getan habe, jawohl, aber sie hätte in ihrer Police nachgesehen, und da hieß es nirgendwo, daß man sein Geld nicht erhalte, wenn man es wisse, oder? Und ob er Kaffee wolle?

„Ja, danke", sagte Freddy und nahm einige Papiere aus seiner Aktentasche. „Wenn Sie so gut sein wollen und sich diese Formulare ansehen, kann die Gesellschaft so schnell wie möglich Ihre Ansprüche einklagen. Ich werde mir natürlich den Schaden ansehen müssen, Miss Dedham. Ich nehme an, Sie hatten einen Unfall?"

„Ich sagte Ihnen ja", antwortete sie, „ich weiß, wer es getan hat. Das war kein Unfall. Mr. Hardesty wird gleich hier sein, Sie werden auf ihn warten müssen."

„Also ist der Verlust auf eine kriminelle Tat zurückzuführen?" sagte Freddy und kreuzte eine Rubrik auf seinem Formular an. „Können Sie mir den Hergang in einigen Worten schildern?"

„Ich habe keine anderen Worte, Mr. Robinson, aber Sie werden warten, bis Mr. Hardesty gekommen ist. Ich bin zu alt, um alles zu wiederholen. Und ich gehe nicht noch einmal in diese furchtbare Kälte hinaus, um nichts in der Welt. Brr!" Sie schlug ihre knöchernen Arme um sich und fröstelte theatralisch.

„Nun bleiben Sie schön sitzen und trinken erst einmal Ihren Kaffee."

Freddy hielt verlegen seine Aktentasche an sich gedrückt und sah sich nach einem leeren Stuhl um. Die Küche der Dedham-Mädchen glich einer schmutzigen Höhle voll Mist. Auf einem Sessel standen zwei Tischlampen, auf einem anderen lag ein Stapel vergilbter Zeitungen. An einer Wand war ein hoher Spiegel in einem Eichenlaubrahmen angebracht, der sein Bild verschwommen zurückwarf — eine Gestalt bürokratischer Unzulänglichkeit, die in einem Wust von Papieren erstickte. Er wich an die Wand zurück, beugte sich nieder und stieß mit seinem Hinterteil eine Pappschachtel von einem Stuhl. Sie fiel mit lautem Krach zu Boden. „Himmel", sagte Rea Dedham und zuckte die Achseln. „Lärm!" Vorsichtig streckte Freddy seine Beine und ordnete die Papiere auf seinem Schoß. „Handelt es sich um ein totes Pferd?"

„Jawohl. Ihr schuldet mir Geld — eine *Menge* Geld, so wie ich die Sache sehe."

Freddy hörte einen schweren Gegenstand auf die Küchentür zurollen und stöhnte innerlich. „Ich werde mich schon mal mit den Vorarbeiten befassen", sagte er und beugte sich über die Papiere, um Nettie Dedham nicht ansehen zu müssen.

„Nettie möchte guten Tag sagen", sagte Rea. Er war gezwungen, aufzusehen.

Einen Augenblick später öffnete sich knarrend die Tür und ließ einen Haufen Decken in einem Rollstuhl ein. „Guten Tag, Miss Dedham", sagte Freddy und erhob sich halb von seinem Sitz. Er warf rasch einen Blick auf sie und flüchtete wieder zu seinen Formularen.

Nettie stieß einen Laut aus. Sie war bis zum Kinn in Decken gehüllt, und ihr Kopf wurde von einem schrecklichen Muskelkrampf nach hinten gezogen, so daß ihre Mundhöhle fortwährend offenstand.

„Du erinnerst dich an den netten Mr. Robinson", sagte Rea zu ihrer Schwester, während sie Kaffeetassen auf den Tisch stellte. Sie schien alle ihre Mahlzeiten im Stehen einzunehmen, weil sie keine Anstalten machte, Platz zu nehmen. „Er wird uns das Geld für den lieben armen Chocolate beschaffen. Er füllt eben die Formulare aus, nicht wahr?"

„Ruar", murmelte Nettie und wackelte mit dem Kopf, während sie sprach. „Glr ror."

„Richtig, unser Geld zurück", sagte Rea. „Wissen Sie, Mr. Robinson, Nettie ist ganz in Ordnung."

„Sicher", sagte er und sah wieder weg. Sein Blick fiel auf ein ausgestopftes, von braunen Blättern umgebenes Rotkehlchen unter einem Glassturz. „Also kommen wir zur Sache, wenn es Ihnen recht ist. Das Tier hieß..."

„Hier kommt Mr. Hardesty", sagte Rea. Freddy hörte einen Wagen die Auffahrt herauffahren. Er blickte verlegen zu Nettie, die ihren Mund bewegte und träumerisch die schäbige Zimmerdecke anstarrte. Rea setzte ihre Tasse auf den Tisch und humpelte zur Tür. *Lewis würde die Tür für sie öffnen,* dachte er und hielt sich ungeschickt an seinem Aktenstoß fest.

„Um Himmels willen, setzen Sie sich", fuhr die alte Frau ihn an.

Hardestys Stiefel knirschten über den Schnee. Er kam die Treppe herauf und hatte bereits zweimal geklopft, ehe Rea die Tür erreichte.

Freddy hatte zu oft bei Humphrey beobachtet, wie Walt Hardesty um acht Uhr ins Hinterzimmer schlich und um zwölf Uhr wieder herauswankte, um ihn für einen guten Sheriff zu halten. Er sah aus wie ein schlechtgelaunter Versager, die Art Polizist, die Vergnügen daran findet, jemandem den Gewehrkolben über den Schädel zu schlagen. Als Rea die Tür öffnete, stand Hardesty auf der Schwelle, hatte die Hände in die Taschen vergraben, eine Sonnenbrille verdeckte seine Augen, und er machte keine Anstalten einzutreten. „Tag, Miss Dedham", sagte er. „Also, was haben Sie für ein Problem?"

Rea wickelte sich fester in ihren Schal und ging zur Tür hinaus. Freddy zögerte einen Augenblick, und als er merkte, daß sie nicht wiederkam, ließ er seine Papiere auf einen Stuhl fallen und folgte ihr. Nettie wackelte mit dem Kopf, als er an ihr vorüberging.

„Ich weiß, wer es getan hat", hörte er Rea zu Hardesty

sagen, als er auf die beiden zuging. Ihre Stimme klang schrill und verärgert. „Es war dieser Jim Hardie, jawohl."

„Oh, wirklich?" sagte Hardesty. Freddy gesellte sich zu ihnen, und der Sheriff nickte ihm über Reas Kopf hinweg zu. „Sie waren rasch da, Mr. Robinson."

„Papierkram für die Gesellschaft", murmelte Freddy. „Bürokratie."

„Ihr und eure Papiere", sagte Hardesty und schenkte ihm ein gespanntes Lächeln.

„Es war sicher Jim Hardie", beharrte Rea. „Der Junge ist verrückt."

„Nun, wir werden sehen", sagte Hardesty. Sie waren fast beim Stall angelangt. „Sie haben das tote Tier gefunden?"

„Wir haben jetzt einen Jungen", sagte Rea. „Er kommt zum Füttern und Tränken heraus und wechselt das Stroh. Er ist ein Homosexueller", fügte sie hinzu, und Freddy riß erstaunt seinen Kopf in die Höhe. „Er fand Chocolate in der Box. Pferdefleisch für sechshundert Dollar, Mr. Robinson, wer es auch getan haben mag."

„Mhm, wie kommen Sie auf diesen Betrag?" fragte Freddy. Hardesty öffnete die Stalltür. Ein Pferd wieherte, ein anderes schlug an die Wände seiner Box. Freddys ungeübtem Auge erschienen alle Pferde gefährlich. Mit geblähten Nüstern und geweiteten Augen blickten sie ihn an.

„Weil sein Vater Gen. Hershey und seine Mutter Sweet Tooth und weil beide ausgezeichnete Pferde waren. Wir hätten Gen. Hershey überallhin als Zuchthengst verkaufen können. Nettie pflegte zu sagen, daß er genau wie Seabiscuit aussah."

„Seabiscuit", murmelte Hardesty.

„Sie sind zu jung, um die guten Pferde noch in Erinnerung zu haben", sagte Rea. „Schreiben Sie das in Ihre Formulare: sechshundert Dollar." Sie ging in den Stall voran, und die Pferde in ihren Boxen scheuten oder schüttelten ihre Mähnen, je nach Temperament.

„Diese Tiere sind nicht allzu sauber gehalten", sagte Hardesty. Freddy sah näher hin und entdeckte einen riesigen Fleck eingetrockneten Kots an der Flanke eines Grauen.

„Ungebärdig", sagte Freddy.

„Der eine sagt ungebärdig, der andere dreckig. Das Problem ist, ich bin zu *alt.* Also, hier liegt der arme Chocolate." Die Bemerkung war überflüssig; beide Männer starrten auf den Kadaver eines großen rötlichen Tieres, der auf dem strohbedeckten Boden lag. Für Freddy sah er aus wie der Körper einer riesigen Ratte.

„Verdammt", sagte Hardesty und öffnete die Boxentür. Er stieg über die steifen Beine des Tieres hinweg und begann den Hals abzutasten. Das Pferd in der Nebenbox wieherte, und Hardesty wäre um ein Haar gestürzt. „Verdammt." Er stützte sich mit einem Arm an der hölzernen Wand der Box ab. „Verdammt, ich sehe es von hier." Er packte die Nüstern des Pferdes und zog den ganzen Kopf nach hinten.

Rea Dedham schrie.

Die beiden Männer stützten sie, trugen sie fast an den verschreckten Pferden vorbei aus dem Stall. „Ruhig, ruhig", wiederholte Hardesty, als sei die alte Dame selbst ein Pferd.

„Wer zum Teufel könnte so etwas getan haben?" fragte Freddy, bei dem der Schock über den Anblick der langen Wunde am Hals des Pferdes noch nachwirkte.

„Norbert Clyde behauptet, es seien Marsmenschen gewesen. Er sagt, er habe einen gesehen. Haben Sie nichts davon gehört?"

„Doch", gab Freddy zu. „Werden Sie überprüfen, wo Jim Hardie sich gestern nacht aufgehalten hat?"

„Mister, ich wäre sehr viel glücklicher, wenn die Leute endlich aufhören wollten, mir zu sagen, wie ich meinem Beruf nachgehen soll." Er beugte sich über die alte Frau. „Miss Dedham, beruhigen Sie sich doch. Wollen Sie sich setzen?" Sie nickte, und Hardesty bedeutete Freddy, die Tür seines Wagens zu öffnen, während er sie stützte.

Sie lehnten Rea in den Sitz des Wagens zurück, ihre Beine baumelten heraus. „Armer Chocolate, armer Chocolate", wimmerte sie. „Grauenhaft... armer Chocolate."

„Hören Sie, Miss Dedham. Ich möchte Ihnen etwas sagen." Hardesty beugte sich vor und stellte einen Fuß auf das

Wagenbrett. „Jim Hardie hat es nicht getan. Hören Sie mir zu? Letzte Nacht war Jim Hardie mit Peter Barnes in einer Bierkneipe außerhalb von Glen Aubrey. Unsere Nachforschungen haben ergeben, daß sie bis zwei Uhr morgens dort gewesen sind. Ich weiß von Ihrer Fehde mit Jim Hardie, daher habe ich mich umgehört."

„Er hätte es nach zwei Uhr tun können", sagte Freddy.

„Er hat bis in die frühen Morgenstunden mit Peter Barnes im Keller des Barnes-Hauses Karten gespielt. Das sagt zumindest Peter Barnes. Jim ist viel mit Peter Barnes unterwegs, aber ich glaube nicht, daß der junge Barnes so etwas täte oder daß er jemanden decken würde, der es getan hat. Sind Sie anderer Meinung?"

Freddy schüttelte den Kopf.

„Und wenn Jim nicht mit dem jungen Barnes zusammen war, dann war er bei seiner neuen Flamme. Sie wissen, wen ich meine. Die Hübsche, sie sieht aus wie ein Mannequin."

„Ich weiß, wen Sie meinen, das heißt, ich habe sie gesehen."

„So. Also hat er dieses Pferd nicht getötet, und er hat auch Elmer Scales' Kühe nicht getötet. Der Tierbeschauer sagt, es sei ein wildgewordener Hund gewesen. Wenn Sie also einen großen fliegenden Hund mit Zähnen wie Rasiermesser sehen, dann haben Sie den Täter." Er sah Freddy hart in die Augen und wandte sich aufs neue Rea Dedham zu. „Sind Sie wieder soweit, daß wir hineingehen können? Ist zu kalt hier draußen für eine alte Dame wie Sie. Ich werde Sie hineinführen und mich dann auf den Weg machen, um jemanden zu finden, der dieses Pferd fortschafft."

Freddy trat, gekränkt über Hardestys Zurückweisung, zurück. „Sie wissen, daß es kein Hund war."

„Jawohl!"

„Was, glauben Sie, war es dann? Was geht hier vor?" Er sah sich um und wußte, daß ihm etwas abging. Dann hatte er es und öffnete den Mund, um etwas zu sagen, als er gerade in diesem Augenblick an dem Stacheldraht neben dem Stallgebäude einen hellen Stoffetzen flattern sah.

„Sie wollten etwas sagen?"

„Da war kein Blut", sagte Freddy und sah zu dem Stoffetzen hin.

„Bravo. Der Tierbeschauer geruhte das nicht zu bemerken. Helfen Sie mir ein wenig mit der alten Dame?"

„Ich habe etwas verloren", sagte Freddy und ging zu den Ställen zurück. Er hörte, wie Hardesty Miss Dedham ächzend hochhob, und als er am Stall war und sich umwandte, sah er, wie der Sheriff sie ins Haus trug. Freddy ging auf den Stacheldraht zu und nahm den Stoffstreifen ab — Seide. Er war von einem Schal abgerissen, und er wußte, wo er den Schal gesehen hatte.

Freddy begann zu kombinieren, obschon er selbst dieses Wort nie dafür gewählt hätte.

Als er wieder zu Hause war und seinen Bericht getippt und abgeschickt hatte, wählte er Lewis Benedikts Telefonnummer. Er wußte eigentlich nicht, was er Lewis sagen würde, aber er glaubte den Schlüssel zu der Frage gefunden zu haben, die ihn beschäftigte.

„Hallo, Lewis", sagte er. „Hallo, wie geht es Ihnen? Hier spricht Freddy."

„Freddy?"

„Freddy Robinson. Sie wissen schon."

„Oh ja, natürlich."

„Sind Sie gerade beschäftigt? Es gibt etwas, das ich gerne mit Ihnen besprechen würde."

„Schießen Sie los", sagte Lewis mit wenig ermunternder Stimme.

„Ja. Also, ich hoffe, ich halte Sie nicht auf?... Okay. Sie wissen von diesen Tieren, die getötet wurden? Wußten Sie auch schon, daß man wieder eines gefunden hat? Einen von den alten Gäulen, die den Dedham-Schwestern gehören. Ich habe die Police ausgestellt. Nun, ich glaube nicht an das Märchen von den Marsmenschen. Glauben Sie es?" Er machte eine Pause, aber Lewis gab keine Antwort. „Ich meine, das ist doch Quatsch. Mhm, übrigens — diese Frau, die gerade in die Stadt gezogen ist und die manchmal mit Jim Hardie herumzieht —, arbeitet sie nicht für Ricky und Sears?"

„Ich habe so etwas Ähnliches gehört", sagte Lewis, und Freddy entnahm seinem Tonfall, daß er statt Ricky und Sears besser Hawthorne und James gesagt hätte.

„Kennen Sie sie?"

„Nein. Darf ich fragen, worauf Sie hinauswollen?"

„Nun, ich glaube, daß mehr vorgeht, als Sheriff Hardesty weiß."

„Können Sie das näher erklären, Freddy?"

„Nein, nicht am Telefon. Könnten wir uns irgendwo treffen, um über die Sache zu sprechen? Sehen Sie, ich fand etwas bei den Dedhams, und ich wollte es Hardesty nicht eher zeigen, bis ich mit Ihnen und vielleicht mit — Mr. Hawthorne und Mr. James gesprochen habe."

„Freddy, ich habe nicht die geringste Ahnung, wovon Sie sprechen."

„Nun, um die Wahrheit zu sagen, ich bin mir selbst nicht ganz sicher, aber ich wollte Sie treffen und bei einem Bier einige Ideen wälzen. Nur so, um zu sehen, was man damit anfangen könnte."

„Womit, um Himmels willen?"

„Mit ein paar Ideen, die ich habe. Sehen Sie, ich finde, ihr seid alle so fabelhafte Burschen, und ich möchte, daß Sie Bescheid wissen, wenn vielleicht einige Schwierigkeiten auf euch zukommen."

„Freddy, ich bin versichert", sagte Lewis. „Und ich habe keine Lust, auszugehen. Tut mir leid."

„Vielleicht treffen wir uns ohnehin bei Humphrey? Wir könnten uns dort unterhalten."

„Das ist eine Möglichkeit", sagte Lewis und hängte ein.

Freddy legte den Hörer auf, zufrieden mit sich, daß er im Augenblick genügend Angelhaken für Lewis ausgelegt hatte. Lewis mußte einfach zurückrufen, sobald er sich überlegte, was Freddy ihm mitgeteilt hatte. Natürlich war es seine Pflicht, Hardesty aufzusuchen, wenn seine Vermutungen zutrafen, aber das hatte noch Zeit — er wollte erst über alles gründlich nachdenken, ehe er mit ihm sprach. Er wollte sicher sein, daß die Altherrengesellschaft geschützt war. Seine Gedanken waren ungefähr folgende: Er hatte den Schal, von dem der Stoffetzen stammte, um den Hals jenes Mädchens gesehen, das Hardesty die „neue Flamme" genannt hatte. Sie hatte den Schal getragen, als sie mit Jim Hardie bei Humphrey gewesen war. Rea Dedham hegte den Verdacht, daß Jim Hardie das Pferd getötet hatte; Hardesty hatte etwas von einer Fehde zwischen Hardie und den Schwestern Dedham gesagt. Der Schal war der Beweis, daß das Mädchen auf der Farm gewesen war, warum also nicht auch Hardie? Und falls die beiden — aus welchem Grund immer — das Pferd getötet hatten, warum nicht auch die anderen Tiere? Norbert Clyde hatte einen großen Körper mit etwas Sonderbarem um die Augen herum gesehen: Es hätte Jim Hardie im Schein des Mondes sein können. Freddy hatte über moderne Hexen gelesen — verrückte Frauen, die geheime Männersekten befehligten. Vielleicht war das neue Mädchen solch eine Hexe. Jim Hardie war als Opfer eines jeden Wahnsinnigen, der seinen Weg kreuzte, geradezu prädestiniert, wiewohl seine Mutter dies nie wahrhaben wollte. Aber wenn all das stimmte und herauskäme, würde es dem Ruf der Altherrengesellschaft schaden. Hardie würde man zum Schweigen bringen, aber das Mädchen würde man zwingen müssen, aus Milburn zu verschwinden.

Als Lewis sich nicht rührte, beschloß er, zum Angriff überzugehen, und wählte wieder Lewis' Nummer.

„Ich bin es noch einmal, Freddy Robinson."

„Oh ja", sagte Lewis gedehnt.

„Ich glaube wirklich, daß wir uns zusammensetzen sollten. Hallo? Ehrlich, Lewis, ich glaube, das sollten wir tun. Ich will nur Ihr Bestes." Dann suchte er nach einem unwiderlegbaren Argument und fragte: „Stellen Sie sich einmal vor, Lewis, die nächste Leiche sei ein Mensch! Was dann?"

„Wollen Sie mir drohen? Zum Teufel, was wollen Sie damit sagen?"

„Natürlich nicht." Er wurde kleinlaut. Lewis hatte ihn falsch verstanden. „Hören Sie, wie wäre es mit morgen abend?"

„Ich gehe auf Waschbärenjagd", kam Lewis' schnelle Antwort.

„Oh", sagte Freddy voll Überraschung über diese neue Facette seines Idols. „Ich wußte nicht, daß Sie das tun. Sie jagen Waschbären? Das finde ich großartig, Lewis."

„Es entspannt. Ich gehe mit einem alten Freund, der ein paar Hunde hat. Wir gehen einfach los und verbringen einige Zeit im Wald. Schön, daß Sie solche Dinge mögen." Freddy hörte aus Lewis' Stimme, daß er unglücklich war, und einen Moment lang war er darüber so verstört, daß er keine Antwort gab. „Also, auf Wiedersehn", sagte Lewis und hängte ein.

Freddy starrte auf das Telefon, öffnete die Schublade, in der er den Stoffetzen aufbewahrte, und betrachtete ihn. Wenn Lewis auf die Jagd ging, dann konnte er ein Gleiches tun. Er ging zur Tür seines Arbeitszimmers und versperrte sie, ohne zu wissen, warum er dies für notwendig hielt. Dann rief er Florence Quast in der Anwaltskanzlei an und erzählte der alten Dame eine lange Geschichte über eine nicht existente Police. Als sie vorschlug, er solle Mr. Hawthorne oder Mr. James anrufen, meinte er: „Nein, ich denke, es wird nicht nötig sein, die beiden Herren zu stören. Ich glaube, das neue Mädchen, das bei Ihnen arbeitet, wird meine Fragen beantworten können. Könnten Sie mir ihren Namen sagen? Und wo wohnt sie doch gleich?"

(Ahnst du, daß sie schon bald irgendwie in deinem Haus leben wird, Freddy? Ist das der Grund, warum du deine Tür verschließt? Versuchst du sie auszusperren?)

Stunden später rieb er sich die Stirn, knöpfte seine Jacke zu, wischte seine Handflächen an seiner Hose trocken und wählte die Nummer des Archer Hotels.

„Ja, Mr. Robinson, ich würde mich freuen, Sie zu sehen", sagte das Mädchen. Die Stimme klang sehr ruhig.

(Freddy, du hast doch nicht etwa Angst davor, dich zu später Stunde mit einem Mädchen zu treffen? Was ist denn mit dir los? Und warum hattest du den Eindruck, daß sie genau wußte, was du ihr sagen würdest?)

3

Verstehst du, was ich sagen will? fragte Harold Sims Stella Hawthorne, während er gedankenverloren ihre rechte Brust streichelte. Siehst du das? Es ist nichts als eine Geschichte. Damit geben sich meine Kollegen zur Zeit ab. Geschichten! Die Problemlösung bei der Sache, hinter der der Indianer her war, liegt darin, daß sie sich offenbaren muß — sie muß ihre Identität preisgeben — sie ist nicht nur böse, sie ist auch vergeblich. Und man verlangt von mir, daß ich dumme Schaudergeschichten wie diese erzähle, idiotische Geschichten, wie sie irgendein dummer Schreiberling auf Bestellung liefert...

„Also gut, Jim, worum geht's?" fragte Peter Barnes. „Was hast du für eine tolle Idee?" Kalte Luft fegte in Jims Auto und hatte Peter schon ziemlich ernüchtert: Er war bereits in der Lage, statt der vier gelben Lichtstrahlen der Scheinwerfer zwei zu sehen, wenn er sich konzentrierte. Jim Hardie lachte immer noch — ein böses, entschlossenes Lachen —, und Peter wußte, daß Jim irgend jemandem etwas antun würde, ob er mit ihm ging oder nicht.

„Au, das ist riesig", sagte Hardie und drückte auf die Hupe. Sogar im Dunkeln sah sein Gesicht aus wie eine rote Maske, in der die Augen wie Schlitze wirkten: Jim Hardie sah immer so aus, wenn er irgendeines seiner haarsträubenden Dinge drehte. Und wenn Peter Barnes es sich recht überlegte, war er froh, in einem Jahr aufs College zu kommen und einen Freund loszuwerden, der so verrückt aussehen konnte.

Jim Hardie war, in betrunkenem Zustand oder sonstwie aufgeputscht, furchteinflößender Wildheit fähig. Was Peter teilweise fast bewunderte, teilweise aber noch beängstigender fand, war die Tatsache, daß Jim, auch wenn er noch so betrunken war, niemals die Kontrolle über seinen Körper oder über sein Sprachvermögen verlor. In einem Zustand halber Trunkenheit wie eben jetzt würde er nie lallen oder torkeln; total betrunken war er ein Bild reinster Anarchie. „Wir werden ein paar Dinge auseinandernehmen", sagte er.

„Super", sagte Peter. Er wußte, daß kein Einwand nützen würde. Im übrigen konnte Jim niemals etwas nachgewiesen werden. Seit sie sich in der Schule kennengelernt hatten, war es Jim Hardie immer wieder geglückt, sich aus seinen Schwierigkeiten herauszureden — er war wild, aber er war nicht dumm. Auch Walt Hardesty war es nie gelungen, ihm etwas nachzuweisen — nicht einmal die Brandlegung an der alten Pugh-Scheune, von der die dumme Penny Draeger ihm gesteckt hatte, daß die Dedham-Schwestern, die er haßte, sie als Stall benützten.

„Du sollst noch etwas zu lachen haben, ehe du nach Cornell gehst!" sagte Jim. „Solltest noch möglichst viel lachen — sie sagen, es soll dort sein wie im Grab." Jim hatte nie ein Hehl daraus gemacht, daß er es unsinnig fand, aufs College zu gehen, und manchmal ließ er sich anmerken, daß ihn Peters Aufnahme in Cornell störte. Es war Peter klar, daß Jim nichts lieber wollte, als daß sie als ewig Achtzehnjährige fortfahren sollten, Unruhe zu stiften.

„So ist es auch in Milburn", sagte Peter.

„Auch ein Argument, Junge. Scheißsicheres Argument. Also werden wir Leben in die Bude bringen, was! Heute nacht werden wir folgendes machen, Priscilla. Und falls du im Zuge der Ereignisse nüchtern werden solltest, hat dein Freund James vorgesorgt." Hardie öffnete den Reißverschluß seiner Jacke und zog eine Flasche Whisky hervor. Er schraubte den Flaschenverschluß auf und trank, und sein Gesicht wurde rot und gespannt. „Auch einen Schluck?"

Peter schüttelte den Kopf, schon der Geruch verursachte ihm Übelkeit.

„Der Trottel von einem Barkeeper drehte mir den Rücken zu und — zack. Das Arschloch wußte auch noch, daß die Flasche weg war, aber er hatte die Hosen gestrichen voll und traute sich nicht mehr, ein Wort zu sagen. Weißt du was, Peter? Es ist deprimierend, konkurrenzlos zu arbeiten." Er lachte, und Peter Barnes lachte mit.

„Also was machen wir?"

Wieder drängte Hardie ihm die Flasche auf, und diesmal trank er. Die Scheinwerfer flossen auseinander und waren wieder vier, und er schüttelte den Kopf und zwang sie in zwei Bahnen zurück.

„Hah! Wir werden durch ein Schlüsselloch gucken, Junge, wir werden einen Blick auf eine Dame werfen." Hardie zerrte kichernd an der Flasche, und der Whisky tropfte an seinem Kinn herunter.

„Gucken? Wie ein Voyeur?"

„Gucken. Schauen. Wenn es dir nicht paßt, spring aus dem Wagen."

„Bei einer Dame?"

„Na klar, doch nicht bei einem Mann, du Scheißer."

„Um wen geht es?"

„Dieses Luder im Hotel."

Peter wurde immer verwirrter. „Die, von der du mir erzählt hast? Die aus New York?"

„Richtig." Jim fuhr am Hotel vorbei, ohne einen Blick darauf zu werfen.

„Ich denke, du bumst sie?"

„Na gut, Mann. Ich habe gelogen. Na und? Ich habe etwas übertrieben. Die Wahrheit ist, sie ließ sich nicht anrühren. Schau, es tut mir leid, daß ich ein kleines Abenteuer mit ihr erfand, okay? Ich kam mir wie ein Trottel vor. Ich fuhr sie zu Humphrey, zog alle Register — und jetzt will ich einen Blick auf sie werfen, wenn sie keine Ahnung hat, daß ich da bin."

Jim beugte sich vor und achtete eine verwegen lange Zeit überhaupt nicht auf die Straße, während er unter seinem Sitz nach etwas suchte. Als er sich wieder aufrichtete, hielt er mit breitem Grinsen ein messingumrandetes Fernglas in der Hand. „Damit. Verdammt gutes Fernglas, Kleiner — kostete mich sechzig Piepen."

„Mhm", Peter sackte in seinen Sitz zurück. „Das ist die verrückteste Sache, die ich je gehört habe."

Einen Augenblick später merkte er, daß Jim den Wagen anhielt. Er stemmte sich in die Höhe und sah aus dem Fenster. „Oh nein. Nicht hier."

„Genau hier, Baby. Beweg' deinen Hintern."

Peter öffnete die Wagentür und rollte fast auf die Straße. Vor ihnen erhob sich riesig und abweisend die St.-Michaels-Kathedrale in der Dunkelheit.

Die beiden Jungen standen, zitternd vor Kälte, an einem Seitentor der Kathedrale. „Und was machst du jetzt? Die Tür eintreten? Da ist ein Sicherheitsschloß dran, falls du es nicht bemerkt haben solltest."

„Halt die Klappe. Ich habe in einem Hotel gearbeitet, wie du weißt." Hardie holte unter seiner Jacke einen Bund Schlüssel hervor. In der anderen Hand hielt er die Flasche und das Fernglas. „Geh rüber und piß dich aus, während ich die Schlüssel probiere." Er stellte die Flasche nieder und beugte sich über das Schloß.

Peter ging die lange graue Kirchenfassade entlang. Von dieser Seite aus wirkte das Gebäude wie ein Gefängnis. Er öffnete seine Hose, erleichterte sich schwankend und bespritzte dabei seine Schuhe. Dann lehnte er sich mit einem Arm gegen die Kirchenmauer, stand da, als wäre er tief in Gedanken versunken, und erbrach sich zwischen seine Füße. Der Boden dampfte. Er dachte daran, zu Fuß nach Hause zu gehen, als Jim rief: „Komm schon, Clarabelle." Er wandte sich um und sah auf den grinsenden Hardie, der die Schlüssel und die Flasche schwenkte und neben einer offenen Tür stand. Er sah aus wie eines der Gorgonenhäupter an der Fassade der Kirche.

„Nein", sagte er.

„Komm schon, du Schlappschwanz."

Peter stolperte zögernd vorwärts. Hardie streckte die Hand nach ihm aus und zerrte ihn durch die Tür.

Im Inneren der Kirche war es kalt und dunkel wie unter einem Wasserspiegel. Peter blieb stehen, fühlte die Ziegel unter seinen Füßen und den riesigen Raum um sich. Er streckte die Hände aus und berührte nichts als eisige Luft. Hinter sich hörte er Jim Hardie sein Werkzeug zusammensuchen. „He, wo ist deine gottverdammte Hand? Da, nimm das." Das Fernglas klatschte in seine Handfläche. Hardies Schritte entfernten sich in ein Seitenschiff und verursachten klickende Laute auf dem Ziegelboden. „Los. Irgendwo muß hier eine Treppe sein..."

Peter machte einen Schritt vorwärts und krachte an eine Bank.

„*Ruhe.*"

„Ich kann dich nicht sehen!"

„Scheiße. Hier bin ich." Im Dunkeln nahm er eine Bewegung wahr und wußte, daß Jim ihm zuwinkte. Er bewegte sich auf ihn zu.

„Siehst du die Treppe? Da gehen wir hinauf. Zu einer Art Balkon."

„Du warst schon früher einmal da?" sagte Peter erstaunt.

„Klar war ich. Sei kein Spielverderber. Ich kam manchmal mit Penny her und bumste sie in den Kirchenbänken. Na und? Zum Teufel, auch sie ist nicht katholisch."

Peters Augen gewöhnten sich langsam an die Dunkelheit, und das diffuse Licht, das durch ein hohes, rundes Fenster fiel, half ihm, das Innere der Kirche zu erkennen. Er war nie zuvor in St. Michael gewesen. Der Bau war viel größer als die kleine Vorstadtkirche, in der seine Eltern zu Ostern und Weihnachten jeweils eine Stunde zubrachten. Riesige Säulen teilten den gewaltigen Innenraum, das Altartuch leuchtete geisterhaft. Er mußte aufstoßen und hatte den Geschmack von Erbrochenem im Mund. Die Treppe, auf die Jim wies, war breit und wand sich an der Innenwand der Kathedrale empor.

„Wenn wir oben sind, schaun wir genau auf den Platz. Ihr Zimmer geht auf den Platz hinaus. Mit einem guten Fernglas können wir alles sehen".

„Das ist blöd".

„Ich erklär' es dir später, alter Scheißer. Hinauf mit dir". Rasch stieg er die Treppe hinauf. Peter blieb zurück. „Warte", sagte Hardie, der sich umwandte und ein paar Stufen wieder herunterkam. „Du brauchst eine Zigarette".

„Hier?"

„Scheiße, ja. Es sieht dich keiner". Er zündete zwei

Zigaretten an und reichte Peter eine davon. Der Rauch verbesserte den Geschmack in Peters Mund. „Mach ein paar Züge. Siehst du, es ist okay." Er blies den Rauch von sich, aber nun, da die Flamme erloschen war, konnte Peter ihn nur mehr atmen hören. Wieder zog er an seiner Zigarette; Hardie hatte recht, es beruhigte ihn. „Jetzt komm endlich."

Oben angelangt gingen sie eine schmale Galerie entlang, die sich ganz oben im Inneren der Kirche an der Vorderseite des Gebäudes erstreckte. Ein Fenster mit einem breiten Steinsims sah direkt auf den Platz. Jim saß bereits mit untergeschla genen Beinen auf dem Sims, als Peter anlangte. „Ob du's glaubst oder nicht", sagte er, „hier oben hatte ich mal einen herrlichen Moment mit Penny." Er ließ seinen Zigarettenstummel auf den Boden fallen und trat ihn aus. „Macht sie wahnsinnig. Sie können sich nicht vorstellen, wer hier geraucht hat. Da, nimm einen Schluck." Er reichte ihm die Flasche.

Peter schüttelte den Kopf und gab ihm das Fernglas. „Okay. Wir sind da. Jetzt erklär mal." Er setzte sich auf das kalte Sims und bohrte seine Hände in die Taschen seiner Windjacke.

Hardie sah auf seine Uhr. „Zuerst etwas Zauberei. Schau zum Fenster hinaus." Peter sah hinaus: der Platz, die dunklen Häuser, kahle Bäume. Im Archer Hotel jenseits des Platzes waren alle Fenster dunkel. „Eins, zwei, drei." Bei *drei* gingen die Lichter auf dem Platz aus. „Es ist zwei Uhr morgens."

„Zauberei."

„Wenn du so toll bist, dreh sie wieder an." Hardie sah durch das Fernglas. „Zu dumm, es brennt kein Licht in ihrem Zimmer. Aber wenn sie ans Fenster kommt, kann ich sie sehen. Magst du schaun?"

Peter nahm das Fernglas und stellte es auf das Hotel ein.

„Sie hat das Zimmer über dem Eingang."

„Ich habe das Fenster. Nichts zu sehen." Dann bemerkte er einen roten Schein in der Schwärze des Raumes. „Warte, sie raucht."

Hardie riß ihm das Fernglas aus der Hand. „Tatsächlich. Sitzt da und raucht."

„Dann erklär mir, warum wir in die Kirche einbrechen

mußten, um sie rauchen zu sehen."

„Ach, am Tag ihrer Ankunft versuche ich, bei ihr zu landen. Sie läßt mich abblitzen. Etwas später fragt *sie mich,* ob ich sie ausführe. Sie sagt, sie will Humphrey kennenlernen. Also, ich führe sie hin, sie kümmert sich gar nicht um mich, läßt mich total links liegen, Mann. Ich meine, wofür verschwende ich meine Zeit, wenn sie sich nicht für mich interessiert, richtig? Nun, weißt du, was sie wollte? Sie wollte Lewis Benedikt kennenlernen. Du kennst ihn, oder? Der Kerl, der seine Frau drüben in Frankreich abgemurkst haben soll".

„Spanien", sagte Peter, der seine eigenen Vorstellungen in Bezug auf Lewis Benedikt hatte.

„Ist doch egal. Auf jeden Fall bin ich sicher, daß das der Grund war, warum ich sie hinführen sollte. Also ist sie heiß auf Weiberhelden".

„Ich glaube nicht, daß er es getan hat", sagte Peter. „Er ist ein guter Kerl. Ich will sagen, ich glaube, daß er ein guter Kerl ist. Ich glaube, daß Frauen manchmal — manchmal —"

„Scheiße. Ist mir doch egal, ob er es getan hat. He, sie bewegt sich". Er verstummte. Peter war verblüfft, als er einen Augenblick später das Fernglas in der Hand hielt. „Schnell, schau".

Peter hob das Glas und suchte nach dem Fenster. Unwillkürlich wich er auf dem Fenstersims zurück. Die Frau stand lächelnd am Fenster, eine Zigarette in der Hand, und sah im direkt in die Augen. Er dachte, er würde sich wieder erbrechen. „Sie sieht uns an"

„Mach keine Witze. Wir sind jenseits des Platzes, und draußen ist es dunkel. Verstehst du jetzt, was ich meine?"

Peter gab Jim das Fernglas zurück, der es wieder auf das Fenster der Frau richtete. „Was meinst du?"

„Nun, sie ist komisch. Zwei Uhr morgens, und sie ist vollkommen angezogen in ihrem Zimmer im Dunkeln und raucht".

„Na und?"

„Schau, ich habe mein ganzes Leben im Hotel verbracht. Ich weiß, wie Menschen sich dort verhalten. Sogar die alten Furze, die bei uns leben. Sie sehen sich das Fernsehen an, sie wollen Zimmerservice, sie lassen alles liegen, du findest Flaschen im Klo und Flecken auf den Tischen. Nachts hörst due sie mit sich selber reden, schnarchen, spucken — also du hörst einfach alles, was sie tun. Du hörst sie in das Waschbecken pissen. Die Wände sind dick, die Türen sind es nicht, verstehst du? Wenn du in der Halle bist, hörst du praktisch, wenn sie sich die Zähne putzen".

„Na und?" fragte Peter wieder.

„Und sie tut nichts davon. Von ihr hörst du nie einen Laut. Ihr Zimmer muß du kaum aufräumen, sogar das Bett ist immer gemacht. Seltsam, was? Was tut sie also? Auf dem Bettüberzug schlafen? Die ganze Nacht wach bleiben?"

„Ist sie noch da?"

„Jawohl".

„Laß mich sehn." Die Frau stand immer noch am Fenster und lächelte schwach, als wisse sie, daß sie über sie sprachen. Peter überlief es kalt.

„Ich werde dir noch etwas erzählen. Als sie ankam, trug ich ihren Koffer hinauf. Glaub mir, ich habe ungefähr eine Million Koffer geschleppt, aber dieser da war leer. Vielleicht hat sie ein paar Zeitungen dringehabt, mehr nicht. Einmal, als sie in der Arbeit war, habe ich in ihren Schränken nachgesehen — nichts. Kein einziges Kleidungsstück. *Aber sie trug nicht immer dasselbe am Leib,* Mann. Also wie zum Teufel brachte sie das fertig? Trug sie ihre Fetzen übereinander? Zwei Tage später sah ich noch einmal nach, und diesmal war der Schrank voll mit Kleidern — als hätte sie gewußt, daß jemand nachgesehen hat. An diesem Abend bat sie mich, sie zu Humphrey zu führen, und ich dachte, sie wolle mich ausquetschen. Aber nein, sie sprach kaum mit mir. So ungefähr das einzige, was sie sagte, war: ‚Ich möchte, daß Sie mich mit diesem Mann dort bekanntmachen.' ‚Lewis Benedikt?' sagte ich, und sie nickte, als wüßte sie längst seinen Namen. Ich brachte sie zu ihm, und er lief davon wie ein Kaninchen."

„Benedikt? Warum?"

„Ich hatte den Eindruck, daß er Angst vor ihr hatte." Jim

legte das Fernglas weg und zündete sich eine Zigarette an, während er Peter fixierte. „Und weißt du was? Das habe ich auch. Da ist irgend etwas in ihrer Art, wie sie einen manchmal ansieht."

„Als denke sie, daß du in ihrem Zimmer herumspionierst."

„Kann sein. Aber Mann, das ist vielleicht ein Blick. Das geht dir in die Knochen. Dann ist da noch eine Sache. Wenn du nachts durch die Halle gehst, kannst du sehen, ob die Leute ihr Licht anhaben, es scheint unter der Tür durch. Nun, sie hat niemals Licht. *Niemals.* Aber eines Nachts — also, das ist verrückt."

„Erzähl schon."

„Eines Nachts sah ich ein Flackern unter ihrer Tür. Flackerndes Licht — wie Radium oder so, weißt du. Eine Art grünliches Licht. Kaltes Licht. Das war kein Feuer oder so, und es kam sicher nicht von unseren Lampen."

„Das ist doch idiotisch."

„Ich habe es aber gesehen."

„Aber das bedeutet doch nichts, grünes Licht."

„Nicht nur grün — es hatte einen eigenartigen Schein. So eine Art Silber. Jedenfalls, darum wollte ich sie einmal beobachten."

„Nun, das hast du ja jetzt. Gehen wir nach Hause. Mein Vater wird wütend, wenn ich zu spät heimkomme."

„Warte." Er sah noch einmal durch das Glas. „Ich glaube, es geschieht etwas. Sie ist nicht mehr am Fenster. Heiliger Scheißdreck. Sie hat die Tür geöffnet und ist hinausgegangen. Ich sah sie in der Halle."

„Sie kommt herüber!" Peter glitt hastig vom Sims und rannte die Galerie entlang auf die Treppe zu.

„Mach nicht in die Hose, Priscilla. Sie kommt nicht rüber. Sie konnte uns gar nicht sehen, das weißt du doch. Aber ich will wissen, wohin sie geht. Du kommst doch mit?" Schon raffte er Zigaretten, Flasche und Schlüsselbund zusammen. „Los, komm, wir müssen uns beeilen. In zwei Minuten ist sie aus der Tür."

„Ich komm ja schon."

Sie polterten die Galerie entlang und die Treppe hinunter. Hardie rannte durch das Seitenschiff und stieß die Tür auf, was dem stolpernden Peter genügend Licht verschaffte, um nicht an die Säulen oder die Kanten der Kirchenbänke zu stoßen. Als sie draußen waren, ließ Jim das Sicherheitsschloß an der Tür einschnappen und lief zu seinem Wagen. Peters Herz schlug heftig, zum Teil aus Erleichterung, daß er aus der Kirche draußen war. Andererseits war er immer noch aufs höchste erregt. Er stellte sich vor, wie die Frau über den verschneiten Platz auf sie zukommen würde — die böse Königin aus *Schneewittchen,* eine Frau, die nachts kein Licht brauchte, in keinem Bett schlief und in stockdunkler Nacht durch ein Kirchenfenster sehen konnte.

Er merkte, daß sein Kopf wieder klar war. Als er sich neben Jim in den Wagensitz fallen ließ, sagte er: „Angst macht nüchtern."

„Die kommt nicht zu uns herüber, Idiot", sagte Hardie, aber er fuhr so rasch los, daß die Reifen quietschten. Peter sah ängstlich über den großen Platz — kahle Bäume und eine blasse Statue auf weißem Grund —, aber er sah keine böse Königin auf sie zukommen. Das Bild war ihm so deutlich vor Augen gestanden, daß er den Stadtplatz noch mit ungläubigen Augen absuchte, als Jim bereits in die Wheat Row einbog.

„Sie steht auf den Stufen", wisperte Jim. Peter schaute zum Hotel hinüber und sah die Frau ruhig zum Gehsteig hinuntergehen. Sie trug ihren langen Mantel, einen flatternden Schal und einen Hut und sah in dieser Aufmachung so lächerlich normal aus, wie sie da um zwei Uhr morgens die verlassene Straße betrat, daß Peter gleichzeitig lachte und schauderte.

Jim schaltete die Scheinwerfer aus und rollte langsam auf die Ampel zu. Auf der jenseitigen Straßenseite zu ihrer Linken verschwand die Frau rasch in der Dunkelheit.

„He, laß uns endlich nach Hause fahren", sagte Peter.

„Schnauze. Ich will wissen, wohin sie geht."

„Und was ist, wenn sie uns sieht?"

„Wird sie nicht." Jim fuhr, immer noch mit abgeschalteten Scheinwerfern, langsam am Hotel vorbei zum Ende des Platzes und wartete dort, bis die Frau einen Häuserblock weiter war. Dann fuhr er wieder an.

„Sie geht einfach spazieren", sagte Peter. „Sie leidet an Schlaflosigkeit und geht nachts spazieren."

„Ach zum Teufel."

„Es gefällt mir nicht, was wir tun."

„Okay, okay. Steig aus und geh nach Hause", flüsterte Jim wütend. Er öffnete die Tür am Beifahrersitz. „Steig aus und lauf nach Hause."

Peter saß im eisigen Zug und war nahe daran, auszusteigen. „Du solltest das gleiche tun."

„Jesus, der Teufel soll dich holen! Raus oder mach die Tür zu", zischte Jim. „He! Wart einen Augenblick." Die beiden Jungen sahen einen Wagen auf der Straße vor ihnen einbiegen und unter einer Straßenlaterne anhalten. Die Frau ging gelassen auf das Auto zu, die Türe öffnete sich, und sie stieg ein.

„Ich kenne dieses Auto", sagte Peter. „Ich habe es schon gesehen."

„Klar hast du, Klugscheißer. Ein blauer Camaro — er gehört diesem Puter Freddy Robinson." Jim beschleunigte das Tempo, als Robinsons Wagen losfuhr.

„Also jetzt weißt du, wo sie nachts hingeht."

„Kann sein."

„Kann sein? Was sonst? Robinson ist verheiratet. Außerdem hat meine Mutter von Mrs. Venuti gehört, daß seine Frau sich von ihm scheiden lassen will."

„Weil er mit Schulmädchen herumschmust, was? Freddy Robinson hat gern was Junges. Hast du ihn noch nie mit einem Mädel gesehen?"

„Doch."

„Mit wem?"

„Einem Mädel aus der Schule", antwortete Peter, der nicht sagen wollte, daß es Penny Draeger gewesen war.

„Okay. Also was immer der Hund macht, das ist nicht bloß ein Rendez-vous. Wohin fährt er jetzt, zum Teufel?"

Robinson fuhr durch den Nordwesten von Milburn und entfernte sich immer weiter vom Stadtzentrum. Die Häuser unter dem schwarzen Himmel mit ihren schneeverwehten Vorgärten wirkten unheimlich auf Peter Barnes: Im Nachtlicht sahen sie nicht größer aus als Puppenhäuser, sie schienen kleiner als die beiden Jungen selber. Freddy Robinsons Rücklichter bewegten sich vor ihnen wie die Augen einer Katze.

„Also gut. Laß sehen, er fährt in Richtung Westen, zur Bridge Road."

„Wie —" Peter hielt inne und sah, daß Robinsons Wagen genau in die Richtung fuhr, die Jim vorausgesehen hatte. „Wohin fährt er? Zur alten Eisenbahnstation?"

„Hast eine Zigarre gewonnen. Oder noch besser, eine Zigarette." Beide Jungen fingen wieder an zu rauchen. Im nächsten Augenblick bog Robinsons Wagen auf den Parkplatz der aufgelassenen Bahnstation ein. Jahrelang hatte die Bahngesellschaft versucht, das Gebäude zu verkaufen; es war ein leerer Kasten mit einem Bretterboden und einem Verkaufsschalter. Zwei alte Waggons standen auf den überwucherten Gleisen, solange die Jungen denken konnten.

Sie beobachteten von ihrem unbeleuchteten Wagen aus, wie zuerst die Frau, dann Robinson den Camaro verließen. Hardie wartete, bis beide um die Ecke des Gebäudes verschwunden waren, dann öffnete er die Wagentür.

„Nein", sagte Peter.

„Gut. Bleib du hier."

„Was soll das für einen Sinn haben? Sie mit heruntergelassenen Hosen ertappen?"

„Das machen die beiden nicht, du Idiot. Hier draußen? Oder vielleicht in der eisigen alten Bahnstation, die voll von Ratten ist? Der hat doch genug Geld für ein Motel."

„Also *was dann?*" flehte Peter.

„Ich will hören, was sie sagt. Sie hat ihn hergelotst, oder?"

Er schloß die Tür und ging vorsichtig auf das Gebäude zu.

Peter drückte seine Türklinke nieder. Jim Hardie war verrückt. Warum sollte er ihm in neue, sinnlose Abenteuer folgen? Nicht genug damit, daß sie in eine Kirche eingebrochen waren, dort geraucht und getrunken hatten — nun kroch der immer noch nicht zufriedengestellte Jim Hardie dem Kinderverführer Freddy Robinson und dieser unheimlichen Frau nach.

Was? Der Boden bebte, und ein eisiger Wind von nirgendwo fuhr durch ihn hindurch. Hinter dem Stationsgebäude schienen sich mehr als zwei Stimmen zu erheben und kreischten in dem plötzlich entstandenen Wind. Peter hatte das Gefühl, als hämmere eine Faust in seinem Schädelinneren.

Die Nacht um ihn herum wurde dunkler, und er dachte, er würde in Ohnmacht fallen. Er hörte dumpf, wie Jim Hardie vor ihm in den Schnee stürzte, und plötzlich schien die alte Bahnstation für einen Augenblick in strahlende Helle getaucht zu sein.

Er stand vor dem Wagen, während die Erde zu tanzen schien, und sah zu Jim hinüber. Sein Freund richtete sich auf, sein Körper war mit Schnee bedeckt. Jims Augenbrauen leuchteten grünlich wie das Zifferblatt einer Uhr — manchmal leuchtet der Schnee auf diese Art, wenn das Mondlicht in einem bestimmten Winkel einfällt —

Jim rannte auf das Gebäude zu, und Peter konnte eben noch denken: *So kommt er in Schwierigkeiten, er ist nicht nur verrückt, er gibt auch niemals auf* —

da hörten beide Freddy Robinson schreien.

Peter duckte sich neben den Wagen, als erwarte er Schüsse. Er hörte, wie Jims Schritte sich in Richtung Stationsgebäude entfernten und dann verstummten. Starr vor Angst lugte Peter vorsichtig hinter dem Wagen hervor. Jim, dessen Rücken und Beine mit leuchtendem Schnee bedeckt waren, kauerte auf dem Boden und guckte um die Ecke des Gebäudes. Dann kroch er einige Meter weiter, und Peter wußte, daß er nun die gesamte Hinterfront der Station überblicken konnte. Er schüttelte den Kopf und sah Jim auch schon gebückt zum Wagen zurücklaufen. Ohne ein Wort zu sagen oder ihn auch nur anzusehen, riß er die Wagentür auf und stieg hastig ein. Peter kroch mit vom Hocken steifen Knien ebenfalls in den Wagen — gerade als Jim startete.

„Was ist geschehen?"

„Schnauze."

„Was hast du gesehen?"

Hardie trat das Gaspedal durch, und der Wagen schoß vorwärts.

„Hast du etwas gesehen?"

„Nein."

„Hast du gefühlt, wie der Boden bebte? Warum hat Robinson geschrien?"

„Weiß ich nicht. Er lag unten auf den Schienen."

„Hast du die Frau gesehen?"

„Nein, sie muß auf der anderen Seite des Gebäudes gewesen sein."

„Aber du hast doch etwas gesehen. Du bist gerannt, als sei der Teufel hinter dir her."

„Ich habe wenigstens nachgesehen!"

Der Vorwurf brachte Peter zum Schweigen, aber es sollte noch mehr kommen. „Du verdammter Hosenscheißer, hast dich wie ein kleines Mädchen hinter dem Wagen versteckt — du hast ja Eier wie ein Täuberich — jetzt hör mal zu, wenn dich irgend jemand fragt, wo du heute nacht warst, dann hast du Poker mit mir gespielt, wir haben einfach im Keller bei euch Poker gespielt wie letzte Nacht, verstanden? Es ist nichts geschehen, klar! Wir haben ein paar Biere getrunken und dann das Spiel von letzter Nacht fortgesetzt. Okay?"

„Okay, aber..."

„Okay." Hardie wandte sich Peter zu und starrte ihn beschwörend an. „Okay. Du willst wissen, was ich gesehen habe? Nun, etwas hat mich gesehen. Weißt du was? Auf dem Dach der Station saß ein kleines Kind, und es muß mich die ganze Zeit beobachtet haben."

Das kam völlig unerwartet. „Ein kleines Kind? Das ist doch verrückt. Es ist drei Uhr morgens. Und es ist kalt, und man kommt doch gar nicht auf das Dach der Station hinauf."

„Nun, da war er aber, und er hat mich beobachtet. Und noch ein kleines Detail." Hardie riß den Wagen wild um eine Kurve und schlitterte fast in eine Reihe von Postkästen. „Er war barfuß. Und ich glaube, er war auch ohne Hemd." Peter blieb stumm. „Mann, ich habe fast in die Hose geschissen vor Angst.

Also bin ich weg. Und ich glaube, Freddy Robinson ist tot, Mann. Also wenn jemand fragt, wir haben die ganze Nacht Poker gespielt."

„Was immer du sagst."

„Was immer ich sage."

Omar Norris' Erwachen war unerfreulich. Nachdem seine Frau ihn aus dem Haus geworfen hatte, verbrachte er die Nacht in einem der Waggons neben der verlassenen Bahnstation. Falls er irgendwelche Laute in seinem trunkenen Schlaf vernommen hatte, konnte er sich nicht mehr an sie erinnern. Daher war er äußerst verärgert, als er das, was er zunächst für ein Bündel alter Lumpen draußen auf den Gleisen gehalten hatte, als Leiche identifizieren mußte. Er sagte keineswegs „Nicht schon wieder" (was er sagte, war: „Scheiß drauf"), aber was er meinte, war „Nicht schon wieder".

4

Im Laufe der nächsten Tage und Nächte passierten in Milburn mehrere Dinge von unterschiedlicher Wichtigkeit. Einige dieser Vorfälle erschienen den betroffenen Personen unbedeutend, andere waren verwirrend und ärgerlich, wieder andere eindrucksvoll und vielsagend: aber alle waren Teil jenes geheimnisvollen Plans, der schließlich so manche Veränderung in Milburn bewirken sollte, und als Teile dieses Planes waren alle Ereignisse bedeutungsvoll.

Freddy Robinsons Frau mußte erfahren, daß ihr Mann sein eigenes Leben auf eine äußerst schäbige Summe versichert hatte; der große Fred war als toter Mann knappe fünfzehntausend Dollar wert. Sie führte ein tränenreiches Ferngespräch mit ihrer unverheirateten Schwester in Aspen, Colorado, die sagte: „Ich habe dir immer gesagt, daß er ein billiger — du weißt schon, was — war. Verkaufe das Haus und komm zu mir, das Klima hier ist gesünder. Und was für ein Unfall war das überhaupt, Schätzchen?"

Eine Frage, die sich auch der Leichenbeschauer des Distrikts stellte, als er sich der Leiche eines vierunddreißigjährigen Mannes gegenübersah, der sämtliche innere Organe und alles Blut fehlten. Einen Moment lang hatte er erwogen, als Todesursache „Ausblutung" anzugeben, entschloß sich aber dann für „massive innere Angriffe" und fügte eine lange Fußnote hinzu, der man entnehmen konnte, daß die Angriffe einem wilden Tier zuzuschreiben waren.

Und Elmer Scales wachte jede Nacht mit seinem Gewehr auf den Knien und wußte nicht, daß die letzte Kuh getötet war und die Gestalt, die er wie zum Hohn nur halb gesehen hatte, auf größere Beute lauerte;

und Walt Hardesty spendierte Omar Norris in Humphreys Hinterzimmer einen Drink, und Omar sagte, daß er nun, wo er Zeit habe nachzudenken, zugeben müsse: Vielleicht habe er in dieser Nacht ein oder zwei Wagen gehört, und vielleicht sei das nicht alles gewesen, vielleicht habe er eine Art *Lärm* gehört und eine Art *Licht* gesehen. „Lärm? Licht? Scher dich zur Hölle, Omar", sagte Hardesty und blieb, nachdem Omar gegangen war, bei seinem Bier sitzen und fragte sich, was zum Teufel eigentlich vorging;

und die ausgezeichnete junge Frau, die bei Hawthorne und James angestellt war, teilte ihren Arbeitgebern mit, daß sie das Archer Hotel verlassen wolle. Sie habe gehört, Mrs. Robinson wolle ihr Haus verkaufen, unb ob man ihr wohl helfen könne, einen Kredit zu bekommen? Es stellte sich heraus, daß sie ein gesundes Bankkonto in San Francisco ihr eigen nannte;

und Sears und Ricky sahen einander an und wirkten dabei verdammt erleichtert, als hätte ihnen der Gedanke, das Haus leerstehen zu sehen, nicht sehr gefallen. Sie meinten, man könne sicher etwas mit Mr. Barnes' Hilfe arrangieren;

und Lewis Benedikt nahm sich fest vor, seinen Freund Otto Gruebe anzurufen und einen Jagdausflug zu vereinbaren;

und Larry Mulligan, der Freddys Leiche für die Bestattung

herrichtete, sah in das Gesicht des Toten und dachte: *Er hat den Teufel auf sich zukommen sehen;*

und Nettie Dedham saß in ihrem Rollstuhl und sah aus dem Eßzimmerfenster, wie sie es zu tun pflegte, wenn Rea mit der Abendfütterung der Pferde beschäftigt war. Dann sah sie da draußen eine Gestalt, und Nettie, die mehr Verstand hatte, als ihre Schwester ihr zubilligen wollte, beobachtete angstvoll, wie diese sich näherte. Sie stieß einige erstickte Laute aus, aber Rea würde sie niemals hören können. Die Gestalt kam näher, beängstigend vertraut. Nettie fürchtete, es könne der Junge aus der Stadt sein — der wilde Junge, den Rea der Polizei genannt hatte. Zitternd sah sie die Gestalt über das Feld näher kommen und stellte sich vor, wie ihr Leben aussehen würde, falls der Junge Rea etwas antat. Dann quiekte sie in panischer Angst und fiel fast aus dem Rollstuhl. Der Mann, der auf den Stall zuging, war ihr Bruder Stringer. Er trug das braune Hemd, das er am Tage seines Todes angehabt hatte. Es war mit Blut befleckt, genau wie damals, als sie ihn auf den Tisch gelegt und in Decken gewickelt hatten, aber seine Arme waren ganz. Stringer blickte über den kleinen Hof auf ihr Fenster, dann bog er mit seinen Händen den Stacheldraht auseinander, stieg hindurch und kam auf das Fenster zu. Er lächelte zu ihr herein, zu Nettie, deren Kopf auf ihre Schultern zurückrollte, und dann wandte er sich wieder dem Stall zu.

Und Peter Barnes kam in die Küche, um wie gewöhnlich sein Frühstück hastig hinunterzuschlingen. Er fand seinen Vater, der bereits seit fünfzehn Minuten aus dem Haus sein sollte, vor einer Tasse kalten Kaffee am Tisch sitzen. „Hallo, Vater", sagte er, „du wirst zu spät in die Bank kommen."

„Ich weiß", sagte sein Vater, „ich wollte etwas mit dir besprechen. Wir haben uns in letzter Zeit nicht viel unterhalten, Pete."

„Das stimmt. Aber hat das nicht Zeit? Ich muß zur Schule."

„Du kommst schon noch zurecht. Nein — ich glaube nicht, daß es warten kann. Ich denke seit einigen Tagen darüber nach."

„Oh?" Peter goß sich Milch in ein Glas und wußte, daß es

sich um etwas Ernstes handelte. Sein Vater besprach ernste Dinge nie frisch von der Leber weg; er brütete darüber, um dann mit einem fertigen Konzept aufzuwarten, das er sorgfältig überlegt hatte.

„Ich glaube, du sahst in letzter Zeit Jim Hardie etwas zu häufig", sagte sein Vater. „Er ist ein Tunichtgut und hat einen schlechten Einfluß auf dich."

„Ich glaube nicht, daß das stimmt", sagte Peter gereizt. „Ich bin alt genug, um meine eigenen Wege zu gehen. Im übrigen ist Jim nicht halb so schlecht, wie die Leute sagen — er ist nur manchmal etwas zügellos."

„War er Samstag nacht zügellos?"

Peter setzte sein Glas nieder und sah seinen Vater mit gespielter Ruhe an. „Nein, waren wir nicht ruhig genug?"

Walter Barnes nahm seine Brille ab und putzte sie. „Versuchst du mir immer noch einzureden, daß du Samstag nacht zu Hause warst?"

Peter wußte, daß es keinen Sinn mehr hatte zu leugnen. Er schüttelte den Kopf.

„Ich weiß nicht, wo ihr wart, und ich werde auch nicht weiterfragen. Du bist achtzehn und hast ein Recht auf dein Privatleben. Aber du sollst wissen, daß deine Mutter um drei Uhr morgens ein Geräusch zu hören glaubte und ich aufstand und durchs Haus ging, um nachzusehen. Du warst nicht mit Jim Hardie im Aufenthaltsraum. In der Tat warst du überhaupt nicht im Haus." Walter sah seinen Sohn ernst an, und Peter wußte, daß er ihm nun sein Konzept unterbreiten würde.

„Ich habe deiner Mutter nichts davon gesagt, weil ich nicht will, daß sie sich Sorgen macht. Sie ist in letzter Zeit sehr angespannt."

„Ja — warum ist sie eigentlich so gereizt?"

„Ich weiß es nicht", sagte sein Vater, der eine ziemlich genaue Vorstellung davon hatte. „Ich glaube, sie fühlt sich einsam."

„Aber sie hat doch eine Menge Freundinnen, Mrs. Venuti zum Beispiel, sie sieht sie fast täglich —"

„Versuche nicht, mich abzulenken. Ich werde dir einige

Fragen stellen, Pete. Du hast doch nichts mit dem Tod des Dedham-Pferdes zu tun, oder?"

„Nein", brachte Peter erschrocken heraus.

„Und ich nehme nicht an, daß du irgend etwas über den Mord an Rea Dedham weißt."

„Mord? Gott im Himmel, ich —" Er blickte wild um sich. „Ich habe es nicht einmal gewußt."

„Das dachte ich. Ich selbst habe es erst gestern erfahren. Der Junge, der den Stall putzt, hat sie gestern nachmittag gefunden."

„Aber warum fragst du mich?"

„Weil die Leute annehmen werden, daß Jim Hardie darin verwickelt sein könnte."

„Aber das ist doch Wahnsinn!"

„Ich hoffe um Eleanor Hardies willen, daß es das ist. Und um dir die Wahrheit zu sagen, ich glaube nicht, daß ihr Sohn einer solchen Tat fähig wäre."

„Das könnte er nicht. Er ist nur wild, er hört nicht auf, wenn ein normaler Junge aufhören würde..." Peter hielt inne und lauschte seinen eigenen Worten.

Sein Vater seufzte. „Okay, Sportsfreund, ich glaube, wir sollten uns wieder etwas näherkommen. Nächstes Jahr gehst du aufs College, und höchstwahrscheinlich ist dies unser letztes gemeinsames Jahr als Familie. Wir werden übernächstes Wochenende eine Party geben, und ich möchte, daß du da mitmachst. Wirst du das tun?"

Also das war das Konzept. „Klar", sagte Peter erleichtert.

„Und du wirst die ganze Party über dabeisein? Ich möchte wirklich gerne, daß du dich ein bißchen einfügst."

„Klar." Peter sah seinen Vater an, und für einen Augenblick kam er ihm erstaunlich alt vor. Sein Gesicht war gedunsen und faltig, man sah ihm ein Leben voller Sorgen an.

„Und wir werden uns morgens öfter unterhalten?"

„Ja, klar."

„Und du wirst nicht so oft mit Jim Hardie in Bierkneipen herumhängen." Dies war ein Befehl, keine Frage, und Peter nickte. „Er könnte dich in Schwierigkeiten bringen."

„Er ist nicht so schlecht, wie alle denken", sagte Peter. „Er

kann nur nicht aufhören, weißt du, er findet kein Ende und —"
„Genug jetzt. Du mußt zur Schule. Soll ich dich mitnehmen?"
„Ich gehe gern zu Fuß. Sonst bin ich zu früh da."
„Okay, Sportsfreund."
Fünf Minuten später verließ Peter mit seinen Büchern unter dem Arm das Haus. Er verspürte immer noch einen leisen Druck in seinen Eingeweiden als Nachwirkung jener Angst, die er empfunden hatte, als ihn sein Vater wegen Samstag nacht befragte. Er wollte diese Episode völlig aus seinem Gedächtnis streichen. Die Zeit würde diese Erinnerung verwischen, bis sie so vage und entfernt sein würde wie die Dedham-Mädchen.
Als er am Stadtplatz ankam, waren seine Ängste nahezu verschwunden. Sein normaler Schulweg führte am Hotel vorbei, aber da er nicht das geringste Risiko eingehen wollte, jener Frau wieder zu begegnen, bog er in die Wheat Row ein. Ein langer schwarzer Buick fuhr an ihm vorbei, und er sah die beiden alten Rechtsanwälte, die Freunde seines Vaters, in den Vordersitzen. Beide sahen grau und müde aus. Er winkte, und Ricky Hawthorne hob die Hand, um seinen Gruß zu erwidern.
Er war fast am Ende der Wheat Row angelangt und ging eben an dem geparkten Buick vorbei, als eine Bewegung auf dem Platz seine Aufmerksamkeit erregte. Ein muskulöser Mann mit einer Sonnenbrille ging durch den Schnee. Es war ein Fremder. Er trug eine Matrosenjacke und eine wollene Schirmmütze, und Peter erkannte an der weißen Haut um seine Ohren, daß sein Schädel rasiert war. Der Fremde klatschte in die Hände, so daß die Spatzen, wie von einem Schuß aufgeschreckt, in die Höhe flatterten. Er sah unwirklich aus, wie ein wildes Tier. Niemand außer Peter sah den Mann. Wieder klatschte er in die Hände, und Peter wurde gewahr, daß der Fremde ihn direkt ansah. Er grinste wie ein hungriger Leopard und begann auf ihn zuzugehen. Peter stand wie erstarrt und fühlte, daß der Mann schneller war, als das Tempo seiner Schritte erlauben würde. Er wandte sich um und rannte davon. Dabei sah er auf einem der Grabsteine vor der Kathedrale einen

kleinen Jungen mit wirren Haaren und träge lächelndem Gesicht sitzen. Er war, wenn auch weniger wild, so doch von der gleichen Art wie der Mann. Auch er starrte Peter an, dem einfiel, was Jim Hardie auf der verlassenen Bahnstation gesehen hatte. Das blöde Gesicht verzerrte sich, und der Junge begann zu kichern. Peter ließ fast seine Bücher fallen; dann rannte er und rannte, ohne sich umzusehen.

Unsere Miss Dedham hat das Wort

5

Die drei Männer saßen im dritten Stock der Universitätsklinik von Binghamton auf dem Korridor. Keiner von ihnen war gerne hier: Hardesty, weil er sich in einer größeren Stadt, wo man seinen Rang nicht kannte, wie ein Tölpel vorkam und er außerdem die Befürchtung hatte, daß ihre Mission sinnlos sein würde; Ned Rowles, weil er sich ungern von der Redaktion des *Urbanite* entfernte und er es besonders ungern hatte, wenn das Layout der Zeitung völlig seinem Stab überlassen blieb; und Don Wanderley, weil er zu lange nicht mehr an der Ostküste gelebt hatte, um auf diesen vereisten Straßen einigermaßen sicher ein Auto zu fahren. Dennoch war er der Ansicht, daß ein Besuch der alten Dame, deren Schwester auf so bizarre Weise ums Leben gekommen war, der Altherrengesellschaft vielleicht helfen würde.

Der Vorschlag stammte von Ricky Hawthorne. „Ich habe sie schon eine Ewigkeit nicht mehr gesehen und ich höre, daß sie vor einiger Zeit einen Schlaganfall hatte, aber vielleicht können wir etwas von ihr erfahren. Falls du gewillt bist, an einem solchen Tag eine Reise zu unternehmen." Es war ein Tag, an dem es bereits mittags dunkel war wie in der Nacht; über der Stadt hing ein Sturm, der nur darauf wartete, loszubrechen.

„Glaubst du, daß zwischen dem Tod ihrer Schwester und euren Problemen ein Zusammenhang besteht?"

„Es könnte sein", meinte Ricky. „Ich glaube nicht wirklich daran, aber man sollte kein einziges Randgeschehen außer acht lassen. Verlaß dich drauf, irgendein Bezug besteht doch. Es wird sich später herausstellen. Sears mag nicht meiner Meinung sein, aber Lewis würde mir wahrscheinlich beipflichten." Dann zog Ricky ein schiefes Gesicht und fügte hinzu: „Außerdem wird es dir guttun, ein wenig aus Milburn herauszukommen."

Und das traf zunächst zu. Binghamton war vier- oder fünfmal so groß wie Milburn und sogar an einem düsteren Tag wie diesem eine andere, hellere Welt: lebhafter Verkehr, neue Gebäude, junge Leute — es war eine Stadt dieses Jahrzehnts und drückte im Vergleich dem kleinen Milburn den Stempel mittelalterlicher Romantik auf. In Binghamton gab es keine makabren Töne, nirgendwo lauerten Abnormitäten, die von alten, whiskytrinkenden Männern in Geschichten und Alpträumen gewittert wurden.

Aber im dritten Stock des Krankenhauses feierte Milburn fröhliche Urständ. Milburn zeigte sich in Walt Hardestys Mißtrauen und seiner Nervosität, in seinem groben „Was zum Teufel tun *Sie* denn hier? Sind Sie aus der Stadt? Ich habe Sie schon gesehen. Bei Humphrey". Milburn war sogar in Ned Rowles' strähnigem Haar und seinem verdrückten Anzug. Zu Hause sah Rowles konventionell, ja durchaus gutangezogen aus; hier wirkte er provinziell. Man merkte, daß sein Jackett zu kurz und seine Hosenbeine mit Querfalten übersät waren. In Milburn wirkte seine Art ruhig und freundlich, hier hatte sie einen Anflug von Schüchternheit.

„Der Abgang der alten Rea, kurz nachdem man diesen Freddy Robinson tot aufgefunden hat, das kam mir einfach komisch vor. Er war bei ihnen draußen, wissen Sie — eine knappe Woche, bevor sie starb."

„Wie starb sie?“ fragte Don. „Und wann können wir ihre Schwester sehen? Gibt es abends keine Besuchszeit?“

„Müssen warten, bis der Doktor kommt“, sagte Rowles. „Was ihre Todesursache anlangt, habe ich beschlossen, nichts darüber in der Zeitung zu schreiben. Man braucht keine Sensationen, um Zeitungen zu verkaufen. Aber ich dachte, jedermann in der Stadt habe davon gehört.“

„Ich habe die meiste Zeit gearbeitet“, sagte Don.

„Ah, ein neues Buch! Großartig.“

„Ist es *das,* was der Kerl tut?“ fragte Hardesty. „Genau das, was wir brauchen, ein Schriftsteller. Heilige Mutter. Riesig. Ich werde in Gegenwart eines furchtlosen Redakteurs und irgendeines Schreiberlings einen Zeugen befragen. Und wie wird das alte Mädchen wissen, wer ich bin, in Teufels Namen? Wie wird sie wissen, daß ich der Sheriff bin?“

Das bereitet ihm Kopfzerbrechen, dachte Don; er ist so unsicher, daß jedermann wissen muß: Er trägt den Stern und ein Gewehr.

Hardesty schien seine Gedanken zu erraten, denn er wurde noch aggressiver. „Okay. Lassen Sie hören. Wer hat Sie hergeschickt? Warum kamen Sie her?“

„Er ist Edward Wanderleys Neffe“, sagte Rowles mit müder Stimme. „Er arbeitet für Ricky Hawthorne und Sears James.“

„Jesus, diese beiden“, stöhnte Hardesty. „Haben sie darum gebeten, die alte Dame aufzusuchen?“

„Ja, Mr. Hawthorne bat mich“, antwortete Don.

„Aha, wahrscheinlich sollte ich mich flach auf den Bauch legen und so tun, als sei ich ein roter Teppich. Diese zwei alten Vögel haben einen Trumpf im Ärmel. Im Ärmel ist gut. Hah!“

Rowles war offensichtlich peinlich berührt und schaute weg. Don sah ihn fragend an.

„Los, Furchtloser, sagen Sie's ihm. Er fragte, wie sie starb.“

„Es ist nicht sehr appetitlich.“

„Er ist ein großer Junge. Und stark gebaut, was?“

Das war typisch für den Sheriff, er würde immer die Körpergröße eines Mannes an seiner eigenen messen.

„Los. Verdammt, es ist doch kein Staatsgeheimnis."

„Nun", Rowles lehnte sich erschöpft an die Wand. „Sie verblutete. Ihre Arme waren abgetrennt."

„Mein Gott", sagte Don. Ein Gefühl von Übelkeit stieg in ihm hoch, und er bereute, daß er gekommen war. „Wer würde..."

„Haben Sie es jetzt begriffen?" sagte Hardesty. „Vielleicht könnten uns ihre reichen Freunde einen Hinweis geben. Aber sagen Sie mir eines: Wer käme auf die Idee, herumzugehen und an Tieren Operationen vorzunehmen, wie es draußen bei Miss Dedham geschah? Oder zuvor bei Norbert Clyde? Und davor bei Elmer Scales?"

„Glauben Sie denn, daß es für all das nur eine Erklärung gibt?" Das war es — nahm er an —, was zu entdecken die Freunde seines Onkels ihn gebeten hatten.

Ein Arzt kam aus dem Zimmer und sagte: „Sie können jetzt hineingehen."

Als Don die alte Frau erblickte, war sein erster schreckerfüllter Gedanke: *Auch sie ist tot.* Aber dann sah er die hellen, von panischer Angst erfüllten Augen, die von einem zum anderen irrten. Dann bewegte sich ihr Mund, und er wußte, daß Nettie Dedham mit Worten nicht mehr zu erreichen war.

Hardesty — von dem weit aufgerissenen Mund der Patientin und den deutlichen Anzeichen ihrer Erregung völlig ungerührt — sagte: „Ich bin der Sheriff, Miss Dedham. Walt Hardesty, der Sheriff von Milburn."

„Ich wußte, daß sie der Schlag gestreift hatte", sagte Rowles zu Don, „aber ich hatte keine Ahnung, daß es so arg ist."

„Wir haben einander unlängst nicht gesehen", sagte Hardesty, „aber ich habe mit Ihrer Schwester gesprochen. Erinnern Sie sich? Als das Pferd getötet wurde."

Nettie Dedham gab einen röchelnden Laut von sich.

„Heißt das, ja?"

Sie wiederholte den Laut.

„Gut. Also Sie erinnern sich und Sie wissen, wer ich bin." Er setzte sich und begann mit leiser Stimme auf sie einzusprechen:

„Ich möchte Sie jetzt zum Tode Ihrer Schwester befragen.

Es ist wichtig, daß Sie mir sagen, was Sie gesehen haben. Sie sagen es mir, und ich werde versuchen, Sie zu verstehen. Okay?"

„Gl"

„Erinnern Sie sich an den Tag?"

„Gl"

„Das ist unmöglich", wisperte Don Rowles zu, in dessen Gesicht es zuckte und der um das Bett herum zum Fenster ging, um hinauszusehen. Der Himmel war schwarz und purpurrot.

„Saßen Sie so, daß Sie den Stall, in dem man die Leiche Ihrer Schwester fand, sehen konnten?"

„Gl"

„Bedeutet das, ja?"

„Gl"

„Haben Sie gesehen, ob sich vor dem Tode Ihrer Schwester irgend jemand dem Stall oder der Scheune näherte?"

„Gl"

„Konnten Sie die Person erkennen?"

Die alte Frau stieß einige Töne aus, und schließlich bemerkte Don, daß sie weinte. Er empfand seine Anwesenheit in diesem Zimmer als Erniedrigung.

„War die Person ein junger Mann?"

Eine Reihe weiterer erstickter Laute. Hardesty wurde ungeduldig.

„Sagen wir, es war ein junger Mann. War es der junge Hardie?"

„Regeln des Beweisverfahrens", murmelte Rowles zum Fenster hinaus.

„Scheiß auf Ihre Regeln des Beweisverfahrens. War er es, Miß Dedham?"

„Glrr", stöhnte die alte Frau.

„Scheiße. Heißt das, nein? Er war es nicht?"

„Glrr"

„Könnten Sie versuchen, den Namen der Person, die Sie sahen, zu nennen?"

Nettie Dedham zitterte. „Glrr, Glrr." Sie machte eine Anstrengung, die Don in seinen eigenen Muskeln fühlte. „Glrr"

„Lassen wir das für den Augenblick. Ich habe noch ein paar Fragen." Hardesty drehte den Kopf herum und sah Don verärgert an. Doch in seinem Gesicht war ebenfalls etwas Ähnliches wie Verlegenheit zu erkennen. Er wandte sich wieder der alten Frau zu und senkte seine Stimme, aber Don konnte ihn immer noch verstehen.

„Sie haben nicht etwa seltsame Laute gehört? Oder ein seltsames Licht gesehen?"

Der Kopf der alten Frau wackelte, ihre Augen flogen hin und her.

„Irgendwelche seltsamen Geräusche oder Lichter, Miß Dedham?" Hardesty haßte es, diese Frage stellen zu müssen. Ned Rowles und Don tauschten einen Blick erstaunten Interesses.

Hardesty wischte sich die Stirn und gab auf. „Das war's. Hat keinen Sinn. Sie glaubt etwas gesehen zu haben, aber wer zum Teufel kann sagen, was es war. Ich sehe, daß ich hier wegkomme. Sie können bleiben oder gehen. Tun Sie, was Sie wollen."

Don folgte dem Sheriff aus dem Zimmer und blieb stehen, als Hardesty mit dem Doktor sprach. Als Rowles heraustrat, trug sein alterndes Bubengesicht einen nachdenklichen Ausdruck.

Hardesty wandte sich vom Doktor ab und schielte zu Rowles hinüber. „Können Sie sich einen Reim darauf machen?"

„Nein, Walt. Nichts, was einen Sinn ergäbe."

„Sie?"

„Nein", sagte Don.

„Also verdammt, langsam beginne ich selber an Weltraummenschen oder *Vampire* oder *irgend etwas* zu glauben", sagte Hardesty und ging den Korridor hinunter.

„Ich denke darüber nach, was Nettie wohl zu sagen versuchte", sagte Rowles. „Ich sage Ihnen, das ist verrückt."

„Ich habe in letzter Zeit nichts gehört, was nicht verrückt gewesen wäre."

„Und Sie sind der Mann, der den *Nachtwächter* schrieb."

Da wären wir wieder, dachte Don.

„Glrr. So sagte sie doch zum Schluß?" meinte Rowles.

„Überhaupt — alles, was sie sagte, klang so ähnlich. Nun, ich habe ihn nie persönlich gekannt, aber die Dedham-Mädchen hatten einen Bruder, und ich glaube, sie sprachen noch lange Zeit nach seinem Tod von ihm ..."

Don fuhr auf einer von Feldern gesäumten Autobahn unter einem gespenstisch beleuchteten, von Purpurstreifen begrenzten Himmel nach Milburn zurück. Zurück — zurück nach Milburn, und mit ihm fuhr Stringer Dedhams Geschichte. Zurück nach Milburn, wo die Menschen sich langsam einzuschließen begannen, weil die Schneefälle schlimmer wurden und die Häuser ineinanderzuschmelzen schienen; wo sein Onkel starb und die Freunde seines Onkels vom Grauen träumten; fort aus diesem Jahrhundert, zurück in die Abgeschiedenheit von Milburn, einer Abgeschiedenheit, die mehr und mehr seinem eigenen Seelenzustand glich.

Abbruch, erster Teil

6

„Mein Vater meint, ich soll dich nicht mehr so oft sehen."

„Na und? Macht dir das was aus? Wie alt bist du überhaupt, fünf?"

„Nun, er macht sich über etwas Sorgen, er sieht nicht sehr glücklich aus."

„Er sieht nicht glücklich aus", äffte Jim ihn nach. „Er ist alt, er hat einen langweiligen Job und ein altes Auto, und er ist zu fett, und sein kleiner Lieblingsjunge wird in neun oder zehn Monaten das Nest verlassen. Schau dich einmal um hier,

Freundchen. Wie viele Leute siehst du mit einem Lächeln auf ihren runzligen alten Gesichtern? Diese Stadt ist voll von unglücklichen alten Trotteln. Willst du dir von ihnen dein Leben vorschreiben lassen?" Jim lehnte sich in seinem Barstuhl zurück und lächelte Peter an, in der sicheren Annahme, daß sein altes Argument immer noch zog.

Peter fühlte, daß er wieder in Unsicherheit und Zweifel verfiel. Hatte er denn schließlich jemals etwas Böses mit Jim angestellt? Weil Jim Schlüssel hatte, konnte man ihr Kirchenabenteuer nicht einmal als Einbruch bezeichnen; dann waren sie einer Frau gefolgt. Das war alles. Freddy Robinson war tot, und das war ein Jammer, auch wenn er ihn nicht leiden mochte, aber niemand sagte, daß er eines unnatürlichen Todes gestorben sei; er hatte einen Herzschlag erlitten oder war gestürzt und hatte sich eine Kopfverletzung zugezogen...

Und es hatte keinen kleinen Jungen auf dem Dach des Stationsgebäudes gegeben.

Und es hatte keinen kleinen Jungen gegeben, der auf einem alten Grabstein saß.

„Ich nehme an, ich sollte dankbar dafür sein, daß dein alter Herr dich heute abend ausgehen ließ."

„Nein, so arg ist es nicht. Er denkt nur, daß wir uns weniger oft sehen sollten, und nicht, daß wir uns gar nicht mehr sehen sollten. Ich glaube, er mag nicht, daß ich in Kneipen wie dieser hier herumsitze."

„Dieser hier? Was ist daran nicht in Ordnung?" Hardie machte ironisch eine umfassende Handbewegung. „He du, Sonnenschein!" brüllte er dann. „Ist das hier nicht ein Superschuppen?" Der Barkeeper blickte über die Schulter und schnitt eine dümmliche Grimasse. „Scheißgepflegt, Lady Jane. Der Graf da ist meiner Meinung. Ich weiß, wovor dein alter Herr Angst hat. Er will nicht, daß du mit den falschen Leuten zusammen bist. Gut, ich gehöre zu den falschen Leuten, das stimmt. Aber wenn ich dazugehöre, dann gehörst auch du dazu. Also ist es bereits passiert, und drum sei locker und amüsier dich, solange du hier bist."

Schrieb man Hardies Feststellungen nieder und las sie später, so entdeckte man bald seine Trugschlüsse; aber solange man ihm zuhörte, klang alles sehr überzeugend.

„Schau, was die alten Knaben für Wahnsinn halten, ist nur eine andere Art, einen Sinn zu finden. Du lebst lang genug in dieser Stadt, um Gefahr zu laufen, den Holzwurm im Oberstübchen zu kriegen. Man muß sich immer wieder sagen, daß die Welt nicht nur ein einziges großes Milburn ist." Er sah zu Peter hinüber, nahm einen Zug von seinem Bier und grinste, und Peter sah das gebrochene Licht in seinen Augen und wußte — er hatte es immer schon gewußt —, daß sich hinter diesem „sinnsuchenden Wahnsinn" ein anderer, wirklicher Wahnsinn versteckte. „Gib zu, Pete", sagte Hardie, „gibt es nicht Zeiten, wo du die ganze Welt in Flammen aufgehen sehen möchtest? Alles umschmeißen und niederwalzen? Das ist eine Geisterstadt, Mann. Die ganze Stadt ist..."

„Was ist eigentlich mit Penny Draeger?" unterbrach ihn Peter. „Du warst seit drei Wochen nicht mehr mit ihr aus."

Jim lümmelte sich über die Theke und drehte sein Bierglas in den Händen. *„Erstens:* Sie hörte, daß ich diese Mostyn ausgeführt habe, und war deswegen sauer auf mich. *Zweitens:* Ihre Eltern, der alte Rollie und Irmengard, hörten, daß sie einige Male mit dem verblichenen Freddy Robinson auf Tour gewesen war. Also machten sie sie fertig. Sie hat es mir nie erzählt, weißt du. Dafür hätte ich sie auch ordentlich fertiggemacht."

„Glaubst du, daß sie sich mit ihm getroffen hat, weil du mit dieser Frau bei Humphrey warst?"

„Zum Teufel, woher soll ich wissen, warum sie etwas tut, Mann? Siehst du da einen Zusammenhang?"

„Du etwa nicht?" Manchmal war es sicherer, Jim Gegenfragen zu stellen.

„Teufel." Er beugte sich vornüber und legte seinen struppigen Kopf auf das nasse Holz der Bar. „Frauen sind ein Geheimnis für mich." Er sprach leise, fast schmerzlich, aber Peter sah seine Augen unter den gesenkten Wimpern leuchten und wußte, daß er eine Show abzog. „Jawohl, vielleicht hast du recht, es könnte schließlich doch einen Zusammenhang geben,

Clarabelle. Es könnte sein. Und wenn es einen gibt, dann hat diese Anna, außer daß sie mit mir von Anfang an gespielt hat, um sich mir dann zu verweigern, obendrein mein Sexleben zerstört. Und wenn du die Sache von dieser Seite siehst, könntest du sagen, daß sie mir einiges schuldet." Er vollführte eine Vierteldrehung mit dem Kopf, und seine Augen glitzerten Peter an. „Um die Wahrheit zu sagen, das habe ich mir bereits durch den Kopf gehen lassen. Ja, alter Knabe, so ist es."

Peter schluckte.

„Was willst du unternehmen?" fragte er und wußte, daß er unausweichlich mitgerissen würde.

„Laß sehen, was will ich unternehmen?" überlegte Jim, und Peter wurde mit übelerregender Deutlichkeit klar, daß Jim die ganze Zeit über gewußt hatte, was er tun wollte. Daß er ihn auf ein paar Gläser Bier eingeladen hatte, war nur die erste Stufe seines Plans gewesen. „Was ich unternehmen will?" Hardie legte den Kopf schief. „Selbst dieser Palast hier wird nach ein bis sechs Bierchen langweilig. Also ich denke, es wäre hübsch, wenn wir in das liebe kleine Milburn zurückführen. Ja, fahren wir in das liebe kleine Milburn zurück."

„Wir müssen ihr aus dem Weg gehen", sagte Peter.

Jim beachtete seinen Einwand nicht. „Du weißt, daß unsere liebe schöne Sexlady vor zwei Wochen aus dem Hotel auszog. Oh, sie wird vermißt. Sie wird *vermißt,* Pete! Ich vermisse den großen Arsch, der die Treppe emporschwebt. Ich vermisse die blitzenden Augen. Ich vermisse ihren leeren Koffer. Ich vermisse ihren erstaunlichen Körper. Und ich bin sicher, du weißt, wohin sie gegangen ist."

„Mein Vater arrangierte die Hypothek. *Sein* Haus." Peter nickte heftiger als nötig und merkte, daß er wieder betrunken wurde.

„Dein alter Herr ist ein nützlicher Zwerg, was?" fragte Jim und lächelte verbindlich. „Wirt! Bring meinem Freund und mir ein paar Schluck vom besten Whisky." Vorwurfsvoll schenkte der Barkeeper von derselben Marke ein, die Jim gestohlen hatte. „Zurück zur Sache. Unsere schmerzlich vermißte Freundin zieht von unserem ausgezeichneten Hotel in Robinsons Haus. Ist das nicht ein seltsames Zusammentreffen? Ich glaube, Clarabelle, daß du und ich als einzige Menschen auf der Welt wissen, daß es kein Zufall ist. Weil wir als einzige Menschen wissen, daß sie draußen auf der Station war, als der alte Freddy abtrat."

„Sein Herz", murmelte Peter.

„Oh ja, sie geht dir ans Herz. Sie geht dir ans Herz und an die Eier. Ist doch komisch, nicht? Freddy fällt auf die Schienen hinunter. Habe ich fallen gesagt? Nein: Er *schwebt.* Ich habe es mit angesehen, erinnerst du dich? Er schwebt auf die Schienen hinunter, als wäre er aus Löschpapier. Und dann ist sie ganz gierig auf sein Haus. Gehört das auch zusammen, alter Freund? Siehst du auch hier einen Zusammenhang, Clarabelle?"

„Nein", flüsterte er.

„Also Pete, so wirst du nie nach Cornell kommen. Benütze deine fabelhaften Gehirnzellen, Baby. Unsere schnuckelige Freundin sucht etwas in diesem Haus. Stell sie dir einmal da drinnen vor! Mann, ich bin neugierig, du nicht? Die Sexlady streicht durch Freddys altes Haus — wonach sucht sie? Geld? Schmuck? Stoff? Wer weiß. Aber irgend etwas sucht sie. Bewegt ihr aufregendes Gestell durch das Haus, untersucht alles... das wäre doch ein Anblick, was?"

„Ich kann nicht", sagte Peter. Der Whisky rann durch seine Eingeweide wie Öl.

„Ich glaube", sagte Jim, „wir werden uns langsam zu unserem Transporter begeben."

Peter stand in eisiger Kälte neben Jims Wagen. Er konnte sich nicht erinnern, wieso er alleine war. Er stampfte mit den Füßen, kreiste mit dem Kopf und sagte: „He, Jim."

Einen Augenblick später tauchte Hardie mit einem haifischartigen Grinsen auf. „Entschuldige, daß ich dich warten ließ. Ich habe eben nur unserem Freund da drinnen gesagt, wie sehr ich seine Gesellschaft genossen habe. Er wollte mir nicht glauben, also mußte ich es mehrfach wiederholen. Er zeigte einen erstaunlichen Mangel an Interesse. Glücklicherweise konnte ich auch unseren Alkoholbedarf für den Rest dieses angenehmen Abends decken." Er öffnete den Verschluß seiner Jacke und ließ einen Flaschenhals sehen.

„Du bist ein Wahnsinniger."

„Ich bin ein schlauer Fuchs, willst du sagen." Jim öffnete Peter die Wagentür. "Laß uns auf unser früheres Gesprächsthema zurückkommen."

„Du solltest wirklich aufs College gehen", sagte Peter, als Jim den Wagen startete. „Mit deiner Begabung für Unsinn wärst du ein idealer Summa-cum-laude-Anwärter."

„Ich dachte früher mal, daß ich ein recht guter Anwalt werden würde", sagte Jim zu Peters Erstaunen. „Darauf einen Schluck." Er reichte Peter die Flasche. „Ein guter Anwalt ist doch nichts als ein hervorragender Scheißer. Schau dir doch den alten Sears James an, Mann. Ich habe nie einen größeren..." Peter dachte daran, wie er Sears James zuletzt gesehen hatte; massig war er in seinem Wagen gesessen und hatte sehr blaß hinter den verschwommenen Scheiben ausgesehen. Dann fiel ihm das Gesicht des Jungen vor St. Michael wieder ein. „Laß uns dieser Frau aus dem Weg gehen", sagte er.

„Darüber wollte ich eben sprechen. Wir waren dabei angelangt, daß die geheimnisvolle Dame auf der Suche nach etwas durch das Haus streicht. Wenn ich mich recht erinnere, Clarabelle, lud ich dich ein, es dir anzusehen."

Peter nickte unglücklich.

„Gib die Flasche her, wenn du nichts mit ihr anzufangen weißt. Irgend etwas ist mit diesem Haus, oder? Bist du nicht ein wenig neugierig, was es ist? Irgend etwas geht jedenfalls vor, und du und ich, alter Freund, wir sind die einzigen Menschen, die das wissen. Gibst du mir soweit recht?"

„Kann sein."

„Jesus!" kreischte Hardie, und Peter zuckte zusammen. „Du blöder Hund! Was sonst. Es gibt einen Grund, warum sie das Haus haben wollte — das ist der einzig zulässige Schluß. Es gibt etwas, das sie haben möchte."

„Du glaubst, sie hat deswegen Robinson um die Ecke geschafft."

„Weiß ich nicht. Ich sah ihn nur auf die Schienen schweben. Was soll's? Aber eines kann ich dir sagen — ich will mir dieses Haus ansehen."

„Oh nein", stöhnte Peter.

„Du brauchst keine Angst zu haben", protestierte Jim. „Sie ist eine Schlampe, weiter nichts. Sie hat seltsame Angewohnheiten, Clarabelle. Und ich bin nicht so dumm, hineinzugehen, wenn sie drin ist. Wenn du ein solches Scheißhuhn bist, daß du nicht mit mir kommst, kannst du zu Fuß nach Hause gehen."

Abwärts, die dunkle Landstraße abwärts; die dunkle Straße nach Milburn.

„Wie willst du wissen, ob sie nicht zu Hause ist? Sie sitzt jede Nacht im Dunkeln, sagst du."

„Du wirst läuten, Dummerchen."

Peter blickte von der letzten Anhöhe vor der Abzweigung auf die Lichter von Milburn hinunter — sie glitzerten aus einer kleinen Talsenke herauf und sahen aus, als könne man sie mit einer Hand fassen. Es sah wie zufällig hingestellt aus, dieses Milburn, wie eine Nomadenzeltstadt, und obwohl Peter Barnes sein ganzes Leben in dieser Stadt verbracht hatte, wirkte sie fremd auf ihn. Schon war er krank vor Angst.

Dann sah er, warum die Stadt ihm fremd vorkam. „Jim, schau, alle Lichter auf der Westseite der Stadt sind ausgegangen."

„Der Schnee hat die Leitungen niedergedrückt."

„Aber es schneit nicht."

„Es schneite, als wir in der Bar waren."

„Hast du wirklich ein kleines Kind auf dem Dach der Station sitzen sehen?"

„Mhm — das glaubte ich nur. Es muß der Schnee gewesen sein oder ein Zeitungsfetzen oder sonst etwas — Scheiße, Clarabelle, wie käme ein Kind da hinauf? Du weißt, daß das nicht geht. Seien wir ehrlich, Clarabelle, es war da draußen etwas unheimlich in jener Nacht."

7

Unten in der Stadt — auf der Westseite des Archer Hotels — saß Don Wanderley an seinem Schreibtisch und sah, wie sich plötzlich Dunkelheit über die Straße vor seinem Fenster senkte, während seine Schreibtischlampe immer noch brannte;

und Ricky Hawthorne hielt den Atem an, als sein Wohnzimmer plötzlich im Dunkeln lag, und Stella sagte, sie würde Kerzen holen, und sie sagte, das sei der einzige Punkt an der Straße, an dem die Leitungen mindestens zweimal pro Winter zusammenbrächen;

und Milly Sheehan hörte, als sie um Kerzen ging, ein langsames Klopfen an der Eingangstür, auf das sie nie, nie, in tausend Jahren nicht, antworten würde;

und Sears James hatte sich in seiner plötzlich dunkel gewordenen Bibliothek eingeschlossen und hörte das fröhliche Geräusch von Schritten auf der Treppe seines Hauses und sagte sich, daß er träumen müsse;

und Clark Mulligan, der die letzten zwei Wochen nichts als Science-Fiction- und Horror-Filme gezeigt hatte und in dessen Kopf unheimliche Bilder schwirrten — *zeig es ruhig, Mann, aber keiner wird dich dazu bringen, hinzusehen* —, trat während einer Vorstellung aus dem Rialto, um etwas frische Luft zu schöpfen, und glaubte in einem plötzlichen Black-out einen Mann gesehen zu haben, der in Wolfsgestalt über die Straße sprang — in böser Eile auf dem Weg zu einem finsteren Ziel *(niemand wird dich dazu bringen, hinzusehen, Mann).*

Abbruch, zweiter Teil

8

Jim brachte den Wagen einen halben Block von ihrem Haus entfernt zum Stehen. „Wenn nur die verdammten Lichter nicht ausgegangen wären." Beide sahen zu der glatten Fassade hinüber, zu den vorhanglosen Fenstern, hinter denen sich nichts bewegte, keine Kerze schimmerte.

„Ich dachte, sie mache ohnehin nie Licht."

„Mann, ich wünschte trotzdem, sie wären nicht ausgegangen", sagte der fröstelnde Jim mit einem zur grinsenden Maske verzerrten Gesicht. „An einem Ort wie diesem könnte unsere Freundin es durchaus für opportun halten, das Licht anzudrehen, damit niemand auf die Idee kommt, daß sie ein seltsamer Vogel ist." Er legte den Kopf schief. „Erinnerst du dich an das alte Haus in der Haven Lane, in dem dieser Schreiberling gelebt hat — Wanderley? Bist du jemals nachts daran vorbeigegangen? Rundum sind alle Häuser hell erleuchtet, und daneben steht das Haus des alten Wanderley total im Dunkeln — wie eine Gruft, Mann. Du kriegst eine Gänsehaut."

„*Das* macht mir Angst", gab Peter zu. „Im übrigen ist es ungesetzlich."

„Du bist wirklich das letzte." Hardie wandte sich um und starrte Peter an, der die kaum bezähmbare Ungeduld, *auszubrechen* und etwas zu *unternehmen,* in Jims Augen sah. Er würde jedes Hindernis niederrennen, das sich ihm in den Weg stellte. „Hast du den Eindruck, daß unsere Freundin sich darum schert, was ungesetzlich ist und was nicht? Glaubst du, daß sie dieses Haus gekauft hat, weil sie sich um das Gesetz kümmert — um Walt Hardesty vielleicht? Gütiger Himmel!" Hardie schüttelte voll Abscheu oder gespieltem Abscheu den Kopf. Peter hatte seinen Freund in Verdacht, sich für eine Aktion, die selbst ihm waghalsig erschien, in einen forschen Mut hineinzureden.

Jim wandte sich von ihm ab und fuhr wieder an. Im ersten Gang kroch er bis direkt vor das Haus

„Entweder bist du auf meiner Seite, du Feigling, oder du bist ein Feigling", sagte er.

„Was willst du tun?"

„Zuerst aussteigen und in ein Fenster im Erdgeschoß hineinsehen. Hast du genug Mumm dazu, Clarabelle?"

„Du wirst nichts sehen können."

„Jesus", sagte Hardie und stieg aus.

Peter zögerte sekundenlang, dann stieg auch er aus und folgte Hardie über den verschneiten Rasen und um die Ecke des Hauses. Die beiden Jungen bewegten sich rasch und gebückt vorwärts, um von den Nachbarn nicht gesehen zu werden.

Einen Augenblick später hockten sie in einer Schneewehe unter einem Seitenfenster. „Wenigstens hast du genügend Mut, um in ein Fenster zu sehen, Clarabelle."

„Nenn' mich nicht so", flüsterte Peter. „Ich kann es nicht mehr hören."

„Du hast auf den passendsten Moment gewartet, um mir das zu sagen." Hardie grinste ihn an, dann reckte er den Hals und spähte über das Fensterbrett. „He, sieh dir das an."

Peter hob langsam den Kopf. Er sah in ein schmales Seitenzimmer, das nur vom einfallenden Mondlicht beleuchtet war. In dem Raum gab es weder Teppiche noch Möbel.

„Komische Dame", sagte Hardie, und Peter hörte ein verstohlenes Lachen aus seiner Stimme. „Gehen wir nach hinten." Immer noch gebückt, huschte er davon. Peter folgte.

„Ich werde dir etwas sagen, ich glaube nicht, daß sie da ist", sagte Hardie, als Peter die Hinterfront des Hauses erreicht hatte. Er stand aufrecht zwischen einem kleinen Fenster und dem Hintereingang an die Mauer gelehnt. „Ich habe einfach das Gefühl, daß das Haus leer ist." Hier hinten, wo sie niemand sehen konnte, fühlten sie sich wohler.

„Okay, du schaust zuerst hinein."

„Okay." Peter trat kaltblütig vor das kleine Fenster. Er sah einen Ausguß bläßlich schimmern, sah einen Hartholzboden und einen Herd, den Mrs. Robinson zurückgelassen haben mußte. Ein Mondstrahl fing sich in einem Wasserglas, das auf der Frühstücksanrichte stand. Peter war der gleichen Ansicht wie Jim: das Haus war leer. „Nichts", sagte er.

Hardie nickte. Dann sprang er die kleine Betontreppe zur Hintertür hinauf. „Mann, wenn du etwas hörst, laufe wie der Wind." Er klingelte.

Die Glocke schrillte durch das Haus.

Die beiden Jungen wappneten sich, hielten den Atem an. Aber keine Schritte näherten sich und keine Stimme war zu hören.

„He?" sagte Jim und lächelte Peter engelsgleich an. „Was sagst du dazu?"

„Was wir machen, ist grundfalsch", sagte Peter. „Wir sollten nach vorne gehen und so tun, als seien wir eben angekommen. Wenn uns jemand sieht, sind wir eben zwei Kerle, die sie besuchen. Wir läuten am Vordereingang, und wenn sie sich nicht rührt, machen wir das, was die Leute immer tun — wir sehen zum Fenster hinein. Wenn uns jemand herumkriechen sieht, so wie jetzt, wird man die Bullen rufen."

„Nicht übel", sagte Hardie, nachdem er einen Moment lang überlegt hatte.

„Okay, wir werden es versuchen. Aber wenn sich niemand rührt, komme ich hierher zurück und steige ein. Darum ging es doch, du weißt schon."

Peter nickte; er wußte.

Jim ging aufrecht und gelassen zur Vorderfront des Hauses zurück, Peter folgte ihm etwas langsamer. „Okay, Sportsfreund", sagte Hardie.

Peter stand neben ihm und dachte: Ich kann da nicht hineingehen. Das leere Haus atmete eine gekünstelte Stille.

Jim drückte auf die Klingel. „Wir verschwenden unsere Zeit", sagte er und verriet damit seine eigene Unruhe.

„Warte, benimm dich ganz normal."

Jim bohrte die Hände in seine Jackentaschen und ging nervös einige Schritte hin und her. „Lang genug?“

„Noch ein paar Sekunden.“

Jim stieß einen dampfenden Atemzug aus. „Okay. Ein paar Sekunden. Eins — zwei — drei. Und was nun?“

„Läute noch einmal, als dächtest du, daß sie zu Hause sein muß.“

Jim drückte ein zweites Mal auf die Klingel. Das Schrillen erstarb im Haus.

Peter betrachtete die Häuserreihe auf der gegenüberliegenden Straßenseite. Keine Autos. Keine Lichter. Vier Häuser weiter glomm matter Kerzenschein aus einem Fenster, aber es zeigte sich kein neugieriges Gesicht, um die beiden Jungen zu beobachten. Das Haus des alten Dr. Jaffrey direkt gegenüber sah düster aus.

Plötzlich tönte völlig unerklärlich ferne Musik aus dem Nichts durch die Nacht: eine Posaune, die einschmeichelnden Töne eines Saxophons — Jazz, weit weg gespielt.

„Oh.“ Jim Hardie hob seinen Kopf und wandte sich von der Tür weg. „Das klingt wie — wie was?“

„Klingt wie Karneval.“

„Klar. In Milburn, im November.“

„Vielleicht ist es eine Platte?“

„Irgend jemand hat sein Fenster offen.“

„Das wird es sein.“

Und doch — keiner der beiden Jungen wollte zugeben, daß die fröhliche Musik für eine Platte zu wirklich klang, als wäre die Vorstellung beängstigend, daß plötzlich eine Karnevalsband in Milburn auftauchte.

„Jetzt laß uns endlich durchs Fenster sehen“, sagte Jim.

Er ging auf ein großes Fenster zu. Peter blieb am Eingang stehen, klatschte leise in die Hände, lauschte der schwächer werdenden Musik: Sie gehen ins Stadtzentrum, auf den Hauptplatz, dachte er. Aber was sollte das bedeuten? Die Töne erstarben.

„Du wirst niemals erraten, was ich sehe“, sagte Jim.

Erschrocken sah Peter seinen Freund an. Jims Gesicht war

betont ausdruckslos. „Ein leeres Zimmer?"

„Nicht ganz."

Er wußte, daß Jim es ihm nicht sagen würde; er mußte selber nachsehen.

Zuerst sah er, was er erwartet hatte: einen kahlen Raum, in dem man den Teppich zusammengerollt hatte. Über allem lag unsichtbarer Staub. Auf der anderen Seite ein dunkler Türbogen; auf seiner Seite das Spiegelbild seines eigenen Gesichts.

Einen Augenblick lang verspürte er ein Gefühl von Grauen, als sei er da drin gefangen wie sein eigenes Spiegelbild, als zwinge ihn jemand, durch diesen Türbogen, auf den nackten Bodenbrettern, zu gehen: Das Grauen war genauso unerklärlich wie die Musik, aber es war da.

Dann sah er, was Jim gemeint hatte. Auf einer Seite, dicht neben der Mauerleiste, lag ein brauner Koffer auf dem Boden.

„Das ist ihrer!" sagte Jim in sein Ohr. „Du weißt, was das heißt?"

„Sie ist doch da, sie ist da drinnen."

„Nein. Was sie sucht, ist noch immer da drinnen."

Peter trat vom Fenster zurück und sah in Jims entschlossenes rotes Gesicht. „Genug getrödelt", sagte Jim.

„Ich gehe hinein. Kommst du, Clarabelle?"

Peter war unfähig zu antworten; Jim ging einfach um ihn herum und machte sich auf den Weg um das Haus.

Sekunden später hörte er das Splittern von Glas. Er stöhnte, wandte sich um und sah seine Gesichtszüge in der Fensterscheibe: Sie waren vor Angst und Unentschlossenheit verzerrt.

Hau ab. Nein. Du mußt ihm helfen. Nein. Du mußt —

Er ging, so rasch er konnte, um das Haus herum.

Jim stand auf der obersten Stufe und langte durch die Splitter der kleinen Scheibe, die er zerbrochen hatte. In dem schwachen Licht sah seine gebeugte Gestalt wie das Urbild eines Einbrechers aus. Jims Worte fielen ihm wieder ein: *Das Schlimmste ist schon passiert. Also sei locker und amüsier dich!*

„Oh, du bist es", sagte Jim. „Ich dachte, du seist bereits zu Hause und hättest dich unter deinem Bett verkrochen."

„Was geschieht, wenn sie nach Hause kommt?"

„Wir rennen durch die Hintertür davon, Idiot. Es sind zwei Türen im Haus, weißt du das nicht? Oder kannst du nicht so schnell laufen wie eine Frau?" Einen Augenblick erstarrte sein Gesicht in Konzentration, dann sprang das Schloß auf. „Kommst du?"

„Vielleicht. Aber ich werde nichts stehlen. Und du auch nicht."

Jim schnaubte abfällig und trat durch die Tür.

Peter stieg die Treppe hinauf und spähte hinein. Jim ging durch die Küche, drang tiefer in das Haus ein, sah sich gar nicht um.

Sei locker und amüsier dich! Er trat über die Schwelle. Vor ihm stapfte Hardie über den Gang, öffnete Türen und Schränke.

„Leise", zischte Peter.

„Selber leise", rief Jim zurück, aber der Lärm verstummte augenblicklich, und Peter wurde klar, daß Jim, auch wenn er es nicht zugeben wollte, ebenfalls Angst hatte.

„Wo willst du nachsehen?" fragte Peter. „Was suchen wir überhaupt?"

„Was weiß denn ich? Das werden wir wissen, wenn wir es gefunden haben."

„Es ist zu dunkel hier, um etwas zu erkennen. Von außen könnten wir mehr sehen."

Jim zog ein Paket Streichhölzer aus seiner Jacke und zündete eines an. „Wie ist es damit?"

Eigentlich war es jetzt noch schlechter. Vorher hatten sie einen vagen Gesamteindruck vom Gang gehabt, jetzt sahen sie nur noch einen kleinen Lichtkreis.

„Okay, aber wir bleiben zusammen", sagte Peter.

„Wir könnten das Haus rascher durchsuchen, wenn wir uns trennen würden."

„Kommt nicht in Frage."

Jim zuckte die Achseln. „Wie du willst." Er ging durch die Halle ins Wohnzimmer. Es war noch öder, als sie von draußen hatten erkennen können. Die Wände trugen da und dort

Spuren von Kinderbuntstiften und zeigten blasse Rechtecke, wo früher Bilder gehangen hatten. Jim klopfte die Wände ab, dabei ein Streichholz nach dem anderen anzündend.

„Schau in den Koffer."

„Oh ja, der Koffer."

Jim kniete nieder und öffnete ihn. „Nichts." Peter sah ihm über die Schulter, während er den Koffer umdrehte, schüttelte und wieder auf den kahlen Boden stellte.

Er flüsterte: „Wir werden nichts finden."

„Jesus, wir durchsuchen gerade zwei Zimmer, und schon willst du aufgeben." Jim erhob sich abrupt, und sein Streichholz verlöschte.

Einen Moment lang umgab sie völlige Schwärze. „Zünde noch eins an", flüsterte Peter.

„Nein, so ist es besser. Von draußen kann niemand ein Licht sehen, und deine Augen werden sich daran gewöhnen."

Für einige Sekunden standen sie schweigend in der Dunkelheit; langsam konnten sie die Umrisse des Hauses wieder erkennen.

Von irgendwo im Haus hörte Peter einen Laut, und er zuckte zusammen.

„Um Himmels willen, bleib ruhig."

„Was war das?" flüsterte Peter und hörte die wachsende Hysterie in seiner Stimme.

„Eine Treppe knarrte, die Hintertür fiel zu. Es ist nichts."

Peter fuhr sich mit zitternden Fingern über die Stirn.

„Hör zu. Wir haben gesprochen, Wände abgeklopft, ein Fenster aufgebrochen — glaubst du nicht, daß sie herausgekommen wäre, wenn sie hier wäre?"

„Ich glaube schon."

„Okay. Versuchen wir's im nächsten Stock."

Jim packte ihn am Ärmel und zog ihn in die Halle. Dann ließ er ihn los und ging Peter voran auf das Treppenhaus zu.

Da oben war es dunkel — da oben war Neuland. Als Peter die Treppe hinaufsah, fühlte er sich beklommener denn je.

„Geh du hinauf, ich bleibe hier."

„Willst du ganz allein im Dunkeln herumstehen?"

Peter versuchte zu schlucken, aber es gelang ihm nicht. Er schüttelte den Kopf.

„Also gut. Was es auch ist, da oben muß es sein."

Jim setzte seinen Fuß auf die zweite Stufe. Auch hier war der Teppich entfernt worden. Er stieg höher, sah sich um. „Kommst du?" Und Peter zwang sich, ihm zu folgen.

Die Lichter gingen an, als Jim oben angelangt war und Peter etwa zwei Drittel der Treppe hinter sich hatte.

„Hallo, Jungs", sagte eine tiefe, gelassene Stimme am unteren Ende der Treppe.

Jim Hardie kreischte auf.

Peter fiel rücklings auf die Treppe, halb gelähmt von der Angst, daß er direkt in die Fänge des Mannes rutschen würde, der zu ihnen heraufschaute.

„Darf ich euch zu eurer Gastgeberin führen?" sagte er und schenkte ihnen ein lebloses Lächeln. Er war der seltsamst aussehende Mann, den Peter je gesehen hatte — auf dem blondgelockten Haar saß eine blaue Strickkappe, er trug eine Sonnenbrille und einen Overall, aber kein Hemd, und sein Gesicht war weiß wie Elfenbein. Es war der Mann vom Hauptplatz. „Sie wird entzückt sein, euch wiederzusehen", sagte der Mann. „Ihr seid ihre ersten Gäste und könnt euch auf einen besonders herzlichen Empfang freuen." Das Lächeln des Mannes wurde breiter, während er hinter ihnen die Treppe hochkam.

Als er ein paar Stufen genommen hatte, hob er eine Hand, und mit den Löckchen — es war eine Perücke — riß er sich die blaue Mütze vom Kopf.

Als er die dunkle Brille abnahm, schimmerten seine Augen in einem reinen, unschattierten Goldgelb.

9

Don stand am Fenster seines Zimmers im Archer Hotel und sah auf den im Dunkeln liegenden Teil von Milburn, als von Ferne ein Gewirr von Saxophon- und Posaunentönen durch die kalte Nachtluft an sein Ohr drang. Und er dachte: *Dr. Rabbitfoot ist in der Stadt.*

Hinter ihm schrillte das Telefon.

Sears starrte auf die Tür seiner Bibliothek und lauschte auf Schritte in seinem Haus, als das Telefon läutete. Er beachtete es nicht und schloß die Tür auf. Er öffnete sie. Das Treppenhaus war leer.

Er ging zum Telefon und hob den Hörer ab.

Lewis Benedikt, dessen Haus am äußersten Ende des vom Lichtausfall betroffenen Gebietes lag, hörte weder Musik noch Kinderschritte. Was er hörte, trugen ihm der Wind oder seine eigenen Gedanken zu; was er hörte, war der verzweifeltste Ton, den er kannte — es war die klagende, fast unhörbare Stimme seiner toten Frau, die immer wieder seinen Namen rief: „Lewis, Lewis." Seit Tagen hörte er diese Stimme. Als das Telefon schrillte, wandte er sich ihm erleichtert zu.

Und mit Erleichterung vernahm er Ricky Hawthornes Stimme: „Ich werde verrückt, wenn ich noch lange im Dunkeln sitze. Ich habe mit Sears und Edwards Neffen gesprochen, und Sears war so freundlich, einer ungeplanten Zusammenkunft in seinem Haus zuzustimmen. Ich sagte, wir müßten uns treffen. Stimmst du mir zu? Wir werden die Regel übergehen und so kommen, wie wir sind, ja?"

Ricky dachte, daß der junge Mann einem echten Mitglied der Altherrengesellschaft immer ähnlicher wurde. Unter der Maske von Geselligkeit, die jedermann bei einem Neffen von Edward voraussetzte, lag das Schaudern verborgen. Er lehnte sich in einem von Sears' wundervollen Ledersesseln zurück, nippte an seinem Whisky und sah sich (mit seines Onkels

Ausdruck von Vergnügen) in der gepflegten Bibliothek (wirkte sie ebenso altmodisch auf ihn wie auf seinen Onkel?) um; ab und zu sprach er, aber in allem, was er sagte, lag ein Unterton von Spannung.

Vielleicht ist es das, was ihn zu einem der unseren macht, dachte Ricky: Er erkannte, daß Don zu jener Art Menschen gehörte, mit denen sie schon vor Jahren Freundschaft geschlossen hätten; wäre er vierzig Jahre früher zur Welt gekommen, er hätte wie auf Grund eines Geburtsrechts zu ihnen gehört.

Dennoch umgab ihn so etwas wie ein Geheimnis. Ricky konnte sich nicht vorstellen, was er mit der Frage, ob jemand von ihnen am frühen Abend Musik gehört hätte, gemeint haben mochte. Als man ihn diesbezüglich mit Fragen bestürmte, hatte er ausweichend geantwortet; als man ihn weiter bedrängte, sagte er: „Ich habe das Gefühl, daß alle Geschehnisse in direktem Zusammenhang mit meinem Schreiben stehen."

Diese Bemerkung hätte zu jedem anderen Zeitpunkt egozentrisch geklungen; aber das Kerzenlicht verlieh ihr eine eigene Dichte. Die Männer bewegten sich unruhig in ihren Sesseln.

„Ist das nicht der Grund deines Hierseins?" fragte Sears.

Und dann erklärte er es ihnen: Ricky lauschte verblüfft Dons Idee zu seinem neuen Buch und seiner Beschreibung von der Figur des Dr. Rabbitfoot und wie er die Musik des seltsamen Spielmanns gerade vor Rickys Anruf gehört hatte.

„Willst du damit etwa sagen, daß die Ereignisse in dieser Stadt Vorkommnisse aus einem noch nicht geschriebenen Buch sind?" fragte Sears ungläubig. „Das ist doch ein aufgelegter Unsinn."

„Außer", sagte Ricky nachdenklich, „außer... nun, ich weiß nicht, wie ich das sagen soll. Außer, wenn die Dinge hier in Milburn in letzter Zeit ihren Brennpunkt gefunden haben — einen Brennpunkt, den sie vorher nicht hatten."

„Du willst damit sagen, ich sei der Brennpunkt", sagte Don.

„Ich weiß es nicht."

„Das ist Unsinn", mischte Sears sich ein. „Brennpunkt oder

nicht — alles, was wir erreichen, ist, daß wir uns noch mehr ängstigen als zuvor. Das ist dein Brennpunkt. Die Phantasien eines Schriftstellers haben damit gar nichts zu tun."

Lewis saß, von all dem unberührt, in irgendeine persönliche Verzweiflung versunken, da. Ricky fragte ihn, wie er darüber denke, und Lewis antwortete: „Verzeihung, ich dachte an etwas anderes. Kann ich mir noch einen Drink nehmen, Sears?"

Sears nickte grimmig. Lewis trank doppelt soviel wie gewöhnlich, als gäbe ihm sein Erscheinen in einem alten Hemd und einer Tweedjacke das Recht, eine weitere ihrer Regeln zu durchbrechen.

„Was deutet auf diesen geheimnisvollen Brennpunkt hin?" fragte Sears kriegerisch.

„Das weißt du so gut wie ich. Zunächst und vor allem, Johns Tod."

„Zufall", sagte Sears.

„Elmer Scales' Schafe — alle Tiere, die umgekommen sind."

„Also glaubst du jetzt an Hardestys Marsmenschen?"

„Hast du vergessen, was Hardesty sagte? Daß es eine Art *Spiel* ist — das seltsame Vergnügen irgendeines Lebewesens. Was ich damit sagen will, ist folgendes: die Einsätze sind gestiegen. Freddy Robinson. Die arme alte Rea Dedham. Seit Monaten fühle ich, daß unsere Geschichten irgend etwas bewirken — und ich fürchte, ich fürchte sehr, daß noch mehr Leute sterben werden. Ich glaube, daß unser Leben und das vieler anderer Menschen in dieser Stadt in Gefahr schwebt."

„Nun, was ich gesagt habe, gilt. Es ist dir fraglos gelungen, dich in Angst zu versetzen", sagte Sears.

„Wir haben alle Angst", betonte Ricky. Seine Erkältung ließ seine Stimme rauh klingen, und sein Hals schmerzte, aber er zwang sich, fortzufahren. „Alle. Aber ich glaube, daß Dons Ankunft das letzte fehlende Stück im Puzzle war, daß sich in dem Augenblick, da Don sich zu uns gesellte, die Kräfte — wie immer du sie nennen magst — zusammenballten. Wir haben sie heraufbeschworen; wir mit unseren Geschichten, Don mit seinem Buch und seiner Phantasie. Wir sehen Dinge, aber wir glauben nicht an sie; wir fühlen Dinge — jemand beobachtet uns, jemand verfolgt uns —, aber wir tun sie als Einbildung ab. Wir träumen vom Grauen und versuchen es zu vergessen. Und drei Leute mußten sterben."

Lewis starrte auf den Teppich, dann drehte er nervös an einem Aschenbecher. „Eben fiel mir ein Satz ein, den ich zu Freddy Robinson in jener Nacht sagte, als er mich vor Johns Haus abpaßte. Ich sagte, jemand schießt uns einfach ab wie Fliegen."

„Aber warum sollte ausgerechnet dieser junge Mann hier, den bis vor kurzem niemand von uns kannte, das letzte fehlende Glied einer Kette sein?" fragte Sears.

„Weil er Edwards Neffe ist?" fragte Ricky. Die Idee war ihm einfach zugeflogen; seine nächste Reaktion war ein Gefühl grenzenloser Erleichterung darüber, daß seine Kinder zu Weihnachten nicht nach Milburn kommen würden. „Ja. Weil er Edwards Neffe ist."

„Möglich", sagte Lewis. Er leerte seinen Whisky in einem Zug. „Aber das mit Freddy Robinson verstehe ich nicht. Er wollte sich mit mir treffen — er hat mich zweimal angerufen. Ich habe ihn einfach abgewimmelt, gab ihm die vage Zusage, ihn irgendwann in einer Bar zu treffen."

Sears fragte: „Wollte er dir etwas sagen, ehe er starb?"

„Ich gab ihm dazu keine Gelegenheit. Ich dachte, er wolle mir eine Versicherung andrehen."

„Wieso dachtest du das?"

„Weil er irgend etwas von Schwierigkeiten sagte, die auf mich zukämen."

Sie schwiegen. „Vielleicht", sagte Lewis, „wäre er noch am Leben, wenn ich ihn getroffen hätte."

Ricky sagte: „Lewis, das hätte John Jaffrey sagen können. Er hat sich auch immer die Schuld an Edwards Tod gegeben."

Einen Augenblick lang sahen die drei Männer zu Don Wanderley hinüber.

„Vielleicht ist mein Onkel nicht der einzige Grund meines Hierseins", sagte Don. „Ich will mich in die Altherrengesellschaft einkaufen."

„*Was?*" Sears ging in die Luft. „*Einkaufen?*"

„Mit einer Geschichte. Das ist doch der Preis für die Aufnahme?" Zaghaft lächelnd sah er sich im Kreise um. „Ich habe sie fertig im Kopf, weil ich eben eine ganze Zeit damit zugebracht habe, sie in mein Tagebuch zu schreiben. Und", fügte er hinzu und durchbrach damit eine weitere ihrer Regeln, „es handelt sich dabei keineswegs um eine erfundene Geschichte: Alles trug sich genauso zu, wie ich es schildern werde. Als Erfindung wäre die Geschichte unbrauchbar, weil sie keinen Schluß hat. Sie verlief sich, als andere Dinge sich zutrugen. Aber falls Mr. Hawthorne („Ricky", hauchte der Anwalt) recht hat, dann fanden nicht vier, sondern fünf Menschen den Tod. Und mein Bruder war der erste."

„Ihr wart beide mit demselben Mädchen verlobt", sagte Ricky. Er erinnerte sich, daß Edward kurz vor seinem Tod etwas Ähnliches erzählt hatte.

„Wir waren beide mit Alma Mobley verlobt, einem Mädchen, dem ich in Berkeley begegnet bin", begann Don, und die vier machten es sich in ihren Lehnstühlen bequem. „Ich glaube, es handelt sich um eine Geistergeschichte", fuhr er fort und legte — in Dr. Rabbitfoots Sinn — sein Geld auf den Tisch.

Er packte sie mit seiner Erzählung. Er erzählte auf andere Weise als in seinem Tagebuch, wo er sich mit voller Absicht sämtliche Details in Erinnerung gerufen hatte; er erzählte nicht alle davon, aber viele. Er brauchte etwa eine halbe Stunde.

„Die *Who's Who*- Eintragung ist also der Beweis dafür, daß alles, was sie sagte, falsch war", schloß Don. „David war tot, und ich sah sie nie wieder. Sie war einfach verschwunden." Er fuhr sich über sein Gesicht und seufzte tief auf. „Das war's. Ist es eine Geistergeschichte oder nicht? Das müßt ihr entscheiden."

Einen Augenblick lang sprach keiner der Männer. *Sag es ihm,* Sears, flehte Ricky unhörbar. Er sah zu seinem alten Freund hinüber, der die Finger vor seinem Gesicht gefaltet hatte. *Sag es, Sears. Sag es ihm!*

Sears' Augen begegneten den seinen. *Er weiß, was ich denke.* „Nun ja" , sagte Sears, und Ricky schloß die Augen.

„Genausoviel, wie unsere Geschichten welche sind. Es handelt sich um jene Ereignisse, die du deinem Buch zugrunde legtest?"

„Ja."

„Die Geschichte ist besser als das Buch", sagte Sears.

„Aber sie hat keinen Schluß."

„Vielleicht noch nicht", sagte Sears. Düster blickte er auf die Kerzen im Silberleuchter, die fast zur Gänze niedergebrannt waren. *Jetzt,* flehte Ricky und hielt seine Augen immer noch geschlossen. „Dieser junge Mann, von dem du sagtest, daß er wie ein Werwolf aussah, er hieß — Greg? Greg Benton?" Ricky öffnete die Augen, und hätte ihn jemand angesehen, er würde Dankbarkeit aus jedem seiner Züge gelesen haben.

Don nickte und hatte sichtlich keine Ahnung, warum der Name von Bedeutung sein könnte.

„Ich kannte ihn unter einem anderen Namen", sagte Sears. „Vor langer Zeit hieß er Gregory Bate. Und sein halbblöder Bruder hieß Fenny. Ich war dabei, als Fenny starb." Er lächelte bitter. „Das muß eine ganze Weile vor der Zeit gewesen sein, als dein — Benton — beschloß, sich einen rasierten Schädel zuzulegen."

„Wenn er zweimal erschienen ist, kann er es auch ein drittes Mal", sagte Ricky. „Ich sah ihn am Hauptplatz, es ist keine zwei Wochen her."

Das plötzlich aufflammende Licht war nach dem Kerzenschimmer von blendender Helle. In der harten elektrischen Beleuchtung wirkten die vier Männer in Sears' Bibliothek wesentlich verängstigter: *Wir sehen jetzt schon aus wie halbe Leichen,* dachte Ricky. Es war ihm, als hätte der Kerzenschein sie in einen warmen Kreis gezogen, in das warme Licht einer Kerze, einer Gruppe von Menschen, einer Geschichte; nun waren sie wieder auseinandergerissen, verstreut in einer Winterwüste.

„Sieht so aus, als hätte er dich gehört", sagte Lewis. Er war betrunken. „Vielleicht war es das, was Freddy Robinson gesehen hat. Vielleicht sah er, wie Gregory sich in einen Wolf verwandelte. Hah!"

Abbruch, dritter Teil

10

Es drang gar nicht in Peters Bewußtsein, daß er sich aufraffte und rücklings die Treppe hochstieg, bis er neben Jim auf dem Treppenabsatz stand.

Der Werwolf kam langsam und unaufhaltsam auf sie zu, er war keineswegs in Eile. „Ihr wolltet ihr doch begegnen, oder?" Er grinste grausam. „Sie wird sehr erfreut sein. Ihr werdet eine schöne Begrüßung erleben, das verspreche ich euch."

Peter, wild um sich blickend, sah phosphoreszierendes Licht unter einer Tür durchschimmern.

„Sie ist vielleicht noch nicht ganz in der Verfassung, euch zu empfangen, aber das macht alles noch viel spannender, findet ihr nicht? Wir alle wollen unsere Freunde ohne Maske sehen."

Er redet, um uns festzubannen, dachte Peter. *Es ist wie Hypnose.*

„Seid ihr nicht die beiden Jungs, die sich für wissenschaftliche Forschung interessieren? Für Fernrohre? Wie nett, zwei angenehmen, wißbegierigen jungen Männern zu begegnen, zwei jungen Männern, die ihr Wissen erweitern möchten. So viele junge Leute lassen sich einfach treiben, nicht wahr. So viele haben Angst vor dem Risiko. Nun, von euch beiden kann man das sicher nicht behaupten, nicht wahr?"

Peter blickte verstohlen auf Jim Hardie, dessen Mund offenstand.

„Nein, ihr seid ausnehmend mutig gewesen. Gleich werde ich bei euch sein, und ich bitte euch, entspannt euch und wartet auf mich ... entspannt euch einfach und wartet."

Peter stieß Jim mit dem Handrücken in die Rippen, aber Jim

rührte sich nicht. Peter wandte sich wieder der schrecklichen Gestalt zu, die auf ihn zukam, und beging den Fehler, direkt in die ausdruckslosen goldenen Augen zu sehen. Augenblicklich vernahm er eine Stimme wie Musik, aber sie kam nicht aus dem Mund des Mannes, sondern erklang in seinem eigenen Inneren: *Entspanne dich, Peter, entspanne dich, du wirst sie treffen ...*

„Jim!" schrie er.

Hardie überlief ein krampfartiges Schaudern, und Peter wußte, daß er verloren war.

Ruhig, Junge, kein Grund für Panik ...

Der goldäugige Mann hatte sie fast erreicht und streckte seine linke Hand aus. Peter taumelte zurück, in seiner Angst außerstande, einen zusammenhängenden Gedanken zu fassen.

Die weiße Hand des Mannes glitt näher und näher an Jims linke Hand heran.

Peter wandte sich um und stürzte polternd einen Treppenabsatz höher. Als er zurücksah, war das Licht, das unter der Tür hervorströmte, von einer derartigen Intensität, daß die Wände in seinem Widerschein leicht grünlich schimmerten. Auch Jim erschien grün in diesem Licht.

„Nimm meine Hand", sagte der Mann. Er stand zwei Stufen unter Jim, und ihre Hände berührten sich fast.

Jims Finger streiften die Handfläche des Mannes.

Peter sah die Treppe hinauf, aber er konnte Jim nicht alleine lassen.

Unten lachte der Mann in sich hinein. Peters Herz gefror, und er blickte wieder hinunter. Mit seiner Linken ergriff der Mann Jims Handgelenk. Die glimmenden Wolfsaugen waren weit geöffnet.

Jim kreischte.

Der Mann legte seine Hände um Jims Hals und drehte seinen Körper mit immenser Kraft, dann schmetterte er den Kopf des Jungen gegen die Wand. Er stemmte seine Füße gegen die Bodenbretter des Treppenabsatzes, und wieder schmetterte er Jims Kopf gegen die Wand.

Du bist dran.

Jim fiel zu Boden, und der Mann stieß ihn mit dem Fuß

beiseite, als wäre er leicht wie ein Sack aus Papier. An der Wand erschien ein heller Blutfleck, der aussah, als hätte ihn ein Kind mit seinen Fingern gemalt.

Peter rannte einen langen Gang mit vielen Türen entlang; irgendeine stieß er auf und schlüpfte hinein.

Dann erstarrte er. Am Fenster hoben sich die Umrisse eines Männerkopfes ab. „Willkommen zu Hause", sagte die tonlose Stimme des Mannes. „Bist du ihr schon begegnet?" Er erhob sich. „Nein? Wenn du sie einmal gesehen hast, wirst du sie nie mehr vergessen. Eine unglaubliche Frau."

Der Mann, noch immer nichts anderes als ein schwarzer Umriß vor einem Fenster, begann mit schleppenden Schritten auf Peter zuzugehen. Peter stand stocksteif an die Innenseite der Tür gelehnt. Als der Mann näher kam, sah er, daß es Freddy Robinson war.

„Willkommen daheim", sagte Robinson.

Gefunden.

Auf dem Gang ertönten Schritte und erstarben vor der Tür.

Zeit. Zeit. Zeit. Zeit.

„Ich erinnere mich nicht mehr genau, weißt du . . . "

In wilder Panik rannte Peter mit ausgestreckten Armen auf Robinson zu, um ihn beiseite zu schieben. Als seine Finger Robinsons Hemd berührten, zerbarst die Gestalt in ein formloses Gewirr von schimmernden Punkten. Peters Finger brannten. Im nächsten Augenblick war die Erscheinung verschwunden, und Peter stürzte im leeren Raum vorwärts.

„Komm heraus, Peter", sagte eine Stimme vor der Tür. „Wir alle wollen, daß du herauskommst." Und in seinem Hirn hämmerte die andere Stimme: *Zeit.*

Peter stand vor dem Bett, als er hörte, wie sich der Türknauf bewegte. Er kroch auf das Bett und schlug mit den Händen gegen den Fensterrahmen.

Das Fenster öffnete sich, kalte Luft wehte zu ihm herein.

Er fühlte, wie die andere Stimme ihm zuflüsterte, er solle herauskommen, nicht dumm sein, wollte er denn nicht sehen, ob mit Jim alles in Ordnung sei?

Jim!

Als die Tür sich öffnete, kroch er aus dem Fenster. Etwas lief auf ihn zu, aber er war bereits auf dem oberen Dach und sprang auf das nächsttiefere. Von da ließ er sich auf das Dach der Garage fallen, und von dort sprang er in eine Schneewächte.

Als er an Jims Auto vorbeilief, warf er einen Blick auf das Haus zurück. Es sah aber ganz und gar alltäglich aus, so wie zuvor; nur — im Treppenhaus und in der Halle brannte Licht, das ein einladendes gelbes Rechteck auf den Weg warf. Auch dieses schien zu Peter Barnes zu sprechen; es sagte: *Stell dir vor, du lägest mit auf der Brust gefalteten Händen in Frieden da; stell dir vor, du schliefest unter Eis . . .*

Er rannte den ganzen Weg nach Hause.

11

„Lewis, du bist betrunken“, sagte Sears grob. „Mach dich doch nicht lächerlich.“

„Sears“, sagte Lewis, „es ist kaum möglich, sich nicht lächerlich zu machen, wenn man solches Zeug redet.“

„Da ist etwas Wahres dran. Aber um Himmels willen, hör auf zu trinken.“

„Weißt du, Sears“, sagte Lewis, „ich habe zunehmend das Gefühl, daß unsere kleinen Anstandsregeln keinen Sinn mehr haben.“

„Willst du, daß unsere Zusammenkünfte nicht mehr stattfinden?“ fragte ihn Ricky.

„Nun, was zum Teufel sind wir eigentlich? Die drei Musketiere?“

„In gewisser Weise, ja. Wir sind das, was übrigblieb. Plus Don natürlich.“

„Oh Ricky“, lächelte Lewis. „Das Liebenswerteste an dir ist, daß du so verdammt loyal bist.“

„Nur Dingen gegenüber, die es wert sind", sagte Ricky und nieste zweimal laut. „Entschuldigt. Ich hätte zu Hause bleiben sollen. Willst du unsere Zusammenkünfte wirklich aufgeben?"

Lewis schob sein Glas in die Mitte des Tisches und ließ sich in seinen Sessel zurücksinken. „Ich weiß es nicht. Wahrscheinlich nicht. Vielleicht hätte ich auch Angst davor, unsere Treffen aufzugeben. Vielleicht glaube ich jedes Wort, das du gesagt hast, Ricky. Ich habe seit Oktober einige seltsame Erfahrungen gemacht, seit dem Abend, da Sears uns von Gregory Bate erzählte."

„Ich auch", sagte Sears.

„Ich auch", echote Ricky. „Darum geht es doch, nicht wahr?"

„Ich glaube also, wir sollten durchhalten", sagte Lewis. „Ihr beide sitzt intellektuell in einem anderen Boot als ich, und vielleicht auch dieses Kind hier; aber in unserer Lage muß es wohl heißen: mitgefangen, mitgehangen. Manchmal glaube ich, da draußen in meinem Haus Gespenster zu sehen. Ich habe das Gefühl, daß vor der Tür jemand auf mich lauert und nur darauf wartet, mich zur Strecke bringen zu können. Wie er John zur Strecke gebracht hat."

„Glauben wir an Werwölfe?" fragte Ricky.

„Nein", sagte Sears, und Lewis schüttelte seinen Kopf.

„Auch ich glaube nicht daran", sagte Don. „Aber es gibt etwas . . . " Er machte eine nachdenkliche Pause, und als er aufsah, ruhten die Augen der älteren Männer auf ihm. „Es ist mir noch nicht ganz klar. Es ist nur eine Idee. Ich werde noch ein wenig darüber nachdenken, ehe ich es zu erklären versuche."

„Nun, die Lichter brennen schon wieder eine ganze Weile", sagte Sears anzüglich. „Und wir haben eine gute Geschichte gehört. Vielleicht sind wir etwas weitergekommen, obwohl ich nicht sehen kann, inwiefern. Falls die Brüder Bate wirklich in Milburn sind, neige ich zu der Annahme, daß sie sich so verhalten werden, wie der unaussprechliche Hardesty voraussagt — daß sie weiterziehen, wenn sie unser müde geworden sind."

„Warte", sagte Ricky, „verzeih, Sears, aber ich bat Don,

Nettie Dedham im Krankenhaus aufzusuchen."

„Oh, wirklich?" Sears war bereits gründlich gelangweilt.

„Ja, ich ging hin", sagte Don. „Ich traf den Sheriff und Mr. Rowles dort. Wir hatten alle den gleichen Gedanken."

„Ihr wolltet hören, ob sie etwas zu sagen hätte", meinte Ricky.

„Sie konnte nicht. Dazu ist sie nicht in der Lage. Aber als der Sheriff sie fragte, ob sie am Todestag ihrer Schwester jemanden gesehen hätte, versuchte sie einen Namen zu nennen. Es war ganz offensichtlich."

„Und der Name?" forderte Sears.

„Was sie herausbrachte, war lediglich ein Gewirr von Konsonanten — wie Glrr, Glrr. Sie wiederholte es einige Male. Hardesty gab auf, er wurde nicht klug daraus."

„Ich denke, das würde niemand", sagte Lewis und schielte zu Sears hinüber.

„Nachher meinte Mr. Rowles, er glaube, sie habe versucht, den Namen ihres Bruders auszusprechen. Stringer, ist das richtig?"

„Stringer", sagte Ricky. Er bedeckte seine Augen mit der Hand.

„Ich verstehe etwas nicht", sagte Don. „Könnte mir jemand erklären, warum das so bedeutsam ist?"

„Ich wußte, daß es kommen würde", sagte Lewis. „Ich wußte es."

„Reiß dich zusammen, Lewis", befahl Sears. „Don, dies werden wir zunächst unter uns besprechen müssen. Aber ich glaube, daß wir dir eine Geschichte schulden, die der deinen ebenbürtig ist. Heute nacht werden wir sie nicht mehr erzählen, aber nachdem wir uns darüber ausgesprochen haben, wirst du — glaube ich — die letzte Geschichte der Altherrengesellschaft zu hören bekommen."

„Dann will ich euch um etwas bitten", sagte Don. „Falls ihr euch entschließt, sie mir zu erzählen, könnte es im Hause meines Onkels geschehen?"

Er sah das Widerstreben der drei alten Herren; sie sahen plötzlich älter aus — sogar Lewis wirkte zerbrechlich.

„Vielleicht ist das keine schlechte Idee", sagte Ricky Hawthorne. „Im Hause deines Onkels hat alles begonnen." Es gelang ihm, Don zuzulächeln. „Ja. Ich glaube, du wirst die letzte Geschichte der Altherrengesellschaft zu hören bekommen."

„Und möge der Herr uns bis dahin beschützen", sagte Lewis.

„Und er schütze uns danach", fügte Sears hinzu.

12

Peter Barnes betrat das Schlafzimmer seiner Eltern und setzte sich aufs Bett, während er seiner Mutter zusah, wie sie ihr Haar bürstete. Sie war in ihrer abwesenden, zerstreuten Stimmung; seit Monaten wechselte sie nun schon zwischen eisiger Kälte und aufdringlicher Mütterlichkeit. Wenn sie sich in der mütterlichen Phase befand, fühlte er oft, daß sie nahe daran war zu weinen; dann hing das Gewicht ungeweinter Tränen in ihrer Stimme und ihren Bewegungen.

Peter war sich immer klar darüber gewesen, daß seine Mutter eine außerordentlich attraktive Frau war — vielleicht keine glänzende Schönheit wie Stella Hawthorne, aber dennoch mehr als hübsch. Sie besaß den Reiz der hochgewachsenen jugendlichen Blondine und die Unbekümmertheit eines Segelboots, das weit draußen am Rande einer Bucht mit dem Wind segelt. Die Männer begehrten sie, er wußte das, obwohl er ungern daran dachte. Auf der Party für die Schauspielerin hatte er gesehen, wie Lewis Benedikt das Knie seiner Mutter streichelte. Bis dahin hatte er blind geglaubt, daß Erwachsensein und Ehe die Befreiung von allen leidenschaftlichen Wirrnissen der Jugend mit sich bringen würden. Aber seine Mutter und Lewis Benedikt hätten ebensogut Jim Hardie und Penny Draeger sein können; sie waren ein viel natürlicheres

Paar als seine Eltern. Und nicht lange nach der Party hatte er gespürt, daß deren Ehe sich aufzulösen begann.

„Wer kommt morgen abend zu der Party?" fragte er.

„Oh, nur die üblichen Leute. Die Freunde deines Vaters. Ed und Sonny Venuti. Ein paar andere. Ricky Hawthorne und seine Frau. Sears James."

„Wird Mr. Benedikt da sein?"

Sie sah ihm in die Augen. „Ich weiß nicht. Vielleicht. Warum? Magst du Lewis nicht?"

„Manchmal schon. Ich sehe ihn nicht sehr oft."

„Niemand sieht ihn sehr oft, Liebling", sagte sie, und das hob seine Stimmung etwas. „Lewis ist ein Einsiedler, außer es handelt sich um fünfundzwanzigjährige Mädchen."

„War er nicht verheiratet?"

Wieder sah sie ihn an, diesmal etwas schärfer. „Was soll das alles, Peter? Ich bin dabei, mein Haar zu bürsten."

„Ich weiß. Es tut mir leid." Nervös glättete Peter den Bettüberwurf mit seiner Hand.

„Nun?"

„Wahrscheinlich wollte ich nur wissen, ob du glücklich bist."

Sie legte die Bürste auf den Toilettentisch. „Wirklich? Aber natürlich bin ich das, Liebling. Jetzt lauf hinunter und sag deinem Vater, daß er sich für das Abendessen zurechtmachen soll."

Peter verließ das Schlafzimmer und ging in das kleine Studio, in dem er seinen Vater fraglos vor dem Fernsehapparat finden würde. Das war ein weiteres Anzeichen dafür, daß die Dinge aus den Fugen gerieten. Peter konnte sich nicht entsinnen, daß sein Vater abends jemals ferngesehen hätte; aber seit einigen Monaten verschwand er unter dem Vorwand, er hätte zu arbeiten, mit seiner Aktentasche im Fernsehzimmer. Minuten später hörte man dann das Leitmotiv irgendeiner bekannten Serie durch die verschlossene Türe.

Er spähte in das Zimmer und sah, daß der Sessel vor den flimmernden Fernsehschirm gerückt war. Eine Schüssel mit Nüssen stand auf dem Tisch, daneben lagen ein Paket Zigaretten und ein Feuerzeug, aber sein Vater war nicht zu sehen.

Peter ging durch die Halle in die Küche. Als er eintrat, ließ sein Vater eben zwei Oliven in einen Martini gleiten. „Peter, alter Sportsfreund", sagte er.

„Hallo, Vater. Mutter sagt, das Abendessen ist bald fertig."

„Ich frage mich, was das wohl heißen mag. Eine Stunde, eineinhalb Stunden?" Er hob sein Glas, lächelte Peter zu und machte einen Zug.

„Oh, Vater..."

„Ja?"

Peter trat beiseite, bohrte die Hände in seine Hosentaschen und wußte plötzlich nicht weiter. „Freust du dich auf die Party?"

„Klar", sagte sein Vater. „Wir werden es nett haben, Pete, du wirst schon sehen. Es wird alles prima laufen."

Walter Barnes wollte die Küche verlassen und ins Fernsehzimmer gehen, als irgendeine Eingebung ihn dazu veranlaßte, sich nach seinem Sohn umzudrehen. Peter, die Hände in den Taschen vergraben, trat von einem Fuß auf den anderen, sein Gesicht spiegelte seine Gemütsbewegung wider. „Hallo, Sportsfreund. Hast du Schwierigkeiten in der Schule?"

„Nein", sagte Peter unglücklich.

„Komm mit mir."

Sie gingen durch die Halle, Peter blieb etwas zurück. Als sein Vater an der Tür des Fernsehzimmers angelangt war, sagte er: „Ich höre, dein Freund Jim Hardie ist immer noch nicht aufgetaucht."

„Nein." Peter brach der Schweiß aus.

„Seine Mutter ängstigt sich zu Tode", sagte sein Vater und stopfte eine Handvoll Nüsse in den Mund. „Eleanor ist eine nette Frau. Aber sie hat den Jungen nie verstanden. Hast du eine Ahnung, wo er hingegangen sein könnte?"

„Nein", sagte Peter und sah krampfhaft auf die Mattscheibe.

„Ist einfach mit seinem Auto abgehauen."

Peter nickte. Am Tag nach seiner Flucht aus dem Haus in der Montgomerystraße war er auf dem Schulweg wieder daran vorbeigegangen und hatte schon von weitem gesehen, daß der Wagen verschwunden war.

„Rollie Draeger wird erleichtert sein", sagte sein Vater. „Wahrscheinlich ist es ein purer Glücksfall, daß seine Tochter nicht schwanger ist."

„Mhm"

„Du kannst dir nicht denken, wo Jim sein könnte?" Sein Vater streifte ihn mit einem Blick.

„Nein", sagte Peter und wagte einen Gegenblick.

„Er hat sich dir nicht anvertraut bei einem eurer Bierabende?"

„Nein", sagte Peter unglücklich.

„Du wirst ihn vermissen", sagte sein Vater. „Vielleicht machst du dir gar Sorgen um ihn — machst du dir Sorgen?"

„Ja", sagte Peter. Er war jetzt den Tränen nahe — wie seine Mutter es oftmals zu sein schien.

„Das brauchst du nicht. Ein Junge wie er wird immer andere in größere Schwierigkeiten bringen als sich selbst. Ich werde dir etwas sagen — ich weiß, wo er steckt."

Peter sah zu seinem Vater auf.

„Er ist in New York. Er läuft vor irgend etwas davon. Und ich frage mich, ob er nicht schließlich doch etwas mit der Rea-Dedham-Affäre zu tun hat. Ist doch seltsam, daß er sich aus dem Staube macht, findest du nicht?"

„Das stimmt nicht", sagte Peter heftig. „Er hat sich nicht davongemacht. Das hat er nicht getan."

„Auf jeden Fall bist du mit uns Alten immer noch besser dran, was?" Als Peter ihm die Antwort schuldig blieb, die er erwartet hatte, ergriff Walter Barnes den Arm seines Sohnes. „Eines mußt du in dieser Welt lernen, Pete. Die Unruhestifter mögen verteufelt anziehend sein, aber du tust besser daran, wenn du sie meidest. Halte dich an Menschen wie unsere Freunde, Leute, wie du sie auf der Party treffen wirst, und du bist auf dem richtigen Weg. Es ist hart genug, sich in dieser Welt zurechtzufinden, man muß Schwierigkeiten nicht auch noch suchen." Er ließ Peters Arm los. „Warum nimmst du dir nicht einen Stuhl und siehst dir die Sendung mit mir an? Bleiben wir doch ein Weilchen beisammen."

Peter setzte sich und tat so, als sähe er zu. Ab und zu hörte er das Knirschen des Schneepflugs, der sich langsam an ihrem Haus vorbeiarbeitete und sich dann in Richtung Stadtplatz entfernte.

13

Am nächsten Tag herrschte draußen wie drinnen eine andere Atmosphäre. Seine Mutter war in keiner ihrer berühmten Stimmungen, sondern fegte glücklich durch das Haus, hantierte mit Staubsauger und Putzlappen, telefonierte und hatte das Radio angestellt. Peter saß oben in seinem Zimmer und hörte Musik, die immer wieder von Schneeberichten unterbrochen wurde. Die Straßen waren in einem derart schlechten Zustand, daß die Schule geschlossen blieb. Sein Vater war zu Fuß zur Bank gegangen. Von seinem Schlafzimmerfenster aus hatte Peter gesehen, wie er sich in Hut, Gummistiefeln und Überzieher auf den Weg machte. Er hatte klein und russisch ausgesehen. Als er am Ende der Straße angelangt war, hatten sich ihm etliche andere Russen — die Nachbarn — zugesellt. Die Schneeberichte wiederholten sich monoton: *Holt den Schlitten raus, Kinder, zwanzig Zentimeter Neuschnee letzte Nacht, für das Wochenende sind neuerliche Schneefälle angesagt; ein Unfall auf Route 17 brachte den Verkehr zwischen Damascus und Windsor zum Erliegen; Wohnwagen auf Route 11 vier Meilen nördlich von Castle Creek umgestürzt...* Kurz vor Mittag kam Omar Norris mit seinem Schneepflug vorbei und begrub zwei Autos unter einer riesigen Schneelawine. Nach dem Mittagessen ließ seine Mutter ihn Eischnee schlagen. Der Tag erschien ihm endlos.

Als er wieder allein in seinem Zimmer war, sah er im Telefonbuch unter *Robinson F.* nach und wählte die Nummer; sein Herz schien ihm aus dem Hals zu hüpfen. Nach zweimaligem Läuten nahm jemand den Hörer ab und legte sofort wieder auf.

Das Radio meldete Katastrophen: Ein zweiundfünfzigjähriger Mann aus Lester starb an einem Herzinfarkt, als er seine Wagenausfahrt freischaufelte; zwei Kinder wurden getötet, als der Wagen ihrer Mutter bei Hillcrest gegen einen Brückenpfeiler raste; in Stamford starb ein alter Mann an Unterkühlung — kein Geld für die Heizung.

Um sechs Uhr ratterte der Schneepflug wieder am Haus vorbei. Peter wartete im Fernsehzimmer auf die Nachrichten. Seine Mutter steckte ihren blonden Kopf zur Tür herein: „Vergiß nicht, dich fürs Abendessen umzuziehen, Peter! Sei einmal schick und binde eine Krawatte um, ja?"

„Wird überhaupt jemand bei dem Wetter kommen?" Er deutete auf den Fernsehschirm — dichtes Schneetreiben, Verkehrsstauungen. Männer trugen die Leiche des Kälteopfers, des sechsundsiebzigjährigen Elmore Vesey, auf einer Bahre aus einer halb verfallenen, fast zugeschneiten Baracke.

„Klar. Die wohnen nicht so weit entfernt." Unerklärbar glücklich segelte sie davon.

Eine halbe Stunde später kam sein Vater mit grauem Gesicht nach Hause, sah herein und sagte: „Hallo, Pete, alles okay?" Dann ging er nach oben, um ein heißes Bad zu nehmen. Um sieben Uhr gesellte er sich wieder zu ihm, Martini in der einen Hand, eine Schale mit Nüssen in der anderen. „Deine Mutter sagt, sie sähe dich gern mit Krawatte. Sie ist guter Laune, mach ihr doch die Freude, ja?"

„Okay", sagte Peter.

„Immer noch kein Wort von Jim Hardie?"

„Nein."

„Eleanor wird verrückt sein vor Sorge."

„Ja, wahrscheinlich."

Er ging in sein Zimmer und legte sich aufs Bett. Bei einer Party aufzuwarten, all die bekannten Fragen („Freust du dich auf Cornell?") beantworten zu müssen, Tabletts mit Drinks herumzureichen — all das war das letzte, wonach es ihn verlangte. Er wünschte nichts mehr, als sich unter einer Decke zusammenrollen zu können und im Bett zu bleiben. Dann konnte ihm nichts geschehen. Der Schnee würde sich um das Haus türmen, die Thermostaten würden sich klickend an- und abschalten, er würde in großen Wogen von Schlaf versinken...

Um sieben Uhr dreißig ging die Glocke. Peter stand auf. Er hörte, wie sein Vater die Tür öffnete, hörte Stimmen, Drinks wurden angeboten. Die Ankömmlinge waren die Hawthornes und ein Mann, dessen Stimme er nicht kannte. Peter schlüpfte aus seinem Hemd und zog ein frisches an. Dann band er sich eine Krawatte um, fuhr mit den Fingern durch sein Haar und verließ das Zimmer.

Als er vom Treppenabsatz herabsah, war sein Vater eben dabei, Mäntel in den Gästeschrank zu hängen. Der Fremde war ein hochgewachsener Mann in den Dreißigern — dichtes blondes Haar, eckiges, freundliches Gesicht, Tweedjacke, blaues Hemd, keine Krawatte. *Kein Anwalt*, dachte Peter.

„Ein *Schriftsteller*", hörte er in diesem Augenblick seine Mutter sagen, „wie interessant."

„Das ist unser Sohn Peter", sagte sein Vater, und die drei Gäste sahen zu ihm herauf, die Hawthornes lächelten, der Fremde warf ihm einen abschätzend interessierten Blick zu. Er schüttelte ihnen die Hände und fragte sich, als er Stella begrüßte — wie immer, wenn er sie sah —, voll Verwunderung, wie eine Frau ihres Alters es schaffte, so blendend auszusehen. „Nett, dich zu sehen, Peter", sagte Ricky Hawthorne und gab ihm einen raschen, kräftigen Händedruck. „Du siehst etwas niedergeschlagen aus."

„Ich bin okay", sagte er.

„Und das ist Don Wanderley. Er ist Schriftsteller und ein Neffe des verstorbenen Mr. Wanderley", sagte seine Mutter. Der Händedruck des Schriftstellers war fest und warm. „Oh, Sie müssen uns von Ihren Büchern erzählen. Peter, würdest du bitte in die Küche gehen und das Eis holen?"

„Sie sehen Ihrem Onkel ähnlich", sagte Peter.

„Danke."

„Pete, das *Eis*."

Stella Hawthorne sagte: „An einem Abend wie diesem hätte

ich meine Drinks gern kochend."

Seine Mutter unterbrach sein Lachen — „Pete, das Eis bitte" — und wandte sich Stella mit einem flüchtigen, nervösen Lächeln zu. „Nein, im Augenblick scheint die Straße ganz in Ordnung zu sein", hörte er Ricky Hawthorne zu seinem Vater sagen. Er ging in die Küche und begann das Eis in einen Behälter zu schlagen. Die Stimme seiner Mutter war viel zu laut und drang bis zu ihm.

Einen Augenblick später stand sie neben ihm, nahm etwas aus dem Grill und schaute ins Backrohr. „Sind die Oliven und die Crackers draußen?" Er nickte. „Dann gib das hier auf ein Tablett und reich es herum, Pete." Es waren Eierröllchen und Hühnerleber in Speck, er verbrannte sich die Finger, als er sie aufs Tablett legte. Seine Mutter trat hinter ihn und hauchte einen Kuß auf seinen Nacken. „Peter, du bist so lieb." Sie wirkte beschwipst, ohne getrunken zu haben. „Also, was muß ich jetzt tun? Oh — Kapern und Sardellen passieren und in einen Topf geben. Du siehst prima aus, Peter. Ich bin so froh, daß du eine Krawatte trägst."

Wieder läutete die Glocke, wieder bekannte Stimmen: Harlan Bautz, der Dentist, und Lou Price, der wie der Bösewicht aus einem Gangsterfilm aussah. Und ihre Frauen, beide gleich steif und brav wie die Lämmchen.

Als er das erste Tablett herumreichte, kamen die Venutis an. Sonny Venuti stopfte ein Eierröllchen in den Mund, flötete „Wärme!" und küßte ihn auf die Wange. Sie hatte Glotzaugen und wirkte verhärmt. Ed Venuti, der Partner seines Vaters, sagte: „Freust du dich schon auf Cornell, mein Sohn?" Sein Atem roch nach Gin.

„Ja, Sir."

Aber das hörte Ed Venuti schon nicht mehr; er nahm gerade einen Drink, den ihm sein Vater reichte.

Als er mit seinem Tablett vor Harlan Bautz stand, klopfte ihm der Dentist auf den Rücken und sagte: „Ich wette, du kannst es gar nicht mehr erwarten, nach Cornell zu gehen, was, Junge?"

„Ja, Sir." Er flüchtete in die Küche.

Seine Mutter rührte eine grünliche Masse in einer dampfenden Kasserolle. „Wer kam denn eben?"

Er sagte es ihr.

„Gieß' das noch zu und stell' es wieder in den Ofen", sagte sie und gab ihm den Topf. „Ich muß hinaus und guten Tag sagen. Oh, ich bin heute so *festlich* gestimmt."

Sie ging, und er blieb allein in der Küche. Er goß den Rest der grünlichen Masse in die Kasserolle und rührte um. Als er den Topf in das Backrohr schob, erschien sein Vater und sagte: „Wo ist das Tablett mit den Drinks? Ich hätte nicht so viele Martinis machen sollen, wir haben lauter Whiskytrinker. He, der Abend läuft gut, Peter. Du solltest dich mit dem Schriftsteller unterhalten, er ist ein interessanter Knabe. Ich glaube, er schreibt Gruselgeschichten — Edward hat einmal so etwas Ähnliches gesagt. Interessant, was? Ich wußte, du würdest dich gut unterhalten mit unseren Freunden. Tust du doch, oder?"

„Wie?" Peter schloß die Tür des Backrohrs.

„Dich gut unterhalten."

„Ja."

„Okay. Geh hinaus und sprich mit den Leuten." Er schüttelte verwundert den Kopf. „Junge, deine Mutter ist wie aufgezogen. Sie unterhält sich großartig. Es ist schön, sie wieder in guter Form zu sehen."

Das war sie, ganz „aufgezogen", sie sprach ohne Unterlaß, in eine Wolke von Zigarettenrauch gehüllt, flitzte weg von Sonny Venutis Seite, nahm hastig eine Schüssel mit Oliven und bot sie Harlan Bautz an.

„Man sagt, daß Milburn von der Umwelt abgeschnitten würde, wenn es so weitergeht", sagte Stella Hawthorne, und ihre tiefe Stimme klang wesentlich angenehmer als die seiner Mutter und Mrs. Venutis. Vielleicht war auch das der Grund, warum das Gespräch verstummte. „Wir haben nur einen einzigen Schneepflug, und die Landesschneepflüge wird man auf den Autobahnen benötigen."

Lou Price, der neben Sonny Venuti auf einer Couch saß, sagte: „Man sehe sich einmal an, wer unseren Schneepflug bedient. Der Stadtrat hätte sich nie von Omar Norris' Frau überreden lassen sollen. Omar ist die meiste Zeit zu blau, um zu sehen, wohin er fährt."

„Also wirklich, Lou, das ist das einzige, was Omar Norris das ganze Jahr über tut — und heute kam er zweimal hier vorbei." Seine Mutter verteidigte Omar Norris etwas zu überschwenglich. Peter sah, daß sie immer wieder zur Tür blickte, und wußte, daß sie fieberhaft nach jemandem Ausschau hielt, der noch nicht eingetroffen war.

„Er schläft wohl dieser Tage im Güterwaggon oder in seiner Garage", sagte Lou Price. „Das heißt, wenn seine Frau ihn so nahe heranläßt. Möchtest du, daß ein Kerl wie er mit einem Zweitonnenschneepflug an deinem Wagen vorbeifährt?"

Es läutete, und seine Mutter ließ beinahe ihr Glas fallen.

„Ich mache auf", sagte Peter und ging zur Tür. Es war Sears James. Sein Gesicht unter der breiten Krempe seines Hutes sah müde aus und war so weiß, daß seine Wangen fast blau wirkten. Er nahm seinen Hut ab und entschuldigte sich für die Verspätung.

Zwanzig Minuten lang bot Peter Häppchen an, reichte neue Drinks und wich jeder Unterhaltung aus. Wann immer er zu seiner Mutter hinübersah, war sie mitten in einem Satz, und ihre Augen huschten zur Tür. Lou Price klärte Harlan Bautz lautstark über die Zukunft der Sojabohne auf, Mrs. Bautz langweilte Stella Hawthorne mit Einrichtungsvorschlägen. („Ich sage Ihnen, nehmen Sie Rosenholz.") Ed Venuti, Ricky Hawthorne und sein Vater standen in einer Ecke und sprachen über das Verschwinden von Hardie. Peter kehrte in die sterile Ruhe der Küche zurück, lockerte seine Krawatte und bettete seinen Kopf auf eine grünbespritzte Anrichte. Nach fünf Minuten läutete das Telefon. „Laß nur, Walter, ich gehe schon dran", hörte er seine Mutter im Wohnzimmer rufen.

Wenige Sekunden später verstummte das Signal am Küchenanschluß, sie hatte den Hörer im Fernsehzimmer abgenommen. Peter blickte auf das weiße Telefon an der Küchenwand. Vielleicht war es jemand anders, als er dachte; vielleicht war es Jim Hardie, der ihm sagen wollte: *He Mann, mach dir keine Sorgen...* Er mußte es wissen. Er nahm den Hörer ab; er würde nicht länger als eine Sekunde horchen.

Es war Lewis Benedikts Stimme, und sein Herz krampfte sich zusammen.

„...kann nicht kommen, Christina", sagte Lewis eben. „Ich kann nicht. In meiner Ausfahrt liegen eineinhalb Meter Neuschnee."

„Jemand ist in der Leitung", sagte seine Mutter.

„Du hast Verfolgungswahn", sagte Lewis. „Es würde zu nichts führen, wenn ich käme, Christina. Das weißt du."

„Pete? Bist du das? Horchst du?"

Peter hielt den Atem an; er hängte nicht ein.

„Oh, Peter hört nicht zu. Warum sollte er?"

„Verdammt, bist du in der Leitung?" Die Stimme seiner Mutter war scharf wie das Brummen einer Hornisse.

„Es tut mir leid, Christina. Wir bleiben Freunde. Geh zu deiner Party zurück und amüsier dich gut."

„Du kannst so ein seichter Schwätzer sein, es ist zum Grausen", sagte seine Mutter und knallte den Hörer auf. Eine Sekunde später legte auch Peter auf.

Er stand da, mit weichen Knien, und war nahezu sicher, was dieses Gespräch bedeutet hatte. Er wandte sich blindlings dem Küchenfenster zu. Schritte. Die Tür hinter ihm öffnete sich und wurde wieder geschlossen. Hinter seinem eigenen Spiegelbild im Fenster — das so erschöpft aussah wie damals, als er in ein leeres Zimmer in der Montgomerystraße geschaut hatte, erkannte er das zornige Gesicht seiner Mutter. „Hast du dein Teil mitbekommen, Spion?" Und dann sah Peter in ein kleines Gesicht, aber dieses Gesicht war keine Spiegelung in der Fensterscheibe, sondern befand sich direkt außerhalb des Fensters: ein flehendes, verzerrtes, kindliches Gesicht. Das Kind winkte ihm, herauszukommen.

„Gib es zu, du Spion", befahl seine Mutter hinter ihm.

Peter schrie; er stopfte seine Faust in den Mund, um den Schrei zu ersticken, und schloß die Augen.

Dann umfingen ihn die Arme seiner Mutter, und er hörte ihre Stimme, die Entschuldigungen murmelte und in der keine

Tränen mehr hingen. Ihre Tränen lagen jetzt warm auf seinen Wangen. Die Stimme seiner Mutter wurde übertönt von Sears James, der gerade deklamierte: „Ja, Don kam hierher, um sein Haus in Besitz zu nehmen, aber er wird uns auch bei der Lösung eines kleinen Problems behilflich sein — bei einer Nachforschung.“ Dann eine undeutliche Stimme, vielleicht die Sonny Venutis. Sears antwortete: „Wir baten ihn, Vergangenheit und Hintergrund der kleinen Moore zu untersuchen, jener Schauspielerin, die plötzlich verschwand.“ Undeutliches Stimmengewirr, erstaunt, leicht zweifelnd, voll milder Neugier. Er nahm die Faust aus seinem Mund.

„Ist schon okay, Mutter“, sagte er.

„Pete, es tut mir so leid.“

„Ich werde nichts verraten.“

„Es ist nicht — Pete, es war nicht, wie du denkst. Es darf dich nicht unglücklich machen.“

„Ich dachte, es sei vielleicht Jim Hardie“, sagte er.

Es läutete.

Sie löste die Arme von seinem Hals. „Armer Liebling, hast einen lausigen Freund, der weggelaufen ist, und eine verrückte Mutter wie mich.“ Sie drückte einen Kuß auf seinen Hinterkopf. „Und dein frisches Hemd habe ich auch naßgeweint.“

Wieder läutete die Glocke.

„Oh, es kommt noch jemand“, sagte Christina Barnes. „Dein Vater wird die Drinks machen. Bringen wir uns etwas in Ordnung, ehe wir hineingehen, okay?“

„Ist es jemand, den ihr eingeladen habt?“

„Natürlich, Pete, wer sollte es sonst sein?“

„Ich weiß nicht“, sagte er und blickte wieder zum Fenster. Es war niemand zu sehen.

Sie richtete sich auf und fuhr sich über die Augen. „Ich nehme das Essen aus dem Rohr. Du gehst jetzt besser hinein und sagst guten Tag.“

„Wer ist es?“

„Irgendeine Freundin von Sears und Ricky.“

Er ging zur Tür und sah sich um, aber sie hatte sich bereits über den Ofen gebeugt — eine ganz normale Hausfrau, die das Essen für eine Party fertigmacht.

Ich weiß nicht mehr, was wirklich ist und was nicht, dachte er und betrat die Halle. Der Fremde, Mr. Wanderleys Neffe, stand in der Nähe des Torbogens zum Wohnzimmer und war in ein Gespräch vertieft. „Nun, was mich im Moment interessiert, ist der Unterschied zwischen Erfindung und Wirklichkeit. Zum Beispiel — haben Sie vor einigen Tagen Musik gehört? Eine Band, die irgendwo außerhalb der Stadt spielte?"

„Nein, warum?" hauchte Sonny Venuti. „Sie etwa?"

Peter blieb wie angewurzelt stehen und starrte den Schriftsteller an.

„Hallo, Pete", sagte sein Vater. „Ich möchte dich deiner Tischdame vorstellen."

Peter riß sich von Don Wanderley, der ihn neugierig ansah, los und wandte sich seinem Vater zu. Sein Mund wurde trocken. Sein Vater stand neben einer großen Frau mit einem schönen Fuchsgesicht und hatte den Arm um sie gelegt.

Es war das Gesicht, das ihn, wie durch ein umgedrehtes Fernglas, über einen dunklen Platz hinweg gefunden hatte.

„Anna, das ist mein Sohn Pete. Pete, Anna Mostyn."

Für einen Moment kam ihm zum Bewußtsein, daß er auf halbem Weg zwischen der Frau und Don Wanderley stand und Sears James und Ricky Hawthorne zusahen wie bei einem Tennismatch; und daß er selbst und die Frau und Don Wanderley die Endpunkte eines langgestreckten, schmalen Dreiecks bildeten, wie bei einem Brennglas. Dann glitten ihre Augen wieder über ihn hin, und er spürte die Gefahr, in der er sich befand.

„Oh, ich glaube, Peter und ich haben eine Menge zu besprechen", sagte Anna Mostyn.

Aus Don Wanderleys Tagebuch

14

Was meine Einführung in einen etwas weiteren Kreis der Gesellschaft von Milburn hätte sein sollen, endete in einem verheerenden Durcheinander.

Peter Barnes, ein hochgewachsener schwarzhaariger Junge, der einen vernünftigen und empfindsamen Eindruck macht, war die Zeitbombe. Zunächst wirkte er lediglich scheu und zurückhaltend, was bei einem Siebzehnjährigen, der bei einer Party seiner Eltern die Rolle des Servierers übernimmt, verständlich ist. Anzeichen von Zuneigung für die Hawthornes. Auch er springt auf Stella an. Aber hinter seiner Zurückhaltung verbarg sich noch etwas anderes — etwas, das mir allmählich wie — Panik erschien? Verzweiflung? Offenbar ist einer seiner Freunde spurlos verschwunden, und seine Eltern sahen darin den Grund für seine Bedrücktheit. Aber es war mehr als das, ich glaube, daß er Angst hatte — möglicherweise hat mich die Altherrengesellschaft so weit gebracht, fälschlicherweise jedermann Angst zu unterschieben. Als ich Sonny Venuti gegenüber eine meiner wichtigtuerischen Bemerkungen machte, blieb Peter wie angewurzelt stehen und starrte mich an. Seine Augen waren richtig forschend auf mich gerichtet, und ich glaubte zu wissen, daß er dringend mit mir sprechen wollte, und zwar keineswegs über Bücher. Das Überraschende war, daß ich dachte, auch er habe die Dr.-Rabbitfoot-Musik gehört.

Und falls es so ist —

falls es so ist —

dann befinden wir uns mitten in Dr. Rabbitfoots Rache. Und ganz Milburn wird in die Luft gehen.

Seltsamerweise war ein Wort von Anna Mostyn die Ursache für Peters Ohnmacht. Er zitterte, als er ihrer ansichtig wurde. Ich bin ganz sicher: Er hatte Angst vor ihr. Nun ist Anna Mostyn nicht weit davon entfernt, eine Schönheit zu sein. Ihre Augen lassen unmittelbar an Norfolk und Florenz denken, von wo ihre Ahnen stammen — so sagt sie. Für Ricky und Sears hat sie sich offenbar unentbehrlich gemacht. Sie vermittelt den Eindruck von Freundlichkeit, Mitgefühl und Intelligenz, ohne ihre Mitmenschen mit diesen hervorragenden Eigenschaften zu überwältigen. Sie ist diskret und ruhig und scheint bei oberflächlicher Betrachtung eine ausnehmend beherrschte, selbstsichere junge Frau zu sein. Sie ist wirklich bemerkenswert unaufdringlich. Und sie ist auf unerklärliche Weise sinnlich. Aber es scheint eine *kalte,* selbstbezogene, selbstgefällige Sinnlichkeit zu sein. Ich sah, wie sie Peter Barnes während des Abendessens einen Moment lang mit dieser Eigenschaft herausforderte. Er hatte die meiste Zeit auf seinen Teller gestarrt, was seinen Vater zu immer größerer Wichtigtuerei und Bonhomie zwang und seine Mutter verärgerte; er blickte Anna Mostyn nicht einmal an, obwohl er neben ihr saß. Die anderen Gäste übergingen ihn und schwätzten über das Wetter. Peter brannte darauf, vom Tisch aufzustehen. Anna faßte sein Kinn, und ich wußte, wie der Blick aussah, der ihn treffen würde. Dann sagte sie mit ruhiger Stimme, daß einige Zimmer in ihrem neuen Haus frisch gestrichen werden müßten und sie daran gedacht habe, ob nicht er und einige seiner Schulfreunde vielleicht in ihr Haus kommen wollten, um ihr dabei zu helfen. Er fiel in Ohnmacht. Das altmodische Wort ist völlig passend. Er verlor das Bewußtsein, war weg, kippte vornüber — fiel in Ohnmacht. Ich dachte zuerst, daß er eine Art Anfall habe, und auch die Mehrzahl der anderen dachte vermutlich ähnlich. Stella Hawthorne sorgte für Ruhe, half Peter aus seinem Stuhl, und sein Vater führte ihn hinauf. Kurz darauf war das Dinner beendet.

Und nun bemerkte ich es zum ersten Mal: Alma Mobley, Anna Mostyn. Die Initialen, die große Ähnlichkeit der Namen. Bin ich noch an einem Punkt, wo ich es mir leisten kann,

Zufälliges als „reinen Zufall" zu bezeichnen? Sie ist ganz anders als Alma Mobley; und *doch* ist sie wie sie. Und ich weiß auch, worin sie ihr gleicht. Es ist die Aura der Zeitlosigkeit.

Heute nacht werde ich alle Seiten des Dr.-Rabbitfoot-Romans verbrennen.

DRITTER TEIL

Die Fuchsjagd

Der gesittete Menschengeist aber,
nenne man ihn nun bürgerlich oder lasse ihn eben
einfach als gesittet gelten, kann sich dabei eines
Gefühls des Unheimlichen nicht erwehren.

Dr. Faustus, Thomas Mann

I.
Eva Galli und der Manitu

„Es war sicher Oktober
In der nämlichen Nacht, da ich hier
Im Vorjahr gewandert — und hier
Eine Last hertrug, fürchterlich mir!
Diese Nacht aller Jahrnächte mir,
Welcher Dämon verführte mich hier?"

„Ulalume", E. A. Poe

Lewis Benedikt

1

Zwei Tage lang herrschte Wetterbesserung. Es hatte aufgehört zu schneien, und die Sonne brach durch. Zum ersten Mal seit sechs Wochen kletterte die Temperatur über den Nullpunkt. Der Hauptplatz verwandelte sich in einen suppenartigen Morast, den sogar die Tauben mieden; und als der Schnee zu schmelzen begann, trat der Fluß — ein grauerer, reißenderer Fluß als am Tage, da John Jaffrey sich von der Brücke fallen ließ — aus seinen Ufern. Walter Hardesty und seine Hilfskräfte stapelten Sandsäcke dem Ufer entlang, um eine Überschwemmung zu verhindern; eine Maßnahme, die seit fünf Jahren nicht mehr hatte getroffen werden müssen.

Omar Norris griff glücklich und ganztägig auf die Flasche zurück. Als seine Frau ihn aus dem Haus warf, verzog er sich ohne Skrupel in seinen Güterwaggon und betete inbrünstig in den Hals der halbgeleerten fünften Bouteille, daß der Schneefall ein für allemal vorüber sein möge. Die Stadt entspannte sich während dieser Tage vorübergehender wärmender Erleichterung. Walter Barnes trug in der Bank ein gewagtes, rosa und blau gestreiftes Hemd und fühlte sich acht herrliche Stunden lang nicht wie ein Bankier. Sears und Ricky rissen abgedroschene Witze über Elmer Scales, der die Meteorologen wegen Unzuverlässigkeit verklagen müsse. In das Leben der ehemaligen Freundin von Jim Hardie, Penny Draeger, war ein neuer Mann getreten. Es war ein Fremder mit rasiertem Schädel und dunkler Brille, der „G“ genannt sein wollte, aufregend und geheimnisvoll war, von nirgendwo kam und sagte, er sei Matrose — lauter Dinge, die Penny zu Kopf stiegen. Stella Hawthorne lag in parfümiertem Badewasser und entschloß sich, Harold Sims den Laufpaß zu geben; und sie entschied, daß ihre Frisur ihr wichtiger sei und sie zum Friseur gehen würde. So wurden zwei Tage lang Entscheidungen getroffen, lange Wanderungen unternommen, die Männer fürchteten sich nicht mehr davor, am Morgen auf die Autobahn zu fahren, um in ihre Büros zu kommen — während dieses falschen Frühlings hob sich die allgemeine Stimmung ungemein.

Aber Eleanor Hardie war von Sorgen erschöpft und polierte zweimal täglich das Treppengeländer des Hotels; und John Jaffrey und Edward Wanderley und die anderen lagen unter der Erde; und Nettie Dedham wurde in eine geschlossene Anstalt gebracht und lallte immerzu jene zwei Silben, die sie für den Rest ihrer Tage lallen würde; und Elmer Scales' magerer Körper wurde noch dünner, während er mit seinem Gewehr im Schoß Wache hielt. Die Sonne sank jeden Abend ein bißchen eher, und in der Nacht rückte Milburn zusammen und gefror;

der schwarze Himmel senkte sich drohend. Die drei alten Männer der Altherrengesellschaft vergaßen ihre matten Witze und schleppten sich mühsam durch böse Träume. Zwei Häuser lagen in schicksalsschwerem Dunkel: Das Haus in der Montgomerystraße barg ein Grauen, das von Zimmer zu Zimmer huschte; und alles, was in Edward Wanderleys Haus in der Haven Lane vorging, war ein Rätsel. Don Wanderley wird das Rätsel — sobald er es erkannt haben wird — nach Panama City in Florida und zu einem kleinen Mädchen führen, einem kleinen Mädchen, das sagte: „Ich bin du."

Lewis verbrachte den ersten schönen Tag damit, seine Ausfahrt freizuschaufeln. Er verausgabte sich mit voller Absicht und arbeitete so hart, daß er seinen Anzug völlig durchschwitzte. Mittags schmerzten seine Arme und sein Rücken so, als habe er noch nie in seinem Leben körperlich gearbeitet. Nach dem Essen schlief er eine halbe Stunde, nahm eine Dusche und zwang sich, seine Arbeit zu vollenden. Er schaufelte die letzten Brocken aus dem Weg, aber der Schnee war bereits naß und wesentlich schwerer als am Morgen. Um sechs Uhr dreißig ging Lewis hinein, nachdem er längs der Ausfahrt eine Schneemauer errichtet hatte, die wie ein langgestreckter Bergrücken aussah. Er duschte wieder, steckte das Telefon aus und genehmigte sich zwei Hamburger und vier Flaschen Bier. Er dachte, er würde den Weg bis zu seinem Bett nie mehr schaffen. Als er sein Schlafzimmer endlich erreichte, zog er stöhnend seine Kleider aus, fiel auf das Bett und war augenblicklich eingeschlafen.

Er war nicht sicher, ob er träumte, als er in der Nacht einen schrecklichen Laut hörte: das Heulen des Windes, der all den Schnee wieder in seine Ausfahrt wehte. Es war, als ob er wach sei; und es schien, als höre er noch einen anderen Ton — Musik klang durch den Wind. Er dachte: *Das träume ich.* Aber seine Muskeln schmerzten und zitterten, als er aus dem Bett stieg, und in seinem Kopf drehte sich alles. Er trat ans Fenster, und was er sah, schien direkt einem von Rickys seltsamen alten Filmen entsprungen, so daß er später sicher war, es nicht mit eigenen Augen gesehen zu haben. Der Wind blies, wie er befürchtet hatte, und wehte den Schnee in dünnen Fahnen in die Ausfahrt zurück. Alles war gestochen weiß und schwarz. Auf einer Schneewächte stand ein Mann in der Kleidung eines Spielmanns. Aus seinem Mund hing ein Saxophon, das ebenso weiß war wie das Weiß seiner Augäpfel. Als Lewis, der nicht einmal den Versuch unternahm, seinem vernebelten Hirn eine Deutung dieser Erscheinung abzuringen, auf ihn niederblickte, blies der Musikant einige kaum hörbare Takte, senkte das Saxophon und zwinkerte ihm zu. Seine Haut war schwarz wie der Nachthimmel, und er schien schwerelos auf dem Schnee zu stehen, in den er von Rechts wegen bis zur Mitte hätte versinken müssen. Keiner von deinen Geistern, Lewis, die dir deinen Besitz neiden, die kommen, um dir deine Drosseln und Schneeglöckchen zu rauben; geh ins Bett zurück und träume in Frieden. Aber dumpf vor Erschöpfung stand er immer noch da, die Gestalt betrachtend, und dann sah er, wie sie sich verwandelte — es war John Jaffrey, der ihn von seinem unmöglichen Ansitz aus angrinste, und er hatte Schuhwichse auf Gesicht und Hände geschmiert: weiße Augen, weiße Zähne. Lewis stolperte in sein Bett zurück.

Nachdem er mit Hilfe einer langen heißen Dusche den Schmerz aus seinen Muskeln herausgeschwitzt hatte, ging Lewis hinunter und sah mit Erstaunen aus den Fenstern seines Eßzimmers. Der Schnee war fast zur Gänze von den Bäumen vor seinem Haus verschwunden, naß und glänzend standen sie da. Die Schneewand längs der Ausfahrt war nur mehr halb so hoch wie gestern. Die Wetteränderung hatte angehalten. Der Himmel war weiß und wolkenlos. Wieder sah Lewis zu dem kleiner gewordenen Schneegebirge neben der Ausfahrt und schüttelte den Kopf: noch ein Traum. Edwards Neffe hatte ihm den Gedanken eingegeben, als er von der Hauptfigur seines ungeschriebenen Buches erzählte, jenem schwarzen Musikanten mit dem komischen Namen. *Er läßt uns seine Bücher träumen,* dachte er und schmunzelte.

Er ging in die Küche und setzte einen Kessel mit Wasser auf. Dann sah er durchs Fenster. Der Wald schimmerte und glänzte wie die Bäume vor seinem Haus; auf den Wiesen lag nasser, matschiger Schnee, etwas weiter entfernt unter den Bäumen sah er noch weiß und tief aus. Er würde seinen Spaziergang machen, während das Wasser zu kochen begann, und dann zurückkehren und frühstücken.

Draußen überraschte ihn die Wärme; und mehr als das, die warme, wie frisch gewaschene Luft schien ein Schutz zu sein, eine sichere Hülle. Die drohende Vieldeutigkeit seines Waldes war wie weggeschwemmt — die prachtvoll gedämpften Farben der Rinden und Flechten leuchteten, der flaumige Schnee unter den Zweigen wirkte wie ein heller Fleck in einem Aquarell. Lewis' Wald zeigte nichts mehr von der Härte einer Federzeichnung, die er früher an sich gehabt hatte.

Er machte sich auf den Weg, schlenderte dahin, holte tief Atem, sog den Geruch des nassen, vom Schnee bedeckten Laubes ein. Er hatte die Lungen voll köstlicher frischer Luft und fühlte sich jugendlich und gesund. Es war närrisch von ihm, sich an Freddy Robinsons Tod die Schuld zu geben. Und was die flüsternden Stimmen anging, die seinen Namen raunten, hatte er sie nicht schon sein ganzes Leben lang gehört? Es war nichts als das Geräusch des Schnees, der von einem Ast zu Boden fiel, ein bedeutungsloser Laut, dem seine schuldbeladene Seele eine geheimnisvolle Bedeutung zuschrieb.

Er brauchte die Gesellschaft einer Frau, das Gespräch mit einer Frau. Da die Affäre mit Christina Barnes nun endgültig vorbei war, konnte er Annie, Humphreys blonde Kellnerin, zu einem guten Abendessen in sein Haus bitten und sie über Bücher und Malerei plaudern lassen. Ihre intelligente Konversation würde die bösen Geister vergangener Monate bannen. Vielleicht würde er auch Anni einladen, und beide könnten über Bücher und Malerei sprechen. Er würde einige Schnitzer begehen, wenn er mitzuhalten versuchte, aber er würde auch einiges lernen.

Und dann dachte er, daß er Stella Hawthorne vielleicht auf ein, zwei Stunden von Ricky loseisen könnte und einfach in der Tatsache schwelgen würde, daß dieses erstaunliche Gesicht, diese widerborstige Persönlichkeit ihm am Tisch gegenübersäße.

Er war hungrig geworden und freute sich, daß er daran gedacht hatte, Speck und Eier einzukaufen, als er das letzte Mal in Milburn war. Er würde Kaffeebohnen reiben, graues Brot toasten und Tomaten grillen. Nach dem Frühstück würde er die Mädchen anrufen, sie zum Abendessen einladen und sich erzählen lassen, welche Bücher sie gerade lasen. Stella hatte Zeit.

Er war auf halbem Weg zu Hause, als er das Essen roch. Verwundert legte er den Kopf schief. Unverkennbar, der Geruch von Frühstück — eines Frühstücks, das er sich eben ausgemalt hatte: Kaffee, Speck, Eier. Oho, dachte er, *Christina.* Sie hatte wohl, kaum daß Walter in die Bank und Peter zur Schule gegangen waren, den Wagen genommen und war herausgefahren, um ihm eine Szene zu machen. Sie hatte immer noch den Schlüssel zur Hintertür.

Bald war er nahe genug, um das Haus durch die Bäume hindurch zu sehen, und die Frühstücksgerüche wurden intensiver. Er stapfte in seinen schweren Stiefeln vorwärts und überlegte, was er Christina sagen konnte. Es würde schwierig werden, besonders wenn sie sich in einer sanften, reuevollen Stimmung befand — die Frühstücksgerüche deuteten auf letzteres... Dann fiel ihm auf, daß ihr Wagen nicht vor der Garage stand.

Sie parkte immer da. Der Parkplatz war von der Straße aus nicht zu sehen, er befand sich in der Nähe des Hintereingangs. Jedermann parkte da. Aber nicht nur stand Christinas Wagen nicht auf dem pfützenübersäten Hof — es war überhaupt kein Auto da.

Er blieb stehen und schaute vorsichtig zu der grauen Steinfassade seines Hauses hinüber. Als ihm erneut der Duft von Kaffee und Speck in die Nase wehte, schaute Lewis es an, als sähe er es zum ersten Mal: die Kopie eines schottischen Schlosses, das Ende eines Märchenabenteuers, auf gewisse Art verrückt. Lewis stand in seinen nassen Stiefeln mit hungrigem Magen da und starrte das Haus mit erstarrtem Herzen an. Die Fenster glitzerten zu ihm herüber.

Dies war das Schloß einer toten, nicht einer gefangenen Prinzessin.

Langsam näherte sich Lewis, die vorübergehende Sicherheit der Wälder verlassend, dem Haus. Er überquerte den Hof, wo der Wagen hätte stehen sollen. Der Duft des Frühstücks war zum Verrücktwerden stark. Lewis öffnete vorsichtig die Küchentür. Die Küche war leer, aber nicht unberührt. Überall sah man Anzeichen von Geschäftigkeit. Auf dem Küchentisch standen zwei Teller, sein bestes Porzellan. Neben den Tellern lag glänzendes Silberbesteck. Auf dem Tisch standen zwei Kerzen in silbernen Leuchtern. Sie brannten nicht. Eine Dose Orangenjuice stand vor dem Mixer. Lewis wandte sich dem Herd zu: leere Pfannen auf uneingeschalteten Platten. Der Geruch von Essen war überwältigend. Sein Wasserkessel pfiff, und er nahm ihn vom Feuer.

Neben dem Toaster lagen zwei Scheiben Brot.

„Christina?" rief er und dachte immer noch — nicht ganz logisch —, daß es sich um einen Scherz handeln könnte. Keine Antwort.

Das Eßzimmer war genauso, wie er es verlassen hatte; und als er ins Wohnzimmer kam, war auch hier alles unberührt. Einen Moment stand er schutzsuchend in dem Zimmer, das niemand betreten, roch ein Frühstück, das niemand gekocht hatte. „Christina?" rief er. „Ist da jemand?"

Von oben kam der Laut einer zufallenden Tür. „Hallo?"

Lewis ging auf die Treppe zu und sah hinauf. „Wer ist da?" Sonnenlicht flutete auf den Treppenabsatz, er sah, wie die Staubkörnchen träge über den Stufen tanzten; kein Laut war zu hören. Zum ersten Mal erschien ihm die Größe des Hauses bedrohlich. Lewis räusperte sich.

„Wer ist da?"

Nach einer ganzen Weile begann er treppauf zu steigen. Die helle Diele war still und leer. Lewis' Schlafzimmer lag zur Rechten. Es hatte früher aus zwei Zimmern bestanden, und eine der alten Türen hatte man zugemauert. Die andere war kunstvoll aus schwerem Holz angefertigt worden und trug einen schweren Messingknauf. Wenn man diese Türe schloß, verursachte das einen ganz eigenen dumpfen Laut, und das war der Laut gewesen, den er gehört hatte.

Lewis stand vor der Tür und getraute sich nicht, sie zu öffnen. Er räusperte sich. Er sah sein geräumiges Schlafzimmer vor sich, den Teppich, seine Hausschuhe neben dem Bett, seine Pyjamajacke über einem Stuhl, das Fenster, aus dem er am Morgen geschaut hatte, das Bett. Und er hatte Angst, die Tür zu öffnen, weil er glaubte, er würde den seit vierzehn Jahren toten Körper seiner Frau auf dem Bett liegen sehen.

Schließlich zwang er sich, den schweren Türknauf zu drehen, und das Schloß sprang auf. Lewis schloß die Augen und stieß die Tür auf.

Er öffnete die Augen wieder und blickte in das verschwommene Sonnenlicht, das durch die langgestreckten Fenster gegenüber der Tür ins Zimmer strömte. Ein blaugestreifter Pyjama hing über einem Stuhl; Geruch von verwestem Fleisch.

Willkommen, Lewis.

Mutig betrat Lewis sein Schlafzimmer und stand im einfallenden Licht der Morgensonne da. Er sah auf das leere Bett. Der Fäulnisgeruch war ebenso rasch verschwunden, wie er gekommen war. Er roch nichts als die Schnittblumen, die auf einem Tisch vor dem Fenster standen. Er ging zum Bett und berührte zögernd das Leintuch; es war warm.

Eine Minute später war er wieder unten und am Telefon. „Otto, hast du Angst vor dem Wildhüter?"

„Ach, Lewis, die laufen, wenn sie mich sehen. An einem Tag wie diesem willst du mit den Hunden hinaus? Komm lieber auf einen Schnaps."

„Und dann gehen wir hinaus", sagte Lewis. „Bitte."

2

Als die Glocke läutete, verließ Peter das Klassenzimmer und ging den Gang hinunter zu seinem Schrank. Die Schüler schoben sich durch die verschiedenen Abteilungen des Hauses, und die meisten seiner Klassenkameraden betraten Millers Zimmer, wo der Geschichtsunterricht stattfand. Er tat so, als suche er nach einem Buch. Tony Drexler, einer seiner Freunde, blieb einige unerträglich lange Augenblicke an seiner Seite und fragte schließlich: „Schon was von Jim gehört?“

„Nein“, sagte Peter, während er sich tiefer in seinen Schrank verkroch.

„Ich wette, er ist bereits in Greenwich Village.“

„Möglich.“

„Zeit für die Geschichtsstunde. Hast du das Kapitel gelesen?“

„Nein.“

„Verdammter Scheiß“, lachte Drexler. „Ich seh dich gleich.“

Peter nickte. Wenig später war er allein. Er ließ seine Bücher im Schrank, nahm seinen Mantel heraus, warf die Metalltür zu und rannte den Gang entlang zu den Waschräumen. Er schloß sich auf der Toilette ein und wartete, bis die Glocke die Stunde einläutete.

Zehn Minuten später spähte er aus der Tür des Waschraumes. Niemand war zu sehen, und er raste den Korridor entlang. Ungesehen schaffte er auch das Treppenhaus und huschte aus der Tür.

Peter bog in eine Seitenstraße ein, wanderte im Zickzack durch die Stadt, umging den Hauptplatz und das Geschäftsviertel und landete schließlich auf der Underhill Road, die zur Route 17 führte. Er lief sie eine halbe Meile entlang, bis er die Stadt hinter sich gelassen hatte und vor ihm kahle Felder und Baumgruppen lagen.

Als die Autobahn in Sicht kam, erstieg er die matschige

Hügelkuppe und kletterte über die Absperrung aus Aluminium. Dann streckte er seinen Arm aus und winkelte den Daumen ab.

Er mußte Lewis sehen, er mußte mit ihm über seine Mutter sprechen.

In seiner Vorstellung sah er sich mit geballten Fäusten auf Lewis stürzen und auf das hübsche Gesicht einschlagen . . .

Aber dann erschien das Gegenbild eines lachenden Lewis; Lewis, der ihm sagte, er solle sich doch keine Sorgen machen, er sei doch nicht aus Spanien zurückgekehrt, um mit anderer Leute Mütter Affären anzufangen.

Falls Lewis das sagte, würde er ihm von Jim Hardie erzählen. Peter hatte etwa fünfzehn Minuten lang Autostop gemacht, als ein blauer Wagen am Straßenrand hielt. Hinter dem Lenkrad saß ein Mann in mittleren Jahren, der sich seitwärts beugte und die Tür zum Beifahrersitz öffnete. „Wo willst du hin, mein Sohn?" Er war ein untersetzter Mann in einem verknitterten grauen Anzug und einer grünen, zu eng gebundenen Krawatte um den Hals. Irgendwelche Reklamehefte lagen auf dem Rücksitz verstreut. „Nur etwa sechs oder sieben Meilen die Straße hinunter", sagte Peter. „Ich werde es Ihnen sagen, wenn wir in der Nähe sind." Er stieg ein.

„Es ist gegen meine Grundsätze", sagte der Mann und fuhr los.

„Wie bitte?"

„Gegen meine Grundsätze. Autostop ist recht gefährlich, vor allem für einen hübschen Jungen wie dich. Ich glaube, du solltest es lieber nicht tun."

Peter lachte laut auf, was den Fahrer und ihn selbst gleichermaßen erschreckte.

Der Mann hielt an Lewis' Auffahrt, aber er fuhr nicht weiter, ohne Peter noch einige Ratschläge zu geben. „Höre, mein Sohn, du weißt nie, wem du hier draußen auf den Landstraßen begegnest. Es könnte ein Perverser drunter sein." Er faßte nach Peters Arm, als dieser eben die Tür öffnete.

„Versprich mir, daß du es nicht wieder tust. Versprich es mir, mein Sohn."

„Okay, ich verspreche es", sagte Peter.

„Gott ist mein Zeuge, du hast es versprochen." Der Mann ließ Peters Arm los, und der Junge kletterte aus dem Wagen. „Warte, warte noch, nur eine Sekunde." Peter stand ungeduldig neben dem Wagen, während der Mann nach einem der Heftchen auf dem Rücksitz angelte. „Das wird dir helfen, mein Sohn. Lies es und behalte es. Es enthält eine Antwort."

„Eine Antwort?"

„Ja, richtig. Zeig es auch deinen Freunden." Er überreichte Peter eine billig gedruckte Broschüre: *Der Wachturm*.

Der Wagen verschwand auf der Autobahn. Peter schob das kleine Heft in seine Tasche und begann Lewis' Auffahrt hinaufzugehen.

Die Auffahrt war ihm bekannt gewesen, aber von Lewis' Haus hatte er nie mehr gesehen als die grauen Spitzen, auf die man von der Autobahn einen Blick werfen konnte. Peter hatte sich nicht vorgestellt, wie weit entfernt das Haus von der Autobahn lag, wie tief es in Bäume eingebettet war. Als er die erste Biegung der Auffahrt genommen hatte und das Haus teilweise zwischen den Baumstämmen zu sehen war, begann er erstmals an der Richtigkeit seines Vorhabens zu zweifeln.

Er kam näher. Ein schmales Wegband zweigte von der Auffahrt zum Portal des Hauses ab, das langgestreckt vor ihm lag, wie ein ganzer Häuserblock in der Stadt. Geschliffene Fenster warfen das Licht zurück. Die Hauptauffahrt führte um das Haus herum und endete in einem gepflasterten Hof, der von Ställen flankiert war. Er wagte sich nicht vorstellen, daß er ein derart imposantes Gebäude je betreten könnte: Es sah aus, als könnte man eine Woche lang darin umherwandern, ohne wieder herauszufinden. Dieser augenfällige Beweis für Lewis' Abgeschiedenheit, für sein Anderssein, ließ Peters gesamte Pläne ins Wanken geraten.

Das Betreten dieses Hauses schien ihm auf bedrohliche Weise dem Betreten des stillen Hauses in der Montgomerystraße gleichzukommen.

Peter ging um das Haus herum und versuchte, diese ganze Großartigkeit mit dem, was er über Lewis dachte, in Einklang zu bringen. Da er die Geschichte des Hauses nicht kannte, erschien es ihm einfach königlich: Es verlangte nach einer neuen Beurteilung seines Besitzers. Immerhin, die Rückseite des Hauses war besser; die Tür zum Hof, die anheimelnden Holzwände der Ställe — hier fühlte Peter sich wohler. Er hatte eben den Pfad entdeckt, der in den Wald führte, als eine Stimme in seinem Inneren ihm zuraunte:

Stell dir Lewis mit deiner Mutter im Bett vor, Peter. Stell dir vor, er liegt auf ihr —

„Nein", flüsterte er.

Stell dir vor, wie sie aussieht, wenn sich ihr nackter Körper unter ihm bewegt, Peter. Stell dir vor —

Peter erstarrte, und augenblicklich verstummte die Stimme. Ein Wagen war von der Autobahn in die Auffahrt eingebogen. Lewis kam nach Hause.

Erst dachte Peter daran, Lewis im Hof zu stellen, aber als der Wagen sich näherte, konnte er es plötzlich nicht ertragen, ihm unter die Augen zu treten, solange ihm die eben vernommene Stimme noch im Ohr klang. Er rannte zu den Ställen hinüber und versteckte sich. Der Wagen seiner Mutter rollte in den Hof.

Peter stöhnte leise und hörte wisperndes Gelächter im alten Gebälk des Stalles.

Er legte sich flach in den Schnee und spähte zwischen den Zweigen eines Rosenbusches hindurch. Seine Mutter stieg aus dem Wagen. Ihr Gesicht war angespannt und blaß vor innerer Erregung — es trug einen starren, ärgerlichen Ausdruck, den er noch nie zuvor an ihr gesehen hatte. Er beobachtete von seinem Versteck aus, wie sie sich in den Wagen beugte und zweimal auf die Hupe drückte. Dann richtete sie sich auf, ging um den Wagen herum und näherte sich dem kleinen Hintereingang des Hauses. Er dachte, daß sie klopfen würde, aber sie wühlte kurz in ihrer Handtasche, zog einen Schlüssel heraus und sperrte auf. Während sie das Haus betrat, hörte er, wie sie Lewis' Namen rief.

3

Lewis steuerte den Morgan um einen schwarzen Teich herum, der sich auf der verlotterten Auffahrt zur Käserei gebildet hatte. Er parkte seinen Wagen direkt vor der Plattform, die Otto als Laderampe diente, schwang sich darauf und betrat die Fabrik durch die metallenen Schwingtüren. Tief sog er den durchdringenden Geruch der Molke ein.

„Lewis!" Otto stand im diffusen Licht auf der anderen Seite der Halle. Umgeben von schwarzen Maschinen überwachte er, wie sich der Käse in runde, flache Holzformen ergoß. Als alle Formen voll waren, trug sie Ottos Sohn Karl zur Waage, notierte Gewicht und Nummer und stapelte sie in einer Ecke. Otto sagte etwas zu Karl, dann kam er auf Lewis zu und ergriff seine Hand. „Schön, dich zu sehen, mein Freund. Aber Lewis, du siehst ja gottsjämmerlich müde aus! Du brauchst meinen hausgemachten Schnaps."

„Und du bist beschäftigt", sagte Lewis. „Aber für einen Schnaps wäre ich dankbar."

„Beschäftigt. Mach dir keine Sorgen wegen ‚beschäftigt'. Karl macht jetzt alles, soll ich mir da Sorgen machen? Er ist ein guter Käser. Fast ein so guter wie ich."

Lewis lächelte, und Otto klopfte ihn auf den Rücken und trampelte vor ihm her zu seinem Büro, einem kleinen Verschlag neben der Laderampe. Er ließ sich in den uralten Sessel hinter seinem Schreibtisch fallen, daß die Federn ächzten. Lewis setzte sich ihm gegenüber.

„Also, mein Freund." Otto beugte sich vor und ergriff eine Flasche und zwei fingerhutgroße Gläser. „Jetzt gönnen wir uns einen ordentlichen Schluck. Damit du wieder rote Wangen kriegst." Er schenkte ein.

Der Alkohol brannte in Lewis' Hals, schmeckte aber wie ein Destillat aus vielen Blumen. „Köstlich."

„Klar ist der köstlich. Ich mache ihn selbst. Hast du dein

Gewehr mitgebracht, Lewis?"
Lewis nickte.
„So. Dachte ich schon. Du bist mir ein schöner Freund, kommst in mein Büro, trinkst meinen Schnaps, ißt meinen schönen frischen Käse — " Otto erhob sich aus seinem Sessel und ging zu einem Eisschrank hinüber, „ — und denkst die ganze Zeit nur daran, hinauszugehen und etwas zu schießen." Er legte ein in Weinblätter gewickeltes Käsestück vor Lewis auf den Tisch und schnitt zwei Scheiben davon ab. Es war eine von Ottos Spezialitäten, die unter seinem Namen verkauft wurden. „Also, sag schon — habe ich recht?"
„Ja, du hast recht."
„Dachte ich schon. Ist ja in Ordnung, Lewis. Ich habe einen neuen Hund gekauft. Sehr guter Hund. Sieht zwei, drei Meilen und wittert auf zehn."
Der Käse war ebensogut wie Ottos Schnaps. „Glaubst du, es wird zu naß sein, um einen Hund mitzunehmen?"
„Nein, nein, unter den großen Bäumen wird es nicht so naß sein. Du und ich, wir werden schon ein Tier aufspüren. Vielleicht sogar einen Fuchs, ha?"
„Und du hast keine Angst vor den Wildhütern?"
„Nein, sie laufen davon, wenn sie mich sehen. Sie sagen: ‚Hu, hu, da kommt der verrückte alte Deutsche mit seinem Gewehr.' "
Als Lewis Ottos Possen lauschte, dachte er, daß Otto für ihn eine andere Art der Altherrengesellschaft repräsentierte — eine weniger komplizierte, aber um nichts weniger wertvolle Freundschaft.
„Gehen wir hinaus und sehen uns den Hund an", sagte er.
Die beiden Männer zogen ihre Mäntel an und verließen das Büro. Auf der Laderampe bemerkte Lewis einen hochgewachsenen, mageren Jungen etwa in Peter Barnes' Alter. Er trug ein weinrotes Hemd und enge Bluejeans und stapelte die schweren Formen auf einen Ladewagen. Einen Augenblick starrte er Lewis an, dann senkte er den Kopf und lächelte.

Als sie auf den Zwinger zugingen, sagte Lewis: „Hast du einen Neuen eingestellt?"

„Ja. Hast du ihn gesehen? Es ist der arme Junge, der die Leiche der alten Dame mit den Pferden fand. Sie lebte in deiner Nähe."

„Rea Dedham", sagte Lewis. Als er über die Schulter zurückblickte, sah ihm der Junge immer noch halb lächelnd nach; Lewis schluckte und wandte sich ab.

„Ja. Er war völlig verstört und ertrug es nicht mehr länger, dort zu bleiben. Er ist ein sehr sensibler Junge, Lewis, und er bat mich um einen Job. Ich drückte ihm einen Besen in die Hand und ließ ihn Maschinen putzen und Käse stapeln. Bis Weihnachten wird es gehen, dann können wir ihn uns nicht mehr leisten."

Rea Dedham, Edward und John; es verfolgte ihn bis hierher.

Otto ließ den neuen Hund aus seinem Zwinger, hockte sich neben ihn und strich ihm über das Fell. Es war ein sehniges graues Tier mit muskulösen Schultern und Hinterläufen. Die Hündin jaulte nicht wie die anderen Hunde, sie sprang auch nicht vor Freude hoch, als sie aus dem Zwinger geholt wurde, sondern stand aufmerksam neben Otto und sah sich mit wachsamen Augen um. Auch Lewis beugte sich nieder, um sie zu streicheln, und der Hund ließ sich seine Liebkosung gefallen und schnupperte an seinen Stiefeln. „Das ist Flossie", sagte Otto. „Was für ein Hund, ha? Was bist du doch für eine Schönheit, meine Flossie. Sollen wir dich ein Stückchen mitnehmen, meine Flossie?"

Zum ersten Mal zeigte die Hündin Anzeichen von Freude, legte den Kopf schief und wedelte mit dem Schwanz. Das gutdressierte Tier, der beglückt daneben hockende Otto, die Nähe der Bäume und der intensive Geruch aus der Käserei — all das schien Lewis von dem Bluejeansjungen hinter seinem Rücken und der Altherrengesellschaft, die hinter dem Jungen lauerte, hinwegzukatapultieren, und er sagte: „Otto, ich möchte dir eine Geschichte erzählen."

„Ja? Gut. Erzähle, Lewis."

„Ich möchte dir erzählen, wie meine Frau gestorben ist."

Otto legte seinen Kopf schräg und sah einen Moment dem Hund an seiner Seite lächerlich ähnlich. „Ja. Gut." Er nickte und strich nachdenklich über die Ohren des Hundes. „Du kannst es mir oben im Wald erzählen, ja? Ich bin froh, Lewis. Ich bin froh."

Lewis und Otto nannten ihre Ausflüge mit Gewehren und Hund Fuchsjagd, und Otto frohlockte bei der Aussicht, einen Fuchs zu entdecken, aber es war ein gutes Jahr her, seit sie etwas geschossen hatten. Die Gewehre und der Hund dienten hauptsächlich als Ausrede für ihre langen Streifzüge durch den Wald oberhalb der Käserei — für Lewis war es nichts anderes als eine sportlichere Version seiner morgendlichen Läufe. Manchmal feuerten sie ihre Gewehre ab, manchmal verbellte einer der Hunde einen Baum. Lewis hätte wohl geschossen, aber meistens sah Otto zu dem verärgerten Tier in den Zweigen auf und sagte lachend: „Komm schon, Lewis, der da ist zu hübsch. Warten wir, bis wir einen häßlicheren finden."

Lewis hatte den Verdacht, daß sie es diesmal mit Flossie zu tun bekämen, wenn sie ihr übliches Spiel spielten. „Flossie wird uns Arbeit geben", sagte er.

„Ja. Es hat mich zweihundert Dollar gekostet, um neben einem Hund wie ein Narr auszusehen, was?"

Sobald sie das Tal verlassen hatten und im Wald waren, spürte Lewis, wie seine Spannung nachließ. Otto zeigte, was sein Hund konnte, er pfiff, um ihn in weitem Bogen loszuschicken, und pfiff ihn wieder zurück.

Sie gingen nun durch dichten Wald. Wie Otto vorausgesagt hatte, war es hier oben kälter und trockener als im Tal. Unter dem dichten Dach der Nadelbäume war es, als hätte niemals Tauwetter geherrscht.

Einmal verlor Lewis Otto zehn Minuten lang aus den Augen, dann sah er dessen rote Jacke wieder zwischen dem Tannengrün blitzen und hörte, wie er sich mit seinem Hund unterhielt. Lewis schulterte seine Remington; über ihm trabte die Hündin witternd auf der Suche nach einer Fährte auf und ab.

Eine halbe Stunde später hatte sie eine gefunden, aber Otto war zu müde, um sie zu verfolgen. Die Hündin gab Laut und raste davon. Otto senkte seinen Schießprügel und sagte: „Ach, Flossie, laß ab." Die Hündin winselte, drehte sich immer wieder nach den beiden Männern um und starrte sie ungläubig an. *Was tut denn ihr beiden Clowns überhaupt?* Dann senkte sie den Schwanz und kam zurück.

„Flossie hat uns aufgegeben", sagte Otto. „Wir sind nicht auf ihrem Niveau. Nimm einen Schluck." Er reichte Lewis die Flasche. „Ich glaube, wir sollten uns aufwärmen, was, Lewis?"

„Kannst du hier irgendwo Feuer machen?"

„Klar kann ich. Da hinten liegt haufenweise trockenes Holz. Du gräbst einfach ein Loch in den Schnee, nimmst deinen Zunder und presto. Feuer."

Als er sah, daß der Hügelkamm nur mehr wenige Meter über ihnen lag, kletterte Lewis hinauf, während Otto Brennholz sammelte. Flossie, die sich nicht mehr für ihn interessierte, sah ihm nach, wie er die Höhe erklomm.

Er hatte nicht erwartet, was er vorfand: Sie waren weiter gegangen, als er gedacht hatte, und unter ihm, jenseits eines langen Waldhanges, sah er einen Streifen Autobahn. Auf der anderen Seite der Autobahn stiegen die Wälder wieder an, aber die wenigen Autos, die auf der Autobahn dahinfuhren, zerstörten den Wald. Und sie zerstörten seine zerbrechliche Stimmung von Wohlbefinden.

Dann war es, als strecke Milburn seine Arme bis hierher nach ihm aus: Eines der Autos, die in raschem Tempo auf der Autobahn dahinfuhren, war Stella Hawthornes Wagen. „Oh Gott", murmelte Lewis und beobachtete, wie Stellas Volvo das Straßenstück direkt unter ihm entlangfuhr. Der Wagen und die Frau, die ihn lenkte, ließen die Erinnerung an die Nacht und den Morgen wiederkehren. Er hätte ebensogut ein Zelt auf dem Hauptplatz aufschlagen können; sogar hier draußen in den Wäldern hörte er das Wispern von Milburn hinter sich.

Der Blinker an Stellas Wagen leuchtete auf, und sie bog in

einen Parkplatz ein. Kurz darauf hielt ein anderer Wagen neben dem ihren. Ein Mann stieg aus, ging zu Stellas Wagenfenster und klopfte, bis sie die Türe öffnete.

Lewis wandte sich ab und stieg den schlüpfrigen Abhang zu Otto hinunter.

Ein kleines Feuerchen brannte. Am Grunde eines in den Schnee gegrabenen Lochs lag ein Bett von Steinen, auf dem die Flammen den Zunder leckten. Otto legte einen großen Zweig ins Feuer, dann noch einen, dann einen ganzen Armvoll, und aus der einzelnen Flamme wuchs ein ganzes Dutzend. „Jetzt kannst du dir die Hände wärmen, Lewis."

„Ist noch Schnaps übrig?" Lewis nahm die Flasche und setzte sich neben Otto auf einen umgestürzten Baumstamm. Otto suchte in seinen Taschen und zog eine hausgemachte, säuberlich in zwei Hälften geschnittene Wurst hervor. Lewis streckte Hände und Füße gegen das Feuer und sagte, an einem Stückchen Wurst kauend: „Eines Abends gingen Linda und ich zu einem Dinner in eine der Suiten des Hotels, das mir gehörte. Linda hat die Nacht nicht überlebt. Otto, ich glaube, dasselbe, was meine Frau erwischte, ist hinter mir her."

4

Peter verließ sein Versteck, überquerte den Hof und spähte durch das Küchenfenster. Pfannen auf dem Herd, ein runder, für zwei gedeckter Tisch: seine Mutter war zum Frühstück gekommen. Ihre Schritte verloren sich im Haus. Sie war offensichtlich auf der Suche nach Lewis Benedikt. Was würde sie tun, wenn sie entdeckte, daß er hier war?

Natürlich ist sie nicht in Gefahr, sagte er zu sich. Es ist nicht *ihr* Haus. Sie kann nicht in Gefahr sein. Sie wird sehen, daß Lewis gar nicht da ist, und wieder nach Hause fahren. Aber die

Situation glich zu sehr jener von damals, als er durch ein Fenster blickte und an der Tür wartete, während ein anderer ein leeres Haus durchkämmte. *Sie wird einfach nach Hause fahren.* Er berührte die Tür und erwartete, daß sie verschlossen sein würde, aber sie öffnete sich einen Spalt.

Diesmal würde er nicht hineingehen. Er hatte zu sehr Angst — und nur ein Teil seiner Angst bestand darin, möglicherweise seiner Mutter zu begegnen und eine Erklärung für sein Hiersein erfinden zu müssen.

Aber er könnte es natürlich tun. Er könnte sagen, daß er mit Lewis etwas besprechen wollte. Irgend etwas. Cornell. Die Studentenverbindung.

Er sah Jim Hardies zerschmetterten Kopf an einer schäbigen Wand hinuntergleiten.

Peter nahm seine Hand von der Tür und ging in den Hof zurück. Es war sowieso ein Hirngespinst: Das ärgerliche Gesicht seiner Mutter ließ keinen Zweifel daran, daß sie ihm sein Märchen von der Studentenverbindung nicht abnehmen würde.

Er trat weiter zurück, und einen Augenblick schien sich die festungsartige Rückansicht von Lewis' Haus zu neigen und ihm zu folgen. Ein Vorhang bewegte sich, und Peter war unfähig, sich zu rühren. Irgend jemand stand hinter dem Vorhang, irgend jemand, nicht seine Mutter. Er sah nur weiße Finger, die den Stoff umklammert hielten. Peter wollte laufen, aber seine Beine rührten sich nicht.

Die Gestalt mit den weißen Fingern neigte ihr Gesicht zum Fenster und grinste auf ihn herunter. Es war Jim Hardie.

Im Inneren des Hauses schrie seine Mutter.

In Peters Beine kam Leben. Er rannte über den Hof und stürzte durch die Hintertür.

Rasch durchquerte er die Küche und lief ins Eßzimmer. Durch einen weiten Türbogen hindurch konnte er die Einrichtung des Wohnzimmers sehen. „Mutter!" Er lief durch das Wohnzimmer. Zwei Ledersofas flankierten den Kamin, antike Waffen hingen an der Wand. „Mutter!"

Jim Hardie betrat lächelnd das Zimmer. Er hob Peter seine

Handflächen entgegen, als wolle er demonstrieren, daß er in friedlicher Absicht kam. „Hallo", sagte er, aber die Stimme war nicht Jims Stimme. Es war nicht die Stimme eines menschlichen Wesens.

„Du bist tot", sagte Peter.

„Es ist ganz komisch damit", antwortete das hardie-ähnliche Wesen. „Du kommst dir gar nicht so vor, wenn du es hinter dir hast. Du fühlst nicht einmal Schmerz, Pete. Es ist fast ein angenehmes Gefühl. Nein, eindeutig, es ist recht angenehm. Und du hast keinen Kummer mehr. Das ist ein großes Plus."

„Was hast du mit meiner Mutter gemacht?"

„Oh, es geht ihr gut. Er ist jetzt bei ihr oben. Du kannst nicht hinauf. Ich soll mit dir reden. Hallo!"

Peter blickte in wilder Verzweiflung auf die Wand mit den Piken und Speeren, aber sie war zu weit entfernt. „Du *existierst* ja gar nicht", schrie er und weinte fast. „Sie haben dich getötet." Er riß eine Lampe von einem Tisch neben einem der Sofas.

„Das ist schwer zu sagen", sagte Jim. „Du kannst nicht behaupten, daß ich nicht existiere, weil ich hier bin. Habe ich dir schon guten Tag gesagt? Das soll ich dir sagen. Laß uns — "

Peter warf dem hardie-ähnlichen Wesen die Lampe mit aller Kraft an die Brust.

Es fuhr sekundenlang fort zu sprechen, während die Lampe durch die Luft flog „ — hinsetzen und — "

Die Lampe zerbarst in einem Schauer von Funken und krachte gegen die Wand.

Peter rannte den Wohnraum entlang und schluchzte fast vor Ungeduld. Zu seiner Rechten lag die schwere Eingangstür, zu seiner Linken ein teppichbelegtes Treppenhaus. Peter rannte die Stufen empor.

Auf dem ersten Treppenabsatz hielt er an und sah, daß sich die Treppe fortsetzte. Am anderen Ende des galerieartigen Ganges konnte er einen weiteren Treppenabsatzes erkennen, der offensichtlich in einen anderen Teil des Hauses führte.

„Mutter!"

Dann hörte er aus nächster Nähe einen wimmernden Laut. Er ging auf Lewis' schwere Holztüre zu und öffnete sie — seine

Mutter stieß einen weiteren erstickten, wimmernden Laut aus. Peter stürzte in das Zimmer.

Und blieb wie erstarrt stehen. Am Fußende eines großen Bettes, das Lewis gehören mußte, stand der Mann aus Anna Mostyns Haus. Von einem Stuhl hing ein gestreifter Pyjama. Der Mann trug eine dunkle Brille und eine Strickkappe. Seine Hände lagen um Christina Barnes' Hals. „Master Barnes", sagte er. „Wie junge Leute doch herumkommen. Und wie ihr doch eure Nasen in anderer Leute Angelegenheiten steckt. Ich denke, Sie benötigen eine Züchtigung, Master Barnes."

„Mutter, sie sind nicht wirklich", sagte er. „Du kannst sie verschwinden lassen."

Die Augen seiner Mutter quollen aus den Höhlen, und ihr Körper zuckte krampfartig. „Hör nicht auf das, was sie sagen, sie setzen sich in deinen Kopf und hypnotisieren dich."

„Oh, dazu bestand für uns keine Notwendigkeit", sagte der Mann.

Peter näherte sich einem breiten Brett unter dem Fenster und griff nach einer Vase mit Blumen.

„Junge", sagte der Mann.

Peter spannte seinen Arm. Das Gesicht seiner Mutter wurde blau, und ihre Zunge hing heraus. Er stieß einen wilden Kehllaut aus und zielte auf den Mann. Zwei kleine, kalte Hände schlossen sich um sein Handgelenk. Eine Welle von Fäulnisgeruch, Gestank eines toten Tieres, das tagelang in der Sonne gelegen hatte, schlug über ihm zusammen.

„So ist's brav, Junge", sagte der Mann.

Die Hutnadel

5

Harold Sims stieg verärgert in den Wagen und zwang so Stella, auf den Beifahrersitz zu rücken. „Was soll diese Idee? Was zum Teufel fällt dir ein, dich so aufzuführen?"

Stella nahm ein Päckchen Zigaretten aus ihrer Handtasche, zündete sich eine an und reichte Harold schweigend die Packung.

„Ich fragte, was das für eine Idee sein soll? Ich mußte fünfunddreißig Meilen fahren, um hierherzukommen."

„Ich denke, es war deine Idee, daß wir uns treffen sollten. Das hast du zumindest am Telefon gesagt."

„Verdammt, ich meinte natürlich in deinem Haus. Das wußtest du."

„Und ich entschloß mich für hier. Du hättest ja nicht kommen müssen."

„Aber ich wollte dich sehen!"

„Also, was macht es dann für einen Unterschied, ob wir uns hier oder in Milburn sehen? Du kannst mir auch hier sagen, was du mir zu sagen hast."

Sims schlug mit der flachen Hand gegen das Armaturenbrett. „Zum Teufel mit dir. Ich stehe unter Streß, unter starkem Streß. Es fehlt mir gerade noch, daß auch du mir Schwierigkeiten machst. Was soll ein Rendez-vous auf diesem gottverlassenen Stück Autobahn für einen Sinn haben?"

Stella blickte um sich. „Oh, ich finde, es ist ein hübscher Ort. Ein ausnehmend hübscher Ort. Aber um deine Frage zu beantworten — der Grund ist natürlich der, daß ich nicht wollte, daß du in mein Haus kommst."

Er sagte: „Du wolltest nicht, daß ich in dein Haus komme", und sah einen Augenblick so dämlich drein, daß Stella wußte, sie war ihm ein Rätsel. Männer, denen man ein Rätsel war, pflegten im allgemeinen völlig unnütz zu sein.

„Nein", sagte sie sanft. „Ich wollte nicht."

„Nun, um Himmels willen, wir hätten uns in irgendeiner Bar treffen können oder in einem Restaurant, oder du hättest nach Binghamton kommen können."

„Ich wollte dich allein sprechen."

„Okay. Ich gebe es auf." Er hob die Hände, als kapituliere er im wahrsten Sinne des Wortes. „Ich nehme an, daß dich mein Problem gar nicht interessiert?"

„Harold", sagte sie, „seit Monaten erzählst du mir nur von deinen Problemen, und ich habe dir mit aller mir zur Verfügung stehenden Aufmerksamkeit zugehört".

Er stieß einen tiefen Seufzer aus, legte seine Hand auf die ihre und sagte: „Gehst du mit mir fort? Ich möchte mit dir weit fortgehen."

„Das ist nicht möglich." Sie tätschelte seine Hand und nahm sie von der ihren. „Nichts dergleichen wird geschehen."

„Zieh nächstes Jahr mit mir fort. Das gibt uns genügend Zeit, Ricky darauf vorzubereiten." Wieder preßte er ihre Hand.

„Du bist nicht nur unverschämt, du bist auch närrisch. Du bist sechsundvierzig, ich bin sechzig, und du hast einen Job." Stella hatte fast das Gefühl, zu einem ihrer Kinder zu sprechen. Diesmal ergriff sie seine Hand mit Nachdruck und legte sie auf das Lenkrad zurück.

„Ach, verdammt", stöhnte er. „Der Teufel soll es holen. Ich habe den Job nur mehr bis Jahresende. Meine Abteilung hat meine Beförderung nicht vorgeschlagen, und das heißt, daß ich gehen muß. Holz hat es mir heute eröffnet. Er sagte, es täte ihm leid, aber er versuche der Abteilung eine neue Richtung zu geben und ich würde nicht kooperieren. Und ich hätte auch nicht genügend publiziert. Nun, ich habe seit zwei Jahren nichts mehr publiziert, aber das war nicht meine Schuld, du weißt, daß ich drei Artikel geschrieben habe und daß alle anderen Anthropologen im Lande sehr wohl publiziert wurden — "

„Das habe ich bereits alles gehört", unterbrach ihn Stella. Sie drückte ihre Zigarette aus. Langsam fing sie an zu begreifen. „Heißt das eigentlich, Harold, daß du mich einlädst, mit dir durchzubrennen, wenn du nicht einmal einen Job hast?"

„Ich will dich bei mir haben."

„Wo hast du vor hinzugehen?"

„Weiß ich noch nicht. Kalifornien vielleicht."

„Oh, Harold, du bist unerträglich banal." Stella explodierte. „Willst du in einem Wohnwagen leben? Trocken Brot essen? Du solltest, statt mich anzujammern, lieber Briefe schreiben und versuchen, einen neuen Job zu bekommen. Und woher willst du wissen, daß ich freudig deine Armut mit dir teile? Ich war deine Geliebte, nicht deine Ehefrau." In letzter Sekunde verbiß sie sich das abschließende „Gott sei Dank".

Mit erstickter Stimme murmelte Harold: „Ich brauche dich."

„Das ist lächerlich."

„Doch. Ich brauche dich wirklich."

Sie sah, daß er den Tränen nahe war. „Nun, du bist nicht nur banal, du badest dich auch in Selbstmitleid. Ich brauchte lange, um es zu erkennen, Harold. Gib zu, in letzter Zeit war unsere Beziehung nicht sehr zufriedenstellend."

„Warum siehst du mich dann noch, wenn ich dir so zuwider bin?"

„Du hattest keine große Konkurrenz. Im übrigen habe ich nicht die Absicht, dich in Zukunft zu sehen. Du wirst in jedem Fall zu sehr damit beschäftigt sein, einen neuen Job zu finden, um dich nach meinen Launen richten zu können. Und ich werde zu sehr damit beschäftigt sein, mich um meinen Mann zu kümmern, als daß ich mir deine Klagen anhören könnte."

„Deinen Mann?" sagte Sims fassungslos.

„Ja, er ist mir viel wichtiger als du, und im Augenblick braucht er mich wesentlich mehr. Ich fürchte, das war's. Wir werden uns nicht mehr sehen."

„Dieser vertrocknete kleine . . . dieser alte klapprige . . . ? Das kann nicht wahr sein."

„Ich warne dich", sagte Stella.

„Er ist so nichtssagend“, jammerte Sims. „Du hast seit Jahren einen Narren aus ihm gemacht.“

„Also gut: Er ist alles eher als vertrocknet, und ich werde mir deine Beschimpfungen nicht mehr länger anhören. Ich hatte mein ganzes Leben eine experimentelle Einstellung zu Männern; Ricky hat sich dem angepaßt, und ich wage zu behaupten, daß dies weit mehr ist, als du zu tun imstande wärst; und falls ich irgend jemanden zum Narren gemacht habe, dann ausschließlich mich selbst. Ich glaube, es ist an der Zeit, daß ich ehrbar werde. *Und.* Wenn dir nicht klar ist, daß Ricky fünfmal so bedeutend ist wie du, dann hast du eine völlig falsche Vorstellung von dir selbst.“

„Du lieber Gott, was kannst du für ein Luder sein“, sagte Harold und riß seine kleinen Augen auf.

Sie lächelte. „‚Du bist das schrecklichste, rücksichtsloseste Geschöpf, dem ich je begegnet bin‘, wie Melvyn Douglas zu Joan Crawford sagte. Ich kann mich an den Titel des Films nicht mehr erinnern, aber Ricky liebt diese Art. Warum rufst du ihn nicht an und fragst ihn, wie der Film heißt?“

„Gott, wenn ich an all die Männer denke, die du zu Dreck gemacht hast.“

„Es waren wenige, bei denen die Verwandlung so erfolgreich glückte.“

„Du Luder.“ Harolds Mund zog sich zu einem gefährlich dünnen Strich zusammen.

„Weißt du, wie alle sich selbst bemitleidenden Männer bist du im Grunde ausnehmend ungeschliffen, Harold. Würdest du bitte meinen Wagen verlassen?“

„Du bist böse mit mir“, sagte er ungläubig. „Ich verliere meinen Job, du läßt mich einfach fallen, und dann bist *du* böse mit mir.“

„Ja, das bin ich. Bitte steig aus, Harold. Kehr in deinen kleinen Hafen von Selbstbezogenheit zurück.“

„Das könnte ich. Ich könnte es auf der Stelle tun.“ Harold beugte sich vor. „Oder ich könnte dich zwingen, Vernunft anzunehmen, indem ich mit dir tue, was du so liebst.“

„Ach so. Du drohst mir mit Vergewaltigung, Harold?“

„Es ist mehr als eine Drohung.“

„Sollte es am Ende ein Versprechen sein?“ sagte sie und sah zum ersten Mal die Roheit in ihm. „Gut, ehe du mich abzuknutschen beginnst, werde ich dir etwas versprechen.“ Stella griff unter den Aufschlag ihrer Jacke und zog eine lange Hutnadel hervor. Seit Jahren trug sie sie bei sich, seit dem Tag, da ihr in Schenectady stundenlang ein Mann gefolgt war. Sie hielt die Hutnadel in der Hand. „Wenn du mich anrührst, bohre ich dir dieses Ding in den Hals, das verspreche ich dir.“ Dann lächelte sie, und es war dieses Lächeln, das ihm seine Niederlage vollends zum Bewußtsein brachte.

Er kletterte aus dem Wagen, als hätte man ihm einen Elektroschock versetzt, und warf die Tür hinter sich zu. Stella wendete den Wagen, gab Gas und fuhr schnell davon.

„Verdammt!“ Er hieb seine eine Faust in die Fläche der anderen Hand. „Ich wünsche von Herzen, daß du einen Unfall hast!“

Sims hob einen Stein auf und schleuderte ihn über die Autobahn. Dann stand er einen Augenblick schweratmend da. „Jesus, was für ein Luder.“ Er war viel zu zornig, um zur Universität zurückzufahren. Sims sah auf den Wald, sah die gefrorenen Wasserlachen zwischen den Bäumen, und dann blickte er über die vier Bahnen der Straße zu dem höher gelegenen trockenen Terrain hinüber.

6

Die Geschichte

„Wir hatten gerade Streit gehabt“, sagte Lewis. „Wir stritten nicht oft, und wenn wir es einmal taten, war ich meistens im Unrecht. Diesmal ging es darum, daß ich eben eines der Stubenmädchen gefeuert hatte. Es war ein Mädchen vom Lande gewesen, irgendwoher aus der Gegend von Malaga. Ich entsinne mich nicht einmal mehr ihres Namens, aber sie war eine Spinnerin — so dachte ich zunächst.“ Er räusperte sich und beugte sich näher zum Feuer. „Der Grund war, daß sie völlig dem Okkultismus verfallen war. Sie glaubte an Zauberei, böse Geister — spanischer Bauernspiritismus. Das alleine hätte mich nicht dazu bewogen, sie hinauszuwerfen, obwohl sie etliche ihrer Kollegen verschreckte, indem sie in allem ein böses Omen sah. Vögel auf der Wiese, unerwarteter Regen, zerbrochenes Glas — alles Omen. Der Grund, warum ich sie feuerte, war, daß sie sich geweigert hatte, eines der Zimmer sauberzumachen.“

„Das ist ein verdammt guter Grund“, sagte Otto.

„Das dachte ich auch, aber Linda fand, ich sei zu hart gegen das Mädchen. Sie hatte sich nie zuvor geweigert, dieses Zimmer zu putzen. Das Mädchen war durch die Gäste verstört, sagte, sie seien böse oder so ähnlich. Es war verrückt.“

Lewis nahm noch einen Schluck von dem Branntwein, und Otto legte noch einen Zweig ins Feuer. Flossie kam näher und legte sich dicht an die Flammen.

„Waren die Gäste Spanier, Lewis?“

„Amerikaner. Eine Frau aus San Francisco namens Florence de Peyser und ein kleines Mädchen, ihre Nichte Alice

Montgomery, ein süßes kleines Ding, etwa zehn Jahre alt. Mrs. de Peyser hatte eine Zofe, die mit ihr reiste, eine Mexikanerin namens Rosita. Sie bewohnten eine große Suite im obersten Stockwerk des Hotels. Wirklich, Otto, du kannst dir kaum weniger gespenstische Leute vorstellen als diese drei. Natürlich hätte Rosita die Suite aufräumen können, und wahrscheinlich tat sie es auch, aber es war die Aufgabe unseres Mädchens, einmal am Tag da hineinzugehen, und da sie sich weigerte, warf ich sie hinaus. Linda bat mich, den Dienstplan zu ändern und einem der anderen Mädchen das Saubermachen der Suite zu übertragen."

Lewis starrte ins Feuer. „Man hörte uns streiten, und auch das kam selten vor. Wir waren draußen im Rosengarten, und ich glaube, ich habe geschrien. Ich fand, es sei eine Grundsatzfrage, und Linda fand das ebenfalls. Natürlich, ich war dumm. Ich hätte den Dienstplan ändern sollen, wie Linda es wünschte. Aber ich war zu stur — in ein paar Tagen hätte sie mich zu ihrem Standpunkt bekehrt, aber dazu lebte sie nicht mehr lange genug." Lewis biß ein Stück von der Wurst ab und kaute eine Weile schweigend daran, ohne etwas zu schmecken. „An diesem Abend lud uns Mrs. de Peyser zum Dinner in ihre Suite ein. Meistens aßen wir allein und gingen den Leuten aus dem Wege, aber ab und zu bat uns ein Gast zum Lunch oder zum Abendessen. Ich dachte, daß Mrs. de Peyser eine freundliche Geste zeigen wolle, und nahm deshalb die Einladung an.

Ich hätte nicht hingehen sollen. Ich war sehr müde, erschöpft. Ich hatte den ganzen Tag schwer gearbeitet. Am Morgen hatte ich geholfen, zweihundert Kisten Wein im Vorratsraum zu verstauen; und den ganzen Nachmittag über hatte ich in einem Tennisturnier mitgespielt. Was ich brauchte, war ein kleiner Imbiß und dann schlafen, aber gegen neun Uhr gingen wir zur Suite hinauf. Mrs. de Peyser gab uns Drinks, und dann bestellten wir beim Kellner das Menü, das er gegen zehn Uhr heraufbringen sollte. Rosita würde servieren, und der Kellner könnte in den Speisesaal zurückkehren.

Nun, ich hatte einen Drink und war bereits benebelt.

Florence de Peyser gab mir noch einen, und alles, was ich dann noch zustande brachte, war der Versuch, mit Alice Konversation zu machen. Sie war ein schönes kleines Mädchen, aber sie sprach kein Wort, außer wenn man ihr Fragen stellte. Sie erstickte an ihren guten Manieren und war so passiv, daß man meinen konnte, sie sei etwas beschränkt. Ich nahm an, daß ihre Eltern sie den Sommer über zu ihrer Tante abgeschoben hatten.

Später fragte ich mich, ob meinem Drink eine Droge beigemischt worden war. Ich begann mich sonderbar zu fühlen, nicht gerade schlecht oder betrunken, aber losgelöst, als würde ich außerhalb meines eigenen Körpers schweben. Linda merkte, daß ich mich nicht wohlfühlte, aber Mrs. de Peyser sagte: ‚Ach was.' Und natürlich sagte ich, daß alles mit mir in Ordnung sei.

Wir setzten uns zum Essen. Es gelang mir, ein paar Bissen hinunterzuwürgen. Aber ich fühlte mich etwas schwindlig.

Alice sprach nichts während des Essens, sondern sah mich nur von Zeit zu Zeit schüchtern an und lächelte, als bereite ich ihr besonderes Vergnügen. So fühlte ich mich ganz und gar nicht. Vielleicht war es nur der Alkohol, der zu meiner Müdigkeit beitrug. Meine Sinne verschwammen, meine Finger und mein Kiefer wurden gefühllos, und die Farben im Raum erschienen blasser, als sie wirklich waren — ich schmeckte das Essen nicht mehr.

Nach dem Dinner schickte die Tante Alice zu Bett. Möglicherweise erschien ich jedermann außer Linda normal, aber alles, was ich wollte, war zu Bett gehen. Die Suite — so groß sie war — schien sich über meinem Kopf zusammenzuziehen und sich auf uns drei, die wir noch immer am Tisch saßen, niederzusenken. Mrs. de Peyser hielt uns bei sich fest, indem sie nicht zu reden aufhörte.

Dann rief mich das Kind zu sich in sein Zimmer. Ich hörte die Stimme ‚Mr. Benedikt, Mr. Benedikt' sagen — wieder, immer wieder, ganz leise. Mrs. de Peyser sagte: ‚Würde es Ihnen etwas ausmachen? Sie mag Sie sehr gerne.' Natürlich sagte ich, ich würde dem Mädchen gerne gute Nacht sagen, aber ehe ich aufstehen konnte, hatte Linda sich erhoben und sagte: ‚Du bist zu müde, um dich zu rühren, Liebling. Laß mich gehen.' ,Nein', sagte Mrs. de Peyser. ,Das Kind will ihn.' Aber es war zu spät. Linda ging bereits auf das Schlafzimmer des Mädchens zu.

Und dann war es für alles zu spät. Linda betrat das Schlafzimmer, und Sekunden später wußte ich, daß etwas Schreckliches geschah. *Denn es war kein Laut zu hören.* Ich hatte das Wispern des Kindes gehört, als es mich rief, und ich hätte Linda zu ihm sprechen hören müssen. Es war die lauteste Stille meines Lebens. Wie durch einen Nebel sah ich, wie Mrs. de Peyser mich anstarrte. Die Stille dehnte sich endlos. Ich stand auf und ging auf das Schlafzimmer zu.

Linda begann zu schreien, ehe ich die Hälfte des Weges zurückgelegt hatte. Es waren schreckliche Schreie... so durchdringend..." Lewis schüttelte den Kopf. „Ich riß die Tür auf und stürzte hinein, als ich das Splittern von Glas hörte. Linda hing wie erstarrt im Fenster, rund um sie her flogen Glasscherben. Dann war sie verschwunden. Ich war gelähmt vor Grauen und brachte keinen Laut heraus. Dann sah ich das Mädchen an — Alice. Sie stand mit dem Rücken zur Wand auf ihrem Bett. Eine Sekunde lang — nein, weniger als eine Sekunde — dachte ich, daß sie mich angrinse.

Ich lief zum Fenster. Hinter mir begann Alice zu schluchzen. Natürlich kam für Linda jede Hilfe zu spät. Sie lag unten im Patio, tot. Eine kleine Gruppe von Leuten, die aus dem Speisesaal getreten waren, um frische Luft zu schöpfen, stand um ihre Leiche. Einige blickten herauf und sahen, wie ich mich aus dem zerbrochenen Fenster beugte. Eine Frau aus Yorkshire schrie auf, als sie mich sah."

„Sie dachte, du hättest Linda aus dem Fenster gestoßen", sagte Otto.

„Ja. Sie machte mir eine Menge Ärger bei der Polizei. Um ein Haar hätte ich den Rest meiner Tage in einem spanischen Gefängnis verbracht."

„Aber Lewis, Mrs. de Peyser und das kleine Mädchen hätten doch erklären können, wie sich alles zugetragen hatte."

„Sie reisten ab. Sie hatten noch für eine weitere Woche gebucht, aber während ich meine Aussage bei der Polizei machte, packten sie und verschwanden."

„Aber hat die Polizei nicht versucht, sie zu finden?"

„Ich weiß es nicht. Ich habe sie nie wieder gesehen. Und ich werde dir noch etwas Komisches berichten. Die Geschichte hat ein groteskes Ende. Bei ihrer Abreise zahlte Mrs. de Peyser mit einer American-Express-Karte. Außerdem hielt sie dem Empfangschef eine kleine Rede — sie sagte, es täte ihr leid, daß sie abreisen müsse, sie wünschte, sie könnte etwas für mich tun, aber es sei ihr unmöglich zu bleiben nach dem Schock, den sie und Alice erlitten hätten. Einen Monat später erfuhren wir von American Express, daß die Karte ungültig war. Die richtige Mrs. de Peyser sei tot, und die Gesellschaft könne keine in ihrem Namen gemachten Schulden begleichen." Lewis lachte. Ein Stück Holz fiel im Feuer zusammen, und glühende Funken stoben in den Schnee. „Sie hat mich übertölpelt", sagte er und lachte wieder. „Nun, was hältst du von dieser Geschichte?"

„Ich finde, es ist eine typisch amerikanische Geschichte", sagte Otto. „Du hättest das Kind fragen müssen, was geschehen war — zumindest, was es dazu gebracht hatte, auf das Bett zu steigen."

„Das habe ich getan. Ich packte und schüttelte sie. Aber sie weinte nur. Dann trug ich sie zu ihrer Tante hinüber und lief hinunter, so schnell ich konnte. Ich hatte nie wieder Gelegenheit, mit ihr zu sprechen. Otto, warum hast du gesagt, das sei eine typisch amerikanische Geschichte?"

„Darum, mein lieber Freund, weil es in deiner ganzen Geschichte geistert. Sogar bei der Kreditkarte geistert es. Und die meisten Gespenster sieht der Erzähler selbst. Und das, mein Freund, ist echt amerikanisch."

„Nun, ich weiß nicht", sagte Lewis. „Otto, ich habe das Bedürfnis, ein paar Minuten allein spazierenzugehen. Bist du mir böse?"

„Nimmst du dein schickes Gewehr mit?"

„Nein, ich werde nichts schießen."

„Nimm die arme Flossie mit."

„Okay. Komm, Flossie."

Der Hund sprang auf, war wieder voll gespannter

Aufmerksamkeit, und Lewis, dem es nun wirklich nicht mehr gelang, so zu tun, als berühre ihn die Erinnerung gar nicht, die seine Erzählung aufgerührt hatte — Lewis verschwand im Wald.

Der Zeuge

7

Peter Barnes ließ die Vase fallen. Der Verwesungsgeruch, der ihn anwehte, verursachte ihm Übelkeit. Er hörte eine hohe Stimme kichern; sein Handgelenk fühlte sich da, wo der unsichtbare Junge ihn festhielt, bereits kalt an. Er wandte sich um und wußte, was er sehen würde. Der Junge, der am Grabstein gehockt war, hielt ihn mit beiden Händen fest und sah ihn voll idiotischer Freude an. Seine Augen waren blankes Gold.

Peter hieb mit der freien Hand auf ihn ein und erwartete, daß das dürre, übelriechende Kind ebenso zerbersten würde wie das hardie-ähnliche Wesen. Statt dessen wich der Junge dem Schlag aus, und sein knochiger Fuß stieß ihn mit der Gewalt eines Preßlufthammers gegen das Schienbein. Der Stoß brachte Peter zu Fall.

„Er soll hersehen, Balg", sagte der Mann.

Der Junge zwängte sich hinter Peter, schraubte seine eiskalten Hände um seinen Kopf und drehte ihn gewaltsam herum. Der furchtbare Verwesungsgestank wurde stärker. Die Hände um Peters Kopf verstärkten ihren Druck. Er hatte das

Gefühl, als würden die Seiten seines Schädels aneinandergedrückt. „Laß mich los!" schrie er verzweifelt, denn er fürchtete, der Junge würde seinen Schädel zermalmen.

Die Augen seiner Mutter waren geschlossen. Ihre Zunge hing noch weiter heraus.

„Sie haben sie getötet", sagte er.

„Oh, sie ist noch nicht tot", sagte der Mann. „Sie ist nur bewußtlos. Wir brauchen sie lebendig, nicht wahr, Fenny?"

Peter hörte grauenerregend schrille Schreie hinter sich. „Sie haben sie erwürgt", sagte er. Der Druck um seinen Kopf ließ nach. Der Junge hielt ihn aber immer noch wie in einer Zange fest.

„Aber nicht zu *Tode*", sagte der Mann und legte eine ironisch-pedantische Betonung in seine Worte. „Vielleicht habe ich ihre arme kleine Luftröhre etwas eingedrückt, und der arme Liebling hat höchstwahrscheinlich arge Halsschmerzen. Aber ihr Hals ist wirklich zu hübsch, nicht wahr, Peter?"

Er ließ eine Hand sinken und hielt Christina Barnes mit der anderen hoch, als wäre sie nicht schwerer als eine Katze. Peter sah große purpurrote Flecken an ihrem Hals.

„Sie haben sie verletzt", sagte er.

„Ich fürchte, ja. Ich wünschte, ich könnte dir den gleichen Dienst erweisen. Aber unsere Gönnerin, jene charmante Frau, in deren Haus du mit deinem Freund eingebrochen bist, will dich für sich behalten. Im Augenblick ist sie in dringenderen Geschäften unterwegs. Aber Großes liegt vor dir, Master Barnes, und vor deinen alten Freunden. Bis dahin wird keiner von euch mehr wissen, was oben und was unten ist. Ihr werdet bald nicht mehr wissen, ob ihr erntet oder sät, nicht wahr, Idiot von einem Bruder?"

Der Junge drückte Peters Kopf schmerzhaft und gab einen wiehernden Laut von sich.

„Was sind Sie?" fragte Peter.

„Ich bin du, Peter", sagte der Mann. Noch immer hielt er seine Mutter mit einer Hand hoch. „Ist das nicht eine nette, einfache Antwort? Freilich ist es nicht die einzige

Antwort. Ein Mann namens Harold Sims, der mit deinen älteren Freunden bekannt ist, würde fraglos sagen, ich sei ein Manitu. Mr. Don Wanderley hat man erzählt, mein Name sei Gregory Benton und ich stamme aus New Orleans. Ich habe allerdings einige äußerst unterhaltsame Monate in New Orleans zugebracht, aber man kann nicht sagen, daß ich dort zu Hause wäre. Ich wurde unter dem Namen Gregory Bate geboren, und als solcher war ich bis zu meinem Tode im Jahre 1929 bekannt. Glücklicherweise habe ich ein Abkommen mit einer charmanten Dame namens Florence de Peyser getroffen, die mir die üblicherweise mit dem Tod verbundenen Unannehmlichkeiten ersparte, die ich, wie ich zugeben muß, fürchtete. Und was fürchtest du, Peter? Glaubst du an Vampire? An Werwölfe?"

Die volltönende Stimme schwang in Peters Innerem nach und wiegte ihn ein, und er brauchte einen Augenblick, um zu realisieren, daß ihm eine Frage gestellt worden war. *„Nein"*, flüsterte er, und dann ging ihm durch den Sinn: Du bist ein *Lügner*.

Und der Mann, der den Hals seiner Mutter umklammert hielt, verwandelte sich, und Peter wußte mit jeder Faser, daß er nicht bloß einen Wolf vor sich hatte, sondern daß er einem übernatürlichen Wesen in Wolfsgestalt gegenüberstand, dessen einziges Ziel das Erwecken von Terror und Chaos und das Töten auf möglichst grausame Art war. Er sah, daß nichts an diesem Wesen menschlich war und daß er sich nur seines einstigen Körpers bediente wie einer Verkleidung. Er erkannte auch, daß das Wesen nicht mehr Herr seiner eigenen Zerstörungswut war, sondern von einem anderen Willen beherrscht und gelenkt wurde. All das erkannte Peter blitzartig. Und die nächste Sekunde bescherte ihm eine noch schlimmere Erkenntnis: daß in dieser abgrundtiefen Nacht eine tödliche Anziehungskraft schlummerte.

„Nein, ich glaube nicht..." stieß er zitternd hervor.

„Oh, doch, das tust du", sagte der Werwolf und setzte seine dunkle Brille auf. „Ich habe es genau gesehen. Ich hätte mich dir ebensoleicht als Vampir zeigen können. Das ist sogar noch schöner. Und kommt der Wahrheit vielleicht noch näher."

„Was sind Sie?" fragte Peter wieder.

„Du könntest mich Dr. Rabbitfoot nennen", sagte das Wesen, „oder den Nachtwächter."

Peter blinzelte.

„Nun muß ich dich leider verlassen. Unsere Gönnerin wird zu gegebener Zeit eine Zusammenkunft mit dir und deinen Freunden arrangieren. Aber ehe wir uns verabschieden, müssen wir unseren Hunger stillen." Er lächelte. Seine Zähne schimmerten weiß. „Halt ihn ganz still", befahl er, und die Hände preßten Peters Kopf mit eiserner Gewalt zusammen. Er begann zu weinen.

Immer noch lächelnd zog das Wesen Christina Barnes näher zu sich, beugte seinen Kopf über ihren Hals und berührte ihre Haut mit seinem Mund. Peter versuchte aufzuspringen, aber die eisigen Hände hielten ihn fest. Das Wesen begann sein grauenhaftes Mahl.

Peter wollte schreien, aber das tote Kind hielt ihm den Mund zu und preßte Peters Kopf gegen seine Brust. Der Fäulnisgeruch, das Entsetzen und die Verzweiflung, das Grauen, gegen diesen abstoßenden Körper gedrückt zu sein, und das größere Grauen, mitansehen zu müssen, was mit seiner Mutter geschah — Peter verlor das Bewußtsein.

Als er erwachte, war er allein. Er lief aus dem Schlafzimmer und rannte den Gang entlang, bis er ein Badezimmer fand. Er drehte das heiße Wasser an und wusch sich immer wieder Gesicht und Hände. Er schluchzte. Seine Mutter war tot. Sie war gekommen, um Lewis zu sehen, und sie hatten sie umgebracht. Sie hatten ihr genau das gleiche angetan wie den Tieren. Sie waren tote Wesen, die wie Vampire von Blut lebten. Aber sie waren keine Vampire, noch waren sie Werwölfe; sie machten einen lediglich glauben, daß sie es wären. Sie hatten sich längst jener unbekannten Gewalt verschrieben, die sie nun beherrschte. Peter dachte an das grüne Licht, das unter einer Türe hervorgeschimmert hatte. *Sie* beherrschte sie. Sie waren Nachtwächter — Wesen der Nacht. Er fuhr mit Lewis' Seife um seinen Mund, rieb und rieb, um den Gestank von Fennys Händen loszuwerden.

Peter erinnerte sich an jenen Abend, als er mit Jim Hardie an der Bar einer schmierigen Landkneipe gesessen hatte, und an Jims Frage, wie es ihm wohl gefiele, ganz Milburn in Flammen aufgehen zu sehen, und er wußte, daß Milburn noch viel Schlimmeres zustoßen würde, falls es ihm nicht gelänge, stärker, tapferer und klüger zu sein als Jim. Die Nachtwächter würden die Stadt systematisch vernichten — sie zu einer Geisterstadt machen —, und es würde nichts zurückbleiben als der Gestank des Todes.

Weil sie nichts anderes wollen als das, sagte er sich, und wieder fiel ihm Gregory Bates bleiches Gesicht ein. *Sie wollen nichts anderes als zerstören.* Er sah das Gesicht Jim Hardies, der sich bedenkenlos in seine wilden Abenteuer stürzte; das Gesicht von Sonny Venuti mit den hervortretenden Augen, das sich ihm zuneigte; das Gesicht seiner Mutter, als sie den Wagen in Lewis' Hof verließ; und es überlief ihn kalt, als er sich der Schauspielerin auf der Party im letzten Jahr entsann, die ihn lächelnden Mundes mit ausdruckslosen Augen angesehen hatte.

Sie waren schon einmal hier.

Es gab nur einen Menschen, der ihm helfen konnte, der nicht denken würde, daß er log oder verrückt war. Er mußte in die Stadt zurück und den Schriftsteller im Archer Hotel aufsuchen.

Wieder kam ihm der Verlust seiner Mutter zum Bewußtsein, und Tränen liefen ihm über die Wangen; aber er durfte nicht weinen. „Oh Mutter", sagte er. „Ich werde ihnen das Handwerk legen. Ich werde sie *fassen.* Ich werde —" Aber die Worte klangen hohl. Sie waren nichts als die verzweifelte Auflehnung eines Jungen. *Sie geben dir diese Gedanken ein.*

Peter blickte nicht mehr zurück, als er die Auffahrt hinunterlief; aber er fühlte das Haus in seinem Rücken. Es schien ihn zu beobachten und sich über seine belanglosen Vorsätze lustig zu machen — als wisse es, daß seine Freiheit nicht größer war als die eines Hundes an der Leine. Jede Sekunde konnte man ihn zurückreißen, seinen Hals verletzen, seinen Atem abschneiden...

Als er das Ende von Lewis' Auffahrt erreicht hatte, sah er neben der Autobahn einen geparkten Wagen, aus dem ihm der Zeuge Jehovas, der ihn auf der Herfahrt mitgenommen hatte, entgegensah. „Komm mit", rief der Mann. „Komm nur mit, mein Sohn."

Peter stürzte sich mitten in den Verkehr. Immer noch hörte er den „Zeugen" rufen: „Komm zurück. Es hat keinen Sinn."

Peter verschwand im Gebüsch längs der anderen Autobahnseite. Aus dem Lärm und Durcheinander des Verkehrs hörte er deutlich heraus, wie der „Zeuge" seinen Wagen startete und ihn auf seinem Weg zurück zur Stadt zu verfolgen begann.

8

Fünf Minuten, nachdem Lewis Ottos Feuer verlassen hatte, begann er sich müde zu fühlen. Flossie schnüffelte an einem Baumstamm, drehte sich nach ihm um und trottete dann weiter.

Das Ärgste an der Geschichte war die Tatsache, daß er Linda gestattet hatte, das Zimmer des Kindes allein zu betreten. Während er erschöpft und benommen an Mrs. de Peysers Tisch saß, hatte er gefühlt, daß die ganze Situation irgendwie falsch war, daß er unwissentlich eine Rolle in einem Spiel spielte. Er hatte Otto nichts davon gesagt: von diesem Schuldgefühl, das ihn während des Essens überkommen hatte. In dem oberflächlichen Geschwätz von Mrs. de Peyser war etwas gewesen, das ihm das Gefühl gab, eine Marionette zu sein, die man tanzen ließ. Warum war er dann sitzen geblieben, warum hatte er krampfhaft versucht, normal zu wirken — warum hatte er Linda nicht beim Arm genommen und war mit ihr fortgelaufen?

Auch Don hatte gesagt, er käme sich vor wie ein Spieler in einem Spiel.

Weil sie dich gut genug kennen, um zu wissen, was du tun wirst.

Aus diesem Grund bist du geblieben. Sie wußten, daß du bleiben würdest.

Der leichte Wind drehte sich, wurde kälter. Die Hündin hob den Kopf, witterte und wandte sich in die Richtung, aus der der Wind kam. Sie lief jetzt schneller.

„Flossie!" schrie er. Das Tier, das ein ganzes Stück vor ihm suchend zwischen den Bäumen auf- und abgelaufen war, kam auf eine Lichtung und schaute sich nach ihm um. Dann sah Lewis erstaunt, daß es den Kopf senkte und zu knurren begann. Im nächsten Augenblick flitzte es davon.

Vor ihm war nichts zu sehen als die buschigen Umrisse der Fichten und da und dort das kahle Gerippe eines Laubbaumes. Schneematsch bedeckte den Abhang. Seine Füße waren kalt. Schließlich hörte er die Hündin bellen und ging dem Ton nach.

Als er sie endlich entdeckte, begann sie zu winseln. Sie stand in einer kleinen vereisten Mulde. Lewis blieb am oberen Rand der Mulde stehen. Riesige, mit Quarz überzogene Steine, die wie die Statuen auf den Osterinseln aussahen, lagen verstreut auf ihrem Grunde. Die Hündin sah zu ihm auf, winselte wieder, wand ihren Körper und streckte sich neben den Steinen auf der Erde aus. „Komm zurück, Flossie", sagte er. Die Hündin drückte sich flach auf den Boden und bewegte den Schwanz.

„Was ist los?" fragte er sie.

Er stieg in die Mulde hinunter. Die Hündin gab ein kurzes, scharfes Bellen von sich, dann rollte sie sich ganz zusammen und schien sich in der Erde verkriechen zu wollen. Sie sah zu einer Fichtengruppe am anderen Ende der Mulde hinüber. Als Lewis durch den Morast stapfte, kroch Flossie auf dem Bauch auf die Bäume zu.

„Geh da nicht hin", sagte er. Die Hündin hatte winselnd den ersten Baum erreicht und verschwand unter den Zweigen.

Er versuchte sie herauszurufen, doch sie kam nicht wieder. Kein Laut drang aus der dichten Fichtengruppe. Verärgert und verzweifelt blickte Lewis zum Himmel und sah schwere Wolken dahintreiben. Die zwei Tage Atempause waren vorüber; es würde wieder schneien.

„Flossie." Das Tier kam nicht wieder, aber als Lewis den

dichten Vorhang aus Fichtennadeln betrachtete, sah er etwas Seltsames. In dem Muster von Nadeln und Zweigen waren deutlich die Umrisse einer Tür zu erkennen. Eine Ansammlung von dunklen Nadeln formte den Türgriff. Es war die perfekteste optische Täuschung, die er je gesehen hatte; sogar die Angeln waren deutlich sichtbar.

Lewis trat noch einen Schritt vor. Er stand nun an der Stelle, wo Flossie sich zu Boden gedrückt hatte. Das Bild wurde immer vollkommener, je mehr er sich den Bäumen näherte. Nun schienen die Nadeln fast die Struktur von glänzendem Holz annehmen zu wollen. Es war kein Zweifel möglich.

Er sah die Tür seines Schlafzimmers vor sich.

Lewis ging langsam darauf zu, bis er das glatte Holz berühren konnte.

Er mußte sie öffnen. Da stand er nun in seinen nassen Stiefeln und wußte, daß all die unerklärlichen Ereignisse in seinem Leben seit einem ganz bestimmten Tag im Jahre 1929 ihn auf dieses hier zugeführt hatten: Sie stellten ihn vor eine wirkliche Tür zu einer unvorhersehbaren Erfahrung. Und falls er eben noch gedacht haben mochte, daß die Geschichte von Lindas Tod keinen Sinn und kein Ende habe (was Don auch von Alma Mobleys Geschichte behauptete), so würde er hinter dieser Tür den Sinn entdecken. Er wußte bereits jetzt, daß diese Tür nicht nur zu einem, sondern zu vielen Räumen führte.

Lewis öffnete die Tür und nahm damit endlich den für ihn vorgesehenen Platz in dem geheimnisvollen Puzzle ein.

Er betrat — und hatte es im vorhinein gewußt — sein Schlafzimmer. Er erkannte es augenblicklich wieder: es war der sonnige, mit spanischen Blumen geschmückte Schlafraum, den Linda und er im Parterre des Hotels bewohnten. Er wandte sich um, sah, wie die Türe sich schloß, und lächelte. Durch die breiten Fenster strömte das Sonnenlicht. Er schaute hinaus auf den grünen Rasen, den Abhang und die Steinstufen, die zum tief unter ihm schimmernden Meer abfielen. Lewis ging auf das Himmelbett zu. Ein dunkelblauer Samtschlafrock lag ordentlich zusammengefaltet an seinem Fußende. Voll inneren Friedens betrachtete Lewis den schönen Raum.

Dann öffnete sich die Türe zur Halle, und Lewis wandte sich lächelnd seiner Frau zu. Im Nebel seines großen Glücks ging er mit ausgestreckten Armen auf sie zu. Er blieb stehen, als er sah, daß sie weinte.

„Liebling, was ist los? Was ist geschehen?"

Sie zeigte ihre Hände, in denen der Körper eines kurzhaarigen Hundes lag. „Einer der Gäste hat ihn im Patio gefunden. Die Leute kamen gerade vom Lunch, und als ich hinzukam, standen sie alle um den armen Kerl herum und starrten ihn an. Es war schrecklich, Lewis."

Lewis küßte sie auf die Wange. „Ich kümmere mich darum, Linda. Aber wie zum Teufel ist er da hingekommen?"

„Man sagt, jemand hätte ihn zum Fenster hinausgeworfen... oh Lewis, wer um alles in der Welt würde so etwas tun?"

„Ich kümmere mich darum. Armes Liebes. Setz dich einen Augenblick hin." Er nahm den Kadaver des Hundes aus den Händen seiner Frau. „Ich bringe das in Ordnung. Mach dir keine Sorgen mehr."

„Aber was wirst du mit ihm machen", klagte sie.

„Im Rosengarten neben John begraben, denke ich."

„Das ist gut. Das ist schön."

Er trug den Hund in Richtung Halle, dann hielt er plötzlich inne. „Sonst war der Lunch in Ordnung?"

„Ja, bestens. Florence de Peyser hat uns heute abend zum Dinner in ihre Suite eingeladen. Hast du Lust dazu nach deinem vielen Tennis? Denk daran, du bist fünfundsechzig."

„Nein, das bin ich nicht." Lewis sah sie fassungslos an. „Ich bin mit dir verheiratet, also bin ich fünfzig. Du machst mich vor der Zeit alt!"

„Ach, was bin ich doch zerstreut", sagte Linda. „Wirklich, ich könnte mich ohrfeigen."

„Ich bin gleich wieder da, und zwar mit einer wesentlich besseren Idee", sagte Lewis und trat durch die Tür in die Halle.

Das Gewicht des Hundes entglitt seinen Händen, und alles war verändert. Durch das Wohnzimmer des Pfarrhauses kam sein Vater auf ihn zu. „Und noch was, Lewis. Deine Mutter verdient ein wenig mehr Rücksichtnahme, weißt du. Du gehst hier aus und ein, als wäre es ein Hotel. Du kommst zu den unmöglichsten Nachtstunden nach Hause. Man hat mir berichtet, daß du manchmal geistige Getränke zu dir nimmst. Nun, ich bin bei Gott nicht prüde, aber das werde ich nicht dulden. Ich weiß, du bist fünfundsechzig — "

„Siebzehn", sagte Lewis.

„Also gut, siebzehn. Unterbrich mich nicht. Du hältst dich wohl für sehr erwachsen. Aber solange du unter diesem Dache lebst, wirst du keinerlei Alkohol zu dir nehmen, verstanden! Und ich wünsche, daß du dich deinem Alter entsprechend verhältst und deiner Mutter etwas zur Hand gehst. Ist das klar?"

„Ja, Sir", sagte er.

„Gut. Das ist Punkt eins. Punkt zwei betrifft deine Freunde. Mr. James und Mr. Hawthorne sind beide hervorragende Männer, und ich würde sagen, daß meine Beziehungen zu ihnen ausgezeichnet sind. Aber Alter und Umstände trennen uns. Ich würde sie nicht meine Freunde nennen, ebensowenig wie sie mich als ihren Freund bezeichnen würden. Und sie besitzen zuviel Geld. Mr. James dürfte einer der reichsten Männer im Bundesstaat New York sein. Weißt du, was das 1928 bedeutet?"

„Ja, Sir."

„Das bedeutet, daß du es dir nicht leisten kannst, mit seinem Sohn mitzuhalten, noch mit Mr. Hawthornes Sohn. Wir führen ein ehrbares, gottesfürchtiges Leben, aber wir sind nicht vermögend. Wenn du dich weiter mit Sears James und Ricky Hawthorne abgibst, sehe ich böse Folgen voraus. Sie haben die Angewohnheiten von Söhnen reicher Männer. Wie du weißt, habe ich die Absicht, dich im Herbst auf die Universität zu schicken, aber du wirst einer der ärmsten Studenten in Cornell sein und darfst dir solche

Angewohnheiten nicht zulegen, Lewis. Sie können dich nur ins Verderben stürzen. Und man tratscht bereits über euch drei und diese Italienerin in der Montgomerystraße. Ich weiß, daß die Söhne von Geistlichen als wild gelten, aber... mir fehlen die Worte." Er sah Lewis ernst in die Augen. „Ich nehme an, daß ich mich deutlich genug ausgedrückt habe."

„Ja, Sir, ich habe verstanden. Ist das alles?"

„Nein, ich weiß nicht, wie ich mir das hier erklären soll." Sein Vater hielt ihm die Leiche eines kurzhaarigen Hundes entgegen. „Er lag tot vor der Kirchentür. Stell dir vor, jemand vom Kirchenrat hätte ihn da liegen sehen. Ich möchte, daß du ihn unverzüglich wegbringst."

„Überlaß das mir", sagte Lewis. „Ich werde ihn im Rosengarten begraben."

Lewis trug den Hund aus dem Wohnzimmer und wandte sich dann nochmals mit einer Frage um. „Hast du deine Sonntagspredigt fertig, Vater?"

Niemand antwortete. Er befand sich in einem unbenutzten Schlafzimmer im obersten Stock des Hauses in der Montgomerystraße. Der einzige Gegenstand im Raum war ein Bett. Die Bodenbretter waren kahl, das Fenster vernagelt. Lewis hatte eine Reifenpanne gehabt, und Sears und Ricky waren unterwegs, Warren Scales' alten Schlitten auszuborgen, während Warren und seine schwangere Frau Einkäufe machten. Auf dem Bett lag eine Frau, aber sie konnte ihm nicht antworten, sie war tot. Ein Leintuch bedeckte ihren Körper.

Lewis ging auf den knarrenden Bodenbrettern auf und ab und flehte zu Gott, daß seine Freunde endlich mit dem Wagen des Bauern zurückkämen. Er konnte die Umrisse des zugedeckten Körpers auf dem Bett nicht mehr ansehen. „Linda", sagte er verzweifelt.

Er stand in einem Raum mit grauen Metallwänden. Eine Glühbirne hing von der Decke. Auf einem Tisch lag der mit einem Leintuch bedeckte Körper seiner Frau. Lewis beugte sich über ihre Leiche und schluchzte. „Ich werde dich nicht im Teich begraben", sagte er, „ich bringe dich in den Rosengarten." Er berührte die leblosen Finger seiner Frau unter dem Leintuch und fühlte, wie sie zuckten. Er fuhr zurück. Voll Entsetzen beobachtete er, wie Lindas Hände unter dem Tuch hervorkrochen. Ihre weißen Hände falteten das Tuch über ihrem Gesicht zusammen. Sie setzte sich auf, und ihre Augen öffneten sich.

Lewis verkroch sich in der äußersten Ecke des kleinen Raumes. Als seine Frau ihre Beine über den Tisch des Leichenschauhauses schwang, schrie er auf. Sie war nackt, und ihre linke Gesichtshälfte war gebrochen und zerkratzt. Mit einer kindlichen, schutzsuchenden Geste streckte er die Hände von sich. Linda lächelte ihn an und sagte: „Was soll mit dem armen Hund geschehen?" Sie zeigte auf eine Tischplatte, auf der ein kurzhaariger Hund in einer Blutlache lag.

Er sah entsetzt zu seiner Frau hinüber, aber neben ihm stand Stringer Dedham, ein braunes Hemd verdeckte seine Armstümpfe. „Stringer, was hast du gesehen?" fragte er.

Stringer lächelte ihn an. „Ich sah dich. Darum sprang ich aus dem Fenster. Sei kein Schwachkopf."

„Du hast mich gesehen?"

„Sagte ich, ich hätte dich gesehen? Wahrscheinlich bin ich der Schwachkopf. *Ich* habe dich nicht gesehen. Deine *Frau* hat *dich* gesehen. Ich sah mein Mädel. Sah sie direkt vor ihrem Fenster am Morgen des Tages, als ich an der Dreschmaschine half. Gott, ich muß ein richtiger Idiot sein."

„Aber was hat sie getan? Was hast du deinen Schwestern zu sagen versucht?"

Stringer warf lachend seinen Kopf zurück, und aus seinem Mund schoß Blut. Er hüstelte. „Heiliger Himmel, ich konnte es kaum glauben, es war so verwirrend, Freund. Hast du je eine Schlange mit abgetrenntem Kopf gesehen? Hast du je diese herausgestreckte Zunge gesehen — und diesen Kopf, diesen Stummel, der nicht größer ist als dein Daumen? Hast du je gesehen, wie sich der Körper fortbewegt, wie er immer wieder in den Staub schlägt?" Stringer lachte laut durch den roten

Schaum vor seinem Mund. „Heiliger Moses, Lewis, was für ein gottverfluchtes Ding. Ehrlich, seit der Zeit kann ich nicht mehr klar denken, es ist, als wäre mein Hirn ein Mischmasch und käme mir bei den Ohren raus. Es ist wie zu der Zeit, als ich meinen Schlaganfall hatte, 1940, weißt du noch? Als meine eine Seite steif wurde? Und du mir mit einem Löffelchen Babykost eingeflößt hast? Brr, hat grauenhaft geschmeckt!"

„Das warst nicht du", sagte Lewis, „das war mein Vater."

„Nun, wie ich dir sagte, alles gerät durcheinander, als hätte man mir den Kopf abgeschlagen und meine Zunge bewege sich trotzdem." Stringer lächelte blutrot und beschämt. „Sag, wolltest du diesen armen alten Hund nicht im Teich versenken?"

„Oh ja, wenn sie zurückkommen", sagte Lewis. „Wir brauchen Warren Scales' Wagen. Seine Frau ist schwanger."

„Die Frau eines römisch-katholischen Bauern geht mich im Augenblick nichts an", sagte sein Vater. „Das Jahr auf dem College hat dich verroht, Lewis." Er blickte lange und traurig auf seinen Sohn. „Und ich weiß auch, daß wir in einem immer roher werdenden Zeitalter leben. Wir sind in die Verdammnis hineingeboren, und für unsere Kinder wird es nur mehr Nacht geben. Ich wünschte, ich hätte dich in sichereren Zeiten aufziehen können. Lewis, dieses Land war einstmals ein Paradies! Felder, soweit das Auge reichte... angefüllt mit den Gaben Gottes! Mein Sohn, als ich ein Junge war, sah ich noch in jedem Spinnennetz die Heilige Schrift. Und nun sind wir nichts als Spinnen, die im Feuer tanzen. Alles Unglück begann mit der Eisenbahn. Davon bin ich überzeugt, mein Sohn. Durch die Eisenbahn kamen Männer zu Geld, die nie zuvor mehr als zwei Dollar auf einem Fleck gesehen hatten. Das eiserne Pferd hat die Landschaft verdorben, und nun wird der finanzielle Zusammenbruch das ganze Land mit Schande bedecken." Und er sah Lewis mit Sears James' klaren, klugen Augen an.

„Ich habe ihr versprochen, sie im Rosengarten zu begraben", sagte Lewis. „Sie werden bald zurück sein mit dem Wagen."

„Dem *Wagen.*" Sein Vater wandte sich angewidert von ihm ab. „Du hast nie auf die wichtigen Dinge gehört, die ich dir zu sagen hatte. Du hast mich verraten, Lewis."

„Du regst dich zu sehr auf", sagte Lewis. „Du wirst einen Schlaganfall kriegen."

„Sein Wille geschehe." Lewis sah auf den ungebeugten Rücken seines Vaters. „Ich werde es jetzt erledigen." Sein Vater gab keine Antwort. „Leb wohl."

Lewis ging durch die Eßzimmertür. In dem leeren Zimmer im Obergeschoß schälte Linda ihren nackten Körper aus dem Leintuch. Sie lächelte ihn mit blutigen Zähnen an; ihre Augen glühten. Dann sprang sie vom Bett. Lewis wich an die Holzwand zurück. Langsam kam sie auf ihn zu. „Du wolltest mich im Teich versenken. Hast du im Teich die Schrift gesehen, Lewis? Oder hat dich der Anblick deines hübschen Gesichts abgelenkt?"

„Nun ist es aus, nicht?" fragte Lewis.

„Ja." Sie war jetzt so nahe, daß er den dunkelbraunen Atem des Todes roch.

Lewis richtete seinen Körper an der rauhen Wand auf. „Was hast du im Schlafzimmer des Kindes gesehen?"

„Ich habe dich gesehen, Lewis. Ich sah, was für deine Augen bestimmt war. Das sah ich."

9

Solange das Unterholz Peter verbarg, war er in Sicherheit. Ein dorniges Gewirr von Zweigen erstreckte sich zwischen ihm und der Straße und verdeckte ihn völlig. Wenige Meter hinter ihm begannen die Bäume, und Peter zog sich vorsichtig in ihre Deckung zurück, um vor dem Mann im Wagen besser geschützt zu sein. Der Zeuge Jehovas hatte den Randstreifen der Autobahn noch immer nicht verlassen. Peter sah über das Brombeergebüsch hinweg das blaue Wagendach schimmern.

Er bewegte sich vorsichtig weiter. Der Wagen schob sich ebenfalls vorwärts. Eine Zeitlang ging es so dahin; Peter, der sich langsam auf der feuchten Erde fortbewegte, und der Wagen, der ihm dicht auf den Fersen blieb, wie ein Haifisch einem Lotsenfisch. Peters einziger Trost war, daß der Fahrer ihn nichtsehen konnte.

Komm heraus, mein Sohn.

„Der Zeuge" sandte wahllos Botschaften aus und versuchte ihn in den Wagen zu locken. Peter verschloß diesen Einflüsterungen Ohr, Herz und Hirn, so gut er vermochte, und stapfte weiter durch den Wald.

Komm schon, Junge. Komm heraus. Ich führe dich zu ihr.

Immer noch vom hohen Brombeergestrüpp und den Bäumen geschützt rannte Peter so lange, bis er einen silberglänzenden Draht vor sich sah, der zwischen mächtigen Eichenstämmen gespannt war. Jenseits des Drahtes war ein weites offenes Feld — leeres weißes Gelände. Der Wagen „des Zeugen" war nirgends zu sehen. Peter sah zur Seite, aber das Gebüsch und die Bäume waren zu hoch und zu dicht, um ihm einen Blick auf das nächstliegende Stück Autobahn zu gewähren. Wenn ihn der Mann auf dem offenen Gelände erblickte, wäre er hilflos, das wußte Peter. Er könnte laufen, aber am Ende würde ihn der Mann erwischen, wie das Ding in der Montgomerystraße Jim erwischt hatte.

Sie interessiert sich für dich, Peter.

Wieder ein wahlloser, auf gut Glück ausgesandter Pfeil ohne wirklicheDringlichkeit.

Sie wird dir alles geben, was du dir wünschst.

Sie wird dir alles geben, was du begehrst.

Sie wird dir deine Mutter wiedergeben.

Der blaue Wagen schob sich in Peters Blickfeld. Er zog sich erschrocken zurück. Der Mann im Wagen hatte seinen Arm um die Lehne des Vordersitzes gelegt und sah über das Feld hinweg, das Peter würde überqueren müssen. *Komm heraus, und wir geben dir deine Mutter wieder.*

Ja. Das würden sie tun. Sie würden ihm seine Mutter wiedergeben, sie würde wie Jim Hardie und Freddy Robinson sein, mit toten Augen und ohne Gedächtnis und nicht mehr Körperlichkeit als ein Mondstrahl.

Verzweifelt hockte Peter sich nieder und versuchte sich zu erinnern, ob es noch eine andere Straße von hier nach Milburn gab. Der geduldige Mann im blauen Wagen machte ihm das Denken schwer. Es wollte ihm nicht einfallen, was sich auf der anderen Seite des Waldes befand — ein Arbeiterviertel? Eine Fabrik? Einen Augenblick verweigerte sein Gehirn ihm die Information, die es mit Sicherheit gespeichert hatte — er fühlte das —, statt dessen gaukelte es ihm Bilder von leerstehenden Gebäuden vor, wo sich hinter verschlossenen Läden dunkle Dinge taten. Was immer jedoch jenseits des Waldes lag — er mußte hin.

Peter stand leise auf und zog sich noch etwas tiefer in den Wald zurück. Dann wandte er der Autobahn den Rücken und begann vom Wagen fortzulaufen. Sekunden später fiel ihm ein, worauf er zurannte. Es war der Bay-Tree-Markt. Er wurde vor allem von den wohlhabenderen Leuten von Milburn frequentiert. Seine Mutter hatte hier stets Obst und Gemüse eingekauft.

Wenn er sich recht erinnerte, würde er weniger als zwanzig Minuten brauchen, um zu dem Markt zu gelangen. Von da würde ihn jemand mit dem Wagen in die Stadt mitnehmen, und er würde sicher das Hotel erreichen.

Fünfzehn Minuten später hatte er nasse Füße, Seitenstechen und eine zerrissene Jacke. Er kroch langsam auf den Waldrand zu, um sich umzusehen, denn er war nicht sicher, wie weit entfernt der Obstmarkt war.

Du verschwendest deine Zeit, Peter. Willst du denn deine Mutter nicht wiedersehen?

Er stöhnte, als er spürte, wie die Gedanken „des Zeugen“ ihn federleicht berührten. Sein Magen krampfte sich zusammen. Auf der Straße vor ihm hielt der blaue Wagen. Peter sah deutlich die Umrisse des vierschrötigen Mannes, der sich im Sitz zurücklehnte und wartete, bis er sich zeigen würde.

Etwa eine Viertelmeile entfernt lag der Bay-Tree-Markt an der Straße. Er befand sich links von Peter, der Wagen sah in die andere Richtung. Wenn er versuchte, den Markt rennend zu erreichen, mußte der Mann zunächst den Wagen auf der Straße wenden, um ihn einzuholen.

Das würde ihm immer noch nicht genügend Zeit verschaffen.

Wieder sah Peter zum Markt hinüber. So viele Wagen standen auf dem Parkplatz. Einer *mußte* einem Bekannten gehören. Er mußte nur hinübergelangen. Einen Augenblick hatte er das Gefühl, ein zitternder, hilfloser Junge von fünf Jahren zu sein, der keine Waffe und keine Hoffnung besaß gegen das mörderische Wesen, das im Wagen auf ihn lauerte, um ihn zu besiegen. Er würde sein Ziel nie erreichen, ohne daß der Mann ihn vorher entdeckte.

In der Tat blieb ihm nur eine einzige Möglichkeit: er mußte das Feld überqueren und auf den Markt zugehen und sehen, was geschehen würde.

Der Mann sah in die andere Richtung, was Peter einen kleinen Vorsprung gab. Er hielt den Atem an und begann über das Feld zu gehen.

Der Wagen näherte sich. *Netter, tapferer Junge. Nette Jungen sollten nicht Autostop machen, oder?* Peter schloß die Augen und stolperte über das Feld.

Dummer, tapferer Junge. Er fragte sich, was der Mann unternehmen würde, um ihn aufzuhalten.

Es dauerte nicht lange, und er wußte es.

„Peter, ich muß mit dir reden. Mach die Augen auf, Peter." Die Stimme gehörte Lewis Benedikt. Peter öffnete die Augen und sah ihn in weiten Hosen, Stiefeln und einer offenen khakifarbenen Armeejacke keine fünfzehn Meter vor sich stehen.

„Du bist gar nicht da", sagte Peter.

„Sei vernünftig, Peter", sagte Lewis und begann auf ihn zuzugehen. „Du kannst mich doch sehen, oder? Du hörst mich? Ich bin da. Bitte höre mich an. Ich will mit dir über deine Mutter sprechen."

Peter, der sich dem lewis-ähnlichen Wesen nicht weiter nähern wollte, blieb stehen und sagte: „Sie ist tot."

„Nein, das stimmt nicht." Auch Lewis blieb stehen, als wolle er Peter nicht ängstigen. „Sie war doch nicht tot, als du sie in meinem Haus gesehen hast?“

„Doch.“

„Das kannst du nicht mit Sicherheit sagen, Peter. Sie wurde ohnmächtig, genau wie du.“ Lewis lächelte Peter an.

„Nein. Sie haben — sie haben ihr den Hals durchgeschnitten. Sie haben sie getötet. Genauso, wie man die Tiere getötet hat.“ Wieder schloß er die Augen.

„Peter, du hast unrecht, und ich kann es dir beweisen. Der Mann im Wagen will dir nicht weh tun. Gehen wir hinüber. Laß uns hinübergehen.“

Peter öffnete die Augen. „Hast du wirklich mit meiner Mutter geschlafen?“

„Manchmal begehen Menschen unseres Alters Fehler. Sie tun Dinge, die sie später bereuen. Aber es hatte nichts zu bedeuten, Peter. Du wirst es sehen, wenn du nach Hause kommst. Du mußt nichts anderes tun, als mit uns nach Hause fahren, und sie wird da sein wie eh und je.“ Lewis lächelte ihn voll Mitgefühl an. „Verurteile sie nicht eines einzigen Fehlers wegen.“ Er begann sich ihm wieder zu nähern. „Vertraue mir. Ich habe immer gehofft, wir würden Freunde werden.“

„Ich auch. Aber du kannst nicht mein Freund sein, denn du bist tot“, sagte Peter. Er beugte sich nieder und hob eine Handvoll Schnee auf.

„Du willst mit einem Schneeball nach mir werfen? Ist das nicht reichlich kindisch?“

„Du tust mir leid“, sagte Peter und warf den Schneeball; und das Ding, das wie Lewis ausgesehen hatte, zerbarst in einem Regen von fallendem Licht.

Er schleppte sich weiter, als habe ihn eine Bombe getroffen, schritt geradewegs durch den Raum, wo Lewis eben noch gestanden hatte. Die Luft prickelte auf seinem Gesicht. Wieder fühlte er die federleichte Berührung in seinem Hirn und wappnete sich.

Aber kein Wort folgte. Statt dessen ging eine Welle von Bitterkeit und Wut über ihn hin, deren Gewalt ihn fast zu Boden warf. Die gleiche abgrundtiefe Schwärze hatte ihn angeblickt, als das Wesen, das seine Mutter hielt, seine Brille abgenommen hatte — die Heftigkeit seiner Bewegung ließ ihn schwanken; aber gleichzeitig witterte er eine Niederlage.

Peter riß erstaunt seinen Kopf herum. Der blaue Wagen fuhr in schneller Fahrt davon.

Vor Erleichterung ging Peter in die Knie. Er wußte nicht warum — aber er hatte gewonnen. Peter setzte sich schwer und ungelenk in den Schnee und versuchte, nicht zu weinen. Wenig später erhob er sich und setzte seinen Weg zum Parkplatz fort; jedes Gefühl in ihm war erstorben. Er konzentrierte sich darauf, ein Bein vor das andere zu setzen. Seine Füße waren eisig. Noch ein Schritt. Nun war er nicht mehr weit vom Parkplatz entfernt.

Dann überfiel ihn das Gefühl süßen Glücks. Seine Mutter flog über den Parkplatz auf ihn zu. „Pete!" rief sie halb schluchzend. „Gott sei Dank!"

Sie lief an den geparkten Wagen vorbei auf das Feld zu. Überwältigt von Gefühlen stand er da und sah ihr entgegen. Sie hatte einen großen Fleck auf der Wange, und ihr Haar war zerzaust wie das einer Zigeunerin. Um ihren Hals war ein Schal gebunden, dessen Mitte ein roter Streifen zierte.

„Du bist davongekommen", sagte er, dumm vor Erleichterung.

„Sie haben mich aus dem Haus gebracht. Dieser Mann —" sie stand wenige Meter von ihm entfernt, und ihre Hände legten sich um ihren Hals. „Sie haben meinen Hals verletzt — ich fiel in Ohnmacht — ich dachte, sie würden dich töten."

„Und ich dachte, du seist tot", sagte er zu ihr. „Oh Mutter."

„Armer Pete." Sie wand ihre Arme um sich. „Schaun wir, daß wir hier wegkommen. Wir müssen sehen, daß uns jemand in die Stadt zurücknimmt. So weit werden wir es schon noch schaffen."

Daß sie, wenn auch noch so schwach, zu scherzen vermochte, bewegte ihn zu Tränen. Er legte die Hand über seine Augen.

„Heb dir die Tränen für später auf. Ich glaube, ich werde eine Woche lang weinen, sobald ich einmal sitze. Sehen wir zu, daß uns jemand mitnimmt."

„Wie bist du von ihnen fortgekommen?" Er ging auf sie zu

und wollte sie umarmen, als sie zurückwich und auf den Parkplatz zuschritt. Er ging neben ihr her.

„Ich nehme an, sie dachten, daß ich mich zu sehr fürchtete, um mich zu bewegen. Und als sie mich hinausschafften, belebte mich die frische Luft. Der Mann lockerte seinen Griff, und ich holte aus und schlug ihm meine Tasche gegen den Magen. Dann lief ich in den Wald. Ich hörte, wie sie nach mir suchten. Niemals, *nie* zuvor in meinem Leben hatte ich solche Angst. Nach einer Weile gaben sie auf. Haben sie dich verfolgt?"

„Nein", sagte er, und seine Spannung ließ nach. „Es war da ein anderer, aber er ist davongefahren — er hat mich nicht erwischt."

„Sie werden uns jetzt in Ruhe lassen", sagte sie. „Jetzt, nachdem wir von dort weg sind."

Er sah sie an, und sie blickte zu Boden. „Ich schulde dir eine Menge Erklärungen, Pete. Aber jetzt ist nicht die richtige Zeit dafür. Ich will nur nach Hause und einen ordentlichen Verband um meinen Hals machen. Wir werden uns etwas ausdenken müssen, was wir deinem Vater erzählen."

„Willst du ihm nicht sagen, was geschehen ist?"

„Laß es uns einfach vergessen, ja?" bat sie und sah ihn flehend an. „Ich werde dir alles erklären — zu gegebener Zeit. Laß uns einfach dankbar sein, daß wir noch am Leben sind."

Sie betraten den Parkplatz.

„Okay", sagte Peter. „Mutter, ich bin so —" Er kämpfte mit seinen Gefühlen, aber sie waren zu komplex, um sie in Worte zu fassen. „Aber wir müssen doch mit jemandem reden. Derselbe Mann, der dich verletzte, hat Jim Hardie getötet."

Sie stand mitten auf dem belebten Parkplatz und wandte sich nach ihm um. „Ich weiß."

„Du weißt es?"

„Ich meine, ich dachte mir so etwas Ähnliches. Beeil dich, Pete. Mein Hals schmerzt. Ich will nach Hause."

„Du sagtest, du wußtest es."

Sie machte eine verzweifelte Handbewegung. „Laß das Kreuzverhör, Peter."

Peter schaute wild um sich und sah, wie die Schnauze des

blauen Wagens an der Seite des Marktes auftauchte. „Oh Mutter", sagte er. „Sie taten es doch. Sie taten es doch. Du bist ihnen nicht entwischt."

„Peter, laß das. Ich sehe jemanden, mit dem wir fahren können."

Als der blaue Wagen die Auffahrt erreicht hatte, ging Peter auf seine Mutter zu und starrte sie an. „Okay. Ich komme."

„Gut, Peter, alles wird wieder, wie es war. Du wirst sehen. Wir haben beide einen schrecklichen Kampf hinter uns, aber ein heißes Bad und ein guter Schlaf werden Wunder wirken."

„Du wirst deinen Hals nähen lassen müssen", sagte Peter und kam näher.

„Nein, natürlich nicht." Sie lächelte ihn an. „Alles, was ich brauche, ist ein Verband. Es ist nur ein Kratzer, Peter. Was machst du da, Peter? Rühr mich nicht an, das tut weh. Es wird wieder zu bluten beginnen."

Der blaue Wagen kam immer näher. Peter streckte die Hände nach seiner Mutter aus.

„Nicht, Peter, wir können gleich einsteigen..."

Er drückte seine Augen fest zu, holte aus und schlug mit aller Kraft seinen Arm gegen den Kopf seiner Mutter. Sekunden später prickelten seine Finger. Er schrie. Eine Hupe erdröhnte ohrenbetäubend laut.

Als er die Augen öffnete, war seine Mutter verschwunden, und der blaue Wagen raste auf ihn zu. Peter stürzte schutzsuchend in eine Lücke zwischen zwei geparkte Autos. Und im Augenblick, als er sie erreicht hatte, hörte er auch schon, wie der vorbeirasende blaue Wagen die beiden Autos streifte und sie ins Wanken brachte.

Dann sah er Irmengard Draeger, Pennys Mutter, aus der Markthalle treten. Sie hielt eine Tüte mit Gemüse im Arm. Er rannte wie ein hakenschlagender Hase zwischen den geparkten Autos auf sie zu.

10

Mrs. Hardie sah ihn neugierig an, als er das Hotel betrat und nach Don Wanderley fragte. Sie nannte ihm die Zimmernummer und beobachtete, wie er die Treppe am Ende der Halle hinaufging. Er wußte, daß sie auf ein Wort von ihm wartete, aber nach der Nervenanspannung, die er eben durchgemacht hatte, war es ihm nicht möglich, auch nur die beiläufigste Unterhaltung mit Jims Mutter zu führen.

Er klopfte an Dons Tür.

„Mr. Wanderley", sagte er, als der Schriftsteller öffnete.

Für Don bedeutete das Erscheinen des zitternden Teenagers vor seiner Tür Gewißheit. Der Ausdruck von Schock und Verlust in Peter Barnes' Zügen sagte ihm, daß jenes Geheimnisvolle, worüber er in diesem Zimmer gebrütet hatte, nicht mehr nur ihn selbst und einige ältere Herren anging.

„Komm herein, Peter", sagte er. „Ich dachte mir schon, daß wir einander bald wiedersehen würden."

Der Junge betrat das Zimmer wie in Trance und ließ sich blindlings auf einen Stuhl fallen. „Es tut mir leid", begann er. „Ich möchte — ich muß —" Er zwinkerte, und es war ihm unmöglich, fortzufahren.

„Warte einmal", sagte Don. Er holte Whisky, goß einen Schluck in ein Glas und reichte es Peter. „Trink das und versuche dich zu beruhigen. Dann erzähl mir einfach, was geschehen ist. Verschwende keine Zeit darauf, nachzudenken, ob ich dir glauben werde oder nicht; ich werde dir glauben. Und Mr. Hawthorne und Mr. James ebenso, wenn ich es ihnen erzähle."

„Meine älteren Freunde", sagte Peter. Er nahm einen Schluck Whisky. „So nannte er sie. Er sagte, Sie glaubten, er hieße Greg Benton."

„Du hast ihn also getroffen", sagte Don.

„Er hat meine Mutter getötet", sagte Peter ausdruckslos. „Sein Bruder hielt mich fest und zwang mich, zuzusehen. Ich glaube — ich glaube, sie tranken ihr Blut. Genau wie bei den Tieren. Und er hat Jim Hardie getötet. Ich war dabei, aber ich bin entkommen."

„Erzähl weiter", sagte Don.

„Und er sagte, jemand — ich kann mich an den Namen nicht mehr erinnern — würde ihn einen Manitu nennen. Wissen Sie, was das ist?"

„Ich habe davon gehört."

Peter nickte zufrieden. „Und er verwandelte sich in einen Wolf. Ich sah ihn. Ich sah, wie es geschah." Peter setzte das Glas ab. Seine Hände zitterten. „Sie *stinken* — sie sind wie verfaulte tote Dinge — ich mußte reiben und reiben überall da, wo Fenny mich berührt hatte."

„Du hast gesehen, wie Benton sich in einen Wolf verwandelte?"

„Ja, das heißt nein, nicht direkt. Er nahm seine Brille ab. Sie haben gelbe Augen. Er wollte, daß ich ihn sehe. Er war nichts als Haß und Tod. Er war wie ein Laserstrahl."

„Ich verstehe", sagte Don. „Ich habe ihn gesehen, aber nie ohne Brille."

„Wenn er die Brille abnimmt, kann er dich dazu bringen, alles zu tun, was er will. Er spricht in deinem Kopf. Und sie können dich Tote sehen lassen, Geister, aber wenn du sie berührst, lösen sie sich gewissermaßen in Luft auf. Aber *sie* nicht. Sie fassen dich und töten dich. Und doch sind sie tot. Sie gehören jemand anderem — ihrer Gönnerin. Sie tun, was *sie* verlangt."

„Sie?" fragte Don und dachte an eine schöne Frau, die bei einer Dinnerparty das Kinn dieses hübschen Jungen in der Hand gehalten hatte.

„Diese Anna Mostyn", sagte Peter. „Aber sie war schon früher da."

„Ja", sagte Don, „als Schauspielerin."

Peter sah ihn voll dankbaren Staunens an.

„Ich habe mir die Geschichte teilweise zusammengereimt, Peter", sagte Don, „eben jetzt in den letzten Tagen." Er sah auf den zitternden Jungen in seinem Stuhl. „Es sieht so aus, als hättest du eine ganze Menge mehr herausgefunden, und zwar in wesentlich kürzerer Zeit."

„Er sagte, er sei *ich*", sagte Peter, und sein Gesicht verzerrte sich. *„Er sagte, er sei ich.* Ich will ihn *töten.*"

„Wir werden das mit vereinten Kräften besorgen", sagte Don.

„Sie sind hier, weil ich hier bin". Ricky Hawthorne sagte, daß diese Dinge, sowie ich mich mit ihm und Sears und Lewis Benedikt zusammentat, ihren Brennpunkt fanden; daß wir sie hier versammelten. Vielleicht hätte es lediglich ein paar tote Schafe oder Kühe oder sonstwas gegeben, wenn ich nicht gekommen wäre. Aber das war nie drin, Peter. Ich konnte nicht wegbleiben — und sie wußten, daß ich kommen mußte. Und nun können sie tun, was sie wollen."

Peter unterbrach ihn. „Alles, was *sie* will, daß sie tun."

„Ja, richtig. Aber wir sind nicht ganz hilflos. Wir können zurückschlagen. Und wir werden es tun. Wir werden uns von ihnen befreien, und jedes Mittel wird uns recht sein. Das ist ein Versprechen."

„Aber sie sind doch schon tot", sagte Peter. „Wie können wir sie dann töten? Ich weiß, daß sie tot sind — sie haben diesen Geruch —"

Er begann wieder in Panik zu verfallen, und Don ergriff seine Hand. „Ich weiß es aus den Geschichten. Diese Dinge sind nicht neu. Sie sind höchstwahrscheinlich seit Jahrhunderten da — vielleicht länger. Seit Hunderten von Jahren schreibt und spricht man darüber. Ich glaube, sie sind das, was die Menschen Vampire oder Werwölfe nennen — und sie stecken hinter Tausenden von Geistergeschichten. Nun, in der Vergangenheit haben die Menschen herausgefunden, was diese Geister endgültig sterben läßt. Pfähle durch das Herz oder silberne Kugeln — du weißt schon. Tatsache ist, daß man sie sehr wohl vernichten kann. Und wenn wir silberne Gewehrkugeln brauchen, wir werden sie vernichten! Aber ich glaube, es wird nicht nötig sein. Du willst deine Rache, ich will die meine, und ich denke, wir werden sie haben."

„Aber das betrifft nur sie", sagte Peter und schaute Don an. „Was machen wir mit *ihr*?"

„Das wird härter werden. Sie ist der General. Aber die Geschichte ist voll von toten Generälen." Es war eine leichtfertige Antwort, aber der Junge wurde ruhiger. „Und nun erzähl mir alles, Peter. Beginne bei Jims Tod, wenn das der Anfang ist. Je besser du dich erinnerst, desto mehr hilft es uns. Versuche also, mir alles zu erzählen."

„Warum hast du das nie jemandem erzählt?" fragte er, als Peter fertig war.

„Weil ich wußte, daß mir niemand glauben würde. Außer Ihnen. Sie haben die Musik gehört."

Don nickte.

„Und es wird mir auch in Zukunft keiner glauben, oder? Sie werden glauben, ich sei wie Mr. Scales mit seinen Marsmenschen."

„Nicht ganz. Die Altherrengesellschaft wird dir glauben. Ich hoffe es zumindest."

„Sie meinen Mr. James und Mr. Hawthorne und..."

„Ja." Sie sahen einander an und wußten, daß Lewis tot war. „Wir sind genug, Peter. Wir vier gegen sie."

„Wann fangen wir an? Was tun wir?"

„Ich treffe die anderen heute abend. Und ich glaube, du solltest nach Hause gehen. Du mußt zu deinem Vater."

„Er wird mir nicht glauben. Ich weiß es. Das würde niemand, außer Sie..." Die Stimme des Jungen verstummte.

„Willst du, daß ich mit dir komme?"

Peter schüttelte den Kopf.

„Wenn du willst, komme ich mit."

„Nein. Ich werde es ihm nicht sagen. Es würde zu nichts führen. Ich werde es ihm später erzählen."

„Vielleicht ist es besser so. Und wenn die Zeit gekommen ist und du meine Hilfe brauchst, dann kannst du auf mich zählen.

Peter, du warst verdammt tapfer. Die meisten Erwachsenen hätten das nicht durchgestanden. Aber in Zukunft wirst du noch tapferer sein müssen. Es könnte sein, daß du sowohl deinen Vater als auch dich selber schützen mußt. Öffne niemandem die Tür, außer du weißt, wer draußen steht."

Peter nickte. „Das mache ich schon, Sie können sich darauf verlassen. Aber warum sind sie eigentlich hier? Warum ist *sie* hier?"

„Das werde ich heute nacht herausfinden."

Peter erhob sich und wollte eben gehen, als er in seiner Tasche ein zusammengefaltetes Heftchen fand. „Ich vergaß. Der Mann im blauen Wagen hat mir das gegeben." Er zog den *Wachturm* heraus und strich ihn auf Dons Schreibtisch glatt. Unter dem Namen stand in großen schwarzen Buchstaben auf billigem Papier gedruckt: *Dr. Rabbitfoot verleitete mich zur Sünde.* Don riß die Broschüre mitten entzwei.

11

Harold Sims stapfte durch den Wald und fühlte sich sowohl von Stella als von sich selbst angewidert. Seine durchweichten Schuhe waren höchstwahrscheinlich beim Teufel. Aber was war das nicht? Er hatte seinen Job verloren, und nun, da er nach wochenlangem Grübeln Stella endlich gefragt hatte, ob sie mit ihm gehen würde, hatte er auch sie verloren. Verdammt, hatte sie tatsächlich angenommen, daß er sie aus einer augenblicklichen Laune heraus gefragt hatte? Kannte sie ihn so schlecht? Er knirschte mit den Zähnen.

Natürlich habe ich bedacht, daß sie sechzig ist, sagte er sich; es hat mir genügend Kopfzerbrechen bereitet. „Ich kam mit reinen Händen zu dieser Hexe", sagte er laut vor sich hin. Sie hatte ihn betrogen, hatte ihn beschimpft. Sie hatte ihn niemals

— er erkannte das erst jetzt — wirklich ernst genommen.

Aber was war sie denn schon? Eine launische alte Schachtel ohne moralische Grundsätze. Intellektuell zählte sie überhaupt nicht.

Und sie war so gar nicht bereit, sich anzupassen. Man beachte ihre Ansicht über Kalifornien — Campingplätze und trocken Brot! Sie war oberflächlich, gehörte nach Milburn. Sie und ihr spießiges, über alte Filme quatschendes Männlein von Ehegemahl.

„Ja?" sagte er. Er hatte aus nächster Nähe einen raschen, wie um Atem ringenden Laut gehört.

„Brauchen Sie Hilfe?" Niemand antwortete. Er stützte die Hände in die Hüften und blickte um sich.

Es war ein menschlicher Laut gewesen, als leide jemand Schmerzen. „Ich helfe Ihnen, wenn Sie mir sagen, wo Sie sind", rief er. Dann zuckte er die Achseln und ging in die Richtung, aus der er den Laut vernommen zu haben glaubte.

Dann sah er den Leichnam unter der Fichtengruppe liegen und blieb stehen.

Es war ein Mann — beziehungsweise das, was von einem Mann übriggeblieben war. Sims zwang sich, hinzusehen. Das war ein Fehler, denn um ein Haar hätte er sich erbrochen. In seinen Ohren rauschte es. Er beugte sich über den zerschmetterten Kopf: Es war Lewis Benedikt. Neben seinem Kopf lag der Kadaver eines Hundes. Zuerst dachte Sims, der Hund sei ein abgetrenntes Stück von Lewis' Leichnam.

Zitternd richtete Sims sich auf. Er wollte davonrennen. Was es auch für ein Tier gewesen war, das Lewis so zugerichtet hatte — es mußte noch in der Nähe sein.

Dann hörte er Zweige knacken. Seine Angst nagelte ihn fest. Er stellte sich vor, daß ihn aus dem Schatten der Fichten ein riesiges Tier anspringen würde — ein Grizzlybär. Sims öffnete den Mund, aber er brachte keinen Laut hervor.

Ein Mann mit einem Kürbisgesicht tauchte zwischen den Fichten auf. Er atmete schwer, und sein riesiges Schießgewehr war genau auf Sims' Bauch gerichtet. „Rühr dich nicht von der Stelle", sagte der Mann. „Ich sollte dich auf der Stelle mausetot schießen."

„Ich flehe Sie an..."

„Aber es ist dein Glückstag heute, du Mörder. Ich werde dich zu einem Telefon mitnehmen und von da aus die Polizei verständigen. Warum hast du Lewis das angetan?"

Als Sims keine Antwort gab, trat Otto hinter ihn und stieß ihm den Gewehrschaft in den Rücken. „So, jetzt werden wir Soldaten spielen, du Schweinehund. Marsch. Mach schnell."

Eine alte Geschichte

12

Don saß in seinem Wagen vor Edward Wanderleys Haus und wartete auf Sears und Ricky. Er nahm die beiden Bücher zur Hand, die er, bevor Peter Barnes bei ihm aufgetaucht war, aus der Bibliothek von Milburn entliehen hatte. Sie stützten jene Idee, die ihm gekommen war, als er mit den drei Männern in Sears' Bibliothek gesprochen hatte: Er glaubte jetzt zu wissen, wogegen sie kämpften. Sears und Ricky würden ihn über das Warum aufklären. Falls ihre Geschichte zu seiner Theorie paßte, würde er tun, worum sie ihn gebeten hatten. Er würde ihnen eine Erklärung geben. Selbst wenn diese wahnsinnig klang — möglicherweise war sie es auch, möglicherweise war sie sogar falsch —, so hatten Peters Geschichte und die Broschüre mit dem Titel *Wachturm* bewiesen, daß sie längst in eine Phase geschlittert waren, wo Wahnsinn die Wirklichkeit besser repräsentierte als Vernunft. Falls seine und Peter Barnes' Vernunft Sprünge abbekommen haben sollte, dann folgte

Milburn ihrem Beispiel. Und aus den Sprüngen waren Gregory und Fenny und ihre Gönnerin gekrochen, und sie würden alle drei vernichten müssen.

Auch wenn wir dabei umkommen, dachte Don. Denn wir sind die einzigen, die überhaupt die Chance haben, etwas zu tun.

Im Schneegestöber tauchten die Scheinwerfer eines Autos auf. Kurz darauf sah Don die Umrisse eines dunklen Wagens in die Haven Lane einbiegen. Die Lichter verloschen. Dem alten schwarzen Buick entstieg zuerst Ricky, dann Sears. Don verließ seinen eigenen Wagen und ging über die Straße.

„Und jetzt Lewis", sagte Ricky zu ihm. „Hast du es gewußt?"

„Nicht mit Sicherheit. Aber ich habe es angenommen."

Sears, der ihnen zugehört hatte, nickte ungeduldig. „Du hast es angenommen. Ricky, gib ihm die Schlüssel." Als Don die Türe öffnete, brummte Sears hinter ihm: „Ich hoffe, du teilst uns mit, woher deine Information stammt. Falls Hardesty glaubt, sich wie ein Marktschreier aufführen zu können, werde ich dafür sorgen, daß man ihn aufspießt."

Die drei Männer betraten die dunkle Halle. Sears fand den Lichtschalter. „Peter Barnes hat mich heute nachmittag aufgesucht", sagte Don. „Er sah, wie Gregory Bate seine Mutter tötete. Und er ist Lewis' Geist begegnet."

„Oh Gott", hauchte Ricky. „Oh, mein Gott. Arme Christina."

„Laßt uns die Heizung anstellen, ehe wir weiterreden", forderte Sears. „Wenn schon alles um uns herum zusammenbricht, wollen wir es wenigstens warm haben." Die drei Männer gingen durch das Erdgeschoß und nahmen die Schutzbezüge von den Möbeln. „Ich werde Lewis sehr vermissen", sagte Sears. „Ich habe stets über ihn gelästert, aber ich liebte ihn. Er hat uns beflügelt. Wie dein Onkel das tat." Er ließ einen Schutzbezug zu Boden fallen. „Und nun liegt er im Leichenschauhaus als Opfer einer rasenden Attacke irgendeines Tieres. Ein Freund von Lewis beschuldigte Harold Sims des Verbrechens. Unter anderen Vorzeichen fände ich diese Beschuldigung äußerst komisch." Sears verzog sein Gesicht.

„Werfen wir einen Blick in das Büro deines Onkels. Dann sollten wir uns um die Heizung kümmern. Ich weiß nicht, ob ich das noch lange ertrage."

Sears führte Don in einen großen Raum an der Rückseite des Hauses, während Ricky die Zentralheizung anstellte. „Das war das Büro." Er drehte das Licht an, und die Deckenleuchte beschien eine alte Ledercouch, einen Schreibtisch mit elektrischer Schreibmaschine, eine breite Stellage mit einem Tonbandgerät und einem Kassettenrekorder und darüber schmalere Stellagen mit weißen Schachteln.

„Die Schachteln enthalten die Bänder zu seinen Büchern?"

„Ich nehme es an."

„Und du und Ricky und die anderen kamen nach seinem Tod nie mehr hierher?"

„Nein", sagte Sears und sah sich in dem wohlgeordneten Büro um. Es sagte über die Persönlichkeit von Dons Onkel mehr aus als eine Fotografie — es atmete die Zufriedenheit eines Mannes, der seine Arbeit liebte. „Ich nehme an, daß Stella dir sagte, wir hätten Angst davor, in dieses Haus zu kommen. Daran mag schon ein Körnchen Wahrheit sein. Aber ich glaube, was uns letztlich und wirklich davon abhielt, war ein Schuldgefühl."

„Und das war teilweise der Grund, warum ihr mich nach Milburn eingeladen habt?"

„Ja. Ich glaube, wir alle — Ricky ausgenommen — dachten, daß du — " er machte eine Handbewegung, als wollte er etwas verscheuchen, „uns auf irgendeine magische Weise von unserer Schuld erlösen wirst. John Jaffrey am meisten."

„Weil es Jaffreys Party war?"

Sears nickte kurz und verließ das Büro. „Es muß noch Holz im Hinterhof sein. Hol welches herein, damit wir Feuer machen können."

„Das ist die Geschichte, von der wir dachten, daß wir sie niemals erzählen würden", sagte Ricky zehn Minuten später. Eine Flasche Whisky und drei Gläser standen auf dem staubigen Tisch. „Das Feuer war eine gute Idee. Sears und ich haben etwas, das wir ansehen können. Habe ich dir je erzählt, daß alles damit begann, daß ich John nach dem Schrecklichsten fragte, das er je getan hatte? Das würde er nicht sagen, gab er zur Antwort und erzählte statt dessen eine Geistergeschichte. Nun, ich hätte es wissen müssen. Ich wußte, was das Schrecklichste gewesen war. Wir alle wußten es."

„Warum hast du dann danach gefragt?"

Ricky nieste heftig, und Sears sagte: „Es geschah 1929 — im Oktober 1929. Es lag so weit zurück. Als Ricky John nach dem Schrecklichsten fragte, dachten wir alle an niemand anderen als deinen Onkel Edward — es war eine Woche nach seinem Tod. An Eva Galli dachten wir überhaupt nicht."

„Nun haben wir endlich den Rubikon überschritten", sagte Ricky. „Solange ihr Name nicht fiel, war ich immer noch nicht sicher, ob wir darüber sprechen würden. Nun sollten wir ohne Zögern beginnen. Was immer Peter Barnes dir erzählt hat, es sollte warten, bis wir mit unserer Geschichte zu Ende sind — falls du dann noch in einem Raum mit uns bleiben willst. Ich glaube übrigens, daß alles, was ihm zugestoßen ist, mit der Eva-Galli-Affäre im Zusammenhang steht. Also — nun habe ich den Namen ausgesprochen."

„Ricky war immer dagegen, daß du von Eva Galli erfährst", sagte Sears. „Damals, als ich dir schrieb, war er der Ansicht, daß es ein Fehler sei, alles wieder aufzurühren — und ich denke, wir stimmten ihm zu. Ich tat es jedenfalls."

„Ich hielt es für ausgeschlossen, daß es mit unserem Problem zu tun haben könnte", sagte Ricky mit verschnupfter Stimme. „Gespenstergeschichten, Alpträume, Vorahnungen. Vier alte Narren verlieren den Verstand. Ich dachte, es sei irrelevant. Aber ich hätte eines Besseren belehrt sein müssen, als dieses Mädchen um einen Job bat. Und nun, da Lewis nicht mehr ist..."

„Weißt du was?" sagte Sears. „Wir haben Lewis niemals Johns Manschettenknöpfe gegeben."

„Ist uns entfallen", sagte Ricky und nahm einen Schluck Whisky. Er und Sears waren bereits mitten in ihrer Geschichte, sie waren so völlig darauf konzentriert, daß Don, der neben ihnen saß, das Gefühl hatte, unsichtbar zu sein.

„Nun — was geschah mit Eva Galli?“ fragte er.

Sears und Ricky sahen einander an. „Das ist doch wohl klar“, sagte Sears. „Wir haben sie umgebracht.“

„Ihr beide?“ fragte Don, der etwas außer Fassung geraten war. Diese Antwort hatte er nicht erwartet.

„Wir alle“, sagte Ricky. „Die Altherrengesellschaft. Dein Onkel, John Jaffrey, Lewis, Sears und ich. Im Oktober 1929, drei Wochen nach dem Börsenkrach am Schwarzen Montag. Sogar hier in Milburn spürte man Anzeichen von Panik. Der Vater von Lou Price, der ebenfalls Börsenmakler war, erschoß sich in seinem Büro. Und wir töteten ein Mädchen namens Eva Galli. Kein Mord — kein Mord im eigentlichen Sinn. Man hätte uns niemals auch nur angeklagt, nicht einmal wegen Totschlags. Aber es hätte einen Skandal gegeben.“

„Und das hätten wir nicht ertragen“, sagte Sears. „Ricky und ich hatten eben unsere Karriere als Anwälte begonnen. John hatte erst im Jahr zuvor sein Doktorexamen gemacht. Lewis war der Sohn eines Geistlichen. Wir saßen alle in einem Boot. Wir wären ruiniert gewesen. Falls auch nicht sofort, so doch mit der Zeit.“

„Das war der Grund für unseren Entschluß“, sagte Ricky.

„Ja“, sagte Sears. „Wir taten etwas ganz und gar Ekelerregendes. Wären wir dreißig gewesen statt dreiundzwanzig, hätten wir uns höchstwahrscheinlich der Polizei gestellt. Aber wir waren so jung — Lewis war noch nicht einmal zwanzig. Also versuchten wir es zu vertuschen. Und dann, schließlich —“

„Schließlich waren wir wie die Figuren aus einer unserer Geschichten. Oder aus deinem Roman. Seit zwei Monaten durchlebe ich diese letzten zehn Minuten wieder und wieder. Ich höre sogar noch unsere Stimmen, höre, was wir sagten, als wir sie in Warren Scales’ Wagen taten...“

„Erzählen wir von Anfang an“, sagte Sears.

„Gut“, sagte Ricky. „Es begann mit Stringer Dedham. Er wollte sie heiraten. Eva Galli war keine zwei Wochen in der Stadt gewesen, als Stringer seine Netze nach ihr auswarf. Er war älter als Sears und ich, ungefähr einunddreißig, denke ich, und er war durchaus in der Lage zu heiraten. Er bewirtschaftete die Farm des alten Obersten mit Hilfe der Mädchen, arbeitete hart und hatte gute Ideen. Kurz, er war ein wohlhabender, wohlgelittener Mann und galt unter den Mädchen der Stadt als gute Partie. Außerdem war er ein gutaussehender Bursche. Meine Frau sagt, er sei der hübscheste Mann gewesen, den sie je gesehen hat. Als Eva Galli mit all ihrem Geld, ihrem großstädtischen Flair und ihrem guten Aussehen auftauchte, war Stringer rein aus dem Häuschen. Sie machte ihn verrückt. Sie kaufte dieses Haus in der Montgomerystraße —"

„Welches Haus in der Montgomerystraße?" fragte Don. „Das, in dem Freddy Robinson lebte?"

„Ja, genau, das gegenüber Johns Haus liegt. Miss Mostyns Haus. Sie kaufte das Haus und stattete es mit neuen Möbeln, einem Klavier und einem Grammophon aus. Und sie rauchte Zigaretten und trank Cocktails und hatte kurzgeschnittenes Haar — ein echtes John-Held-Mädchen."

„Nicht ganz", sagte Sears. „Sie war kein hohlköpfiger Backfisch. Diese Zeiten waren ohnehin vorbei. Sie war gebildet. Sie las eine Menge. Sie unterhielt sich intelligent. Eva Galli war eine hinreißende Frau. Wie würdest du ihr Aussehen beschreiben, Ricky?"

„Eine Claire Bloom der zwanziger Jahre", sagte Ricky wie aus der Pistole geschossen.

„Typisch Ricky Hawthorne. Man bittet ihn, jemanden zu beschreiben, und er nennt einen Filmstar. Ich denke jedoch, die Beschreibung ist zutreffend. Eva Galli hatte etwas erregend Modernes an sich — für den Standard von Milburn in jedem Fall modern —, aber sie besaß gleichzeitig eine gewisse Kultiviertheit."

„Das stimmt", sagte Ricky. „Und sie hatte etwas Geheimnisvolles, das wir ungeheuer attraktiv fanden. Wie deine Alma Mobley. Wir wußten nichts über sie, außer was wir gewissen Andeutungen ihrerseits entnehmen konnten — sie hatte in New York gelebt, hatte offenbar eine Zeitlang als Schauspielerin in Hollywood-Stummfilmen mitgewirkt und eine kleine Rolle in einer Liebesgeschichte mit dem Titel *China Pearl* gespielt."

Don zog ein Stück Papier aus der Tasche und notierte den Titel des Films.

„Und offenbar stammten einige ihrer Ahnen aus Italien. Stringer hat sie allerdings einmal erzählt, daß ihre Großeltern mütterlicherseits Engländer waren. Ihr Vater hatte ein beachtliches Vermögen besessen — so viel war herauszuhören —, aber sie war, schon als Kind verwaist, bei Verwandten in Kalifornien großgezogen worden. Das war alles, was wir über sie wußten. Sie sagte, sie sei nach Milburn gezogen, um Ruhe und Frieden zu finden."

„Die Frauen versuchten sie unter ihre Fittiche zu nehmen", sagte Sears. „Sie war natürlich auch für sie ein Fang, mußt du bedenken. Ein reiches Mädchen, welterfahren und kultiviert, das Hollywood den Rücken gekehrt hatte — jede Frau in Milburn, die etwas auf sich hielt, lud sie ein. Vielleicht wollten sie sie zähmen."

„Ja, um sie einordnen zu können", sagte Ricky. „Denn trotz ihrer Qualitäten war da noch etwas anderes. Sie hatte etwas Weltentrücktes, Sterbendes an sich. Lewis hatte damals romantische Vorstellungen und sagte mir, Eva Galli sei wie eine Prinzessin, die dem Hofleben den Rücken gekehrt habe, um auf dem Lande zu sterben."

„Ja, auch auf uns machte sie großen Eindruck", sagte Sears. „Natürlich war sie für uns unerreichbar. Wir idealisierten sie. Wir sahen sie von Zeit zu Zeit —"

„Wir machten ihr den Hof", sagte Ricky.

„Absolut. Wir machten ihr den Hof. Während sie die Einladungen der Damen höflich ausschlug, hatte sie nichts dagegen, fünf junge Männer an Samstagen oder Sonntagen bei sich zu begrüßen. Dein Onkel Edward war der erste gewesen. Er war mutiger als der Rest von uns. Inzwischen war allgemein bekannt geworden, daß Stringer Dedham sich Hals über Kopf in sie verliebt hatte; in gewissem Sinne stand sie also unter seinem Schutz. Aber Edward durchbrach die Konvention. Er besuchte sie, sie war atemberaubend charmant, und bald trafen wir uns alle regelmäßig bei ihr. Stringer schien nichts dabei zu finden. Er mochte uns, obwohl er sich in einer anderen Welt bewegte."

„In der Welt der Erwachsenen", sagte Ricky. „Wie Eva. Obgleich sie nicht mehr als zwei, drei Jahre älter war als wir, hätten es ebensogut zwanzig sein können. Nichts Anständigeres läßt sich denken als unsere Besuche. Natürlich hielten einige der älteren Damen sie für skandalös. Auch Lewis' Vater war dieser Ansicht. Aber wir hatten gerade noch genug Narrenfreiheit, um sie uns erlauben zu können. Nachdem Edward das Eis gebrochen hatte, machten wir etwa alle zwei Wochen zu fünft einen Besuch. Dann war uns, als entglitten wir der Zeit. Es geschah nichts Außergewöhnliches, auch die Gespräche waren alltäglich, aber in den wenigen Stunden, die wir in ihrer Gesellschaft verbrachten, fühlten wir uns in ein Zauberreich entrückt. Und die Tatsache, daß sie als Stringers Verlobte galt, machte alles viel sicherer."

„Zu jener Zeit wurden junge Menschen nicht so rasch erwachsen wie heute", sagte Sears. „All das muß dir lachhaft vorkommen — junge Männer um die Zwanzig beten eine junge Frau von fünfundzwanzig an, als wäre sie eine unerreichbare Priesterin. Aber so dachten wir über sie — sie war für uns unerreichbar. Sie gehörte Stringer, und wir alle dachten, daß wir nach ihrer Heirat in seinem Hause ebenso willkommen sein würden wie jetzt in ihrem."

Einen Augenblick lang schwiegen die beiden älteren Männer. Don drängte sie nicht, weiterzusprechen, denn er wußte, daß die Geschichte nun eine entscheidende Wendung nahm und sie mit der Erzählung erst fortfahren würden, sobald sie sich dazu imstande fühlten.

„Wir befanden uns in einer Art geschlechtslosen, prä-Freudschen Paradies", fuhr Ricky schließlich fort. „Wir waren verzaubert. Manchmal tanzten wir mit ihr, aber sogar wenn wir sie in unseren Armen hielten, ihr zusahen, wie sie sich bewegte, dachten wir niemals an Sex. Jedenfalls nicht bewußt. Nun, das Paradies war im Oktober 1929, kurz nach dem Börsenkrach und Stringer Dedhams Tod, zu Ende."

„Wir verloren das Paradies", wiederholte Sears, „und sahen dem Teufel ins Gesicht." Er wandte den Kopf ab und sah zum Fenster hinaus.

13

Sears sagte: „Schaut euch den Schnee an."

Die beiden anderen folgten seinem Blick und sahen weiße Flocken gegen die Fenster wirbeln. „Wenn seine Frau ihn findet, wird Omar Norris noch vor dem Morgengrauen mit seinem Schneepflug ausrücken müssen."

Ricky trank einen Schluck Whisky. „Damals herrschte eine *tropische* Hitze", sagte er. „Mit dem Dreschen wurde relativ spät begonnen. Es schien, als könnten die Menschen es nicht über sich bringen zu arbeiten. Man erzählte sich, Stringer sei geistesabwesend, weil er Geldsorgen habe. Die Dedham-Mädchen sagten nein, das sei es nicht, er sei an dem gewissen Morgen an Eva Gallis Haus vorbeigegangen und habe etwas gesehen."

„Stringer kam mit den Armen in die Dreschmaschine", sagte Sears. „Und seine Schwestern gaben Eva die Schuld. Er lallte so manches in seinem Todeskampf, aber niemand wurde daraus klug. ‚Vergrabt sie' sagte er zum Beispiel, oder ‚Schneidet sie in Stücke'!"

„Und", sagte Ricky, „noch etwas. Die Dedham-Mädchen sagten, er habe noch etwas geschrien — sie seien nicht ganz sicher, weil er so vieles geschrien habe. Aber es war so etwas wie ‚Schlangen-Eule'. Offenbar befand er sich bereits im Delirium; er mußte vor Schreck von Sinnen gewesen sein. Nun, er starb und wurde wenige Tage später beerdigt. Eva Galli erschien nicht beim Begräbnis. Die halbe Stadt war auf dem Friedhof versammelt, aber die Verlobte des Toten war nicht gekommen. Das heizte natürlich den Klatsch an."

„Vor allem unter den älteren Frauen, die sie übergangen hatte", sagte Sears. „Sie hackten auf ihr herum, sagten, sie habe Stringer ruiniert. Er habe irgendeine Entdeckung gemacht — ein verlassener Gatte oder ein illegitimes Kind oder ähnliches. Sie machten eine wahrhaftige Jezebel aus ihr."

„Wir wußten nicht, was wir tun sollten", sagte Ricky. „Nach Stringers Tod hatten wir Angst, sie zu besuchen. Falls wir das taten, würde die weibliche Bosheit hohe Wellen schlagen. Also schmorten wir in unserem eigenen Saft. Aber wir konnten diese Nachmittage nicht vergessen."

„Im Gegenteil, sie erschien uns von noch größerem Zauber als je zuvor", sagte Sears. „Wir wußten, was wir verloren hatten: ein Idealbild — und eine romantische, im Lichte eines Ideals gesehene Freundschaft."

„Sears hat recht", meinte Ricky. „Und zu guter Letzt idealisierten wir sie noch mehr. Sie wurde uns zum Inbegriff eines gebrochenen Herzens. Wir sandten ihr Worte des Beileids und wären durchs Feuer gegangen, um sie zu sehen. Aber wir konnten die eherne gesellschaftliche Konvention nicht durchbrechen."

„Statt dessen kam sie uns besuchen", sagte Sears, „in der Wohnung deines Onkels. Edward war der einzige, der damals eine eigene Wohnung besaß. Wir trafen uns dort, um Apfelwein zu trinken und alles zu besprechen, was wir vorhatten."

„Und um über sie zu sprechen", sagte Ricky. „Kennst du das Gedicht von Ernest Dowson ‚Ich war dir treu, Cynara! Auf meine Weise'? Lewis hatte es ausgegraben und las es uns vor. Dies Gedicht ging uns durch und durch. ‚Wildere Musik, stärkerer Wein'. Was waren wir doch für Idioten! Wie auch immer, eines Abends tauchte sie in Edwards Wohnung auf."

„Und sie war *zügellos*", sagte Sears. „Sie war furchterregend. Sie brach über uns herein wie ein Taifun."

„Sie sagte, sie sei einsam“, erläuterte Ricky. „Sie habe diese verdammte Stadt und all die Heuchler hier satt. Sie wolle trinken und tanzen, und es sei ihr einerlei, ob sie jemanden schockiere. Diese tote kleine Stadt und ihre toten kleinen Einwohner sollten ihretwegen zur Hölle fahren. Und falls wir Männer und keine kleinen Jungen wären, dächten wir ebenso.“

„Wir waren sprachlos“, sagte Sears. „Da stand unsere unerreichbare kleine Göttin, fluchte wie ein Matrose und raste... benahm sich wie eine Hure. ‚Wildere Musik, stärkerer Wein‘ — nun, das sollten wir haben. Edward besaß ein kleines Grammophon, und sie ließ den lautesten Jazz spielen, der zu finden war. Sie war hemmungslos. Es war völlig verrückt — wir hatten noch nie eine Frau gesehen, sie sich so aufgeführt hätte, und für uns war sie doch eine Art Kreuzung zwischen der Freiheitsstatue und Mary Pickford gewesen. ‚Tanz mit mir, du kleine Kröte‘, sagte sie zu John, und er fürchtete sich vor ihr, daß er sie kaum zu berühren wagte.“

„Ich glaube, sie empfand *Haß*“, sagte Ricky. „Gegen uns, gegen die Stadt, gegen Stringer. Sie küßte Lewis, während sie mit ihm tanzte, und er fuhr zurück, als habe sie ihn verbrannt. Er ließ seine Arme fallen, und sie wirbelte auf Edward zu, packte ihn und zwang ihn, mit ihr zu tanzen. Ihr Gesicht war schrecklich, ganz starr. Edward war schon immer weltgewandter gewesen als wir, aber auch ihn erschütterte Evas Wildheit — unser Paradies ging in Trümmer, und sie zerstampfte es mit jedem ihrer Schritte noch mehr zu Staub. Sie schien tatsächlich vom Teufel besessen. Du weißt, wie Frauen, wenn sie wirklich wütend sind, aus ihrem tiefsten Inneren ein Ausmaß an Zorn mobilisieren können, das jeden Mann zerschmettert. So war es damals. ‚Wollt ihr kleinen Weichlinge gar nichts trinken?‘ sagte sie. Also tranken wir.“

„Es war unbeschreiblich“, sagte Sears. „Sie überrannte uns einfach. Ich glaube, ich wußte, was nun kommen würde. Es gab nur eines, was kommen *konnte*. Wir waren aber zu unreif, um die Sache steuern zu können.“

„Ich weiß nicht, ob ich es kommen sah , aber es kam auf jeden Fall“, sagte Ricky. „Sie versuchte Lewis zu verführen.“

„Er war die denkbar schlechteste Wahl", sagte Sears. „Lewis war ja noch ein Kind. Möglicherweise hatte er schon einmal einem Mädchen einen Gutenachtkuß gegeben, aber mit Sicherheit nicht mehr. Wir alle liebten Eva, aber Lewis liebte sie wahrscheinlich am meisten. Und weil er sie am meisten von uns allen liebte, bestürzten ihn dieser Auftritt und dieser Haß zutiefst."

„Und sie wußte es", sagte Ricky. „Sie war entzückt darüber. Es gefiel ihr, daß Lewis dermaßen unter Schock stand, daß er kein Wort hervorbrachte. Als sie Edward fortstieß und sich an Lewis heranmachte, wurde er steif vor Angst — als wäre es seine eigene Mutter, die sich so betrug."

„Seine Mutter?" fragte Sears. „Nun, schon möglich. Zumindest läßt das die Tiefe seines Gefühls für sie ahnen. Er war wie vom Donner gerührt. Eva wand ihre Arme um seinen Hals und küßte ihn. Es sah aus, als esse sie sein halbes Gesicht auf. Stell dir das einmal vor — diese haßerfüllten Küsse überschwemmen dich, diese rasende Wut beißt in deinen Mund. Es muß gewesen sein, als küsse man eine Rasierklinge. Als sie den Kopf zurückbeugte, war Lewis' Gesicht mit Lippenstift verschmiert. Unter normalen Umständen wäre dieser Anblick komisch gewesen, aber so wirkte es irgendwie grauenerregend — als wäre er blutverschmiert."

„Edward ging auf sie zu und sagte: ‚Beruhigen Sie sich, Miss Galli'. Sie wirbelte herum und starrte ihn an, und wieder fühlten wir diesen ungeheuren Haß. ‚Du kannst es wohl nicht mehr erwarten, Edward, was?' sagte sie. ‚Du kommst schon noch an die Reihe. Zuerst aber will ich Lewis. Weil mein kleiner Lewis so hübsch ist.' "

„Und dann", sagte Ricky, „wandte sie sich mir zu. ‚Auch du wirst etwas abbekommen, Ricky, und du auch, Sears. Alle kommt ihr dran. Aber erst will ich Lewis. Ich möchte ihm gern zeigen, was der unausstehliche Stringer Dedham sah, als er durch mein Fenster guckte.' Und sie begann ihre Bluse auszuziehen."

Sears fuhr fort: „ ‚*Bitte,* Miss Galli', flehte Edward, aber sie sagte ihm, er solle sein Maul halten, und zog sich die Bluse ganz aus. Sie trug keinen Büstenhalter. Ihre Brüste waren rund und fest, wie kleine Äpfel. Sie sah ungeheuer lasziv aus. ‚Also, hübscher kleiner Lewis, jetzt wollen wir einmal sehen, was du kannst.‘ Wieder begann sie sein Gesicht zu überfallen.“

Ricky sagte: „Wir glaubten nun alle zu wissen, was Stringer durch ihr Fenster gesehen hatte: Eva Galli, die einen anderen Mann liebte. Dies war ein ebenso großer moralischer Schock wie ihre Nacktheit und das, was sie mit Lewis aufführte. Wir waren unsagbar peinlich berührt. Schließlich ergriffen Sears und ich sie bei den Schultern und zerrten sie von Lewis weg. Nun begann sie richtiggehend zu fluchen. Es war unglaublich häßlich. ‚Ihr könnt es wohl nicht mehr erwarten, ihr kleinen Soundso‘ — und so weiter und so fort. Während sie uns ihre Beschimpfungen ins Gesicht schrie, begann sie ihren Rock aufzuknöpfen. Edward war den Tränen nahe. ‚Eva‘, sagte er, ‚bitte nicht.‘ Sie ließ ihren Rock zu Boden fallen. ‚Was paßt dir denn nicht, du schwuler Bruder, hast wohl Angst zu sehen, wie ich aussehe?‘“

„Wir hatten längst den Boden unter unseren Füßen verloren“, fuhr Sears fort. „Sie zog ihr Höschen aus und tänzelte auf deinen Onkel zu. ‚Ich glaube, ich werde dir ein Stück abbeißen, kleiner Edward‘, sagte sie und beugte sich über ihn, über seinen Nacken. Da schlug er sie.“

„Mit voller Wucht“, sagte Ricky. „Und sie schlug noch härter zurück. Sie legte ihre ganze Kraft, ihr ganzes Gewicht in diesen Schlag. Es gab einen Laut, als würde ein Schuß abgefeuert. John und Sears und ich waren einer Ohnmacht nahe. Wir standen völlig hilflos da, unfähig, uns zu rühren.“

„Falls wir dazu in der Lage gewesen wären, hätten wir Lewis zurückhalten können“, sagt Sears. „Aber so standen wir wie die Zinnsoldaten und sahen ihm zu. Er sauste los wie ein Flugzeug — er flog einfach durch den Raum und fiel über sie her. Er schluchzte und wimmerte — er war wie von Sinnen. Sie stürzten zu Boden. Eva stand nie wieder auf.“

„Sie war mit dem Kopf auf die Kaminkante gefallen“, sagte Ricky. „Lewis kniete über ihr und hob seine Fäuste, und dann sah auch er das Blut aus ihrem Mund fließen.“

Die beiden alten Männer keuchten.

„So war es also", sagte Sears. „Sie war tot. Nackt und tot, und wir fünf standen um sie herum wie in Trance. Lewis erbrach sich auf dem Fußboden, und wir anderen waren nahe daran, ein Gleiches zu tun. Wir konnten einfach nicht fassen, was geschehen war — was wir getan hatten. Freilich kann es kaum als Entschuldigung gelten, aber wir standen unter Schock. Ich glaube, wir standen eine ganze Weile bebend in der Stille."

„Die Stille schien endlos", sagte Ricky. „Sie umhüllte uns völlig - wie der Schnee da draußen. Schließlich sagte Lewis: ‚Wir müssen zur Polizei gehen.' ‚Nein', sagte Edward. ‚Wir würden alle im Gefängnis landen. Wegen Mordes.'"

„Sears und ich versuchten ihm klarzumachen, daß niemand einen Mord begangen hatte, aber Edward sagte: ‚Und wie würde es euch gefallen, wenn euch die Anwaltskammer ausschlösse? Genau das würde nämlich geschehen.' John fühlte ihren Puls, aber es war natürlich nichts mehr zu machen. ‚*Ich* glaube, es war Mord', sagte er. ‚Wir sind tief gesunken.'"

„Ricky fragte, was wir tun sollten", sagte Sears, „und John sagte: ‚Wir können nur eines tun. Wir verstecken die Leiche, wo sie niemand finden wird.' Wir schauten alle auf ihren Körper und ihr blutiges Gesicht und fühlten uns von ihr besiegt - sie hatte gewonnen. Ihr Haß hatte uns zu einem Mord verleitet oder zumindest zu dem, was einem Mord sehr nahekam. Und nun sprachen wir bereits darüber, wie wir die Tat vertuschen konnten. Und wir waren uns alle einig."

Don fragte: „Wo wolltet ihr die Leiche verstecken?"

„Es gab da einen alten Teich, ein paar Meilen außerhalb der Stadt. Einen tiefen Teich. Es gibt ihn nicht mehr. Er wurde zugeschüttet, und man baute ein Einkaufszentrum auf dem Terrain. Er muß ungefähr zehn Meter tief gewesen sein."

„Lewis' Wagen hatte einen defekten Reifen", sagte Sears, „deshalb wickelten wir die Leiche in ein Leintuch, ließen Lewis damit zurück und gingen in die Stadt, um Warren Scales zu finden. Wir wußten, daß er mit seiner Frau in der Stadt war, um Einkäufe zu machen. Er war ein guter Kerl und mochte uns gerne. Wir würden ihm sagen, daß wir seinen Wagen zuschanden gefahren hatten und ihm einen neuen kaufen wollten - Ricky und ich würden die Kosten übernehmen."

„Warren Scales war der Vater des Bauern, der die Marsmenschen erschießen will?" fragte Don.

„Ja, das ist richtig. Wir fanden Warren und versprachen ihm, sein Auto in einer Stunde zurückzubringen. Dann gingen wir in Edwards Wohnung zurück, trugen die Leiche des Mädchens hinunter und legten sie in den Wagen."

Ricky sagte: „Wir waren so nervös und angsterfüllt und betäubt und konnten immer noch nicht glauben, was geschehen war und was wir getan hatten. Wir hatten die größten Schwierigkeiten, sie im Wagen unterzubringen. ‚Erst die Füße', sagte jemand. Wir ließen den Körper auf den Rücksitz gleiten, das Leintuch verwickelte sich, und Lewis begann zu fluchen. Wir zogen sie wieder zur Hälfte heraus, und John schrie, daß sie sich bewegt hätte. Edward nannte ihn einen verdammten Narren und sagte, er wisse doch, daß sie sich nicht mehr bewegen könne — er sei doch Arzt." „Aber schließlich hatten wir sie im Auto; Ricky und John mußten hinten bei der Leiche sitzen. Unsere Fahrt durch die Stadt war ein Alptraum." Sears schwieg und starrte ins Feuer. „Mein Gott. Ich fuhr den Wagen. An mehr erinnere ich mich nicht. Ich verirrte mich, bis mir jemand den Weg wies. Schließlich erreichten wir die kleine Staubstraße, die zu dem Teich führte."

„Alles wirkte *gestochen scharf*", sagte Ricky, „jedes Blatt, jeder Kieselstein — flach und gestochen scharf — wie eine Zeichnung in einem Buch. Wir stiegen aus. ‚Müssen wir das tun?' fragte Lewis. Er weinte. Edward sagte: ‚Wollte Gott, wir müßten es nicht.'"

„Dann setzte Edward sich hinter das Lenkrad", sagte Sears. „Der Wagen befand sich etwa zehn Meter vom Teich entfernt, der sofort zu sehr großer Tiefe abfiel. Er stellte die Zündung an, legte den ersten Gang ein, ließ die Kupplung los und sprang heraus. Der Wagen kroch vorwärts."

Beide Männer verfielen wieder in Schweigen und sahen einander an. „Dann —" sagte Ricky, und Sears nickte. „Ich weiß nicht, wie ich das ausdrücken soll..."

„Dann sahen wir etwas“, sagte Sears. „Wir hatten eine Halluzination oder so etwas Ähnliches.“

„Ihr saht sie wieder lebend vor euch“, sagte Don. „Ich weiß.“

Ricky schaute ihn in müdem Erstaunen an. “Ja, wahrscheinlich weißt du es. Wir sahen ihr Gesicht durch die Heckscheibe. Sie starrte uns an — grinste uns an. Sie verhöhnte uns. Wir waren nahe daran, tot umzufallen. Im nächsten Augenblick klatschte der Wagen in den Teich. Wir rannten vorwärts und versuchten durch die Seitenfenster hineinzuschauen. Ich war verrückt vor Angst. Ich wußte, daß sie in der Wohnung tot gewesen war — ich *wußte* es. Der Wagen begann zu sinken, und John sprang ins Wasser. Als er zurückkam, sagte er, er habe durch das Seitenfenster gesehen und...“

„Und der Rücksitz sei leer gewesen“, vollendete Sears den Satz. „So sagte er.“

„Der Wagen war auf Nimmerwiedersehn verschwunden. Er muß noch immer da unten unter dreißigtausend Tonnen Geröll begraben liegen“, sagte Ricky.

„Geschah sonst noch etwas?“ fragte Don. „Bitte versucht euch zu erinnern. Es ist wichtig.“

„Zwei Dinge sind geschehen“, sagte Ricky. „John Jaffrey sah einen Luchs auf der anderen Seite des Teiches. Dann sahen wir ihn alle. Wir rannten eine Meile wie verrückt — die Tatsache, daß uns jemand gesehen hatte, brachte uns unsere Schuld noch mehr zum Bewußtsein. Auch wenn es nur ein Tier gewesen war. Es peitschte mit seinem Schwanz und verschwand im Wald.“

„Gab es vor fünfzig Jahren viele Luchse in dieser Gegend?“

„Ganz und gar nicht. Vielleicht weiter im Norden. Nun, das war das eine. Das andere war, daß Evas Haus brannte. Als wir in die Stadt zurückkamen, sahen wir die Nachbarn herumstehen und der Freiwilligen Feuerwehr bei ihren Löschversuchen zusehen.“

„Hatte jemand gesehen, wie das Feuer ausbrach?“

Sears schüttelte den Kopf, und Ricky fuhr mit der Geschichte fort. „Offenbar war es von alleine ausgebrochen. Der Anblick verursachte uns noch mehr Übelkeit, als hätten wir auch das verschuldet."

„Ein Mann von der Freiwilligen Feuerwehr sagte etwas Seltsames", erinnerte sich Sears. „Wir machten wohl einen äußerst mitgenommenen Eindruck, wie wir so auf das Feuer starrten, und die Feuerwehrleute dachten vielleicht, daß wir um die anderen Häuser in der Nachbarschaft besorgt wären. Einer meinte, die anderen Häuser seien nicht in Gefahr, weil das Feuer sich nicht ausbreite. Er sagte, soviel er gesehen habe, sei ein Teil des Hauses nach *innen* explodiert; er könne sich das nicht erklären, aber es sehe ganz so aus. Und das Feuer wüte nur in einem Teil des Hauses, im zweiten Stock. Ich sah, was er meinte. Man konnte einige Balken erkennen, die nach innen, zum Brandherd hin, eingestürzt waren."

„Und die Fenster!" sagte Ricky. „Die Fenster waren gebrochen, aber es lag kein Glas auf der Erde. Sie waren nach innen geborsten."

„Implosion", sagte Don.

Ricky nickte. „Ja. Ich konnte mich an das Wort nicht mehr erinnern. Ich sah einmal, wie eine Glühbirne nach innen barst. Wie auch immer, das Feuer zerstörte den zweiten Stock, aber der erste Stock wurde nicht davon betroffen. Ein paar Jahre später kaufte eine Familie das Haus und ließ es herrichten. Mit der Zeit hörten die Leute auf, sich zu fragen, was mit Eva Galli geschehen war."

„Nur wir vergaßen es nicht", sagte Sears. „Aber wir sprachen nie darüber. Wir hatten einige böse Augenblicke, als Bauarbeiter vor circa zwanzig Jahren begannen, den Teich zuzuschütten. Aber der Wagen wurde nie gefunden. Sie hatten ihn einfach begraben. Ihn und was auch darin gewesen sein mochte."

„Es war nichts darin", sagte Don. „Eva Galli ist jetzt hier. Sie kam zurück. Sie kam zum zweiten Mal zurück."

„Sie kam zurück?" sagte Ricky, und sein Kopf fuhr in die Höhe.

„Sie kam als Anna Mostyn zurück. Und davor kam sie als Ann-Veronica Moore zurück. Ich begegnete ihr als Alma

Mobley in Kalifornien, und meinen Bruder tötete sie in Amsterdam."

„Miss *Mostyn?*" fragte Sears ungläubig.

„Ist es das, was Edward getötet hat?" fragte Ricky.

„Ich bin davon überzeugt. Er sah wahrscheinlich das gleiche wie Stringer — sie ließ es ihn sehen."

„Ich kann nicht glauben, daß Miss Mostyn irgend etwas mit Eva Galli, Edward oder Stringer Dedham zu tun hat", sagte Sears. „Die Vorstellung ist einfach lächerlich."

„Was heißt ‚es'?" fragte Ricky. „Was ließ sie ihn sehen?"

„Ihre Transformation in ein anderes Wesen", sagte Don. „Ich glaube, sie hat es sorgfältig geplant und wußte genau, daß es ihn buchstäblich zu Tode erschrecken würde." Er sah die beiden alten Herren an. „Und noch etwas. Ich glaube, daß sie aller Wahrscheinlichkeit nach weiß, daß wir heute abend hier sind. Denn wir sind ein unerledigtes Geschäft."

Weißt du, was das für Miss New Orleans bedeutet?

14

„Transformation", sagte Ricky.

„Transformation — in der Tat", sagte Sears, weit weniger bereit zuzustimmen. „Willst du wirklich behaupten, daß Eva Galli und Edwards kleine Schauspielerin und unsere Sekretärin ein und dieselbe Person ist?"

„Nicht ein und dieselbe Person. Nicht dasselbe Wesen. Auch der Luchs, den ihr auf der anderen Seite des Teiches gesehen habt, war mit größter Wahrscheinlichkeit sie. In keiner Weise eine Person, Sears. Als du an jenem Tag, da sie in meines Onkels Wohnung auftauchte, den Haß von Eva Galli spürtest, kamst du der Wahrheit ziemlich nahe. Ich glaube, sie war gekommen, um euch fünf zu einer destruktiven Tat zu verleiten, um eure Unschuld zu zerstören. Die Sache ging nicht so aus, wie sie wollte. Ihr habt sie verletzt, was beweist, daß dies möglich ist. Nun kommt sie zurück, um euch die Rechnung zu präsentieren. Auch mir. Sie machte einen kleinen Umweg, um meinen Bruder zu fassen, aber sie wußte, daß ich schließlich hier auftauchen würde. Und daß es ihr dann möglich sein würde, uns einen nach dem anderen fertigzumachen."

„War das die Idee, die du uns mitteilen wolltest?" fragte Ricky.

Don nickte.

„Und was in aller Welt verleitet dich zu der Annahme, daß es nicht eine ausnehmend schlechte Idee ist?" fragte Sears.

„Zunächst einmal Peter Barnes", antwortete Don. „Ich glaube, das wird auch dich überzeugen, Sears. Und wenn nicht, werde ich dir etwas aus einem Buch vorlesen. Doch erst zu Peter." Er berichtete genauestens, was Peter Barnes zugestoßen war. „Ich glaube also, es steht unausweichlich fest, daß Anna Mostyn jene ‚Gönnerin' ist, die Gregory Bate erwähnte. Sie läßt Gregory und Fenny lebendig werden — Peter sagte, er wußte instinktiv, daß Gregory von etwas besessen ist und wie ein reißender Hund einen bösen Herrn gehorcht. Mit vereinten Kräften wollen sie die ganze Stadt zerstören. Wie Dr. Rabbitfoot in dem von mir geplanten Roman."

„Wollen sie den Roman wahrwerden lassen?" fragte Ricky.

„Ich glaube ja. Sie nennen sich auch die Nachtwächter. Und sie spielen gerne. Denkt an die Initialen: Anna Mostyn, Alma Mobley, Ann-Veronica Moore. Das ist ihr spielerisches Wesen — sie wollte, daß wir die Ähnlichkeit bemerkten. Ich bin sicher, sie sandte Gregory und Fenny, weil Sears sie schon früher gesehen hatte. Und es ist auch kein Zufall, daß ich an einen Werwolf dachte, als ich Gregory in Kalifornien sah."

„Und warum sollte das kein Zufall sein?" fragte Sears.

„Wesen wie Anna Mostyn oder Eva Galli stecken hinter allen Geistergeschichten, die jemals geschrieben wurden. Und in den Geschichten steht, daß wir sie vernichten können. Gregory Bate ist ebensowenig ein Werwolf wie Anna Mostyn. Er ist das, was die Menschen als Werwolf beschreiben. Oder als Vampir. Er ernährt sich von Lebewesen. Er verkaufte sich an seine Gönnerin um den Preis der Unsterblichkeit."

Don nahm eines der Bücher, die er mitgebracht hatte, zur Hand. „Das ist ein Nachschlagewerk: *Wörterbuch der Folklore, Mythen und Legenden.* Es findet sich darin ein langer Abschnitt über Transformation. Hört zu: ‚Obwohl niemals eine Zählung von Transformationen vorgenommen wurde, geht ihre Anzahl in allen Gegenden der Erde ins Astronomische.' Er sagt, sie kämen in der Überlieferung aller Völker vor. Vielleicht ist uns das keine unmittelbare Hilfe, aber es zeigt zumindest, daß diese Wesen seit Tausenden von Jahren bekannt sind. Hört, wie der Absatz endet: ‚Studien, die man über die Transformation von Füchsen, Ottern etc. gemacht hat, sind fundiert, gehen aber an dem eigentlichen Phänomen der Transformation vorbei. In der Überlieferung wird Transformation eindeutig mit den Halluzinationen einer krankhaften Psyche in Verbindung gebracht. Solange die Phänomene auf beiden Ebenen nicht sorgfältig überprüft worden sind, sind wir nicht in der Lage, über die allgemeine Feststellung hinauszugehen, daß in der Tat nichts so ist, was es zu sein scheint.'"

„Amen", sagte Ricky.

„Genau. Nichts ist das, was es zu sein scheint. Und diese Tatsache kann einen soweit bringen, daß man meint, den Verstand zu verlieren. So ist es uns dreien ergangen; wir haben Dinge gesehen und gefühlt, die wir uns später auszureden versuchten. Das kann nicht wahr sein, sagten wir uns, solche Dinge sind nicht möglich. Aber sie sind es doch, und wir haben sie doch gesehen. Ihr habt gesehen, wie Eva Galli sich auf dem Rücksitz des Wagens aufrichtete, und ihr habt gesehen, wie sie einen Augenblick später als Luchs auftauchte."

„Nimm einmal an", sagte Sears, „einer von uns hätte ein Gewehr bei sich gehabt und auf den Luchs geschossen. Was wäre geschehen?"

„Ich nehme an, ihr hättet etwas Außerordentliches gesehen, aber ich kann mir nicht vorstellen, was es hätte sein können. Vielleicht wäre das Tier verendet. Vielleicht hätte es sich in irgendeine andere Gestalt verwandelt. Möglicherweise hätte es, falls es arge Schmerzen gehabt hätte, eine ganze Reihe von Transformationen durchgemacht. Vielleicht wäre es auch hilflos gewesen."

„Eine Menge ‚vielleicht'", sagte Ricky.

„Mehr haben wir nicht."

„Falls wir deine Theorie akzeptieren."

„Falls ihr eine bessere habt, bin ich ganz Ohr. Aber von Peter Barnes wissen wir, was mit Freddy Robinson und Jim Hardie geschehen ist. Ich habe mich auch mit dem Agenten von Ann-Veronica Moore in Verbindung gesetzt und einiges herausgefunden. Sie ist buchstäblich aus dem Nichts aufgetaucht. In der Stadt, die sie als ihren Geburtsort angegeben hat, ist nichts über sie bekannt. Das ist auch nicht möglich — bis zum Tage, da sie sich an der Schauspielschule einschreiben ließ, hat es nie eine Ann-Veronica Moore gegeben. Sie erschien einfach im Theater — glaubwürdig und mit allen nötigen Dokumenten versehen —, denn sie wußte, daß sie auf diesem Weg an Edward Wanderley herankommen würde."

„Dann sind diese Dinge, an deren Existenz du glaubst, ja noch viel gefährlicher. Sie besitzen Verstand", sagte Sears.

„Ja, sie haben Verstand. Sie lieben Scherze, sie machen Pläne von langer Hand und — wie der Manitu der Indianer — setzen sie mit Vorliebe in Szene. Das zweite Buch, das ich hier habe, gibt dafür ein gutes Beispiel." Er zeigte den beiden Männern den Buchrücken. *„Dies war mein Weg,* von Robert Mobley. Es handelt sich um den Maler, von dem Alma behauptet hatte, er sei ihr Vater. Ich beging den Fehler, mir diese Autobiographie bis zum heutigen Tag nie anzusehen. Das vierte Kapitel heißt ‚Dunkle Wolken' ; das Buch ist nicht sehr gut geschrieben, aber ich möchte euch einiges aus diesem Kapitel vorlesen."

Don schlug das Buch auf, und keiner der beiden alten Herren rührte sich.

„‚Auch in ein offensichtlich glückliches Leben wie das meine drängten sich dunkle, sorgenvolle Perioden und zeichneten Monate und Jahre mit unauslöschlichem Gram. Das Jahr 1958 war eines davon. Einzig und allein die Tatsache, daß ich mich mit äußerster Konzentration in meine Arbeit stürzte, bewahrte mich davor, den Verstand zu verlieren. Menschen, welche die für meine Arbeitsweise typischen sonnigen Aquarelle und streng formalen experimentellen Ölbilder kannten, fragten mich immer wieder, was die Ursache für jenen stilistischen Wandel war, der meine sogenannte übernatürliche Periode einleitete. Heute kann ich dazu nur so viel sagen, daß mein Sinn höchstwahrscheinlich verwirrt war und das gewaltige Chaos in meiner Gefühlswelt Ausdruck in meiner Arbeit fand, die ich mir selbst aufzwang.

Das erste schmerzliche Ereignis in diesem Jahr war der Tod meiner Mutter, Jessica Osgood Mobley, deren Zuneigung und weiser Rat mir...‘ Ich werde hier einiges überspringen." Don überflog die Seite, blätterte um. „Hier geht's weiter: ‚Der zweite, wesentlich schrecklichere Verlust, der mich traf, war der Tod meines älteren, noch keine achtzehn Jahre alten Sohnes Shelby, der Hand an sich legte. Ich werde hier nur jene Umstände von Shelbys Tod erwähnen, die in direktem Zusammenhang mit dem Beginn meiner sogenannten übernatürlichen Periode stehen, da dieses Buch im wesentlichen eine Darstellung meines Lebens als Maler sein soll. Dennoch muß ich hier festhalten, daß die Natur meines Sohnes eine fröhliche, unschuldige und lebhafte war, und ich bin sicher, daß nur ein gewaltiger moralischer Schock, die Konfrontation mit etwas nie gekanntem Bösen, ihn dazu bringen konnte, sich das Leben zu nehmen.

Kurz nach dem Tode meiner Mutter wurde ein geräumiges Haus in unserer unmittelbaren Nachbarschaft an eine sichtlich wohlhabende, attraktive Frau Mitte der Vierzig verkauft, deren Familie lediglich aus einer vierzehnjährigen Nichte bestand, die nach dem Tod ihrer Eltern das Mündel der Dame geworden war. Mrs. Florence de Peyser war freundlich und zurückhaltend, eine Frau mit charmanten Manieren, die den Winter in Europa zu verbringen pflegte, wie meine Eltern es getan hatten.

In der Tat schien sie die Repräsentantin einer vergangenen Zeit zu sein. Sie sammelte Gemälde, wie ich feststellen konnte, als sie mich in ihr Haus einlud, und sie wußte sogar über meine Arbeit Bescheid. Aber bei allem Charme von Mrs. de Peyser wurde doch bald klar, daß der Hauptanziehungspunkt ihres Haushalts ihre Nichte war. Amy Moncktons Schönheit war fast ätherisch, und ich glaube, sie war das weiblichste Wesen, das mir je unter die Augen gekommen ist. Jede ihrer Gesten, sei es auch nur die Art, wie sie einen Raum betrat oder Tee einschenkte, war von einzigartiger Anmut. Das Kind war hinreißend, dabei völlig beherrscht und bescheiden. Amy war ein willkommener Gast in unserem Haus. Meine beiden Söhne fühlten sich zu ihr hingezogen.'"

„Und da ist sie auch schon", sagte Don. „Eine vierzehnjährige Alma Mobley unter den Fittichen von Mrs. de Peyser. Der arme Mobley hatte keine Ahnung, wen er in sein Haus einließ. Er fährt fort: ‚Obwohl Amy so alt war wie mein jüngerer Sohn Whitney, war es Shelby, der sensible Shelby, der ihr näherkam. Als ich dann klare Anzeichen für seine Neigung entdeckte, hätte ich doch niemals vermutet, daß sie von morbider, entwürdigender oder frühreifer Art sein könnte. In Wahrheit gehörte es zu den Freuden meines Daseins als Vater, meinen großen, gutaussehenden Sohn mit dem hübschen Kind durch den Garten streifen zu sehen. Und ich war nicht erstaunt, sondern lediglich amüsiert, als mir Shelby anvertraute, er würde Amy Monckton heiraten, sobald sie achtzehn und er zweiundzwanzig wären.

Nach einigen Monaten bemerkte ich, daß Shelby zunehmend in sich gekehrt wirkte. Er interessierte sich nicht mehr für seine Freunde, und in der letzten Zeit seines Lebens konzentrierte er sich ausschließlich auf den de Peyserschen Haushalt und auf Miss Monckton. Sie hatten seit kurzem einen Diener von düsterem romanischen Aussehen. Er hieß Gregorio, und ich mißtraute ihm vom ersten Augenblick an und versuchte Mrs. de Peyser vor ihm zu warnen. Aber es wurde mir mitgeteilt, daß sie Gregorio und seine Familie seit vielen Jahren kenne und daß er ein ausgezeichneter Chauffeur sei. Ich hatte das Gefühl, nichts weiter sagen zu können.

In diesem kurzen Bericht kann ich nicht mehr sagen, als daß mein Sohn während der letzten zwei Wochen seines Lebens immer verstörter und sein Betragen immer geheimnisvoller wurde. Zum ersten Mal in meinem Leben kehrte ich den gestrengen Vater heraus und verbot ihm, im Haus de Peyser zu verkehren. Sein Betragen veranlaßte mich zu der Annahme, daß er und das Kind unter dem Einfluß von Gregorio mit Drogen in Berührung kamen — möglicherweise sogar mit unerlaubtem Sex. Auch fürchtete ich, daß sie mit irgendeiner spielerischen Form des kreolischen Mystizismus experimentierten.

Worin Shelby auch verwickelt sein mochte, das Ergebnis war tragisch. Er handelte meinem Befehl zuwider und fuhr fort, heimlich im Haus de Peyser zu verkehren. Und am letzten Tag im August kehrte er nach Hause zurück, nahm den Armeerevolver, den ich in einer Schublade in meinem Schlafzimmer aufbewahrte, und erschoß sich. Ich war in meinem Studio und malte, als ich den Schuß hörte; und ich selbst fand seine Leiche.

Was im folgenden geschah, muß wohl meinem Schock zugeschrieben werden. Ich dachte nicht daran, die Polizei oder den Notarzt zu verständigen. Ich ging nach draußen, stellte mir vor, daß von irgendwoher Hilfe kommen würde, und fand mich auf der Straße vor unserem Haus wieder. Ich sah zu Mrs. de Peysers Besitz hinüber. Was ich sah, ließ mich fast die Besinnung verlieren.

Ich glaubte den Chauffeur Gregorio an einem der Fenster im ersten Stock stehen und höhnisch auf mich niederlachen zu sehen. Er schien Übelwollen zu verströmen. Er frohlockte. Ich versuchte zu schreien und konnte nicht. Dann erblickte ich noch Schrecklicheres. Neben dem Haus stand Amy Monckton und starrte mich ebenfalls an, aber mit einem ruhigen, ausdruckslosen Blick und ernstem Gesicht. *Ihre Füße berührten den Boden nicht!* Amy schien einen halben Meter über dem Rasen zu schweben. Ihnen ausgeliefert, empfand ich blankes Entsetzen und schlug die Hände vors Gesicht. Als ich sie wieder senkte, wieder sehen konnte, waren sie verschwunden.

Mrs. de Peyser und Amy schickten Blumen zu Shelbys

Begräbnis, sie selbst aber waren bereits nach Kalifornien abgereist. Obwohl ich überzeugt war und es noch bin, daß das letzte Bild des Kindes und des Chauffeurs nur in meiner Einbildung existiert hat, verbrannte ich die Blumen. Nie hätte ich damit Shelbys Grab geschmückt. Die Bilder aus meiner sogenannten übernatürlichen Periode, die ich nun zur Debatte stellen möchte, sind auf dieses Erlebnis zurückzuführen.'"

Don sah die beiden alten Männer an. „Ich las das heute zum ersten Mal. Versteht ihr nun, was ich meine, wenn ich sage, daß sie sich in Szene setzen? Sie wollen, daß ihre Opfer wissen oder wenigstens ahnen, was auf sie zukommt. Robert Mobley erlitt einen Schock, der ihn fast zerrüttete, und er schuf die besten Bilder seines Lebens. Alma wollte, daß ich darüber lese, ich sollte wissen, daß sie mit Florence de Peyser unter einem anderen Namen in New Orleans gelebt und einen Jungen getötet hatte, so sicher, wie sie meinen Bruder getötet hat."

„Warum hat uns Anna Mostyn noch nicht umgebracht?" fragte Sears. „Sie hatte jede Gelegenheit dazu. Ich kann nicht einmal so tun, als hätte mich dein Bericht nicht überzeugt, aber auf was wartet sie? Warum sind wir drei nicht ebenso tot wie die anderen?"

Ricky räusperte sich. „Edwards Schauspielerin sagte zu Stella, daß ich ein guter Feind wäre. Ich glaube, sie warteten auf den Moment, da wir genau wissen würden, was auf uns zukommt."

„Du meinst jetzt", sagte Sears.

„Hast du einen Plan?" fragte Ricky.

„Nein, nur ein paar Ideen. Ich werde meine Sachen aus dem Hotel holen und hier wohnen. Vielleicht enthalten die Tonbänder meines Onkels nützliche Informationen. Und ich werde in Anna Mostyns Haus einbrechen. Ich hoffe, ihr werdet mich begleiten. Möglicherweise werden wir dort etwas finden."

„Das wird eine Gratwanderung", sagte Sears.

„Ich glaube nicht, daß sie noch dort sein werden. Die drei wissen, daß wir es zuerst in dem Haus versuchen werden. Sie werden bereits etwas anderes gefunden haben."

Don sah Sears und Ricky an. „Es bleibt mir nur mehr eines

zu sagen. Sears fragte, was geschehen wäre, wenn ihr den Luchs erschossen hättet. Das ist es, was wir herausfinden müssen. Diesmal müssen wir den Luchs erschießen, was es auch bedeuten wird."

Er lächelte ihnen zu. „Es wird ein teuflischer Winter werden."

Sears brummte eine Zustimmung. Ricky fragte: „Wie, glaubst du, stehen unsere Chancen, daß wir drei und Peter Barnes mit dem Leben davonkommen?"

„Verdammt schlecht", antwortete Sears. „Aber du hast fraglos getan, was wir von dir erwarteten, als wir dich baten, herzukommen."

„Sollen wir es jemandem sagen?" fragte Ricky. „Sollten wir versuchen, Hardesty von unserer Idee zu überzeugen?"

„Das ist absurd", schnaubte Sears. „Wir würden in der Klapsmühle enden."

„Laßt sie im Glauben, daß wir Marsmenschen bekämpfen", sagte Don. „Sears hat recht. Aber ich gehe eine Wette mit euch ein."

„Und die wäre?"

„Ich wette, daß eure untadelige Sekretärin morgen nicht zur Arbeit kommen wird."

Als die beiden alten Herren das Haus seines Onkels verlassen hatten, machte Don Feuer und setzte sich auf Rickys Platz. Und während auf dem Dach der Schnee wuchs und das Haus einzuschließen und Türen und Fenster dichtzumachen versuchte, erinnerte er sich an eine klare Nacht, an den Geruch verbrannter Blätter, an einen Sperling, der sich auf einem Geländer niederließ, und an ein blasses, schon geliebtes Gesicht, das ihm mit lichterfüllten Augen aus der Tiefe eines Haustors entgegenschimmerte. Und an ein nacktes Mädchen, das aus einem schwarzen Fenster starrte und Worte sprach, die er erst heute verstand: „Du bist ein Geist." Du, Donald. Du. Es war dies die unglückliche Erkenntnis, die jeder Geistergeschichte zugrunde liegt.

Die belagerte Stadt

2.

Narziß betrachtete sein Spiegelbild im Teich und weinte. Als ein Freund vorüberkam und ihn nach dem Grund fragte, gab Narziß zur Antwort: „Ich beweine meine verlorene Unschuld."

Sein Freund erwiderte ihm: „Weine lieber darüber, daß du je ein besaßest."

1

Dezember in Milburn: Milburn vor Weihnachten. Die Stadt blickte auf eine lange Vergangenheit zurück, und dieser Monat brachte seit jeher verschiedene Dinge mit sich: Ahornzucker und Schlittschuhlaufen auf dem Fluß, Lichter und Tannenbäume in den Läden und Schifahren gleich draußen auf dem Hügel vor der Stadt. Im Dezember bot Milburn unter einer dünnen Schneedecke einen festlichen, fast zauberhaft hübschen Anblick. Auf dem Stadtplatz wurde ein hoher Baum aufgestellt, und Eleanor Hardie schien seinen Lichtern mit der Dekoration der Hotelfassade Konkurrenz zu machen. Im Young-Brothers-Kaufhaus stellten sich die Kinder bei Santa Claus an, um ihm ihre Weihnachtswünsche zu überreichen — und nur die älteren unter ihnen bemerkten, daß der Weihnachtsmann ein ganz klein wenig aussah und roch wie Omar Norris. (Der Dezember söhnte Omar nicht nur mit seiner Frau, sondern auch mit sich selber aus. Er beschränkte seinen Alkoholkonsum auf die Hälfte des üblichen Quantums und sprach mit seinen alten Kumpanen über sein „Nebengeschäft unten am Warenhaus“.) Wie vor ihm sein Vater fuhr Norbert Clyde den alten Pferdeschlitten durch die Stadt und ließ die Kinder aufsitzen, damit sie erlebten, wie richtige Schlittenglöckchen klangen. Und Elmer Scales pflegte, wie vor ihm sein Vater, eines der Gatter auf seinem Weideland zu öffnen, um den Stadtleuten die Möglichkeit zu geben, auf einem zu seinem Land gehörenden Hügel Schlitten zu fahren. Manche Familien stellten Sahnekaramellen in ihren Küchen her, manche rösteten Kastanien in ihren Kaminen. Humphrey Stalladge hing rote und grüne Lichter über seine Bar und braute Eiergrog. Die Hausfrauen von Milburn tauschten Rezepte für Weihnachtsbäckereien aus. Die Metzger nahmen Bestellungen für zehn Kilogramm schwere Truthähne auf und gaben Rezepte für besonders gute Saucen preis. Die Kiwanis und der Rotary Club gaben ein riesiges Fest im Ballsaal des Archer Hotels, für das drei Extrakellner aus Binghamton kommen mußten.

Auch in diesem Jahr fanden einige Cocktailpartys statt, und die Hausfrauen von Milburn beschäftigten sich wieder mit ihrer Weihnachtsbäckerei. Aber der Dezember in Milburn war anders. Leute, die sich im Kaufhaus trafen, sagten nicht „Fein, daß wir weiße Weihnachten haben!“, sondern „Hoffentlich hört der Schneefall endlich auf!“ Omar Norris war ganztägig auf dem städtischen Schneepflug zu finden; Hardesty und seine Hilfskräfte stellten einen riesigen Baum auf dem Stadtplatz auf. Aber Eleanor Hardie stand das Herz nicht danach, ihr Hotel zu schmücken. Sie sah so gequält und verloren aus, daß ein Touristenehepaar aus New York City, als es einen Blick auf sie geworfen hatte, auf der Stelle beschloß, bis zum nächsten Motel weiterzureisen. Und zum ersten Mal holte Norbert Clyde den Schlitten nicht aus dem Stall, um die Kufen zu putzen. Seit er dieses „Ding“ auf seinem Land gesehen hatte, ging ein sonderbarer Verfall mit Norbert Clyde vor sich. Man hörte ihn bei Humphrey oder in anderen Bars sagen, daß der Tierbeschauer nicht einmal zwischen seinem eigenen Arsch und seinem Ellenbogen zu unterscheiden wisse, und wenn die Leute nur einen Funken Verstand hätten, würden sie ein Auge auf Elmer Scales haben, der den Schlittenfahrern kein Gatter öffnete, kaum zu Abend aß, verrückte Gedichte kritzelte und die Nächte mit seinem geladenen Gewehr auf den Knien durchwachte. Nur seine eigene Kinderschar rodelte den Hügel hinunter und fühlte sich dabei wie in der Verbannung. Tag und Nacht fiel der Schnee vom Himmel; zuerst bedeckte er die Zäune, dann reichte er bis zu den Dachrinnen der Häuser. In den beiden letzten Dezemberwochen blieben die Schulen geschlossen. Die Straßen waren gefährlich geworden, und nachdem der Schulbus zweimal an einem Morgen im Graben gelandet war, hätten die Eltern ihre Kinder ohnehin zu Hause gelassen. Leute im Alter von Ricky und Sears — sie waren das lebendige Gedächtnis der Stadt — erinnerten sich an die Winter 1947 und 1926, als Milburn wochenlang von der Außenwelt abgeschnitten war und es kein Heizmaterial mehr gab und deswegen alte Leute — und auch Viola Frederickson mit dem kastanienroten Haar und dem exotischen Gesicht — einfach erfroren. In diesem Dezember sah Milburn nicht aus wie ein Dorf auf einer Weihnachtskarte, sondern wie ein Dorf, das belagert wird. Die Menschen blieben mehr als gewöhnlich in ihren Häusern, die Spannung stieg, und so mancher verlor die Beherrschung. Philip Kneighler ging ins Haus, nachdem sein Schneeräumgerät in der Einfahrt den Geist aufgegeben hatte, und verprügelte seine Frau. Ronnie Byrum, ein Neffe von Harlan Bautz und auf Heimaturlaub von der Marine, widersprach der harmlosen Bemerkung eines Mannes, der neben ihm an der Bar stand, und brach ihm das Nasenbein. Er hätte ihm wahrscheinlich auch den Kiefer zerschmettert, wenn nicht zwei seiner Schulkameraden ihn festgehalten hätten. In ganz Milburn stritten Ehepaare, in ihren Häusern eingeschlossen, über Babys, Geld und die TV-Programme. Ein Diakon der presbyterianischen Heiligen-Geist-Kirche sperrte sich eines Nachts in ein ungeheiztes Gebäude ein und weinte und fluchte und betete, weil er glaubte, er würde verrückt. Er hatte sich eingebildet, das nackte Jesuskind auf einer Schneewächte vor dem Kirchenfenster stehen und ihn zu sich herauswinken zu sehen. Auf dem Bay-Tree-Markt riß Rhoda Flagler Bitsy Underwood ein Büschel Haare aus, weil diese ihr die letzten drei Dosen Kürbispüree streitig gemacht hatte. Da die Lastwagen die Stadt nicht mehr erreichten, wurden die Lebensmittel langsam knapp. In der Hollow erstach ein arbeitsloser Barkellner namens Jim Blazek einen Mulattenkoch namens Washington de Souza, weil ein großer Mann mit kahlgeschorenem Kopf, der wie ein Matrose gekleidet war, zu Blazek gesagt hatte, daß de Souza es mit seiner Frau treibe. Während der zweiundsechzig Tage, vom 1. Dezember bis 31. Januar, starben folgende zehn Bürger von Milburn eines natürlichen Todes: George Fleischner (62), Herzschlag; Whitey Rudd (70), Unterernährung; Gabriel Fish (58), Tod durch Erfrieren; Omar Norris (61), Tod durch Erfrieren nach einer Gehirnerschütterung; Marion Le Sage (73), Gehirnschlag; Ethel Birt (76), Hodgkinsche Krankheit; Dylan Griffen (5 Monate), Unterkühlung; Harlan Bautz (55), Herzschlag; Nettie Dedham (81), Gehirnschlag; Penny Draeger (18), Schock. Die meisten dieser Personen starben, während der Schnee am ärgsten wütete. Ihre Leichen mußten gestapelt und, in Tücher gehüllt, in einer der unbenützten Zellen von Walter Hardestys kleinem Gefängnis aufbewahrt werden — der Wagen vom Leichenschauhaus am Distriktsitz schaffte es nicht bis Milburn.

Die Stadt schloß sich ein, und sogar das Schlittschuhlaufen auf dem Fluß hörte auf. Zunächst ging es vor sich wie jedes Jahr; den ganzen Tag über sah man eine Menge Kinder auf dem Eis hin- und herflitzen und alle möglichen Spiele treiben. Aber auch wenn sie keine sonderliche Notiz vom Tod der alten Frauen und Männer genommen hatten — ein Verlust hatte ihnen einen schweren Schlag versetzt und traf sie jedesmal aufs neue, wenn sie auf den gefrorenen Fluß hinausglitten. Jim Hardie war der beste Eisläufer gewesen, den Milburn je gesehen hatte, und er und Penny Draeger hatten Figuren ausgearbeitet, die in den Augen ihrer Kameraden olympiareif waren. Peter Barnes war fast so gut gewesen, aber er weigerte sich, in diesem Jahr eiszulaufen; sogar als das schlechte Wetter etwas nachließ, blieb Peter zu Hause. Aber Jim war derjenige, den sie vermißten; auch wenn er morgens mit blutunterlaufenen Augen und einem Stoppelbart erschienen war, so hatte er sie doch alle beflügelt — man konnte ihm nicht zusehen, ohne gleich darauf sein Bestes auf dem Eis zu geben. Nun ließ sich nicht einmal mehr Penny Draeger sehen. Sie hatte sich, ebenso wie Peter Barnes, ins Privatleben zurückgezogen. Bald begannen die übrigen Eisläufer ihrem Beispiel zu folgen; jeden Tag mußte mehr Schnee vom Eis geschaufelt werden. Mancher von den Jungen, die das Schneeschaufeln übernommen hatten, begann zu vermuten, daß Jim Hardie schließlich doch nicht nach New York gegangen war. Sie hatten irgendwie das Gefühl, es sei ihm etwas zugestoßen — etwas, worüber sie lieber gar nicht nachdenken mochten. Bereits Tage vorher, ehe es unumstößlich feststand, wußten sie, daß Jim Hardie tot war.

Clark Mulligan machte sich erst gar nicht mehr die Mühe, den neuen Disney-Film für Weihnachten zu bestellen, sondern spielte laufend Horrorfilme. An manchen Abenden zählte er sechs oder sieben Besucher, manchmal sogar nur zwei oder drei; an wieder anderen Abenden saß er während der ersten Vorstellung der *Night of the Living Dead* überhaupt ganz allein im Kino. In die Samstagvormittagvorstellung kamen meist zehn bis fünfzehn Kinder, die den Film schon kannten, aber nicht wußten, was sie sonst mit sich anfangen sollten. Jeden Tag verlor er etwas mehr Geld, aber wenigstens verschaffte ihm das Rialto einen Vorwand, von zu Hause wegzukommen. Solange die Energieversorgung klappte, hatte er es warm, er war beschäftigt, und mehr verlangte er gar nicht. Eines Abends kam er aus dem Projektionsraum, um nachzusehen, ob sich noch irgend jemand durch den Notausgang eingeschlichen hatte, als er Penny Draeger neben einem Mann sitzen sah, der ein Wolfsgesicht hatte und eine Sonnenbrille trug. Clark eilte in seine Kabine zurück, aber er war sicher, daß der Mann ihn angegrinst hatte, ehe er sich von ihm abwenden konnte. Er wußte nicht warum, aber er hatte Angst — schreckliche Angst.

Einem Großteil von Milburns Bürgern geschah es zum ersten Mal in ihrem Leben, daß sie im Wetter eine böswillige, feindliche Gewalt sahen, die sie umbringen würde, wenn sie es zuließen. Wenn man nicht auf das Dach kletterte, um den Schnee herunterzuräumen, würden die Dachbalken unter der Last einknicken und nachgeben, und in zehn Minuten wäre das Haus nichts als eine unwirkliche Ruine, die man bis zum Frühjahr nicht mehr bewohnen könnte. Der Wind ließ die Temperatur manchmal auf mehr als zwanzig Grad unter Null fallen, und wenn man auch nur etwas länger draußen blieb, als unbedingt nötig war, um beispielsweise vom Auto ins Haus zu laufen, hörte man den Wind ringsherum kichern, als hätte er einen genau da, wo er einen haben wollte. Dies war einer der Feinde — der schlimmste, den sie kannten. Aber nachdem Walter Hardesty und einer seiner Helfer die Leichen von Jim Hardie und Christina Barnes identifiziert hatten und es sich herumsprach, in welchem Zustand sie aufgefunden worden waren, zogen die Leute von Milburn ihre Vorhänge zu und blieben lieber vor dem Fernsehapparat sitzen, als zu Nachbars Party zu gehen. Und sie fragten sich, ob es wirklich ein Bär war, der den schönen Lewis Benedikt getötet hatte. Und als sie — ähnlich wie Milly Sheehan — den kleinen weißen Schneestreifen betrachteten, der sich durch die Sturmläden gearbeitet hatte und wie zum Hohn auf dem Fensterbrett lag, begannen sie sich zu fragen, was am Ende noch hereingelangen könnte. Also schlossen sie sich ein wie die Stadt; sperrten zu; dachten ans Überleben. Nur vier Menschen wußten über einen Feind Bescheid, der gefährlicher war als das mörderische Wetter.

2

„Ich habe in den Nachrichten gehört, daß es in Buffalo noch ärger ist", sagte Ricky mehr zu sich selbst als zu den anderen; es war ihm gar nicht wichtig, ob das jemanden interessierte. Sears fuhr den Lincoln auf seine typische Art. Den ganzen Weg von Edwards Haus, wo sie Don abgeholt hatten, bis hierher in den Westen der Stadt war er, tief über das Lenkrad gebeugt, mit fünfundzwanzig Stundenkilometern dahingekrochen. Er hupte an jeder Straßenkreuzung, um die Verkehrsteilnehmer zu warnen, daß er nicht die Absicht habe, stehenzubleiben.

„Hör auf zu schwatzen, Ricky", sagte er, drückte auf seine Hupe und fuhr auf das nördliche Ende des Stadtplatzes zu.

„Du hättest nicht hupen müssen, es war Grün", bemerkte Ricky.

„Schnickschnack. Die Leute fahren zu rasch, um rechtzeitig anhalten zu können."

Don saß auf dem Rücksitz, hielt den Atem an und betete zu Gott, daß die Ampel auf der anderen Seite des Stadtplatzes auf Grün schalten möge, ehe Sears sie erreichte.

Sogar bei eingeschalteten Scheinwerfern konnte man außer den Verkehrsampeln und den roten und grünen Lichterpunkten auf dem Weihnachtsbaum nichts erkennen. Alles andere versank in wirbelndem Weiß. Die wenigen entgegenkommenden Autos erschienen zunächst wie Ströme von gelbem Licht, dann wie vage erkennbare große Tiere.

„Was werden wir tun, wenn wir am Ziel sind — falls das jemals der Fall sein sollte?" fragte Sears.

„Uns einfach umsehen. Es könnte sich als nützlich erweisen."

Ricky sah ihn mit einem Blick an, der Bände sprach, und Don fügte hinzu: „Nein, ich glaube nicht, daß sie dasein wird, auch Gregory nicht."

„Hast du eine Waffe bei dir?"

„Ich besitze keine. Hast du eine?"

Ricky nickte und hielt ein Küchenmesser hoch. „Es ist närrisch, ich weiß, aber..."

Don war nicht der Ansicht, daß es närrisch sei; einen Augenblick lang wünschte er, daß auch er ein Messer statt eines Flammenwerfers und einer Handgranate bei sich hätte.

„Omar hat es nicht mehr bis zur Montgomerystraße geschafft", sagte Sears. Erstaunt kurbelte Don sein Fenster hinunter und sah, daß sie bereits am Ende von Anna Mostyns Straße angelangt waren. Sears hatte recht. Überall auf ihrer Fahrt waren die tiefen Spuren von Omar Norris' Pflug zu sehen gewesen. Aber in der Montgomerystraße lag über einen Meter Schnee. Die tiefen Fußspuren von einigen Leuten, die sich in der Mitte der Straße einen Weg erkämpft hatten, füllten sich bereits wieder mit frischem Schnee.

Sears stellte die Zündung ab, ließ aber die Parklichter brennen. „Wenn wir es hinter uns bringen wollen, sehe ich keinen Grund zu warten."

Die drei Männer stiegen aus. Sears stellte den Pelzkragen seines Mantels auf und seufzte. „Wenn ich bedenke, daß ich einmal davor zurückschreckte, über die zehn Zentimeter Schnee auf dem Feld unseres Vergil zu gehen."

„Ich hasse die Vorstellung, dieses Haus betreten zu müssen", sagte Ricky.

„Ich bin noch niemals eingebrochen", sagte Sears. „Was schlägst du vor, wie es geschehen soll?"

„Peter sagte, daß Jim Hardie eine Glasscheibe in der Hintertür eingeschlagen hat. Wir gehen einfach hin und drücken die Türklinke nieder."

„Und wenn wir sie sehen? Wenn sie auf uns warten?"

„Dann werden wir versuchen, einen guten Kampf zu liefern", sagte Ricky.

„Gehen wir", meinte Don. Er stieg in eine Schneewächte.

Seine Stirn war bereits so eisig, daß sie sich anfühlte, als habe man ihm eine Metallplatte auf die Haut verpflanzt. Als Ricky und er die Schneewächte erklommen hatten, reichten sie die Hände hinunter, um Sears, der beide Arme von sich gestreckt hielt wie ein kleiner Junge, heraufzuziehen. Sears bewegte sich schwerfällig aufwärts wie ein Wal, der ein Riff überwindet, und dann kletterten die drei Männer die Schneewächte hinunter und standen in der Montgomerystraße.

Der Schnee reichte bis an ihre Knie. Don merkte, daß die beiden alten Männer darauf warteten, daß er den Anfang machte. Also wandte er sich um und begann auf Anna Mostyns Haus zuzugehen, indem er sich bemühte, in die tiefen Fußstapfen eines früheren Besuchers zu treten. Ricky folgte ihm in seiner Spur. Sears, der etwas seitlich eine eigene Spur durch den unberührten Schnee zog, kam zuletzt. Er zog den Saum seines schwarzen Mantels hinter sich her wie eine Schleppe.

Sie benötigten zwanzig Minuten, um das Haus zu erreichen. Als sie alle drei vor dem Gebäude standen, sah Don wieder auf die alten Herren und wußte, daß keiner von beiden auch nur einen Schritt weitergehen würde, wenn er sie nicht dazu zwang. „Wenigstens wird es drinnen wärmer sein“, sagte er.

„Ich hasse einfach die Vorstellung, noch einmal hineingehen zu müssen“, sagte Ricky leise.

„Das hast du schon einmal gesagt“, erinnerte ihn Sears. „Zur Rückseite, Don?“

„Zur Rückseite.“

Wieder ging er voran. Er hörte Ricky hinter sich niesen, während sie sich, bis über die Hüften im Schnee steckend, einen Weg bahnten. Genau wie Jim Hardie und Peter Barnes blieben sie an einem Seitenfenster stehen und spähten hinein. Sie sahen nichts als ein dunkles, leeres Zimmer. „Verlassen“, sagte Don und ging weiter zur Rückseite des Hauses.

Er fand das Fenster, das Jim Hardie eingeschlagen hatte, und war eben dabei hindurchzulangen, um die Klinke zu drücken, als Ricky um die Ecke bog. Sears folgte ihm.

„Schaun wir, daß wir aus dem Schnee wegkommen“, sagte Sears. „Ich friere.“ Es war eine der mutigsten Äußerungen, die

Don je gehört hatte, und er mußte ihr mit gleichem Mut begegnen. Er stieß die Tür auf und betrat die Küche. Sears und Ricky blieben ihm dicht auf den Fersen.

„Nun, jetzt sind wir da", sagte Ricky. „Wenn ich mir vorstelle, daß es fast fünfzig Jahre her ist — sollen wir getrennt gehen?"

„Fürchtest du dich davor, Ricky?" sagte Sears und putzte ungeduldig den Schnee von seinem Mantel. „Ich werde erst an diese leichenschänderischen Dämonen glauben, wenn ich sie mit eigenen Augen sehe. Du und Don, ihr könnt in den oberen Räumen und im Treppenhaus nachsehen. Ich werde mir das Erdgeschoß und den Keller vornehmen."

Wenn seine frühere Äußerung ein Akt des Mutes gewesen war, so mußte diese als reiner Freundschaftsbeweis gewertet werden, dachte Don. Denn keiner von ihnen wollte in diesem Haus allein sein. „Nun gut", sagte er. „Es würde mich wundern, wenn wir etwas fänden. Also laßt uns lieber gleich anfangen."

Sears ging voran in die Halle. „Los", sagte er befehlend. „Mir passiert schon nichts. Auf diese Weise sparen wir Zeit, und je eher wir von hier wegkommen, desto besser." Don stand bereits auf der Treppe, aber Ricky wandte sich noch einmal nach Sears um. „Wenn du etwas siehst, rufe uns."

3

Don und Ricky Hawthorne befanden sich allein im Treppenhaus. „Früher sah es hier ganz anders aus, weißt du", sagte Ricky. „Damals war dieses Haus wunderschön. Die Räume unten und ihr Zimmer da oben, einfach wunderschön."

„Genau wie Almas Wohnung", sagte Don. Sie hörten von unten Sears' Schritte. Das Geräusch weckte etwas in Rickys

Bewußtsein, und seine Züge spiegelten seine Bewegung wider.

„Was ist?"

„Nichts."

„Sag es mir. Dein Gesicht hat sich völlig verändert."

Ricky errötete. „Das ist das Haus, von dem wir träumen. Unsere Alpträume spielen sich hier ab. Nackte Dielen, leere Räume - das Geräusch von jemandem, der sich darin bewegt, wie eben jetzt Sears da unten. So beginnt der Alptraum. Wir träumen, daß wir in einem Schlafzimmer sind — im obersten Stockwerk." Er stieg einige Stufen höher. „Ich muß hinauf. Ich muß diesen Raum sehen. Es könnte helfen — daß der Alptraum verschwindet."

„Ich gehe mit dir", sagte Don.

Als sie den Treppenabsatz erreicht hatten, blieb Ricky mit einem Ruck stehen. „Hat Peter dir nicht gesagt, daß es hier war, wo —?" Er deutete auf eine dunkle Spur an der Wand.

„Wo Bate Jim Hardie getötet hat." Don schluckte unwillkürlich. „Laß uns hier nicht länger bleiben als nötig."

„Ich habe nichts dagegen, wenn wir uns trennen", sagte Ricky hastig. „Warum siehst du dir nicht Evas ehemaliges Schlafzimmer und die Räume an der Treppe an, und ich werde den obersten Stock durchforschen? So geht es schneller. Wenn ich irgend etwas finden sollte, werde ich nach dir rufen. Auch ich will von hier weg — ich halte es hier nicht aus."

Don nickte. Er stimmte Ricky aus vollem Herzen zu. Ricky ging weiter die Stufen hinauf, und Don stieß die Tür zu Eva Gallis Schlafzimmer auf.

Kahl, trostlos; dann die Laute einer unsichtbaren Schar: huschende Füße, Geflüster, Rascheln von Papier. Don tat zögernd einen weiteren Schritt in den leeren Raum, und hinter ihm fiel die Tür krachend ins Schloß.

„Ricky?" fragte er und wußte, daß seine Stimme um nichts lauter war als das Wispern hinter seinem Rücken. Das schwache Licht zerrann; und von dem Augenblick an, da Don die Wände nicht mehr sehen konnte, hatte er das Gefühl, sich in einem viel größeren Raum zu befinden. Die Wände und die Decke waren fortgeschwebt, dehnten sich aus, und er blieb in einem unwirklichen Raum zurück, von dem er nicht wußte, wie er ihn verlassen sollte. Ein kalter Mund preßte sich an sein Ohr und sagte oder dachte „Willkommen". Er warf sich herum, um zu sehen, woher der Laut kam; zu spät schoß ihm durch den Sinn, daß der Mund ein Gedanke gewesen sein mochte wie der Willkommensgruß. Seine Fäuste trafen ins Leere.

Wie um ihn scherzhaft zu bestrafen, stellte ihm jemand ein Bein, und es tat weh, als er auf Knien und Händen landete. Seine Hände berührten einen Teppich, der allmählich Farbe annahm — ein dunkles Blau —, und es kam ihm zum Bewußtsein, daß er wieder sehen konnte. Don hob den Kopf und bemerkte einen weißhaarigen Mann in einem Blazer von der Farbe des Teppichs, grauen Hosen und spiegelblank geputzten schwarzen Schuhen vor sich. Er lächelte zaghaft auf ihn nieder und reichte ihm eine Hand. Hinter ihm bewegten sich andere Männer. Don wußte augenblicklich, wer sie waren.

„Wohl einen kleinen Unfall gehabt, Don?" fragte der Mann. „Hier, nimm meine Hand." Er zog ihn in die Höhe. „Ich bin froh, daß du kamst. Wir haben auf dich gewartet."

„Ich weiß, wer Sie sind", sagte Don. „Ihr Name ist Robert Mobley."

„Ja, natürlich. Und du hast meine Memoiren gelesen. Allerdings hättest du dich etwas freundlicher über meinen Stil äußern können. Macht nichts, mein Junge, macht nichts. Du brauchst dich nicht zu entschuldigen."

Don sah sich in dem langgestreckten Zimmer um, dessen leicht ansteigender Fußboden in einer kleinen Bühne endete. Er sah nirgendwo Türen, und die blassen Wände erreichten eine nahezu kathedralenhafte Höhe. Ganz oben blinkten und blitzten winzige Lichter. Unter diesem trügerischen Himmel drängten sich etwa fünfzig, sechzig Personen, als wären sie auf einer Party. Am obersten Ende des Raumes war eine kleine Bar errichtet, und dort sah Don Lewis Benedikt stehen, der eine Khakijacke trug und eine Bierflasche in der Hand hielt. Er unterhielt sich mit einem hochgewachsenen alten Mann mit eingefallenen Wangen und traurigen Augen. Das mußte Dr. John Jaffrey sein.

„Ihr Sohn ist wohl auch hier?" vermutete Don.

„Shelby? Natürlich ist Shelby da. Da drüben steht er." Er deutete mit dem Kopf auf einen Jungen in den späten Teens, der ihnen zulächelte. „Wir sind alle wegen einer Unterhaltung hier, die höchst aufregend zu werden verspricht."

„Und Sie haben auf mich gewartet?"

„Nun, Donald, ohne dich hätte dies hier gar nicht stattfinden können."

„Ich verschwinde von hier."

„Du gehst fort? Nun, mein Junge, das kannst du gar nicht! Ich fürchte, die Show muß ihren Lauf nehmen — du hast doch schon bemerkt, daß es hier keine Türen gibt. Und es gibt nichts zu fürchten — hier kann dir nichts zustoßen. Es ist alles nur zur Unterhaltung — sieh doch, nur Schatten und Bilder. Nichts weiter."

„Scheren Sie sich zum Teufel", sagte Don. „Dies ist irgendeine Art Charade, die *sie* inszeniert hat."

„Du meinst Amy Monckton? Aber, aber, sie ist doch ein Kind. Du kannst doch nicht annehmen —"

Aber Don ging bereits auf die Seitenwand des Theaters zu. „Es hat keinen Sinn, mein lieber Junge", rief Mobley ihm nach. „Du wirst bei uns bleiben müssen, bis alles vorüber ist." Don preßte seine Hände gegen die Wand und fühlte, daß alle Anwesenden ihn anstarrten. Die Wand war mit einem blassen Material bespannt, aber unter dem Stoff tastete er etwas Kaltes, Hartes — wie Eisen. Er sah zu den blinkenden Lichtpunkten auf. Dann drosch er mit seinen Handflächen gegen die Wand — keine Einbuchtung, keine versteckte Tür, nichts als diese glatte, hermetisch verschlossene Oberfläche.

Die Lichter und Sternenimitation verblaßten. Zwei Männer ergriffen ihn, einer hielt ihn am Arm, der andere an der Schulter fest. Sie drehten ihn gewaltsam herum, so daß er die Bühne ansehen mußte. Ein einziger Scheinwerfer beleuchtete sie. Mitten im Lichtkegel war eine Plakattafel zu sehen. Darauf stand:

RABBITFOOT UND DE PEYSER BEEHREN SICH, EINE KURZE ANSPRACHE UNSERES SPONSORS ANZUKÜNDIGEN

Der Vorhang hob sich und gab einen Fernsehapparat frei. Don dachte zunächst, der Bildschirm sei leer, bis er auf der weißen Scheibe einige Details erkannte: die roten Ziegel eines Rauchfangs, den Schnee, der wirklicher Schnee war. Dann wurde das Bild vor seinen Augen lebendig.

Es war eine Aufnahme der Montgomerystraße, aus steilem Winkel über dem Dach von Anna Mostyns Haus aufgenommen. Im Augenblick, da er den Schauplatz erkannt hatte, erschienen auch schon die Darsteller. Er selbst, Sears James und Ricky Hawthorne kämpften sich über die Mitte der Straße heran; er und Ricky auf das Haus blickend, Sears zu Boden sehend, wie um der Aufnahme eine Kontrastwirkung zu verleihen. Es gab keinen Ton, und Don konnte sich nicht mehr entsinnen, was sie auf ihrem Marsch zum Haus gesprochen hatten. Drei Gesichter in Großaufnahme: mit ihren weiß verkrusteten Augenbrauen sahen sie aus wie Soldaten, die irgendeine Säuberungsaktion in einem arktischen Krieg durchzuführen hatten. Rickys müdes Gesicht war eindeutig das eines Mannes mit einer bösen Erkältung. Er litt. Hier wurde es Don viel klarer als draußen vor dem Haus.

Dann eine Aufnahme, wie er durch das zerbrochene Fenster langte. Eine Außenkamera folgte den drei Männern ins Haus, schwenkte ihnen nach, als sie von der Küche aus die dunkle Diele betraten. Wieder unhörbare Konversation. Eine dritte Kamera nahm Don und Ricky ins Bild, wie sie die Treppe hinaufstiegen und Ricky auf den Blutfleck zeigte. Sie trennten sich, und die Kamera schwenkte von Don ab, als er die Tür zu Anna Mostyns Schlafzimmer aufstieß.

Don beobachtete voll Unbehagen, wie die Kamera Ricky die Treppe hinauf folgte. Schnitt — man sah das Ende eines langen Korridors, Rickys Silhouette, wie er auf einem Treppenabsatz stehenblieb, dann zum obersten Stockwerk weiterging. Wieder

Schnitt — Ricky erreichte den obersten Stock, öffnete die erste Tür, betrat einen Raum.

Jetzt im Zimmer: Ricky trat durch die Tür, die Kamera beobachtete ihn wie ein versteckter Angreifer. Ricky atmete schwer, sah mit offenem Mund und sich weitenden Augen um sich — also doch das Zimmer aus dem Alptraum, wie er angenommen hatte. Die Kamera kroch langsam an ihn heran. Dann sprang sie oder die Kreatur, die sie war, vorwärts.

Zwei Hände umklammerten Rickys Hals und erdrosselten ihn. Ricky wehrte sich, versuchte die Handgelenke seines Mörders wegzustoßen, aber er war zu schwach, um sich aus dem Würgegriff zu befreien. Die Hände drückten zu, und Ricky begann zu sterben: nicht sauber wie im TV-Programm, das hier imitiert wurde, sondern schmutzig, mit hervorquellenden Augen und blutiger Zunge. Sein Rücken krümmte sich hilflos, Flüssigkeit rann ihm aus Augen und Nase, sein Gesicht begann sich schwarz zu verfärben.

Peter Barnes sagte, daß sie dich Dinge sehen lassen können, dachte Don, *und das eben tun sie gerade...*

Vor seinen Augen starb Ricky Hawthorne, in Farbe, auf einer achtzig Zentimeter breiten Leinwand.

4

Ricky zwang sich, die Tür zum ersten Schlafzimmer im obersten Stock des Hauses zu öffnen. Er wünschte, er wäre daheim bei Stella. Lewis' Tod hatte sie sehr erschüttert, obwohl sie nichts von Peter Barnes' Geschichte wußte.

Vielleicht wird es hier enden, dachte er und trat durch die Tür.

Dann zwang er sich stillzustehen; sogar das Atmen wurde ihm schwer. Es war das Zimmer ihrer Träume, und jedes Atom hier drin schien vom Elend der Altherrengesellschaft durchsetzt zu sein. Hier hatte jeder von ihnen im kalten Schweiß gelegen und vor Angst gefroren; auf diesem Bett, über dessen kahle Matratze jetzt nur eine graue Decke geworfen war, hatte jeder sich hilflos abgemüht, seinem Körper eine Bewegung abzuringen. Im Gefängnis dieses elenden Bettes hatten sie auf ihren Tod gewartet. Dieser Raum bedeutete nichts als Tod; seine nackte, kalte Öde war Sinnbild des Todes.

Es fiel ihm ein, daß Sears im Keller war oder bald dort sein mußte. Aber es gab kein Kellerungetüm, ebensowenig wie es einen schweißüberströmten, ans Bett gefesselten Ricky Hawthorne gab. Er drehte sich langsam im Kreise, um jedes Detail des Raumes in sich aufzunehmen.

An einer Seitenwand befand sich das einzig Ungewöhnliche, ein kleiner Spiegel.

(Spieglein, Spieglein an der Wand... wer fürchtet sich am meisten im ganzen Land?)

(Nicht ich, sagte die kleine rote Henne)

Ricky ging um das Bett herum und trat vor den Spiegel. Er hing dem Fenster gegenüber, und ein Stück des weißen Himmels spiegelte sich in ihm. Winzige Schneeflocken schwebten über seine Oberfläche und verschwanden am unteren Ende des Rahmens.

Als Ricky noch näher an den Spiegel herantrat, berührte ein Windhauch sein Gesicht. Er beugte sich vor, und dabei wehte eine Handvoll Schneeflocken auf ihn zu und berührte seine Wangen.

Er beging den Fehler, geradewegs in etwas hineinzusehen, von dem er nunmehr in voller Verwirrung annahm, daß es sich um ein kleines offenes Fenster handeln mußte, das ihm einen direkten Ausblick auf das Winterwetter bot.

Vor ihm tauchte ein Gesicht auf, das er kannte, ein wildes, verlorenes Gesicht; dann erhaschte er einen Blick auf Elmer Scales, der schwerfällig durch den Schnee stapfte und ein Gewehr trug. Der Farmer war, ebenso wie die erste Erscheinung, mit Blut bespritzt. Das von seinen abstehenden Ohren umrahmte Gesicht war bis zum Skelett abgemagert, aber in Scales' grimmiger Hagerkeit lag etwas, das Ricky denken ließ: *Er hat etwas Schönes gesehen — Elmer wollte schon immer etwas Schönes sehen.* Diese Gedanken stiegen wie Seifenblasen an die Oberfläche von Rickys Bewußtsein und zerplatzten dann. Elmer schrie etwas in den heulenden Sturm, hob sein Gewehr und feuerte einen Schuß auf einen kleinen Körper ab, der sich in einem Strom von Blut überschlug.

Dann zerstoben Elmer und sein Ziel, und Ricky blickte auf Lewis' Rücken. Vor Lewis stand eine nackte Frau und sprach tonlose Worte. *Schrift,* las er von ihren Lippen. *Hast du die Schrift im Teich gesehen, Lewis?* Die Frau war nicht lebendig, und sie war auch nicht schön, aber Ricky sah die wiedergekehrte Begierde auf ihrem toten Gesicht und wußte, daß er Lewis' Frau vor sich hatte. Er versuchte rückwärts zu gehen, um der Erscheinung zu entkommen, aber dann merkte er, daß er sich nicht rühren konnte.

Gerade als die Frau Lewis erreicht hatte und sie beide zu unkenntlichen Formen verschwammen, sah Ricky Peter Barnes in einer Ecke des Schneesturmbildes kauern. Nein, es war in einem Gebäude, irgendeinem Gebäude, das er kannte, aber nicht nennen konnte. Irgendeine wohlvertraute Ecke, ein abgetretener Teppich, eine gewölbte braungelbe Wand unter dem schwachen Licht eines Leuchters... ein wolfähnlicher Mann beugte sich über den angsterfüllten Peter Barnes und grinste ihn mit seinen weißen, vorstehenden Zähnen an. Diesmal gab es kein Verschwimmen der Formen, kein barmherziger Schneefall verbarg das Schreckliche vor Ricky Hawthornes Augen: Das Wesen beugte sich über den zusammengekauerten Peter Barnes, hob ihn auf wie ein Löwe, der eine Gazelle tötet, und brach ihm das Rückgrat. Und wie ein Löwe schlug er seine Zähne in die Haut des Jungen und begann zu essen.

5

Sears James hatte die an der Vorderfront des Hauses gelegenen Räume untersucht und nichts gefunden; es gab wahrscheinlich auch nichts mehr zu finden. Ein leerer Koffer war wohl kaum Grund genug, daß sie bei diesem Wetter auch nur einen Fuß vor die Schwelle des eigenen Hauses gesetzt hatten. Er kehrte in die Halle zurück, hörte Don ziellos in einem der oberen Räume umhergehen und unterzog die Küche einer kurzen Untersuchung. Nasse Fußtritte beschmutzten den Boden; es waren ihre eigenen. Ein einziges trübes Wasserglas stand auf einer staubigen Anrichte. Eine leere Spüle, leere Fächer. Sears rieb seine kalten Hände aneinander und ging wieder in die dunkle Diele zurück.

Oben hämmerte Don gegen die Wände — wahrscheinlich sucht er eine Geheimtür, dachte Sears und schüttelte den Kopf. Die Tatsache, daß sie das Haus durchstöberten und alle drei noch am Leben waren, bewies, daß Eva fortgezogen war und nichts hinterlassen hatte.

Er öffnete die Kellertür. Holzstufen führten in völlige Finsternis. Sears drehte am Lichtschalter, und eine Glühbirne am obersten Treppenabsatz beleuchtete nun die Treppe und den Betonboden an deren Fußende. Offensichtlich gab es nur dieses eine Licht, was bedeutete, wie Sears klar wurde, daß der Keller nicht benützt worden war.

Er stieg ein wenig tiefer und spähte in die Dunkelheit. Soweit er sehen konnte, unterschied sich dieser Keller in nichts von anderen Milburn-Kellern. Er erstreckte sich unter dem ganzen Haus, war etwa zwei Meter hoch, und seine Betonwände waren gestrichen. An der gegenüberliegenden Wand stand ein alter Heizkessel und warf einen vielarmigen Schatten, der mit der Finsternis zu verschmelzen schien.

Von oben hörte Sears einen dumpfen Fall, und sein Herz tat einen Sprung; er war doch sehr viel nervöser, als er sich das eingestehen wollte. Er bog den Kopf zurück und lauschte angestrengt auf weitere Geräusche, auf Laute der Bedrängnis, aber es war nichts zu hören. Wahrscheinlich war lediglich eine Tür zugefallen.

Komm herunter und spiel im Dunkeln, Sears.

Sears stieg langsam noch eine Stufe tiefer und sah seinen riesigen Schatten auf dem Betonboden wachsen. *Komm schon, Sears.*

Er hatte die Worte nicht gehört, er sah keine Bilder, hatte keine Erscheinung. Aber er hatte einen Befehl erhalten und folgte seinem aufgeblähten Schatten in die Tiefe des Kellers.

Komm und schau dir an, was ich dir als Spielzeug zurückließ.

Er stand auf dem Betonboden und empfand ein krankhaftes Vergnügen, das nicht sein eigenes war.

Sears wirbelte herum, weil er fürchtete, daß etwas unter der Holztreppe hervor auf ihn zukommen würde. Das Licht zeichnete dort, wo es durch die Holzritzen fiel, Streifen auf den Betonboden. Nichts war da. Er würde sich aus dem Schutz des Lichtkegels begeben müssen, um die dunklen Ecken des Kellers zu untersuchen.

Er bewegte sich vorwärts und wünschte inbrünstig, daß auch er ein Messer bei sich hätte. Dann schwanden alle Zweifel. „Oh mein Gott", sagte er. Aus einem dunklen Winkel neben dem Heizkessel trat John Jaffrey. „Sears, alter Freund", sagte er. Seine Stimme war tonlos. „Dem Himmel sei Dank, daß du da bist. Sie sagten mir, du würdest kommen, aber ich wußte nicht — ich meine, ich —" Er schüttelte den Kopf. „Es ist alles so konfus."

„Komm mir nicht nahe", sagte Sears.

„Ich habe Milly gesehen", sagte John. „Und stell dir vor, Milly ließ mich einfach nicht ins Haus. Aber ich habe sie gewarnt... Ich meine, ich habe ihr gesagt, sie soll dich warnen, dich und die anderen. Vor etwas warnen. Aber ich weiß nicht mehr, vor was." Er hob sein eingefallenes Gesicht und verzog seinen Mund zu einem schrecklichen Lächeln. „Ich ging hinüber. Hat das nicht auch Fenny gesagt? In deiner Geschichte? *Richtig!* Ich ging hinüber, und nun will Milly nicht

— will nicht öffnen — ah —" Er hob die Hand an die Stirn. „Oh, es ist einfach grauenhaft, Sears. Kannst du mir nicht helfen?"

Sears wich langsam vor ihm zurück. Er war keines Wortes mächtig.

„Bitte. Seltsam, wieder in diesem Haus zu sein. Sie befahlen mich hierher — um auf dich zu warten. Bitte hilf mir, Sears. Gottlob, daß du da bist."

John schleppte sich ins Licht, und Sears sah, daß eine feine graue Staubschicht sein Gesicht, seine ausgestreckten Hände und seine bloßen Füße bedeckte. Auch seine Augen schienen mit einer Mischung aus Staub und getrockneten Tränen bedeckt zu sein. Dies ließ Sears, deutlicher als die wirren Worte und der schleppende Gang, Johns Schmerzen ahnen. Er erinnerte sich an Peter Barnes' Geschichte über Lewis und empfand nun mehr Mitleid als Angst.

„Ja, John", sagte er, und Dr. Jaffrey, der sichtlich nicht fähig war, ins Licht der Glühbirne zu sehen, wandte sich ihm zu, als er seine Stimme hörte.

Sears ging einen Schritt vorwärts, um Dr. Jaffreys ausgestreckte Hand zu ergreifen. Im letzten Moment schloß er die Augen. Ein Prickeln stieg in seine Finger und durchlief seinen Arm. Als er die Augen öffnete, war John verschwunden.

Er stolperte und stieß sich dabei schmerzhaft seine Rippen an. *Spielzeug.* Wie viele Wesen würde er noch finden, die so zerstört und benommen waren wie John?

Er ging auf den Heizkessel zu und sah einen Haufen Kleider, den man an der entlegensten Wand hatte fallen lassen. Es sah unheimlich aus, wie die struppigen Kadaver auf Elmer Scales' Farm. Er wollte sich abwenden. All die wirklich bösen Dinge hatten da draußen begonnen, als er und Ricky frierend auf dem kalten weißen Hügel gestanden hatten. Sears sah eine schlaffe Hand, ein Büschel blonder Haare. Dann erkannte er in einem der Lumpen den Mantel von Christina Barnes; er lag über einem nahezu flachen Körper und hüllte ein graues, zusammengeschrumpftes Etwas ein, dessen eines Ende blonde Haare trug und Christina Barnes' Leiche war.

Instinktiv rief er mit dem Schrei, der ihm entfuhr, nach den beiden anderen. Dann zwang sich Sears zur Beherrschung, ging an das untere Ende der Treppe und begann methodisch, laut und ohne Scham die beiden Namen zu wiederholen.

6

„Also ihr drei habt sie gefunden", sagte Hardesty. „Ihr seht auch ganz schön durcheinander aus." Sears und Ricky saßen auf einer Couch in John Jaffreys Haus, Don in einem Sessel daneben. Der Sheriff stand, noch in Hut und Mantel, an den Kaminsims gelehnt und versuchte seinen Ärger zu verbergen.

„Sie auch", sagte Sears.

„Ja. Schon möglich. Um genau zu sein, ich habe noch nie Leichen gesehen, die so zugerichtet waren wie diese beiden. Nicht einmal bei Freddy Robinson war es so arg. Haben Sie schon einmal so eine Leiche gesehen, Sears James?"

Sears schüttelte den Kopf.

„Nein. Sie haben verdammt recht. So etwas hat noch keiner von uns gesehen. Und ich werde sie im Gefängnis aufbewahren müssen, bis der Leichenwagen durchkommt. *Und* ich bin der arme Hund, der Mrs. Hardie und Mr. Barnes hinführen muß, damit sie die Leichen identifizieren. Außer Sie wollen das für mich besorgen, Mr. James?"

„Das ist Ihr Job, Walt", sagte Sears.

„Scheiße. Mein Job ist das? Mein Job ist es, herauszufinden, *wer* diesen Leuten *was* angetan hat, und ihr beiden alten Bussarde sitzt einfach daneben, was? Ich nehme an, ihr fandet sie rein zufällig. Hat sich einfach so ergeben, daß ihr gerade in dieses Haus eingebrochen seid; seid rein zufällig spazierengegangen an einem gottverlassenen Tag wie dem heutigen, nehme ich an; und dachtet, wie wär's mit einem kleinen Einbruch, einfach so — Jesus, ich sollte euch alle drei mit ihnen in ein und dieselbe Zelle sperren. Zusammen mit dem zerfetzten Lewis Benedikt und diesem Nigger de Souza und diesem Griffenjungen, der erfror, weil sein Hippy-Daddy und seine Hippy-Mami zu knapp bei Kasse waren, um sein Zimmer zu heizen. Verdammt, das sollte ich augenblicklich tun." Hardesty, der nicht mehr fähig war, seine Wut zu verbergen, spuckte ins Feuer und trat gegen das Kamingitter. „Jesus, ich lebe in diesem beschissenen Gefängnis, ich sollte euch drei Arschlöcher wirklich einsperren und zuschauen, wie es euch gefällt."

„Walt", sagte Sears. „Beruhigen Sie sich."

„Klar. Wenn ihr zwei Mummelgreise nicht solche Haare auf den Zähnen hättet, würde ich es tun."

„Wenn Sie einen Augenblick aufhören wollten, uns zu beschimpfen, Walt, würden wir Ihnen sagen, wer Jim Hardie und Mrs. Barnes getötet hat. Und Lewis."

„Natürlich. Was sonst."

Einen Augenblick herrschte Stille. Dann sagte Hardesty: „Nun? Was ist, ich warte."

„Es war eine Frau, die sich Anna Mostyn nennt."

„Glänzend. Einfach super. Anna Mostyn. Okay. Es war ihr Haus, also muß sie es gewesen sein. Ganze Arbeit. Also, wie hat sie es getan? Hat sie sie ausgesaugt wie ein Wiesel ein Ei? Und wer hat die Opfer festgehalten? Es ist nämlich ausgeschlossen, daß eine Frau mit einem verrückten Jungen wie Hardie allein fertig würde. Nun?"

„Sie hatte Hilfe", sagte Sears. „Es war ein Mann, der sich Gregory Bate oder Benton nennt. Nun halten Sie sich fest, Walt, denn nun kommt der schwierige Teil. Bate ist seit fast fünfzig Jahren tot. Und Anna Mostyn —"

Er hielt inne. Hardesty hatte gequält die Augen geschlossen.

Ricky schaltete sich ein. „Sheriff, in gewisser Weise hatten Sie von Anfang an recht. Erinnern Sie sich noch, was Sie uns erzählten, als Sie Elmer Scales' Schafe sahen? Sie sprachen von einer ganzen Reihe von Vorfällen, die sich in den sechziger Jahren zugetragen hatten."

Hardesty öffnete ruckartig seine blutunterlaufenen Augen.

„Hier handelt es sich um das gleiche", sagte Ricky. „Das heißt, wir nehmen an, daß es sich um das gleiche handelt. Aber hier sind sie darauf aus, Menschen zu töten."

„Also was ist diese Anna Mostyn?" fragte Hardesty, und sein Körper wurde steif vor Ablehnung. „Ein Geist? Ein Vampir?"

„So etwas Ähnliches", sagte Sears. „Ein Wesen, das seine Gestalt zu ändern vermag."

„Und wo ist sie jetzt?"

„Um das zu erfahren, gingen wir in ihr Haus. Um nachzusehen, ob wir etwas finden würden."

„Und nun werdet ihr mir gleich sagen, es war nichts mehr da."

„Nichts mehr", sagte Sears.

„Ich frage mich, ob es jemand fertigbringt, so zu lügen wie ein hundert Jahre alter Anwalt", sagte Hardesty und spuckte noch einmal ins Feuer. „Okay. Jetzt werde ich euch einmal etwas sagen. Ich werde einen Bericht über diese Anna Mostyn verfassen. Das ist alles. Was mich betrifft, so überlasse ich es euch alten Vögeln, mit diesem Kind hier den Rest des Winters auf Geisterfang zu gehen. In meinen Augen seid ihr Sonderlinge — völlig verrückt. Und wenn ich irgendeinen Mörder erwischen sollte, der Bier trinkt und Hamburger ißt und kleine Kinder in seinem Wagen mitnimmt, dann werde ich euch anrufen und euch ins Gesicht lachen. Und ich werde dafür sorgen, daß die Leute bei uns niemals aufhören werden zu lachen, wenn eure Namen fallen. Habt ihr mich verstanden?"

„Schreien Sie uns nicht so an, Walt", sagte Sears. „Es ist uns auch so klargeworden, was Sie uns sagen wollten. Und noch eines ist uns klar."

„Und was wäre das, zum Teufel?"

„Daß Sie Angst haben, Sheriff. Aber Sie haben dabei eine Menge Gesellschaft."

7

Unterhaltung mit G

„Bist du wirklich ein Matrose, G?"
„Mhm"
„Bist du schon viel herumgekommen?"
„Ja."
„Wie kommt es, daß du so lange in Milburn bleiben kannst? Mußt du nicht auf dein Schiff zurück?"
„Landurlaub."
„Warum willst du immer nur ins Kino gehen?"
„Nur so."
„Also ich gehe gern mit dir."
„Mhm"
„Aber warum nimmst du deine Brille niemals ab?"
„Nur so."
„Eines Tages werde ich sie dir abnehmen."
„Später."
„Versprichst du's?"
„Ich verspreche es."

8

Unterhaltung mit Stella

„Ricky, was geschieht mit uns? Was geschieht mit Milburn?"

„Etwas Furchtbares. Ich möchte es dir jetzt nicht sagen. Das hat Zeit, bis alles vorüber ist."

„Du machst mir angst."

„Auch ich habe Angst."

„Nun, ich habe Angst, weil du Angst hast." Eine Zeitlang hielten die Hawthornes einander einfach fest.

„Du weißt, was Lewis getötet hat, nicht wahr?"

„Ich denke, ja."

„Nun, ich habe etwas Erstaunliches an mir entdeckt. Ich kann ein Feigling sein. Darum sag es mir bitte nicht. Ich weiß, daß ich dich fragte, aber sage es nicht. Ich will nur wissen, ob es vorübergehen wird."

„Sears und ich werden dafür sorgen, daß es vorübergeht. Mit Hilfe des jungen Wanderley."

„*Kann* er euch helfen?"

„Er kann. Er hat es bereits getan."

„Wenn nur dieser schreckliche Schneefall aufhören würde."

„Ja. Aber er wird nicht aufhören."

„Ricky, habe ich dir das Leben sehr schwergemacht?" Stella sah ihm in die Augen.

„Schwerer, als es die meisten anderen Frauen getan hätten", sagte er. „Aber ich habe fast nie eine andere Frau haben wollen."

„Es tut mir leid, daß ich dir jemals Kummer gemacht habe. Ricky, ich habe niemals einen anderen Mann so geliebt, wie ich dich liebe. Trotz meiner Abenteuer. Du weißt, daß das alles vorbei ist, nicht wahr?"

„Ich dachte es mir."

„Er war ein entsetzlicher Mann. Er saß neben mir im Wagen, als mir mit überwältigender Deutlichkeit klar wurde, um wie vieles besser du bist als er. Also habe ich ihn hinausgeworfen." Stella lächelte. „Er schrie mich an. Es scheint, ich bin ein Luder."

„Manchmal bist du eines."

„Manchmal. Weißt du, er muß Lewis' Leiche unmittelbar danach gefunden haben."

„Ah. Ich habe mich schon gefragt, was er da oben suchte."

Stille: Ricky hatte einen Arm um die Schultern seiner Frau gelegt und war sich ihres zeitlosen Profils bewußt. Wenn sie nicht so ausgesehen hätte, ob er es so lange mit ihr ausgehalten haben würde? Doch wenn sie nicht so ausgesehen hätte, wäre sie nicht Stella gewesen — eine unmögliche Spekulation.

„Sag mir, mein Herz", hauchte sie. „Wer war diese andere Frau, die du haben wolltest?"

Ricky lachte; dann lachten sie beide, für ein Weilchen wenigstens.

9

Reglose Tage: Milburn lag erstarrt unter wachsenden Schneemassen. Garagenbesitzer beantworteten das Telefon nicht mehr, weil sie zu viele Schneeräumarbeiten für ihre eigenen Kunden zu erledigen hatten. Omar Norris trug in jeder seiner Manteltaschen eine Flasche und rammte doppelt so viele geparkte Autos mit seinem Schneepflug wie sonst. Er arbeitete jetzt in dreifacher Schicht und säuberte oft dreimal täglich ein und dieselbe Straße. Und manchmal, wenn er zur Gemeindegarage zurückkehrte, war er so betrunken, daß er den Heimweg nicht mehr schaffte und an Ort und Stelle einschlief. Riesige Bündel von *The Urbanite* lagen vor der Druckerei gestapelt, die Zeitungsjungen erreichten ihre Sammelstellen nicht mehr. Schließlich schloß Ned Rowles Redaktion und Druckerei für eine Woche und schickte seine Mitarbeiter mit einem Weihnachtsbonus nach Hause. „Bei diesem Wetter", sagte er zur Belegschaft, „wird sich nichts anderes ereignen als noch mehr von diesem Wetter. Fröhliche Weihnachten."

Aber auch in einer lahmgelegten Stadt geschehen Dinge. Dutzende von Autos kamen von der Straße ab und blieben tagelang unter Schneewehen begraben. Walter Barnes saß mit seinen Drinks im Fernsehzimmer und starrte blicklos auf die flimmernde Scheibe; den Ton hatte er abgestellt. Peter kochte ihre Mahlzeiten. „Ich verstehe eine ganze Menge, aber das kann ich nicht verstehen", sagte Barnes zu seinem Sohn und trank still und ohne Unterbrechung weiter.

An einem Freitagabend bereitete Clark Mulligan alles für die erste Vorstellung von *Night of the Living Dead* am Samstag vor, dann drehte er die Lichter aus und trat in den Schneesturm hinaus. Er fand Penny Draegers Leiche, halb vom Schnee bedeckt, neben einem verlassenen Wagen. Er schlug ihr ins Gesicht, rieb ihre Handgelenke, aber nichts würde sie jemals wieder zum Atmen bringen, noch den Ausdruck in ihren Zügen ändern — G hatte ihr endlich erlaubt, seine dunkle Brille abzunehmen.

Und Elmer Scales begegnete endlich dem Mann vom Mars.

10

Es geschah am Tag vor Weihnachten. Das Datum bedeutete Elmer nichts. Seit Wochen war er in blinder, ungeduldiger Wut seiner Arbeit nachgegangen, hatte seine Kinder weggestoßen, wenn sie ihm zu nahe kamen, und die Weihnachtsvorbereitungen hatte er seiner Frau überlassen. Sie hatte die Geschenke eingekauft und den Weihnachtsbaum aufgestellt. Elmer hatte sie aufgegeben, bis er eines Tages erkennen würde, daß jenes Unbekannte, auf das er Nacht für Nacht lauerte, niemals daherkommen würde, um sich von ihm abknallen zu lassen. Am Heiligen Abend gingen Mrs. Scales und die Kinder früh zu Bett und ließen Elmer mit seinem Gewehr im Schoß und Schreibblock und Bleistift vor sich auf dem Tisch zurück.

Elmers Stuhl war aufs Fenster gerichtet, und wenn er das Licht ausmachte, konnte er bis zur Scheune sehen — einem großen Schatten in der Dunkelheit. Der Schnee lag hüfttief, bis auf den schmalen Pfad, den er ausgeschaufelt hatte. Elmer benötigte kein Licht, um aufs Papier zu kritzeln, was ihm eben einfiel. Er sah nicht einmal mehr auf den Schreibblock, sondern schrieb, während er aus dem Fenster starrte, schrieb alles auf, was ihm in den Sinn kam. Manchmal fielen ihm Bruchstücke eines Gesprächs mit seinem Vater ein. Auch sie schrieb er nieder. *Warren, leihst du uns deinen Wagen? Wir versprechen, ihn gleich wiederzubringen. Wirklich gleich. Haben etwas Dringendes zu tun.*

Manchmal schien es, als sei sein Vater hier bei ihm im dunklen Zimmer. *Paß auf die beiden Anwälte auf, Goldjunge, haben meinen Wagen zusammengefahren und verloren, sind in einen Sumpf gefahren oder so ähnlich. Gaben mir Bargeld dafür, aber du kannst solchen Burschen nicht über den Weg trauen, egal wie reich ihre Väter sind* — die krächzende alte Stimme drang an sein Ohr, als wäre sein alter Herr noch am Leben. Elmer schrieb alles nieder, vermischte es mit seinen Versen, die keine Verse waren.

Dann sah er einen Schatten auf das Fenster zugleiten, er kam mit leuchtenden Augen durch Nacht und Schnee auf ihn zu. Elmer ließ den Bleistift fallen, riß das Gewehr hoch und war nahe daran, durch das Fenster zu feuern, als er gewahr wurde, daß das Wesen nicht davonlief — es wußte, daß er da war, und kam ihn holen.

Elmer stieß den Stuhl zurück und stand auf. Er klopfte auf seine Tasche, um sich zu vergewissern, daß er Reservemunition bei sich trug, dann hob er das Gewehr, entsicherte es und wartete, bis das Ding nahe genug war, daß er es erkennen konnte.

Als es näher kam, begannen sich Zweifel in ihm zu regen. Wenn es wußte, daß er da war und darauf wartete, es in Stücke zu schießen, warum lief es dann nicht fort? Er hielt den Finger am Abzug. Das Ding kam den Weg entlang, bewegte sich zwischen den Schneemauern, und schließlich sah Elmer, daß es viel kleiner war als das, was er zuvor gesehen hatte.

Es verließ den Weg und kam über den Schnee, dann preßte es sein Gesicht gegen das Fenster, und er sah, daß es ein Kind war.

Elmer senkte in dumpfer Verwirrung sein Gewehr. Er konnte doch kein Kind erschießen. Das Gesicht am Fenster blickte ihn verloren und verzweifelt an. Es war ein unglückliches Gesicht, voll menschlichen Elends. Es flehte ihn mit seinen gelben Augen an, es zu retten.

Elmer ging auf die Tür zu, als er die Stimme seines Vaters hinter sich hörte. Er blieb stehen, eine Hand an der Türklinke, in der anderen das Gewehr, dann öffnete er die Tür.

Eisige Luft und feiner Schnee bliesen ihm ins Gesicht. Das Kind stand mit abgewandtem Gesicht auf dem Weg. Jemand sagte: „Danke sehr, Mr. Scales." Elmer riß seinen Kopf herum und sah den großen Mann auf einer Schneewehe zu seiner Linken stehen. Er balancierte ganz oben auf dem Schnee, als sei er eine Feder, und lächelte sanft auf den Farmer nieder. Sein Gesicht war elfenbeinfarben, und in seinen Augen vibrierten — so schien es Elmer — hundert verschiedene Goldschattierungen.

Er war der schönste Mann, den Elmer je gesehen hatte, und Elmer wußte, daß er ihn niemals würde erschießen können.

„Sie — wie —“ stammelte Elmer.

„Genau, Mr. Scales“, sagte der schöne Mann und stieg mühelos von der Schneewächte auf den Weg hinunter. Als er Elmer ins Gesicht sah, schien aus den goldenen Augen Weisheit zu leuchten.

„Sie sind kein Marsmensch“, sagte Elmer. Er spürte die Kälte nicht mehr.

„Nein, natürlich nicht. Ich bin ein Teil von *dir*, Elmer. Das weißt du doch, nicht wahr?“

Elmer nickte blöde.

Das schöne Wesen legte eine Hand auf Elmers Schulter. „Ich bin hier, um mit dir über deine Familie zu sprechen. Du möchtest doch mit uns kommen, Elmer, oder?“

Elmer nickte wieder.

„Dann wirst du einige Kleinigkeiten regeln müssen. Im Augenblick bist du doch einigermaßen — behindert. Du kannst dir nicht vorstellen, wieviel Leid dir von den Menschen deiner Umgebung zugefügt wird, Elmer. Ich fürchte, es gibt einige Dinge über sie, die du wissen mußt.“

„Sagen Sie sie mir“, sagte Elmer.

„Mit Vergnügen. Und du wirst wissen, was du zu tun hast?“

Elmer blinzelte.

11

Einige Stunden später in der Weihnachtsnacht erwachte Walt Hardesty in seinem Büro und bemerkte, daß ein neuer Fleck die Krempe seines Stetson zierte. Er hatte, während er an seinem Schreibtisch schlief, ein Glas umgeworfen, und so war der Rest des Bourbon in den Hut eingesickert. „Arschlöcher“, murmelte er und meinte seine Stellvertreter; dann fiel ihm ein, daß diese schon vor Stunden heimgegangen waren und erst in zwei Tagen wieder erscheinen würden. Er stellte das Glas auf und blinzelte um sich. Das Licht in dem unordentlichen Büro tat seinen Augen weh, obwohl es seltsam blaß erschien — matt und rosa schimmernd, wie an einem frühen Frühlingsmorgen in Kansas vor vierzig Jahren. Hardesty hustete, rieb sich die Augen und fühlte sich etwa so wie jener Bursche in der alten Geschichte, der sich schlafen legte und mit weißem Haar und langem Bart erwachte und über Nacht hundert Jahre älter geworden war.

Er ging zum Waschbecken in einer Ecke des Büros, spülte seinen Mund aus und beugte sich nieder, um in den Spiegel zu sehen. Bei Gott, sein Anblick verschaffte ihm nicht mehr das geringste Vergnügen, und er war eben dabei, sich abzuwenden, als ihm dämmerte, daß links hinter ihm — soweit er das über seine Schulter erkennen konnte — die Tür zu den Zellen weit offenstand.

Und das war ausgeschlossen. Er sperrte diese Tür nur dann auf, wenn einer seiner Stellvertreter eine neue Leiche einlieferte, die in der Zelle darauf wartete, zum Landesleichenschauhaus gebracht zu werden. Die letzte war Penny Draeger gewesen, deren langes schwarzes Seidenhaar gestunken hatte und mit Schmutz und Schnee vermischt gewesen war. Aber er dachte daran, daß Penny Draeger vor wenigstens zwei Tagen hergebracht worden war; seit dieser Zeit war die Tür versperrt geblieben. Und nun stand sie offen, sperrangelweit offen, als sei eine der Leichen da drin herausspaziert, habe ihn, mit dem Kopf auf seiner Hand, schlafend vorgefunden und sei daraufhin in die Zelle zu ihrem Leichentuch zurückgekehrt.

Er ging, vorbei an dem Aktenschrank und seinem abgenützten Schreibtisch, auf die Tür zu, schwenkte sie nachdenklich hin und her und betrat den Gang, der zu den Zellen führte. Hier befand sich eine hohe Metalltür, die er nicht mehr berührt hatte, seit sie sich hinter der Leiche des Draeger-Mädels geschlossen hatte — die Tür war unversperrt.

„Heiliger Jesus“, sagte Hardesty; denn während seine Stellvertreter nur den Schlüssel zur ersten Tür hatten, war er der einzige, der auch den Schlüssel zur Metalltür bei sich trug; und er hatte diese zwei Tage lang nicht einmal angesehen, geschweige denn berührt. Er nahm den großen Schlüssel von dem Ring, der neben seiner Pistolentasche hing, steckte ihn ins Schloß und hörte, wie der Mechanismus mit einem Klicken zuschnappte. Einen Augenblick lang sah er den Schlüssel an, als wolle er sehen, ob das Schloß durch eigene Kraft sich wieder zu öffnen vermochte. Dann sperrte er versuchsweise wieder auf. Wie immer war das schwierig, und man brauchte eine Menge Kraft, um den Schlüssel im Schloß herumzudrehen. Langsam öffnete er die Tür und fürchtete sich fast davor, in die Zelle zu schauen.

Das verrückte Märchen fiel ihm wieder ein, das Sears James und Ricky Hawthorne ihm hatten aufbinden wollen: irgendeine Geschichte, die aus Clark Mulligans Horrorfilmen zu stammen schien. Es war reine Vernebelungstaktik für das, was sie wirklich wußten — nur ein total Verrückter würde daran glauben. Wären sie jünger gewesen, er wäre mit Fäusten auf die beiden losgegangen.

Sie machten ihn lächerlich, verbargen ihm etwas. Wenn sie keine Anwälte wären...

Er hörte ein Geräusch, das aus der Zelle kam.

Hardesty riß die Tür auf und betrat den schmalen Betongang zwischen den Zellen. Trotz der Dunkelheit schien die Luft von einem verschwommenen, schmutzig rosafarbenen Licht erfüllt. Die Leichen lagen da, in ihre Tücher gewickelt, wie Mumien in einem Museum. Es war ausgeschlossen, daß er einen Laut gehört hatte — es sei denn, das Gefängnis hätte in seinen Fugen gekracht.

Es wurde ihm bewußt, daß er Angst hatte, und er verabscheute sich deswegen. Er hätte nicht einmal mehr zu sagen vermocht, wer die meisten von ihnen waren — es lagen schon so viele unter ihren Tüchern nebeneinander... aber die Leichen in der ersten Zelle rechter Hand, das wußte er, waren Jim Hardie und Mrs. Barnes, und die beiden würden niemals mehr einen Laut von sich geben.

Er spähte durch das Gitter in ihre Zelle. Die Leichen lagen

unter der Pritsche auf dem harten Boden, zwei stille, weiße Formen. Hier war alles in Ordnung. *Wart' einmal,* dachte er und versuchte sich den Tag in Erinnerung zu rufen, an dem er sie hierhergebracht hatte. Hatte er Mrs. Barnes nicht oben auf die Pritsche gelegt? Er war fast sicher... wieder spähte er zu ihnen hinein. *Jetzt wart' einmal, Junge, wart' einen Augenblick,* dachte er und begann trotz der Kälte, die in den ungeheizten Zellen herrschte, zu schwitzen. Ein weißes Päckchen, das niemand anderer sein konnte als das erfrorene Griffen-Baby, lag auf der Pritsche. „Wart' einmal, verdammt und zugenäht", sagte er, „das kann's doch gar nicht geben." Er hatte das Griffen-Baby mit de Souza in eine Zelle auf der anderen Seite des Ganges getan.

Er wollte nur eines: die Tür hinter sich zusperren und eine frische Flasche öffnen — *nichts wie weg von hier* —, aber dann stieß er die Tür zur Zelle auf und trat ein. Es mußte eine Erklärung geben. Einer der Stellvertreter war hereingekommen und hatte die Leichen anders gebettet, um etwas mehr Platz zu schaffen... aber das war nicht möglich, ohne ihn kamen sie nicht hier herein... Er sah Christina Barnes' blondes Haar unter einer Ecke des Leichentuches hervorlugen. Einige Augenblicke zuvor hatte das Tuch noch fest um ihren Kopf gelegen.

Er bewegte sich rückwärts auf die Zellentür zu, weil er es nicht mehr aushielt, so nahe an Christina Barnes' Leichnam zu stehen, und als er die Schwelle erreicht hatte, sah er wild von einer Leiche zur anderen. Sie schienen auf kaum merkliche Weise verändert, als hätten sie sich einige Zentimeter bewegt, sich umgedreht oder ein Bein über das andere gelegt, während er weggesehen hatte. Er stand im Zelleneingang, und es wurde ihm klar, daß er alle anderen Leichen im Rücken hatte, aber er war außerstande, seine Augen von Christina Barnes abzuwenden. Er sah, daß jetzt noch mehr Haar unter dem Tuch hervorquoll.

Als er zu dem kleinen Körper auf der Pritsche schielte, krampfte sich sein Magen zusammen. Es war, als hätte sich das tote Kind unter seinem Tuch vorwärtsgeschlängelt, das kahle obere Ende seines Köpfchens schaute jetzt aus einer Öffnung im

Leichentuch hervor — Hardesty schien einer grotesken Parodie auf die Geburt eines Babys beizuwohnen.

Er sprang rückwärts aus der Zelle in den dunklen Korridor. Obwohl er nicht sehen konnte, daß sie sich bewegten, hatte er das rasende, panikerfüllte Gefühl, als wären alle Leichen in den Zellen in Bewegung, als würden sie sich, bliebe er auch nur eine Sekunde länger da drinnen, auf ihn richten wie ein Dutzend Magnetnadeln.

Aus einer Zelle am Ende des Ganges, von der er wußte, daß sie leer war, kam ein trockener, röchelnder, stimmloser Laut. Ein Kichern. Dieser hohle Freudenlaut machte sich in seinem Hirn breit, mehr ein Gedanke als ein Laut. Kraftlos ging Hardesty den Gang zurück, bis er an die Metalltür stieß, dann wirbelte er herum und warf sie ins Schloß.

12

Edwards Tonbänder

Don lehnte am Fenster und sah besorgt die Haven Lane hinunter — sie hätten bereits seit fünfzehn Minuten hiersein müssen. Waren sie am Ende allein, irgendwo da draußen im Schnee, steckengeblieben? Und nun zu Fuß unterwegs? Es würde Gregory ein leichtes sein, liebenswürdig auf sie einzureden und zu warten, bis sie eine Bewegung machten oder davonliefen.

Don wandte sich vom Fenster ab und sagte zu Peter Barnes: „Soll ich Kaffee machen?“

„Nein, danke“, sagte der Junge. „Nicht für mich. Sehen Sie

sie kommen?"
„Nein, noch nicht. Sie werden schon auftauchen."
„Es ist eine schreckliche Nacht. Bis jetzt die schlimmste."
„Nun, sie müssen jeden Augenblick kommen", sagte Don. „Machte es deinem Vater nichts aus, dich am Heiligen Abend weggehen zu lassen?"
„Nein", sagte Peter, und zum ersten Mal an diesem Abend sah er richtig unglücklich aus. „Er — ich glaube, er trauert. Er hat mich nicht einmal gefragt, wohin ich gehe." Peter beherrschte sein kluges Gesicht und ließ weder seinen Gram, noch seine Tränen, von denen Don wußte, daß sie locker saßen, sehen.
Don kehrte zum Fenster zurück und beugte sich vor, während er seine Hände gegen das kalte Glas preßte. „Es kommt jemand." Hinter ihm erhob sich Peter.
„Ja. Sie halten gerade. Sie sind es."
„Wohnt Mr. James jetzt bei Mr. Hawthorne?"
„Es war ihre Idee. Wir waren alle der Meinung, daß es sicherer sei." Er beobachtete, wie Sears und Ricky aus dem Wagen stiegen und sich durch den Schnee kämpften.
„Ich möchte Ihnen etwas sagen", hörte er Peters Stimme hinter sich. Er wandte sich um und sah den großen Jungen an. „Ich bin richtig froh, daß Sie da sind."
„Peter", erwiderte Don, „falls wir diese Wesen zu fassen kriegen, ehe sie uns erwischen, haben wir es hauptsächlich dir zu verdanken."
„Wir werden es schaffen", sagte Peter ruhig, und als Don zur Tür ging, wußte er, daß der Junge und er gleich dankbar für die Anwesenheit des anderen waren.
„Kommt herein", begrüßte er die beiden älteren Männer. „Peter ist schon da. Wie geht es deiner Erkältung, Ricky?"
Ricky Hawthorne schüttelte den Kopf. „Immer gleich. Du willst, daß wir uns etwas anhören?"
„Ja, etwas auf den Tonbändern meines Onkels. Wartet, ich nehme euch die Mäntel ab."
Er ging ihnen durch die Halle voran. „Es war gar nicht leicht, die richtigen Bänder zu finden", sagte er. „Mein Onkel

hat die Kassetten nicht beschriftet." Er öffnete die Tür zum Büro. „Darum sieht es hier auch so aus." Leere weiße Schachteln und Tonbandspulen bedeckten den Boden, andere lagen auf dem Schreibtisch.

Sears fegte eine Tonbandrolle von einem der Stühle und setzte sich; Ricky und Peter nahmen vor der Bücherwand Platz.

Don trat hinter den Schreibtisch. „Ich habe keine Ahnung, nach welchem System mein Onkel seine Bänder ablegte. Ich mußte viele abspielen, ehe ich die Moore-Bänder fand." Er setzte sich hinter den Schreibtisch. „Wäre ich eine andere Art Schriftsteller, als ich bin, müßte ich mir nie mehr im Leben eine Handlung ausdenken. Vor meinem Onkel wurde eine unglaubliche Menge Schmutz breitgetreten."

„Auf jeden Fall", sagte Sears und streckte seine Beine weit von sich, „hast du die Bänder gefunden. Und du willst, daß wir uns etwas anhören. Kommen wir zur Sache."

„Drinks stehen auf dem Tisch", sagte Don. „Ihr werdet sie brauchen. Bedient euch." Während Ricky und Sears sich Whisky einschenkten und Peter sich ein Cola nahm, beschrieb Don die Technik seines Onkels.

„Er pflegte das Tonbandgerät einfach laufen zu lassen, er wollte alles festhalten, was seine Gesprächsperson sagte. Nicht nur während der normalen Arbeitssitzungen, sondern auch während der Mahlzeiten, wenn sie Drinks nahmen, Fernsehen guckten etc. — um alles aufzufangen, was der betreffenden Person in den Sinn kam. Von Zeit zu Zeit blieb diese auch allein im Zimmer, während das Tonband lief. Wir werden uns einige Momente anhören, wo das geschah."

Don drehte seinen Stuhl herum und stellte das Gerät auf dem Regal hinter dem Schreibtisch an. „Das ist ungefähr die richtige Stelle. Ich muß euch wohl nicht sagen, worauf ihr achten sollt." Er drückte den Startknopf, und Edward Wanderleys Stimme erfüllte den Raum, tönte aus den großen Lautsprechern, die hinter dem Schreibtisch angebracht waren.

„Er hat Sie also geschlagen, weil Sie Geld für den Schauspielunterricht ausgaben?"

Eine Kleinmädchenstimme antwortete: „Nein. Er schlug

mich, weil ich existierte."

„Wie denken Sie jetzt darüber?"

Einen Moment lang herrschte Stille. Dann sagte die andere Stimme: „Könnte ich bitte einen Drink haben? Es fällt mir schwer, darüber zu sprechen."

„Ja, natürlich, ich verstehe. Campari Soda?"

„Oh, Sie haben es nicht vergessen. Wunderbar."

„Ich bin gleich wieder da."

Geräusche eines zurückgeschobenen Stuhls, Schritte, eine Tür wurde geschlossen.

Dann folgten einige Augenblicke der Stille. Don ließ Sears und Ricky nicht aus den Augen. Sie schauten zu, wie sich die Spulen, während sie einen zischenden Laut von sich gaben, drehten.

„Hören mir alle meine alten Freunde jetzt zu?" Es war eine andere Stimme: älter, lebendiger, trockener. „Ich möchte euch allen guten Tag sagen."

„Es ist Eva", sagte Sears. „Das ist Eva Gallis Stimme." Auf seinem Gesicht stand keine Angst, nur Zorn. Ricky Hawthorne sah aus, als hätte seine Erkältung eben eine Wendung zum Schlechterengenommen.

„Wir trennten uns unter recht schmählichen Umständen, und ich möchte, daß ihr wißt, wie gut ich mich an euch erinnere. An dich, lieber Ricky, und an dich, Sears, was bist du doch für ein würdevoller Herr geworden! Und an dich, hübscher Lewis. Du hast Glück, daß du heute zuhörst! Hast du dich niemals gefragt, was geschehen wäre, wenn du statt deiner Frau in das Zimmer des Mädchens gegangen wärst? Und an dich, armer, häßlicher John. Laß mich dir im voraus für die herrliche Party danken. Ich werde mich dort königlich amüsieren, John — und ich werde ein Geschenk zurücklassen, als Unterpfand für zukünftige Geschenke an euch alle."

Don nahm die Spule vom Gerät. „Sagt jetzt nichts, hört euch zuerst das nächste an." Er legte eine zweite Spule auf und spielte sie bis zu einem kleinen Papierstreifen, den er als Markierung hineingesteckt hatte, ab. Dann drückte er wieder auf den Startknopf.

Edward Wanderley: „Wollen Sie eine kleine Pause machen? Ich könnte uns etwas zu essen richten."

„Bitte. Kümmern Sie sich nicht um mich. Ich werde hier sitzen bleiben und mir Ihre Bücher ansehen, bis Sie fertig sind."

Nachdem Edward Wanderley den Raum verlassen hatte, ertönte wieder Eva Gallis Stimme aus dem Lautsprecher.

„Hallo, alte Freunde. Hat sich ein junger Freund zu euch gesellt?"

„Nicht du, Peter", flüsterte Don. „Ich."

„Ist Don Wanderley bei euch? Don, ich freue mich auf ein Wiedersehn mit dir, denn wir werden uns wiedersehen, weißt du. Ich werde jedem einzelnen von euch einen Besuch abstatten, um mich persönlich für die Behandlung zu bedanken, die ihr mir einstmals habt angedeihen lassen. Ich hoffe, ihr freut euch auf die außerordentlichen Dinge, die vor euch liegen." Die Stimme schwieg eine Weile, und dann formulierte sie die folgenden Sätze mit jeweils langen Pausen dazwischen:

„Ich werde euch an Orte führen, an denen ihr noch nie gewesen seid."

„Und ich werde zusehen, wie euer Leben langsam versiegt."

„Und ich werde euch sterben sehen wie die Insekten. *Insekten.*"

Don stellte das Gerät ab. „Es gibt noch ein Band, das ihr hören werdet; seht ihr jetzt, warum ich sie euch vorspielen wollte?"

Ricky war noch völlig verstört. „Sie *wußte* es. Sie wußte, daß wir alle hier sitzen würden... und ihr zuhören würden... ihre Drohungen anhören würden."

„Aber sie sprach zu Lewis und John", sagte Sears.

„Genau. Versteht ihr, was das heißt? Sie kann Dinge nicht vorhersehen, aber sie errät sie ziemlich genau. Sie nahm an, daß einer von euch kurz nach dem Tode meines Onkels die Bänder abspielen würde. Und ein Jahr lang an ihnen kauen würde, bis sie zur Feier von Onkel Edwards erstem Todestag John Jaffrey töten würde. Sie nahm offenbar an, daß ihr mir schreiben würdet und daß ich herkommen würde, um das Haus in Besitz zu nehmen. Natürlich bedeutet die Erwähnung meines Namens, daß ihr mit mir Kontakt aufnehmen mußtet. Es war immer Teil ihres Plans, daß ich herkäme."

Ricky sagte: „Wie die Dinge lagen, hatten wir genug an uns selber zu kauen."

„Ich glaube, sie hat euch diese Alpträume beschert. Auf jeden Fall wollte sie uns alle hierhaben, um uns nacheinander zu fassen. Nun möchte ich euch das letzte Band vorspielen." Er legte eine dritte Spule in das Gerät.

Eine rhythmische, südlich klingende Stimme tönte aus den Lautsprechern.

„*Don.* Hatten wir nicht eine wundervolle Zeit zusammen? Haben wir uns nicht geliebt, Don? Ich habe dich sehr ungern verlassen — wirklich, mein Herz brach, als ich Berkeley den Rücken kehrte. Erinnerst du dich an den Geruch verbrannter Blätter, als du mich nach Hause brachtest, an den Hund, der in der Ferne bellte? Es war alles so schön, Don. Und schau doch, was du Schönes daraus gemacht hast! Ich war so stolz auf dich. Du mußtest dauernd über mich nachdenken und kamst der Wahrheit so nahe. Ich *wollte,* daß du die Wahrheit siehst, ich wollte, daß du alles erkennst und dein Geist alle Möglichkeiten erfassen würde, die in uns liegen — mit den Geschichten von Tasker Martin bis zum O.T.O. —"

Don stellte das Gerät ab. „Alma Mobley", sagte er. „Ich glaube, es ist nicht nötig, daß ihr euch den Rest anhört."

Peter Barnes rückte in seinem Sessel hin und her. „Was will sie damit erreichen?"

„Uns von ihrer Allmacht überzeugen. Uns so viel Angst einjagen, daß wir aufgeben. Aber diese Bänder beweisen, daß sie nicht allmächtig ist. Sie begeht Fehler, ebenso wie ihre Dämonen. Sie sind besiegbar."

„Nun, du bist nicht Knut Rockne, und das ist nicht das große Spiel", sagte Sears. „Ich gehe nach Hause. Das heißt, ich gehe zu Ricky nach Hause. Es sei denn, du willst uns noch einige Geister zu Gehör bringen."

Erstaunlicherweise war es Peter, der ihm antwortete: „Mr. James, verzeihen Sie mir, aber ich glaube, Sie haben unrecht. Das ist das große Spiel, es ist ein dummer Ausdruck, und ich weiß, daß Sie ihn absichtlich gebrauchten. Aber diese grauenerregenden *Dinge* loszuwerden ist das Wichtigste, was wir je in unserem Leben tun. Und ich bin froh zu wissen, daß sie Fehler machen. Ich glaube, man sollte in bezug auf sie nicht sarkastisch sein. Sie würden sich anders verhalten, wenn Sie sie gesehen hätten, wenn Sie je gesehen hätten, wie sie töten."

Don wartete gottergeben darauf, daß Sears den Jungen zermalmen würde, aber der Anwalt trank nur seinen Whisky aus, beugte sich vor und sprach ganz ruhig zu Peter. „Vergiß nicht, ich habe sie gesehen. Ich kannte Eva Galli und sah, wie sie sich aufrichtete, nachdem sie gestorben war. Und ich kenne die Bestie, die deine Mutter getötet hat, und ihren erbärmlichen kleinen Bruder, der dich festhielt und dich zwang zuzusehen — auch ihn kannte ich. Als er nichts anderes war als ein zurückgebliebenes Schulkind, habe ich ihn vor Gregory zu bewahren versucht, genauso, wie du deine Mutter zu bewahren suchtest. Und ich habe versagt, genau wie du. Und es verletzt mein Sittengefühl, wenn ich die Stimme der wie immer verkleideten Kreatur vernehme, genauso, wie es dein Sittengefühl verletzt. Es ist beispiellos, wie sie uns verhöhnt, nach allem, was sie uns angetan hat. Wahrscheinlich wollte ich lediglich ausdrücken, daß mir wohler wäre, wenn wir mit Taten antworten könnten." Er erhob sich. „Ich bin ein alter Mann und habe mich daran gewöhnt, mich auszudrücken, wie es mir gerade paßt. Ich fürchte, ich bin manchmal grob." Sears lächelte den Jungen an. „Auch das mag wider die guten Sitten sein. Aber ich hoffe, du wirst lange genug am Leben bleiben, um selber einmal dieses Vergnügen kennenzulernen."

Sollte ich jemals einen Anwalt brauchen, dachte Don, dann nähme ich dich.

Dem Jungen schien es ähnlich zu ergehen. „Wer weiß, ob ich ihren Stil treffen würde", sagte Peter und gab dem alten Mann das Lächeln zurück.

Und so, überlegte Don, als die anderen gegangen waren, hatte die Stimme auf den Tonbändern ihr Ziel nicht erreicht. Statt dessen hatte sie bewirkt, daß die vier Männer sich noch enger verbunden fühlten. Peters an Sears gerichteter Kommentar war zwar auf jungenhafte Weise vorgetragen worden, eine Huldigung war er trotz allem gewesen; und Sears hatte sich darüber deutlich erfreut gezeigt.

Don kehrte zum Tonbandgerät zurück. Da drinnen war Alma Mobley in einigen glänzend schwarzen Spulen gefangen.

Er runzelte die Stirn und drückte den Startknopf. Seidenweich und sonnig fuhr ihre Stimme fort:

„— und Alan McKechnie und allen anderen Geschichten verbarg ich die Wahrheit vor dir. Es ist wahr, erst wollte ich nicht, daß du sahst, wie richtig deine Intuition war, richtiger als die aller anderen. Sogar Florence de Peyser wurde neugierig auf dich. Aber was hätte es schon genützt? Wie deine Rachel Varney gibt es mich seit jener Zeit, als euer Kontinent durch nichts erhellt wurde als durch einige kleine Feuerstellen in den Wäldern, seit der Zeit, als die Amerikaner nichts am Leibe trugen als Tierhäute und Federschmuck, und sogar damals haben sich unsere Gattungen verabscheut. Eure Art ist an der Oberfläche höflich und selbstgefällig und zuversichtlich, und innerlich ist sie neurotisch und angsterfüllt und nahe am Lagerfeuer. In Wahrheit verabscheuen wir euch, weil wir euch so langweilig finden. Wir hätten eure Zivilisation schon vor undenklichen Zeiten vergiften können, aber wir lebten freiwillig an ihrem Rande und verursachten Ausbrüche, Fehden und gebietsweise Panik. Wir lebten lieber in euren Träumen und Vorstellungen, denn nur dort seid ihr interessant.

Don, du begehst einen schweren Fehler, wenn du uns unterschätzt. Kannst du eine Wolke, einen Traum, ein Gedicht besiegen? Du bist deiner menschlichen Einbildungskraft ausgeliefert, und wenn du uns suchst, suche uns nur in deiner Phantasie, in deinen Träumen. Und trotz all dem Gerede von Phantasie sind wir von unerbittlicher Wirklichkeit, so wirklich wie Kugeln und Dolche, denn sind nicht auch sie Werkzeuge eurer Phantasie? Und wenn wir euch erschrecken wollen, so wollen wir euch zu Tode erschrecken. Denn du wirst sterben, Donald. Erst dein Onkel, dann der Doktor, dann Lewis. Dann Sears und nach Sears Ricky. Und dann du und wen immer du als Hilfe gewonnen hast. Im Grunde bist du bereits tot, Donald.

Du bist erledigt. Und Milburn ist mit dir erledigt." Nun verschwand der Louisiana-Akzent; die Stimme verlor auch alle Weiblichkeit. Es war eine Stimme ohne jede menschliche Resonanz. „Ich werde Milburn vernichten, Donald. Meine Freunde und ich werden dieser armseligen Stadt die Seele herausreißen und ihre nackten Knochen zwischen unseren Zähnen zermalmen."

Es folgte keuchende Stille. Don riß das Band vom Gerät und warf es in eine Pappschachtel. In zwanzig Minuten waren alle Bänder seines Onkels in Pappschachteln eingesammelt. Er trug die Kartons ins Wohnzimmer und verbrannte alles methodisch im Kaminfeuer. Die Bänder rauchten, wanden sich, stanken und schmolzen schließlich zu schwarzen Blasen auf den brennenden Scheiten. Wenn Alma ihn sehen konnte, lachte sie, das wußte er.

Du bist bereits tot, Donald.

„Zur Hölle mit dir, noch lebe ich", sagte er laut vor sich hin. Das verhärmte Gesicht von Eleanor Hardie, in das sich so plötzlich das Alter gegraben hatte, kam ihm in den Sinn. Seit Jahrzehnten machte Alma sich über ihn und die Altherrengesellschaft lustig, schmälerte ihre Errungenschaften, steuerte ihre Tragödien. Verbarg sich hinter einer Maske im Dunkeln. Und wartete auf den Moment, wo sie herausspringen und „buh" sagen würde.

Und Milburn ist mit dir erledigt.

„Nicht, wenn wir dich zuerst zu fassen kriegen", sprach er ins Feuer. „Nicht, wenn es uns diesmal gelingt, den Luchs zu erschießen."

3.

Der Letzte der Altherrengesellschaft

„Kannst du eine Wolke, einen Traum, ein Gedicht besiegen?“

Alma Mobley

„Und was ist Unschuld?“ fragte Narziß seinen Freund.

„Es heißt, im Leben ein Geheimnis zu erblicken“, gab der Freund zur Antwort. „Genauer gesagt, es sich als ein Geheimnis zwischen dir und einem Spiegel vorzustellen.“

„Ich verstehe“, sagte Narziß. „Es ist eine Krankheit, die geheilt wird, indem man in den Spiegel blickt.“

1

Gegen sieben Uhr früh drehte sich Ricky in seinem Bett herum und stöhnte. Ein Gefühl von Panik und Bedrängnis erfüllte ihn und ließ die Dunkelheit zu einer Warnung werden. Er mußte aufstehen, sich in Bewegung setzen, um eine schreckliche Tragödie zu verhindern. „Ricky?“ murmelte Stella neben ihm. „Ist ja gut“, gab er zur Antwort und setzte sich auf. Sein Herz pochte: *tot, tot.* Jemand befand sich in schrecklicher Gefahr. Kurz bevor er völlig wach geworden war, hatte er ein Bild vor sich gesehen und gottergeben gewußt, wer es war. Nun wußte er nur mehr eines: daß es ihm unmöglich war, im Bett zu bleiben. Er schlug die Decke zurück und setzte ein Bein auf den Boden.

„War es wieder dein Alptraum, mein Herz?" flüsterte Stella heiser.

„Nein, nein, das nicht. Ich bin ganz in Ordnung, Stella." Er streichelte beruhigend ihre Schulter und stieg aus dem Bett. Das Gefühl von Dringlichkeit wollte ihn nicht verlassen. Ricky schlüpfte in seine Pantoffel, zog einen Schlafrock über und ging zum Fenster.

„Liebling, du bist ganz verstört. Komm zurück ins Bett."

„Ich *kann* nicht." Er rieb sein Gesicht. Noch immer dieses rasende Gefühl, als wäre in seiner Brust ein Vogel gefangen: Jemand, den er kannte, schwebte in Todesgefahr. Der Schnee verwandelte seinen Hinterhof in eine Kette treibsandähnlicher, gebuchteter Hügel.

Schnee. Jetzt fiel es ihm wieder ein: Schnee wehte über einen Spiegel in Eva Gallis Haus, er sah den zerlumpten Elmer Scales, der zwischen Schneewächten lief und dessen Gesicht verzerrt war, verzerrt von rasendem Pflichtgefühl einer herrschsüchtigen, grausamen Schönheit gegenüber. Elmer, der ein Gewehr hob und einen kleinen Körper in einen Blutstrom verwandelte. Rickys Magen krampfte sich wild zusammen, so daß er sich vor Schmerz krümmte. Elmer Scales' Farm. Wo der allerletzte qualvolle Akt im Dasein der Altherrengesellschaft begonnen hatte.

„Ricky, was ist los?"

„Ich sah etwas in einem Spiegel", sagte er und richtete sich wieder auf, da der Schmerz in seinen Eingeweiden langsam nachließ. Es war ihm klar, daß diese Äußerung in Stellas Ohren wie barer Unsinn klingen mußte. „Ich meine, es ist etwas mit Elmer Scales. Ich muß zur Farm hinausfahren."

„Ricky, es ist Weihnachten und sieben Uhr früh."

„Das ist egal."

„Das kannst du nicht. Ruf ihn zuerst an."

„Ja", sagte er und war bereits dabei, an Stella mit ihrem

fassungslosen weißen Gesicht vorbei zur Tür hinauszugehen. „Ich werde es versuchen."

Er stand im Treppenhaus, immer noch pochte es *tot, tot,* in seinen Adern, und eine Sekunde lang wußte er nicht, ob er sich zuerst in seine Kleider stürzen oder zum Telefon hinunterlaufen sollte.

Dann hörte er unten ein Geräusch und stieg die Treppe hinunter.

Sears war völlig angezogen, trug seinen Mantel mit dem Pelzkragen über dem Arm und trat eben aus der Küche. Der Ausdruck aggressiver Höflichkeit in seinen Zügen, ein Leben lang so typisch für Sears, war verschwunden. Das Gesicht seines alten Freundes war ebenso angespannt, wie es mit Sicherheit sein eigenes auch war.

„Du auch", sagte Sears. „Es tut mir leid."

„Ich bin eben aufgewacht", sagte Ricky. „Ich weiß, wie dir zumute ist — ich komme mit dir."

„Misch' dich da nicht ein", sagte Sears. „Ich fahre nur hinaus und sehe mich um, ob alles in Ordnung ist. Ich fühle mich wie eine Katze auf dem Rost."

„Stella hatte eine gute Idee. Wir wollen ihn erst anrufen. Und dann fahren wir beide hinaus."

Sears schüttelte den Kopf. „Du hältst mich nur auf, Ricky. Allein bin ich sicherer."

„Komm." Ricky führte Sears zur Couch. „Niemand wird irgendwohin fahren, ehe wir nicht versucht haben anzurufen. Danach werden wir sehen, was zu tun ist."

„Es gibt nichts zu besprechen", sagte Sears. Aber er setzte sich und sah Ricky zu, wie dieser das Telefon auf den Tisch stellte. „Weißt du seine Nummer?"

„Selbstverständlich", sagte Ricky und wählte. Das Telefon von Elmer Scales läutete, läutete wieder und wieder. „Ich gebe ihm noch eine Chance", sagte Ricky und ließ es weitere zehnmal läuten, dann zwölfmal. Wieder hörte er diesen wilden Pulsschlag, *tot, tot.*

„Das hat keinen Sinn", sagte Sears. „Ich fahre lieber. Wahrscheinlich schaffe ich es gar nicht auf diesen Straßen."

„Sears, es ist noch früh am Morgen", sagte Ricky und legte den Hörer auf. „Vielleicht hat es niemand läuten gehört."

„Um sieben Uhr — " Sears sah auf seine Uhr, „um sieben Uhr zehn am Weihnachtsmorgen? In einem Haus mit fünf Kindern? Scheint dir das sehr wahrscheinlich? Ich weiß, daß da draußen etwas nicht stimmt, und falls ich es schaffe hinauszukommen, kann ich vielleicht das Ärgste verhindern. Ich habe nicht die Absicht zu warten, bis du angezogen bist." Sears stand auf und schlüpfte in seinen Mantel.

„Ruf doch wenigstens Hardesty an und laß ihn an deiner Stelle hinausfahren. Du weißt, was ich da draußen in dem Haus sah."

„Das ist ein matter Scherz, Ricky. Hardesty? Sei nicht närrisch. Elmer wird nicht auf mich schießen. Das wissen wir beide."

„Ich weiß, daß er nicht auf dich schießen wird", sagte Ricky unglücklich. „Aber ich mache mir Sorgen, Sears. Das ist Evas Werk — genau wie bei John. Wir sollten nicht zulassen, daß sie uns voneinander isoliert. Wenn jeder von uns in eine andere Richtung läuft, wird sie uns fassen, uns vernichten. Wir sollten Don abholen und ihn mitnehmen. Oh, ich weiß, daß da draußen etwas Schreckliches geschieht, ich bin davon überzeugt, aber du wirst noch viel Ärgeres provozieren, wenn du allein hinausfährst."

Sears sah auf den flehenden Ricky Hawthorne, und die Ungeduld wich aus seinem Gesicht. „Stella würde es mir nie verzeihen, wenn du dir da draußen aufs neue deine elende Erkältung holst. Und Don würde eine halbe Stunde oder mehr benötigen, um sich fertigzumachen. Ich kann nicht mehr länger warten, Ricky."

„Es ist mir nie gelungen, dich zu etwas zu überreden, was du nicht tun wolltest."

„Richtig", sagte Sears und knöpfte seinen Mantel zu.

„Du bist nicht auf der Welt, um dich aufzuopfern, Sears."

„Wer ist das schon? Kannst du mir eine einzige Person nennen, von der du das behaupten könntest, Ricky? Ich habe schon zuviel Zeit verloren, also halte mich nicht mehr länger auf."

„Was in aller Welt redet ihr beiden eigentlich?“ Stella stand in der Tür zum Wohnzimmer und strich sich ihr Haar glatt.

„Nagle deinen Mann auf der Couch fest und flöße ihm so lange heißen Whisky ein, bis ich wieder zurück bin“, sagte Sears.

„Laß ihn nicht fort, Stella“, sagte Ricky. „Er darf nicht allein gehen.“

„Ist es dringend?“ fragte sie.

„Um Himmels willen“, murmelte Sears, und Ricky nickte.

„Dann sollte er lieber fahren. Ich hoffe, sein Wagen springt an.“

Sears ging auf die Halle zu, und Stella trat beiseite, um ihn vorbeizulassen. Er wandte sich noch einmal um und sah Ricky und Stella an. „Ich komme wieder. Mach dir keine Sorgen um mich, Ricky.“

„Es ist dir doch klar, daß es aller Wahrscheinlichkeit nach bereits zu spät ist.“

„Wahrscheinlich ist es bereits seit fünfzig Jahren zu spät“, sagte Sears. Dann wandte er sich um und war verschwunden.

2

Sears setzte seinen Hut auf und trat hinaus in den kältesten Morgen, an den er sich erinnern konnte. Seine Ohren und seine Nasenspitze begannen augenblicklich zu stechen. Sekunden später brannte der unbedeckte Teil seiner Stirn vor Kälte. Vorsichtig ging er den glatten Weg hinunter und bemerkte, daß in der vergangenen Nacht lediglich ein paar Zentimeter Schnee gefallen waren und daß seine Chancen, den Lincoln bis zur Autobahn zu manövrieren, keineswegs gering waren.

Der Schlüssel blieb auf halbem Weg im Schloß stecken. Sears fluchte ungeduldig, riß ihn heraus und zog einen Handschuh aus, um in seiner Tasche nach dem Feuerzeug zu suchen. Die Kälte biß in seine Finger, aber das Feuerzeug gab eine Flamme von sich. Sears entzündete es immer wieder vor dem Schloß, und als er dachte, seine vereisten Finger würden abbrechen, steckte er den Schlüssel ins Schloß, und siehe da, es gelang. Er öffnete die Tür und schlüpfte hinter das Lenkrad.

Dann endlose Versuche, den Motor in Gang zu setzen. Sears knirschte mit den Zähnen. Wieder sah er Elmer Scales' Gesicht vor sich, wie er es beim Erwachen gesehen hatte. Elmer starrte ihn aus benommenen, unklaren Augen an und sagte: „*Sie müssen herauskommen, Mr. James. Ich weiß nicht mehr, was ich getan habe, nur kommen Sie um Himmels willen rasch raus...*"

Der Motor jammerte und spuckte, sprang endlich barmherzig an. Sears drückte das Gaspedal durch, dann bewegte er den Wagen ruckartig hin und her, um ihn aus einer Schneegrube herauszubekommen.

Als das Auto auf der Fahrbahn stand, nahm Sears den Eisschaber und entfernte den Schnee von der Windschutzscheibe. Eine wirbelnde Wolke flaumweichen Schnees hüllte ihn ein. Er kratzte ein Loch in das Eis auf der Scheibe, gerade soviel wie er brauchte, um hinaussehen zu können. Den Rest würde die Heizung besorgen.

Es gibt Dinge, die du besser nicht weißt, Ricky, sagte er zu sich und dachte an die kindlichen Fußspuren, die an drei Morgen rund um sein Fenster zu sehen waren. Am ersten Morgen hatte er die Vorhänge zugezogen für den Fall, daß Stella kam, um das Gästezimmer aufzuräumen. Am zweiten Morgen waren die Spuren nackter Füßchen unbarmherzig zu seinem Fenster hinaufgeklettert, das recht hoch gelegen und geschützt war. Heute morgen, nachdem er von Elmers betäubtem Gesicht unsanft aus dem Schlaf gerissen worden war, hatte er Fußspuren auf dem Fensterbrett entdeckt. Wie lange würde es dauern, bis Fenny im Innern des Hauses Hawthorne erscheinen und fröhlich die Treppen auf und nieder laufen würde? Noch eine Nacht? Falls es ihm gelänge, ihn abzulenken, würde das Ricky und Stella vielleicht noch eine kleine Atempause schenken.

In der Zwischenzeit mußte er sich um Elmer Scales kümmern *und um Himmels willen rauskommen* . . . Ricky hatte auch ein Zeichen erhalten, aber glücklicherweise schien es Stella gelungen zu sein, ihn zu Hause festzuhalten.

Der Lincoln rollte auf die Straße und begann sich durch den Schnee zu kämpfen. Es gibt einen Trost, dachte Sears, so früh am Christmorgen würde außer Omar Norris niemand auf der Straße sein.

Sears verdrängte Elmer Scales' Gesicht und Stimme aus seinem Bewußtsein und konzentrierte sich auf die Fahrt. Es schien, als habe Omar wieder die ganze Nacht gearbeitet, denn fast alle Straßen im Zentrum von Milburn waren bis auf eine hartgefrorene Schneeunterlage geräumt. Die einzige Gefahr bestand darin, daß man auf der spiegelglatten Oberfläche ins Rutschen geraten und in eines der eingeschneiten Autos krachen würde . . . Er dachte an Fenny Bate auf seinem Fensterbrett, wie er das Fenster aufstemmte, ins Haus schlüpfte, witternd dem Geruch von lebendigen Wesen auf der Spur war . . . aber nein, die Fensterläden waren zugemacht, und er hatte sich vergewissert, daß auch die inneren Fenster fest verschlossen waren.

Vielleicht tat er das Falsche; vielleicht sollte er umkehren und zu Rickys Haus zurückfahren.

Aber dann erkannte er, daß dies unmöglich war. Er konnte nicht zurück. Elmers Stimme schien lauter zu werden, barg Untertöne von Schmerz und Verwirrung *(Jesus, Sears, ich kann meinen Kopf nicht mehr drehen, was geht denn hier vor)*. Vor ihm lag jetzt nur noch eine schwierige Strecke: die Autobahn, auf der an beiden Seiten Autos in den Straßengräben festsaßen . . . möglicherweise würde er gezwungen sein, zu Fuß zu gehen.

Jesus, Sears, was soll denn all das Blut . . . sieht fast so aus, als hätten es die Eindringlinge endlich geschafft, und nun habe ich solche Angst, Sears, furchtbare Angst . . .

Sears trat auf das Gaspedal.

3

Am höchsten Punkt der Underhill Road blieb er stehen. Es war wesentlich schlimmer, als er erwartet hatte. Im düsteren Licht des Morgens und durch das Schneetreiben sah er die roten Lichter von Omars Schneepflug, der sich im Zeitlupentempo auf die Autobahn zukämpfte. Eine einzige riesige Wächte bedeckte den ungeräumten Teil der Straße. Falls er versuchte, Omar zu überholen, würde der Lincoln unweigerlich darin steckenbleiben.

Einen Augenblick lang verspürte er den verrückten Impuls, das Gaspedal durchzudrücken, die dreißig Meter des Hügels hinabzusegeln und mit dem Lincoln direkt in die Wächte zu krachen, um an deren Ende auf die Autobahn zu stoßen — es war, als raune ihm Elmer zu, es zu tun. *Los, Mr. James, ich brauche Sie.*

Sears hieb mit seiner Faust auf die Hupe. Omar wandte sich um und starrte ihm mit weit aufgerissenem Mund entgegen. Sears sah durch die Glasscheibe von Omars Führersitz und wußte augenblicklich zweierlei: Omar war betrunken und halb tot vor Erschöpfung; und er schrie ihm zu, umzukehren, nur ja nicht den Hügel herunterzukommen. Die Reifen des Lincoln würden auf dem Hügel ins Rutschen geraten.

Elmers hartnäckige, einschmeichelnde Stimme hatte ihn davon abgehalten, das zu sehen.

Langsam begann der Lincoln den langen Abhang bergab zu rollen. Omar stellte den Schneepflug ab und hing mit dem halben Körper aus der Fahrerkabine. Eine Hand hielt er ausgestreckt wie ein Verkehrspolizist. Sears drückte seinen Fuß gegen das Bremspedal, und der Lincoln vibrierte auf der glatten, gepflügten Oberfläche. Omar beschrieb große Kreise mit seiner Hand, deutete ihm an, umzudrehen oder im Rückwärtsgang hinaufzufahren.

Der Wagen ruckelte weiter den Abhang hinunter, und Sears

dachte nur mehr daran, wie er ihn zum Stehen bringen könnte. Hastig faßte er nach der Handbremse. Er hörte Elmer sagen: *Sears, komm — komm* — diese hartnäckige Stimme, die den Wagen vorwärtstrieb.

Und dann sah er Lewis Benedikt mit flatternder Khakijacke und wehendem Haar am Fuß des Hügels. Er lief auf ihn zu und schwenkte die Arme, um ihn anzuhalten.

Komm — komm —

Sears löste die Handbremse und trat das Gaspedal durch. Der Wagen schlitterte mit quietschenden Reifen vorwärts und holperte den Hügel hinunter, das Heck schlug hin und her wie die Schwanzflosse eines Riesenfisches. Hinter dem laufenden Lewis sah Sears die verschwommene Gestalt von Omar Norris stocksteif auf dem Schneepflug stehen.

Mit hundert Stundenkilometern raste der Lincoln in Lewis Benedikts Gestalt. Sears öffnete den Mund und riß schreiend das Lenkrad nach links. Der Lincoln drehte sich im Kreis und stieß mit der hinteren Stoßstange an den Schneepflug, ehe er in der riesigen Schneewächte landete.

Sears öffnete die Augen und sah, daß es um ihn herum dunkel war. Sein Kopf schmerzte; er hob eine Hand an die Schläfe und spürte Blut. Mit der anderen Hand schaltete er das Licht im Wageninnern ein. Omar Norris preßte sein Gesicht gegen die Windschutzscheibe und spähte mit ausdruckslosen Augen auf den Beifahrersitz. Zwei Meter Schnee hielten den Wagen fest wie Zement.

„Jetzt, kleiner Bruder", sagte eine tiefe Stimme vom Rücksitz des Wagens.

Eine kleine Hand mit schmutzigen Fingernägeln langte nach vorne und strich leise über Sears' Wange. Die Heftigkeit seiner Reaktion überraschte Sears: Wie vom Blitz getroffen fuhr er zur Seite, vom Ekel durchschüttelt. Seine Wange zeigte da, wo das Kind sie berührt hatte, einen Kratzer. Und schon begann er den Geruch von Verwesung in dem abgeschlossenen Wagen wahrzunehmen. Sie beugten sich vom Rücksitz vor, ihre Augen glühten ihn an, ihre Münder standen offen: Auch er hatte sie überrascht.

Abscheu vor diesen widerlichen Wesen erfaßte ihn. Er würde nicht gottergeben unter ihren Händen sterben. Sears holte zum ersten Faustschlag seit sechzig Jahren aus und warf sich grunzend vorwärts. Der Schlag traf Gregory Bate am Backenknochen, riß sein Fleisch auf, und Sears' Hand tauchte in feuchte, übelriechende Weichheit. Eine glitzernde Flüssigkeit rann die aufgerissene Wange herab.

„Man kann euch also verletzen", sagte Sears. „Bei Gott, man kann."

Knurrend stürzten sie sich auf ihn.

4

Zwölf Uhr mittags, am Weihnachtstag

Walt Hardesty hatte noch keine zwei Worte ins Telefon gesprochen, als Ricky bereits wußte, daß er wieder betrunken war. Nach zwei Sätzen stand für Ricky fest, daß Milburn keinen Sheriff mehr hatte.

„Wissen Sie, wo Sie sich diesen Job hinstecken können", sagte Hardesty und rülpste. „Stecken Sie sich ihn in den — hören Sie mich, Hawthorne?"

„Ich höre Sie, Walt." Ricky saß auf der Couch und sah zu Stella hinüber, die ihr Gesicht in den Händen verborgen hielt ... Sie trauert bereits, dachte er, trauert, weil sie ihn allein hat gehenlassen. Weil sie ihn fortgeschickt hat, ohne ihm ihren Segen zu geben, ja ohne ihm gedankt zu haben. Don Wanderley kauerte am Boden neben Stellas Stuhl und hatte einen Arm um ihre Schultern gelegt.

„Jawohl, Sie hören mich. Dann hören Sie mal zu. Ich war bei

der Marine, wissen Sie das, Anwalt? Korea. Hatte drei Streifen, haben Sie gehört?" Ein lautes Krachen. Hardesty war in einen Sessel gefallen oder hatte eine Lampe umgeworfen. Ricky gab keine Antwort. „Drei gottverdammte Streifen, Ledernacken. Sie könnten mich einen gottverdammten Helden nennen, mir egal. Ich habe doch Sie nicht dazu gebraucht, daß Sie mir anschaffen, zu dieser Farm hinauszufahren. Ist schon ein Nachbar hingegangen, gegen elf, — hat sie alle gefunden. Scales hat sie alle umgebracht. Erschossen. Und danach hat er sich unter seinen gottverdammten Weihnachtsbaum gelegt und seinen Kopf entzweigeschossen. Die Landespolizei hat alle Leichen im Hubschrauber weggebracht. Und Sie werden mir jetzt sagen, warum er es getan hat, Anwalt. Und wieso Sie überhaupt wußten, daß da draußen etwas geschehen ist."

„Weil ich mir vor langer Zeit den Wagen seines Vaters geliehen habe", sagte Ricky. „Ich weiß, das ergibt keinen Sinn, Walt."

Don sah zu ihm herüber, Stella vergrub ihr Gesicht noch tiefer in den Händen.

„Es ergibt keinen — Scheißdreck. Wunderbar. Suchen Sie sich doch einen anderen Sheriff für diese Stadt. Sobald die Distriktschneepflüge durchkommen, verschwinde ich von hier. Mich nimmt man überall, mit meinen Referenzen. Überall! Nicht wegen dem da draußen, nicht wegen Scales' kleinem Massaker. Sie und Ihre verdammten reichen Freunde haben die ganze Zeit über etwas gewußt — *die ganze Zeit über* —, und was immer es ist, es *tut* Dinge — ist böser als ein aufgescheuchtes Wildschwein. Richtig? Ist auch bei Scales eingedrungen, was? Ist ihm in den *Kopf* gestiegen. Kommt überallhin, was? Und wer hat uns das alles eingebrockt, he, Herr Rechtsanwalt? Sie. Jawohl!"

Ricky sagte nichts.

„Nennen Sie es doch Anna Mostyn. Aber das ist reiner Quatsch. Gott sei mir gnädig, ich habe Sie schon immer für ein Arschloch gehalten, Hawthorne. Aber jetzt sage ich Ihnen etwas: Wer bei mir auftaucht und mich rumkriegen will, wird abgeknallt. Sie und Ihre Freundchen und all eure hochgestochenen Ideen — falls Ihnen noch ein paar Freunde übrigbleiben, können Sie ja die Dinge in die Hand nehmen. Ich rühre mich nicht von der Stelle, bis die Straßen wieder frei sind. Meine Stellvertreter habe ich heimgeschickt. Wer immer hier auftaucht, wird erschossen. Ohne Federlesen. Dann hau ich ab."

„Was ist mit Sears?" fragte Ricky. Er wußte, daß Hardesty es ihm nie sagen würde, ehe er nicht danach fragte. „Hat jemand Sears gesehen?"

„Oh, Sears *James.* Ja. Komische Sache. Die Landespolizei hat auch ihn gefunden. Sahen seinen Wagen halb unter einer Schneewächte am Fuß der Underhill Road begraben — der Schneepflug hat ihn ganz zerfetzt ... Du kannst ihn begraben, wann du willst, Kumpel. Endet denn jedermann in dieser gottverdammten Horrorstadt zerhackt oder ausgesaugt oder in Stücke zerrissen?" Wieder ein Rülpser. „Ich bin sternhagelvoll, Anwalt. Und das wird auch so bleiben. Dann hau ich von hier ab, und dann soll Sie und alles was mit Ihnen zusammenhängt der Teufel holen." Er hängte ein.

Ricky sagte: „Hardesty hat den Verstand verloren, und Sears ist tot." Stella begann zu weinen; bald saßen er und sie und Don im Kreis, hatten sich die Arme um die Schultern gelegt und suchten auf diese uralte Weise Trost. „Ich bin der Letzte", sprach Ricky in die Schulter seiner Frau hinein, „Mein Gott, Stella, ich bin der einzige, der übrigblieb."

Spät in der Nacht hörte jeder von ihnen Musik — Ricky und Stella in ihrem Schlafzimmer, Don im Gästezimmer; sie hörten, wie in der Stadt Musik erklang, laute Trompeten, flüsternde Saxophone; arkadische Weisen, die ertönen, wenn die Seele in Nacht versinkt, und sie ergaben sich der Musik, selbstvergessen und befreit. Dr. Rabbitfoots Band war am Feiern.

5

Nach Weihnachten hörten sogar die Nachbarn auf, einander zu besuchen, und die wenigen Optimisten, die noch Pläne für Silvester geschmiedet hatten, vergaßen sie stillschweigend. Alle öffentlichen Gebäude und Geschäfte blieben geschlossen. Auf der Wheat Row reichten die Schneewehen bis zu den Dachrinnen. Sogar die Bars hatten zu, und der fette Humphrey Stalladge saß in seinem Häuschen hinter seinem Lokal, horchte auf den Wind und spielte Karten mit seiner Frau, während er überlegte, daß er Geld scheffeln würde wie Heu, sobald die Schneepflüge durchkämen — nichts treibt die Menschen mehr in Bars als schlechte Zeiten. Seine Frau sagte: „Rede nicht wie ein Leichenfledderer“, und diese Bemerkung beendete das Gespräch und das Kartenspiel für eine ganze Weile. Jedermann wußte von Sears James und Omar Norris, und — was noch schlimmer war — was Elmer Scales getan hatte. Es schien den Menschen, als würden sie, wenn sie lange genug dem Pfeifen des Schneesturms lauschten, ein schreckliches Geheimnis erfahren — ein Geheimnis, das ihr Leben verdunkelte. Manche Leute in Milburn fuhren um drei, vier Uhr morgens aus dem Schlaf auf und glaubten, eines von Mr. Scales' Kindern am Fußende ihrer Betten stehen zu sehen.

Mit der Zeit erfuhr die Stadt auch von Sheriff Hardesty, wie er sich in seinem Büro eingeigelt hatte, umgeben von all den Leichen, die in den Zellen auf ihren Abtransport warteten. Die meisten Leute kannten irgendeinen, der am Büro des Sheriffs vorbeigegangen war und geschworen hatte, Hardesty habe da drinnen geschrien, habe niemanden oder sich selbst angeschrien. Vielleicht habe er jenes Unbekannte angeschrien, das sich so ungehindert in Milburn bewegte, kein Wetter scheute, in die Träume der Menschen schlüpfte und Schatten warf, wann immer man den Kopf wandte. Was es auch war — vielleicht war es ebenso für die Musik verantwortlich, die manche Bürger von Milburn um Mitternacht in der Christnacht gehört hatten — unerklärliche Musik, die fröhlich hätte sein können und doch so schrecklich dunkel geklungen hatte. Sie zogen die Kissen über die Köpfe und redeten sich ein, es sei ein Radio oder ein böser Scherz des Windes — um nichts in der Welt hätten sie zugegeben, daß da draußen etwas lauern könnte, das so furchterregende Töne hervorzubringen vermochte.

Peter Barnes hatte die Musik gehört und dachte, daß die Bate-Brüder und Anna Mostyn und Dons Dr. Rabbitfoot diesmal auf dem Weg wären, ihn zu holen. (Aber es gab einen anderen Grund, er wußte es.) Er stand auf, verschloß seine Tür, kletterte ins Bett zurück und stopfte sich die Finger in die Ohren; aber die wilde Musik wurde lauter und immer lauter, kam die Straße herunter.

Vor seinem Haus hörte sie auf, mitten im Takt, wie abgerissen, als habe man ganz plötzlich ein Tonbandgerät abgestellt. Die Stille barg mehr ungeahnte Möglichkeiten als die Musik. Schließlich ertrug Peter die Spannung nicht länger, stieg leise aus dem Bett und sah auf die Straße hinunter.

Unten stand eine Reihe von Leuten im hellen Mondschein. Sie standen da und schauten mit umschatteten Augen und offenen Mündern zu ihm hinauf, die Toten der Stadt, und er würde niemals wissen, ob sie nur in seiner Einbildung da standen oder ob Gregory Bate und seine Gönnerin diese Schattenfiguren geschaffen hatten oder ob Hardestys Gefängnis und ein halbes Dutzend Gräber sich geöffnet hatten, um ihre Bewohner freizugeben. Er sah Jim Hardie zu seinem Fenster heraufstarren, sah den Versicherungsagenten Freddy Robinson und den alten Dr. Jaffrey und Lewis Benedikt und Harlan Bautz (dieser war während des Schneeschaufelns gestorben). Neben dem Zahnarzt standen Omar Norris und Sears James. Es rührte Peter ans Herz, Sears zu sehen — darum war die Musik wieder erklungen, er hätte es wissen müssen. Hinter Sears trat ein Mädchen hervor, ihr einst so aufregendes Gesicht war ebenso leer und tot wie das der anderen. Eine kleine Gruppe von Kindern stand stumm neben einer großen Vogelscheuche mit Gewehr; Peter nickte und sagte tonlos

„Scales“ vor sich hin. Er hatte es nicht gewußt. Dann teilte sich die Menge und ließ seine Mutter durch.

Sie war nicht der lebensnahe Geist, den er auf dem Markt gesehen hatte; alles Lebendige war aus ihr — wie aus allen anderen — gewichen, sie war völlig leer, trug nicht einmal mehr Verzweiflung in sich. Sie schien einzig und allein von einem überwältigenden Bedürfnis beseelt — einem Bedürfnis auf einer Ebene unterhalb jeglichen Gefühls. Christina ging über den Schnee bis an die Grenze ihres Grundstücks. Sie streckte die Arme nach ihm aus, und ihr Mund bewegte sich. Er wußte, daß dieser Mund nie wieder ein menschliches Wort hervorbringen würde — es sei denn einen Schrei oder ein Stöhnen. Sie alle baten ihn, hinauszukommen; oder flehten sie um Ruhe, um Schlaf? Peter begann zu weinen. Sie waren grausig, nicht furchterregend. Wie sie da unter seinem Fenster standen, so bejammernswert bar jeden Lebens, kam es ihm vor, als hätte er sie nur geträumt. Die Bates und ihre Gönnerin hatten sie geschickt, aber es war er, den sie brauchten. Kalte Tränen lagen auf seinen Wangen, als Peter sich vom Fenster abwandte; so viele, viele, viele.

Er legte sich aufs Bett und starrte an die Decke. Er wußte, daß sie gehen würden. Oder würde er am Morgen aus dem Fenster blicken und sie alle wiedersehen, an Ort und Stelle festgefroren wie Schneemänner? Aber die Musik brach plötzlich wieder auf wie eine hellrote Wunde — ja, sie würden sich fortbewegen, würden Dr. Rabbitfoots heiterem Zeitmaß folgen.

Sobald die Musik verklungen war, stand Peter auf und sah aus dem Fenster. Ja, sie waren fort und hatten nicht einmal Spuren im Schnee hinterlassen.

Im Dunkeln ging er die Treppe hinunter; als er unten ankam, sah er durch die Türritze des Fernsehzimmers Licht schimmern. Sanft öffnete er die Tür.

Die Fernsehscheibe zeigte ein Gewirr sich bewegender Punkte, das von einem langsam aufwärtsgleitenden schwarzen Querstreifen unterbrochen wurde. Starker Whiskydunst erfüllte den Raum. Sein Vater lag im Stuhl zurückgelehnt, den

Mund offen, die Krawatte gelockert. Die Haut von Gesicht und Hals war grau und sah aus wie Pergament. Er atmete leise und ruckartig ein wie ein kleines Kind. Eine fast leere Flasche und ein volles Glas standen auf dem Tisch an seiner Seite. Peter ging zum Fernsehapparat und schaltete ihn ab. Dann rüttelte er seinen Vater zart am Arm.

„Mhm." Sein Vater öffnete die Augen und sah ihn benommen an.

„Pete. Habe Musik gehört."

„Du hast geträumt."

„Wie spät ist es?"

„Bald eins."

„Ich habe über deine Mutter nachgedacht. Du siehst aus wie sie, Pete. Mein Haar, ihr Gesicht. Ein Glück — hättest auch aussehen können wie ich."

„Ich habe auch an sie gedacht."

Sein Vater stand auf, rieb sich die Wangen und schenkte Peter einen unerwartet klaren Blick. „Du bist erwachsen geworden. Komisch. Ich habe es eben bemerkt — du bist ein erwachsener Mann."

Peter war verlegen und sagte nichts.

„Ich wollte es dir nicht früher sagen. Ed Venuti hat mich am Nachmittag angerufen, hat es von der Landespolizei gehört. Elmer Scales, der Farmer von außerhalb der Stadt. Hatte eine Hypothek von uns. Mit den vielen Kindern. Ed sagt, er hat sie alle umgebracht. Hat alle Kinder erschossen, dann seine Frau, dann sich selber. Pete, diese Stadt wird verrückt. Ganz einfach krank und verrückt."

„Laß uns hinaufgehen", sagte Peter.

6

Einige Tage stand Milburn ebenso still wie Humphrey Stalladges Kartenspiel, nachdem seine Frau jenes obszöne Wort ausgesprochen hatte: Worte wie Leichenfledderer und Gräber waren tabu, seit jedermann in der Stadt mit mindestens einem der vermummten Toten im Gefängnis gut bekannt oder verwandt war. Die Menschen saßen vor den Fernsehapparaten, aßen Pizza aus dem Tiefkühlschrank und beteten, daß die Elektrizität nicht zusammenbrechen würde. Sie mieden einander. Wenn du aus dem Fenster sahst und deinen nächsten Nachbarn bemerktest, wie er sich zu seiner Haustür kämpfte, schien es dir, als habe er sich in eine ganz und gar unirdische Figur verwandelt; er sah aus, als habe ihn die Anspannung in einen wilden, abgerissenen Grenzer verwandelt. Du wußtest, daß er jeden niederschlagen würde, der sich an seinen immer rascher schwindenden Lebensmittelvorrat wagen würde. Auch ihn hatte die wilde Musik berührt, der du entkommen wolltest, und wenn er dich durch deine dicken Fensterscheiben hindurch ansah, hatten seine Augen kaum mehr etwas Menschliches an sich.

Die Straßen waren nur mehr zu Fuß passierbar; vier, fünf Meter hohe Schneewände säumten sie, die Luft unter einem düsteren Himmel war von einem unaufhörlichen weißen Wirbel erfüllt. Die Häuser in der Haven Lane und der Melrose Avenue sahen aus, als stünden sie leer; die Vorhänge waren zugezogen, um die trostlose Öde auszusperren. In der Stadt wuchsen die Schneewände bis unter die Dächer und deckten die Straßen zu. Milburn sah aus, als läge es unter einem der Leichentücher aus Hardestys Zellen begraben. Und wenn Leute wie Clark Mulligan oder Rollo Draeger, die ihr ganzes Leben hier gelebt hatten, nun die Stadt betrachteten, berührte ein kalter Windhauch ihr Herz.

Das war bei Tag. Zwischen Weihnachten und Neujahr

gewöhnten sich immer mehr Bürger von Milburn — die nie von Eva Galli oder Stringer Dedham gehört hatten und die in der Altherrengesellschaft eine Sammlung von Museumsstücken sahen — daran, früher und früher zu Bett zu gehen, erst um zehn Uhr, dann um neun Uhr dreißig. Sie wollten ihre Augen schließen, um die Dunkelheit nicht mehr sehen zu müssen. Waren die Tage furchterregend, so waren die Nächte grauenhaft. Der Sturm raste um Hausecken, rüttelte an Jalousien und Fensterläden, und manchmal in der Nacht drückte eine Bö wie eine gigantische Welle gegen die Hausmauern, so daß die Lampen schwankten. Oft schien es den Leuten, als höre man inmitten des Brausens und Heulens da draußen Stimmen — Stimmen, die ihre Freude nicht im Zaum halten konnten. Der gramgebeugte Walter Barnes war nicht der einzige, der dachte, die ganze Stadt würde wahnsinnig.

Am letzten Tag des alten Jahres gelang es dem Bürgermeister endlich, Hardestys drei Hilfskräfte zu erreichen, und er befahl ihnen, den Sheriff aus dem Büro herauszuholen und in ein Spital einzuliefern. Der Bürgermeister befürchtete, daß die Leute bald zu plündern anfangen würden, wenn die Straßen nicht geräumt würden. Er ernannte Leon Churchill zum provisorischen Sheriff; er war am größten und dümmsten von den dreien und würde am ehesten Befehle befolgen. Er erklärte Leon, daß er für immer seinen Job los sei, wenn er nicht augenblicklich Omar Norris' Schneepflug flottmachen und mit den Räumarbeiten beginnen würde.

Als die Hilfssheriffs Hardestys Büro betraten, fanden sie es leer. Walter Hardesty war irgendwann innerhalb der letzten vier Tage verschwunden. Er hatte sechs leere Whiskyflaschen, aber keine Adresse hinterlassen — und nichts sprach von der Panik, die eines Nachts seine Eingeweide befallen hatte, als er seinen Kopf vom Schreibtisch hob, um sich einen neuen Drink einzugießen, und er wieder Geräusche aus der Zelle vernahm. Zuerst hatten sie sich angehört wie ein Gespräch und dann wie das Geräusch, das der Fleischer macht, wenn der Steaks auf seiner Fleischbank hackt. Er hatte nicht darauf gewartet, daß das, was sich da hinten befand, den Gang entlangkommen würde. Er hatte seinen Hut auf den Kopf gestülpt, war in seine Jacke geschlüpft und in den Schneesturm hinausgegangen. Er kam nur bis zur Mittelschule. Da schloß sich eine Hand über seinem Ellenbogen, und eine ruhige Stimme sagte in sein Ohr: „Ist es nicht an der Zeit, Sheriff, daß wir endlich Bekanntschaft schließen?" Als Leons Pflug ihn freilegte, sah Walter Hardesty aus wie ein geschnitztes Stück Elfenbein: die lebensgroße Statue eines neunzigjährigen Mannes.

7

Obgleich die Wetterstation weitere Schneefälle für die ganze erste Januarwoche vorhergesagt hatte, trat für zwei Tage Ruhe ein. Humphrey Stalladge öffnete seinen Laden und bediente allein an der Bar — Annie und Anni waren draußen auf dem Land immer noch eingeschneit —, und er fand, daß das Geschäft seinen Erwartungen entsprach. Er arbeitete sechzehn, siebzehn Stunden am Tag, und als seine Frau kam, um Hamburger zu machen, sagte er zu ihr: „Okay, endlich sind die Straßen soweit geräumt, daß die Burschen wieder ihre Autos benützen können. Und was tun sie? Sie fahren in eine Bar, und da bleiben sie den ganzen Tag. Verstehst du das?"

„Du wolltest es nicht anders", war alles, was sie sagte.

„Jedenfalls ist es ein Wetter für Trinker", sagte Humphrey. Ein Wetter für Trinker? Mehr als das: Don Wanderley, der mit Peter Barnes zum Haus der Hawthornes fuhr, dachte, daß dieser dunkle, graue Tag immer noch von peinigender Kälte war und dem Hirn eines Betrunkenen glich. Er hatte nichts von der plötzlichen, unheimlichen Helle an sich, die er im frühen Winter öfter in Milburn gesehen hatte: keine leuchtenden Türschwellen und Rauchfänge, keine unerwarteten Farbkleckse. Diese magischen Tricks gab es nicht mehr. Was nicht weiß war, verschwamm in dem anhaltend grauen Wetter. Keine echten Schatten, keine versteckte Sonne — alles lag in schwerer Düsternis.

Er sah über die Schulter auf das eingewickelte Paket auf dem Rücksitz, seine armseligen, in Edwards Haus entdeckten Waffen. Sie waren fast kindlich primitiv. Nun, da er einen Plan hatte und mit den andern beiden kämpfen wollte, schien sogar das deprimierende Wetter ihre Niederlage andeuten zu wollen. Er, ein angespannter, siebzehn Jahre alter Junge, und ein alter Mann mit einem argen Schnupfen: Es schien fast lachhaft hoffnungslos. Aber ohne sie gab es gar keine Hoffnung mehr.

„Der Neue pflügt nicht so gut wie Omar", sagte Peter neben ihm. Er wollte nur das Schweigen brechen, aber Don nickte. Der Junge hatte recht. Es bereitete Leon Schwierigkeiten, den Schneepflug gerade zu führen, und wenn er mit einer Straße fertig war, bot sie einen seltsamen, terrassenartigen Anblick.

„Diesmal werden wir etwas unternehmen", sagte der Junge halb fragend.

„Wir werden es versuchen", sagte Don und sah ihn von der Seite an. Peter sah aus wie ein junger Soldat, der in zwei Wochen ein Dutzend Feuergefechte mitgemacht hatte.

„Ich bin bereit", sagte er, und Don hörte neben der Festigkeit in seiner Stimme auch die Zerrüttung seiner Nerven heraus und fragte sich, wieviel der Junge, der bereits ungleich mehr geleistet hatte als er und Ricky, noch ertragen konnte.

„Warte, bis du hörst, was ich vorhabe", sagte Don. „Es könnte sein, daß du da nicht mitmachen willst, und das wäre okay, Peter. Ich würde es verstehen."

„Ich bin bereit", wiederholte der Junge, und Don fühlte, wie er schauderte. „Was werden wir tun?"

„In Anna Mostyns Haus zurückgehen", antwortete er. „Ich werde es erklären, wenn wir bei Ricky sind."

„Ich bin immer noch bereit", hauchte Peter leise.

8

„Es handelt sich um einen Teil jener Nachricht, die Alma Mobley mir per Tonband zukommen ließ", sagte Don. „Die Nachricht war für mich bestimmt, und ich wollte sie niemand anderem zumuten. Besonders dir nicht, Peter. Ihr könnt euch wohl denken, was es war."

„Psychologische Kriegsführung", sagte Ricky.

„Ja. Aber eine Sache, die sie sagte, geht mir nicht aus dem Kopf. Es könnte ein Hinweis darauf sein, wo sie sich aufhält. Ich glaube, es war eine verschlüsselte Botschaft."

„Erzähle", sagte Ricky.

„Sie sagte, daß wir menschlichen Wesen unseren Phantasien ausgeliefert sind, und wenn wir sie oder einen der anderen suchten, sollten wir die Schauplätze unserer Träume erforschen, an den Ort unserer Phantasien zurückkehren."

„Die Schauplätze unserer Träume", wiederholte Ricky. „Aha. Sie meint die Montgomerystraße. Nun, ich hätte wissen müssen, daß wir mit diesem Haus noch nicht zu Ende sind." Peter streckte einen Arm auf der Lehne der Couch aus und rollte seinen Körper ein: eine Geste der Ablehnung. „Wir haben dich das erste Mal absichtlich nicht mitgenommen", sagte Ricky zu dem Jungen. „Jetzt hast du natürlich wesentlich mehr Grund, nicht hingehen zu wollen. Wie denkst du darüber?"

„Ich muß hingehen", sagte Peter.

„Es ist fast sicher, daß sie das meinte", fuhr Ricky fort, während seine Augen immer noch sanft und forschend auf den Jungen gerichtet waren. „Sears und Lewis und John und ich hatten alle ein und denselben Traum von dem Haus, wir träumten fast jede Nacht davon, ein ganzes Jahr hindurch. Und als Sears und Don und ich hingingen, fanden wir deine Mutter und Jim; sie hatte uns nicht körperlich angegriffen, sondern sie griff unsere Phantasie an. Falls es dir auch nur der geringste Trost ist — der Gedanke, in dieses Haus zurückzukehren, jagt mir höllische Furcht ein."

Peter nickte. „Klar", sagte er. Dann beugte er sich vor und fragte, als habe ihm des andern Eingeständnis seiner Furcht Mut gemacht: „Was ist in dem Paket, Don?"

Don langte nach der zusammengerollten Decke unter seinem Stuhl. „Zwei Gegenstände, die ich im Haus gefunden habe. Wir können sie möglicherweise gebrauchen." Er legte das Bündel auf den Tisch und rollte es auseinander. Alle drei blickten auf eine langstielige Axt und ein Jagdmesser.

„Ich habe den ganzen Morgen damit zugebracht, sie zu schleifen und zu ölen. Die Axt war rostig, Edward benutzte sie, um Holz für seinen Kamin zu spalten. Das Messer war das Geschenk eines Schauspielers, er verwendete es in einem Film und schenkte es meinem Onkel, als sein Buch erschien. Es ist ein schönes Messer."

Peter nahm es und drehte es in seinen Händen: „Es ist schwer." Das Messer hatte ganz offensichtlich einen einzigen Daseinszweck: es war ein Gerät zum Töten. Doch nein, erinnerte sich Don, es sah nur so aus; es war gemacht worden, um gefällig in der Hand eines Schauspielers zu liegen; es war fotogen. Neben dem Messer nahm sich die Axt brutal und unelegant aus. „Ricky hat sein eigenes Messer", sagte Don. „Peter, du kannst das Messer nehmen. Ich behalte die Axt."

„Gehen wir gleich?"

„Hat es einen Sinn zu warten?"

Ricky sagte: „Noch einen Augenblick. Ich gehe hinauf, um Stella zu sagen, daß wir fortgehen. Ich werde sie bitten, im Büro des Sheriffs anzurufen, wenn wir in einer Stunde nicht zurück sind. Dann soll man einen Wagen zum Robinson-Haus schicken." Er ging die Treppe hinauf.

Peter faßte nach dem Messer und befühlte es. „Es wird keine Stunde dauern", sagte er.

9

„Wir werden wieder den Hintereingang nehmen", flüsterte Don in Rickys Ohr. Sie standen vor dem Haus. Ricky nickte. „Wir wollen möglichst leise sein."

„Mach dir um mich keine Sorgen", sagte Ricky. Seine Stimme klang älter und schwächer, als Don sie je gehört hatte. „Weißt du, ich sah den Film, in dem das Messer vorkam. Es soll —" Ricky hielt inne und atmete schwer, um sicherzugehen, daß Peter Barnes ihm zuhörte. „Es soll besondere Eigenschaften besitzen. Ist aus dem härtesten Material, das du dir vorstellen kannst. Wie ein Zaubermesser." Ricky lächelte. „Typischer Filmunsinn. Schaut eigentlich aus wie das Messer eines Dandy."

Peter zog es aus der Tasche seines Dufflecoats. Einen Moment lang starrten alle darauf und schämten sich ihrer kindischen Handlungsweise.

„Gehen wir", sagte Don.

Mit den Händen kratzten sie den Schnee vor der Hintertür beiseite, um sie öffnen zu können; dann traten sie leise im Gänsemarsch ein. Peter erschien das Haus fast so dunkel wie in jener Nacht, als er mit Jim Hardie eingebrochen war. Er war nicht sicher, ob er imstande sein würde, einen Schritt über die Schwelle zu tun, bis Don ihn durch die Küche führte. Sogar dann noch fürchtete er einige Augenblicke lang, zu schreien oder in Ohnmacht zu fallen — um ihn herum wisperte das dunkle Haus.

Als sie im Korridor waren, deutete Don auf den Keller. Peter und Ricky zogen ihre Messer aus der Tasche, Don öffnete die Tür. Lautlos stiegen sie die Holztreppe hinab.

Peter wußte, daß dies hier und der Treppenabsatz die kritischen Punkte für ihn sein würden. Er blickte rasch unter die Treppe und sah nichts als schwebende Spinnweben. Dann gingen Don und er langsam auf den Heizkessel zu, während

Ricky die andere Seite des Kellers untersuchte. Peter fühlte das große Messer fest und gut in seiner Hand liegen. Er wußte, daß er jeden Augenblick den Platz würde ansehen müssen, wo Sears seine Mutter und Jim Hardie gefunden hatte, aber er wußte auch, daß er weder schreien noch in Ohnmacht fallen würde. Das Messer schien einen Teil seiner Fähigkeiten auf ihn zu übertragen.

Sie erreichten den im tiefsten Schatten liegenden Platz neben dem Heizkessel. Don trat ohne Zögern hinter den Kessel, Peter umfaßte den Griff des Messers fester und folgte ihm. *Du mußt es nach oben reißen,* erinnerte er sich an seine alten Abenteuergeschichten. *Wenn du die Klinge abwärts führst, kann man es dir leicht entreißen.* Er sah, wie Ricky aus der anderen Ecke des Kellers zurückkehrte und die Achseln zuckte.

Don senkte die Axt; die beiden Männer sahen unter die Werkbank, die an der nächstliegenden Wand stand. Peter überlief ein Schauder. Da war es gewesen. Da hatte man sie gefunden. Jetzt war natürlich nichts mehr da. Er konnte es an der Art und Weise sehen, wie Don und Ricky sich aufrichteten... kein Gregory Bate war hervorgesprungen, um sie anzureden... nicht einmal Blutflecke würde man sehen.

„Oberster Stock", flüsterte Don, und Ricky nickte.

Als sie an dem braunen Fleck am Treppenabsatz vorbeikamen, umklammerte Peter fest sein Messer und schluckte. Er sah rasch über die Schulter zurück, um sicherzugehen, daß Bate mit seiner Sonnenbrille nicht da unten stand und zu ihnen heraufgrinste. Ricky Hawthorne wandte sich nach ihm um und sah ihn forschend und gütig an. Er nickte — okay — und folgte den Männern leise die Treppe hinauf.

Vor dem ersten Schlafzimmer blieb Ricky stehen und deutete mit dem Kopf auf die Tür. Peter zückte sein Messer; es könnte sich um den Raum handeln, von dem die alten Herren geträumt hatten, aber es war auch der nämliche Raum, in dem er Freddy Robinson begegnet war und in dem er seinen Tod hätte finden können. Don faßte mit sicherer Hand nach der Klinke. Ricky sah ihn an, biß die Zähne zusammen und nickte zustimmend. Don drückte die Klinke herunter und öffnete die Tür. Peter sah ganz plötzlich ein Schweißbächlein die Schläfe des Schriftstellers abwärtsrinnen, es sah aus, als sei eine Quelle entsprungen; ihm selber war, als sei jede Flüssigkeit aus seinem Körper gewichen. Don bewegte sich rasch durch den Raum und hob die Axt, während er vorwärtsging. Peters Füße trugen ihn in das Zimmer, als zöge ihn ein unsichtbares Band.

Er nahm das Schlafzimmer in einer Reihe von schnappschußähnlichen Bildern in sich auf: Don neben ihm, die Axt haltend; ein leeres Bett; staubiger Fußboden; eine kahle Wand; das Fenster, das er vor einer Ewigkeit gewaltsam geöffnet hatte; Ricky Hawthorne, breitbeinig und mit offenem Mund dastehend, das Messer von sich haltend, als wolle er es verschenken; eine Wand und ein kleiner Spiegel. Ein leeres Schlafzimmer.

Don senkte seine Axt, allmählich wich die Spannung aus seinem Gesicht. Ricky Hawthorne begann den Raum zu durchsuchen, als müsse er jeden Zentimeter kontrollieren, ehe er es glauben konnte, daß Anna Mostyn und die Bates sich nicht irgendwo verbargen. Peter bemerkte, daß das Messer nachlässig in seiner Hand baumelte; er bemerkte, daß Ricky entspannt war. Der Raum war sicher. Und wenn dieser Raum sicher war, dann war es das ganze Haus. Er sah zu Don hinüber, der seine Mundwinkel zu einem winzigen Lächeln verzog.

Dann kam er sich idiotisch vor, wie er da in der Tür stand und Don zulächelte, und er ging vorwärts und begann noch einmal alle Ecken zu untersuchen, die Ricky Hawthorne bereits untersucht hatte. Nichts unter dem Bett. Ein leerer Schrank. Er ging zur gegenüberliegenden Wand; an seinem Rückenende zuckte ein Muskel, schnalzte wie ein Gummiband. Peter fuhr mit den Fingern über die Wand: kalt und schmutzig. Graues Zeug war auf seinen Fingern haftengeblieben. Er sah in den Spiegel.

Erschreckend laut schrie Ricky Hawthorne ihm von der anderen Seite des Zimmers zu: „Nicht den Spiegel, Peter!"

Aber es war bereits zu spät. Ein Hauch aus der Tiefe des Spiegels hatte ihn berührt, und gedankenlos hatte er sich umgedreht, um tief hineinzusehen. Sein Gesicht verschwamm zu einem blassen Umriß, und jenseits dieses Umrisses zeichnete sich das Gesicht einer Frau ab, schwamm an die Oberfläche. Er kannte sie nicht, aber er sog ihr Bild in sich auf, als liebe er sie: helle Sommersprossen, weiches, blond-braunes Haar, sanft schimmernde Augen, der zärtlichste Mund, den er je gesehen hatte. Sie berührte alles Gefühl, das in ihm verborgen war, und ihr Gesicht versprach Dinge, die jenseits seines Begriffsvermögens lagen, Versprechen und Lieder und Betrug, die er noch jahrelang nicht kennen würde. Er empfand die ganze Leere seiner Beziehung zu Mädchen, die er geküßt und voll Sehnsucht an sich gedrückt hatte, und er erkannte, daß die Gefühle, mit denen er Frauen begegnet war, nie umfassend, nie vollständig gewesen waren. Und mit plötzlicher Zärtlichkeit sprach sie zu ihm: *Schöner Peter. Du willst einer der unsrigen sein. Du gehörst schon zu uns.* Er rührte sich nicht, sprach nicht, aber er nickte und sagte ja. *Und deine Freunde ebenfalls. Du wirst in alle Ewigkeit leben, wirst das eine, einzige Lied singen, das das meine ist — du kannst für immer bei mir und bei ihnen sein, wirst mit uns fliegen wie ein Lied. Gebrauch nur das Messer, Peter, gebrauche dein Messer, du weißt wie, tu es mit Grazie, heb dein Messer, heb es hoch und drehe —*

Er hob das Messer, als der Spiegel, immer noch melodisch auf ihn einsprechend, zu Boden fiel; aber er hörte ihre Stimme nicht mehr deutlich, weil ihn das Geräusch eines Schlages und einer Stimme dicht an seinem Kopf störte. Der Spiegel fiel auf den Boden und zersplitterte.

„Es war ein Trick, Peter", sagte Ricky Hawthorne, „ich hätte dich eher warnen sollen, aber ich fürchtete mich davor, zu sprechen." Sein Gesicht und seine erfahrenen Augen waren so nahe vor Peters eigenem Gesicht, daß Peter, der völlig geschockt auf ihn niedersah, die exakten Schleifen von Rickys Fliege in surrealistischer Nahaufnahme sah. „Nur ein Trick." Peter zitterte und fiel ihm um den Hals.

Als sie einander losließen, bückte sich Peter zu den beiden Spiegelhälften nieder und hielt seine Hand über eine der Scherben. Ein bezaubernder Hauch *(das eine, einzige Lied)* entströmte. Er fühlte oder ahnte, wie Ricky sich neben ihm anspannte. Unter seiner Hand sah er die Hälfte eines zärtlichen

Mundes hervorlugen und zu ihm aufschimmern. Er bohrte seinen Schuhabsatz mit aller Kraft in den zerbrochenen Spiegel, wieder, immer wieder, bis von dem silbern schimmernden Glas nichts mehr übrig war als ein zerstörtes Puzzlespiel.

10

Fünfzehn Minuten später saßen sie wieder im Wagen und fuhren langsam in Richtung Stadtzentrum. „Sie will uns zu Wesen wie Gregory und Fenny machen", sagte Peter. „Das meinte sie mit ‚in alle Ewigkeit leben'. Sie will uns in solche *Dinger* verwandeln."

„Wir dürfen es nicht zulassen", sagte Don.

„Du redest manchmal so mutig." Peter schüttelte den Kopf. „Sie sagte, ich *sei* bereits einer von ihnen, und als sich Gregory in einen — du weißt schon — verwandelte, sagte er, er sei ich. Es klingt wie Jim. Immer weitergehen, nie haltmachen, nie zweifeln."

„Und das mochtest du an Jim Hardie", sagte Don, und Peter nickte, während Tränen über sein Gesicht liefen. „Ich hätte ihn auch gemocht", sagte Don. „Tatkraft ist immer liebenswert."

„Aber sie weiß, daß ich das schwache Glied in der Kette bin", sagte Peter und schlug die Hände vors Gesicht. „Sie versuchte mich als Werkzeug zu benützen, und fast wäre es ihr gelungen. Sie benützte mich, um dich und Ricky zu fassen."

„Der Unterschied zwischen dir — zwischen uns allen — und Gregory Bate", sagte Don „ist der, daß Gregory ein Werkzeug sein wollte. Er hat sein Schicksal selbst gewählt. Er hat es gesucht."

„Aber sie hat mich fast so weit gehabt, es ebenfalls zu wählen", sagte Peter. „Gott, wie ich sie hasse!"

Ricky ließ sich vom Rücksitz vernehmen. „Sie haben deine

Mutter, die meisten meiner Freunde und Dons Bruder geholt, Peter. Wir alle hassen sie. Sie hätte jedem von uns das gleiche wie dir antun können."

Ricky sprach weiter beruhigend auf Peter ein, und Don fuhr dahin und kümmerte sich nicht mehr um die Trostlosigkeit der Schneelandschaft: In einer Stunde, spätestens in ein, zwei Tagen würde es noch mehr Schnee geben, und dann würde Milburn nicht nur von der Außenwelt abgeschnitten sein, sondern daliegen wie eine zugeschnappte Falle. Ein weiterer heftiger Schneefall würde eine Welle von Tod mit sich bringen und die halbe Stadt entvölkern.

„Halt", sagte Peter. *„Stopp."* Er lachte. „Ich weiß, wo sie sind. Schauplatz der Träume." Sein Lachen klang hoch und zittrig, entsprang der Hysterie eines Knaben. „Sagte sie nicht Schauplatz der Träume? Und was ist der einzige Platz in der Stadt, der während aller Stürme offen blieb?"

„Wovon sprichst du, um alles in der Welt?" fragte Don und drehte sich herum, um Peter ins Gesicht zu sehen. Es trug mit einem Mal einen offenen, sicheren Ausdruck.

„Da", sagte Peter, und Don folgte der Richtung seines Zeigefingers.

Auf der anderen Straßenseite stand in riesigen roten Neonlettern:

RIALTO

und darunter, in kleinen schwarzen Buchstaben, das neueste Beispiel für Anna Mostyns witzige Einfälle:

NIGHT OF THE LIVING DEAD

11

Zum hundertsten Mal sah Stella auf ihre Uhr, dann stand sie auf, um sie mit der Standuhr auf dem Kaminsims zu vergleichen. Die Uhr am Kamin ging um drei Minuten vor, wie immer. Ricky und die beiden anderen waren zwischen dreißig und dreiunddreißig Minuten aus dem Haus. Sie glaubte zu wissen, wie Ricky am Weihnachtsmorgen zumute gewesen war — daß etwas Furchtbares geschehen würde, wenn er nicht aus dem Hause ginge, um etwas zu unternehmen. Und nun wußte sie mit Sicherheit, daß Ricky, falls sie nicht in Windeseile zum Robinson-Haus hinüberginge, in schrecklicher Gefahr schwebte. Er sagte, man solle ihnen eine Stunde Zeit geben, aber das war sicher zu lang. Was es auch war, das Ricky und die übrige Altherrengesellschaft so geängstigt hatte, es befand sich in diesem Haus und wartete nur darauf, wiederum zuzuschlagen. Stella würde nie von sich behauptet haben, eine Feministin zu sein, aber sie hatte viel zu lange und viel zu oft Männer erlebt, die fälschlicherweise der Meinung waren, alles selber tun zu müssen. Frauen wie Milly Sheehan versperrten ihre Türen und hatten Halluzinationen oder sonst etwas, wenn ihre Männer starben oder sie verließen. Wenn irgendeine unerklärliche Katastrophe ihnen ihre Männer raubte, verschanzten sie sich hinter weiblicher Passivität und warteten auf die Testamentseröffnung.

Ricky hatte einfach angenommen, daß sie untauglich wäre, an ihrem Vorhaben teilzunehmen. Sogar ein Junge war nützlicher als sie. Wieder sah sie auf die Uhr. Eine weitere Minute war verstrichen.

Stella ging zum Schrank und zog ihren Mantel an; dann zog sie ihn wieder aus, während sie überlegte, daß sie Ricky möglicherweise doch nicht helfen könne. „Verblödet", sagte sie laut, zog den Mantel wieder an und trat aus dem Haus.

Wenigstens schneite es jetzt nicht, und Leon Churchill, der

ihr nachstarrte, seit er zwölf geworden war, hatte einige Straßen geräumt. Len Shaw von der Tankstelle, eine weitere ihrer Eroberungen, hatte die Garagenausfahrt geräumt, sobald es ihm möglich gewesen war, mit seinem Schneeräumgerät zum Hawthorne-Haus vorzudringen — die Welt war ungerecht, aber Stella empfand keinerlei Skrupel, aus ihrem guten Aussehen Vorteile zu ziehen. Sie startete den Wagen mühelos und fuhr aus der Garage.

Jetzt, da sie sich einmal dazu entschlossen hatte, in die Montgomerystraße zu fahren, legte Stella eine geradezu rasende Eile an den Tag. Der direkte Weg war ihr verschlossen, es gab noch zu viele ungeräumte Straßen. Sie trat auf das Gaspedal und folgte dem Labyrinth von Straßen, die Leon freigelegt hatte. Während sie sich eine umständliche Route ausmalte, hatte sie fast ihre übliche Fahrgeschwindigkeit erreicht. Die Schneebrocken und -hügel, die Churchills Räumungskünste auf der Straße zurückgelassen hatten, erschütterten den Wagen und warfen Stella gegen das Lenkrad. Aber sie nahm die Kurve bei der Schule in flottem Tempo, ohne in dem diffusen Licht zu sehen, daß das Niveau der Straße plötzlich dreißig Zentimeter absank. Als das Vorderteil des Wagens auf dem festgefahrenen Schnee aufschlug, stieg Stella aufs Gas.

Das Wagenheck scherte aus, krachte gegen einen Metallzaun und einen Postkasten, dann drehte sich der Wagen, und Stella segelte seitwärts die Straße entlang. In kalter Panik riß sie das Lenkrad herum, und das Auto flog in eine andere von Leons Schneeterrassen. Es senkte sich seitwärts, die Räder drehten durch, dann kippte es vollends um und schlitterte noch ein Stück weiter den Metallzaun entlang.

„*Verdammt*", sagte sie, krampfte ihre Hände um das Lenkrad, atmete tief durch und versuchte, nicht zu zittern. Sie drückte die Tür auf und sah hinunter. Wenn sie an den Rand ihres Sitzes rückte und die Füße baumeln ließ, waren sie nicht mehr als einen halben Meter vom Boden entfernt. Der Wagen würde bleiben, wo er war — mußte er wohl. Sie würde einen Traktor brauchen, um ihn vom Zaun wegzuziehen. Stella ließ die Füße aus dem Wagen hängen, holte noch einmal tief Luft und stieß sich vom Sitz ab.

Sie landete hart auf den Füßen und begann sofort die Straße hinunterzulaufen, ohne sich nach dem Wagen umzublicken. Die Tür war offen, der Schlüssel steckte im Zündschloß, das Auto lehnte am Zaun wie ein Spielzeug — einerlei, sie mußte zu Ricky. Eine Viertelmeile vor ihr lag das Schulhaus wie eine verschwommene, dunkelbraune Wolke.

Eben war es Stella klargeworden, daß sie ein Auto würde anhalten müssen, als ein blauer Wagen aus dem grauen Nebel hinter ihr auftauchte. Zum ersten Mal in ihrem Leben drehte sich Stella nach einem Auto um und streckte bittend den Daumen aus.

Der blaue Wagen rollte auf sie zu und bremste. Als sie sich vorbeugte, sah sie einen rundlichen Mann, der ihr zur Begrüßung schüchtern entgegenlächelte. Er beugte sich über den Beifahrersitz, um ihr die Tür zu öffnen. „Es ist gegen meine Prinzipien", sagte er, „aber Sie sehen so aus, als hätten Sie eine Fuhre nötig."

Stella stieg ein, lehnte sich im Sitz zurück und vergaß für einen Augenblick, daß dieser nette kleine Mann nicht imstande war, ihre Gedanken zu lesen. Dann sagte sie: „Oh, verzeihen Sie bitte, ich hatte eben einen Unfall und bin etwas verwirrt. Ich muß —"

„Bitte, Hrs. Hawthorne", sagte der Mann und wandte sich ihr mit einem Lächeln zu. „Verschwenden Sie Ihren Atem nicht. Ich nehme an, Sie sollten in die Montgomerystraße. Machen Sie sich keine Sorgen. Es war alles ein Irrtum."

„Sie kennen mich?" fragte Stella. „Aber wieso wußten — Sie "

Der Mann brachte sie zum Schweigen, indem er mit der Schnelligkeit eines Boxers hinüberlangte und seine Hand in ihrem Haar verkrampfte. „Still", sagte er, und seine Stimme, die eben noch so einschmeichelnd schüchtern gewesen war, war die ruhigste, die sie je in ihrem Leben gehört hatte.

12

Don sah Clark Mulligans Leiche zuerst. Der Kinobesitzer lag wie ein weggeworfenes Bündel auf dem Teppich hinter dem Verkaufsstand für Süßigkeiten — noch ein Toter, der vom Hunger der Bate-Brüder gezeichnet war. „Ja, Peter", sagte er und wandte sich von dem Leichnam ab, „du hast recht, sie sind drinnen."

„Mr. Mulligan?" fragte Peter ruhig.

Ricky ging auf den Ladentisch zu und sah darüber. „Oh, nein." Er zog sein Messer aus der Manteltasche. „Wir wissen immer noch nicht, ob das, war wir vorhaben, überhaupt möglich ist, nicht wahr? Sieht fast so aus, als bräuchten wir tatsächlich hölzerne Stäbe oder silberne Kugeln oder Feuer oder..."

„Nein", sagte Peter. „Wir brauchen nichts dergleichen. Alles, was wir brauchen, tragen wir bei uns." Der Junge war sehr blaß und vermied es, auf Mulligans Leiche zu sehen, aber die tiefe Entschlossenheit auf seinem Gesicht war mit nichts vergleichbar, was Don je gesehen hatte: Es war die pure Negation der Furcht. „So hat man nur Vampire oder Werwölfe getötet — oder was man für Vampire oder Werwölfe hielt. Man hätte alles und jedes dazu benützen können." Er wandte sich direkt an Don. „Das ist doch deine Ansicht, nicht?"

„Ja", sagte Don und unterließ es hinzufügen, daß es eine Sache sei, in einem gemütlichen Raum eine Theorie vorzutragen, und eine ganz andere, wenn man dabei sein Leben aufs Spiel setzte.

„Es ist auch die meine", sagte Peter. Er hielt sein Messer mit aufwärts gerichteter Klinge angestrengt fest, und Don ahnte, daß seine Muskeln sich bis in den Oberarm hinauf spannten. „Ich weiß, daß sie drinnen sind. Los."

Dann sprach Ricky aus, was augenfällig war: „Wir haben keine Wahl."

Don hob die Axt und preßte sie flach an seine Brust. Dann ging er leise auf die Logentür zu, und schlüpfte hinein. Die beiden anderen folgten ihm.
Er drückte sich flach an die Wand des dunklen Kinos und überlegte, warum er nicht in Erwägung gezogen hatte, daß der Film laufen könnte. Riesige Formen bewegten sich brüllend und tobend auf der Leinwand. Die Bates mußten Clark Mulligan von weniger als einer Stunde getötet haben. Clark hatte den Film eingespannt und mit der Vorstellung begonnen, wie jeden Tag, seit es den Schneesturm gab; dann war er heruntergekommen — um auf Gregory und Fenny zu stoßen, die ihn im Foyer erwarteten. Don schob sich mit dem Rücken zur Wand seitwärts, um zu sehen, ob sich irgend etwas in den Sitzreihen vor ihm bewegte.

Als seine Augen sich an das Dunkel gewöhnt hatten, sah er nichts als die Reihen runder Sitzlehnen vor sich. Die Geräuschkulisse des Films dröhnte in seinem Kopf. Der Streifen lief vor einem leeren Kino. Von all den Schauspielen, die ihr Feind ihnen bisher geboten hatte, war dies hier sicher das seltsamste, dachte Don — das Grauen auf der Leinwand, das Gewirr der Stimmen und Musik, die in die Dunkelheit plärrten und die leeren Sitze überschwemmten. Er schaute auf Peter Barnes und sah sogar im Dunkeln, wie verbissen dessen Gesicht war. Don deutete auf den äußersten Gang. Dann beugte er sich vor, um nach Ricky zu sehen, der nur ein Schatten an der Wand war, und zeigte auf den Mittelgang.

Peter glitt augenblicklich auf die andere Seite des Kinos. Ricky ging langsamer auf die Mitte zu und vergewisserte sich noch einmal, wo Peter und Don standen, ehe er sich bückte, um nachzusehen, ob Gregory und Fenny sich nicht in den Sitzreihen verbargen. Dann gingen die drei Männer langsam nach vorne und prüften eine Reihe nach der anderen.

Und was geschieht, wenn Ricky sie findet? dachte Don. *Wären wir rechtzeitig bei ihm, um ihn zu retten? Er ist da von allen Seiten gefährdet.*

Aber Ricky, der sein Messer griffbereit in einer Hand hielt, ging ruhig den breiten Mittelgang hinunter, sah nach beiden

Seiten suchend in die Sitzreihen, als habe er eine Kinokarte verloren, und entledigte sich seiner Aufgabe ebenso gründlich wie in Anna Mostyns Haus.

Don bewegte sich auf gleicher Höhe wie die anderen und sah angestrengt in das Dunkel zwischen den Reihen: Papierschnitzel und Staub, als habe man den ganzen Winter nicht mehr aufgeräumt; zerrissene Sitze, einige mühsam zusammengeflickt; in jeder Reihe etliche gebrochene Armlehnen und in der Mitte jeder Reihe ein Brunnen tiefster Finsternis, der einen einzusaugen schien. Über ihm, vor ihm, präsentierte der Film Bilder, die Don völlig unverständlich und unzusammenhängend schienen, wenn er vom Boden aufblickte: Leichen, die sich aus ihren Gräbern erhoben; Autos, die mit gefährlicher Geschwindigkeit um Ecken sausten; das betroffene Gesicht eines Mädchens... Don sah kurz zur Leinwand auf, und einen Augenblick glaubte er, im Film sich selbst in Anna Mostyns Keller zu sehen.

Aber nein, natürlich nicht, die Szene gehörte zum Film, zeigte einen Mann, der ihm nicht ähnlich sah, in einem Keller, der nicht Anna Mostyns Keller war. Die Filmfamilie hatte sich verbarrikadiert, und vom Tonstreifen dröhnten die Geräusche zufallender Türen: *Vielleicht sollte man sie so bekämpfen, einfach einschließen, bis sie verschwinden würden... Du beißt die Zähne zusammen und schließt die Augen und hoffst, daß sie an deiner Stelle deinen Bruder fassen oder deinen Freund, irgend jemanden, nur nicht dich* — und genau das hatten die Nachtwächter erreicht. Er blickte über die Kinosessel hin, sah sie voll von Gregorys Opfern, und dann sah er, daß Ricky und Peter sich neugierig nach ihm umgewandt hatten. Don beugte sich wieder vor und starrte verlegen auf eine plattgedrückte Popcornschachtel, dann stieg er eilig die breiten Stufen hinunter, um die anderen einzuholen.

Als sie die unterste Reihe durchsucht hatten, ohne etwas zu finden, gingen Don und Peter auf den Mittelgang zu und standen neben Ricky. „Nichts", sagte Don.

„Und doch sind sie hier", flüsterte Peter. „Sie müssen hier sein."

„Es gibt noch den Projektionsraum", sagte Don, „die Toiletten, und Mulligan muß eine Art Büro gehabt haben."

Auf der Leinwand fiel eine Tür zu, ein Laut, der Leben und gleichzeitig Tod in sich barg.

„Vielleicht der Balkon", sagte Peter und sah zur Leinwand auf. „Und was ist da dahinter? Wie kommt man dahin?"

Wieder fiel eine Tür krachend zu. Aus den Lautsprechern tönten unmenschliche Stimmen an ihr Ohr, sie paßten zu den Menschen auf der Leinwand, waren voll vorgetäuschter Gefühle.

Die Tür öffnete sich mit einem klickenden Geräusch; dann wurde sie wieder zugeschlagen.

„Natürlich", sagte Ricky, „da müssen sie ... " Aber die beiden anderen hörten ihm nicht mehr zu. Sie hatten das Geräusch erkannt und starrten auf den Eingang zu einem leuchtenden, höhlenartigen Tunnel, rechts von der Leinwand. Über dem Tunnel war ein weißes Schild angebracht: Ausgang.

Der Tonstreifen grölte weiter, aber sie horchten auf ein anderes Geräusch, ein leichtes, trockenes Tappen, das den Gang entlang auf die Tür mit dem Ausgang-Schild zukam. Es war das Geräusch nackter Füße.

Am Ende des Ganges tauchte ein Kind auf und blieb am äußersten Rand des Lichtkegels stehen. Es sah zu ihnen herüber — eine Erscheinung aus den dreißiger Jahren, Abbild ländlicher Armut, ein kleiner Junge mit vorstehenden Rippen und einem schmierigen, schattenhaften Gesicht, das niemals von einem Gedanken heimgesucht werden würde. Er stand im schwachen Licht der Gangbeleuchtung, Speichel hing an seiner Unterlippe. Der Junge hob die Arme, streckte die geballten Hände gerade von sich und machte eine Geste, als würde er einen Eisenstab auf und niederdrücken. Dann warf er den Kopf zurück und kicherte; und wieder machte er eine Bewegung, als schließe er eine schwere Türe.

„Mein Bruder teilt euch mit, daß die Türen verschlossen sind", sagte eine Stimme über ihnen. Sie wirbelten herum. Don riß die Axt hoch und sah Gregory Bate auf der Bühne neben den roten Vorhängen stehen, die an den Seiten der Leinwand herabhingen. „Aber die drei mutigen Abenteurer wollten es ja nicht anders. Dazu seid ihr hergekommen, nicht wahr? Besonders *Sie,* Mr. Wanderley — den ganzen weiten Weg von Kalifornien! Fenny und ich waren untröstlich, daß wir damals nicht richtig Bekanntschaft schlossen." Leichtfüßig glitt er in die Mitte der Bühne, und der Film warf zitternde Lichter auf seinen Körper. „Glauben Sie wirklich, daß Sie uns mit diesem mittelalterlichen Werkzeug, das Sie bei sich tragen, etwas anhaben können, meine Herren..." Er breitete seine Arme aus, und seine Augen glühten. Alles an ihm wirkte riesig.

Und Don sah, was Bate bei anderer Gelegenheit Peter Barnes demonstriert hatte: daß die geschliffene Ausdrucksweise und das theatralische Gehabe nichts anderes waren als die körperlose Camouflage einer ehernen Konzentration auf ein Vorhaben, das mit der Unerbittlichkeit einer Maschine ablaufen würde. Bate stand auf der Bühne und lächelte auf sie herab. *„Jetzt"*, sagte er wie ein Gott, der das Licht erschafft.

Don sprang beiseite, als er etwas an sich vorbeizischen hörte, und sah, wie Fennys wahnsinniger kleiner Körper sich auf Peter Barnes stürzte. Keiner von ihnen hatte bemerkt, daß das Kind sich bewegte. Und schon war es über Peter, preßte knurrend dessen Arme zu Boden und hielt sein Messer mühelos auf Distanz, während es sich auf ihm wand und quiekende Laute von sich gab, die in den aus den Lautsprechern tönenden Schreien untergingen.

Don hob seine Axt und fühlte, wie sich eine starke Hand um sein Handgelenk schloß. *(Unsterblich,* hörte er dicht bei sich flüstern, *willst du nicht unsterblich sein?)*

„Möchtest du nicht ewig leben?" sagte Bate in sein Ohr. Fäulnis wehte ihn an. „Auch wenn du zuerst sterben mußt? Wäre schließlich ein ordentlicher, christlicher Handel."

Die fremde Hand drehte ihn mit Leichtigkeit herum, und Don fühlte seine eigenen Kräfte schwinden, als zöge sie Bates Hand aus seinem Handgelenk wie ein Magnet. Bates andere Hand umfaßte sein Kinn und zwang Don, ihm in die Augen zu sehen. Es fiel ihm ein, was Peter über Jim Hardies Tod erzählte, wie Bate ihn mit seinen Augen eingesogen hatte, aber es war unmöglich, nicht hinzusehen. Seine Füße schienen zu schweben, seine Beine waren aus Wasser; am Grunde der schimmernden Goldaugen las er verständnisvolle Weisheit, und darunter sah er totale Rücksichtslosigkeit, rasende Gewalt, reinste Kälte, spürte einen tödlichen Winterwind.

„Warte nur, du Abschaum", hörte er Ricky von fern sagen. Dann wandte sich Bates Aufmerksamkeit urplötzlich von ihm ab, seine Beine fühlten sich an wie Sandsäcke, und der Kopf des Werwolfes glitt langsam wie im Traum an seinem eigenen vorbei. Etwas machte einen ohrenbetäubenden Krach, und wieder glitt Bates perfektes, statuenhaftes Profil mit seiner Marmorhaut an Dons Kopf vorbei — Bate hatte ihn von sich geworfen.

„Hast du gesehen, du Dreck?" schrie Ricky, und Don, der wie ein Bündel halb unter einem Sitz in der ersten Reihe lag und seine Axt *(wozu brauchte er die wohl?)* immer noch an sich gedrückt hielt, hob träumerisch den Kopf und sah, wie Ricky Hawthorne in Fennys Nacken sägte.

„Schlecht", flüsterte er, „nein". Er war nicht mehr sicher, ob nicht doch alles Teil jenes gigantischen, verschwommenen Geschehens war, das sich über ihren Köpfen auf der Leinwand abspielte. Und dann sah er, wie Gregory Bate den alten Mann auf Peter Barnes' regungslosen Körper schmetterte.

13

„Es gibt keinen Grund, sich Sorgen zu machen, Mrs. Hawthorne“, sagte der Mann und packte sie fester. „Hören Sie mich?“ Er zog an ihrem Haar, bis es schmerzte.

Stella nickte.

„Und Sie hörten, was ich sagte? Kein Grund, in die Montgomerystraße zu gehen, nicht der geringste Grund. Ihr Gatte ist nicht mehr dort. Er hat nicht gefunden, wonach er suchte, also ging er anderswohin.“

„Wer sind Sie?“

„Der Freund eines Freundes. Der gute Freund eines guten Freundes.“ Der Mann, immer noch ihr Haar festhaltend, faßte über das Lenkrad, um den automatischen Gang einzulegen, und fuhr langsam an. „Und mein Freund ist äußerst begierig darauf, Sie kennenzulernen.“

„Lassen Sie mich los“, sagte Stella.

Er riß sie zu sich her. „Genug, Mrs. Hawthorne. Sie haben eine sehr aufregende Zeit vor sich. Also — genug. Keine Raufereien. Oder ich töte Sie auf der Stelle. Und das wäre jammerschade. Also — versprechen Sie mir, ruhig zu bleiben. Wir fahren nur bis in die Hollow. Okay? Sie werden sich ruhig verhalten?“

Und Stella, von Entsetzen gepackt und voller Angst, daß ihr eine Handvoll Haare vom Kopf gerissen würde, sagte: „Ja.“

„Sehr klug.“ Er ließ ihr Haar frei und preßte seine Hand gegen ihre Schläfe. „Sie sind eine so hübsche Frau, Stella.“

Sie wich vor seiner Berührung zurück.

„Sie machen keine Schwierigkeiten?“

„Keine“, hauchte sie, und der Mann fuhr langsam auf die Schule zu. Sie schaute durch die Heckscheibe und sah keinen anderen Wagen; ihr eigener lehnte am Zaun und wurde langsam kleiner.

„Sie werden mich töten“, sagte sie.

„Nicht, wenn Sie mich nicht dazu zwingen, Mrs. Hawthorne. Ich bin eine recht religiöse Person in meinem jetzigen Leben. Es wäre mir gräßlich, einem Menschen das Leben zu nehmen. Wir sind Pazifisten, wissen Sie."

„Wir?"

Er verzog die Lippen zu einem kleinen ironischen Lächeln und deutete auf den Rücksitz. Sie schaute zurück und sah mehrere Dutzend Broschüren des *Wachturm* liegen.

„Dann werden mich Ihre Freunde töten, wie Sears und Lewis und die anderen."

„Nicht ganz so, Mrs. Hawthorne. Nun, vielleicht ein klein wenig wie Mr. Benedikt. Das war der einzige, den sich unser Freund selber vornahm. Aber ich kann Ihnen versichern, daß Mr. Benedikt viele ungewöhnliche und interessante Dinge sah, ehe er verschied." Sie fuhren jetzt an der Schule vorbei, und Stella hörte ein vertrautes Knirschen. Sie sah verzweifelt aus dem Fenster und erblickte den städtischen Schneepflug, wie er sich in eine vier Meter hohe Wächte eingrub.

„Man könnte fast sagen", fuhr der Mann fort, „daß er sich bestens unterhielt. Und was Sie betrifft, so werden Sie etwas erleben, worum Sie so mancher beneiden würde — Sie werden Zeuge eines Geheimnisses werden, Mrs. Hawthorne, eines Mysteriums, das jahrhundertelang in ihrer Kultur überdauerte. Manche würden behaupten, es sei wert, dafür zu sterben. Besonders, wenn die Alternative darin besteht, nicht ganz so hübsch hier an Ort und Stelle zu sterben."

Nun lag auch der Schneepflug hinter ihnen. Stella erkannte, daß sie sich immer weiter von den sicheren Gefilden entfernen würden, daß sie diesem wahnsinnigen Zeugen Jehovas hilflos ausgeliefert war und auf eine schreckliche Gefahr zusteuerte.

„Und da Sie, liebe Mrs. Hawthorne", sagte der Mann, „so freundlich kooperieren..."

Stella stieß mit aller Kraft gegen das Schienbein des Mannes und fühlte, wie sich die Spitze ihres Schuhs in seinen Knöchel bohrte. Der Mann jaulte vor Schmerz auf und drehte sich zu ihr. Sie warf sich auf das Lenkrad, zwängte sich zwischen dieses und den Körper des Mannes, der auf ihren Kopf einschlug, und zwang den Wagen in die Schneewand links vom Pflug.

Lieber Gott, laß Leon hersehen, betete sie. Aber der Wagen bumste fast lautlos gegen die Schneewand.

Der Mann zerrte sie vom Lenkrad weg und drängte sie gegen die Tür. Stellas Beine waren schmerzhaft unter ihrem Körper verdreht. Sie hob die Hände und schlug ihm ins Gesicht, aber er legte sich mit seinem ganzen Gewicht auf sie und wehrte ihre Hände ab. *Halt still!* schrie es in ihrem Innern, und sie verlor fast das Bewußtsein. *Dumme, dumme Frau!*

Sie öffnete die Augen weit und sah in das Gesicht, das über ihr schwebte, aufgedunsen und fett, schwarze, große Poren auf der dicken Nase, Schweiß auf der Stirn, demütige, blutunterlaufene Äuglein, das Gesicht eines pedantischen kleinen Mannes, der Autostoppern sagte, daß es gegen seine Prinzipien sei, sie mitzunehmen. Er schlug auf ihren Kopf ein, und bei jedem Schlag ergoß sich ein Sprühregen von Speichel über sie. *Dumme Frau!*

Grunzend stieß er ein Knie zwischen ihre Beine, beugte sich vor und legte seine Hände um ihren Hals.

Stella drosch wild auf ihn ein, und es gelang ihr, eine Hand unter sein Kinn zu pressen. Aber es war nicht genug. Er drückte ihren Hals weiter zu, und die Stimme in ihrem Innern wiederholte: *dumm dumm dumm dumm...*

Dann fiel es ihr ein.

Stella ließ ihre Hände sinken, zog mit der Rechten an ihrem Aufschlag und fand die Perle am oberen Ende der Hutnadel. Sie gebrauchte mit aller Kraft ihren rechten Arm und bohrte die lange Nadel in seine Schläfe.

Die demütigen Augen traten aus den Höhlen, und das monoton wiederkehrende Wort in ihrem Innern löste sich in einem unverständlichen Gestammel erstaunter Stimmen auf. *Was, was (sie) nicht das (Schwert) Frau, was* — die Hand an ihrem Hals wurde schlaff, und er fiel auf sie wie ein Stein.

Erst jetzt war sie imstande zu schreien. Stella kroch auf die offene Tür zu und fiel rückwärts aus dem Wagen. Einen Augenblick lag sie keuchend auf dem Boden und spürte, wie das Blut in ihrem Mund sich mit dem Schnee und dem Salz auf der

Straße vermischte. Sie stemmte sich hoch, sah seinen Kopf mit der beginnenden Glatze über den Sitz hängen und stand wimmernd auf.

Sie wandte sich vom Wagen weg und rannte die Straße hinunter auf Leon Churchill zu, der neben dem Pflug stand und auf etwas Dunkles hinabstarrte, das er offensichtlich freigelegt hatte. Sie rief seinen Namen und hörte auf zu laufen.

Leon blickte sich nach dem dunklen Ding im Schnee um, während er auf sie zutrottete. Stella war zu erregt, um zu merken, daß der Mann fast ebenso geschockt war wie sie selbst. Er ergriff sie am Arm, drehte sie halb herum und sagte: „Uh, kommen Sie, Mrs. Hawthorne, Sie werden sich das doch nicht ansehen wollen. Was ist denn los, haben Sie einen Unfall gehabt, Mrs. Hawthorne?"

„Ich habe einen Mann getötet", sagte sie. „Ich hielt seinen Wagen an. Er wollte mir etwas antun. Ich bohrte meine Hutnadel in seinen Kopf. Ich habe ihn umgebracht."

„Er wollte Ihnen etwas antun?" fragte Leon. Er sah zu seinem Pflug zurück und dann wieder in Stellas Gesicht. „Kommen Sie, sehen wir uns die Sache einmal an. Es passierte da oben?" Er deutete auf den blauen Wagen. „Sie hatten einen Unfall?"

Auf dem Weg zum Wagen versuchte sie ihm zu erklären: „Ich hatte einen Unfall mit meinem Wagen. Und er blieb stehen und nahm mich mit, und dann versuchte er, mir weh zu tun. Und ich hatte eine lange Hutnadel . . ."

„Nun, Sie haben ihn jedenfalls nicht getötet", sagte Leon und sah sie nachsichtig an.

„Schulmeistern Sie mich nicht."

„Er ist nicht im Wagen", sagte Leon. Er legte seine Hände auf ihre Schultern und drehte sie herum, so daß sie die offene Tür und den leeren Vordersitz sehen konnte.

Stella fiel fast in Ohnmacht.

Leon stützte sie und versuchte ihr zu erklären: „Sehen Sie, wahrscheinlich ist folgendes passiert: Sie hatten nach dem Unfall einen Schock, der Kerl, der Sie mitnahm, ging Hilfe holen, und vielleicht waren Sie eine Zeitlang bewußtlos. Sie haben sich angeschlagen, als der Wagen von der Straße abkam. Ich werde Sie nach Hause bringen, Mrs. Hawthorne."

„Er ist nicht da", sagte Stella.

Ein großer weißer Hund sprang auf die Schneewand vor dem Gartenzaun eines nahen Hauses, lief darauf entlang und sprang dann in einem Wirbel von Schnee auf die Straße.

„Ja, bitte, führen Sie mich nach Hause, Leon", sagte Stella.

Leon blickte ängstlich zur Schule zurück. „Ja, ich muß ohnehin ins Büro. Bleiben Sie hier stehen, ich bin in ein paar Sekunden mit dem Pflug zurück."

„Fein."

„Es ist kein großartiges Gefährt", sagte Leon und lächelte ihr zu.

14

„Nun, Mr. Wanderley", sagte Bate, „kommen wir auf unser Gesprächsthema zurück." Er kam den Gang entlang auf Don zu.

Schreie, Stöhnen, das Geräusch von heftigem Wind erfüllte das Kino.

Ewig leben.

Ewig leben.

Don streckte seine Füße aus und sah benommen auf die menschlichen Körper, die unterhalb der Bühnentreppe lagen. Das weiße Gesicht des alten Mannes war ihm zugewandt, unter ihm lag Peter Barnes und bewegte matt seine Hände.

„Wir hätten die Angelegenheit bereits vor zwei Jahren abschließen sollen", schnurrte Bate. „Wir hätten uns damit viele Schwierigkeiten erspart. Sie erinnern sich doch noch an die Zeit vor zwei Jahren?"

Don hörte Alma Mobley sagen: *Sein Name ist Greg. Wir*

kennen einander aus New Orleans, und erinnerte sich so deutlich an einen Augenblick, daß es war, als durchlebte er ihn noch einmal: Er stand an einer Straßenecke in Berkeley und sah eine Frau im Schatten einer Bar. Ein bleiernes Gefühl von Verrat machte es ihm unmöglich, sich zu rühren.

„So viele Schwierigkeiten", wiederholte Bate. „Aber es versüßt den Augenblick, finden Sie nicht?"

Peter Barnes, der an einer Wange blutete, stemmte sich halb hoch.

„Alma", brachte Don hervor.

In Bates elfenbeinfarbenem Gesicht zuckte es. „Ja. Deine Alma. Und deines Bruders Alma. Vergiß David nicht. Er war nicht halb so unterhaltsam wie du."

„Unterhaltsam?"

„Oh ja. Wir lieben Unterhaltung. Es ist nur gerecht, da wir selbst für so viel Unterhaltung sorgen. Nun, sieh mich an, Donald." Mit kaltem Lächeln griff er nach Don, um ihn in die Höhe zu ziehen.

Peter machte sich stöhnend frei. Don sah verwirrt zu ihm hinüber und bemerkte, daß auch Fenny sich regte; sein schmieriges Gesicht war eine tonlos schreiende Grimasse.

„Sie haben Fenny verletzt", sagte Don blinzelnd und sah, wie Bates Hand sich langsam nach ihm ausstreckte. Er stieß seine Füße von sich und entwand sich Bates Händen; er bewegte sich schneller als je zuvor in seinem Leben und sprang auf die Füße. Nun stand er in der Mitte zwischen Gregory und Peter, der — *ewig leben* — auf den sich windenden, grimassenschneidenden Fenny sah. „Sie haben Fenny *verletzt*", sagte Don, und wie ein Stromstoß durchzuckte ihn die Erkenntnis von Fennys Schmerz. Seine Ohren öffneten sich wieder den mächtigen Geräuschen des Films.

„Es stimmt nicht", sagte er zu Bate und sah unter die Sitze. Seine Axt lag außer Reichweite.

„Was stimmt nicht?"

„Man lebt nicht ewig."

„Wir leben viel länger als ihr", sagte Bate, und der zivilisierte Tonfall seiner Stimme brach und ließ die darunterliegende

Gewalttätigkeit hören. Don wich gegen Peter zurück und sah dabei nicht in Bates Augen, sondern auf seinen Mund.

„Du wirst keine Minute länger leben", sagte Bate und trat einen Schritt vor.

„Peter —" sagte Don und sah über seine Schulter hinweg auf den Jungen.

Peter hielt das Messer dicht über Fennys sich windendem Körper.

„Tu's", brüllte Don, und Peter stieß das Messer tief in Fennys Brust. Etwas Weißes, Übelriechendes schoß aus Fennys Brustkorb wie ein aufschäumender Geysir.

Gregory Bate stieß Don wie rasend über die erste Sitzreihe und stürzte sich aufheulend auf Peter.

Ricky Hawthorne dachte zunächst, er sei tot; der Schmerz in seinem Rücken war so schlimm, daß er annahm, nur der Todeskampf oder der Tod könnten dafür verantwortlich sein. Dann sah er den abgetretenen Teppich unter seiner Wange und hörte Don schreien. Er war also noch am Leben. Das letzte, woran er sich erinnern konnte, war, daß er Fennys Nacken aufgeschlitzt hatte. Dann hatte ihn eine Lokomotive gerammt.

Neben ihm bewegte sich etwas. Er hob den Kopf, um zu sehen, was es sei. Fennys nackte, dampfende, scheinbar riesig gewordene Brust hob sich einen halben Meter in die Luft. Kleine, weiße Würmer krochen über die weiße Haut. Ricky wich zurück und zwang sich aufzusitzen, obwohl sein Rücken sich anfühlte, als sei er gebrochen.

An seiner Seite stand Gregory Bate, der Peter Barnes vom Boden hochhob und dabei heulte, als sei seine Brust eine Höhle voll Wind. Ein Lichtstrahl aus dem Projektor traf Gregorys Arme und Peters Körper, und einen Augenblick lang schwirrten weiße und schwarze Flecken über sie hin. Immer noch heulend warf Bate Peter in die Leinwand.

Ricky konnte sein Messer nicht finden; er kroch auf Knien am Boden herum und tastete danach. Endlich umschlossen seine Finger einen beinernen Griff, und eine lange Klinge blitzte auf. Neben ihm schlug Fenny um sich, rollte zur Seite, und mit einem dünnen Laut strömte tote Luft aus ihm. Ricky raffte das Messer an sich und kam auf die Füße.

Gregory Bate stolperte eben auf die Bühne, um Peter durch den Riß in der Leinwand zu folgen, als Ricky nach dem dicken Kragen seiner Matrosenjacke faßte. Bate erstarrte — seine Reflexe waren die einer Katze —, und Ricky wußte voll rasender Angst, daß er sich herumwerfen und ihn mit diesen zermalmenden Händen und reißenden Zähnen töten würde, wenn er nicht augenblicklich das einzig Mögliche tat.

Ehe Bate sich rühren konnte, stieß Ricky das Messer in seinen Rücken.

Er hörte nichts mehr, weder die Geräusche des Tonstreifens, noch den Schrei, den Bate ausgestoßen haben mußte. Er stand ganz still, hielt den Messergriff umklammert und war betäubt von dem Ungeheuerlichen, das er getan hatte. Bate drehte sich im Fall und zeigte Ricky Hawthorne ein Gesicht, das er sein Leben lang nicht mehr vergessen würde. In den Augen stand der Blizzard, und der schwarze Mund war offen wie eine Höhle.

„Dreck", sagte Ricky fast schluchzend.

Bate fiel vor seine Füße. Don kletterte über die Sitze, seine Axt in der Hand, und versuchte Bate zu erreichen, ehe er Rickys Hals aufschlitzen würde. Dann sah er, wie der muskulöse Körper zusammensackte und Ricky ihn keuchend wegstieß. Bate fiel vor die Bühne, und Flüssigkeit tropfte aus seinem Mund.

„Geh weg, Ricky", sagte Don, aber der alte Anwalt war nicht mehr fähig, sich zu rühren. Don stellte sich neben Ricky, und Bate bog den Kopf zurück und sah ihm in die Augen.

Ewig leben.

Hastig hob Don die Axt über seinen Kopf und hieb mit der scharfen Schneide in Bates Hals, den Kopf vom Rumpf trennend. Peter Barnes kroch hinter der Leinwand hervor, vom Schmerz und dem Lichtstrahl geblendet. Er schaffte es bis zum Rand der Bühne, hörte wild kreischende Stimmen und dachte, daß er Don vielleicht retten könne, wenn er sein Messer erreichte, ehe Bate ihn erblickte. Er wußte, Ricky war vom ersten Schlag getötet worden, denn er hatte gesehen, wie gewaltig dieser gewesen war. Dann sah er, was Don tat: Gregory Bates kopfloser Rumpf wand sich unter den Hieben der Axt.

„Laß mich", sagte er, und Ricky und Don starrten mit weißen Gesichtern zu ihm auf.

Als Peter neben ihnen stand, nahm er Don die Axt aus der Hand, hob sie kraftlos in die Höhe und ließ sie niederfallen, aber seine Erregung und sein Haß verdarben den Hieb. Dann fühlte er sich plötzlich stärker, so stark wie ein Holzfäller, fühlte, wie sein Inneres glühte, Licht ihn erfüllte, und mühelos hob er die Waffe, aller Schmerz war vorbei, und er ließ die Axt niedersausen, wieder, und wieder, und wieder. Dann trat er zu Fenny.

Als nichts mehr übrig war als Hautfetzen und zersplitterte Knochen, erhob sich ein Nichts von einem Lüftchen von den zerstörten Körpern und wirbelte in dem Lichtstrahl des Projektors aufwärts. Als es an Peter vorüberschwebte, hatte es eine solche Gewalt, daß es ihn fast umwarf.

Peter beugte sich nieder und hob das Messer auf.

„Bei Gott", sagte Ricky und torkelte auf einen der Sitze zu.

Als sie humpelnd und mit dumpfen Hirnen das Kino verließen, spürten sie einen ungeduldigen, eiligen Wind in der Halle, einen Wind, der durch den leeren Raum zu wirbeln schien, an Plakaten riß und die Tüten der Potato-Chips auf dem Süßigkeitenstand rascheln machte, als suche er einen Ausweg — und als sie die Türe öffneten, flog er hinaus und vereinigte sich mit dem ärgsten Schneesturm des Jahres.

15

Don und Peter mußten Ricky fast nach Hause tragen; nun gab es zwei Rekonvaleszenten im Haus der Hawthornes. Peter erklärte seinem Vater am Telefon: „Ich bleibe bei Mr. und Mrs. Hawthorne, Vater — ich stecke hier fest. Don Wanderley und ich brauchten fast eine Bahre, um Mr. Hawthorne nach Hause zu schaffen. Er liegt zu Bett und seine Frau auch, weil sie sich elend fühlt nach ihrem Unfall —"

„Es wird heute noch eine Menge mehr Unfälle auf den Straßen geben", sagte sein Vater.

„Wir haben endlich einen Doktor erreicht, der ihr ein Beruhigungsmittel gab, und Mr. Hawthorne hat eine schreckliche Erkältung, und der Doktor sagt, es könne sich zu einer Lungenentzündung auswachsen, wenn er nicht im Bett bliebe, also werden Don Wanderley und ich uns um die beiden kümmern."

„Verstehe ich dich richtig, Peter? Du warst *mit* diesem Wanderley und Mr. Hawthorne?"

„Richtig", sagte Peter.

„Du hättest mich eher anrufen können. Ich war halb verrückt vor Sorge. Du bist alles, was ich habe, Peter, weißt du."

„Es tut mir leid, Vater."

„Nun, wenigstens bist du mit ordentlichen Leuten beisammen. Versuche nach Hause zu kommen, sobald du kannst, aber riskiere nichts in diesem Sturm."

„Okay, Vater", sagte Peter und hängte ein. Er dankte Gott, daß sein Vater nüchtern geklungen und keine weiteren Fragen gestellt hatte.

Don und er kochten Ricky eine Suppe und trugen sie ins Gästezimmer, wo der alte Mann sich hingelegt hatte, um Stella im Schlafzimmer nicht zu stören.

„Ich weiß nicht, was da draußen mit mir los war", sagte Ricky. „Ich konnte einfach keinen Schritt mehr gehen. Wäre ich allein gewesen, ich wäre wahrscheinlich erfroren."

„Wenn einer von uns allein gewesen wäre —" sagte Don und mußte seinen Satz nicht beenden.

„Oder wenn wir auch nur zu zweit gewesen wären", sagte Peter, „wären wir jetzt tot. Er hätte uns mit Leichtigkeit getötet."

„Ja, aber er hat es nicht geschafft", sagte Ricky rasch. „Don hatte recht mit seiner Theorie, und nun haben wir zwei Drittel unserer Aufgabe hinter uns."

„Du meinst, wir müssen sie finden", sagte Peter. „Glaubst du, daß es uns gelingen wird?"

„Es wird", sagte Don. „Möglich, daß Stella uns etwas sagen kann. Sie könnte etwas erfahren, etwas gehört haben. Ich glaube, es steht außer Zweifel, daß der Mann im blauen Wagen mit jenem Mann identisch ist, der auch hinter dir her war. Wir werden heute abend mit ihr sprechen."

„Wird das einen Sinn haben?" fragte Peter. „Wir sind schon wieder eingeschneit, und es ist ausgeschlossen, mit dem Wagen irgendwohin zu fahren, sogar wenn Mrs. Hawthorne etwas wissen sollte."

„Dann werden wir eben zu Fuß gehen", sagte Don.

„Ja", sagte Ricky. „Wenn es nötig sein sollte, werden wir zu Fuß gehen." Er lehnte sich in seine Kissen zurück. „Wißt ihr, *wir sind* jetzt die Herrengesellschaft. Wir drei. Nachdem Sears tot aufgefunden wurde, sagte ich, ich sei der Letzte. Ich fühlte mich schrecklich verlassen. Sears war mein bester Freund, er war wie mein Bruder. Ich werde ihn vermissen, solange ich lebe. Aber ich weiß, daß Sears einen verteufelt guten Kampf geliefert hat, als Gregory Bate ihn stellte. Er hat vor langer Zeit sein Bestes getan, um Fenny zu retten, und ich weiß, daß er wiederum sein Bestes gab, als seine Stunde gekommen war. Nein, es gibt keinen Grund, sich für Sears zu schämen — er hat sich wahrscheinlich besser geschlagen, als einer von uns es allein vermocht hätte."

Ricky stellte seinen leeren Teller auf den Nachttisch. „Aber jetzt gibt es eine neue Herrengesellschaft, sie ist hier versammelt. Es gibt keinen Whisky und keine Zigarren, und wir sind nicht gekleidet comme il faut — Himmel, seht mich an, ich trage nicht einmal eine Fliege.“ Er zupfte am Kragen seiner Pyjamajacke und lächelte sie an. „Und noch etwas werde ich euch sagen. Es gibt keine schrecklichen Geschichten mehr und keine Alpträume. Gott sei Dank.“

„Was die Alpträume betrifft, bin ich nicht so sicher“, sagte Peter.

Nachdem Peter Barnes in sein Zimmer gegangen war, um sich etwas hinzulegen, setzte sich Ricky im Bett auf und blickte Don Wanderley durch seine Brille hindurch offen an. „Don, als du hier ankamst, konnte ich dich nicht sonderlich leiden. Ich wollte dich nicht in Milburn haben, und sprach auch nicht sehr viel Persönliches mit dir, bis ich erkannte, daß du in manchem deinem Onkel ähnelst. Aber ich muß wohl nicht betonen, daß sich meine Einstellung dir gegenüber gründlich geändert hat. Gütiger Himmel, ich bin geschwätzig wie eine Elster! Was war in der Spritze, die mir der Doktor gegeben hat?“

„Ein große Dosis Vitamine.“

„Nun, ich fühle mich wesentlich besser. Geradezu aufgekratzt. Natürlich habe ich noch diese gräßliche Erkältung, aber die habe ich schon so lange, daß sie mir vorkommt wie ein Freund. Hör zu, Don. Nach allem, was wir gemeinsam durchgemacht haben, fühle ich mich dir eng verbunden. Wenn Sears mir wie ein Bruder war, bis du mir wie ein Sohn. Du stehst mir näher als mein eigener Sohn. Robert kann nicht wirklich mit mir sprechen und ich nicht mit ihm. Das ist seit seinem vierzehnten Lebensjahr so und nicht anders. Ich denke, ich werde dich im Geiste adoptieren, wenn du nichts dagegen hast.“

„Im Gegenteil, es macht mich stolz“, sagte Don und ergriff Rickys Hand.

„Bist du sicher, daß nur Vitamine in der Spritze waren?“

„Nun —“

„Wenn so die Wirkung von Rauschgift ist, dann verstehe ich, warum John süchtig wurde.“ Ricky legte sich zurück und schloß die Augen. „Wir sollten in Verbindung bleiben, wenn dies hier alles hinter uns liegt und wir am Leben bleiben. Ich werde mit Stella eine Europareise machen. Und ich werde dir tonnenweise Postkarten schicken."

„Sicher", sagte Don und wollte noch etwas hinzufügen, aber Ricky war bereits eingeschlafen.

Kurz nach zehn Uhr trugen Peter und Don, die unten gegessen hatten, ein gegrilltes Steak und Salat und eine Flasche Burgunder an Rickys Bett. Auf einem anderen Teller lag ein Steak für Stella. Don klopfte und betrat nach Rickys „herein" mit dem schweren Tablett das Zimmer.

Stella Hawthorne hatte ein Tuch um ihr Haar gewickelt und saß neben Ricky auf der Bettkante. „Ich bin vor einer Stunde aufgewacht", sagte sie, „und fühlte mich so einsam, darum kam ich hierher zu Ricky. Essen? Oh, ihr seid fabelhaft, alle beide." Sie lächelte Peter zu, der in der Tür stehengeblieben war.

„Ich hatte eine kleine Unterhaltung mit Stella", sagte Ricky. Er stellte das Tablett auf Stellas Schoß und nahm sich einen Teller. „Ist das nicht ein Luxus? Stella, wir hätten uns schon seit Jahren Personal leisten sollen."

„Ich glaube, ich habe das mehrfach angedeutet", sagte Stella. Obwohl sie von dem Schock noch sichtlich erschüttert und erschöpft war, hatte sie sich im Laufe des Abends doch erholt. Sie sah nicht wie eine Frau von vierzig Jahren aus, und vielleicht würde sie nie mehr so aussehen — aber ihre Augen waren wieder klar.

Ricky goß sich ein Glas Wein ein. „Es besteht kein Zweifel, daß der Mann, der Stella mitgenommen hat und der dich verfolgte, Peter, ein und derselbe war. Er hat Stella sogar erzählt, daß er ein Zeuge Jehova sei."

„Aber er war *tot*", sagte Stella, und für einen Augenblick stand der Schrecken des Erlebten wieder in ihrem Gesicht. Sie griff nach Rickys Hand und hielt sich daran fest. „Ganz sicher."

„Ich weiß", sagte Ricky und wandte sich den beiden anderen zu. „Als sie mit Leon zurückkam, war die Leiche verschwunden."

„Wird mir denn niemand sagen, was hier vorgeht?" fragte Stella und war den Tränen nahe.

„Ich werde es tun", sagte Ricky. „Aber nicht jetzt, die Sache ist noch nicht erledigt. Ich werde es dir im Sommer erklären, wenn wir von Milburn weg sind."

„Von Milburn weg?"

„Ich werde mit dir nach Frankreich fahren. Wir werden uns Antibes und St. Tropez und Arles ansehen und alles, was uns sonst noch anlacht. Wir werden ein komisches altes Touristenpärchen abgeben. Aber erst mußt du uns helfen. Willst du?"

Stellas praktische Seite gewann die Oberhand. „Ja, wenn es ein echtes Versprechen ist und keine bloße Bestechung."

„Hast du irgend etwas in der Nähe der Autos gesehen, als du mit Leon Churchill zurückkamst?" fragte Don.

„Es war niemand sonst da", antwortete Stella, ruhiger geworden. „Ich erinnere mich an nichts, ich fühlte mich so unwirklich. Nein. Nichts."

„Bist du sicher? Versuche noch einmal, dich zu erinnern: der Wagen, die offene Tür, die Schneewand, in die er hineingefahren war —"

„Oh", sagte sie, und Rickys Gabel blieb auf halbem Weg zwischen Mund und Teller in der Luft hängen. „Du hast recht. Ich sah einen Hund. Warum ist das so wichtig? Er sprang aus einem Garten auf die Schneewand und von da auf die Straße. Er fiel mir auf, weil er so schön war. Weiß."

„Das ist es", sagte Don.

Peter Barnes sah mit offenem Mund von einem zum andern.

„Erinnerst du dich, was der Mann sagte?"

„Es war alles so schrecklich... ich dachte, er sei verrückt. Und dann dachte ich, er kenne mich, weil er mich bei meinem Namen nannte, und er sagte, ich solle nicht in die Montgomerystraße fahren, weil du nicht mehr dort seist. Wo wart ihr?"

„Das werde ich dir bei einem Glas Pernod erzählen. Im Frühling."

„Noch etwas, woran du dich erinnerst?" fragte Don. „Sagte er, wohin er dich bringen würde?"

„Zu einem Freund", sagte Stella schaudernd. „Er sagte, ich würde ein Geheimnis sehen, und er sprach von Lewis."

„Nichts darüber, wo sein Freund sich befindet?"

„Nein. Warte. Nein." Sie sah auf ihren Teller und schob das

Tablett an das Fußende des Bettes. „Armer Lewis. Das waren genug Fragen. Bitte."

„Ihr laßt uns jetzt besser allein", sagte Ricky.

Peter und Don waren an der Tür, als Stella sagte: „Jetzt weiß ich es wieder. Er sagte, er würde mich in die Hollow bringen. Ich bin ganz sicher. Das sagte er."

„Das ist genug für heute", sagte Ricky. „Wir sehen uns morgen früh, meine Herren."

Am nächsten Morgen waren Peter und Don erstaunt, Ricky Hawthorne bereits in der Küche vorzufinden, als sie herunterkamen. Er war eben dabei, Eier zu verquirlen, und hie und da hielt er inne, um sich zu schneuzen. „Guten Morgen. Wollt ihr mir helfen, über die Hollow nachzudenken?"

„Du solltest im Bett sein", sagte Don.

„Ach was, im Bett. Könnt ihr nicht riechen, wie *nahe* wir der Lösung sind?"

„Ich rieche nur Eier", sagte Don. „Peter, nimm Teller aus dem Schrank."

„Wie viele Häuser gibt es in der Hollow? Fünfzig? Sechzig? Nicht mehr. In einem ist sie *drin.*"

„Und wartet auf uns", sagte Don, und Peter, der mit den Tellern beschäftigt war, hielt inne und stellte den letzten Teller langsamer auf den Tisch. „Es muß mindestens ein halber Meter Schnee gefallen sein letzte Nacht. Und es schneit noch immer. Man kann es zwar keinen Schneesturm mehr nennen, aber den könnten wir am Nachmittag mit Leichtigkeit wieder haben. In einem Großteil des Landes wurde der Notstand ausgerufen. Willst du zu Fuß in die Hollow wandern und an fünfzig oder sechzig Türen klopfen?"

„Nein, ich will, daß wir überlegen", sagte Ricky, trug die Pfanne mit den Eiern zum Tisch und teilte aus. „Gib das Brot in den Toaster."

Als alles bereitstand, Toast und Orangensaft und Kaffee, folgten sie Rickys Beispiel und frühstückten. Ricky schien lebhaft, ja fast freudig erregt zu sein, er hatte offensichtlich viel über die Hollow und Anna Mostyn nachgedacht.

„Es ist der einzige Stadtteil, den wir nicht allzugut kennen", sagte Ricky. „Und darum ist sie dort. Sie will noch nicht gefunden werden. Höchstwahrscheinlich weiß sie, daß ihre Kreaturen tot sind. Im Augenblick haben sich ihre Pläne verzögert. Sie wird Verstärkung brauchen. Entweder Wesen wie die Bates oder wie sie selbst. Den einzigen, der sonst noch zur Hand war, hat Stella mit der Hutnadel um die Ecke gebracht."

„Wie kannst du wissen, daß er der einzige war?" fragte Peter.

„Weil wir den anderen begegnet wären, wenn es sie gäbe."

Einige Zeit aßen sie schweigend.

„Ich nehme also an, daß sie sich verkrochen hat — höchstwahrscheinlich in einem leerstehenden Gebäude —, bis Verstärkung eintrifft. Sie wird uns nicht erwarten. Sie wird denken, daß wir bei dem Schnee nicht fähig sind, uns zu rühren."

„Und sie wird rachsüchtig sein", sagte Don.

„Sie könnte auch Angst haben."

Peter hob den Kopf in die Höhe. „Wieso sagst du das?"

„Weil ich schon einmal half, sie zu töten. Und ich werde euch noch etwas sagen. Falls wir sie nicht bald finden, wird alles, was wir getan haben, umsonst gewesen sein. Stella und wir drei haben der ganzen Stadt eine Atempause verschafft, aber sobald man die Stadt wieder erreichen kann . . ." Ricky biß in seinen Toast. „Es wird ärger werden als zuvor. Sie wird nicht nur rachsüchtig, sie wird tollwütig sein. Wir haben ihr zweimal einen Strich durch die Rechnung gemacht. Also schauen wir lieber zu, daß wir die Sache mit der Hollow klären. Je eher, desto besser."

„War es nicht ursprünglich eine Gegend, in der Dienstboten lebten?" fragte Peter. „Zu einer Zeit, als man noch welche hatte?"

„Ja", sagte Ricky, „aber es muß noch mehr dahinterstecken. Was sagte sie auf dem Tonband? ‚Schauplätze eurer Träume'. Einen dieser Plätze haben wir gefunden, aber es muß noch einen geben. Irgendeinen Ort, an den sie uns hätte locken können, wenn wir Fenny und Gregory nicht im Rialto gefunden hätten.

Aber ich kann mir nicht vorstellen ..."

„Kennst du jemanden, der dort lebt?" fragte Don.

„Selbstverständlich. Ich habe immer in dieser Stadt gelebt. Aber ich kann nirgendwo eine Verbindung sehen ..."

„Wie sah es früher in der Hollow aus?" fragte Peter.

„Früher? Du meinst, als ich ein Junge war? Oh, ganz anders, viel hübscher. Es war viel sauberer als jetzt. Ein bißchen anrüchig. Wir hielten es für das Künstlerviertel der Stadt. Es gab damals einen Maler, der in Milburn lebte. Er wohnte dort und hatte einen herrlichen weißen Bart. Oh, wir verbrachten viel Zeit da unten. Es gab eine Bar mit einer Jazzband. Lewis ging gerne hin —"

„Eine Band?" sagte Peter, und Don hob den Kopf.

„Oh ja", sagte Ricky. „Eine sechs bis acht Mann starke Band, recht gut ..." Er nahm die Teller und trug sie zur Spüle. „Oh, Milburn war reizend damals. Wir wanderten oft meilenweit — in die Hollow hinunter und zurück, hörten Musik, tranken ein, zwei Bier ..." Plötzlich hielt Ricky inne, stand regungslos. „Guter Gott. Ich weiß es. Ich weiß es." Er hielt den Teller, den er eben abgespült hatte, in der Hand und wandte sich ihnen zu. „Edward. Es war Edward, seht ihr. Wir gingen in die Hollow, um Edward zu besuchen. Er war dorthin gezogen, dort war seine Wohnung." Ricky ließ den Teller fallen und stieg über die Scherben. „Das Gebäude gibt es noch. Es soll nächstes Jahr abgerissen werden. Wir haben die Wohnung für Edward gefunden — Sears und ich." Er wischte seine Hände am Schlafrock ab. „Das ist es. Ich weiß es. Das ist es. Edwards Wohnung. *Schauplatz eurer Träume.*"

„Weil in Edwards Wohnung ..." begann Don und wußte, daß der alte Mann recht hatte.

„Weil dort Eva Galli gestorben ist und weil dort unsere Träume begannen", sagte Ricky. „Bei Gott, jetzt haben wir sie."

16

Sie zogen alles, was Ricky an warmen Kleidungsstücken besaß, übereinander — mehrere Lagen Unterwäsche, jeder zwei Hemden, darüber Pullover, zwei Paar Socken. Don gelang es sogar, seine Füße in ein Paar von Rickys alten Schnürstiefeln zu zwängen. Ricky hatte endlich einmal Grund, seine Vorliebe für Kleider nützlich zu finden. „Wir müssen lange genug am Leben bleiben, um hinzukommen", sagte er und wühlte in einer Schachtel voll alter Wollschals. „Wir werden einige hiervon um unsere Gesichter wickeln. Es muß fast eine Meile von hier in die Hollow sein. Ein Glück, daß diese Stadt klein ist. Als wir noch jung waren, wanderten wir oft zwei bis dreimal am Tag zwischen Edwards Wohnung und diesem Stadtteil hin und her."

„Du bist also sicher, daß du das Haus finden wirst?" fragte Peter.

„Ich bin ziemlich sicher", sagte Ricky. „Nun, sind wir fertig?" Sie sahen aus wie drei ausgestopfte Schneemänner. „Ah, Kopfbedeckungen. Ich habe haufenweise Kopfbedeckungen." Er stülpte eine hohe Pelzmütze über Peters Kopf, sich selbst setzte er eine rote Jagdmütze auf, die wenigstens ein halbes Jahrhundert alt war, und zu Don sagte er: „Dieser hier war mir immer etwas zu groß." Es war ein weicher grüner Filzhut und paßte Don genau. „Ich kaufte ihn, als ich mit John Jaffrey zum Fischen ging. Habe ihn nur einmal getragen. Ich haßte das Fischen."

Zunächst hielt Rickys Kleidung sie warm. Als sie durch den sanft rieselnden Schnee gingen, kamen sie an einigen Männern vorüber, die ihre Garageneinfahrten mit Schaufeln und Schneefräsen attackierten. Auf den Schneebergen spielten Kinder in bunten Schianzügen. Die Temperatur mußte um null Grad liegen; dort, wo ihre Gesichter unbedeckt waren, griff die Kälte an. Sie sahen aus wie drei Passanten, die sich auf dem

Weg zu einer ganz alltäglichen Besorgung befanden — vielleicht Väter auf der Suche nach ihren streunenden Kindern oder einem offenen Laden.

Aber noch ehe das Wetter sich änderte, begann das Gehen ihnen Schwierigkeiten zu bereiten. Zuerst wurden ihre Füße langsam kalt, und das Stapfen durch den hohen Schnee machte die Beine müde. Bald verzichteten sie auf den Luxus einer Unterhaltung — es kostete zuviel Kraft. Ihr Atem kondensierte auf den dicken Wollschals, und die Tröpfchen wurden kalt und gefroren. Don spürte, daß die Temperatur rapider fiel, als er es je zuvor erlebt hatte; der Schnee fiel dichter und schneller, seine Finger in den Handschuhen stachen, auch seine Beine wurden kalt.

Nach ungefähr der Hälfte des Weges war Don sicher, daß die Temperatur jetzt auf etliche Grad unter Null gefallen sein mußte. Sein Schal war zu einer steifen Maske über seinem Gesicht geworden. Die Kälte schnitt in Hände und Füße.

Als sie die Verkehrsampel am Hauptplatz erreichten, war alles grelle Licht verschwunden, und der aufgehäufte Schnee glitzerte nicht mehr, er sah grau aus wie die Luft. Don blinzelte zum Himmel und sah Tausende von Flocken aus der dichten Wolkendecke wirbeln. Sie waren allein, als sie die Hauptstraße entlanggingen. Alle Gebäude waren geschlossen. Der Schnee hüllte sie ein, das Grau des Tages wurde schwarz.

„Ricky?“ fragte Don. Er schmeckte gefrorene Wolle, seine Backenknochen brannten in der scharfen Luft.

„Nicht mehr weit“, schnappte Ricky atemlos. „Geht weiter. Ich schaffe es schon.“

„Wie geht es dir, Peter?“

Der Junge spähte unter seiner eisverkrusteten Pelzkappe zu Don herüber. „Du hast gehört, was der Boß gesagt hat. Weiter.“

Zu Beginn ihres Ausflugs war der Schnee sanft gefallen; aber nun war innerhalb einer kurzen Strecke der Wind stärker geworden, und schließlich wurde aus dem Schneegestöber eindeutig ein Schneesturm. Die Flocken fielen nicht senkrecht, sie wirbelten nicht mehr anmutig, sondern fegten diagonal auf sie zu, schlugen ihnen in Intervallen entgegen wie eine gewaltige Brandung. Jeder Schneestoß stach mit tausend Nadeln. Die Böen drückten gegen Gesicht und Brust.

Ricky fiel nach rückwärts und saß brusttief im Schnee wie eine Puppe. Peter beugte sich nieder, um ihm aufzuhelfen. Don drehte sich um, wollte sehen, ob er behilflich sein konnte, und fühlte, wie der schneebeladene Wind gegen seinen Rücken trommelte. Er rief: „Ricky?"

„Ich muß einfach sitzen. Nur ein wenig."

Er atmete schwer, und Don wußte, daß die Kälte das Innere seines Halses aufreißen und seine Lunge unterkühlen würde.

„Nur noch zwei, drei Blocks", sagte Ricky. „Gott, meine *Füße.*"

„Es kam mir eben ein teuflischer Gedanke. Was geschieht, wenn sie nicht da ist?"

„Sie ist da", sagte Ricky, nahm Peters Hand und zog sich hoch. „Nur noch wenige Blocks."

Don wußte nicht genau, wann sie die Hollow betreten hatten. In diesem Sturm sah sie nicht anders aus als das übrige Milburn. Vielleicht waren die Gebäude um einen Hauch schäbiger, vielleicht schienen weniger und mattere Lichter aus den Fenstern. Er hatte einmal in sein Tagebuch geschrieben, daß die Gegend die Schönheit einer Sepiazeichnung aus den dreißiger Jahren besitze. Das schien jetzt so fern. Alles war dunkel; abgesehen von den wenigen Lichtern, die hinter Vorhängen flackerten, wirkte die Gegend bedrohlich und verlassen. Don dachte an andere, leichtfertig hingeschriebene Worte in seinem Tagebuch: *Wenn in Milburn jemals Schwierigkeiten auftauchen sollten, werden sie sicherlich nicht in der Hollow beginnen.* Und doch hatten Milburns Schwierigkeiten hier in der Hollow begonnen — an einem sonnigen Oktobertag vor circa fünfzig Jahren.

Die drei Männer standen im schwachen Licht einer Straßenlaterne. Ricky Hawthorne schwankte, blinzelte über die Straße auf drei gleichaussehende Gebäude. Sogar im Heulen des Sturmes hörte Don sein Atmen. „Da drüben", sagte Ricky heiser.

„Welches?“

„Ich weiß nicht“, sagte Ricky und schüttelte den Kopf, wobei eine Wolke von Schnee von seiner Jagdkappe niederging. „Ich weiß es einfach nicht.“ Er sah angestrengt durch den Schneesturm, streckte den Kopf vor wie ein Jagdhund, sah auf das rechte Haus, dann wieder zurück zu dem in der Mitte. Er hob seine Hand, die das Messer umkrampft hielt, und deutete auf die Fenster im dritten Stock. Sie waren ohne Vorhänge, und eines stand halb offen. „Da. Edwards Wohnung. Genau da.“

Die Straßenlampe über ihnen verlöschte, alles Licht war verschwunden.

Don schaute zu den Fenstern des verlassenen Hauses hinauf, als erwarte er, ein Gesicht auftauchen zu sehen, das ihnen zunicken würde; seine Angst ließ ihn mehr erstarren als die Kälte.

„Jetzt ist es endlich so weit“, sagte Ricky. „Der Sturm hat die elektrische Leitung zerstört. Fürchtet ihr euch vor der Dunkelheit?“

Die drei Männer taumelten über die schneeverwehte Straße.

17

Don drückte das Haustor auf, und die beiden anderen folgten ihm in den Flur. Sie zogen die Schals von ihren Gesichtern, ihr Atem dampfte in dem kleinen kalten Raum. Peter schüttelte den Schnee von seiner Pelzmütze und von seinem Mantel. Keiner von ihnen sagte etwas. Ricky lehnte sich an die Mauer und sah aus, als wäre er zu schwach, um die Treppe zu erklimmen. Eine tote Glühbirne hing über ihren Köpfen.

„Die Mäntel“, flüsterte Don. Er befürchtete, die schweren, nassen Oberkleider würden sie behindern. So legte er die Axt nieder, knöpfte seinen Mantel auf und ließ ihn zu Boden fallen; dann auch den Schal, der unangenehm nach nasser Wolle roch. Brust und Arme wurden zwar noch von den engen Pullovern beengt, aber die ärgste Last hatte er von seinen Schultern. Auch Peter zog seinen Mantel aus und half dann Ricky aus dem seinen.

Don sah ihre weißen Gesichter und fragte sich, ob dies der letzte Akt sei. Sie trugen die Waffen bei sich, mit denen sie die Bate-Brüder vernichtet hatten, aber sie waren alle drei matt wie alte Lappen. Ricky hielt die Augen geschlossen; er hatte den Kopf zurückgeworfen, seine Gesichtsmuskeln waren schlaff, er sah aus wie eine Totenmaske.

„Ricky?" flüsterte Don.

„Nur eine Minute." Rickys Hände zitterten, als er sie hob, um Wärme in seine Finger zu hauchen. Er atmete tief ein, hielt die Luft an, atmete aus. „Okay. Geht ihr voran. Ich übernehme die Rückendeckung."

Don beugte sich nieder, um seine Axt an sich zu nehmen, tastete dann mit seinen gefühllosen Zehen nach der untersten Stufe, fand sie und stieg hinauf. Er sah sich um. Ricky stand hinter Peter und stützte sich an der Wand des Treppenhauses. Seine Augen waren wieder geschlossen.

„Ricky, willst du hier unten bleiben?" flüsterte Peter.

„Um keinen Preis."

Von den anderen gefolgt schlich Don zum ersten Treppenabsatz hoch. Vor langer Zeit waren drei junge Männer die nämlichen Stufen auf- und abgegangen; das Leben und die Karriere hatten eben für sie begonnen, sie waren nahe zwanzig, das Jahrhundert war etwa gleich alt wie sie. Und die nämlichen Treppen war jene Frau hinaufgestiegen, der sie verfallen waren, wie er Alma Mobley verfallen war. Er erreichte den zweiten Treppenabsatz und spähte um die Ecke; vor ihm lag die letzte Treppe. Ein Teil seines Bewußtseins wünschte eine offene Tür, einen schneeverwehten, verlassen Raum zu sehen...

Statt dessen sah er etwas, das ihn zurückweichen ließ. Peter blickte über seine Schulter und nickte. Schließlich war auch Ricky oben und sah zur Tür hinauf.

Ein phosphoreszierendes Licht drang unter der Tür hervor und tauchte Wände und Boden des letzten Stockwerks in ein sanftes Grün.

Leise stiegen sie die letzten Treppen hinauf und standen im Phosphorlicht.

„Auf drei", flüsterte Don und umfaßte die Axt fest. Peter und Ricky nickten.

„Eins, zwei", Don hielt sich mit der freien Hand am Treppengeländer fest. „Drei."

Zu dritt warfen sie sich gegen die Tür, die unter ihrem Gewicht barst.

Jeder von ihnen hörte ein einziges, deutliches Wort, aber für jeden erklang es in einer anderen Stimme. Das Wort war *hallo.*

18

Eine gewaltige Erschütterung ergriff Don. Er wirbelte herum, als er die Stimme seines Bruders vernahm. Um ihn war warmes Licht, Verkehrslärm drang an sein Ohr. Seine Hände und Füße waren so kalt, als hätte er Erfrierungen erlitten, aber es war Sommer. Sommer in New York. Fast augenblicklich erkannte er die Ecke wieder.

Er war in den East Fifties, und alles war ihm so vertraut, weil sich irgendwo ganz in der Nähe ein Kaffeehaus mit Tischchen auf der Straße befand, wo er sich mit David zu Mittag traf, wenn er in der Stadt war.

Dies war keine Halluzination — keine *bloße* Halluzination. Er *war* in New York, und es war Sommer. Don fühlte einen schweren Gegenstand in seiner Hand, blickte darauf nieder und sah, daß er eine Axt trug. *Eine Axt? Also was...* ? Er ließ die Axt fallen, als wäre sie ein heißes Eisen. Sein Bruder rief: „Don! Hierher!"

Ja, er hatte tatsächlich eine Axt getragen... sie hatten grünes

Licht gesehen... er hatte sich ganz rasch umgedreht...

„Don!"

Er schaute über die Straße und erblickte David. Sein Bruder sah gesund und ausgesprochen gut aus; er erhob sich, grinste ihm entgegen und winkte ihn zu sich herüber. Es war David, David in einem leichten, frisch gebügelten blauen Anzug, mit einer rauchfarbenen Fliegersonnenbrille über den Augen, der obere Teil der Brillenfassung wurde von seinem sonnengebleichten Haar verdeckt. „Wach auf", rief sein Bruder durch den Verkehr zu ihm herüber.

Don rieb sein Gesicht mit seinen eisigen Händen. Es war wichtig, nicht gar zu verwirrt vor David zu erscheinen. David hatte ihn zum Lunch gebeten. David wollte ihm etwas sagen.

New York?

Aber ja, es war New York, und da stand David, sah ihn belustigt an, war glücklich über das Wiedersehn, wollte ihm dringend etwas sagen. Don sah auf den Gehsteig hinunter. Die Axt war verschwunden. Er schlängelte sich zwischen den Autos durch, ging auf seinen Bruder zu und umarmte ihn. Er war da, und David lebte.

„Wie fühlst du dich?" fragte David.

„Ich bin nicht da, und du bist tot", kam es aus seinem Mund.

David sah verwirrt drein, dann verbarg er seine Bestürzung schnell hinter einem Lächeln. „Setz dich, kleiner Bruder. Du solltest nicht mehr solches Zeug daherreden." David nahm ihn beim Ellenbogen und führte ihn zu einem Stuhl im Schatten eines Sonnenschirms. Ein Martini on the rocks kühlte ein schwitzendes Glas.

„Ich sollte nicht..." begann Don. Er setzte sich schwerfällig auf den Stuhl, der Verkehr von Manhattan strömte die angenehme East-Fifties-Straße hinunter; auf der anderen Straßenseite las er über dem Gewirr von Wagendächern den Namen eines französischen Restaurants; goldene Buchstaben auf dunklem Glas. Unter seinen kalten Füßen spürte er das heiße Straßenpflaster.

„Sicher nicht", sagte David. „Ich habe ein Steak für dich bestellt, ist es dir recht? Ich dachte, du würdest nichts Schweres essen wollen." Er sah Don teilnahmsvoll über den Tisch hinweg an. Die modische Brille verbarg seine Augen, aber Davids hübsches Gesicht drückte Wärme aus. „Wie gefällt dir übrigens mein Anzug? Ich habe ihn in deinem Schrank gefunden. Jetzt, da du wieder aus dem Krankenhaus heraus bist, wirst du dir ein paar neue Sachen kaufen müssen. Bitte bediene dich meines Kontos." Don sah an sich herunter. Er trug einen braunen Sommeranzug, eine gestreifte Krawatte und braune Schuhe. Neben Davids Eleganz wirkte alles ein wenig altmodisch und schäbig.

„Jetzt sieh mich an und sag mir, daß ich tot bin", sagte David.

„Du bist nicht tot."

David seufzte glücklich. „Okay. Gut. Du hast mir einen Schreck eingejagt, Kamerad. Also, erinnerst du dich, was geschehen ist?"

„Nein. Krankenhaus?"

„Du hattest ungefähr den ärgsten Nervenzusammenbruch, den ein Mensch haben kann, Bruder. Du bist gerade noch davongekommen. Es geschah kurz nachdem du dieses Buch beendet hattest."

„Den *Nachtwächter?*"

„Was sonst? Du bist einfach aus den Pantinen gekippt — und alles, was du sagen konntest, war, daß ich tot und Alma irgend etwas ganz Schreckliches, Geheimnisvolles sei. Du warst in einer unbekannten Sphäre. Wenn du dich an nichts erinnerst, hängt das wahrscheinlich mit der Schockbehandlung zusammen, die man dir verpaßt hat. Jetzt müssen wir sehen, daß du wieder Fuß faßt. Ich habe mit Professor Lieberman gesprochen, und er sagt, er wird dich im Herbst für ein weiteres Jahr verpflichten — er mag dich sehr, Don."

„Lieberman? Nein, er sagte, ich sei..."

„Das war, ehe er wußte, wie krank du warst. Nun, ich habe dich aus Mexiko herausgeholt und in ein Privatsanatorium in Riverdale gesteckt. Die Rechnung geht auf meine Kosten. Das Steak wird gleich hier sein. Trink mal den Martini aus. Der Rotwein hier ist nicht schlecht."

Don nippte gehorsam an seinem Drink: vertrauter, kalter, starker Geschmack. „Warum ist mir so *kalt?*" fragte er David. „Ich bin halb erfroren."

„Nachwirkungen der Drogentherapie." David tätschelte seine Hand. „Man sagte mir, daß du dich ein paar Tage so fühlen würdest — kalt, deiner selbst nicht ganz sicher —, aber es wird sich geben, ich verspreche es dir."

Eine Kellnerin brachte ihr Essen. Don sah zu, wie sie sein Martiniglas fortnahm.

„Du hattest seltsam verworrene Gedanken", sagte sein Bruder. „Jetzt, da du wieder in Ordnung bist, werden sie dich erschrecken. Du dachtest, meine Frau sei eine Art Ungeheuer und habe mich in Amsterdam getötet. Du warst davon überzeugt. Der Doktor meinte, du hättest es nicht verkraftet, sie zu verlieren. Daher kamst du auch nie hierher nach New York, um darüber zu reden. Es ging so weit, daß du glaubtest, es sei die Wahrheit, was du in deinem Roman geschrieben hast. Nachdem du das Manuskript an deinen Agenten abgesandt hattest, saßest du einfach in deinem Hotelzimmer, ohne zu essen, ohne dich zu waschen — du gingst nicht einmal mehr aufs Klo. Ich mußte nach Mexiko fahren und dich holen."

„Was tat ich vor einer Stunde?" fragte Don.

„Du bekamst eine Beruhigungsspritze. Dann setzte man dich in ein Taxi und schickte dich hierher. Ich dachte, du würdest gerne einen Ort wiedersehen, der dir vertraut ist."

„Ich war ein Jahr lang in einem Krankenhaus?"

„Fast zwei Jahre lang. In den letzten Monaten hast du große Fortschritte gemacht."

„Wieso kann ich mich an nichts erinnern?"

„Sehr einfach. Weil du nicht willst. Nach deiner jetzigen Vorstellung könntest du vor fünf Minuten zur Welt gekommen sein. Aber langsam wird dir alles wieder einfallen. Du kannst dich auf unserer Insel erholen — Sonne, Sand, ein paar hübsche Frauen. Wie hört sich das an?"

Don sah sich blinzelnd um. Unerklärlicherweise fühlte sich sein ganzer Körper so kalt an. Eine hochgewachsene Frau kam eben mit einem riesigen Hirtenhund an einer Leine die Straße herunter auf sie zu. Die Frau war schmal und braungebrannt, ihre Sonnenbrille hatte sie über die Stirn auf ihr Haar geschoben, und einen Augenblick war sie der Inbegriff alles Wirklichen, all dessen, was nicht eingebildet oder ausgedacht war, der Inbegriff eines gesunden Geistes. Sie war niemand von Bedeutung, sie war eine Fremde, aber falls David die Wahrheit sprach, bedeutete sie Gesundheit.

„Du wirst eine Menge Frauen sehen", sagte David fast lachend. „Schau dir nicht die Augen nach der ersten aus, die dir über den Weg läuft."

„Du bist jetzt mit Alma verheiratet?" sagte Don.

„Natürlich. Sie brennt darauf, dich zu sehen. Und weißt du", sagte David, immer noch lächelnd, „sie fühlt sich irgendwie geschmeichelt durch das Buch. Sie hat das Gefühl, einen Beitrag zur Literatur geleistet zu haben. Aber ich möchte dir etwas sagen", und David schob seinen Stuhl näher an Don heran. „Denk einmal darüber nach, was es bedeuten würde, wenn alles wahr wäre, was du in deinem Buch schreibst. Wenn es solche Wesen wirklich gäbe — du hast behauptet, es sei so."

„Ich weiß", sagte Don. „Ich dachte —"

„Warte. Laß mich ausreden. Siehst du nicht, wie schwach wir in ihren Augen wären? Wir leben — wie lange? Schäbige sechzig, siebzig Jahre vielleicht. Sie würden Jahrhunderte leben, könnten sich verwandeln, wie es ihnen beliebt. Unser Leben verdanken wir einem Zufall, einer blinden Kombination der Gene — sie erschaffen sich selbst durch pure Willenskraft. Sie würden uns verachten — und sie täten recht daran. Neben ihnen wären wir verachtenswert."

„Nein", sagte Don. „Das ist ganz falsch. Sie sind wild und grausam, sie leben vom Tod..." Er hatte ein Gefühl, als würde ihm übel. „Du darfst solche Dinge nicht sagen."

„Du lebst immer noch in deinem Roman. Das ist dein Problem — irgendwo hängt dir deine Geschichte nach. Weißt du, dein Arzt hat mir erzählt, daß du in deine eigene *Geschichte* ausgeflippt bist. Du gingst in der Halle des Krankenhauses auf und ab und sprachst mit Menschen, die gar nicht da waren. Du warst völlig in irgendeine Handlung verstrickt. Hat die Ärzte sehr beeindruckt. Du sprachst mit ihnen, und sie redeten zurück, aber deine Antworten galten anderen, zum Beispiel einem Sears oder einem Ricky..." David lächelte und schüttelte den Kopf.

„Was geschah am Schluß der Geschichte?" fragte Don.

„Was?"

„Was geschah am Schluß der Geschichte?" Don legte seine Gabel hin, beugte sich vor und starrte in das ausdruckslose Gesicht seines Bruders.

„Sie ließen dich nicht so weit kommen", sagte David. „Sie fürchteten, du — es sah so aus, als seist du finster entschlossen, dich umbringen zu lassen. Siehst du, das war ein Teil deiner Schwierigkeiten: Du dachtest dir diese phantastischen, schönen Wesen aus, und dann ‚beschriebst' du dich in der Geschichte als ihr Feind. Aber sie waren nicht zu besiegen. Egal, wie sehr du dich bemühtest, sie blieben am Ende immer die Sieger."

„Nein, das ist nicht..." sagte Don. Das war nicht richtig. Er erinnerte sich vage an die „Geschichte", über die David sprach, aber er war sicher, daß David unrecht hatte.

„Die Ärzte sagten, es handelte sich um den interessantesten Fall eines Selbstmordversuches, von dem sie je gehört hätten. Du siehst, sie konnten dich nicht bis zum Ende gehen lassen. Sie mußten dich herausholen."

Don saß da, als wehe ein eisiger Wind.

„Hallo, wie schön, daß du da bist", sagte Sears. „Wir hatten alle den gleichen Traum, aber ich denke, du bist der erste, der ihn bei einem unserer Treffen träumt."

„Wie?" sagte Ricky, hob seinen Kopf mit einem Ruck und sah Sears' geliebte Bibliothek vor sich: die Bücherschränke, die Lederfauteuils, die dunklen Fenster. Unmittelbar vor ihm saß Sears, rauchte seine Zigarre und sah ihn mit einem Ausdruck milden Verdrusses an. Lewis und John waren ebenso wie Sears im Smoking, hielten ihre Whiskygläser in den Händen und schienen eher verwirrt als verärgert.

„Welchen Traum?" sagte Ricky und schüttelte den Kopf. Auch er war im Abendanzug. Er wußte aufgrund von tausend kleinen Details, daß er sich auf einem Treffen der Altherrengesellschaft befand.

„Du bist eingenickt", sagte John, „gleich nachdem du deine Geschichte beendet hattest."

„Geschichte?"

„Und dann", sagte Sears, „hast du mir geradewegs in die Augen geschaut und gesagt ‚Du bist tot'."

„Oh, der Alptraum", sagte Ricky. „Oh ja. Sagte ich es wirklich? Mein Gott, ist mir kalt."

„In unserem Alter haben wir alle einen schlechten Kreislauf", sagte Dr. Jaffrey. „Was haben wir für ein Datum?"

„Du *warst* wirklich völlig weg", sagte Sears und zog seine Augenbrauen hoch. „Es ist der neunte Oktober."

„Ist Don hier? Wo ist Don?" Ricky sah wild in der Bibliothek um sich, als hätte Edwards Neffe sich unter einem Stuhl verkrochen.

„Wirklich, Ricky", brummelte Sears. „Wir haben eben darüber abgestimmt, ob wir an ihn schreiben sollen, falls du die Güte hast, dich daran zu erinnern. Es ist äußerst unwahrscheinlich, daß er auftaucht, ehe er den Brief erhalten hat."

„Wir müssen ihm unbedingt von Eva Galli erzählen", sagte Ricky, dem die Abstimmung wieder eingefallen war. „Das ist unerläßlich."

John lächelte schwach, und Lewis lehnte sich zurück und sah drein, als hätte Ricky den Verstand verloren.

„Du machst die erstaunlichsten Kehrtwendungen", sagte Sears. „Meine Herren, da unser Freund hier offensichtlich Schlaf braucht, sollten wir den Abend beschließen."

„Sears", sagte Ricky, dem plötzlich mit der Heftigkeit eines elektrischen Schlages ein Gedanke in den Sinn gekommen war.

„Ja, Ricky?"

„Wenn wir uns das nächste Mal treffen, wenn wir uns in Johns Haus treffen, dann erzähle die Geschichte nicht, die dir im Kopf herumgeht. Du darfst sie nicht erzählen. Es würde die schrecklichsten Folgen haben."

„Bleib noch einen Moment", befahl Sears und begleitete die beiden anderen Männer aus dem Zimmer. Er kam mit einer frischen Zigarre und einer Flasche zurück. „Ich glaube, du brauchst einen Drink. Du mußt einen argen Traum gehabt haben."

„War ich lange weg?" Er hörte, wie Lewis draußen auf der Straße seinen Morgan zu starten versuchte.

„Zehn Minuten, nicht länger. Also, wie war das mit meiner Geschichte beim nächsten Mal?"

Ricky öffnete den Mund, versuchte sich ins Gedächtnis zu rufen, was er hatte sagen wollen, und erkannte, daß er recht töricht aussehen mußte. „Ich weiß es nicht mehr. Etwas über Eva Galli."

„Ich kann dir versichern, daß ich darüber nicht sprechen werde. Ich glaube nicht, daß irgend jemand von uns je wieder darüber sprechen wird. Und ich glaube, es ist auch besser so, was meinst du?"

„*Nein.* Nein. Wir müssen —" Ricky merkte, daß er wieder Don Wanderley erwähnen wollte, und schwieg errötend. „Ich nehme an, daß ich davon geträumt habe. Ist das Fenster offen, Sears? Ich friere so. Und ich bin so müde. Ich kann mir nicht vorstellen, was . . ."

„Es ist das Alter, nicht mehr und nicht weniger. Wir haben lange genug gelebt, findest du nicht?"

Ricky schüttelte den Kopf.

„John stirbt bereits, man sieht es ihm an."

„Ja, ich dachte, ich sähe . . ." sagte Ricky und erinnerte sich an seine Beobachtung zu Beginn des Treffens — ein Schatten hatte sich über Johns Stirn gelegt — aber das schien Jahre her zu sein.

„Tod. Du glaubtest den Tod zu sehen. Es stimmt, alter Freund." Sears lächelte ihn gütig an. „Ich habe eine Menge darüber nachgedacht, und als du Eva Galli erwähntest — nun, es ruft so vieles wach. Ich werde dir sagen, was ich dachte."

Sears zog an seiner Zigarre und beugte seinen mächtigen Oberkörper vor. „Ich glaube, daß Edward eines unnatürlichen Todes gestorben ist. Ich glaube, man hat ihm die Vision einer so furchtbaren, unirdischen Schönheit geschenkt, daß der Schock zu groß war für einen armen Sterblichen und ihn getötet hat. Ich glaube, wir haben diese Schönheit mit unseren Geschichten im letzten Jahr immer wieder gestreift."

„Nein, nicht Schönheit", sagte Ricky. „Etwas Obszönes — etwas Grauenhaftes."

„Halt. Ich möchte, daß du die Existenz anderer Lebewesen in Erwägung ziehst — mächtiger, allwissender, schöner Wesen. Falls sie existierten, würden sie uns verachten. Im Vergleich zu ihnen wären wir nichts als Vieh. Sie würden Jahrhunderte leben, so daß wir, du und ich, in ihren Augen nichts als Kinder wären. Auf sie würden die Gesetze von Unfall, Zufall oder einer blinden Kombination von Genen nicht zutreffen. Sie täten recht daran, uns zu verachten; neben ihnen wären wir verachtenswert." Sears stand auf und begann auf und ab zu gehen. „Eva Galli. Das war die Chance, die wir vergaben. Ricky, wir hätten Dinge sehen können, die es wert gewesen wären, unser armseliges Leben dafür hinzugeben."

„Sie sind noch unwirklicher als wir, Sears", sagte Ricky. „Oh, jetzt erinnere ich mich wieder. Die *Bates*. Das ist die Geschichte, die du nicht erzählen darfst."

„Oh, das ist alles zu Ende", sagte Sears. „Alles ist jetzt zu Ende." Ricky fühlte sich schrecklich krank. Er zitterte. Er spürte die furchtbarste Erkältung seines Lebens auf sich zukommen. Es lag wie Rauch auf seinen Lungen und beschwerte seine Arme mit der Schneelast eines ganzen Winters.

Sears beugte sich zu ihm. „Das trifft auf uns alle zu, Ricky. Immerhin, es war eine ganz schöne Reise, nicht wahr?" Sears steckte seine Zigarre in den Mund und streckte seine Hand aus, um Rickys Hals zu befühlen. „Ich dachte es mir schon: geschwollene Drüsen. Du kannst von Glück reden, wenn du nicht an Lungenentzündung stirbst." Sears' schwere Hand legte sich um Rickys Hals.

Ricky begann hilflos zu niesen.

„Hör mir zu", sagte David. „Begreifst du, wie wichtig das ist? Du begabst dich in eine Position, deren einzig logische Folge dein Tod war. Obwohl du die Wesen, die deiner Phantasie entsprungen sind, bewußt als böse ansahst, erkanntest du in deinem Unterbewußtsein, daß sie dir überlegen waren. Das war der Grund, warum deine ‚Geschichte' so gefährlich war. Im Unterbewußtsein erkanntest du, daß sie dich töten würden — so lautet der Bericht deines Arztes. Du hattest etwas erfunden, das dir so überlegen war, daß du diesem Etwas dein Leben hingeben wolltest. Das ist gefährlich, mein Junge."

Don schüttelte den Kopf.

David legte Messer und Gabel nieder. „Machen wir ein Experiment. Ich kann dir beweisen, daß du leben willst."

„Ich weiß, daß ich leben will." Don sah über die unleugbar wirkliche Straße und sah die unleugbar wirkliche Frau mit dem Hirtenhund die andere Straßenseite hinaufgehen. Nein, sie ging nicht die andere Straßenseite hinauf, es kam ihm zum Bewußtsein, daß sie die Straße herunterkam, so wie sie eben auf seiner Seite heruntergegangen war. Es war wie ein Film, in dem ein und dasselbe Detail in verschiedenen Szenen, in verschiedenen Rollen gezeigt wird, wo dir geradezu eingehämmert wird, daß es sich um eine Erfindung handelt. Und doch war sie da, ging rasch hinter dem hübschen Hund her; keine Erfindung, sondern Teil des Straßenbildes.

„Ich werde es dir beweisen. Ich werde meine Hände um deinen Hals legen und dir die Luft abdrücken. Wenn du willst, daß ich aufhöre, sag einfach halt."

„Das ist lächerlich."

Rasch griff David über den Tisch und legte die Hände um seinen Hals. „Halt", sagte er. David spannte seine Muskeln an, kam von seinem Stuhl hoch, warf den Tisch um. Wein ergoß sich über das Tischtuch. Keiner von den anderen Gästen schien von ihnen Notiz zu nehmen, sie fuhren fort zu essen und zu reden, sie schaufelten unleugbar wirkliches Essen in ihre unleugbar wirklichen Münder. „Halt", versuchte er zu sagen, aber der Druck von Davids Hand war zu stark geworden, er brachte kein Wort mehr heraus. Davids Gesicht war das eines Mannes, der einen Bericht verfaßt oder eine Fliege verscheucht. Dann war es nicht mehr Davids Gesicht, sondern der Kopf eines Hirsches mit großem Geweih oder der riesige Kopf einer Eule oder beides.

Erschreckend nahe nieste ein Mann.

„Hallo, Peter. Du willst also einen Blick hinter die Kulissen werfen." Clark Mulligan trat von der Tür des Projektionsraums zurück und bedeutete ihm einzutreten. „Nett von Ihnen, Mrs. Barnes, daß Sie ihn heraufbringen. Ich habe hier oben nicht oft Gesellschaft. Was ist los? Du siehst verstört aus, Pete."

Peter öffnete den Mund und schloß ihn wieder. „Ich —"

„Du könntest dich bei ihm bedanken, Peter", sagte seine Mutter trocken.

„Wahrscheinlich hat der Film ihn erschreckt", sagte Mulligan. „Er wirkt so auf die Leute. Ich habe ihn bereits hundertmal gesehen, aber er packt mich immer noch. Es war ja nur ein Film, Pete. Nur ein Film."

„Ein Film?" sagte Peter. „Nein — wir kamen eben die Treppe herauf . . ." Er streckte die Hand aus und sah das Messer.

„Und dann war die Vorstellung beendet. Deine Mutter sagte, du würdest dich dafür interessieren, wie alles von hier oben aussieht. Da ihr die einzigen Menschen im Kino seid, ist ja nichts dabei."

„Peter, was um alles in der Welt willst du mit dem Messer?" fragte seine Mutter. „Gib es mir *augenblicklich.*"

„Nein, ich muß — ich muß —" Peter wich vor seiner Mutter zurück und sah sich verwirrt in dem kleinen Projektionsraum um. Es war so kalt hier, als würde Mulligan seinen Film auf der Straße zeigen.

„Setz dich ruhig", sagte Mulligan. „Also, hier siehst du die Projektoren, die letzte Spule wird auf diesem hier abrollen. Ich spanne sie ein, und wenn die Markierung aufleuchtet, weiß ich, daß ich noch soundsoviele Sekunden habe, bis — "

„Was geschieht zum Schluß?" fragte Peter. „Ich komme einfach nicht drauf, was — "

„Oh, sie sterben natürlich alle", sagte Mulligan. „Es kann gar nicht anders enden, oder? Wenn du sie mit denen vergleichst, die sie bekämpfen, wirken sie doch recht kläglich. Sie sind schließlich nichts als kleine Leute, die ihr Leben einem Zufall verdanken — und was sie bekämpfen, ist — nun, ist schließlich großartig. Wenn du willst, kannst du dir das Ende von hier oben ansehen. Ist es Ihnen recht, Mrs. Barnes?"

„Es wäre besser", sagte Christina und bewegte sich auf ihn zu. „Er fiel da unten in eine Art Trance. Gib mir das Messer, Peter."

Peter versteckte das Messer hinter seinem Rücken.

„Oh, er wird es früh genug sehen, Mrs. Barnes", sagte Mulligan und stellte einen Schalter am zweiten Projektor nach oben.

„Was sehen?" fragte Peter. „Ich erfriere."

„Die Heizung ist kaputt. Höchstwahrscheinlich werde ich mir hier oben Frostbeulen holen. Was sehen? Nun, zunächst werden selbstverständlich die beiden Männer getötet und dann . . . aber sieh doch selbst."

Peter beugte sich vor, um durch den Schlitz in der Wand in das leere Rialto-Kino zu sehen, dann wurde der Lichtstrahl breiter und fiel auf die Leinwand . . .

Hinter ihm nieste ein unsichtbarer Ricky Hawthorne laut und deutlich, und es wurde ihm bewußt, daß alles sich bewegte, veränderte. Die Wände des Projektionsraums schienen zu wanken. Er sah etwas voll Abscheu zurückweichen, etwas, das den riesigen Kopf eines Tieres trug, wich zurück, als hätte Ricky es angespuckt, und dann war wieder Clark Mulligan an seiner Stelle da und sagte: „Der Film muß hier eine rauhe Stelle haben, aber ich glaube, jetzt ist alles in Ordnung." Aber seine Stimme zitterte, und seine Mutter sagte: „Gib mir das Messer, Peter."

„Es ist alles ein Trick", sagte er. „Es ist nichts als ein neuer, schmutziger *Trick.*"

„Sei nicht unverschämt, Peter", sagte seine Mutter.

Clark Mulligan sah ihn mit einem Ausdruck von Sorge und Verwunderung an, und Peter erinnerte sich an den Rat aus der alten Abenteurergeschichte und stieß das Messer von unten her in Mulligans gewölbten Bauch. Seine Mutter schrie und begann zu schmelzen wie alles um ihn. Peter schloß beide Hände fest um den beinernen Griff und stemmte das Messer wie einen Hebel aufwärts. Er schrie in seinem Leid und Elend, während Mulligan rückwärts in die Projektoren stürzte und sie von ihren Ständern warf.

19

„Oh, Sears", sagte Ricky keuchend. Sein Hals stand in Flammen. „Oh, meine armen Freunde." Für einen Augenblick waren sie alle wieder lebendig, ihre zerbrechliche Welt wieder heil gewesen. Nun zitterte der doppelte Verlust seiner Freunde und ihrer Welt voll Geborgenheit in ihm nach, und Tränen brannten in seinen Augen.

„Schau, Ricky", hörte er Don sagen, und seine Stimme war so zwingend, daß er den Kopf wandte. Als er sah, was auf dem Boden der Wohnung vor sich ging, setzte er sich auf. „Peter hat es getan", hörte er Don neben sich sagen.

Der Junge stand zwei Meter von ihnen entfernt und sah unverwandt auf den Körper der Frau. Don lag auf den Knien und rieb sich den Hals. Ricky begegnete Dons Blick, sah das Grauen und den Schmerz in dessen Augen, und sie blickten beide auf Anna Mostyn nieder.

Sie sah aus wie damals, als er ihr zum ersten Mal in der Wheat Row begegnete: eine junge Frau mit einem wunderhübschen Fuchsgesicht und dunklem Haar. Auch in diesem Augenblick fand der alte Mann die echte Intelligenz und falsche Menschlichkeit in ihren ovalen Zügen wieder. Ihre Hand umklammerte den Messergriff, der direkt unter ihrem Brustbein herausragte; dunkles Blut strömte aus der langen Wunde. Die Frau schlug auf dem Boden hin und her, ihr Gesicht verzerrte sich, ihre Lider flatterten. Vereinzelt wirbelten Schneeflocken durch das offene Fenster und ließen sich auf ihnen nieder.

Anna Mostyns Augen öffneten sich weit. Ricky wappnete sich und dachte, sie würde etwas sagen, aber die schönen Augen verschwammen, schienen niemanden zu erkennen. Ein Blutstrom quoll aus ihrer Wunde, ein zweiter besudelte die Knie der beiden Männer. Sie lächelte halb, während ein dritter Blutstrom ihren Körper überzog und sich auf dem Boden zu einem See verbreitete.

Einen winzigen Augenblick lang sahen die drei Männer unter der Haut der toten Frau ein sich windendes Leben — als wäre Anna Mostyns Leiche transparent, das Negativ einer Fotografie über einer anderen Substanz. Sie sahen weder Hirsche noch Eulen, weder menschliche, noch tierische Körper, sondern einen offenen Mund unter Anna Mostyns Mund, unter Anna Mostyns blutigen Kleidern bewegte sich ein Körper voll wilden Lebens und blitzte sie böse an. Dann verdunkelte sich die Vision, zerging, und es lag nur mehr die tote Frau auf der Erde.

In der nächsten Sekunde erstarben die Farben auf ihrem Gesicht, sie wurde kreideweiß, und ihre Glieder schrumpften, als sauge ein unsichtbarer Wind sie ein. Sie schwebte, als wäre sie ein Blatt Papier, das man ins Feuer geworfen hatte, der ganze Körper krümmte sich zusammen, schrumpfte unter ihren Augen auf die Hälfte, dann auf ein Viertel seiner Größe. Es war nichts Menschliches mehr an ihm, er war nichts als ein Stück gepeinigtes Fleisch, das sich wand und schrumpfte und von einem unsichtbaren Wind umhergefegt wurde.

Der ganze Raum schien zu seufzen, grünes Licht flackerte auf, glühte wie tausend Schwefelhölzer, und was von Anna Mostyns Körper übrig war, flatterte einmal noch auf und verschwand dann in sich selbst.

In der Montgomerystraße explodierte das Haus gegenüber John Jaffreys Besitz, Milly Sheehan hörte den Knall der Explosion, und als sie ans Fenster stürzte, sah sie gerade noch, wie die Fassade von Eva Gallis Haus nach innen stürzte wie ein Kartenhaus. Ein gewaltiges Feuer raste in der Mitte des Hauses und sog die einzelnen Trümmer in sich auf, bis nichts mehr übrig war.

„Der Luchs“, hauchte Ricky. Don wandte die Augen von dem Fleck, wo Anna Mostyn sich in Luft aufgelöst hatte, und sah einen Sperling am Fensterbrett sitzen. Der kleine Vogel hob das Köpfchen und sah die drei Männer an. Don und Ricky gingen vorsichtig auf das Fenster zu, während Peter immer noch auf den leeren Boden starrte. Da hob sich der Spatz vom Fensterbrett ab und flog durch das offene Fenster davon.

„Das war's?" fragte Peter. „Es ist alles vorbei? Wir haben es hinter uns?"

„Ja, Peter", sagte Ricky. „Es ist alles vorüber."

Die beiden Männer tauschten einen Blick des Einverständnisses. Don ging scheinbar absichtslos zum Fenster. Er sah nichts als den nachlassenden Schneesturm. Dann wandte er sich dem Jungen zu und umarmte ihn.

20

„Wie fühlst du dich?" fragte Don.

„Er fragt, wie ich mich fühle", sagte Ricky, der, von Kissen gestützt, in seinem Krankenhausbett in Binghamton lag. „Lungenentzündung ist kein Vergnügen. Es nimmt den Körper ordentlich mit. Ich würde dir raten, alles zu tun, damit du nie eine bekommst."

„Ich werde mich bemühen", sagte Don. „Du bist beinahe gestorben. Die Autobahn wurde gerade noch rechtzeitig geräumt, um dich hierherzubringen. Wenn du nicht durchgekommen wärst, hätte ich mit deiner Frau nach Frankreich fahren müssen."

„Sag das ja nicht Stella. Sie würde hier hereinstürzen und alle meine Infusionsschläuche durchschneiden." Er lächelte schwach. „Sie freut sich so sehr auf Frankreich, daß sie auch mit einem Küken wie dir fahren würde."

„Wie lange wirst du hierbleiben müssen?"

„Noch zwei Wochen. Von meinem Befinden abgesehen ist es hier gar nicht so schlecht. Stella ist es gelungen, die Schwestern dermaßen einzuschüchtern, daß sie ausgezeichnet für mich sorgen. Danke übrigens für die Blumen."

„Du fehlst mir", sagte Don. „Auch Peter vermißt dich."

„Ja", sagte Ricky einfach.

„Es ist eine komische Sache. Ich fühle mich dir und Peter näher — ich muß wohl noch hinzufügen: und Sears — als irgend jemandem seit Alma Mobley."

„Nun, du weißt, wie ich darüber denke. Ich habe ja alles ausgeplaudert, als mich der Doktor mit seiner Spritze in Euphorie versetzte. Die Altherrengesellschaft ist tot, es lebe die Herrengesellschaft. Sears sagte einmal, er wünschte, er wäre nicht so alt. Damals hat mich diese Feststellung erschreckt, heute denke ich ebenso. Ich wünschte, ich könnte ihm helfen. Das wirst du für mich tun müssen. Wir verdanken ihm, daß wir noch am Leben sind."

„Ich weiß, und was wir nicht ihm verdanken, verdanken wir deinem Schnupfen."

„Ich war total verwirrt in diesem Raum."

„Ich auch."

„Nun, Gott sei Dank war Peter da. Ich bin froh, daß du es ihm nicht gesagt hast."

„Er hat genug durchgemacht. Aber uns bleibt der Luchs. Wir müssen ihn erschießen."

„Wenn wir es nicht tun", sagte Ricky, „wird sie einfach wiederkehren. Und immer wiederkehren. Bis wir und die meisten unserer Angehörigen tot sind. Ich habe meine Kinder zu lange unterstützt, um zusehen zu müssen, daß sie auf solche Weise umkommen. Und — ich sage es äußerst ungern — es sieht ganz so aus, als wäre es deine Aufgabe."

„Ganz und gar", sagte Don. „Denn im Grunde warst du es, der Gregory und Fenny vernichtet hat. Peter tötete den Boß, und ich werde mich um den Rest kümmern."

„Ich beneide dich nicht darum, aber ich glaube, du wirst es schaffen. Hast du das Messer?"

„Ich habe es vom Boden aufgehoben."

„Gut. Ich bin froh, daß wir es nicht verloren haben. Weißt du, ich glaube, ich sah damals in diesem gräßlichen Raum die Antwort auf eines jener Rätsel, über die Sears und ich und die anderen uns den Kopf zerbrachen. Ich glaube, wir sahen die Ursache für den Tod deines Onkels."

„Ich glaube auch", sagte Don. „Einen winzigen Augenblick

lang. Ich wußte nicht, daß auch du es gesehen hast."

„Armer Edward. Er hat wohl Johns leeres Schlafzimmer betreten und im schlimmsten Fall erwartet, seine Schauspielerin im Bett mit Freddy Robinson zu ertappen. Und statt dessen — ließ sie ihre Maske fallen."

Ricky war sehr müde geworden, und Don stand auf, um zu gehen. Er legte einen Stapel Taschenbücher und eine Tüte mit Orangen auf Rickys Nachttisch.

„Don?" Die Stimme des alten Mannes war rauh vor Erschöpfung.

„Ja?"

„Verwöhne mich nicht mehr. Nur — schieß mir einen Luchs."

21

Drei Wochen später wurde Ricky aus dem Krankenhaus entlassen. Die Stürme hatten völlig aufgehört, und Milburn, das nicht länger mehr belagert war, erholte sich und genas ebenso sicher wie der alte Anwalt. Die Läden wurden endlich wieder mit Vorräten beliefert. Rhoda Flagler traf Bitsy Underwood auf dem Markt, errötete wie ein Radieschen und entschuldigte sich dafür, daß sie ihr ein paar Haarbüschel ausgerissen hatte. „Oh, es waren schreckliche Tage", sagte Bitsy. „Ich hätte Sie wahrscheinlich ebenso gebeutelt, wenn Sie den verflixten Kürbis zuerst erwischt hätten."

Die Schulen wurden wieder geöffnet; Geschäfts- und Bankleute gingen wieder ihrer Arbeit nach, nahmen die Läden von den Fenstern und wühlten sich durch den Wust von Papieren, der sich auf ihren Schreibtischen angehäuft hatte. Langsam zeigten sich die Jogger und Spaziergänger wieder auf Milburns Straßen. Annie und Anni trauerten um Lewis

Benedikt und heirateten die Männer, mit denen sie lebten. Innerhalb ein und derselben Woche wurden sie schwanger. Falls es Buben würden, sollten sie Lewis heißen.

Manche Geschäfte würden nie wieder öffnen; einige Männer hatten den Bankrott erklärt, denn Mieten und Vermögensteuern müssen auch bezahlt werden, wenn die Läden unter Schnee begraben liegen. Andere schlossen aus düstereren Ursachen: Leota Mulligan hatte die Absicht gehabt, das Rialto-Kino weiterzuführen, doch dann verkaufte sie es an eine Warenhauskette, und sechs Monate später heiratete sie Clarks Bruder. Ricky Hawthorne schloß stillschweigend die Anwaltskanzlei, aber ein junger Anwalt überredete ihn, den Firmennamen und Goodwill zu verkaufen. Der neue Mann stellte Florence Quast wieder ein und ließ andere Namensschilder anbringen. Aus Hawthorne und James wurde Hawthorne, James und Whittacker. Und Ricky sagte: „Ein Jammer, daß er nicht Poe heißt", aber Stella fand das gar nicht komisch.

Während all der Zeit wartete Don. Traf er Ricky und Stella, dann sprach man über Reisebroschüren, die den riesigen Kaffeetisch bedeckten; traf er Peter, so sprachen sie über Cornell, über Bücher, die der Junge eben las, und darüber, wie sein Vater das Leben ohne Christina bewältigte. Zweimal fuhren Don und Ricky zum Friedhof und legten Blumen auf den Gräbern nieder, die nach John Jaffreys Beerdigung hinzugekommen waren. Lewis, Sears, Clark Mulligan, Freddy Robinson, Harlan Bautz, Penny Draeger und Jim Hardie lagen in einer Reihe begraben — so viele neu aufgeworfene Gräber. Mit der Zeit würde die Erde sich senken, und man würde Grabsteine setzen. Christina Barnes lag ein Stück entfernt begraben, und Elmer Scales' Familie lag weiter oben am Hügel. Auch hier legten sie Blumen nieder.

„Noch keine Spur vom Luchs", sagte Ricky, als sie zur Stadt zurückfuhren.

„Kein Luchs weit und breit", antwortete Don. Sie wußten beide, daß es kein Luchs sein würde, wenn es wiederkehrte, und daß sie vielleicht Monate, Jahre warten mußten.

Don las, freute sich auf seine Abendessen mit Ricky und

Stella, sah ganze Serien von Filmen im Fernsehen; er war nicht imstande zu schreiben — er wartete. Oft erwachte er mitten in der Nacht und merkte, daß er weinte. Auch seine Wunden mußten erst verheilen.

An einem schwarzen, winterlichen Tag im März lieferte der Postwagen ein schweres Paket bei Don ab, das von einem Filmverleih in New York stammte. Zwei Monate hatte es gedauert, bis man eine Kopie der *China Pearl* aufgetrieben hatte.

Er spannte den Streifen in den Projektor seines Onkels ein, und als er die Leinwand entrollte, bemerkte er, daß seine Hände zitterten. Er brauchte drei Streichhölzer, um eine Zigarette anzuzünden. Allein die Beschäftigung mit Eva Gallis einzigem Film rief die Erinnerung an Gregory Bate und das Rialto-Kino wach. Und er entdeckte, wovor er Angst hatte: daß Eva Galli das Gesicht Alma Mobleys haben könnte.

Er brachte die Lautsprecher an für den Fall, daß man später einen Tonstreifen oder Musik hinzugefügt hatte: *China Pearl* war 1925 entstanden und daher ein Stummfilm. Er nahm einen Drink, um seine Nerven zu beruhigen, dann stellte er den Projektor an: Die *China Pearl* erschien als Nummer achtunddreißig einer Serie, die den Titel „Klassiker der Stummfilmzeit" trug. Der Tonstreifen enthielt einen Kommentar. Das bedeutete, daß man den Film später geschnitten hatte.

„Einer der größten Stars der Stummfilmzeit war Richard Barthelmess", sagte die ausdruckslose Stimme des Kommentators. Auf der Leinwand erschien ein Schauspieler, der eine Kulissenstraße entlangging. Es sollte Singapur darstellen. Der Mann war von Filipinos und Japanern aus Hollywood umgeben, die man in Chinesenkostüme gesteckt hatte. Der Erzähler beschrieb Barthelmess' Karriere und gab eine Zusammenfassung der Filmstory: ein Testament, eine gestohlene Perle, ein falscher Mordverdacht. Das erste Drittel des Films war geschnitten worden. Barthelmess befand sich in Singapur auf der Suche nach dem wahren Mörder, der auch „die berühmte Perle des Orients" gestohlen hatte. Er wurde in seinen Bemühungen von Vilma Banky unterstützt, die eine Hafenkneipe und ein goldenes Herz besaß — war sie doch ein echtes Boston-Mädchen.

Don stellte die Lautsprecher ab. Zehn Minuten lang betrachtete er den geschminkten kleinen Mimen, der Vilma Banky seelenvoll anstarrte, bösen „Abschaum aus dem Hafenviertel" überlistete und auf Booten umhersprang. Don hoffte, daß er Eva Galli erkennen würde. Vilma Bankys Bar beherbergte eine Anzahl Frauen, die sich an die Kunden schmiegten und lässig an ihren Drinks nippten. Einige dieser Prostituierten waren häßlich, andere hinreißend, doch jede von ihnen, überlegte Don, konnte Eva Galli sein.

Aber dann erschien ein Mädchen in der Tür zur Bar, hinter ihr wallte Studionebel, sie schmollte in die Kamera. Don sah in ihr sinnliches Gesicht mit den langgezogenen Augen, und sein Herz erstarrte. Rasch stellte er die Lautsprecher an.

„...die berühmte Singapur-Sal", schmachtete der Erzähler. „Wird sie den Helden vor die Tür locken?" Natürlich war sie nicht die berüchtigte Singapur-Sal, das war eine Erfindung des Verfassers jenes schwachsinnigen Kommentars. Aber er wußte, daß es Eva Galli war. Sie schlenderte durch die Bar, ging auf Barthelmess zu und strich über seine Wange. Als er ihre Hand wegschob, setzte sie sich auf seinen Schoß und wippte mit einem Bein in der Luft. Der Schauspieler stieß sie zu Boden. „So viel zu Singapur-Sal", sagte der Erzähler voll hämischer Schadenfreude.

Don riß das Lautsprecherkabel heraus, stoppte den Film und spulte ihn bis zu Evas Eintritt zurück. Dann sah er sich die Szene noch einmal an.

Er hatte erwartet, daß sie schön sein würde, aber das war sie nicht. Unter dem Make-up sah man ein durchschnittlich hübsches Mädchen; sie hatte nicht die geringste Ähnlichkeit mit Alma Mobley. Die Schauspielerei machte ihr Spaß, sie spielte die Rolle des ehrgeizigen Mädchens mit Vergnügen, das sah er. Wie sehr hätte sie es genossen, ein Star zu sein! Als Ann-Veronica Moore war sie in die gleiche Rolle geschlüpft. Auch Alma Mobley schien für den Film wie geschaffen. Sie hätte das passive, schöne Gesicht Tausenden von Gestalten aufsetzen können. Aber im Jahre 1925 hatte sie einen Fehler begangen: Kameras zeigten zuviel, und wenn man Eva Galli auf der Leinwand betrachtete, sah man ihr wahres Gesicht — das einer unsympathischen jungen Frau. Auch Alma war nicht liebenswert gewesen, und Anna Mostyn — er erinnerte sich an die Barnes-Party — wirkte kaltblütig und pervers, nur von Willenskraft getrieben. Für eine gewisse Zeit gelang es ihnen, Liebe zu erwecken, aber nichts in ihnen konnte menschliche Liebe erwidern. Eine Weile konnten sie sich verstellen, aber sie hielten nie bis zum Ende durch. Und das war ihr größter Fehler; es war ein Wesensfehler. Jetzt glaubte Don, sie überall zu erkennen, in jedem Nachtwächter, der vorgab, Mann oder Frau zu sein.

22

Anfang April kam ihn Peter Barnes besuchen. Der Junge, der sich, wie es erst schien, von dem schrecklichen Winter zu erholen begann, warf sich in einen Stuhl und fuhr sich mit den Händen über das Gesicht. „Verzeih, daß ich dich störe. Wenn du beschäftigt bist, gehe ich wieder."

„Du kannst jederzeit zu mir kommen", sagte Don. „Du brauchst nicht einmal darüber nachzudenken. Das meine ich ehrlich, Peter. Ich werde immer und jederzeit froh sein, dich zu sehen. Das gilt."

„Ich hoffte, du würdest so reagieren. Ricky verreist in einer Woche, nicht wahr?"

„Ja. Nächsten Freitag fahre ich sie zum Flugplatz. Sie sind beide schon ganz aufgeregt. Wenn du Ricky sehen möchtest, brauche ich ihn nur anzurufen. Er wird kommen."

„Nein, bitte nicht", sagte der Junge. „Es ist schlimm genug, daß ich dich belästige..."

„Um Himmels willen, Peter", sagte Don. „Was ist los?"

„Nun, es ist nur — es geht mir in letzter Zeit nicht sehr gut. Darüber wollte ich mit dir sprechen."

„Ich bin froh, daß du's tust. Was ist los?"

„Ich sehe immerfort meine Mutter vor mir", sagte Peter. „Ich meine, ich träume ständig von ihr. Es ist, als wäre ich wieder in Lewis' Haus und sähe, wie dieser Gregory Bate nach ihr faßt — und ich träume dann, wie er ausgesehen hat, als er am Boden im Rialto lag. All die zerhackten Glieder, die sich bewegen, die nicht sterben wollen." Er war den Tränen nahe.

„Hast du mit deinem Vater darüber gesprochen?"

Peter nickte. „Ich habe es versucht. Ich wollte ihm alles erzählen, aber er hört mir nicht zu. Nicht wirklich. Er sieht mich an, als wäre ich fünf Jahre alt und würde Unsinn plappern. Also habe ich wieder aufgehört, ehe ich richtig anfing."

„Du kannst ihm keinen Vorwurf machen, Peter. Niemand, der nicht mit uns gewesen ist, würde dir glauben. Vielleicht ist es bereits genug, daß er dich teilweise anhört, ohne zu behaupten, du seist verrückt. Ein Stück von ihm hört dir zu, glaubt dir möglicherweise. Und dann, meine ich, gibt es noch eine Schwierigkeit: Ich glaube, du befürchtest, deine Mutter aufzugeben, sobald du dein Grauen und deine Angst aufgibst. Deine Mutter hat dich geliebt. Nun ist sie tot, starb auf furchtbare Weise. Aber sie schenkte dir siebzehn oder achtzehn Jahre hindurch all ihre Liebe, und es ist noch eine ganze Menge davon in dir. Das einzige, was du tun kannst, ist, damit zu leben."

Peter nickte.

Don sagte: „Ich kannte einmal ein Mädchen, das sagte, sie habe eine Freundin, die es vor Schlechtigkeit beschütze. Ich weiß nicht, was aus ihr geworden ist, aber ich weiß, daß kein Mensch einen anderen vor dem Bösen schützen kann. Oder vor dem Schmerz. Alles, was du tun kannst, ist, nicht daran zu zerbrechen und zu versuchen, die andere Seite zu erreichen."

„Ich weiß, daß das wahr ist", sagte Peter. „Aber es erscheint so schwer."

„Aber eben jetzt tust du es. Die Tatsache, daß du zu mir

kommst und mit mir darüber sprichst, ist ein Beweis dafür, daß du die andere Seite erreichen willst. Ein weiterer, größerer Schritt auf diesem Weg wird dein Weggang nach Cornell sein. Du wirst so beschäftigt sein, daß du keine Zeit mehr haben wirst, über Milburn nachzugrübeln."

„Werde ich dich wiedersehen? Auch wenn ich auf dem College bin?"

„Du kannst mich jederzeit besuchen. Und falls ich nicht in Milburn bin, werde ich dir schreiben, wo du mich finden kannst."

„Gut", sagte Peter.

23

Ricky sandte Postkarten aus Frankreich; Peter fuhr fort, ihn zu besuchen, und Don sah, daß Anna Mostyn und die Bate-Brüder allmählich aus dem Bewußtsein des Jungen entschwanden und auf den Grund seiner Erfahrungen sanken. Die beginnende warme Jahreszeit bescherte Peter eine neue Freundin, die ebenfalls nach Cornell gehen würde, und er fing an, sich zu entspannen.

Aber es war ein trügerischer Friede, und Don wartete noch immer. Er ließ Peter niemals seine Gespanntheit merken, aber sie wuchs von Woche zu Woche.

Er beobachtete jeden Neuankömmling in Milburn. Es war ihm gelungen, einen Blick auf alle Touristen zu werfen, die sich im Archer Hotel einmieteten; aber keiner von ihnen hatte ihm jenen Angstschauer über den Rücken gejagt, den Eva Galli selbst nach fünfzig Jahren hervorzurufen vermochte. Mehrere Nächte hintereinander hatte Don, nachdem er viel getrunken hatte, die Telefonnummer von Florence de Peyser gewählt und gesagt: „Hier spricht Don Wanderley. Anna Mostyn ist tot."

Beim ersten Mal hatte die Person am anderen Ende der Leitung einfach aufgelegt. Beim zweiten Mal antwortete eine weibliche Stimme: „Ist das nicht Mr. Williams von der Bank? Ich glaube, Ihr Kredit wird bald gekündigt werden, Mr. Williams." Beim dritten Mal teilte ihm die Vermittlung mit, daß der Teilnehmer seine Nummer gegen eine Geheimnummer eingetauscht habe.

Eine weitere Schwierigkeit war die, daß sein Geld langsam zu Ende ging. Auf seinem Konto waren höchstens noch einige hundert Dollar — das würde nun, da er wieder zu trinken begonnen hatte, nur mehr wenige Monate reichen. Danach würde er sich einen Job in Milburn suchen müssen, und ein Job würde ihm die Möglichkeit nehmen, Straßen und Geschäfte zu kontrollieren und nach jenem Wesen Ausschau zu halten, dessen Ankunft Florence de Peyser angekündigt hatte.

Da warmes Wetter herrschte, saß er täglich zwei bis drei Stunden auf einer Bank in Milburns einzigem Park und beobachtete den Spielplatz. Man mußte der Zeit ihren Maßstab anlegen, sagte er sich; man mußte bedenken, daß Eva Galli sich fünfzig Jahre Zeit gelassen hatte, die Altherrengesellschaft einzuholen. Ein Kind, das unbemerkt in Milburn heranwuchs, könnte Peter Barnes und ihn fünfzehn, zwanzig Jahre lang in scheinbarer Sicherheit wiegen, ehe es beginnen würde, sein Spiel mit ihnen zu treiben. Und dann würde es jemand sein, den alle kannten, der seinen festen Platz in Milburn hatte; er würde nicht so auffallen wie ein Fremder. Diesmal würde der Nachtwächter auf der Hut sein. Sein einziger Grund zur Eile könnte Ricky sein — falls er zuzuschlagen gedachte, ehe Ricky eines natürlichen Todes starb, müßte er früher gerüstet sein; in zehn Jahren vielleicht?

Gesetzt den Fall, es wäre so — wie alt müßte das Kind jetzt sein? Acht oder neun. Zehn vielleicht.

Gesetzt den Fall.

24

Und so fand er sie. Eines Nachmittags sah er ein Mädchen auf dem Spielplatz auftauchen. Sie war nicht schön, nicht einmal anziehend — sie war dunkel, hatte ein empfindsames Gesicht, und ihre Kleider wirkten nie ganz sauber. Die anderen Kinder mieden sie, aber das tun Kinder häufig; und das Absondern von den anderen, das einsame Spiel auf verlassenen Schaukeln oder leerstehenden Karussellen hätte ebensogut dem Schutzbedürfnis eines schüchternen Kindes vor Zurückweisung entspringen können. Aber vielleicht waren Kinder rascher im Erfassen wahrer Andersartigkeit.

Er wußte, daß er sich schnell entschließen mußte. Sein Konto war auf hundertfünfundzwanzig Dollar zusammengeschrumpft. Und wenn er das Mädchen mit sich nahm und seine Annahme falsch war, was dann? War er dann ein Wahnsinniger?

Er begann das Messer unter dem Hemd zu tragen, wenn er zum Spielplatz ging.

Und selbst wenn er recht hatte und das Mädchen tatsächlich Rickys „Luchs" war — sie könnte an ihrer Rolle festhalten, wenn er sie entführte, und ihm nicht wieder gutzumachenden Schaden zufügen, indem sie sich ihm nicht zu erkennen gab und einfach wartete, bis die Polizei sie finden würde. Doch der Nachtwächter wollte seine Opfer tot sehen. Wenn Dons Überlegungen stimmten, würde sie nicht zulassen, daß Polizei und Strafrecht ihn an ihrer Stelle straften. Sie würde für einen protzigeren letzten Akt sorgen.

Sie schien keine Notiz von ihm zu nehmen, aber sie begann ihm in seinen Träumen zu erscheinen, saß etwas abseits, sah ihn ausdruckslos an. Er malte sich aus, wie sie ihn verstohlen beobachtete, während sie scheinbar selbstvergessen auf der Schaukel saß.

Don hatte nur einen einzigen Anhaltspunkt für seine

Annahme, daß sie kein gewöhnliches Kind war — und daran klammerte er sich mit der Verzweiflung des Fanatikers: Als er sie zum ersten Mal gesehen hatte, war es ihm kalt über den Rücken gelaufen.

Langsam gehörte er zum Inventar des Parks: ein bewegungsloser Mann, der sein Haar nicht schneiden ließ und sich selten rasierte und der mit ebenso unverrückbarer Sicherheit auf seiner Bank anzutreffen war wie die Schaukeln auf der Wiese. Zeitig im Frühjahr hatte Ned Rowles im *Urbanite* einen kurzen Artikel über ihn veröffentlicht, daher erkannte man ihn, und er wurde weder belästigt noch verscheucht. Er war Schriftsteller, höchstwahrscheinlich dachte er über ein Buch nach; und er hatte Grundbesitz in Milburn. Und wenn die Leute ihn auch etwas seltsam fanden, so sahen sie es nicht ungern, daß ein bekannter Exzentriker in ihrer Stadt lebte; man wußte schließlich, daß er ein Freund der Hawthornes war.

Don löste sein Konto auf und hob das restliche Geld in bar ab. Er konnte nicht einmal mehr schlafen, wenn er sich betrank; er wußte, daß er wieder in den Zustand verfiel, in dem er sich nach Davids Tod befunden hatte. Jeden Morgen, ehe er zum Park ging, schnallte er das Messer um.

Falls er nicht bald handelte, würde er eines Tages nicht mehr fähig sein, das Bett zu verlassen — das wußte er. Seine Unentschlossenheit würde sich in jedem Atom seines Körpers festsetzen und ihn lähmen. Und diesmal würde er nicht imstande sein, „sich herauszuschreiben".

Eines Morgens winkte er eines der Kinder zu sich heran, und der kleine Junge kam zaghaft näher.

„Wie heißt das Mädchen da drüben?" fragte er und deutete mit dem Finger.

Der Bub trat von einem Fuß auf den anderen, blinzelte und sagte: „Angie."

„Angie was?"

„Weiß nicht."

„Warum spielt niemand mit ihr?"

Der Junge sah ihn argwöhnisch an und legte den Kopf schief. Dann entschloß er sich offensichtlich, Don vertrauenswürdig zu finden, beugte sich vor und flüsterte hinter vorgehaltener Hand, als handle es sich um ein finsteres Geheimnis: „Weil sie *ekelhaft* ist." Er hüpfte fort, und das Mädchen saß gleichgültig auf der Schaukel, schwang vor und zurück, höher und höher.

Angie. Er saß in der warmen Sonne, und unter seinen verschwitzten Kleidern war ihm eiskalt.

In dieser Nacht fiel Don während einem seiner wüsten Träume aus dem Bett und kam nur mühsam wieder auf die Beine. Er ging in die Küche, um ein Glas Wasser und ein Aspirin zu holen, als er Sears James am Tisch sitzen und Solitär spielen sah — oder ihn zu sehen glaubte. Die Erscheinung blickte angewidert zu ihm auf und sagte: „Es wird langsam Zeit, daß du die Dinge klärst, findest du nicht?" und kehrte zu ihrem Spiel zurück.

Er ging ins Schlafzimmer, warf einige Kleider in einen Koffer, nahm das Messer von der Kommode und rollte es in ein Hemd ein.

Um sieben Uhr morgens hielt er es nicht länger aus, fuhr zum Park, setzte sich auf seine Bank und wartete.

Das Mädchen erschien um neun Uhr. Sie trug ein schäbiges rosa Kleid, das er schon oft an ihr gesehen hatte, und kam, völlig in ihre Isolation versponnen, rasch über die taufeuchte Wiese daher. Zum ersten Mal, seit Don beschlossen hatte, den Spielplatz zu beobachten, war er mit ihr allein. Er hustete, und sie sah in an.

Und er glaubte zu wissen, daß all die Wochen, die er hier wie angewurzelt auf der Bank gesessen und um seinen Verstand gefürchtet hatte, während sie selbstvergessen und konzentriert in ihre Kinderspiele vertieft gewesen war, — daß all die Wochen bereits Teil des großen Spiels gewesen waren. Sogar die Zweifel (die ihn auch jetzt nicht ganz verließen) gehörten zu dem großen Spiel. Sie hatte ihn mürbe gemacht, ihn geschwächt, ihn gequält, ebenso sicher, wie sie John Jaffrey gequält hatte, ehe sie ihn dazu überredete, von der Brücke in den eisigen Fluß zu springen. Falls er recht hatte.

„Du", sagte er.

Das Mädchen hockte auf der Schaukel und sah ihn an.

„Du."

„Was willst du?"

„Komm her."

Sie glitt von der Schaukel und marschierte auf ihn zu. Er konnte sich nicht helfen — er hatte Angst vor ihr. Das Mädchen blieb einen halben Meter vor ihm stehen und starrte ihm mit ihren unergründlichen schwarzen Augen ins Gesicht.

„Wie heißt du?"

„Angie. Mit mir redet nie jemand."

„Angie was?"

„Angie Messina."

„Wo wohnst du?"

„Hier. In der Stadt."

„Wo?"

Sie deutete vage nach Osten, in Richtung Hollow.

„Lebst du bei deinen Eltern?"

„Meine Eltern sind tot."

„Bei wem lebst du dann?"

„Bei Leuten."

„Hast du jemals von einer Frau namens Florence de Peyser gehört?"

Sie schüttelte den Kopf; und vielleicht war es die Wahrheit, vielleicht hatte sie den Namen wirklich nie gehört.

Er sah zur Sonne auf, schwitzte, brachte kein Wort heraus.

„Was willst du?" wollte das Mädchen wissen.

„Ich will, daß du mit mir kommst."

„Wohin?"

„Wir machen einen Ausflug."

„Okay", sagte sie.

Zitternd erhob er sich von der Bank. So einfach war das. *So einfach.* Niemand sah sie gehen.

Was ist das Schrecklichste, das du je getan hast? Hast du jemals ein Mädchen gekidnappt, das keine Freunde hat? Bist du mit ihr dahingefahren, ohne zu schlafen, ohne zu essen? Hast du Geld gestohlen, als dein eigenes zu Ende ging . . . hast du ein Messer auf ihre knochige Brust gerichtet?

Was war das Schrecklichste? Nicht die Tat, sondern die Gedanken an die Tat: der grelle Film, der in deinem Kopf abläuft.

EPILOG

Die Motte in der Falle

„Steck' das Messer weg", sagte die Stimme seines Bruders. „Hörst du mich, Don? Steck' es weg. Es wird dir nichts mehr nützen."

Don schlug die Augen auf und sah, daß er sich in dem Straßenrestaurant befand, auf der anderen Seite waren die goldenen Buchstaben zu sehen. David saß ihm gegenüber, immer noch hübsch, immer noch Anteilnahme verströmend, aber sein einstmals blauer Anzug war zu einem modernden Sack geworden; auf den Aufschlägen lag feiner grauer Staub, aus den Nähten hingen Fäden, auf den Ärmeln wuchs Moder.

Vor ihm stand sein Steak und ein halbvolles Weinglas. In der linken Hand hielt er eine Gabel, in der rechten das Messer mit dem beinernen Griff.

Don öffnete einen Knopf an seinem Hemd und ließ das Messer zwischen Hemd und Haut gleiten. „Ich habe diese Tricks satt", sagte er. „Du bist nicht mein Bruder, und ich bin nicht in New York. Wir sind in einem Motelzimmer in Florida."

„Und du hast nicht annähernd genug geschlafen", sagte sein Bruder. „Du siehst wirklich schrecklich aus." David stützte einen Arm auf den Tisch und nahm seine rauchfarbene Fliegerbrille ab. „Aber vielleicht hast du recht. Es bringt dich nicht mehr so leicht aus der Fassung, was?"

Don schüttelte den Kopf. Sogar die Augen seines Bruders stimmten; es erschien ihm unanständig, daß es ihr gelungen war, seine Augen so exakt zu kopieren. „Es beweist, daß ich recht hatte", sagte er.

„Mit dem kleinen Mädchen aus dem Park, meinst du? Nun, natürlich hattest du recht. Du solltest sie finden, das war Absicht — hast du das noch nicht herausgefunden?"

„Oh doch."

„Aber in wenigen Stunden wird die arme kleine Waise namens Angie wieder im Park sein. Und in zehn, zwölf Jahren wird sie genau im richtigen Alter für Peter Barnes sein, findest du nicht? Der arme Ricky wird sich bis dahin natürlich längst das Leben genommen haben?"

„Das Leben genommen haben?"

„Das kann man mit Leichtigkeit arrangieren, lieber Bruder."

„Nenne mich nicht *Bruder*", sagte Don.

„Aber wir sind doch Brüder", sagte David und schnippte lächelnd mit den Fingern.

In dem Zimmer im Motel lehnte sich ein müde aussehender Schwarzer im Sessel gegenüber von Don zurück und löste ein Saxophon von dem Band um seinen Hals. „Nun, mich kennst du ja", sagte er und legte das Saxophon auf den Nachttisch.

„Dr. Rabbitfoot."

„Der berühmte."

Der Musikant hatte ein großes, gebieterisches Gesicht, aber statt des farbenfrohen Kostüms, das Don sich vorgestellt hatte, trug er einen verknitterten braunen Anzug, der von schillernden Fäden in blassem, fast rosarotem Braun durchzogen war. Der ganze Mann sah verknittert aus, als hätte ihn das Landstraßenleben müde gemacht. Dr. Rabbitfoots Augen waren ausdruckslos wie die des kleinen Mädchens, aber das Weiße in ihnen war gelb geworden wie die Tasten eines alten Klaviers.

„Ich hatte Sie mir anders vorgestellt."

„Macht nichts. Ich bin nicht leicht zu beleidigen. Man kann nicht an alles denken. Es gibt in der Tat sehr vieles, an das du nicht dachtest." Die luftige, vertrauliche Stimme des Musikanten hatte das Timbre seines Saxophons. „Einige leichte Siege bedeuten noch lange nicht, daß der Krieg gewonnen ist. Schaut so aus, als müßte ich die Leute immer wieder daran erinnern. Ich meine, du hast mich hierhergerufen, aber wohin hast du *dich selbst* gebracht? Das ist ein typisches Beispiel für eine Sache, die man bedenken sollte, Don."

„Ich stehe dir von Angesicht zu Angesicht gegenüber", sagte Don.

Dr. Rabbitfoot warf den Kopf zurück und lachte.

Und während er noch lachte, war Don mit einem Mal in Alma Mobleys Wohnung, all die wertvollen Gegenstände standen an den vertrauten Plätzen, und Alma saß auf einem Kissen zu seinen Füßen.

„Nun, das ist wirklich nichts Neues", sagte sie, immer noch

lachend. „Von Angesicht zu Angesicht — eine Stellung, die wir viele Male eingenommen haben, wenn ich mich recht erinnere. Auch andersherum."

„Du bist widerlich", sagte er. Diese Verwandlungen begannen ihre Wirkung zu haben: Sein Magen brannte, und seine Schläfen schmerzten.

„Ich dachte, du wärst darüber hinaus", sagte sie mit ihrer flüchtigen, sonnigen Stimme. „Schließlich weißt du mehr über uns als irgend jemand sonst auf diesem Planeten. Wenn du schon unseren Charakter ablehnst, solltest du wenigstens unsere Fähigkeiten achten."

„Nicht mehr, als ich die schmierigen Tricks eines Zauberers in einem Nachtklub achte."

„Dann werde ich dich lehren müssen, sie zu achten", sagte sie, beugte sich vor und war David — sein halber Schädel war eingedrückt, sein Kiefer gebrochen und seine Haut aufgeplatzt, und er blutete aus ein Dutzend Wunden.

„Don? Um Himmels willen, Don! Kannst du mir nicht helfen? Jesus, Don." David kippte seitwärts auf den Teppich und stöhnte vor Schmerz. „Tu doch etwas, um Himmels willen..."

Don ertrug es nicht länger. Er lief um den Körper seines Bruders herum und wußte, daß sie ihn töten würden, sobald er sich niederbeugte, um David zu helfen. Er riß die Tür von Almas Wohnung auf und schrie: „Nein!" Dann sah er, daß er sich in einem überfüllten, stickigen Nachtklub befand, wo Schwarze und Weiße an runden Tischchen saßen und auf ein Podium blickten.

Dr. Rabbitfoot saß an einer Ecke des Podiums und nickte ihm zu. Das Saxophon hing wieder an der Kette um seinen Hals, und er befühlte die Tasten, während er sprach.

„Siehst du, mein Junge, du *mußt* uns achten. Wir können dein Hirn zu Brei zermalmen." Er sprang vom Podium und kam auf Don zu. „Sehr bald —" und nun kam erschreckenderweise Almas Stimme aus seinem Mund, „wirst du nicht mehr wissen, wo du bist und was du tust — alles in dir wird durcheinandergeraten, du wirst nicht mehr zwischen Lüge und

Wahrheit unterscheiden können." Er lächelte, dann sagte er wieder mit der Stimme des Doktors, während er Don das Saxophon entgegenhob: „Nimm einmal dieses Instrument. Ich erzähle kleinen Mädchen mittels dieses Horns, daß ich sie liebe, aber es ist wahrscheinlich eine Lüge. Oder ich kann sagen, daß ich hungrig bin, und das ist sicher keine Lüge. Oder ich kann etwas Schönes sagen, und wer weiß, ob es eine Lüge ist oder nicht. Siehst du, es ist eine schwierige Angelegenheit."

„Es ist zu heiß hier", sagte Don. Seine Beine zitterten, und sein Kopf schien sich in riesigen Kreisen zu drehen. Die anderen Musiker auf dem Podium begannen ihre Instrumente zu stimmen, und er fürchtete, daß sein Kopf zerspringen würde, wenn sie zu spielen anfingen. „Können wir gehen?"

„Da hast du's", sagte Dr. Rabbitfoot. Das Gelb um seine Pupillen leuchtete.

Der Trommler berührte das Schlagzeug, und der pochende Ton eines Basses zitterte in der feuchten Luft wie ein Vogel; sein Magen zitterte mit, die anderen Musiker stimmten ein, und der Klang traf ihn wie ein riesiger Brecher.

Und er spazierte mit David an der Pazifikküste entlang, sie waren beide barfuß, eine Möve schwebte über ihren Köpfen, und er wollte David nicht ansehen, der den schrecklichen, modernden Anzug aus dem Grab trug. Er sah ins Wasser und sah schimmernde Ölschichten auf den Wasserlachen zu ihren Füßen. „Sie sind uns einfach überlegen", sagte David, „sie haben uns so lange beobachtet und kennen uns von Grund auf, weißt du. Darum können wir nicht gewinnen, darum sehe ich so aus. Wenn man Glück hat, erwischt man einige Atempausen wie du in Milburn, aber glaube mir, jetzt lassen sie dich nicht mehr los. Und es ist gar nicht so schlimm."

„Nein?" flüsterte Don und war fast bereit, es zu glauben. Er sah an Davids Kopf vorbei und erblickte in der Ferne das „Cottage", in dem er und Alma vor einigen tausend Jahren gewesen waren.

„Es erinnert mich an die Zeit, als ich zu praktizieren begann", erklärte David. „Ich fand alles so aufregend, Don. Mein Gott, ich dachte, ich würde die Welt auf den Kopf stellen. Aber die beiden alten Knaben in der Firma, Sears und Ricky, die kannten so viele Tricks, die waren aalglatt, Mann. Und das einzige, was ich auf den Kopf stellte, war meine Wenigkeit. Also setzte ich mich einfach hin und begann zu lernen, Bruder. Ich wurde ihr Lehrling und beschloß, so zu werden wie sie, um in der Welt voranzukommen. Und so kam ich weiter."

„Sears und Ricky?" fragte Don.

„Klar. Hawthorne, James und Wanderley. So hieß es doch, oder?"

„So ähnlich", sagte Don und blinzelte in die rote Sonne.

„Sehr ähnlich. Und genau das mußt du tun, Don. Du mußt lernen, jene zu achten, die dir überlegen sind. Bescheidenheit, Respekt, wenn du willst. Siehst du, diese Burschen werden ewig leben, sie kennen uns in- und auswendig. Du glaubst, du hast sie gefaßt, da winden sie sich wieder heraus, frisch wie Wiesenblümchen — so wie die Anwälte in meiner ersten Kanzlei. Aber ich habe gelernt, siehst du! Und ich habe mir all das geschaffen." Davids Arm zog einen Kreis um das Haus, um den Ozean, die Sonne.

„All das", es war wieder Alma, die in ihrem weißen Kleid neben ihm herging, „und mich dazu. Wie dein Saxophonspieler sagte — es ist eine komplizierte Angelegenheit."

Die Muster des Öls auf den Pfützen traten schärfer hervor, und die verschwimmenden Farben umspielten seine Knöchel.

„Was du brauchst, mein Junge", sagte Dr. Rabbitfoot neben ihm, „ist ein Ausweg. Du hast einen Eisklumpen im Bauch und eine Lanze durch den Kopf, und du bist müde wie ein drei Wochen alter Sommer in Georgia. Du mußt die letzte Hürde nehmen. Du brauchst eine Tür, mein Sohn."

„Eine Tür", wiederholte der zum Umfallen erschöpfte Don und sah eine hohe hölzerne Tür im Sand vor sich stehen. Ein Blatt Papier war in Augenhöhe angenagelt. Don schleppte sich vorwärts und las den maschinengeschriebenen Text auf dem Zettel:

Gulf Glimpse Motor Lodge

1. Die Direktion ersucht alle Gäste, die Zimmer bei Abreise bis zwölf Uhr zu räumen; andernfalls wird eine weitere Nacht in Rechnung gestellt.
2. Wir achten auf Ihr Eigentum, bitte achten Sie das unsere.
3. Braten, Grillen und Kochen in den Häusern ist verboten.
4. Die Direktion heißt Sie auf das herzlichste willkommen und wünscht einen angenehmen Aufenthalt und weiterhin eine gute Reise.

Die Direktion

„Siehst du?" sagte David hinter ihm. „Gute Reise. Du mußt tun, was die Direktion von dir verlangt. Das war's, was ich dir sagen wollte — öffne die Tür, Don."

Don öffnete die Tür und ging hindurch. Die kochende Sonne Floridas lag auf ihm, fiel auf den glänzenden Asphalt des Parkplatzes. Angie stand vor ihm und hielt die Tür zu seinem Wagen auf. Don wankte und lehnte sich an die glühende Karosserie des Chevrolet. Der Mann, der Adolf Eichmann ähnlich sah und in seiner Betonzelle eingeschlossen saß, wandte den Kopf und starrte ihn an. Seine goldumrandete Brille funkelte.

Don stieg ein.

„Nun fahr einfach los", sagte Dr. Rabbitfoot und lehnte sich in den Sitz zurück. „Du hast die Tür gefunden, jetzt wird alles gut werden."

Don bog in die Ausfahrt ein. „Welche Richtung?"

„Welche Richtung, mein Sohn?" Der schwarze Mann kicherte und verfiel in sein luftiges, unerwartetes Lachen. „Nun — *unsere* Richtung. Das ist die einzige Richtung, die dir bleibt. Wir fahren einfach irgendwohin aufs Land — siehst du?"

Natürlich sah er es: Sie bogen auf die Autobahn, weg von Panama City, vor ihnen lag nicht die Straße, sondern ein riesiges Feld, ein kariertes Tischtuch im Gras, eine Windmühle drehte ihre Flügel in der duftenden Brise. „Nicht", sagte er. „Mach das nicht."

„Gut, mein Sohn. Fahr nur zu."

Don sah angestrengt nach vorne, sah eine gelbe Linie die Autobahn teilen, rang nach Luft. Er war so müde, daß er im Fahren einschlief.

„Junge, du stinkst wie ein Ziegenbock. Du brauchst dringend eine Dusche."

Kaum war die melodische Stimme verklungen, als ein Regenschauer auf die Windschutzscheibe niederprasselte. Er stellte den Scheibenwischer an, und als er einen Augenblick lang klare Sicht hatte, sah er, wie die Wassermassen aus dem dunklen Himmel stürzten.

Er schrie, und ohne zu wissen, was er tat, trat er das Gaspedal durch.

Der Wagen sprang quietschend vorwärts, Regen strömte beim offenen Fenster herein, sie schossen über die Bankette der Autobahn und stürzten den Abhang hinunter. Sein Kopf schlug gegen das Lenkrad, und er wußte, daß der Wagen sich überschlug, einmal in die Höhe sprang, so daß er auf seinem Sitz hochgeschleudert wurde, wieder auf die Räder fiel und dann auf die Eisenbahnschienen und den Golf zuraste.

Auf den Schienen stand Alma Mobley und hielt die Hände hoch, als wolle sie den Wagen aufhalten; sie verlöschte wie eine Glühbirne, als der Wagen über die Schienen holperte und immer schneller auf eine Zufahrtsstraße zuraste.

„Du verdammter Lügner", schrie Dr. Rabbitfoot und warf sich heftig gegen ihn, dann gegen die Tür.

Don fühlte einen heftigen Schmerz in seiner Seite, faßte mit der Hand hin und fand das Messer. Er riß sein Hemd auf, schrie etwas, das keine Worte mehr waren, und als der schwarze Mann sich auf ihn warf, traf ihn das Messer.

„Verdammter... *Lügner!*" keuchte Dr. Rabbitfoot. Das Messer krachte gegen seine Rippen, die Augen des Musikanten weiteten sich, seine Hand krampfte sich um Dons Handgelenk, und Don stieß mit aller Kraft zu: Die Klinge fand durch die Rippen hindurch das Herz.

Hinter der Windschutzscheibe erschien Alma Mobleys Gesicht, wild und zornrot wie das einer Hexe. Sie schrie ihn an.

Don preßte den Kopf in Dr. Rabbitfoots Nacken, über seine Hand floß Blut.

Der Wagen hob sich etliche Zentimeter vom Boden, als habe ihn ein unsichtbarer Windstoß erfaßt. Don wurde gegen die Tür gedrückt, sein Hemd zerriß und wehte in Fetzen über sein Gesicht. Sie kamen von der Zufahrtsstraße ab und fuhren direkt auf den Golf zu.

Der Wagen blieb im flachen Wasser stehen, und Don sah zu, wie der Körper des Mannes ebenso schrumpfte und verging wie der von Anna Mostyn. Er fühlte Wärme in seinem Nacken und wußte, noch ehe er Sonnenlicht auf das zuckende, gequälte Bündel auf dem Vordersitz fallen sah, daß der Regen aufgehört hatte. Unter der Tür strömte das Wasser herein; einige Tropfen sprangen hoch und begleiteten Dr. Rabbitfoots letzten Tanz. Bleistifte und Landkarten, die auf der Ablage gelegen hatten, wirbelten ebenfalls durch die Luft.

Um ihn herum schrien tausend Stimmen.

„Warte, du Bastard", flüsterte er, während er auf das Stöhnen des Geistes wartete, der die schrumpfende Gestalt bewohnt hatte.

Ein wirbelnder Bleistift tanzte vor seinen Augen. Zitterndes grünes Licht erhellte alles wie ein grüner Blitz. *„Lügner"*, zischte eine Stimme aus dem Nichts, der Wagen schwankte heftig, und aus dem wirbelnden Wasser schossen leuchtende Farbfontänen, als wäre der Wagen ein Prisma.

Don zielte auf einen Punkt oberhalb dieses Strudels und schoß mit seiner Hand vor, gerade als sein Ohr registrierte, daß das letzte Zischen der Stimme in ein böses Summen übergegangen war.

Seine Hände schlossen sich um eine Form, die so klein war, daß er zunächst dachte, er habe sie verfehlt. Die Wucht seiner Bewegung schleuderte ihn vorwärts, seine geballten Hände schlugen gegen das Fenster, er fiel von seinem Sitz und stürzte ins Wasser.

Das Ding in seinen Händen hatte ihn gestochen.

Laß mich los!

Es stach ihn wieder, und seine Hände schwollen an. Er rieb

seine Handflächen aneinander und rollte das Ding in seine linke Hand.

Laß mich frei!

Er drückte seine Finger in die Handfläche und wurde wieder gestochen, ehe die gewaltige Stimme in seinem Kopf zu einem dünnen, sich windenden Schrei wurde.

Er weinte, zum Teil vor Schmerz, aber mehr noch aus einem wilden Gefühl des Triumphes, das ihn erfüllte wie eine leuchtende Sonne. Er nahm mit der rechten Hand das Messer von dem durchweichten Wagensitz und stieß die Tür zum Beifahrersitz auf.

Dann breitete sich die Stimme in seinem Inneren aus wie ein Jagdhorn. Die Wespe stach ihn zweimal hintereinander.

Schluchzend kroch Don über den Sitz und fiel bis zu den Hüften ins Wasser. *Jetzt ist die Zeit zu sehen, was geschieht, wenn du den Luchs erschießt.* Er stand auf und sah eine Anzahl Männer etwa fünfzig Meter entfernt vor einigen Baracken in der Sonne stehen und zu ihm herüberstarren. Ein dicker Mann in der Uniform eines Wächters lief auf das Ufer zu.

Die Zeit zu sehen, was geschieht! Die Zeit zu sehen! Mit der Rechten winkte er dem Wächter ab und ließ die Linke ins Wasser fallen, um die Wespe zu betäuben.

Der Wächter sah das Messer in seiner Hand, legte die eigene Hand an den Revolver und schrie: „Sind Sie okay?"

„Verschwinden Sie!"

„Schau, Kumpel —"

Laß mich frei!

Der Wächter ließ seine Hand fallen, wich einige Meter zurück, und die Kampflust auf seinem Gesicht wich blankem Erstaunen.

Du mußt mich freilassen!

„Den Teufel muß ich", sagte Don und kroch ans Ufer. Auf dem Sand ging er in die Knie, während er seine linke Hand krampfhaft geschlossen hielt. „Es ist Zeit, den Luchs zu erschießen."

Er hob das Messer über seiner geschwollenen, glühenden Hand und bog langsam einen Finger nach dem anderen zurück.

Als ein Teil vom Körper der Wespe sichtbar wurde, der gedunsene Hinterleib, die sich wehrenden Füßchen, hieb er mit dem Messer drauf ein.

Nein! Das kannst du nicht tun!

Er kippte seine Handfläche nach außen und warf die einzelnen Teile der Wespe in den Sand. Dann ließ er das Messer wieder niedersausen und hieb die Reste der Wespe entzwei.

Nein! Nein! Nein! Nein! Kannst nicht!

„He, Mister..." sagte der Wächter und kam langsam näher. „Sie haben ja Ihre Hand völlig zerschnitten."

„Ich mußte es tun", sagte Don und ließ das Messer neben die zerstückelte Wespe fallen. Die gewaltige, dröhnende Stimme war zu einem schrillen, pfeifenden Schrei geworden. Der Wächter sah rotgesichtig und verwirrt auf die Wespenreste, die sich wanden und im Sand rollten. „Eine Wespe", sagte er.

„Eine Wespe", sagte er. „Dachte schon, der irre Sturm habe Sie von der Straße..." Er rieb seine Wange. „Hat Sie wahrscheinlich gerade dann gestochen. Man weiß ja nicht, wozu die Dinger überhaupt leben..."

Don wickelte das Hemd um seine verwundete Hand und ließ sie ins Salzwasser fallen, um sie zu kühlen.

„Wollten sich wohl an dem gottverdammten Mistvieh rächen?" sagte der Wächter.

„Das habe ich getan", sagte Don und lachte, als er den dümmlich erstaunten Augen des Mannes begegnete. „Richtig. Das habe ich getan."

„Ja, mußten Sie auch." Beide Männer sahen auf die zerhackte Wespe im Sand. Die Grübchen und Einbuchtungen bezeugten, daß sie immer noch kämpfte.

„Die Flut wird sie fortspülen", sagte der Wächter. Er deutete auf die Reihe neugieriger Männer. „Können wir etwas für Sie tun? Wir könnten einen Lastwagen schicken, der Sie hier herausholt."

„Das ist nett. Danke."

„Sind Sie in Eile?"

„Bin nicht in Eile", sagte Don und wußte auf einmal, was er als nächstes zu tun hatte. „Aber ich muß eine Frau in San

Francisco treffen." Sie gingen auf die Baracken und die schweigenden Männer zu. Don wandte sich um, sah nichts als Sand. Er erkannte nicht einmal mehr den Fleck, wo er sie begraben hatte.

„Die Flut wird das kleine Biest fast bis nach Bolivien tragen", sagte der fette Wächter. „Denken Sie nicht mehr daran. Spätestens um fünf ist es Fischfutter."

Don steckte das Messer in seinen Gürtel und fühlte, wie eine Welle von Liebe ihn durchströmte für alles Sterbliche, für alles, was eine kurze, endliche Lebensspanne besaß. Er empfand eine unendliche Zärtlichkeit für alles, was Leben schenken und sterben konnte; für alles, was lebte, wie diese Männer im Sonnenschein. Er wußte, daß es nichts anderes war als Erleichterung und Adrenalin, aber dennoch war es eine mystische, fast heilige Empfindung. Lieber Sears. Lieber Lewis. Lieber David. Lieber, unbekannter John. Und lieber Ricky und Stella, und auch lieber, lieber Peter. Geliebte Brüder, geliebtes Menschengeschlecht.

„Für einen Burschen, dessen Wagen sich eben in Rost verwandelt, sehen Sie verdammt glücklich aus", sagte der Wächter.

„Ja", antwortete Don. „Ja, ich bin glücklich. Und verlangen Sie keine Erklärung von mir."

GOLDMANN FANTASY
Die größte Fantasy-Reihe in deutscher Sprache
FANTASY-ROMAN
DESMOND MORRIS
JASON IM WUNDERLAND
Goldmann

Honoré de BALZAC
Ausgewählte Werke
Größe und Niedergang des César Birotteau
ROMAN
8591
Das Chagrinleder
ROMAN
6891
Der Landarzt
ROMAN
8513
Die Frau von dreißig Jahren
ROMAN
8361
Die Lilie im Tal
ROMAN
8529
Eugénie Grandet
ROMAN
6900
Glanz und Elend der Kurtisanen
ROMAN IN VIER TEILEN
8374
Oberst Chabert und andere Erzählungen
8459
Tante Bette
ROMAN
8476
Vater Goriot
ROMAN
8396
Verlorene Illusionen
ROMAN IN DREI TEILEN
8385
Vetter Pons
ROMAN
8494
GOLDMANN